"金手指网络文学"丛书

万王之王

二

月斜影清 著
肖惊鸿 主编

文化发展出版社
Cultural Development Press

目 录

第一章　故人不相识 / 1

第二章　可笑的盟约 / 8

第三章　地球代言人 / 20

第四章　十万年树精 / 33

第五章　蜀中杜宇 / 37

第六章　女王成亲 / 59

第七章　忘川之爱 / 80

第八章　天尊退婚 / 97

第九章　委蛇回归 / 102

第十章　现任天帝 / 127

第十一章　十二个夜的王国 / 133

第十二章　死神禹京 / 152

第十三章　女禄娘娘 / 159

第十四章　天生对手 / 179

第十五章　女神之妒 / 189

第十六章　百里行暮的秘密 / 193

第十七章　九黎乱象 / 204

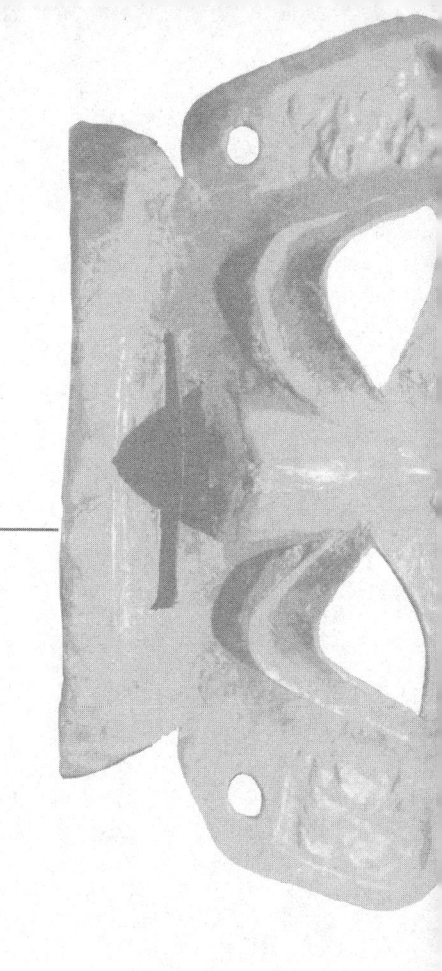

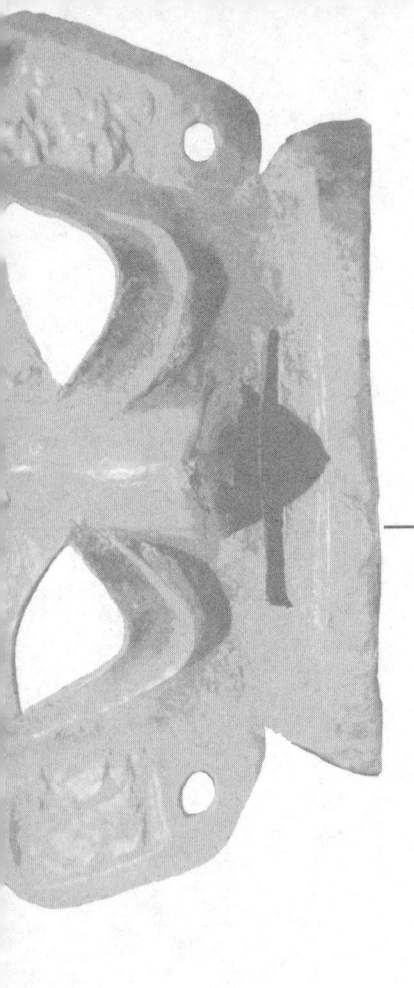

目　录

第十八章　爱的爆发 / 215

第十九章　万王之王 1 / 231

第二十章　万王之王 2 / 252

第二十一章　万王之王 3 / 259

第二十二章　女王的理想 / 275

第二十三章　D病毒 / 281

第二十四章　成亲 / 285

第二十五章　金棺里的百里行暮 / 308

第二十六章　众神弹劾 1 / 320

第二十七章　众神弹劾 2 / 335

第二十八章　时间币 / 349

第二十九章　天宫之游 / 367

第三十章　帝王心莫测 / 379

第三十一章　天穆之野 / 385

第三十二章　好友反目 / 395

第一章　故人不相识

刚刚天明，九黎广场已经人山人海。九黎，已经成了一个当之无愧的世界性大都市。

凫风初蕾早年所行走的任何城市，任何地方，统统比不上这里。就连金沙王城也远远比不上。可是，她看着琳琅满目的各式早点，却一点胃口也没有，也可能是因为重伤之后，各种感觉器官的严重退化，她连早点的香味都嗅不出来。

她只是骑在熊背上，慢悠悠地一路往前。风偶尔会吹动她的帽子，但是，她戴得严严实实的，决不让风把帽子吹跑。因为这清晨的风，因为这摩肩接踵的人潮，一个佩戴帽子的人便并不显得奇怪。

在东大街的分叉口，她停下来。

那里有一个巨大的动物寄放地。全是商旅游客们的坐骑，各种各样的快马、骆驼、牛车、驴车，以及各种叫不出名目的奇怪动物。也有人乘坐狮子、大象、白虎、豹子，甚至有好几只大猩猩似的家伙，有人说那是狻猊，也有人说是独角兽，但它们双目炯炯，四蹄粗壮，可以想象它们奔跑的速度是很快的。也有人乘坐大雕、秃鹫，以及各种猛禽，如飞一般来到这个城市。

这些天南海北的飞禽猛兽汇聚此处，都规规矩矩，安安静静，以人类坐骑的姿态存在，并不敢怎么逾越。就连动物，也感觉到九黎上空有一种凛然的权威，再也不敢冒昧撒野。

大熊猫见了这些同类，却并不显得亲切，有几只虎豹和狻猊冲它嗷叫，它冷冷地挥舞了一下熊掌，显得特别傲慢的样子。

凫风初蕾暗忖，这家伙居然转得二五八万的，可能是服用了太多大神们的灵药，让它觉得自己已经远远超越那些同类了？她轻轻拍了一下熊背，低声道："老伙计，你就在这里等我。我逛一会儿再来找你。"

她折身回去，来到早点一条街。

天色更亮，行人更多，人们端着热气腾腾的早点，一边大吃大喝，一边吹牛扯白，不亦乐乎。

凫风初蕾在一个不起眼的小摊上坐下，叫了一碗牛肉面。十分粗糙的大海碗里，热气腾腾的牛肉面香气扑鼻，上面还撒了一层绿色的野香菜，令其香味更加浓郁。

她拿起筷子，三几下翻转，野香菜便沉入碗底。可是，面条送到嘴边，也不知为何，竟然再也没有胃口，并不觉得饥饿，也不再觉得这些食物有什么好吃的。她慢慢地把面条放回碗里，只翻转了一下筷子，忽然听得对面一个熟悉的声音："一大碗牛肉面，谢谢……"

她心里一跳，慢慢抬起头来。

对面的桌上，一个男子大大咧咧刚刚坐下去。他一身便装，一把劈天斧，脸上那懒洋洋的神情真是再熟悉不过了。

她非常高兴，一声"涂山侯人"即将冲口而出时，却生生收了回来。她捏着筷子的手却在微微发抖，因为，他抬起头，随意看了看。

可是，他的目光只是简单掠过她这边，就收回去，然后，落在了西北边的厨房门口——在那儿，能清晰地看到煮面的师傅正熟练操作，丢面条在水里，捞起来，动作麻利，水到渠成。

他盯着操作的大师傅，看得津津有味，丝毫没再注意对面那个戴着帽子的陌生少女。

凫风初蕾慢慢低下头，忽然觉得这晨风很冷。这时候，她才清晰地认识到：在这个世界上，自己根本没有熟人，也没有朋友了。就连涂山侯人也认不出自己了。纵使相逢也不识。

她只是低着头，一直轻轻翻转碗里的面条。再次抬起头时，只见涂山侯人已经开始吃面条了，他吃饭的动作不紧不慢，但是，十分端正有礼。纵然是一碗简单的牛肉面，也如在阳城的王宫里吃大餐似的，细嚼慢咽，令人想起那些老王侯的优雅作风。

好几次，她试着开口，可是每每话到嘴边，还是生生吞了回去。

她其实有许多问题要问他，比如，你为什么会来九黎？你是来找我的吗？可是，她死死地沉默，没有和姒启搭讪。

就如白衣天尊所说：当你容貌鼎盛的时候，就算是演戏也是浪漫好戏；可一个丑女演戏，谁会在乎呢？她尽管并不在乎自己的容貌，可是对于人情世故是一清二楚的。多年的颠沛流离早已教会了她接受一切。

也许是察觉到有人在观察自己，涂山侯人慢慢抬起头，随意看了看四周，可是四周都是忙忙碌碌的食客，大家吃个不停，哪里有人会注意到自己呢？

只有对面那个戴着帽子的少女，她一身便装，低着头，根本看不出容貌，只能从微风吹动的身形看出她十分单薄瘦削，此外，没有任何的异常。

他放下筷子的时候，再看了一眼那少女。

恰好，少女也抬起头，目光正好对上他的。

他有点诧异，倒不是那少女有多么丑，而是她实在太瘦了，瘦得整个人的五官仿佛都移位了。他从未见过这么瘦的人，微微诧异，不由得多看了一眼。好像一张皮粘在她的脸上，她的眼眶也彻底陷落下去，叫人根本看不出她本来的面目。此外，她再无异样，浑身上下也没有半点伤痕。

他觉得有点奇怪，一个人怎么能瘦成这样呢？这都不正常了。

那少女见有人看自己，立即低下头去，好像并不愿意被人这么盯着看。姒启移开目光，十分专心地吃起自己的牛肉面。直到一大海碗面条吃完，他要付钱走人时，忽然听得一个娇嗔的声音："夫君，夫君，你怎么不等等我？一个人就来了？"

这个女子，凫风初蕾曾在钧台见过，她是夏后氏的女儿云英。只见云英满头珠翠，正是大夏最时髦的已婚妇女的打扮。凫风初蕾只略看她一眼，就知道姒启已经和她成亲了。

云英也不经意地看了一眼对面的少女，因为凫风初蕾戴着帽子，又低着头，她当然更认不出来，只以为那是一个普普通通的路人。所以，目光就全部到了姒启身上，语气也更加娇滴滴的："九黎可真美，尤其是九黎广场，真是太繁华了，恨不得让人长期定居此地。难怪我在路上的时候就听路人们说，每一个男人到了九黎都觉得自己财不如人，每一个女人到了九黎都觉得自己貌不如人……还真是这样，我到了九黎之后，忽然觉得自己好土，这两天才重新买了一些衣服打扮打扮，夫君，你说我这样子是不是更好看一点？"

"不错。"

"这牛肉面没啥好吃的，我们去吃别的吧。"

"那就走吧。"

姒启付了钱。转身的时候，又不经意地看了一眼那瘦弱的少女，她面前的一小碗面条还是满满的，好像根本就没怎么吃过。

他暗忖，食量这么小，难怪瘦得这么吓人。可是，他也不好对陌生人多说什么，转身和云英一起离开了。

凫风初蕾看着他俩的背影彻底消失在茫茫人海中，手一松，筷子便跌落在桌上。

从等候面条上桌到他们吃完离去，她与姒启二人面对面起码坐了至少半炷香的时间，姒启甚至好奇地连续看了自己好几眼，但是，直到离去，他依旧没能认出自己。

一阵风来，面条都已经冷透了。牛肉和香菜的香味也彻底被冻结。她觉得自己的心也在这九黎的阳光下慢慢被冻结了——绝非因为姒启和云英新婚宴尔，而是曾经那么熟悉的朋友，居然完全不认识自己了。

一个满是嘲笑的声音回荡在空气四周：凫风初蕾，你可真是个可怜虫。就算还活着又能如何？你已经活成全世界都不认识的样子了。勉强拖着一个残破的身躯苟延残喘，真的有意义吗？你不如去死吧，去死吧……

脑海里，同一个声音在疯狂叫嚣：你去死吧，你去死吧，你去死吧……

她霍地站起来，无形的叫嚣立即烟消云散。

她看着天空，冷笑一声，淡淡地，你要我去死吗？我偏不！

也因再无人认识自己，她走在九黎的大街小巷，反而如释重负。从此，再也不担心遇到任何熟人。甚至再也不用手捂着帽子，哪怕被风吹走也没关系。如此一想，整个人反而轻松下来。

转过一条街，看到鱼凫国商队的招牌，她慢慢走了过去。

她发现，店里的货源已经非常缺乏，好几个格子都是空的，摆出来的也都是很普通的货色。那些刺绣工艺、质地均一流的蜀锦，已经彻底失去了踪影。

她随口问小二：“为什么没有摆出上等的蜀锦？缺货了吗？”

小二笑一声：“哟，姑娘，你倒是个识货的。实不相瞒，最上等的蜀锦已经卖完了，新的货源还没到。小店倒是还珍藏了几匹，但都是被客人预定了的，人家定金都付了，所以不敢摆出来。姑娘，你需要的话，可以先付定金，等货源到了，我第一个通知你……”

"需要付多少定金？"

"五十两黄金。"

"定金都五十两？这么贵？那卖价得多少？"

"贵吗？一分钱一分货啊，那可是顶级的宫廷刺绣手艺，由专门为鱼凫国的女王打造王袍的巧手绣娘赶制，一年都生产不了几匹，真的不算贵了！尤其是在九黎这种地方，已经算是非常公道的价格了……"

"现在哪里还有鱼凫王？"

小二长叹一声：“唉，现在已经是鱼凫侯了……想当初，我们女王还在的时候，蜀国商队是多么风光，走到哪里，人家都礼让我们三分，可现在，唉……”纵然是小人物，也一声长叹。

"有人为难你们吗？"

"反正布布大将军三天两头派人找我们的麻烦。"

"布布一直在刁难你们？"

"差不多吧。他总是三天两头站在门口，阴森森的，把我们的客人都吓跑了。而且，别的商队都可以扩展店铺，可是，他再也不批给我们任何店铺，就算我们高价去隔壁租也不行，也不许我们卖除蜀锦之外的任何商品，这样下去，我们根本无法扩大生意。而且税收又那么高，真的没法待下去了……"

"九黎不是不征税的吗？"

"哪里是不征税？只是对日用品和吃的不征税。像我们这些卖蜀锦、珠宝的，就要交税。布布大将军说蜀锦利润高，交税就该更高，所以，我们就更待不下去了，除了房租税收这些，其实剩不下几个钱了……"

"布布这样乱来，白衣天尊就不管吗？"

"白衣天尊？人家是神，怎么管得了我们这些凡人？"

"白衣天尊不是无所不知吗？"

小二笑起来：“姑娘，你还小，不懂事。就像历代的国王，也不是无所不知啊？

国王那么忙,手下那么多人,国王自己还有王妃,还要娱乐,许多小事情就得交给大臣们管理,对吧?国王不可能每一件事情都去过问,对吧?久而久之,其实就是大臣们说了算,毕竟老百姓又不直接面对国王。这就是俗话所说的县官不如现管……"

小二唉声叹气地:"人在屋檐下不得不低头,谁会管我们这些亡国的商队呢?唉,真是倒霉……"

凫风初蕾沉默了一下,小二已经转身做别的事情了。

正要出门,忽见鳖灵匆匆地走进来。鳖灵当然没认出她,她以为只是一个普通的顾客,他径直走到小二工作的地方,小二立即问:"侯爷,货源到了吗?"

鳖灵愁眉苦脸:"千里迢迢,哪有那么快?"

"可是,我们最多再有三五天,就会彻底断货了,那时候该怎么办?要不,等万神大会之后,我们就返回金沙王城?"

"哪有那么容易?布布大将军不发话,我们哪里敢走?"

"难道我们就在这里空耗着吗?房租可是天价啊,昨天就通知了,下个月房租涨价一半,我们又没什么货源了,这样白白开着店交租吗?大人,你说怎么办啊?"

鳖灵尚未回答,只听得门口一阵嘈杂声:"让开,让开……统统给本将军让开……"竟然是布布的声音。

凫风初蕾急忙和几名女客悄然退出去,她不离开,只悄然混在看热闹的人群里。

布布站在大门口,他依旧是一身雪白衣裳,一副潇洒倜傥的模样。他手里一把绿色的宝剑,在空中随意挥了挥,大声道:"鳖灵,你出来……"

鳖灵和小二立即一溜烟地小跑出来,毕恭毕敬:"大将军有何吩咐?"

布布冷笑一声:"本将军接到投诉,说你们商队囤积居奇,哄抬物价,一匹普通的蜀锦竟然售价高达一千两黄金,这情况可否属实?"

鳖灵和小二面面相觑。

小二没忍住,亢声道:"物以稀为贵,蜀锦货源稀少,又无法补充,当然可以卖贵一点。再说,定价一千两的蜀锦可不是一般的蜀锦,而是出自宫廷的专用刺绣,总共不到五匹,其他绝大多数可都是只有一百来两黄金,最便宜的还有几两黄金的,而且,是按照一匹布不是一件衣服来卖,一匹布可以做很多套衣服了……"

"放屁!再贵能值一千两黄金吗?无非是一破布匹而已,是能吃还是能喝了?竟然要一千两黄金?你怎么不去抢劫?"

小二嘀咕道:"蜀锦至少能穿,而且需要无数巧手绣娘耗费大量的时间和精力,成本也非常高。可那些珠宝玉石才真的是不能吃也不能穿,但它们往往要价几千两黄金,甚至一万两黄金……"

"放肆,你这小厮竟敢顶撞本将军?"

鳖灵一把拉住小二,急忙赔了笑脸:"大将军息怒,大将军息怒,小二不懂事,在下给你赔礼道歉……"

布布冷笑一声："也罢，本将军若是跟一个小厮计较也就失了身份。不过，本将军得提醒你们，既然在九黎做生意，就要遵守九黎的规矩，不能哄抬物价，不能囤积居奇，老老实实坏不了，若是再敢乱来，明日便查封了你这小店……"

"是是是，大将军请放心，我们一定整改，马上整改……"

布布环顾四周，又探头朝里面看了好几眼："杜宇呢？"

"杜将军外出考察市场，暂时没回来……"

"考察市场？该不会又是去捣乱了吧？"

布布提高了声音："这个不自量力的小子，老是鬼鬼祟祟潜伏到白衣天尊的禁地，他到底想干什么？难道是想刺杀天尊吗？"

鳖灵颤声道："怎么可能？在天尊面前他连蚊子都不如，他怎能刺杀天尊呢……"

布布冷笑道："为保险起见，你必须马上把杜宇逐出九黎。让他赶紧滚回金沙王城。"

"这……"

"马上让杜宇滚回去，否则，明天便将你这鱼凫商队彻底查封……"

"是是是……"

布布转身就走。

鳖灵亲自送他出去："大将军慢走，大将军慢走……"

直到布布的身影彻底消失，他才擦了擦额头的冷汗，苦笑一声，低低地说："我这个鱼凫侯，简直就是个替罪羊。如果有可能，我无论如何都不愿意做这个鱼凫侯，唉，哪怕是在金沙王城做一个百姓，也比在这里担惊受怕好……"

躲在人群里的凫风初蕾，突然很同情他。原本，遭遇这份羞辱的是自己，可是，因为自己远走有熊山林，便让鳖灵一行人在这九黎广场饱受刁难。

看样子，杜宇的处境也十分危险。可是，她又没有任何能力改变现状，只能黯然地混在看热闹的人群中，慢慢远去了。

走出好远，还看到迎风招展的那面大大的旗帜，上面是"鱼凫"图案，这让她的内心更是茫然。

有人擦身而过，步履匆匆，直奔鱼凫国商队之地。一人低着头，只顾着赶路，神情十分焦虑，看样子，是有什么急事。这人正是杜宇。

凫风初蕾想起布布一脸凶恶，要找杜宇麻烦的样子，正要出声提醒他，可是，她只张了张嘴，便闭上了。毕竟，他已经不认识自己了，再说，在她迟疑之间，杜宇已经错身而过一丈多远了。

她正要离去，忽见杜宇转身回头，盯着自己。

她一惊，本能地拉了拉帽子，移开了目光，装作不经意地看着对面几个西域小国的店铺。店铺里琳琅满目地摆满了象牙制品、骨头项链以及各种各样黑红色的酒杯。

她心慌意乱，好几次想要看看杜宇的方向，却又强行忍住。

杜宇，大步走过来。他一直走到她的面前，死死盯着她。他的目光，和涂山侯人截然不同。他并不是只看她一眼就移开，他是非常认真地盯着她，从头到脚，又从脚到头，然后落在了她的眼睛上。

枭风初蕾为了不引人注目，连蜀锦袍子都换了，只穿了一身灰色单衫，而且戴着与灰衫同色的帽子，原本不可能被任何人认出。可是，杜宇上下打量她，眼中分明充满了惊异、不安。

这令她忽然想起大熊猫刚来九黎时的情形，她心里一动，莫非那天随大熊猫企图偷渡九黎碉楼的，正是杜宇？她心里一横，杜宇没可能认出自己。涂山侯人都认不出，他怎么可能认得出呢？她转身就走。

"少主……少主？"那声音试探性的，可是，分明是冲着自己的背影。

枭风初蕾一直期待有故人能认出自己，可今天，听到这熟悉的"少主"二个字，反而被吓破了胆，她感到惊骇莫名，不由得加快了脚步。

"少主……少主……真的是你吗？"那声音，分明变得激动。

她仓促加快了脚步，到后来，几乎是飞奔起来。

杜宇也追上来："少主……少主……等等我……我知道是你……"

前面是一个十字路口，对面便是九黎广场。熙熙攘攘的行人忽然喧哗起来："快看，西王母的玉女们又降临了……""哇，果然，神女们又出来了！听说，西王母的青元夫人要和白衣天尊结为神仙伴侣呢……"

行人一窝蜂地往对面奔去，枭风初蕾被裹挟在巨大的人潮之中，她身不由己，也跟着跑过去。

原本只落后一丈多的杜宇，被这股人潮冲击，待得他终于稳住脚步时，只见到处是潮水一般涌向九黎广场的陌生男女，哪里还有那个戴着帽子的奇怪少女？

第二章　可笑的盟约

　　大熊猫早已在指定地点等候。
　　凫风初蕾慢悠悠地骑在熊猫背上。她想，从此以后，自己可能永远也不会再踏足九黎了。
　　当夕阳西下，凫风初蕾终于看到那棵云阳树时，才惊觉，大熊猫的认知，并无任何偏差。它非常精确地凭借她的形容，将她带到了这里。
　　本以为没了维马纳，终生也难再踏足的地方，原来，这么轻易就到了。
　　彼时，已是深秋，漫山遍野全是霜染的红叶，金色的叶子更是落了厚厚的一层，踩上去，沙沙作响。
　　周山之美，恍如昨日。
　　沉睡中的云阳睁开眼睛，惊喜大叫："小姑娘，我以为一万年也见不到你了，哇，你怎么变成这个怪样子了？"
　　她微微一笑，行了十万八千里，这还是第一个一眼就认出自己的故人呢。
　　云阳尖声道："不对啊，小姑娘，你怎么受了很重的伤？可怜的人儿，快过来让我看看……"
　　她不动。
　　云阳更是好奇："上次和你同行的那条大蛇呢？就是那可爱的双头蛇？它怎么不见了？"
　　凫风初蕾心如刀割，除了微笑，竟然无法说出半个字来。
　　"唉，会说话的委蛇多逗人喜欢啊。现在怎么变成了这蠢笨的熊猫？这家伙我一看就不喜欢，我本质上不喜欢任何蠢笨之物，因为它们看起来没有半点灵气……"大熊猫忽然嗷叫一声，仿佛对这一评价很是不以为然。
　　云阳吓一跳："你这蠢物怎么有这么大的元气？"
　　一条长长的枝条垂下，在大熊猫头上轻轻拂过，云阳的声音更尖了："不对啊，哪怕是一万头笨熊加起来也没有它这样的元气，这莫不是一头妖熊？"
　　仿佛在回答他的问题似的，大熊猫再次嗷叫一声。声音宏大、充沛，几乎响彻了整个周山。
　　"哇，好家伙，你这是在卖弄吗？"云阳哈哈大笑，"蠢猫，就算你真的是一头妖熊，可是，我老人家什么没见过？你卖弄什么呢？你以为自己很了不起吗？小姑娘，你还没回答呢，你到底从哪里找来的这头妖怪熊猫？"

凫风初蕾也不回答，只是慢慢地往前走。大熊猫也闲庭信步地跟了上去。
　　只剩下云阳在身后大叫："喂，小姑娘，你又要去哪里？你留下来陪我说说话呗，自你走后，已经再也没有人陪我讲过话了……喂，小姑娘，你别走啊……"
　　凫风初蕾的脚步已经远去。云阳的声音也被远远抛在后面。

　　周山的风景从未改变。只是近乡情怯。老远看到那棵金色三桑，反而怯怯地不敢上前。初蕾停下脚步，仿佛时光凝固，一切照旧——回到了当年自己第一次迷路的时候。
　　那时候，还有委蛇。现在，身边换了一只不会讲话的大熊猫。她这才意识到，自己唯一的真正的朋友早就没了——如果还能回到过去，她宁愿从未在这里迷路，从未遇到那个人。真希望委蛇还活着。可是，那老伙计永远无法复活了。而自己也伤痕累累，面目全非。
　　直到夕阳在天边缩小成一个血红的圆点，她一咬牙，疾步就往半山腰跑去。
　　金色三桑的正中，一座坟茔。不过几年时光，坟茔上已经满是青草，还有一朵无名的野花在坟茔顶上迎风摇曳。
　　她一步一步走过去，大熊猫好奇地看着那朵黄色的小花，也慢慢跟了过去。
　　厚厚的金色叶子铺满地上，巨大的坟茔一如过去，将岁月掩埋。时光凝固，一切的恩怨情仇却恍如昨日，十分清晰。
　　她下意识地低头，看了看自己的左手。左手的无名指上，有一道深深的疤痕，沿着指甲的地方逆生，连指甲也不见了。这是一个秘密，很少有人知道，因为，她很少露出左手。
　　当年徒手挖掘坟墓掩埋百里行暮，她不停地挖，不停地掘，就算十指鲜血淋漓，也感觉不到任何的疼痛。这左手的无名指指甲连同指头都差点掉在这里的泥土中，多年过去，成为永久的疤痕，再也没有痊愈的一天。
　　无名指，早就坏死了。不知怎的，那早已死去的手指，竟然隐隐地疼痛，仿佛所有的鲜血，一瞬间便复活了。
　　她忽然扑上去，不由分说，便发疯一般发掘那坟茔。如埋葬他一样，挖掘时也是徒手。
　　高大坟茔早已被泥土和植物彻底凝固，纵然是用锄头铁器也不见得能一下撬开，更何况是徒手。
　　可是，凫风初蕾还是不屈不挠，一双手拼命地扒拉青草树苗，挖掘泥土，很快，坟茔周围便被扒拉出一个小小的泥坑。
　　大熊猫躺在一边，担忧地看着主人，然后，它眼一花，看到一朵小黄花随着泥土砸在自己身上。它急忙退开一点，反手捏住了小黄花，放在眼前看了看。脱离了泥土的小花，很快枯萎。

从夕阳西下，到月色初升。

凫风初蕾颓然看着那一堆越来越高的新鲜泥土以及鲜血淋漓的双手，失去了浑身力气。

这已经不是当年那个战无不胜的女王，且拥有百里行暮几十万年的元气的人了，那人徒手一指，便能拥有十倍百倍的力气。

现在的她，只是一个废人。虽然服用了无数的灵丹妙药，但是仅仅勉强维持了一条性命，力气甚至并不比常人大多少，要徒手挖开一座坚硬的坟茔，谈何容易？

大熊猫低吼一声，似在询问要不要帮忙。可是，凫风初蕾摇摇头，只筋疲力尽躺在坟前。无论多么辛苦，她必须亲自掘开这座坟墓看一看。

当年离开周山的时候，她便有这样的打算，此后几年，尤其是九黎之行后，这个念头就不断在心里加深。尤其到了九黎河之战后，这念头就越是强烈，到了非做不可的地步。

身为鱼凫王，以前总有各种俗事缠身，也走不开。可现在，她有大把大把的时间，不解开这个谜底怎么行呢？

如果一直不知道事情的真相，这漫长的后半生，就算是活着，又怎么能甘心呢？

她只休息了一会儿，又慢慢地坐起来。可是，鲜血淋漓的指头恍如即将消散的余勇，根本没有能力掘开这座坚固的坟茔。她却毫不退缩，还是慢慢伸出手。

夜风吹来云阳充满夸张的叹息声："喂，小姑娘，你这是干什么？挖掘死人的坟墓，在人类看来可是大不敬的行为啊……"

她头也不抬："真的是死人吗？"

云阳不作声了。不一会儿，云阳又说话了："不行啊，小姑娘，你这样只会令你的双手受伤，要不，我帮你一把？"

"不用。"

"或者叫你身边那头蠢熊帮你也行啊。我看那蠢熊，绝对力大无穷，只要它出手，绝对三两下便能翻掘整座坟茔，甚至把周山整个翻一遍也不是难事，你又何必白费功夫呢？"

她不理不睬，只咬紧牙关站起来，又蹲下去，开始疯狂地发掘坟墓。

"喂，蠢熊，你就这么看着吗？快去帮帮你家主人……"

大熊猫一直在旁边徘徊，可是，没有得到主人的命令，终究是不敢动手。

"唉，你这倔强的小姑娘，我真是拿你没办法了……"云阳唉声叹气，几万年的古老枝条在半空中随风晃荡，好几次，仿佛要越过半山腰，跑到这三桑树下似的。

大熊猫只是不安地看着主人，只见主人仿佛忽然多了一股元气似的，拼命挖掘，很快，一大堆泥土便被翻出来。和着泥土的，是淋漓的鲜血。那泥土竟然像是全被鲜血染红了似的。

大熊猫再次不安地低叫一声。

云阳尖锐的声音再次随风传来：" 唉，愚蠢的人类……你到底怎么了？你是不是疯了？有这头笨熊你不使唤，你是不是被这头蠢熊拉低了智商？"
……

从月上梢头，到夕阳西下。

三天三夜过去了，一座高大的坟茔，终于慢慢地快要见底了。

彼时，凫风初蕾的双手已经血肉模糊，不成形状，可是，她却十分麻木，根本感觉不到任何的疼痛了。

当初埋葬一个人，花了三天三夜。没想到，要挖掘他的坟墓，也需要三天三夜。

夕阳将三桑的叶子变幻成一种迷离的彩色，就像一道万花筒，直直地照射进坟茔的底端。

凫风初蕾却微微闭着眼睛，眼睛仿佛也麻木了，再也没有睁开的力气。

她不敢睁眼。她不敢看到血淋淋的事实。可是，无论闭眼多久，还是要睁开。

很久很久，她终于慢慢睁开了眼睛，只看得一眼，立即又闭上了。

坟茔里，空空如也，一无所有。

过了很久很久，她才再次睁开眼睛。千真万确，空空如也，一无所有。没有白骨，一根也没有。甚至没有任何腐烂的衣物碎片。

这里，没有任何死人的痕迹。这是一座空坟。就好像从来没有任何人躺在这里。就好像当初自己亲手所埋葬的，只是一抹空气。

她惨笑一声，是的，当初自己埋葬的真的是一抹空气。

愚蠢的凫风初蕾。你这个蠢货！

她眼睁睁地看着夕阳变成月亮。手上淋漓的鲜血早已干涸，她一点也不觉得疼痛，只是浑身无力，腿一软，便倒坐在了地上。

月色，罩着她惨白的脸，冷冷的，幽幽的，就像这周山之巅的一个幽灵。

多么讽刺。

她转眼，看到一个绿光粼粼的东西，仿佛是飞过的萤火虫。萤火虫飞过的地方，一片蓝色。那是精灵般的蓝色丝草，在微风中，在月色下，就像一群跳舞的精灵，甚至还有丝弦管竹一般悠扬的乐声。

她本能地伸手，折下一根蓝丝草，随手一绕，便成了一个精美至极的蓝色扳指。她轻轻将这扳指套在自己的手指上，但是，手指空荡荡的，承受不住这戒指，一下就滑落到了地上。蓝色丝草，瞬间散开。多么脆弱的美丽。

这根本不是什么戒指。这更像一个人的心。

月色，将人的身影拉长。她看到自己摘下帽子时光秃秃的头颅——重伤之后，头发到现在都还没怎么长出来。

她笑一声，那笑声却卡在喉头，落不下去。磔磔地，就像是一个怪物。在有熊广场，凶手处心积虑也没能将自己变成怪物，可此刻，她觉得自己变成了怪物。一个再也没有任何故人能认出来的怪物。一个愚蠢、无知、蒙昧到极点的怪物，被人玩弄于股掌之间。

枭风初蕾，你活该落到这样的地步。你活该。

好半晌，她才呵呵笑起来。

风，将这笑声传得很远很远。

大熊猫匍匐在她对面，一双懒洋洋的眼睛里，充满了担忧、同情。可是，它只是一头熊，什么也不能说。

月色，慢慢地从半空跌落西边，山风吹来深秋的寒意和浓雾。

周山，根本不是四季如春。周山的冬天，马上就要到了。可是，枭风初蕾躺在冰冷的地上，丝毫也感觉不到寒冷。再冷，也不如一颗心的冷却。反而这冰冷的泥土，慢慢地让她感觉到一种沉睡的力量。

实在是太累了。

云阳说得好，奔来奔去的人类毫无意义，朝生暮死，还不如蜉蝣，唯有就地长眠才是人生真谛。

风，越来越大了。不但有落叶吹过来，还有新鲜的泥土一起被吹来，它们肆无忌惮，一层层地洒落到她的身上。

熊掌伸出，仿佛要将她拉起来。可是，她觉得这是多此一举，因为，天下再也没有比自己身下这片土地更舒服的地方了，这片工地就像是一张软绵绵的地毯，非常暖和，非常柔软，令人只想一睡不起。

大熊猫惊惶之下，嗷叫一声。

云阳树精的叫声也很尖："喂，小姑娘……你干什么？你这是干什么？你信不信，你马上就要被妖风刮走了？天啦，这周山之巅，怎么会有妖风吹来？"

是妖风吗？明明春风化雨一般温暖和煦。

她的意识慢慢地开始模糊，她干脆伸展了四肢，舒舒服服地躺在一大堆被翻开的泥土里，任凭风吹来层层叠叠的落叶，慢慢将自己掩埋。

一夜秋雨，周山立即进入了寒冬。大小的动物们都隐匿了踪迹，就连小小的松鼠也躲在树洞里畏缩不前。

枭风初蕾也躺在树洞里，明明安全又温暖，可她浑身上下却一阵一阵战栗，仿佛置身冰窖，怎么也无法走出冰天雪地的世界。

云阳的柔枝轻轻抚摸她的面颊，尖叫道："你在发烧……小姑娘，你居然在发烧！天啦！你就像一块火炭一般……"云阳的枝条被火烤似的，忙不迭地缩回去。

她迷迷糊糊轻斥："你胡说，我明明快被冻死了……好冷，快给我找件衣服……云阳，给我找一件厚点的衣服吧……我好冷……"

"天啦，你还冻死了？你明明烫得吓人，你都快把我给烤焦了！降温，降温……

我再不给你降温，你就得死了……"

她瑟缩着，只想拉一件厚点的衣服或者被子，牢牢地将自己裹住。可是，手在四周胡乱挥舞一阵，又徒劳无功地停下。眼一花，就晕了过去。

大熊猫忽然跃起，嗷叫一声。

云阳大怒："你这蠢熊，闹什么闹？再喧哗，小心我把你从山顶扔下去……"

大熊猫瞪他一眼，闭了嘴。

"蠢熊，一边待着去，别在这里碍眼……真的，我从未见过你这么胖这么大的熊，周山之巅，根本就没你这么愚蠢的动物。虽然你元气充沛，可是，你看着丑啊。真的，丑是你的硬伤，你看看你那两个黑眼圈，你难道就不知道换一件鲜艳点的皮毛吗？天天黑白两色你不烦吗？比起委蛇，你真是差远了……唉，委蛇呢？没见到委蛇真是不开心啊……"

大熊猫也不气恼，只是伸出熊掌，好奇地在云阳粗大无比的年轮上轻轻摸了摸——那一圈一圈密密麻麻的年轮，已经无法分辨他的年龄了，纵然是一头一丈多长的巨熊，也觉得自己在这棵万年古树面前太过渺小了。

云阳又是一声尖叫："滚开……快滚开……蠢熊，别用你那脏兮兮的熊掌摸我，令人恶心……滚开，一边待着去……"

熊掌立即缩回。

他顾不得斥责大熊猫，只是手忙脚乱拿了一个陶罐，三两下划出一大罐绿色树汁，用树叶蘸了，轻轻拂拭凫风初蕾滚烫的额头、脸颊。可是，反复擦拭了好几遍，那高热还是一直不退。

"唉……可怜的人儿，总是不听良言相劝。生命的本质真的在于静止，而绝非颠沛流离。这不，一出去晃荡一圈，就累了、倦了、元气大损了吧？生命力也去掉了一大半吧？可是，你若是听我的话，乖乖地躺在这树洞里，不言不动，那么，我可保证让你再活上百年漫长……呀，你怎么烫得更厉害了？"

云阳的声音真是好听啊，可是，她想，他怎么就这么啰唆呢？再说，那冰凉的玩意儿涂抹在自己身上，更是冷死了。自己都快成冰块了，他怎么还给自己降温？这时候，难道不该生一堆火才行吗？

可是，她无法作声，她已经开不了口，甚至眼皮都睁不开了。

冰窖一般的酷寒中，仿佛有阳光照射进来，慢慢地，身上有了暖意，可是，不一会儿，那阳光忽然消失，冰冷再度袭来。凫风初蕾就在这样可怕的寒热交织里，反复地发抖。她迷迷糊糊地，有时候觉得自己已经死去很久，有时候，又觉得自己还有一口残余之气，老是死不透。

到彻底睁开眼睛时，首先看到的是一片雪白。树洞里，有一片巨大的叶子，透明、干净，就像一扇绿色的窗户。

凫风初蕾惊奇地看到窗外飘飞的雪花、雪白的世界。那是周山之巅许多年来的第一场大雪。

　　整个世界，全部成了皑皑的一片，就连那些苍天古木也变成了一座座巨大的冰雕，将它们的树枝锻造成一把把锐利的剑，直刺天空。

　　再看四周，就更是惊奇。巨大的树洞就像一座宫殿。

　　大熊猫躺在对面，除大熊猫之外，还有几只松鼠、灰兔、树懒、狐狸，甚至还有一只小小的云雀……

　　见她睁开眼睛，小动物也都好奇地看着她。

　　除了大熊猫外，其他小动物都很漂亮。尤其是那只狐狸，它全身火红，蓬松的大尾巴简直红得像一个巨大的火把，狐狸美丽高雅，就像一位资深的贵族。

　　她下意识地伸出手，摸了摸狐狸的大尾巴。狐狸居然没有躲避，反而轻轻冲她摇了摇尾巴。

　　她眨眨眼，恍如梦中。

　　"嘿，小姑娘，你终于醒了……"那是云阳熟悉的声音。

　　她慢慢坐起来，惊奇地问："云阳，是你救了我吗？"

　　她的声音很低，很沙哑，不仔细听根本听不出来。可是，云阳却听得清清楚楚，笑眯眯地说："小姑娘，你可终于醒了，再不醒来，真要令我伤筋动骨了……我储存多年的树液，都快被你喝光了……"

　　她低头，惊奇地看到自己的胳臂，原本是皮包骨头，如骷髅一般，此际，居然长出血肉，白生生的。虽然依旧弱小，却已经是一个正常人的模样了。再看看赤足，也是如此。

　　她下意识地摸了摸自己的脸，就连脸颊也不再是瘪瘪的。她惊奇极了："云阳，你把我给治好了？"

　　"治好？还早着呢。"云阳的笑声再度响起："别急……别急……小姑娘，只要你肯留下来，我总会治好你的……"

　　她轻轻地问："我还能痊愈吗？"

　　"痊愈？也许吧。不过，这需要时间……"

　　"需要多久？"

　　"也不久，顶多二三十年吧！"

　　她抱着膝盖，凝视窗外雪花飘飞的世界，很久，声音低低地说："云阳，谢谢你。"

　　树洞里，忽然多了一张脸。那是一张年轻男子的脸，英俊、潇洒、玉树临风。只是，脸生长在古老的树皮上面，就像黝黑的土地上开出的花来。

　　她好奇地看着他。"哈喽，小姑娘，很高兴见到我吧？"

　　她点点头，老老实实回答："现在，我最高兴的就是能见到你了。"

　　"哈哈，我真高兴听到你这么说。可是，小姑娘，你怎么变成了这个样子？"

她再次轻轻摸了摸自己的脸:"我现在的样子是不是很吓人?"

"吓人吗?"云阳大声说,"嘿,现在已经不算吓人了,你刚来时才吓人呢,简直就像一个鬼似的,令我想起冬天被活活饿死的棕熊……小姑娘,你见过被饿死的棕熊吗?"

她摇摇头。

"冬天,缺少食物,又经常大雪封山。一些愚蠢的动物,比如熊,每每冬眠之后醒来,什么吃的也没有,有时候春天也继续下雪,于是,它们只好一直挨饿。有一年,我亲眼见到一头棕熊,从去年的九月到来年的三月,没有吃到任何东西,被活活饿死在林中。你知道它死的时候是什么样子吗?"

凫风初蕾摇摇头。

"喏,你看……"

凫风初蕾顺着他的目光,忽然跳起来。她看见自己刚刚坐卧的地方,贴着一张巨大的熊皮,可不正是棕色的熊皮?它四肢摊开,匍匐在地,就像是彻底被钉入泥土,只剩下了这一张皮似的。

她惊异地问:"难道,这就是那只被饿死的棕熊?"

云阳见她惊吓如此,哈哈大笑:"可不就是那可怜的家伙吗?它生生地饿成了一张皮,就这么死去。不过,这张熊皮倒是蛮不错的,我顺手捡起来,放在树洞里,没想到还派上了一点用场。哈,小姑娘,此刻,我便把这张熊皮送给你,你看可好?"

凫风初蕾看了一眼熊皮,又慢慢地坐下去。熊皮,真的很舒服。她干脆躺下去,双臂交叉为枕,十分惬意地闭着眼睛。

这树洞,简直比世界上最好的宫殿更加安全温暖。而且,周围的小伙伴全是她喜欢的——无论是狐狸还是树懒,都比人类好多了。至少,它们看你的眼神都是温柔纯洁而亲切的。可人就不同了。人看人,总怀着打量和揣测,从来不会毫无目的。

"云阳,你怎么认出我来的?"

这次,轮到他诧异了:"我怎么会认不出你来?"

"自从我毁容之后,我的朋友们都认不出我来了。包括一些非常好的朋友,都不认识我了……云阳,真没想到,你居然还能第一眼就认出我来……"

云阳不以为然,长长的睫毛眨了眨:"人类是凭借皮囊认人,我是凭借气味认人。这么说吧,人的短暂一生,从婴儿到老年,相貌会发生剧变,丰满的血肉会变成干瘪的皮囊,可是,身上的气味却是绝不会改变的。每个人都有一种独特的气味,从生到死,哪怕归于尘土,也绝不会改变。你一来,我就嗅到你的气味了,当然就认出你了……"

他盯着她仔细看了几眼:"再说,你变化并不大啊,除了那只瘦得像被饿死的棕熊,大轮廓是没有改变的。你的朋友怎么就认不出你来了?"

她不知该怎么回答,只是笑了笑。云阳见她笑,自己也笑起来。

那是他见过的最真实的笑容——很少有人类能这么笑，仿佛什么挫折都不足为奇。

很久很久，云阳以为她快睡着了，她却轻轻地问："百里大人……他，是什么时候离开周山的？"

云阳笑起来："百里大人已经走了很久很久了。就是那一年，你和委蛇离开不久，我就再也感觉不到他的气息了……他早就不在周山了，怎么，你居然不知道？难道他没有去找你？"

她紧紧闭着眼睛，不敢回答。过了很久，她才再次轻轻地问："是谁将他救出去的？"

云阳愣了一下："救他？你说救百里大人？谁能有本领救助百里大人呢？只有他自己才能走出去啊！"

"没有人帮他吗？"

云阳摇摇头："那我就不知道了，我没有感觉到任何外来者的气息……我只知道某一天我醒来之后，就再也感觉不到百里大人的气息了，可能也是因为我老了……"他眨了眨眼，"你知道，一棵老了的树和老人一样，感觉也会慢慢蜕化的……"

凫风初蕾慢慢地躺在熊皮上。那天晚上，她听到呼呼的风一阵一阵地从林中呼啸而过，有好多次，树枝就像要摧折似的，一次次擦着巨大树叶的窗户而过。全身的高烧早已退却，那铺在地上的熊皮也十分温暖，有时候，她甚至能感觉到云阳的呼吸，那是一棵树的呼吸。均匀，宁静，于这寒风肆虐的夜晚，有一种令人安心的力量。

云阳说："百里大人离开周山几年了，竟然从未来找过你？"

本以为已经麻木的心，还是锥刺一般疼痛。

人心莫测，原来如此。

肆虐的风，终于停了。

但是，雪花依旧飘忽，鹅毛般无声无息，一点点将整个世界覆盖成皑皑的一片白。

"哈喽，小姑娘，你一夜未眠，竟然还能如此精神抖擞？"

云阳树精懒洋洋地睁开眼睛。他的眼珠子很黑很亮，睫毛也长得出奇，如果不是因为他太过苍白的脸，他可能是这天下最好看的男子的形象——不然，怎么叫玉树临风呢？

她微笑："云阳，我真幸运。"

"呵，你怎会感到幸运？难道有什么好事情是我不知道的？"

她看了看自己的手臂："每一次我落难的时候，你都救我。"

他不以为然："这算什么幸运？"

她满脸的微笑："绝境之中，有人拯救，那便是最大的幸运。"她伸出手，欣慰地看了一眼那慢慢生长的少少的血肉，由衷地："我是真幸运！云阳，若不是你，我可能已经倒在周山了。"

树精却穷追不舍："小姑娘，到底是谁把你害成这样？"

她脸上的笑容凝固，似不知该如何回答，半晌，才低声道："有人说是我自己……"

"你自己？"

云阳不可思议地打量她，只见她脸上、手上还隐隐有一些淡淡的疤痕——因为服用了无数灵药，这些淡淡的伤痕一般人是看不出来了，可是，树精具有穿透性的目光却将这一切看得一清二楚，甚至能看到她新生的血肉。

"你自残？小姑娘，你可不像是会自残的人啊。"

她微微一笑："我也觉得自己不像。"

"是哪个蠢货这么说？"

"白衣天尊！"

树精笑起来："白衣天尊？难道他竟然是一个蠢货？"

她慢慢地说："白衣天尊，他就是百里大人。"

树精大叫："这怎么可能？白衣天尊怎么会是百里大人？而且，百里大人是我所认识最有智慧的一个人，他怎会如此愚蠢？"

"那是一个很长的故事了……"

树精急不可耐地说："小姑娘，你快把一切都告诉我。"

从朝阳升起到夕阳西下，这个故事断断续续讲了很久。除了在九黎的诸神宴会上意外认出敌人，其他的凫风初蕾全部说了，没有任何的隐瞒。

直到月色慢慢西沉，树精才抬起头。一双眼睛里，全是不可思议和震惊。在他几万年的漫长岁月里，自认什么大风大浪都见过了，却还是被惊呆了。他俊逸的脸上，慢慢地有些不安："小姑娘，你的这个敌人真是可怕啊！"

"云阳，你也认为这不是我的错觉？"

树精非常认真，"就算你出现了幻觉，这头笨熊也不会。"

"为什么？"

"这头笨熊体内一直有一股野生之气，绝非被迷惑过的样子。"

她只是不解："如果有熊氏一族真的变成了青草蛇，为何白衣天尊专门去探查也没发现？难道敌人的手法会没有任何破绽？"

云阳很认真地想了想："要瞒过百里大人，的确不是一件容易的事情。这可有点邪门了。"

"难道就没有别的办法证明了？"

"其实，要知道有熊氏有没有被变成青草蛇，也不算难事……"

她立即问："怎么办？"

"你可以去找你的叔祖禹京。"

"禹京？"

"难道你从未听过你这个叔祖的故事？"

她摇头，父王在世的时候，从未提起过自己的身世，就更别说那些遥远的叔祖们了。

"你的这个叔祖禹京也算是一个奇人。他住在极北之海，负责掌管幽都之山的冥都。禹京是高阳帝的叔叔，是天下最擅长细菌病毒的医学大家。在颛顼登基之前，他一直坐冷板凳。颛顼成为中央天帝之后，他便立即受到重用，离开了极北之地，来到了中央天庭……"

"我要如何才能找到禹京？"

"禹京在幽都之山经营了几百万年，彼时，所有死去的人类都会到幽都之山报到，如有鬼魂游荡不前，危害人间，就会被禹京派人抓起来喂黑老虎。所以，天下鬼魂都惧怕禹京。你要想知道有熊氏一族有没有被变成青草蛇，去极北之海问问禹京就行了。因为，有熊氏一族无论被变成了什么，他们死后，魂魄一定会到幽都之山。禹京只需要看他们一眼，就明白他们的死因了。"

初蕾大喜：**"等我好一点，我立即就去找禹京。"**

云阳忽然说：**"我明白百里大人为何不死了。若是青元夫人出手，百里大人就不会死了……"**

枭风初蕾其实早就明白，一定是青元夫人出手。

她只是问："为何大神们现在还可以随时来到地球？"

"他们也不是随时都可以来，应该是有规矩的。但是，这规矩到底是什么，我也不清楚。"

云阳意味深长地说："人类的法则是优胜劣汰，大神们自然也不例外。因为人类本是大神所创造，传承的也是大神们的基因，自然行事风格全是仿效大神们的做法……"

"你是说，但凡人类有的缺陷，大神们都有？"

"当然！人类遗传自大神，骨子里自然遵循的全是大神们的一套法则。什么爱恨嗔痴，什么妒忌憎恨……但凡人类有的毛病，大神们全部都有。这样说吧，其实，这些全是大神有了，人类才遗传过来的……"

"难怪我在九黎所见到的半神人，基本上和人类差不多。"

"可不是吗？半神人和人类唯一的区别，只在于他们的本领比人类大得多，寿命长得多。准确地说，半神人就是人类的升级版本，也是人类向往的目标而已……"

云阳眼神忽然变了，叫道："不对劲，不对劲，我忘了最重要的一点……"

"哪里不对劲了？"

"如果青元夫人真的用了不死药救活百里大人，那肯定是无法隐瞒的。中央天庭的数据库那么强大，岂能随意篡改？可是，你说，你在九黎曾经亲眼看见许多半神人的聚会。而且，召集者还是白衣天尊。你想想，百里大人若是死而复生，变成了白衣天尊，岂能逃过这些半神人的目光？"

凫风初蕾忽然意识到，这么久以来，自己竟然一直忽略了一个最关键的问题，那就是：所有半神人都认为白衣天尊活着是一件很正常的事情，就像他从来没有死过一样。

白衣天尊，一直都在众神的视线里。如果白衣天尊从未死过，那么，他怎会是百里行暮？要知道，百里行暮在不周山之战后就已经是死人了——

就连云阳也连连摇头："白衣天尊根本不可能是百里大人。"

凫风初蕾一个字都说不出来了。过了许久她才问："云阳，你若是见到白衣天尊，你能认出他来吗？"

"一定能！"

她大喜。

"大神们也和人类一样，身上的气息是永生不会改变的。可是，我要见到他可不容易啊。如果他不来周山，我也没法去见他不是吗？我只是一棵无法行走的树啊。不过，小姑娘，你可以把白衣天尊带来，只要看一眼，我就能分辨……"

凫风初蕾苦笑。

"怎么，白衣天尊不会来吗？"

"不会。"

"你叫他，他也不来？"

她平心静气地说："我已经没有机会再见到他了。"一会儿，她又问，"为什么那些大神如此巴结青元夫人？"

"西王母一族令众神巴结的并非是她们的权力，而是她们在掌管不死药的同时，还盛产各种延长大神们功力的仙丹仙果。比如众所周知的蟠桃，每个大神吃一颗，至少延长几万年元气，这从某种程度上来说，是不死药的一种补充。绝大多数大神没有立下极大功劳被特许不死药，他们往往退而求其次，能获得蟠桃或者其他仙果，也是很不错的选择……"

"除不死药之外，青元夫人可以随意赏赐这些仙果仙丹？"

"当然！她如果连这点权力都没有，又谈何掌门人？事实上，很长一段时间，西王母一族便是第一神族了。就算她们的战斗力很弱，但是，论人缘、威望以及交游之广阔，绝对是当之无愧的第一神族，尤其青元夫人容貌远胜第一任王母娘娘，她被称为九重星联盟容貌第一的美女……"

云阳问："小姑娘，你为何对青元夫人这么感兴趣？"

过了好一会儿她才淡淡地说："当初在西北大沙漠时，她便一再警告我不可再和百里大人一起，只可惜，当时我竟然没有重视她的话。"

她的目光转向西方——事实上，只怕任何现代人都无法抵达天穆之野了。

天穆之野不但有蟠桃、不死药，如今很可能还会举办一场喜事，或者已经举办过一场喜事了。

第三章　地球代言人

第一次被白衣天尊召见，所有人都很紧张。

万邦之中，只选一百人。这一百人，从某种意义上说，是当时全球最有影响力的各国国王，在白衣天尊降临地球之前，他们各自在自己的领土上显赫一时，前呼后拥，臣仆万千。

他们也一度以为自己是天下最有权势之人。可是，现在，大家会聚一起，谁也不敢开口，都屏息凝神、小心翼翼等待着天尊的出现——等着被神的召见。

白衣天尊并非人间帝王，而是神。从某种意义上来说，今天，也是神和人类划分势力范围，约定彼此的权力和义务的一次重大聚会。

空荡荡的台上并没有人影，还没到约定的时间，白衣天尊当然不会出来。

唯有小狼王坐在最前排，伸长脖子，四处张望。他忽然发现，鱼凫国的鳖灵竟然不在被召见的行列之中。他的目光又落到了涂山侯人身上。涂山侯人距离他有两丈之遥，前后都是几个衰老的东方诸侯。这些诸侯可能是曾经参加过钧台之享的，也可能是大夏王早前的故人，所以，他们对姒启十分客气，甚至带了一点尊敬。但是，这并不能提振姒启的精神，他安静地待在自己的位置上，也说不清楚脸上到底是什么表情。

小狼王立即走过去，迫不及待低声道："姒启，你见过鬼风初蕾吗？"

姒启摇头。

"江湖传言她惨死有熊山林，这是真的？"

姒启沉默不语。

"不是吧？我听到这个传闻后专门去有熊山林走了一趟，什么都没发现，我才不相信鬼风初蕾死了呢！"

"我也不信。"

"所以你专门来九黎找她？"

姒启没有回答。

小狼王见问不出什么，正百无聊赖时，忽见左边七八个位置之外竟然是个女子。仔细一看，正是鬼方女王丽丽丝。可丽丽丝并非昔日的装扮，而是戴了大大的斗笠，穿了一身黑色的袍子。一般人根本认不出她来，她也并未和任何人搭话。但小狼王对她极其熟悉，在她转身的一刹那，便认出了她。她可能早就看到小狼王了，便对小狼王眨眨眼，这一下，小狼王立即便确认，此人千真万确是丽丽丝了。

小狼王大喜，正要冲上去和丽丽丝打个招呼，忽然听得一声重重的咳嗽，随即便传来一声通报："布布大将军驾到……"

布布一身白色长袍，潇洒而来。作为巨人一族的后裔，他因为学会了缩行术，外表已经和一般的中原人没有什么差异了。

虽然他并不参与诸侯分封，但是，他才是真正的无冕之王。以后所有事情都必须由他负责，由他代替白衣天尊做出抉择或者传达命令。

神，是不可能一直留在人间的。所以，布布一出场，大家立即恭敬行礼。

就在这时，众人忽然眼前一花。高台的正中，蓦然出现一个王座。只见那王椅纯金打造，把手是纯白透明的上等玉石，居中则镶嵌了一颗拳头大小的红色宝石。王椅停在三丈多高的位置便一动不动了。

这次，不等布布作声，众人已经明白了：白衣天尊是真的来了。

只是他的能量远远高于众人，所以，众人不可能目睹他的真容——否则，便会被巨大的能量所融化。

所有人一起跪拜，异口同声道："拜见天尊。"

"来到这里，是你们的幸运。从此，你们便是我指定的地球代言人，你们当铭记，永远不许违背我的命令，永远听从我的旨意，永远遵守我的法规，那么，你们和你们的子孙后代必将永远繁荣昌盛……"

四周没有任何声音，每个人听到的话仿佛是一种意识飘进了自己的脑袋里面。

就在这时，每个人面前忽然多了一枚红色的果子。真的是凭空而出，飘浮在众人眼前。众人从未见过这样的果子，每个人都瞪大眼睛，竟然不敢擅自伸手去取——可是，那果子的颜色实在是太美丽了，黄金一般灿烂，就那么飘浮在眼前，散发出淡淡的香味。

"作为神选定的代言人，我特赏赐你们一人一枚长寿果，服用之后，你们在今后的半个月之内不吃任何食物都不会觉得饥渴。半个月之后，你们每人至少可以延续一百年寿命……"话音刚落，那红色的果子便飞入了每个人的嘴里。

明明是很小一枚果子，却香甜美味，沁人心脾，令人口舌生津，每一个人忽然都觉得十分饱足，胜过任何一顿大鱼大肉。

可是，这饱足又和平素的饕餮不同，让人身轻体健，十分舒服，通体上下每一个毛孔忽然都舒展了似的。

须知，在座诸位绝大部分已经是中老年，走向衰老是不可避免的宿命，无论今后还有多少荣华富贵，他们都已经没有足够时间去享受，所以，但凡老年者，才更加疯狂，更加肆无忌惮，无非是为了抓住青春的尾巴，活个够本而已。

他们急需的，根本不是财富，而是寿命的增加。他们在九黎广场时，无不极尽奢华，其中某些人还生了病，今天来这里，身体已经有些不舒服了。可服用果子之后，一切的病痛忽然就烟消云散了。

而且，布布还说，这枚小小的果子，可以增加一百年寿命！整整一百年啊！

大家你看我，我看你。

有些人，甚至非常清楚地看到自己周围的老者，白发一瞬间就乌黑了，纵然不是少年一般，可看上去已经是中年人了。而原本就健硕的中年人，则显得更加雄壮、英伟。大家都惊呆了。除了神，谁能做到这一点？这赏赐，简直胜过金山银山。每个人都虔诚跪着，如果说早前还有一丝心存疑虑，此时，都彻底死心塌地了。

"谢天尊。"空中，全是虔诚道谢之声。

小狼王等本是一百诸侯之中最年轻者，他对长生果的兴趣并不那么大，可是，亲眼见到自己前面的一个老头白发变黑，也十分骇然。他悄然观察如启，如启也十分平静，一点也没有其他垂垂老者的激动和欢呼雀跃。小狼王想，这赏赐之后，接下来是要干什么呢？

小狼王张了张嘴，却不敢贸然发言，只听高台上忽然传出声音："天下争战由来已久，人民也苦于战争，痛苦不堪。如今，天下全部统一，战争彻底结束，也是百姓们的福分。你等作为天尊的信徒，以后，就要承担起维护天下秩序的重任……"

众人很快听明白了，白衣天尊这是把全地球按照东南西北分成了四个部分，中原则是全地球的核心。也就是说，当今地球，将被五个指定的代言人所统治，这五个人，也是地球上最有势力之人。

此后，白衣天尊和他的代言人布布大将军，就只需要向这五个人问责就行了。

不言而喻，在座的每一个人，都希望自己是五个人选中的一个。

布布最先宣布的是东方之王。东方，是大炎帝国的核心领域，也是他们最看重的疆域，其常驻地址便是九黎。因此，这个东方之王，自然是白衣天尊最为信任之人。东方之王的人选在意料之中，是巨人一族的新首领季季。季季曾经参与过九黎河之战，虽然他当时不是鸟风初蕾的敌手，甚至被鸟风初蕾扔下九黎河，但是，除此之外，他从无败绩。

南方之王的人选也没有意外，是早年统领东夷鬼兵争战四方战功特别突出的一名将领，名叫赤炎兰亭。赤炎兰亭可不是一般人，据说，他是夸父的唯一后裔。

而北方之王则是一位非常著名的国王，他的国度以民主和商业闻名于世，现在，他成了整个地球北方的管理者，他的名字叫作爱美西斯。

据说，大炎帝国起兵之初，最先得到爱美西斯的支持，爱美西斯为其提供了大量的粮草、金银、士兵的衣服鞋帽以及各种军用品。他一度是大将军布布麾下最慷慨大度的支持者，也是最受欢迎和敬重的客人。爱美西斯的领土距离白狼国非常非常遥远，二人早前并无任何往来，还是在九黎广场时才得知对方的大名，可现在，他的名声已经远在小狼王之上了。

小狼王很失望。可是，他不敢作声。可当他听到西方之王的人选时，他还是吃惊地看着布布，以为自己听错了——因为，布布口里居然念出了"丽丽丝"三个字。

不仅小狼王，其他诸侯都很吃惊。倒不是说丽丽丝是个无名小卒，事实上，鬼方虽然很小，但丽丽丝的名气却很大——作为一个专门掳掠男人做仆役的小国国王，鬼方女王因这"妖名"，声名远播，比许多大国之主更加响亮。几乎所有诸侯都听过她的传奇故事。可是，他们万万没想到，白衣天尊竟然任命她为西方之王。

当他们看到她真人时，还是吃了一惊。一个头戴黑色斗笠之人上前一步，慢慢地解开了头上的面纱和斗笠，那绝非什么可怕的妖魔，而是一个再正常不过的女人了。她道谢的声音也很正常："谢谢天尊。"如果非要说她有什么特别的地方，那就是她很年轻！此外，她高挑、冷艳，有一双蓝色的大眼睛，真可谓一个不折不扣的美人儿。

如果说其他三王，大家都服气，对于这鬼方女王，大家就不那么客气了。大家都不明白，为何白衣天尊会这么看重她？论贡献，论名声，论战斗力，怎么也轮不到她吧？

小狼王但见那些老头子脸上淡淡的惧色，又好气又好笑地说道："你们别自作多情啦，鬼方女王可不是一般人，哪怕你们跪在她脚下，奉上千万珠宝财富，她也不会多看你们两眼的，所以，你们可以放一万个心……"

老头子们固然对他怒目而视，布布也冷冷看他一眼，很显然，他们的眼神里都是警告：小狼王，这里可不是你撒野的地方。

小狼王识趣地立即闭嘴，却冲着丽丽丝一笑，无声地庆祝她当上了西方之王。

丽丽丝也对他一笑，蓝色的眼睛里闪过一抹很奇异的神色。这一笑，令她整个的神色完全柔和下来。众人看得分明，均心里一松，心想，这女王还真是个人，而不是鬼——这天下没有这么美丽的魔鬼，再说，四王之后，纵然是出于阴阳平衡的考虑，有个女王也不稀奇。

丽丽丝却十分认真地看着台上，再次对着那虚悬的王座行大礼，朗声道："多谢天尊，丽丽丝以后必当谨守天尊法令，永远忠于天尊，绝不敢辜负天尊的厚爱。"

此言一出，众人立即心安了。鬼方女王这番话很明显地表明了自己的态度：以后，我必将在天尊的旨意和法令之下行事。换言之，你们大家都放心吧，以后，我不会再抢你们这些男人了。

布布点点头，很显然，他对丽丽丝的这个态度十分满意，觉得丽丽丝是个识趣的人，前途无量。他和颜悦色道："鬼方因为特殊的历史原因，才有过去那些陋习。不过，丽丽丝你这几年来，已经改变了很多陋习，也正因此，天尊才决定对你委以重任。"

丽丽丝十分恭敬："多谢天尊信赖。鬼方这几年改变过去的陋习，还得多亏我的朋友凫风初蕾，正是她的诚恳劝诫及大力帮助，我才能摆脱以前的陋习……"

布布忽然听她提起"凫风初蕾"这个名字，脸色顿时变了。

丽丽丝立即后退一步，再也没有说下去。

小狼王听她提起这个名字也很意外，见她悄然退下，又见布布面色难看，便不再言语了。

布布随即高声道:"诸王听好了,你们即日起,便代替白衣天尊行使四方权力。你们必须每年一度召开祭祀大会,每十年一次大祭……"

祭祀,是四方王最重要的任务。每年一度的祭祀,只需要在各自的势力范围内展开。但是,每十年一次的祭祀,则必须在九黎召开,也就是四方王,必须每十年到九黎报到一次。

至此,四方王都很满意。这简直是一项极大的赏赐了。东南西北四方王的势力范围已经彻底划定,现在,只剩下中央一个位置了,也是最关键的位置了。若在以前,这位置会被称为万王之王。但现在,只能叫作中原共主。白衣天尊会指定谁呢?

所有人都严阵以待。理论上,每个人都有机会,可是,仔细一想,又觉得每个人都好像差了点什么,没有绝对服众的能力。

布布却先看了一眼虚悬的王座,好像在接受什么指示一般,然后,才转向众人,四周看了看,慢慢地开口道:"大家都知道,中原共主是一个非常重要的位置。也需要一个各方面都符合的人选,才能担任这个职位……"

通常来说,必须是德才兼备的人才能担任这个位置,可事实上,大家都知道,几千年下来,一般是最后的胜利者才能担任这个位置。

也就是说,谁的武力值最高,谁的能力最大,谁才能担任这个位置。只不过,以前的这个位置都是通过争战打下来的,而今天,是被白衣天尊所指定。

只听得布布又高声道:"四方诸侯今后各自统领一方,代表天尊管辖四方百姓,也享受天尊赐予的权力和财富。而中原共主,则为四方王之首,现在,我代表天尊宣布中原共主是……"

所有人都睁大眼睛,死死盯着布布,好像要看到他的嘴唇里到底会吐出一个什么名字。

布布却十分慎重,缓缓地:"妣启!"

所有目光都看向妣启。

妣启静静地站在原地,脸上并没有太多表情。他标志性的劈天斧就悬在腰上,他很年轻,但是,他稚嫩的脸上有一种远远超越他这个年龄的沉稳和沧桑。纵然是那些傲慢衰老的诸侯,也无不认识妣启,就算不认识的也听过,他作为大夏王的儿子,差一步成为万王之王,纵然他们想忽略他都不行。

实在是前几年,他的风头太劲了。从西北大漠之战到击溃大费,召开钧台之享,曾经,他距离万王之王的位置只有一步之遥。甚至一度认为大夏之王除了他再也不会有别人了。

可是,计划永远赶不上变化。白衣天尊的出现,击溃了一切人类帝王的扩张和幻想。

其他大大小小的王国无不闻风而溃,唯独大夏和鱼凫国一力抵抗。妣启和鱼凫王甚至组建联军对抗白衣天尊,甚至一度打到九黎河附近,几乎成了东夷联军唯一的强敌。而且，兵败之后，他退后汉中地带，继续和东夷联军对抗，他偏安一隅，决不投降。按照东夷联军顺我者昌逆我者亡的惯例，大家都感到狐疑：按理说姒启该被处死才对，可为何他好端端站在这里？

江湖传言，鱼凫王都已经死在有熊山林了，为何姒启偏偏毫发无损？不但毫发无损，还被任命为中原共主？白衣天尊这是怎么了？

"姒启先在西北沙漠剿灭妖魔拯救了几万商旅，立下大功，后来又在钧台感动上苍，召唤大雨，解除了大夏长达五年的干旱，放眼天下，已经没有任何凡俗之人比你的功劳更大了……"

钧台祈雨，众人想起了姒启的传说。传说中，他每每向上天祷告一次，便向自己身上割一刀，一直到第七刀，浑身已经鲜血淋漓，眼看就要命丧当场，而就在这时候，老天爷居然下雨了。

其他诸侯虽然都很意外，可是，也没有什么好反驳的。而且，大家都知道姒启有个很厉害的继母叫云华夫人，云华夫人的妹妹便是青元夫人。有这一层关系，白衣天尊眷顾他就很正常了。

唯有小狼王，气得脸都变成了紫色，一口气在胸口出不来，他难受得几乎无法呼吸了。忽然，他张嘴大喊起来："我不服气！"

诸侯们都呆了一下。所有目光全部落在了小狼王身上。

他干脆跳起来："我不认为姒启有做中原共主的资格……"

就连丽丽丝也摇摇头，好像在示意他不要这样子，毕竟，大家都是朋友，何必在这时候互相拆台呢。

可是，小狼王胸口的怒气却更猛了。丽丽丝成了西方王，姒启成了中原共主，就自己一个孤家寡人，一无所有，这口气如何咽得下去？甚至一想起凫风初蕾，就觉得更加不值得了——可怜的凫风初蕾，她本领最大，战功最多，四国联军原本都倚仗她一个人，可最后，她惨死，而功劳和好处，却变成了姒启的。他忽然觉得自己不是可怜自己，而是可怜凫风初蕾。他已不是为自己鸣不平，而是为凫风初蕾。这一下，一切都显得理直气壮了。

他大叫："我绝对不服气……"

布布冷冷地："你凭什么不服气？难道你自认为比姒启的功劳更大吗？"

"我虽然比不上姒启，可是，有一个人的功劳却远远大过姒启……"

小狼王不顾布布的眼神，大叫起来："鱼凫王！你们都忘了鱼凫王吗？"

布布大怒："你胡说什么？"

他根本不理布布，声音更大了："众所周知，西北妖孽横行沙漠，所向无敌，杀死了上十万的百姓，一时间，令人闻风丧胆，整个西北沙漠都成了死亡之地。可真正剿灭妖魔的根本不是姒启，而是鱼凫王凫风初蕾。若不是凫风初蕾赶走白袍怪，姒启自身都难保，哪有本领救出几万商旅？再说，钧台之战，也是凫风初蕾派军支援，全靠蜀中大将杜宇阻挡了大费的伏兵，否则，姒启早就完蛋了。九黎河之战就不说了……"

布布厉声道："你还敢提九黎河之战？"

小狼王噤声。

诸侯们都暗暗摇头，心想，这小子难道是作死吗？

须知天下诸侯早就投降了，唯有四国联军是白衣天尊亲自出手，才拿下他们的。据说，白衣天尊只是看了一眼，鱼凫国的军队便全军覆没，就连传说中无可匹敌的恐龙战队，也在白衣天尊的眼神下化为灰烬。至于鱼凫王本人就不用说了，只一招，便倒在了白衣天尊手下。事实上，这一招，大家都认为是传说——难道不该是白衣天尊看她一眼，她就死了吗？所以，在诸位偏远的诸侯们眼里，鱼凫王早就死了——他们根本不相信她还活着。

唯有丽丽丝一双蓝色的眼眸死死盯着小狼王，她心里十分紧张，生怕布布一怒之下，小狼王就会命丧当场。她也觉得奇怪，小狼王这家伙明明经常首鼠两端，胆小如鼠，可每每在不恰当的时候，他又总是胆大包天。

布布脸色铁青，很显然想直接把小狼王赶出去，可是，他看了看虚悬的王座，又不吭声了。

小狼王却不以为然地盯着一直沉默的姒启，高声道："姒启，别人都说功劳是你的，可你自己敢不敢承认，这功劳原本都是鱼凫王的？要不是鱼凫王，你还有性命站在这里？你还有机会做什么中原共主？你难道不觉得自己是踩在鱼凫王的尸体上，窃取了她的胜利果实吗？"

所有目光，都转向姒启。

姒启终于开口了："承蒙天尊厚爱，也承蒙大将军厚爱，不过，小子却不敢领命。"

布布不悦，道："姒启，你这是什么意思？难不成你还嫌弃没让你做万王之王？"

"小子不敢！不但不敢，而且觉得自己不配！"

"不配？"

姒启还是淡淡地："刚才小狼王说的都是事实。无论是论本领、贡献、名声，我都远远不及鱼凫王。甚至我这条命都是鱼凫王救下来的，否则，我早就死在西北沙漠了。后来我起兵西北，和大费决战，几乎算得上一无所有，全靠鱼凫王援助粮草、兵马，后来我走投无路时，也是她将汉中、南中之地让给我，否则，我连落脚之地都没有了……"

诸侯们见他如此坦然承认过去，都纷纷称奇。

"小子早年起兵，无非是激于义愤，觉得被大费陷害了，就要报仇雪恨。但是，从西北大漠逃回之后，又目睹大夏干旱，民不聊生，于是，报仇雪恨的心思就慢慢转变了。到后来，小子只想早日平息战乱，止息干戈，让百姓们过上安宁的生活……"

小狼王笑道："说得你好像对权势和名位并无多大兴趣似的……"

似启就像听不懂他的冷嘲热讽似的，顺势道："小子虽然不是什么孤高出尘之人，但是，也真的对权位没什么兴趣。小子生性怠懒，不堪被琐事纠缠，当年见大夏王日理万机，只觉得他就像一头不知疲倦的骡子，日复一日重复同样的工作，上朝退朝，看奏章批阅奏章……当时小子就想，这样日复一日地重复生活，有什么意义？就算小子勉强登上宝座，只恐尸位素餐，辜负天尊厚爱，而且，对民众来说也不是什么好事……"

布布强忍怒气："似启，你不要再胡说八道了。"

似启还是毕恭毕敬："小子生平所好，乃仙音妙乐。从小就立志要走遍天下的路，喝遍天下的水，看尽天下的花，体验各种不同的风景……现在，天下已经统一，也算是四海归心，根本用不着小子这类人物了……"

布布厉声道："中原共主你不做，那你要做什么？"

似启忽然抬起头，看着半空。尽管他根本看不见白衣天尊，却还是恭敬行礼，朗声道："小子有一个不情之请……"

布布厉声道："既然知道是不情之请，那就别说了！"

另一个声音却淡淡地问道："似启，你有什么不情之请？"

布布立即后退一步。似启看着那虚悬的王椅道："小子自幼爱好音乐，一度曾经极其痴迷各种乐器，曾组织大型的《九韶》演出。无奈，凡俗之躯，始终只得音乐的皮毛，却无法领略音乐的精髓。后来，小子路过汶山时，有一段奇缘，路遇某大神，答应让小子去九重天聆听真正的《九韶》。遗憾的是，从那以后，小子为各种俗事缠绕，无法动身，从此渐渐远离了音乐。现在，万神降临，各显神通，小子恳请天尊应允，给小子一个机会，让小子去九重星联盟听听真正的《九韶》《九辩》，如能学会，也好将这些高妙的音乐带回人间，造福人类，让大家在音乐的熏陶里，心灵变得更加纯净……"

众人见他好好的中原共主不做，居然要主动去追求那虚无缥缈的音乐，都很是奇怪。

布布也好生意外，只看着他，半晌不作声。

很显然，在白衣天尊发命之前，他也不知道该如何处理似启的这个要求。等了好一会儿，才听得一个淡淡的声音说道："既然你一心追求音乐，那本尊不妨成全你。"

似启立即行大礼："谢谢天尊。"

这时候，四周都安静下来，所有人都看着大将军布布，每一个人都是同样的疑惑：既然似启拒绝了中原共主的位置，那么，谁会被指定为新的人选？

小狼王忽然道："敢问大将军，既然似启拒绝了共主之位，那么，新的中原共主到底是谁？"

布布冷冷地说："小狼王，你该不会以为是自己吧？"

小狼王哈哈大笑，"我？我有自知之明。我知道天尊看不上我。不过，我觉得这个共主之位不能就这么空着吧？可是，要是指定别人，我又不服气……"

大家心想，你服不服气算什么？得白衣天尊说了才算。

可是，小狼王就像没有看到众人的眼色似的，他依旧大模大样地说："说真的，在座的各位再也没有威望本领能超过伱启的。既然如此，我不妨推荐一个大家都公认的厉害人物……"

布布冷冷地，"有这种人吗？"

"怎么没有？鱼凫王不就是吗？"

此言一出，台下立即安静了，布布脸上却一团漆黑。半晌，他沉声道："小狼王，你今天是来捣乱的吗？"

小狼王笑嘻嘻地，"我哪敢捣乱？我不过是实话实说而已。无论是武功、人品、威望值、战斗力，以及国家的大小，鱼凫王都是当仁不让的第一人。甚至她的颜值都远远高于在座各位……既然如此，由她出任中原共主不是最好的选择吗？"

就连丽丽丝也慢慢明白过来：小狼王今天还真是来捣乱的——很显然，他自知自己没有成为中原共主的势力和威望，所以，借故装疯卖傻，实则是想打听一下凫风初蕾的下落。

须知凫风初蕾的死讯传出后，他们都四处打探，却一无所获。追问杜宇，杜宇又坚称他家少主一定活着。尽管大家心底都明白，凫风初蕾一定是在九黎，可是，如果还活着，为何却一直不曾露面？如果她已经死了，那么说不过去——身为大神，白衣天尊连一个凡人都无法救活？

他想来想去，也顾不得会惹怒布布，三分玩笑三分认真，嬉皮笑脸，插科打诨地说："真的，我觉得鱼凫王是最合适的人选……"

布布只是冷笑。

"白衣天尊是最公正的大神，对我们这些残兵败将都一再手下留情，十分宽容，想必，他也一定会饶恕鱼凫王。要寻找真正的地球代言人，肯定要考虑人品、才能、战斗力等综合性问题。若是鱼凫王出任中原共主，肯定胜过一切人选……"他忽然提高了声音道，"对了，启王子，你是鱼凫王最好的朋友，你说，是不是这样？"

所有目光全部落在伱启身上。

伱启却盯着布布。小狼王插科打诨的时候，他一直盯着布布。他之所以来九黎，很大程度便是了寻找凫风初蕾。但是，找了几个月，也得不到半点消息。

此时，听到小狼王直接点了自己的名字，他倒也不以为意，只淡淡地说："小子也认为，鱼凫王是最合适的人选。如果鱼凫王能出任中原共主，那真是再好不过了。"

小狼王又看着丽丽丝："西方之王，你认为呢？"

丽丽丝也朗声道："我也推举鱼凫王为中原共主，的确没有比她更合适的人选了……"

诸侯们见这三人一唱一和，竟然一致推举鱼凫王出任中原共主，都觉得非常意外，可是，又不好说什么，只是纷纷盯着布布。

更多的人则一直盯着那把虚悬在半空的王椅。

椅子上，只有红色的宝石在闪烁，偶尔看一眼，那就像是云端里发出的光芒。

众所周知，鱼凫国是抵抗白衣天尊最久的国家，可是，也不知道为什么，直到现在，白衣天尊也没有下令废黜鱼凫国的称号，甚至没有令鱼凫国的使者鳖灵出席今天的会议——

好一会儿，声音才借着布布的嘴里传来："你们都认为鱼凫王足以担任中原共主的职位了？"

大家你看我，我看你。

小狼王大笑："这不！沉默便代表同意。"

布布却又开口了："中原共主之位暂时空缺，东南西北四方之王，一切只需向布布大将军禀报就行了。"

话音一消失，众人忽然觉得身上一轻，仿佛半空中有什么无形中消失了似的——尽管布布尚未开口，可大家都明白，白衣天尊已经离开了。

果然，布布随即一挥手："今天的召见就到此结束，各位可以离开了。"他转身离去。

诸侯们也随即鱼贯而出。

小狼王尾随众人走出万王厅，在分岔路口，只见众人都停下来，纷纷向掌管东南西北的四位大王道贺。四人固然喜气洋洋，其他人也都歆羡妒忌，可小狼王顾不得羡慕他们，因为他发现妠启不见了。

自从出了万王厅，妠启便不见了。他很诧异，明明只有一个出口，难道妠启一出来便飞奔离去了？他总觉得妠启今天的表现十分蹊跷，可是，刚奔出去几步却听得有人在背后叫自己："喂，小狼王……"他只好回头，脚步却停不下来："丽丽丝，我还有点事情，等一下再来找你……"

丽丽丝一闪身拦在他的前面。她蓝色的眼珠子里满是疑惑："鱼凫王真的已经死在有熊山林了？"

他叹一声："丽丽丝，我还没恭喜你升级为西方之王……唉，西方之王，西方包括哪些地方呢？西南？西北？是不是鱼凫国也在你的掌控范围之内了？"

丽丽丝心平气和："所谓西方之王，仅仅是一个荣誉头衔，并不是真的权力范围。"

"可是，并非人人都可以做西方之王！"

"你见过没有军队的国王吗？"

小狼王立即泄气了。

丽丽丝这是实话。当今天下，叫作大炎帝国。所有军队都掌握在大炎帝国的手里。纵然是被分封为四方大王的，无非是大将军布布麾下的荣誉顾问而已，利用他们所掌握的资源以及累积的威望，替白衣天尊掌管天下。可是，他们几个人，是不能直接领导军队的。不能领军的大王，绝不是真正意义上的大王。

丽丽丝淡淡地说："虽然只是荣誉头衔，可是，白衣天尊还是给我面子，这一点，我非常感激。但是，我这次来九黎广场，真不是为了这个荣誉头衔而来。我听江湖上有很多传说，可无一不指向鱼凫王的死亡……"

她顿了顿："小狼王，莫非鱼凫王真的已经死了？"

小狼王面上的嬉皮笑脸彻底消失了："她应该没死。"

"没死的话，那她现在在哪里？"

他摇头。

"莫非她一直在九黎？或者被白衣天尊囚禁了？"

"白衣天尊连我们这些人都全部赦免了，单独囚禁她干什么？丽丽丝，实不相瞒，我刚来九黎时也多方打点，就连布布都承认，白衣天尊没有囚禁任何人。因为，以白衣天尊的身份，根本不必囚禁任何人。"

"那鱼凫王究竟到哪里去了？"

小狼王苦笑："我要是知道就好了。"

九黎的琼楼玉宇呈现出前所未有的缥缈。

从半空往下看时，全部是白色的雾气，而黄金为墙白银为地的宫殿就悬浮在上面，若隐若现，和人类所想象的神仙府邸一模一样。

白衣天尊站在云雾之中，极目远眺几根撑天的柱子——那当然不是撑天柱，只是七根五颜六色的宝石巨柱，其主要的意义在于装饰。

最中间的一根是通体碧绿的翡翠，那是开天辟地以来，和宇宙一起诞生的翡翠，它绿得就像一个古老的世界。盯一会儿，你会发现翡翠柱子里浮游的水藻、翠绿的森林、绿色的繁花，而一丛丛的青草更是充满了无限的生机。只有他才清楚，这翡翠柱子里并不是虚幻的世界，而是九黎的缩影。

九黎之美，美在纯粹。可是，他脑中却隐隐浮现另一个至美——三十里芙蓉花道，十里刺桐大道，懒洋洋的熊猫，威风凛凛的恐龙。

天下至美，美在天府。

顾名思义，那是人间的天堂，诸神的造化，曾经人人向往的乐园。只可惜，尔来四万八千岁，那乐园彻底被封印在了外界的视线中。

颛顼。该死的颛顼。

他几十万年寒潭深井一般的眼眸里，居然浮起了一丝愤怒，一只手紧紧地捏着拳头，在不经意之间，手中的菱角已化成了一把粉末，那是小玉瓶的碎片。

作为九重星联盟曾经最尖端的私人防身武器之一，现在，这玩意儿已经彻底失去了意义。它已经彻底碎掉，再也无法使用了。

"你我之间，犹如此瓶，以后纵黄泉陌路，也永不相见！"

他死死捏着那一把粉末，竟然觉得吹来的风飕飕的满是寒意。

"天尊……"

无声无息的脚步，无声无息地靠近，但是，他觉得，和九黎上空缥缈的雾气一样，那号称宇宙第一女神的青元夫人也是捉摸不定的一阵风。

他不知道如何形容这种感觉，因为，他每每看到她，总觉得跟看到其他任何的半神人无差别。跟看到维维奇等男神毫无差别。在他心目中，她压根儿就是没有性别的，就像那些慈祥、温柔、波澜不惊的母神。

直到她主动向他求婚。直到在众神的起哄之下，他乱了分寸。直到维维奇恶作剧地在半空中炸开了一朵巨大的礼花——消息传出，整个九重星联盟都在羡慕他。

可是，谁也不知道他心中的失望——或许，那不叫失望。他无法形容。他觉得那是一种令人难堪的波澜不惊，没有期待，没有渴望，没有焦躁，没有向往，甚至，没有血气。今后的几百万年或者几十亿年，就像一个事先告知的结果，不需要任何的猜测和想象。这实在是太令人乏味了，不是吗？

高处不胜寒。此时，青元夫人忽然觉得这白色的雾气有淡淡的寒意，还有淡淡的水汽，行走其间，能感觉到霓裳羽衣也变得凉凉的。

"天尊，凫风初蕾真的已经离开了九黎？"

他慢慢回头，目光落在她的身上。她那标志性的青色袍子，柔软、飘逸，胜过世上最好的绫罗绸缎。她头上的九云夜光冠也在雾气中熠熠生辉，她年轻靓丽，光彩照人。作为十万玉女之首，如果有人觉得她不漂亮，那人绝对是瞎子，或者在胡说八道。

可现在，他却觉得她真的很一般——还不如那骷髅似的面上那对活灵活现的大眼睛。因为，那对大眼睛会愤怒地瞪着自己，会对自己破口大骂，会指着自己的鼻子嚣张地大叫"我警告你……"。

多可笑。她居然警告自己。她就算变成了一具骷髅，也是世界上最嚣张的一个骷髅。可这骷髅偶尔又软弱得出奇，会在黯黑的夜里轻轻地说："我害怕，你不要离开我。"她会抓着他的手，整夜都不放开。她会轻轻贴在他的胸口，吸取他的热量，就像一只垂垂待毙的蝉。

在九黎的许多夜晚，他真的担心她睡着睡着就再也睁不开眼睛了。可是，最后她还是活下来。然后将小玉瓶在他面前捏碎，咬牙切齿地咒骂他："到了黄泉也不要相见了……"

多么强烈的爱恨嗔痴。

有时候，他甚至能感觉到那是一股强烈的血气，一股风一般的血气，肆无忌惮地敲打在自己的骨子里、灵魂里，然后，将自己尘封万年的血也搅和得热烈而奔放起来。可现在，他浑身上下的血液，又彻底冷却了。他觉得，那奔放的力量再也不会出现了。

"她什么时候离开九黎的?"

这突兀的声音打破了他的沉思。他有点奇怪,抬起头,狐疑地看着她。

她还是微笑,语气温柔,就像这波澜不惊的春风、平静的湖水,她就像那些抚慰众生的圣母。

他觉得自己的血液更冷了。不对,半神人的血液本来就是冷的。那是经过了改造的血液,否则,便不能适应地球之外的其他环境。这半冷的血液遇到同样半冷的半神人,就更加冰凉,毫无热意。所以,半神人们才很少爱上半神人?

直到那温柔的声音重复一遍:"凫风初蕾……她什么时候离开九黎的?"

他如梦初醒,淡淡地回应:"今天早上。"

"为什么?"

"九黎本不是她应该待的地方。"

"按理说,她不太可能有离开的能力。"

"那只大熊猫可以。"被喂养了大批量神药的大熊猫本该被处死在九黎,但是,他任由她骑着大熊猫大摇大摆地跑了。作为白云天尊,他已经再一次犯禁了。只是,他竟然浑然不觉。

她小心翼翼地说:"天尊,我有一言不知当不当讲……"

他慢慢抬起头,看了看九重星的方向,静静地听着。

"明日,诸神就要返回九重星联盟了。天尊该知道,诸神们此次前来,不光是为了游览地球,更是为了看看天尊在地球上的所作所为。保不准他们回去之后会在其他大神面前讲一些什么是非,天尊也要当心才好……"

青元夫人当然早已看出来,不少大神表面上吹捧白衣天尊,实则心怀妒忌。尤其是发生了凫风初蕾这件事情,说不好他们会拿这件事做文章。

他再次看了看九重星联盟的方向:"我就不去九重星联盟凑热闹了。"

青元夫人很意外,但是,她反应极快,立即就说:"也罢,天尊一直对九重星联盟的事情不感兴趣,既然如此,不妨去天穆之野走一趟吧。反正你好久都没去过天穆之野了……"

天穆之野,西王母一族的地盘,以几十亿年存在为起点伟大神族的处所。

白衣天尊点点头:"没错,我至少七十万年没有去过天穆之野了。也不知道天穆之野的神曲是不是还当年一般盛大华丽……"

她凝视他,笑容明媚:"天尊去了就知道了。天穆之野,其实一直在等待你的光临。"

天穆之野虽然不如九重星联盟那么遥远,可是,那也是神族的天宫。

天上一日,人间一年。大神们一走,神迹将以百年计消失在地球上。可是,这于他们,不过是眨眼之间的事情。

第四章　十万年树精

云阳并不是世界上最大的树，世界上最大的树生长在东海桃都山。

据说，那棵桃树绵延覆盖了三千多里。树上栖息着一只金鸡，每每金鸡发出叫声，全世界就天亮了。

云阳的范围虽然没有三千多里，可是，覆盖周山四周三百多里也是有的。

这巨大的范围体现在它的树洞里——树洞蜿蜒曲折，竟然长达十几里地，在周山的中心地带，恍如一个独立的小小的世界。树洞里到处生长了密密麻麻的苔藓、避光的野草，青绿色的小花常年盛开。

这一日，凫风初蕾兴致勃勃沿着树洞漫步。树洞里，绝非现象的漆黑一团，事实上，沿途都有各种夜明珠，它们散发出温润的光芒，将周围的草木照得纤毫毕现，更让各种苔藓野草散发出绿油油的光芒。沿途还有各种动物，它们躲在里面，就像待在一座古老的城堡里度假似的——舒舒服服过完这个寒冬，到了春天才出去唱歌跳舞。它们很可能是第一次见到这神奇的世界里有人类，它们也不害怕，纷纷好奇地看着凫风初蕾。

凫风初蕾原路返回树洞中央时，惊奇地发现地面上竟然铺了一张三丈多宽的拼接毛毯，毛毯上摆满了各种干果，有松子、榛子、等等，还有一大杯绿色的汁液，盛放在一个通体透明的水晶杯里，显得非常美丽。

她端起杯子，喝了一小口，但觉甘甜美味，不由得叹道："云阳，我要是一直待在这里，只怕会把你的鲜血都喝干……"

云阳笑容满面："作为一棵已经有几万年寿命的老树，别说你区区一个小姑娘，就算十个百个人类，也无法吸干我的鲜血。"

"云阳，你到底活了多久了？"

"几万年。"

"到底几万年？"

"九万九千九百九十年了！"

"九万九千九百九十年？"

凫风初蕾端着杯子的手顿在半空之中："这么说来，你快有十万年的寿命了？"

"再有十年，我就十万岁了！"

好震惊，一棵十万岁的树。人类的帝王天天梦想万万岁，可事实上，他们往往活不到一百岁。可这棵树，悄无声息地在这里快十万年了。十万年风云岁月，他该见证了多少的悲欢离合？多少的兴衰更替？多少的野心沦落？

这一夜，凫风初蕾居然睡得很熟。

一觉醒来，已是天明。透过树洞明亮的树叶窗户，她看到久违的朝阳一览无余照射着大地，而厚厚的积雪仿佛一夜之间便彻底消融了。

她看看窗外又看看桌上的鲜花："我怎么一觉醒来就是春天了？"

"我令你沉睡了三个月，想研究一下解毒的方法。你知道，沉睡之中，人体的机能运转会变得很慢，就算毒性发作也会缓慢许多……"

她这才注意到自己瘦弱的手臂，虽然苍白，但是并不如想象中那般乌黑发亮，也不是一副病毒在全身传播快要死的样子。相反，她看到自己手臂上血肉更深了一层，比昏睡之前好多了。她再次深呼吸，这一次，便明显感觉到五脏六腑之间有一口气卡着，在周身乱窜，怎么也上不来。

云阳的眼中满是不安，可语气却十分温和："小姑娘，你别急，我会尽力治好你的，大不了，我们先沉睡几年，让病毒冻结，再想办法……现在，你先把这碗药汁喝了吧……"

她看到自己面前那一大碗绿色的汁液，再看看云阳，只见苍老的树皮上，云阳的脸苍白得出奇，甚至他那俊美无匹的一双眼睛的眼眶也深深凹陷下去了。

一个人，失血过多会死。一棵树，失血过多也会死。

她端起大碗，慢慢地将一大碗汁液全部喝干。她记得很清楚，自己刚到这里时，每天喝一小碗，可现在，这只装树液的碗，已经是以前的十倍大小。毒性的蔓延，只能依靠成倍吸取云阳的鲜血才能暂时缓解，否则，便无法控制了。自己要是一直待在这里，云阳很可能就迎不来他十万岁的生日了。

云阳十分关切："小姑娘，现在感觉如何了？"

她微微一笑，慢慢伸出手，轻轻抚摸了一下云阳的眼睫毛。云阳吓一跳，急忙闭上眼睛，然后又睁开。

"云阳，这样下去，你会死掉的……你就算把你身上的树液全部给我喝光，也无法解除我身上的病毒……"

树液便是他的血液。长期吸血延续的生命，有何意义？

云阳急忙道："你别担心，我一定会想到办法……"

她凝视他。他能有什么办法呢？唯一的办法便是一天天加倍割掉他自己身上的血，利用十万年古老树木的灵气，让自己再苟延残喘一段时间而已。可是，这种牺牲，根本是毫无意义的。

就像人类的许多牺牲，她都觉得毫无意义——比如，用一个健康人的器官去拯救一个重病人，结果是，重病人不多久死了，而健康的人也基本上废了。用一个人的健康去换取另一个人的苟延残喘，本质上并不是伟大，而是一种愚昧和残忍。

她只问："云阳，我还能活多长时间？"

他叹道:"如果一动不动,也许三五年。"

"一动不动?"

"没错,你就待在周山,哪里都别去,按照我所说的方法静止不动,你至少还能熬三五年。这三五年之内,我也许能找到别的解药……只要时间足够,这世界上没有办不到的事情……"

所谓的静止不动,便是昏睡不醒——她并不想在周山昏睡三五年,然后迎接不可知的死亡。

"要是离开周山呢?"

云阳急了:"这可万万不行!小姑娘,你绝对不能再东奔西走了。如果你再次上路,哪怕是慢慢行走,也必将耗光你全部的元气,要是这样,你很可能活不过两年时间,甚至一年都悬……"

两年!她想,这时间其实已经足够漫长了。

云阳见她的神色,更是不安:"小姑娘,你该不会真的想要离开这里吧?"

她慢慢地抬起头看了看远处追逐蝴蝶的大熊猫,又侧耳听了听在树枝上歌唱的云雀,这才轻轻道:"云阳,谢谢你一直帮助我。可是,我马上就要离开周山了……"

云阳不敢置信:"马上?"

她点点头:"我还想回一趟金沙王城。"

云阳欲言又止,却悻悻地说:"还回去干吗?你又不是鱼凫王了。小姑娘,活着才是最重要的事情,否则,无论你有多少事情要做,一旦死去了,你什么都顾不上。"

她默然片刻,声音低低的:"临死之前,我还想回去看看我的父王……"

云阳再也无法作声。

她再次伸出手,轻轻抚摸他的长长的睫毛:"云阳,我真希望还能再见你一面。呵,你知道吗?我常常幻想一个场景:等你十万岁生日的时候我再来看你,好好替你庆祝一下。可是,还有十年,也实在是太漫长了……我可能等不到十年了……云阳,我能不能提前祝你十万岁生日快乐?"

树精的眼睛忘记了转动,死死盯着她,一棵树的眼睛里,竟然慢慢有了泪水。

她也凝视他。很多时候,她都忘记了这只是一棵树。很多时候,她都误以为这是自己在世界上唯一的朋友。许多人,根本不如一棵树,不是吗?

云阳却更加悲哀了。他分明从她灰白的脸上看到一种死亡之气,这比起她刚来周山之时,更令人恐惧不安——刚来周山时,她只是样子丑了点。

可现在,那死亡之气已经在她的血脉和五脏六腑之间游走。

那是一种慢性死亡。一种被人算计好的,到了时间就定时爆炸的死亡。别说他只是一个树精,只怕大神大仙出手,也不见得有挽救的机会了。也正因此,他才绝望得一塌糊涂。十万年看透红尘的双眼,一颗一颗的泪水涌出来。

她呵呵笑起来:"云阳,你可别哭啊。你知道吗?我从未见过男人哭泣,在人类的世界,男人是不轻易哭泣的……大家都说,男儿有泪不轻弹……"

可是,他只是一个树精,他并不是一个男人。

"不对,我见过小狼王哭,他哭起来很丑很丑,令人讨厌。呵,你也别哭啦……"

小狼王哭起来很丑,云阳哭起来却很美。但是,再美的哭泣也不如丑陋的微笑。

她伸出手,柔声道:"云阳,笑一下吧。笑着告别才是对我最好的鼓励。"

几条柔软的树枝垂下来,轻轻拉着她,好像要挽留那时日无多的脚步。

可是,鼻风初蕾离去的脚步已经彻底坚定,她背对着云阳,声音很轻:"云阳,再见吧。"

有露珠飞溅,就像是一个人的眼泪。头发、肩头,都慢慢地被濡湿,就像一颗已经潮湿的心。

她吹了声口哨,嬉戏的大熊猫立即飞奔过来。她轻轻拍了拍它的头:"老伙计,你还记得回金沙王城的路吗?"

第五章　蜀中杜宇

秋天，正是蜀中最美丽的季节。

三十里的芙蓉花道连绵起伏盛开，其间，夹杂了一棵又一棵高大的刺桐花树。那些高达七八丈的花树，在芙蓉之间，就像是偶尔出现的一个个巨人，参天而立，将它们的红色花朵笔直地指向天空。

大熊猫悄然隐匿在丛林里，凫风初蕾孤身一人慢慢地徒步往前。

近乡情怯。

她觉得金沙王城也有了很大变化，可是，这变化到底是什么，她又说不上来。

适逢集日，金沙王城的大街小巷熙来攘往，川流不息。小贩们的吆喝、行人的笑闹、各地的商旅、璀璨的蜀锦……这一切，并未因为她这个鱼凫王的失踪而被毁灭，相反，金沙王城还是如往日一般热闹。

一切，都没有改变。这世界，绝不会因为单独少了谁而被改变。她很是欣慰。

此刻，她一身便装，戴一顶普普通通的帽子，和许多普普通通的行人一样，是这个街头最最微小的一部分——也因此，她忽然觉得很安全。那种近乡情怯的感觉忽然就消失得无影无踪了。

不必有国破家亡的伤感，更不必背负江山故国的悲哀，做一个普通人，其实最好不过了。只是，经过王殿的那条路时，她稍稍驻足片刻。只见那条长长的通往王殿的路，依旧一成不变，道路尽头的金红色大门甚至也一成不变。至于守在门口的王家护卫队，他们的服饰、武器、仪容，也统统没有大的变故，远远望去，竟然和以前一模一样，仿佛金沙王城从来就不曾易主似的。

逛了几条街，买了一点小吃，她慢慢地踩着夕阳随着川流不息的人群出城。

快到城门时，她停下。前面，有马蹄声传来，抬头一看，居然是杜宇。

她微微意外，在九黎的时候，杜宇备受布布等刁难，没想到后来居然安然无恙地回到了鱼凫国，这也算不幸中的大幸了吧？

杜宇策马前行，他也许是有什么心事，面上也没什么表情。他独自一人，便装，腰上悬着一把长剑。

前方一阵躁动。

凫风初蕾定睛一看，一队人马匆匆而来，为首的是一个胖胖的老头，跑得气喘吁吁，竟然是鳖灵。鳖灵后面，跟着一队王家侍卫队。

鳖灵拦在杜宇面前，上气不接下气："杜将军，我可终于找到你了……"

杜宇勒马，淡淡地说："你找我干什么？"

"今天晚上有一个很重要的宴会，是招待大炎帝国的商队，我觉得你应该出席一下啊……"

"我没时间。"

"过几天他们就要走了，必须有个饯别宴会，你参加一下吧……"

"我也没空。"

鳌灵叹道："杜将军，你这是怎么了？每天都在外面游荡，也不管金沙王城的事情，这可不好啊。"

"金沙王城有你和卢相就行了，那些事情，你们看着处理就好了……"

鳌灵长叹一声，还是苦口婆心地劝道："杜将军，我也知道你一片忠心，一定要找到少主。可是，你这是徒劳无功啊！在九黎的时候，你天天寻找，现在在金沙王城，你也每天到处寻找，恕我直言，少主怎么可能在金沙王城呢？你这样无头苍蝇似的，到处乱跑，根本找不到啊……唉，少主肯定不在人世了，否则，早就回来了……"

杜宇还是淡淡地："少主一定还活着。你等着瞧吧，鳌灵大人，少主一定会回来的。"

鳌灵就像看着一个疯子。围观的众人也像看着一个疯子。

这个杜将军本是金沙王城一等一的传奇人物，他镇守褒斜，偷袭落头族，曾经击溃大费，甚至多次击溃东夷联军……在他的将军生涯里，他很少有败仗。他的威名，远远在鳌灵、卢相等文臣之上。

可是，现在，他变了。他已经不再征战边关，甚至不再过问政事，他每天巡游街头，无所事事，到处寻找少主的下落。甚至许多天不见人影，连商队的事情也不怎么过问。就算是傻瓜都听说了——少主早已死在有熊山林了，又怎会再回来呢？

若在以往，少主之死一定会引起轩然大波。但现在，大家只是在遗憾之余，感到痛心和不安而已。因为，现在的天下已经是白衣天尊的天下，战争已经停止，各国军队都已经解散——也就是说，无论有没有王者的存在，都不重要了。

鳌灵大人带回来的消息很确定：只要归顺白衣天尊，人人都可以保住平安。而且，白衣天尊特意优待鱼凫国，不但没有对鱼凫国做出任何限制，反而保留了鱼凫国的所有现状，包括鱼凫王的称号，这在全世界各国中是绝无仅有的。

虽然没有战争的威胁了，杜宇也不用镇守边关了，但鳌灵和诸位大人一直很尊敬他，也将整个王家仪仗队交给他。可是，他却对王家仪仗队没有任何兴趣。他甚至对鱼凫国的大大小小事情都不再感兴趣，但凡有人请示他时，他也总是推辞，说："你们去找鳌灵或者卢相吧。"

久而久之，鳌灵已经彻底掌握了金沙王城的大小事情。当然，这也和鳌灵的个性有关，他是楚国前来投奔的异乡人，性子圆滑，八面玲珑，无论是在九黎上下打点，还是回到金沙王城之后平衡各种关系，他都做得井井有条。这并不是什么坏事，毕竟，在现在的局势之下，有这么一个八面玲珑的人周旋于各种势力中才不至于使鱼凫国左支右绌。更何况，他还是鱼凫王亲自下令指定的——鱼凫侯。

饶是如此，他对杜宇还是非常尊重。就像现在，他依旧苦口婆心地劝说："杜将军，你对少主的一片忠心我们都很清楚。我们也都希望能出现奇迹，可是，一味悲痛无济于事，不是吗？不如好好治理鱼凫国……"

"我从未悲痛！因为少主根本没死！"

"就算少主没死，也不可能在金沙王城。"

"我反正闲着没事，找一找总是好的。"

"你怎会闲着没事？那些大商队的首领都希望能见你一面……"

"天下无战事，商队无论去哪里都不再需要军队了。鳖灵大人，你就不用客气了，你代为处理一下吧。好了，我还有点事情，我先走了……"在众人奇异的目光里，杜宇策马而去。

凫风初蕾也跟着人群散去，可是，没走几步，只见杜宇忽然勒马回头，四周看了看，目光慢慢落到自己所在的方向。尽管隔着很远的距离，自己又戴着大帽子，绝不可能被杜宇认出，可是，她还是尽力往人群里挪了挪——毕竟，她很清楚地记得，在九黎广场时，自己的模样比现在更加可怕，而杜宇居然能一眼认出自己来。

她的好奇心又开始涌动了：涂山侯人都认不出自己，为何杜宇从有熊山林起就能认出自己了？这岂不是咄咄怪事？她总觉得杜宇有点邪门，所以，就更加不想和他碰面了。

彼时，经过云阳的治疗，她的模样起码恢复了十分之一——比起在九黎不人不鬼的时候，被故人认出，可能性大多了。

她不想节外生枝，所以很警惕。好在杜宇看了几眼，没有发现什么，又扬起马鞭，很快便远去了。

凫风初蕾注意到他所去的是西门一带——这个杜宇，莫非他真是整天东南西北到处乱窜乱找？这么固执地找一个人，到底是要干什么呢？

湔山，小鱼洞。

无人打扰的奠柏更加高大，柔软的触须就像天地之间伸出的手，旁若无人地抚摸着大地。干旱早已过去，河流满是清水。曾经被焦渴折磨得奄奄一息的鸱鸮、猩猩以及各种飞禽走兽早已回归山林，不时在晚风中发出一声声顽皮的尖叫。

湔山上，一片雪白。

万万年的松柏彻底复活，柏树上则停满了大大小小的白鹳，当它们扇动翅膀的时候，整个湔山都成了白茫茫的一片。

大熊猫也许是第一次见到这么多白鹳，它很感兴趣，冲着山林大叫一声，惊得白鹳们立即扇动翅膀，于是，整个天空便全是白鹳优美的身影。

凫风初蕾站在奠柏树下，看着一大片白云似的白鹳远远飞走。

也许是感应到了曾经的鱼凫王的气息，吃人的奠柏将触须远远移开，尽力离她远一点，她很随意地摸了一下奠柏的枝干，一条大路便出现了。她吆喝一声，大熊猫也跟了进去。

随即，奠柏的触须漫卷，通往小鱼洞的门被彻底关闭。天地之间，安静得仿佛从来没有人的脚步踏进过这里。

这是父王去世之后，凫风初蕾第一次单独来这里。

只见小鱼洞的湖面平静得就像是一面镜子，湖边则开满了各种颜色的小花。偶尔，有粼粼的波光，那是跳跃的鱼儿浮出水面，将波光揉碎，于是，金色的夕阳也被揉碎了一般，金红的颜色便四散荡漾开去。

凫风初蕾极目远眺，只见湖心深处，依旧平静无波，当年高阳帝幻化的黑龙大战百里行暮时的场景已经不复存在。可是，她很清楚，父王，此时便沉睡在湖心深处。

因为他既没有青元夫人这样的朋友，和大神们的关系也不好，所以，他无法再获得任何长生药的支持，和其他大神一样，死了也就死了。

凫风初蕾只是一直在思索：父王去世之前，他到底活了多久？几十万年？几百万年？或者更长的时间？就算活了这么久，他长眠于地后，会不会感到愤怒不满？

因为他曾经的敌人，他的老对手，最后将他彻底埋葬在小鱼洞的百里行暮，现在还好好活在这个世界上，也许，还会几万年几十万年，甚至更长时间地活下去？

每每想到周山上那个空荡荡的坟茔，她总是心如刀割。明明多次提醒自己一切都已经过去，可是，总是觉得受到了莫大的欺骗，怎么也无法让自己真正安宁下来。尤其，自己现在几乎成了一个废人，而那个欺骗者，却已经获得了整个天下。

凫风初蕾慢慢地对着湖心深处行礼，声音很低很低："父王，对不起……"短短几个字，她无法继续说下去了。

身为鱼凫王，故地重游时，不但失去了整个国家，连父王赠予的金杖、委蛇等，她统统失去了。她是一个彻头彻尾的失败者，走投无路，最后，只能回到父王的身边寻求庇护。

湖面很平静，微风吹来沿岸摇曳的野花香味，就像一丝若有若无的叹息。

一如比鲁星大神的冷嘲热讽："四面神一族也没什么了不起，自你这个丑八怪之后，便会彻底灭种了……"没错，自己死后，四面神一族就真的会绝种了。失败的凫风初蕾，你就算死后，也愧对列祖列宗。

那是回湔山的第三天。

她睁开眼睛，看着茫茫无边的湖面。

湔山，已经彻底变成了白鹳的乐园。所有枯死的松柏，已经彻底复活，主宰了整个湔山。她随手扯了一根青草放在嘴边，大熊猫却大叫一声追逐一只野兔跑远了。

远处，有猩猩的叫声。那些鹦鹉学舌一般的家伙，又排成一队，开始试穿一只巨大的鞋子——那是一只人类的鞋子。这是捕猎它们的陷阱，只要它们穿上这只鞋子，就会被连着鞋子的绳子连成一串，然后，再也无法单独奔跑。

人类抓住它们，把它们的嘴唇割下来，做成一道无上的美味。

"你们看，还有美酒，快去喝酒吧……"

"哪里有美酒？自从老鱼凫王不在湔山田猎之后，湔山就再也没有美酒了……"

"为什么小鱼凫王不来湔山田猎呢？"

"谁知道呢！可能小鱼凫王不喜欢打猎吧。再说，他们不来打猎不是更好吗？我们也好过几年安稳的日子……"

"别说了，先去穿一下鞋子，我们好久没有穿鞋子玩了……"为首的猩猩刚试探性地放进去一只脚，忽然跳起来。

一块小石头击中了它的脚。

受惊的猩猩立即四散奔逃，嗷叫声此起彼伏。

鞋子的绳子，立即被弹开。

凫风初蕾笑起来。这些愚蠢的畜生，这么明显的陷阱都看不出来。令她意外的是，看样子，这陷阱设置的时间并不久，那么，是谁设置的呢？

她慢慢起身走过去，看见刚刚猩猩出没的地方，除了几只巨大的鞋子之外，果然还有一坛酒。

可能是因为酒坛敞开的时间很长了，酒味已经很淡很淡。所以，除了少数嗅觉极其灵敏的猩猩，其他的都没嗅出酒味。

她随手反转酒坛子看了一下，发现这酒坛子就算没有被打开，里面装的也不是什么好酒，无非是为了欺骗一下猩猩而已。

一阵马蹄声，突如其来。她本能地起身，马上就要隐入奠柏后面，却已经来不及了。

"少主……少主……"声音是从背后传来的，她急欲离开，可是，前面却是湔水——一条宽阔的河流。

大洪水之后，生态早已平衡，湔水河虽然不算什么大河，但是，河面也有五六丈宽，两岸全是高大的柏树。她并非不能一下飞度几丈宽的河面，只是，她并不想仓促离开。

就是这一犹豫，那声音的主人已经跃然下马，几乎是飞奔过来，以不可思议的速度拦在了她的前面。

"少主……少主……我知道是你……我知道……"

她别开目光。湔水河的上面，一行行白鹭飞过，雪白的翅膀令河面也变得茫茫的一片雪白。

"少主……"

好一会儿，她才平静下来，再看杜宇时，神色已经非常镇定了。

杜宇死死盯着她，双目几乎要放出光来，却只是搓着手，激动得再也说不出一句话了。

大熊猫闻讯窜过来，十分亲热地冲着杜宇低叫一声。杜宇摸了摸它的头，欢喜得连声道："老伙计……老伙计……"

正是大熊猫专门从金沙王城奔到褒斜道的军营，杜宇才能及时赶到有熊山林。后来，一人一熊又从有熊山林赶到九黎广场。正是这段时间，一人一熊已经结下了深厚的情谊。大熊猫看着杜宇时，简直就像是故人重逢。可是，杜宇却丝毫也没意识到这老伙计的眼神已经变了——它目中满是精锐智慧的光芒，别说一般的猛兽，就是绝大多数的人类也不见得能有这样的光芒。

杜宇的心思，已经全部落在那张熟悉的面孔上面。这时候的凫风初蕾，当然已经不是有熊山林上的那个僵尸，也不是九黎广场的那个骷髅。她服用了云阳树精的大量灵药后，虽然无法彻底恢复容貌，但至少已经是一副寻常人的模样了——杜宇，当然一眼就认出她来了。

他搓着手，语无伦次地说："少主，你总算回来了……我前几天就有一种预感，你会回来，没想到，你真的回来了……幸好我今天来了湔山，不然，又错过了……"

她淡淡地说："杜宇，你怎会来湔山？"

杜宇！她叫自己杜宇！他听得这声音，哪里还有半点迟疑？竟哈哈大笑："少主……少主……果然是少主……"

因为太过激动，一掌就拍在大熊猫头上。也许是用力过猛，大熊猫觉得疼痛，不由得嗷叫一声。

杜宇连声道歉："对不起，对不起……老伙计，我不是故意的……我只是太开心了……"

大熊猫叫一声，一副我不和你计较的神情。

凫风初蕾也好奇地看着他满脸的笑容。她从未见过人笑得如此开心，如此毫无遮拦。

"少主，你回来就好……回来就好啊……我每过几天就会来一趟湔山……"

"为什么？"

"我也不知道。我只是有一种预感，少主很可能会在小鱼洞……我知道，少主就算回来，也一定会来小鱼洞……对了，褒斜的驻军已经撤掉了，我天天都在金沙王城闲逛……商队一直没有停下来，去年和今年的收成也还不错……"

杜宇本不是一个颠三倒四之人，可现在，他几乎每一句话都连缀不起来，显然是他内心激动，根本无法控制自己的情绪。

凫风初蕾静静听着，也不言语。尽管杜宇说得很凌乱，她也慢慢明白了：白衣天尊一统天下，谁也无法抗衡，无论是熊关灵耳还是褒斜驻军都失去了意义，所以，鱼凫国的军队和其他大国的军队一样，都失去了存在的意义。现在顺理成章自行解体，将士们全部变成了平民百姓。

而杜宇这个大将军，干脆什么都不干了，天天都在外面茫无目的地寻找——一如鳌灵对他斥责的那样。

她只是疑惑：他这么执着地找一个人是为何？要知道，他只是一个大将军，一个下属，而非她的什么亲人。如果非要说什么的话，那就是他祖辈出身于王家仪仗队。难道就因此而如此忠心耿耿？

也许是这几年的沧桑巨变，纵然爱人、朋友也相逢不相识，为何偏偏是一个下属一直不离不弃？

她忽然想起云阳。不知怎的，她觉得杜宇就像树精，心里便有了一股暖意。绝境时候，有人不离不弃，那是一种幸运。

可杜宇根本不知道她的心思，只不时看她一眼又移开目光，搓着手，好像不敢正视她的目光。

半晌，她才道："鳌灵他们还好吧？"

他好像不知道该怎么说，顿了顿才道："这两年，鱼凫国的商队主要是和大炎帝国的商队往来，大炎帝国也成了我们最重要的商业伙伴，据说，如今金沙王城的蜀锦，几乎有八成都是单独供应九黎广场，大炎帝国的商队也在金沙王城设置了单独的办事处，鳌灵把一条街的商铺和经营权全部交给了他们，而且规定大炎帝国在整个鱼凫国境内不缴纳任何赋税……"杜宇沉默了一下，还是继续说道，"对大炎帝国的商队百般优待也就罢了，但鳌灵还下令每年给九黎广场单独上缴一万匹上等蜀锦、三万两黄金、各色珍珠宝石若干，以及十万石上等大米……"

准确地说，这些是单独贿赂布布大将军的。正因为这个进贡，卢相和鳌灵发生了激烈的争论，因为争论无果，卢相激愤之下便借故隐退，不怎么管事了。

杜宇回来之后，也曾和鳌灵争执，但是，鳌灵早有准备，他百般诉苦，说大炎帝国的商队如何地骄横跋扈，如若不重重贿赂，大家都没有好日子过。这些，卢相不知道，你杜将军是在九黎广场亲眼所见的，别人不理解我的难处，你还不了解？我的一切苦心孤诣还不是为了这个国家。谁叫我们技不如人呢？现在不忍辱负重还能怎么办呢？

杜宇无法反驳他这一套鸡贼的做法，所以，便也和卢相一样，借故退却。金沙王城，便彻底成了鳌灵的天下。

当夕阳西下的时候，凫风初蕾和杜宇已经悄然站在褒斜边关。

双脚踩在千年栈道上面，低头时，看到万年的江水湍急。悬崖峭壁上，姜花盛开，十分茂盛。

凫风初蕾随手摘下一朵白色的姜花，手一松，花瓣便纷纷洒落江水。她继续往前走。

杜宇也只好跟着。

那是褒斜的最外层。一望无垠的汉中、南中、偏南一隅的大夏军队，统统随着涂山侯人的离开而彻底离开。

天高云淡，隐隐地，甚至可以极目远眺秦岭的方向。这时候的鱼凫国，已经彻彻底底和外界联通，再也没有任何秘密可言了。

一如金沙王城里雨后春笋般出现的妓馆、斗殴的醉汉，可以预料，很快，很多恶性事件便会兴起，杀人放火，坑蒙拐骗，统统会出现。

天府之国，很快就将成为过去。凫风初蕾，也许会成为历史上的第一个亡国之君。

后来的史学家可能会记载：自小鱼凫王时代开始，便礼崩乐坏，人心不古，鱼凫国，从此进入衰亡和崩溃的时代。她不愿意背负这个名声。那意味着父王最后信错了人，也将王位传错了人。可是，要如何才能拯救这即将衰朽的鱼凫国呢？她站了很久，这才慢慢拿出青铜神树。

杜宇一见青铜神树，脸色就变了。

身为蜀中嫡系子民，他对神秘的青铜神树当然不会一无所知，可是，他第一次亲眼看见青铜神树，还是在有熊山林，在少主的"尸体"前。而在这之前，他只在十几年前的一次盛大祭祀上远远地看过一次。那还是老鱼凫王在的时候，至于到底是祭祀什么他已经忘记了，只记得金沙王城搭建了一个极大的高台，而这棵青铜神树就端端正正地摆放在高台之上。普通人是根本无法上高台的，只能仰头往上看，所以，具体的细节根本看不真切。

据说，这棵神树的用途，只有历代蜀王在临终之时，才会告知自己选定的下一代蜀王。如今，少主竟然当着自己的面启动神树。

他本能地后退一步，却听得少主沉声道："杜宇，你留步。"

凫风初蕾没有回头，声音却更加严肃了："杜宇，你仔细看好每一个细节。以后，你才能运用自如。"

他只好站在原地，根本不敢再开口，甚至不敢辩解，因为，他觉得少主的这句话很令人不安。可是，少主已经不再讲话了。

她静静地坐在原地，一眨不眨地盯着青铜神树。全身的力道，已经汇聚成一点。

以杜宇现在的功力当然不知道少主究竟在干什么，可是，他分明察觉，少主整个人仿佛入定了似的。而她对面的青铜神树，竟然慢慢地开始变大。

最初，是一尺长的小树变成两尺来长，紧接着，便成了两米多高的一棵树木。只见这树木一共分为三层，被一条黑龙驮着，而树木的枝干顶端全是随风转动的锋利的刀刃。

树冠上，则站着一只金乌。这也没什么奇怪的，因为青铜神树本来就是这个样子。他松一口气。

可是，很快，他的眼神就变了。因为，那棵神树居然在膨胀。慢慢地，从两米多高变得比前面的大树还高。慢慢地，竟然膨胀成无边无际的参天大树。不但变高，还在变长变宽。最初是一棵，后来，便成了树林。那是一望无际的树林。

明明一棵树，却不知怎的居然成了一片树林。再细看时，青铜神树竟然彻底消失了，光线也彻底昏暗了。

蓝天白云已经消失，如置身万年洪荒的原始丛林。四周，全是参天的古木，但是，你看不清楚树干，却看到无数粗大的树根纵横交错。树根下，没有落叶，没有动物，也没有野花，甚至没有任何腐烂的气息，只有黄色和灰色的泥土。那泥土也是干涸而均匀的，就像是一层假的。

杜宇震惊得说不出话来。他只瞪大眼睛，死死盯着这一瞬间就被密密匝匝的原始丛林所包围的世界——视线内，已经分不清楚褒斜和外界的区别了。

褒斜，好像彻底消失了似的。慢慢地，他仿佛明白了什么。一转眼，只见少主的脸色最初是苍白的，就像是蜀中最上等的花笺白纸，慢慢地，这苍白就变成了血红，然后，变成了一片青灰色。那是死亡的颜色。

好几次，少主的身子摇摇欲坠，仿佛马上就要倒下去，可是，她始终稳稳站着，就连他情不自禁伸手去搀扶，也总是被一股无形的力量远远推开。他根本无法靠近。他完全被隔绝在一股巨大的气瘴之外。他惊呆了。

可是，那丛林还在蔓延。一直蔓延到千里万里之外。不知过了多久，整个天地全部变成了绿色。

从偌大的褒斜道往外看去，远处莽莽苍苍的秦岭已经彻底消失了。

通往外界之路，彻底被阻隔。

那些参天古木和苍莽丛林，将褒斜、灵耳熊关一带再到汉中南苑以及汶山、岷山，连成了一条无懈可击的群山走廊，别说一般人，纵然飞鸟猛兽也难以逾越。

蜀道难难于上青天。原来如此。

凫风初蕾也看着这苍莽丛林。所谓封印，真的只是一种障眼法。这障眼法，也只是上古大神们的随手一挥。慢慢地，脸上露出了一丝笑意。

身为鱼凫王，我终于做到了。

尽管做得不够好，可是，终究还是勉强完成这任务了。

她慢慢地抬起头，看了看头顶。头顶也是一片墨绿色，纵横交错的枝条树叶，哪怕是遇到一场大雨也不见得会穿透。这不是一般的封印，也是一种庇佑。每当有巨大灾难的时候，古蜀人民便可以躲藏在这漫漫丛林之中，不但能躲过洪水、干旱、地震、海啸，甚至能躲过敌人的攻击，猛兽的侵袭。

湔山之战的老鱼凫王，因为太平岁月过久了，完全失去了戒备心，所以，才导致一败涂地。如果当时他带上了这棵神树，结果会不会就不同了？可是，一切都不容假设。此时，凫风初蕾看着自己的杰作，慢慢笑起来。这一笑，最后的一口气便泄了，她双足仿佛被人斩断了似的，往下就倒。

杜宇抢上一步扶起她："少主，你怎么了？……"

她干脆坐在地上，脸上却满满是笑容。

杜宇忧虑地看着她，但见她脸上的笑容就像一朵开到极盛的红花，这令她身上的死气大大削减，恍惚间，竟恢复了全盛时期的容貌。

好一会儿，她才能慢慢开口："我力量不足，所以无法彻底将鱼凫国封印。但是，在几十年之内瞒过外界的眼光还是可能的……不过，这也只能瞒过一般的凡夫俗子，真正的高手还是能闯进来，但是，就算闯进来也无法破解……"

杜宇惊道："这棵青铜树是用于封印鱼凫国的？"

她点点头。

这也是她无意中从白衣天尊口中得知的。

白衣天尊说，青阳公子斩杀了最后一条黑龙，用自己的血铸造了这棵青铜神树。所以，这神树就不会只是一个宇宙记录仪，而是另有用途。但是，真正让她领悟这个秘密，却是在她回到湔山之后。

在湔山的三天，她昏睡着，不思不想，偏偏脑海中反反复复出现白衣天尊的话：假的，假的，一切都是假的。真正的金沙王城七十万年之前就已经沉没了。现在的一切，全是假的……

这是一个暗示。甚至算得上一个明示了。

历代蜀王，便是用了这棵青铜神树，将整个古蜀国彻底封印，不让其和外界接触，所以，才有蜀道难难于上青天的说法——因为，一般人根本无法寻找进入蜀中的道路。一如此时这遮天蔽日的原始丛林。

杜宇抬头看的时候，根本不知道究竟有多高，也不知道这大树究竟蔓延了多远，只能看到那些绿油油的树叶、昏暗的光线。

云阳说，全世界最大的树是桃都之山的桃树，那棵桃树覆盖了三千里的范围。

若是以前，凫风初蕾根本无法想象。但现在，她明白了，这棵槐树很可能不止覆盖三千里，它也许将围绕整个古蜀国的方圆几千里全部包围了。四面环山，再无出口。不过，西方的天空却有一片亮光。那是一个缺口。

这次封印，无法蔓延到最西边。所以，那里就留下了一条通道，也或许是一个隐患。

鳖灵是一个称职的丞相，也是一个工作狂。

作为鱼凫国实质上的统治者，他最近很忙，不但要筹划一年一度的秋社，清点商队的库存、盈利、庄稼的收获、百官的考核评论，甚至还要应付林林总总的宴席，比如今晚迎接大炎帝国商队的盛宴。

盛宴，在王殿的宴会厅举行。

这个宴会厅，早前是专门用于招待各国王者的。在鳌灵出任丞相之后，这个宴会厅只用过一次，那就是凫风初蕾登基之后，为了招待远道而来的小狼王、鬼方女王以及有熊氏和夏后氏等人。

那次之后，宴会厅便彻底关闭，当然，也因为此后再也没有来过王者级别的客人。这次，他特意开了这个宴会厅，很显然是为了向大炎帝国的商队示好。因为这支商队的首领重离是布布面前的第一红人。

鳌灵很清楚，重离若是回去在布布面前美言几句，那对大家都有好处。他不但免除了大炎帝国商队在鱼凫国的所有税收，还为其提供宽大精美的大院、商舍，不仅如此，还单独为重离修建了一座豪华大院，让重离在金沙王城有了一个家。

清酒，美人，其乐融融。

歌姬都是很年轻的少女，正值十三四岁的豆蔻年华。

重离非常满意："鳌灵大人，还是你最懂我的心思。"

鳌灵心里不以为然，却一直赔着笑脸。请神容易送神难，大炎帝国的商队好不容易要离开了，他当然不想在这时候另生枝节，所以，无论重离说什么，他都点头称是。

重离笑嘻嘻地："鳌灵大人，你不觉得金沙王城少了什么吗？"

他小心翼翼："少了什么？"

"金沙王城的商业贸易虽然冠绝天下，可是，你难道没发现其中有一个最大的弊端或者说是致命的缺陷吗？"

"致命缺陷？"

"当铺！你没发现吗？金沙王城居然没有当铺！"

鳌灵举着酒杯的手，慢慢顿在半空之中。

重离却对他的脸色视而不见，反而侃侃而谈："一个没有当铺的城市是不合格的城市。这样吧，我和鳌灵大人是好朋友，金沙王城又对我们这么客气，所以，这一次，我就主动帮个忙。我打算在城西设立一个当铺，进行贸易往来。一切工作都由我负责，只需要鳌灵大人提供一个场地就行了。当然，这场地也不用太大，只需要十间连着的商铺打通，足够摆放典当物就行了……"

鳌灵略略沉吟："重离大人有所不知，鱼凫国的传统是抑制豪强，贫富差距一直很小，而且，鱼凫国还有一个专门的机构叫作赈灾司，也就是说，但凡有人陷入不幸，赈灾司自然会出手。所以，从来不需要当铺，只怕大人开设当铺原是一番好意，却不会有什么生意……"

重离不以为然："鱼凫国这么大，难道就没有懒汉？赈灾司忙得过来吗？"

"实不相瞒，赈灾司的一切费用全由鱼凫国的商队提供，资金十分充裕。再说，鱼凫国还有一个十分特别的法令，那就是，如果有人坑蒙拐骗或者赌博懒惰导致家庭贫寒，那么，不但赌博懒惰者会被重重鞭打，坑蒙拐骗也会被重重鞭打，事后还必须退还钱财，所以，这里的人们虽然悠闲，但是，并无超级大懒汉，也没有什么坑蒙拐骗者……"

重离却大笑一声："这么奇怪的法律，废黜不就行了？"

"可是……"

"别可是了！这当铺我是开定了。鳖灵大人，我连负责人都安排好了。"

重离的确安排好了人选，他留下了他的两个下属专门负责经营当铺、照顾他的几个小妾。他踌躇满志地说："说真的，金沙王城真是个好地方。我一来到这里就非常喜欢，所以打算这次回去之后，便安排好九黎的一切，然后，举家搬迁到金沙王城。如此，我就得先打点自己的事业，至少，要让我的小老婆们都有个赖以为生的产业，鳖灵大人，你说是不是这个道理？"

鳖灵知道这时候拒绝他，不啻和他翻脸，再说他的当铺早就实质性存在了，只是要求自己再免费提供一个更大的场地而已。鳖灵赔着笑脸，只是敬酒。此时，他只想赶紧结束这场晚宴，请走这一伙瘟神。

重离四周看了看，话锋一转："鳖灵大人，今晚的饯别宴，为何少了一个人？"

鳖灵赔笑："大人何出此言？"

重离板着脸："杜宇呢？为什么我来金沙王城一个多月了，却从未见过杜宇？他不是鱼凫国的第一大将军吗？"

"杜宇一直在外流浪，三个月前才回到金沙王城……"

"这也不是杜宇避而不见的理由！怎么，他是看不起我还是看不起大炎帝国？你可别忘了，他就算不是将军了，他还是鱼凫国的商队首领。既然同为商队首领，难道不该参加今晚的饯别宴吗？他是看不起我吧？"

鳖灵擦了擦脑门上的冷汗。

重离冷笑一声："莫非他是不想在金沙王城混了？既然如此，鳖灵大人你干脆将他赶出金沙王城……"

鳖灵面露难色："鱼凫国很少有驱逐出境的先例，更何况杜宇也没有犯下什么大错……"

话未说完，他便立即意识到自己失言了，果然，重离连声冷笑："鳖灵大人也认为杜宇没有犯错了？"

重离声色俱厉："杜宇目无尊长，傲慢自负，轻辱我大炎帝国商队就是轻侮我大炎帝国。这可是十恶不赦的大罪，按律当诛。现在，我只是要求你把他驱逐出境，已经是极大的宽容了……"

重离一挥手："鳖灵，你听好了！我以布布大将军的名义令你马上下令驱逐杜宇！"

鳖灵硬着头皮说："大人有所不知，杜宇在鱼凫国有大功劳，威望也很高，早前深受鱼凫王信任。他特别忠心耿耿，也曾千里迢迢去寻找我王，纵然没有功劳也有苦劳，我岂敢将他赶出金沙王城？再说，我也无法向鱼凫国人民交代驱逐他的理由……"

重离重重地将酒樽顿在桌上："鳖灵大人，你我之间也算是有一些交情，实不相瞒，将杜宇赶出金沙王城其实是布布大将军的意思……"

鳖灵长叹一声："重离大人，我有一言，不知当不当讲……"

"你且说来听听。"

"杜宇可不是一般人，他家世代都是老鱼凫王的护卫队。据说，他的高祖、曾祖以及祖父，都曾经是老鱼凫王的护卫队队长，一家人有自由出入王宫的权力，真可谓蜀中第一名门望族……"

"直到厚普时代，鱼凫王的护卫队队长才换了人。可是，许多老年人都知道，那并非是老鱼凫王对杜宇家族失去了信任，而是那时候杜宇太小了，不过几岁而已。"

"杜宇的爷爷死后，按理说，该他的父亲继任队长，但他的父亲早逝，他年龄幼小，所以，当时老鱼凫王曾有命令，待杜宇成年，便可以进宫继任家族世袭的王家护卫队队长。只是湔山之战后，老鱼凫王驾崩，这个规矩便烟消云散了。可我等老臣对这一切，是一清二楚的。"

"绝非我有意违背重离大人的命令，实则是杜宇情况特殊，我真的没有资格下这个命令啊……"

重离重重地把酒杯顿在桌上："你们这饯别酒，我们是喝不起了，以后，你们这金沙王城，我们也不敢再来了……"

满头大汗的鳖灵正示意属下们说说好话，可是，属下们还没开口，就听到一个声音："不敢来，那就别来了！"

所有目光都看向门口。

门口，站着一个女子。她一身蜀锦王服，纵然瘦得一阵风似的，可任何人都能一眼看出她身上的那股强大的气场。那是一个王者的气派，那是鱼凫王。在她身后，正是一身戎装，佩带宝剑的杜宇。杜宇旁边，则是一只懒洋洋的大熊猫。

鳖灵震动，也不管重离愤怒而疑惑的眼神，立即冲上去，跪地行大礼："参见我王……"

一众鱼凫国的官员也本能地冲上去，黑压压地跪了一地："参见我王……"

重离等人站在原地，讪讪地，进也不是，退也不是。可是，他脸上的嚣张之色已经大为收敛了——尽管他看不出这瘦弱的少女到底有什么过人之处，但是，他很清楚地看到那只大熊猫——那一丈多长的猛兽，纵然是在猛兽出没的九黎也十分罕见。此时，它正懒洋洋地盯着这一群耀武扬威的大炎帝国商人。

重离迎着它的目光时，忽然有点不寒而栗。因为，那猛兽的目光竟然会说话似的，表达得异常清楚：你们要是不想成为我的腹中之物，那就赶紧滚蛋吧。

重离立即收回目光，心中七上八下。可是，他看了看自己身边的一干随从，立即定定神，再次看向鱼凫王。

他虽然没有见过鱼凫王，可是，早年已经不知听说过多少鱼凫王的传说。江湖传说，鱼凫王一拳就能砸死一个巨人；鱼凫王曾经一句话喝退了秦岭山中的落头族。鱼凫王还有一条巨大无比的双头蟒蛇。现在，双头蟒蛇虽然不见了，可是，鱼凫王还是鱼凫王。再看鳖灵等人，虽然对杜宇已经满不在乎，可是，忽然见了鱼凫王，积威之下，竟然立即跪下去行大礼，重离便明白，自己等人今天无法在这里讨得好处了。

强龙不压地头蛇，走才是上策。可是，他又很好奇。传说中的鱼凫王那么厉害，所以，他难免和常人一样，总把她想象成一个五大三粗、威风凛凛的女魔头。可眼前的这个少女，瘦弱得就像一阵风似的，而且，她很美，一种极其孱弱的美丽。这孱弱的美丽之中又有一股无上的威严，他觉得奇怪，所以多看了几眼。

这一看，就忍不住开口了："你就是鱼凫王？"

"滚！"

他还没作声，他旁边的一名随从话语轻佻："哈，你这女人，瘦得猴子似的，竟敢如此嚣……"

"张"字，再也没有出口的机会了。

他眼前白光一闪，根本来不及看清楚熊掌，便被一股飓风一般的力量扔了出去。

所有人都惊呆了，重离也惊呆了。

凫风初蕾的目光跃过乱七八糟的酒桌，桌上的清酒坛子已经空空如也，可大盘大盘的鸡鸭鱼肉尚原封未动。这些人吃的并不是酒宴，而是一种排场。

最令人意外的是桌上的一溜碧玉盘子——那是最后上的一道菜——依照商队职位的高低有序摆放。盘子里并不是什么山珍海味，而是各色珠宝黄金。

重离面前的盘子最大最豪华，里面盛的东西也最多，两颗宝石，一对翡翠镯子……皆是价值连城之物。

重离下属的盘子里，装的是宝石、黄金以及白银。

这最后一道菜，是鳖灵等对他们最大的讨好。

凫风初蕾只是很诧异：素日看起来老实憨厚的鳖灵，怎会想出如此别出心裁的讨好方式？

"重离，你就是大炎帝国的商队首领？"她的声音不高不低，可是，所有人都听得清清楚楚。

重离硬着头皮："正是。"

"是你在金沙王城开设了一片富人区？是你在金沙王城开设了第一家妓馆？是你在金沙王城开设了第一家当铺？是你在金沙王城开设了第一家赌场？"

重离忽然大声道："是我又如何？"这个黄毛丫头，她敢把自己怎样呢？他看了看远处那个飞出去死活不知的下属，冷笑一声，"鱼凫王这是给我们一个下马威吗？我们回去后，要是布布大将军问起，怎么少了一个人，叫我们怎么回答？难道说是被鱼凫王给杀了？"他身边一群本来胆气已寒的属下，听得这话，立即来了精神，一个个挺胸凸肚，冷笑纷纷，一副你杀我们一个人，马上杀你全家的气势。

就连跪在地上的鳖灵也暗暗叫苦。他一看到鱼凫王，就明白事情不妙了——自家大王虽然平安归来，可是，那样子却不妙啊，骨瘦如柴一般，很显然是重伤未愈。鱼凫国现在已经没有军队了，相反，大炎帝国商队的随从里却绝大部分都是第一流的好手。整个鱼凫国的命运都系在她一人身上，如果她功力不足，必将招致无穷后患。

重离从鳖灵等人的脸上已经看出了他们的恐惧和担忧，他的想法，也是如此。他使了个眼色。随即，他身边的几十名随从便立即分散开去，呈包围趋势将二人一熊猫彻底包围了。

除这几十名随从之外，金沙王城还有几百名大炎帝国的商队成员，他们每一个人的战斗力都不逊色于职业军人，这也是重离的底气所在。因此，他竟然大言不惭地说："鱼凫王，今晚我就给你一个机会吧！你要是马上跪下向我求饶，一切都还有转圜的余地。否则的话，哼哼……"

杜宇见这老头出言不逊，正要上前，却被凫风初蕾一个眼神阻止了。

重离就更是嚣张："啧啧啧，这不是杜宇杜大将军吗？怎么？你这缩头乌龟终于露面了？"他虽然奚落杜宇，目光却停留在凫风初蕾脸上。他当然并不知道凫风初蕾是因为受了重伤才变成这个样子，只以为她本来就是这般模样。他本是个好色之徒，最初见鱼凫王骨瘦如柴一黄毛丫头，本不以为然，但多看几眼之后，但觉此女眉目如画，肌肤胜雪。如果不是这么枯瘦，绝对是一绝色美人。最重要的是，她非常非常年轻——就像一个小小的女孩，眉梢眼角，也全是少不更事的样子。威名赫赫的女王，竟然是一个妙龄少女。

他不由得放肆嬉笑："你这个鱼凫王长相还不错嘛。不过，你实在是太瘦了，难道是逃亡期间一直没吃过饱饭？啧啧啧，这好办啊，你这么年轻，恢复起来也是很快的，不如跟我回到九黎，让我好好喂你吃几顿饱饭，待得身上长出几两肉来，很可能也会有几分姿色……"

他的身子，随着"色"字一起被湮没了。他倒下去。可是，并未死。他只是瞪大眼睛，再也不能开口了。

凫风初蕾淡淡地："重离，你知道我为何要杀你吗？"他当然无法回答。

"表面看来，你还真的没有什么该死的大罪。可是，你开设赌场、妓馆、当铺，将整个金沙王城的万年习俗毁灭得一干二净……蛊惑人心，比杀一个人更加可怕。"

一个人的死亡，只是个体的不幸。可一旦一个群体人心的变化，那才是一个国家的悲哀。重离，便是这人心堕落的始作俑者。重离之死，万死莫辞。

重离挣扎着要跳起来，旁边就是门口。熊掌一下击碎了他的天灵盖。

半晌，一个人才战战兢兢："你……你们……你们竟敢杀我大炎帝国的商队首领……我们回去一定要揭发你们的罪行……"

凫风初蕾指着众人："你等胁从重离作恶，不但不思悔改，反而变本加厉，你们，也该死！"众人，仓促后退。可是，已经迟了。堵在门口的大熊猫没有给任何人机会。只见它迅疾如风，上下攒动，随即便是此起彼伏的惨呼声。不消片刻，大门外面便尸横遍野。整个大炎帝国参加宴会的随从，无一幸免。

四周很安静，安静得令人发狂。好几次鳖灵要开口，却不敢。

凫风初蕾也不开口，只是环顾四周。这堂皇的王殿曾是诸位半神人会聚的地方：青阳公子、昌意公子、以及蚕丛大帝时代的文武大臣。当然，还有柏灌王以及他的文武大臣。然后，才是老鱼凫王的时代。再不济，这里出没的也是蚳启和小狼王以及丽丽丝等人。曾几何时，这里竟然沦为了一干腌臜蠢物聚会的场所？

鳖灵看见大王的目光，更是胆战心惊，他虽然自持自己并未犯下什么大错，可是还是颇为不安，只跟随着少主的目光，半晌，才战战兢兢地问："禀报我王，大炎帝国商队还有数百成员在城西驿站集结待发，这可如何是好？"

凫风初蕾淡淡地说："他们已经不会再出现了！"

鳖灵这才醒悟过来，敢情大王是先解决了整个大炎帝国的商队，最后才出现在王宫里的。鱼凫王就是鱼凫王。纵然她一副重伤未愈的样子，她还是鱼凫王。他额上冷汗涔涔，再一次跪下去："大王，臣下有罪……臣下有罪……"

"你有什么罪？"

"臣下辜负了大王的信任……臣下没有严守大王的规矩……臣下迫于压力破坏了许多鱼凫国的传统，这都是臣下的失职……"他并未为自己的行为进行辩解，相反，他一味请罪。

凫风初蕾盯着他。只见这老臣跪在地上，不停叩头。可是，她并未怎么责怪他。覆巢之下无完卵。

金沙王城变成今天这样，大炎帝国的商队横行无忌，也不是他的错——他根本无法阻止这一切的发生。他只能顺势而为，左右逢源，以换取一个苟且的平安。但是，在重离等坚持要驱逐杜宇时，他还是顶住压力，一再拒绝。凭这一点，凫风初蕾便原谅这老臣了。他并不坏，也不是外界传闻中那么有野心，事实上，他只是按照他在中原所熟悉的那一套法则行事，但是，关键时刻，他还是坚守了底线。

她真的没有怪他。她只是淡淡地："鳖灵，你起来。"

鳖灵站起来。

鱼凫国的君臣之道并不严格，鱼凫王也很少让臣下跪拜，唯有这次，她让鳖灵等跪了很久，才开了这个口："鳖灵听令！"

鳖灵慌忙道："大王请吩咐。"

"你即刻传令下去，撤掉城西所有富人区，将其变成贵重商品展览区；撤掉全城所有妓馆，遣散所有妓女和老鸨。那些女子若是自愿的也就罢了，若是有被强迫拐卖逼迫而来的，则处死老鸨和相关拐卖人员，一个不留；此外，你还必须立即着手整顿弥漫金沙王城的酗酒和赌博之风，严禁典当任何财物，严禁废弃任何耕地，严禁懒汉会聚，如有违背者，按照法令鞭打不赦……"

"遵命！"鳌灵和一干下属仓促退下。

早朝。

那是一场久违的大会。当卢相等老臣见到活生生的鱼凫王坐在王位上面时，竟然忍不住老泪纵横。"少主，你可终于回来了……"和杜宇一样，那些土生土长的老臣们都叫她少主。因为，她刚一出生，他们便这么叫她了。

凫风初蕾看到这些老臣，也百感交集。本来，她以为自己回不回鱼凫国，这世界都不会有任何的改变。如今，才知道，这世界其实会有改变——哪怕是小小的改变。

变得更差，或者变得更好。

只不过，她不愿意看到金沙王城变成九黎广场一般骄奢淫逸的城市。只不过，她不愿意看到几万年的古国就此陷入堕落的深渊。于是，她回来了。

哪怕这回归的时间并不能长久。

她注意到，卢相和一干老臣在左边，鳌灵和一干近两年提拔的年轻人在右边，土著和投奔者，泾渭分明。党派分裂，是治国的大忌。她没有就这件事情做任何的评论，只平静地颁布了各项任务之后，令三位老臣单独留下。杜宇，卢相，鳌灵，昔日鱼凫国最重要的三位大臣。此刻，他们再度聚首。

卢相丝毫不掩饰自己的狂喜："我们都以为再也见不到少主了，没想到少主居然平安无恙地回来了，这下好了，这下好了，我们再也不用担心了……"

鳌灵却只是垂首站着。

凫风初蕾和颜悦色："鳌灵，你辛苦了。"

他一怔。

"你昨夜连夜带人突袭全城，不但封闭了所有的妓馆，还好好安顿了所有人，到今天白天，金沙王城已经不再有醉汉和斗殴者，鳌灵，你做得很好。不过，这以后你可能会更加辛苦，毕竟，城西的奢华大院的改造才是最难的任务，那些人一定会跟你大肆作对，搞不好你会左右为难，而且，接下来马上就是秋社大祭，你还得和卢相一起忙碌，只怕你一个月之内都很难有休息时间了……"

前几个任务也就罢了，秋社祭祀却是大事。

少主已经说得很清楚，令他和卢相一起负责，这就表明如往常一样，对他没有任何猜忌。

鳌灵人老成精，如何不知少主这番心思？要知道，少主可不是一般君王，不会和臣子来什么兜兜转转尔虞我诈的政治游戏。就像昨夜，一出手立即将重离等人彻底消灭一样，真要觉得你有了二心，那么结果只有一个：立即消灭。

现在，少主的态度非常明显：你并无大错，我继续信任你。

鳌灵垂下头，叹道："少主还肯如此信任我，我真不知道该如何回报才好。"

鬼风初蕾还是和颜悦色："你本来就没有错！纵然有一些不好的手段，也是为情势所迫。"

　　"多谢少主这样成全老臣的脸面。"

　　他转向卢相和杜宇，面上全是惭色，一拱手："二位，可真是对不住了……"

　　卢相大笑："鳖灵大人这就见外了。实不相瞒，早前我虽然对你不爽，但是，后来一想，你也是没有办法，你也是被迫行事。若是没有你挡着，只怕我们就不能全身而退了。依照我这样的牛脾气，只怕早就和重离翻脸，那时候，少主又没有回来，我们根本不是他们的对手，只怕整个金沙王城都会遭到报复……鳖灵大人，说起来，你是有功劳的，在这一点上，我真的远远不如你……"

　　鬼风初蕾也点点头，那也是她的看法。

　　鳖灵看了看杜宇。杜宇一直沉默。和过去一样，除非必要，他一直很少开口。

　　鳖灵垂下头："虽然少主宽宥，但是，老臣还是十分惭愧，自认再也没有资格厚着脸皮待在高位，今日，便辞去职务，今后只做一个平民百姓。"

　　鬼风初蕾沉吟了一下，还是点头："既然如此，我就成全你。"

　　"多谢大王。"鳖灵退下。只剩下卢相和杜宇。

　　卢相叹道："大王回来了，鱼凫国也安定了。但是，老臣还是有所担忧。大炎帝国如日中天，布布大将军掌握了全世界的大军，如果他知道重离等人死亡的消息，一定会发兵征讨鱼凫国，到时候，如何是好？"

　　鬼风初蕾慢慢站起来，一字一句地说："这便是我留下你们二人的原因。"

　　卢相惊诧地看着她。

　　"鱼凫国和外界的通道已经彻底被封闭。今后，商队只能通过西海出入，纵大炎帝国也不例外。当然，他们今后很长时间也无法再来鱼凫国了……"

　　卢相不敢置信。

　　他根本不知道封印的事情。他也想不到少主已经封印了整个鱼凫国。

　　从此，偌大的古蜀国已经消失在了众人的视线里，无论是行人还是飞鸟，都在秦岭边上便会止步。再强大的军队，也无法翻越那绵延几千里的青铜神树屏障。

　　鬼风初蕾也无意于详细解释，只和颜悦色地说："你们无须再担心外部的战争或者安危问题，只需要一心一意把金沙王城和整个鱼凫国治理好就行了。"

　　卢相尽管不解其意，但是他们深知少主的习惯，她绝不可能夸大其词，所以他们听得这话都放了心。

　　杜宇留在最后，待得告辞时，初蕾忽然叫住他："杜宇，我想请你帮个忙……"

　　杜宇立即道："少主请吩咐。"

　　初蕾迟疑一下，摇摇头，似在自言自语："算了，这事可能你也帮不上忙了。"

　　一夜之间，金沙王城就变了风向。

先是芙蓉大街上的几家妓馆无声无息地关了门，紧接着，旁边的赌场纷纷被关闭。

当金沙王城的男人们一大早习惯性地往两个销魂窟奔去的时候，却发现这两个玩意儿居然不见了，其惊讶的程度可想而知。可是，更令他们震惊的在后面。赌场的广场门口，悬挂着一排尸体，全是大炎帝国商队的尸体。

为首的，正是重离。这些尸体全部穿戴良好，没有经受任何拷打，所以，一个个都保存了完整的面容。尤其是重离，他还穿着他生前最喜欢的那件奢华的蜀锦袍子。要知道，重离在整个大炎帝国纵谈不上数一数二，但至少也是前几名的人物，位高权重，在金沙王城更是横着走。可现在，他的尸体被公然悬挂在这里。

他可不是被暗杀的。尸体旁边，有硕大的布告，旁边还有宣读的官员，一目了然地写清楚了他的罪孽，以及为何会被处死。颁发者，自然是鱼凫王。一时间，天下震撼。

纵然那些不甘心看到妓馆和赌场关门的男人，也被这一排尸体所震骇，吓得灰溜溜地全跑了。反倒是当铺，非常平静。

相比妓馆和赌场，当铺在街头的最下端也是最不起眼的位置，但是，很大。虽然没有公开的招牌，但刚走近门口，就能感受到它的气势——黑漆漆的装修风格，令人压抑的暗沉色调，令靠近之人都会有一种无形的压力——好像一靠近这里，你的胆气就丧了一截。

这是有原因的。但凡典当之人，无不是遭遇了急难，或者赌鬼缺钱，或者嫖客意乱，他们一进来，就急吼吼的，巴不得拿钱就走。快钱当然没有讨价还价的资本，老板也熟谙他们的这种心理，所以，往往趁机压价，以至于原本价值千金的东西到了这里，可能也立即降到了白菜价。开当铺的老板，也因此赚得盆满钵满。

那是凫风初蕾第一次进入当铺。鱼凫国是从来没有当铺的，但是，她也并非没有见过当铺。只是，当亲自走进去，目睹这些琳琅满目的东西时，还是大为震惊。令她惊奇的并不是大炎帝国胆大妄为，没有许可便私下开设，而是这当铺的生意——为何短短几个月时间便会汇聚这么多东西？各种玉石、珠宝、金银首饰等也就罢了，抵押物还有各种各样的貂皮、蜀锦甚至被子、椅子等家里常用之物。

她看到一排零散的首饰，都是妇女的装饰品：发簪、手镯、耳环、玉佩，等等。可见那些男子为了筹得钱财，已经不惜一切代价。更令人意外的居然还有一摞地契。不是一张，而是一摞。要知道，金沙王城贫富差距不大，百姓都很富足，平素丰衣足食，根本不可能到了必须典当家业甚至变卖妻儿首饰的地步。

到底是干什么，才需要花这么多钱？当她走到隔壁的赌场时，立即就明白原因了。赌场也是大炎帝国的商队开设的。这里，居然拥有十种以上赌博的工具，大厅足以容纳几百人。可见几百赌徒在这里熙熙攘攘赌博时的盛况，他们挥汗如雨，激动不已，每一次都觉得自己快要赢了，却输得一塌糊涂。输红了眼，就想翻本，可是，这世界上，几乎很少有能翻本的赌徒。最终的结果，只能是输得一无所有，钱都让开赌场的人挣去了。

赌场过一条街，则是妓馆。大炎帝国的商队果然是善于经营的高手。这世界上，再也没有比赌博和妓馆更厉害的了。

他们显然熟谙人们的心理，当古老的金沙王城，第一次接触大规模的赌博和妓馆时，淳朴的百姓压根儿就没有任何防守之力，马上就缴械投降了。

他们不是小赌，全是大赌。

而更多的男人则朦眉奔眼地徘徊在妓馆门口，被那些花枝招展奇装异服的风情女子迷得魂飞魄散，很快，便败光了家业。

当铺里的地契、房契就是这么来的。

隔着一条街，还能听到前面的妓馆各种嘈杂喧嚣声：那是老鸨们的哭声、骂声。因为金沙王城没有先例，所以，老鸨们都是从九黎广场来的。她们来的时候带了一些姑娘，又在当地招募了一些姑娘。如他们所料，这无本生意一开张便门庭若市，赚得盆满钵满。那些没有见过世面的当地乡巴佬，一看到这些风情万种的风尘女郎，一个个腿都迈不动了，无不乖乖地掏出钱来。

正因此，妓馆被解散后，老鸨们在痛不欲生的情况下，遇到一个更严重的问题：当地姑娘倒是被遣散就行了，可老鸨和她带来的姑娘们则必须离开金沙王城。

"该死的鳖灵，不要脸的老乌龟，花馆开放后，他可没少来享受，现在却一夜之间就变了天，赶我们走，不要脸，鳖灵呢？叫他来给个说法……"

"全世界到处都有妓馆，凭什么这里不能有？就算你们要收税，说一声我们缴税还不行吗？为什么就这样给我们关了？还有王法吗？我一定要告你们，我回九黎广场之后，一定要找布布大将军告你们……"

"大炎帝国的商队呢？重离首领呢？为何他不见了？难道他们早就离开了？"

不只老鸨大哭大骂，就连围观的百姓也指指点点。

"多好的花馆啊，关了干吗呢？"

有人压低了声音："据说是因为鱼凫王回来了……"

有惊呼声："鱼凫王回来了？鱼凫王不是早就死在外面了吗？"

"怎么可能死在外面？要是死了，鳖灵大人不宣布驾崩发丧之类的吗？就因为她一直没死，所以鳖灵大人一直是鳖灵大人，而不是鳖灵大王。这你也不懂？"

"快别说了，真要是鱼凫王回来了，那就完蛋了……唉，这花馆真的保不住了……"

"何止花馆？赌场、当铺那些全都被取缔了，就连许多酒馆也被整治了，醉汉们都要被惩罚……"

"不但醉汉们被惩罚，懒汉们也逃不过……"

"唉，以前历代鱼凫王都是这规矩，我们竟然还觉得好。其实，现在想来，还不如鳖灵大人好……"

一群男人口沫横飞，竟然怨声载道。

杜宇在一边听得大怒："这些蠢货真是不知好歹。难道他们不知道这样下去，自己会倾家荡产？"

凫风初蕾一伸手，阻止了他。

不过短短几个月的时间，金沙王城便走向了另一个九黎广场。要净化一个人心，需要很长一段时间。要败坏一个城市，却只需要短短几个月。

她想，可能是人类骨子里骄奢淫逸劣根性一直被封闭着，但凡遇到合适的机会立即就会彻底爆发。金沙王城也不例外。

那些已经见识过妓馆、赌场、当铺等败家营生勾当的百姓，只怕从此再也不肯安分了。就算驱逐了大炎帝国商队，处死了重离，但是，一切再也回不到过去了。

杜宇看见了她的神情，这才彻底明白她为何非要封印整个鱼凫国了。

在她重伤之下，本是不适合封印的，但是，她已经没有时间了。否则，金沙王城会在堕落的深渊里，越走越远。

刚到黄昏，天府广场便被围得水泄不通。广场正中，一排一排整整齐齐排满了人，这便是鱼凫国最有名的鞭打之刑。

鱼凫国的刑罚很轻，也没有死刑。但是，这并不代表鱼凫国就没有惩罚。鱼凫国最常见的是鞭刑。简言之，但凡偷鸡摸狗、抢劫暴行以及各种罪孽，一旦查实，便会遭遇鞭刑。

而懒惰，也是受罚的一个原因。懒汉，并非一般意义上的懒散，而是特指那些好吃懒做、嗜酒如命、将田地抛荒、连续两年颗粒无收的闲杂人等。

如果你不耕不种，但是你从事商业刺绣有固定收入，那也可以。但是，如果你不耕不种，又身无分文，甚至卖儿卖女卖老婆，那就要被公开鞭打了。一句话，只要你不偷不抢不违法，也有钱吃饭，你再懒都行。但是，如果因为你的懒惰损害了别人的利益，比如让你的妻儿老小走投无路，那你就一定会挨鞭刑。

鱼凫国耕种田地是不需要纳税的，加上天府之国田野肥沃，收获颇丰，只要不是懒得出奇，随便种点什么都能有收成，所以，被列为懒汉的人很少很少。事实上，近十年来都从未执行过鞭刑。但是，今天被抓来排在这里的懒汉人数，当在几百人上下。

这些人，都是因为赌博或者妓馆，或者嗜酒或者种种纸醉金迷的生活，导致错过了今年的春耕秋收，不但如此，为了嫖资、赌资，还卖光了家里一切能卖的东西，其中包括凫风初蕾之前在当铺看到的地契、房契。

鞭刑，在所难免。一般的懒汉，鞭笞十鞭子；卖地卖房的则鞭笞三十鞭子。负责行刑的正是大将军杜宇。

当大家看到一身戎装的杜将军抽出宝剑时，就知道，金沙王城再也不可能是昔日的造次之地了。

只听得杜宇高声道："金沙王城的各种违法场所已经彻底被取缔，你等的罪行却无可饶恕……"很快，执行人便扬起鞭子噼里啪啦打下去，只听得号叫声此起彼伏，那些平素好吃懒做的家伙，一个个如杀猪般惨叫不已。待打完，旁边早有准备好的大夫拿了各种伤药、草药等上来，一一为挨打的人敷好，然后，每人喂了一大碗熬好的伤药。

　　杜宇厉声道："今日只是小惩大诫，你等今后若敢再犯，就不会这么轻松了。好了，你们赶紧回去歇着，养好伤，好好帮家人干活。"懒汉们的家属急忙扶起他们，不一会儿，众人便鱼贯而去了。

第六章　女王成亲

金沙王城四季从来不分明，夏天和冬天都来得快去得快，于模糊不明的界限中就已经溜走了。一如现在，漫山遍野的红叶、橘子，竟令人分不清楚究竟是秋天还是冬天。

三十里芙蓉花道早已凋零，可十里刺桐依旧盛开。居中的一棵，高达十几丈，参天林立，颇有一枝独秀的气派。

凫风初蕾坐在地上，仰起头，但觉这大树一望无际，满树的红花伸出天际之外。一阵风来，树上没有掉下一片叶子，也没有掉落一片花瓣。整个行道上也没有一片叶子，一片花瓣。

自从鱼凫国被封印之后，季节同时停滞了运转似的，尽管整个鱼凫国人民还无知无觉，可是，她已经明显感觉到了。

金沙王城停留在深秋季节不动了。

她不知道这只是暂时性的停留还是永久的停留，也不知道这种情况是不是只存在于封印期间。只是，当她起身走出城外，环顾远处隐隐的群山时，很是庆幸。再也没有比秋天更好的季节了，除红澄澄的橘子之外，更有黄澄澄的梨子、霜染的红枣、各种各样叫不出名目的野果。纵横交错的阡陌水道，沿着云深处蔓延曲折的茅草屋檐，秋后的草垛在田野之间堆积成高高的稻草人，而剩下的半截则在田野间再度长出茂盛的青枝绿叶。这种自发生长的二季稻，人已经不吃了，却是各种家禽的主粮，所以，无论是猪鸡牛羊都吃得肥肥壮壮。各家各户，仓廪充实。

林间散步的獐子、麂子都肥得流油，有小小的黑熊捧着大把大把的蚂蚁吃得非常高兴。这也是凫风初蕾敢于驱逐异国商队的根本原因——正因为鱼凫国有得天独厚的先天条件，纵然封印之后也能自给自足，否则，是绝对不可能的。这时候，整个金沙王城已经慢慢恢复了元气。

重离等人被处死，各个商队被驱逐，很快将凌乱的人心稳定下来了。

俗话说得好，由俭入奢易，由奢入俭难，可金沙王城稳定得这么快，凫风初蕾怀疑那是因为封印的力量——无论她从城内走到城外，都觉得现在的空气大胜以往，多了充足的微量元素，就连天空也蓝得更加透明、更加纯粹。

走到王殿的大门时，天色已晚。日暮苍山，紫色的晚霞将整个金沙王城都笼上了一道七彩的光芒。恍惚中，觉得时间过得很快，可是，仔细想来，也不过两个多月。

杜宇从外面匆匆而来，见了她，立即行礼："少主……"

她随口道:"一切都稳定了吗?"

"少主放心,一切都好。"杜宇很忙,因为,这两个多月,一切政令尽出他手。纵然是秋社这样的大祭,原本该鱼凫王现身,也是他代为出席。

事实上,鱼凫王只在处死大炎帝国商队首领重离的那个晚上曾经现身,其他时候,几乎销声匿迹,以至于广大臣民再也感觉不到她的存在。

进入他们视线中的,完全是杜宇。杜宇已经取代鳌灵成为鱼凫国的第一大臣,整天东奔西走,忙得不可开交。成绩也是很明显的,整个鱼凫国在他的带领下,很快就走上了正轨。也正因此,凫风初蕾才如彻底卸下了心中巨石。

她微笑着点点头:"杜宇,今晚你陪我吃饭,我也正好有点事情找你谈。"

晚宴,设在王的大厅,也就是当初被重离等人闹得乌烟瘴气的地方。

此时,那长长的玉石桌面和同样质地的古老椅子都已经冷却很久了,两个人坐在上面,冷冷清清。

凫风初蕾上首坐了,杜宇侧身左边作陪,神色微微不安。他罕有和少主共餐,也不知道少主为何会如此慎重其事。

桌上有八菜一汤,全是鱼凫国的秋日特产,油亮亮的獐子烤肉散发出香味,风干的麂子很有嚼劲,几味青菜也各有特色。

凫风初蕾端起碗,碗中雪白的大米饭正是今年的丰收。新米黄粱,原本是人民的最爱。

她微微一笑:"我今日出去走了一趟,如果不出意外,鱼凫国二十年之内都能保持现在的安稳和平,全国百姓丰衣足食是没有问题的……"

杜宇放下筷子,认真听着。

可是,少主却不说下去了,吃了一口米饭。这是她回到金沙王城之后,第一次吃饭。饭粒入喉,她很平静,半晌,笑道:"白米饭清香,真是人间最美的味道。"

杜宇死死盯着她,眼神里浮上一抹巨大的惊恐。他分明发现,一缕血迹从少主唇边滴落,而少主却浑然不知。直到那血迹悄然滑入她白皙柔软的脖颈上面,她还是无知无觉,又吃了一口米饭。这一次,一口血便喷了出来。

杜宇跳起来:"少主……"

他搀扶的双手被她阻挡。

她放下筷子,面不改色:"杜宇,我已经不成了。"

他这才明白今晚这场盛宴的含义。

只见少主轻轻一挥手,两名侍女立即上来,非常麻利地收拾了桌子。随即,另外两名侍女进来,她们分别放下两个锦盒,然后又悄然无声地退下去了。

杜宇死死盯着少主苍白的脸,却见少主不经意地看着锦盒。她伸手打开,里面是那枚举世闻名的九转玉琮,也正是鱼凫国的传国玉玺。这玉琮曾经被鳌灵带到九黎广场,原本要交给白衣天尊作为鱼凫国臣服的信物,但不知为何,白衣天尊拒绝接受,于是，这玉琮又被带回来了。

凫风初蕾看着玉琮，缓缓道："我早前犯了一个错误，那就是任命鳖灵为鱼凫侯。当时，我以为自己必死无疑，鱼凫国也保不住了，所以，不愿意让你或者卢相替我遭受亡国之君的屈辱，于是，便把这份吃力不讨好的事情交给了鳖灵。后来，鳖灵全权做主，让金沙王城变成那个样子，本质上并非鳖灵的错，而是我的错……"

她只交给鳖灵权力，但没有交给鳖灵任何的叮嘱，也没有采取任何的措施和防备，甚至来不及有任何的交代，鳖灵自然会按照他认为正确的方式行事。

"鳖灵主动请辞，其实是替我担责。所以，这一次，我绝不能草率行事了……"她忽然拿起九转玉琮，加大了声音，"杜宇听令！"

杜宇本能便跪了下去。

"杜宇，你听好了，我以第二代鱼凫王的身份正式将鱼凫国的王位传给你。从现在起，你便是鱼凫国的新王，以后，鱼凫国的一应事务都交由你裁决。但是，你必须谨记，一定要严格遵守鱼凫国的各项法令，绝不能朝令夕改，更不可引入各种破坏生存法则的外界风俗恶习……"

杜宇惊呆了。他只是抬起头，死死盯着少主。他根本没想到，这个晚宴其实是个传位的交接仪式。

九转玉琮在夜色下泛着高贵而神秘的冷光，几万年的传国玉玺，象征了无数代蜀王凝聚在蜀中的心血。

杜宇却一直没有伸手去接玉琮。

凫风初蕾见他不动，提高了一点声音："杜宇听令……"

杜宇头顶上那只握着玉琮的手竟然微微颤抖，好像随时会掉下来似的，他立即站起来，接过玉琮。

凫风初蕾心里一松，顿时便坐了下去。脸上一阵潮红涌动，竟如释重负一般。

"少主……"

"杜宇，你把第二个匣子打开。"他一怔，还是毕恭毕敬走过去，打开了那个匣子。

匣子里，竟然是太阳神鸟金箔。

神鸟金箔在鱼凫国无人不知无人不晓，它被刻画在王旗上、城墙上、广场上，以及各种重要场合。

但是，看到实物，这还是第一次。

"这神鸟金箔能开启鱼凫国的藏宝库。现在是丰年，暂时还用不着，我也希望永远用不着。但灾荒年的时候，就用得上了。杜宇，你收好金箔，到你百年之后，若是有绝对信任之人，你就把金箔交给他。若是没有绝对信任之人，这金箔就不必再传下去了……"

杜宇心里一震。灯光下，少主的脸色如雪一般。他捧着金箔，看了看，又放回匣子里。

玉琮，金箔，一个时代。

杜宇慢慢将盒子收好，然后，放在一边。

枭风初蕾眼中却露出失望之色。

他的声音也是平静而恭敬的："少主，请你原谅，属下无法接受这个命令。"

她不作声。

"少主能活一天，就一天是鱼凫王。"

她缓缓道："你该知道，我时日无多。"

他沉默了一下："就算时日无多，那也有一天算一天。我会一直伴随少主左右。如果少主真有不测，那时再做定夺也不迟。"

她虽然失望，却不能强迫。她想，大不了自己尽快立下遗诏。这样一想，便和颜悦色："也罢，杜宇，你下去歇着吧。每天处理许多事情，也辛苦你了。"

他默默地走到门口，又折回来。

少主一直闭着眼睛，好像从此再也不会睁开了似的。

许久，他轻轻道："少主，你上次说要找我帮忙，敢问，是什么事情？"

她一怔，缓缓睁开眼睛。这事情，她其实都忘记了，被杜宇这么一问，好像有点想不起来。

杜宇却十分固执，一直站在原地看着她。

她忽然笑起来。本来，她面色苍白，就算得到了云阳的治疗，已经变得不吓人了，可容貌的恢复也不及昔日的十分之一。但这一笑，整个人便生动起来，竟然微微有些脸红。她的声音却十分坦然："本来，我是想叫你帮我一个忙，跟我成亲……"

成亲？！他很意外。他的眼神也变得非常奇怪。

可是，枭风初蕾并未看他。

她的眼神看着窗外辽远的天空，夜色下面，也不知道明日的太阳还会不会继续升起。

"我离开周山的时候，云阳说，我可能还有两年寿命。回到金沙王城时，我一算，也还有一年多时间，如果及时成亲，也许还能留下一个后代……"

作为四面神一族唯一的传人，她必须留下一个后代。这已经不是男女关系或者王位继承的问题了，这是攸关一个种族能否延续的重大问题。如果自己就这么死了，那神秘敌人一定在暗处大大欢笑。曾经出过几代中央天帝的伟大家族，竟然如此被湮没于茫茫人海。

她轻啐："以前，我从不觉得有任何成亲的必要，有没有后代也无所谓。但是，在九黎的时候，诸神一直肆无忌惮讥笑我，嘲讽我四面神一族绝种了。也的确，有熊氏一族被敌人灭绝之后，如若我后继无人，四面神一族就真的绝种了……"

她指了指自己的脸，又指了指自己的头。杜宇的目光一直跟随着她手指的方向。

"你看我现在已经变成什么怪样子了？那都是被敌人所害，却无法报仇……"

他冲口而出："少主，敌人到底是谁？"

她摇摇头："杜宇，这件事你就别再提起了。那敌人，不但你不是他的对手，我也不是他的对手……"甚至，白衣天尊都不是其对手。当然，她绝口没有再提白衣天尊。她早已决心将他从自己的生命中彻底抹掉。

"我寻思了很久，我不能就这么死去，我必须留下一个后代。无论是因为我自己，还是因为我的父王，或者四面神一族，我都必须留下一个后代……"

留下一个后代，并非指望其为自己复仇，只是为了延续一个种族，毕竟，身为鱼凫王，总不能只为自己而活，甚至，不能只为自己而死。

她急于从周山赶回，也隐隐有这个使命感。她想找一个人，而且最好是金沙王城的土著。这样的一个人，才能传承鱼凫国的血脉。

她解释道："你也知道我父王的性子。他这个人，无论是作为高阳帝还是鱼凫王，都十分看重血脉。如果从我之后，这王位再也无法传下去了，他九泉之下一定会非常失望，我担心自己死后，无颜面对他……"

杜宇微微闭了闭眼。原来，少主是要让自己帮这样的忙。

她微微一笑："后来我仔细想了想，觉得这不合适。因为我不清楚自己到底能活多久。能熬过一年多还好，可若是……"

她不说下去了，他却什么都明明白白。少主担心的是中途死亡，若是孩子尚未生下来自己就死了，那就是一尸两命。再说，就算孩子平安生下来了，可从小失去母亲，让一个男人独自抚养好像也不对劲。无论如何，这不是一件好事，甚至是一件很自私的坏事。

"我早就想通了，其实，四面神一族是否绝种都无关紧要。从古到今，据说地球已经有几十亿年的寿命了，很少有人寿与天齐，纵然是那些第一流的正神都陆续死去，至于我们这些凡俗之人，有没有留下后代又有什么要紧呢？"只是，有一句话她一直藏在心底没有说出来——"我只是不甘心就这么死，在没有复仇能力的时候，就这么死了。"她也不愿意让孩子替她报仇——将希望寄托在下一代身上，那是对下一代最大的压迫和不公平。

那个白色的人影，无情的叫嚣：凫风初蕾，你别装蒜了，你为了活命一再这样做戏真的好吗？你装作认错人的样子，不就是希望我饶你一命吗？当你美貌如花的时候，做戏也是真的；可当你残花败柳的时候，真的也是做戏。

假作真时真亦假。人心莫测原来如此。

这世界上哪里还有真正可以信任之人？

她只是淡淡地："好了，杜宇，你下去吧。"

杜宇还是站在原地，半晌，轻轻道："少主，我尚未婚配！"

她和颜悦色："这些年四处征战，也耽误你了。"

"我的祖父母父母皆早已去世，我无须考虑什么家庭问题，再说，杜氏家族还有别的族人，多的是人可以延续种族。"

窗外，月色已经逐渐黯淡。

夜，已经深了。

她的声音也显出了倦意："明天还有许多事情要忙，杜宇，你下去歇着吧。对了，从明天起，你不用再每天早晚来看我了，以后，你的事情更多更忙了，不必再有不必要的奔波……"

杜宇住在王殿之外，却每个早晨、黄昏都必来探望她一次。无论多忙，无论多累，风雨无阻。

有时候，他会送来一些药物，有时候，会送来一些瓜果，但大多数时候，他都是站在门口，远远地看她一眼，然后才离去。

如此奔波很辛苦就不说了，更主要的是，她觉得没必要。她已经越来越不想见到外人。尤其是在察觉精力和元气迅速衰竭的时候，她更加不愿意见外人了。不只是杜宇，甚至那些文武大臣、侍女等，她都能避则避。纵然偶尔外出散步，也只是带着大熊猫。

她很清楚，自己现在的样子虽然不吓人了，但是，也只是云阳费了大力气才勉强延缓了一下而已。等最后的一点元气散尽，或者毒性发作的时候，自己可能变得更加恐怖、狰狞。她不愿让杜宇以及任何金沙王城的人目睹这一刻。

所以，在清清楚楚地交代完王位的事情之后，她甚至打算找个合适的机会远远离开这里。最好找一个安静的地方，比如湔山，比如小鱼洞。

最好，无声无息地离去，也不要再打扰任何人。

所以，她几乎是以命令的语气重复道："杜宇，从明天起你就不要再来看我了！"

杜宇也不回答，还是默然站在原地。

凫风初蕾有点意外，难道杜宇这么快就不听自己的命令了？这忠心耿耿的老伙计，从有熊山林追到九黎广场，又从九黎广场追到湔山小鱼洞，以至于凫风初蕾总是很难相信他会不服从自己的命令。可是，也没有精神再去追究原因，她只默默闭着眼睛，很快就陷入了假寐之中。

一旦睡着，便很难醒来。她整个人是麻木的。

一如此刻站在她身边的杜宇所感受到的那种冰冷的麻木——自从襃斜封印之后，他就很清楚，少主的身体彻底垮了，她已经时日无多。

可是，比起有熊山林时那种僵尸般的死亡，他总是心存幻想和侥幸——那么恶劣的环境少主都挺过去了，现在没道理会死吧？不不不，少主不会死，绝对不会死。

这信念一直支持着他。以至于他不敢轻易问出口——少主，到底是谁害了你？到底是谁把你害成了这样？他只是多次在黑夜捏紧拳头，痛恨入骨——无论是谁，自己迟早杀了他！

一觉醒来，窗外的月色已经彻底消失。

凫风初蕾缓缓坐起身，搭在膝盖上的外衣悄然滑落在地。那是杜宇的外衣。

对面黑色的影子更加清晰，他分明一直就站在那里。

她微微意外："杜宇，你不去休息吗？"

他忽然语无伦次："少主，我家是鱼凫国土著，世代居住在岷山上，祖上三代都是老鱼凫王的侍卫长，我六岁那年，第一次进王宫……"

杜宇为何忽然谈起自己的家世来了？而且，这些她都清楚，不是吗？她不明就里，但是也不打断他，只静静听他说下去。

"祖父第一次带我去金沙王城，原本是要我增加见识，却正赶上了小公主的百日宴。那次，金沙王城张灯结彩，老鱼凫王大摆筵席，也特允我祖父带着我一起前去赴宴。那是我第一次参加王家的盛宴，也是我第一次见到小公主……"

他的声音不由自主带了笑意："临去之前，祖父一再提醒我要注意礼仪，所以，我非常紧张。但是，老鱼凫王非常和蔼，他笑容满面，亲自抱着小公主给我看，当时，我想，小公主真是太可爱了，因为，她竟然对我笑了一下……"

"小公主六岁那年，老鱼凫王又举行了盛大宴席。我再次随祖父进宫，这一次，小公主穿了一件红色的蜀锦袍子，上面绣了精美的芙蓉花，我惊奇地发现，她就像一个小精灵一般漂亮……"

精灵，那是他少年时代所能想象的最合适的形容。他总是想象岷山上出没的精灵，小小的，花瓣似的，在林中，在树梢，在日落、黄昏，在每一朵野花盛放的时候。小公主，便是这样的一个精灵。

比想象中更好更美。

"我祖父要我向小公主行礼，可是，我还没来得及行礼，小公主就开口了，她抬头看我，微笑着问我：你叫杜宇是吗？"

人的记忆真是很奇怪的东西。过去的许多事情，他早已不记得了，可直到今天，他依旧记得那天小公主说的每一句话。小公主粉红的小脸如花瓣似的。小公主清脆的声音如新莺出谷。

"杜宇，我父王说，你很聪明，你的剑术也很厉害，对吗？你以后可不可以经常来宫里陪我玩？我也在学习剑术呢。不过，我的剑术很一般……"

六岁的小女孩，剑术当然不会很高明。

可是，那是她谦虚。

事实上，六岁的她，剑术已经是很多十六岁的少年都比不上的。

可是，那时候，少年杜宇根本不知道她的剑术如何，也不在乎她的剑术如何，只是惊奇地看着那小女孩红唇翕张，仿佛一朵花在晨风里一点一点地盛放，芬芳弥漫。后来，他再也没有听见这世界上任何人有这么美妙动听的声音了。

"从那天起，我就一直想见到小公主，每一天都想看到她。我央求祖父，于是，祖父答应我在皇宫里多待三天。于是,那三天里,我每一天都看到小公主,可是,却再也不能跟她说话了,因为,她的身边总是跟着许多宫女。那些宫女不许她单独行动,总是紧紧跟着她……三天之后,祖父派人将我送回了岷山。可是,回到家后,我却觉得岷山变得枯燥,毫无意义,总想再次去金沙王城……"

正是晨曦初露的时刻,四周安静得露水滴落的声音都听得清清楚楚。可是,他屏息凝神也没听见少主的心跳。反而是自己的心跳在黑夜里,咚咚咚的,清晰、急促。

从那以后,只要祖父回家,他便会央求祖父带自己进宫,一年之中,总能去一两次。只不过,再也无法和小公主面对面,每次只能远远地看着她。

有时候,她在果园里和宫女一起摘果子;有时候,她在刺桐花树下静静地坐着;有时候,她在一间教室里上课,教授的老师总是那些他从不认识的奇怪长者。

有一次,他甚至看到她一个人坐在一面矮墙上,托着腮帮子看着西边的晚霞。他想,小公主的脸真的比晚霞还美丽一万倍……

当时年少,他也不知道为何会那么专注地关注一个人,更不知道为何会在乎一个人的喜怒哀乐,用了很长的时间,只是希望得知她的一举一动。为此,他暗暗勤奋学习,无论是剑术还是学术,无论是鱼凫国的礼仪还是风土人情,很快,他便远远超出同龄少年。他的勤奋好学令他的祖父很欣慰,每每总以这个孙子为荣。

"我十六岁就加入了鱼凫国的商队。十八岁那年,祖父和父亲先后去世,不久后,我的母亲也病逝了。老鱼凫王怜恤我,给予了杜家大量赏赐,并派人到我家里宣旨,让命我做鱼凫国商队的副首领……但是,我告诉他,我并不想重返商队,如果可能,我愿意现在就进宫做一名普通侍卫……"

鱼凫国商队的副首领可不是一般的职位。鱼凫国有两个最好的职位,一是王家仪仗队(护卫队)队长,一是商队首领。这两者,前者掌握军队,后者掌握财政,真可谓鱼凫王最重要的左膀右臂。由于鱼凫国常年没有战争,护卫队队长更多的是荣誉性质,相比之下,商队首领就非常重要了。

毫不夸张地说,在很长时间里,商队首领是鱼凫国仅次于鱼凫王的第二号人物。就算湔山之战后,鱼凫国凋零,可商队首领依旧处于核心地位,比如早前的厚普,后来的鳖灵。

这个位置,一直得是老成持重、经验丰富之人担任。

而鱼凫王居然让一个十八岁的少年做商队副首领,一来是看重杜宇的能力,可更主要的还是在于对杜氏家族的厚爱和赏赐。可是,十八岁的杜宇居然拒绝了这个位置。

一名世家贵族的公子,为何商队副首领不做,偏偏去做一名普普通通的侍卫?要知道,以他当时的年纪,就算鱼凫王再厚爱他,起码也得等十年之后才能让他做护卫队队长。

而这之前的十年,他只能做一个小小的侍卫。可是,他很坚持。他坚决要做普通侍卫，而不是商队副首领。

老鱼凫王很意外，但还是答应了他。

于是，杜宇便进宫了。当然，他在金沙王城的表现并未让老鱼凫王失望。

老鱼凫王一直很喜欢这个英俊沉稳的年轻人，他甚至多次在公开场合宣布，厚普之下，这年轻人乃鱼凫国最杰出的人才。之所以位居厚普之下，只因为他比厚普年轻太多太多。而且，侍卫长厚普也非常喜欢他，待他如同子侄一般。

"我急不可耐地进了王宫，我生平第一次佩戴了侍卫的宝剑。我以为每天都会守在王宫的出口，然后，每天都会见到一个人……"

黑夜里，杜宇的声音非常清晰。他本就是一个沉稳的人，有一种远远超越他这个年龄的成熟，而且，他的语速很慢，好像天塌下来都不是一回事。

可现在，他的声音却有点微微颤抖。"我之所以进宫做侍卫，其实是有私心的。我希望能常常见到小公主。可是，进宫后，我才发现，我根本见不到小公主……"当然并非因为王殿戒备森严，更不是因为鱼凫国有什么男女大防。

实际上，鱼凫国的王宫是非常开放的，老鱼凫王也算是一个随和之人，小公主更是自由出入，毫无架子。之所以见不到，是因为小公主十五岁生日之后，便和委蛇一起行走江湖，游历天下，立志要看遍天下的风景。那是老鱼凫王的特许：在继位之前，允许小公主自由行走。待得继位之后，就没有这些自由了。

遗憾的是，少年杜宇并不知道这一点。他虽然得以长久待在金沙王城，可是，希望能天天看到的那个人却已经离开了——此后，他便只能孤独地一天天在金沙王城的大街小巷巡视，期待某一天出现奇迹。或许是街头的偶遇，比如人海中的一次邂逅。可是，这些奇迹统统没有出现。

直到某一天，大殿里忽然张灯结彩，热闹无比，老鱼凫王甚至下令拿出酒窖里全部的清酒，要举行一场盛大的宴席。那些清酒，是隔壁的巴国送来的第一批酒酿。巴国人最善酿酒，他们在巫峡和三峡的崇山峻岭之中划着舟楫来去，将当地的食盐贩卖到世界各地，从此过上了富得流油的日子。富裕了，才有闲心品酒。于是，巴国酿造出了世界第一的清酒。从那以后，虽然无数国家都仿制，但是，从来没有能超越者，甚至比肩者都不行——就算鱼凫王亲自下令仿制，都没有办法达到那样的美味。

这一点上，鱼凫国自愧不如。

要让老鱼凫王出动所有的清酒，那肯定得是大好事。

杜宇很快就知道了，原来是小公主回来了。小公主回来，是为了过她的十六岁生日。在她离开金沙王城之前，老鱼凫王曾经有过一个要求：蕾儿，无论你走多远，无论你遇到了什么，但是，我希望你每一个生日都和父王一起度过。

对于老父的唯一一个要求，她当然不会拒绝。所以，无论千山万水，她总是准时赶回去。她希望每一个生日都和父王一起度过。

侍卫杜宇所见到的，便是久违后的成年小公主。那一天，他以侍卫的身份出现在了王殿的门口——设宴的大厅，便是此时这个大厅。这是鱼凫国最重要也最华丽的大厅。

可是，当年的盛大奢华已经成了过去，现在，只剩下一张孤零零的长长的桌子，以及上首那个孤零零的人影。

他凝视她。

而她，一直没有看他。

夜色下，看不清楚她脸上的表情，可是，他却心潮涌动，眼前，清晰地浮现当年的盛大晚宴，甚至每一个细节都还记得清清楚楚。

有关她的一切，他总是记得清清楚楚。小公主依旧穿红色蜀锦华服，上面刺绣着精美的木芙蓉。那是她的习惯，每一年的生日都会穿这样一身华服。

红色，代表喜庆。高阳帝每年为女儿指定的生日礼服都是红色的华服。只是，小女孩的喜庆和小少女的喜庆大不相同。

那天晚上，她的红色华服上有白色的朱帛领子，衬得她面孔粉里透红。

小时候的杜宇认为小公主可爱得就像一个小精灵，可是，那个夜晚，他却无法描述她的美丽。他只是震惊。他只是在远处张口结舌，他只是觉得自己的心跳忽然停止了一般。

直到现在，那种不能自已的震撼依旧挥之不去。

有很长时间，他一直都在沉默。沉默地回忆起许多年的心思，从那以后，无论千山万水，无论天涯海角，再看任何别的女人，都已经不再有任何的波动。

这么多年，当然不是没有少女喜欢过他，可是，他只觉得那是一种麻烦。

他的心思停留在那一刻，已经永不可更改了。

他忽然笑起来："呵，那是我第一次看到成年后的小公主。当时，我的心跳得不能自已，我完全无法想象这世界上怎会有那么好看的人……那么好看……那么好看……"

"那么好看，"是他唯一能做出的描述。

亦如现在，黑夜里他的一颗心怦怦怦跳得那么快，那么快。

从那时候起，他几乎每天都关注着小公主的一举一动。

他记得很清楚，那一年，小公主在金沙王城待了一个月。

那一个月的每一天，他都会见到她——他央求厚普，每天都让自己值班。尽管厚普不明就里，可是，因为他一直是个忠厚勤快的青年，厚普一直很赏识他，所以没有拒绝他的这一奇怪要求。

那一个月，他觉得人生忽然变得很美好，那是他生命中最奇妙的一个月。每天都看着一个人，就像欣赏一朵花。每天都在关于美的沉醉里，让生命变成了一种久远的期待。

不过，都是远远地看着，却不敢靠近。他从来没有靠近过她。甚至没有像小时候一样走过去，主动跟她谈一谈剑术。有两次，他曾经和她擦身而过，可那时候的小公主已经有了自己的心事，来去匆匆，根本没有留意过身边的侍卫。直到小公主再次离开，直到湔山之战，直到鱼凫国彻底覆灭，直到几年之后，追随鱼凫国的商队，在西北大漠重新遇见小公主。

因为是普通侍卫，他并无资格在鱼凫王田猎的时候跟随左右。也正因此，他逃过一劫。

随后，厚普召集旧部，组建商队，他立即跟随。走了千里万里，终于在西北大漠，在小狼王的婚宴上和她重逢。

当年的小公主，已经成了少主。她的美，却更上一层楼。她整个人，就像是西北大漠里盛开的一朵仙人掌花。

那样的美丽，除了心跳，他相对无言。

那是他记忆里最奇怪的一件事情：每一次见到她，仿佛她的美便会增添几分。从往日，到今时，直到现在。

从他六岁开始，到二十几年过去，一个人最好的年华，全部在于关注另一个人的成长。无论她高不可攀还是身陷绝境；无论她美艳如花还是形如厉鬼。他甚至从未有过任何非分的想法，只是下意识地觉得，自己应该保护她，一直保护她、陪伴她。尽管，他的本领远不如她。

一如鳌灵对他的拷问：你天天不管不顾地找一个人，这是为什么？你难道不知道自己还是鱼凫国的将军，鱼凫王的大臣吗？难道不知道鱼凫国才是你的重任吗？

他从来无意于去负担一个国家、一个民族——那是任何人都负担不起的重任。他从来没有把自己看得这么伟大。他苦心孤诣，只是为了寻找一个人。无论是将军还是大臣，无论是战争还是和平，那都是因为一个人。如果这个人不在了，那么，谁还管什么天下大事？所以，他们才无法想象当他在有熊山林找到她时的那种喜悦——纵然绝望到了极点，也是无法抑制的喜悦。

此后，从九黎广场，再到湔水河岸。亦如现在，她就坐在他的面前。

……

拂晓马上就要冲破黎明前最后的一丝黑暗。

凫风初蕾却在黑暗之中一直闭着眼睛。

一天中最黑暗的时候，纵然是站在黑暗中良久的杜宇，也再不能看清楚她大致的轮廓了。

她的一只手抬起来，轻轻放在心口。有很长时间，她一点也感觉不到自己的心跳。

原来如此。

原来如此。

从有熊山林时，她便很疑惑，为何杜宇能那么确切地认出自己来？纵然情深义重如涂山侯人，在自己相貌毁损时，他便再也无法认出自己。

甚至白衣天尊。他能一眼认出自己，那是因为他是半神人，已经足以比肩正神的第一代半神人。别说是一个被毁容之人，就算是一堆骨灰，他也能认得清清楚楚，这不稀奇，也不能说明什么。

可杜宇不是。

他既没有十万年树精能辨别人类气味的本领，更没有白衣天尊那种高明的神力——可是，无论自己是僵尸的时候还是骨瘦如柴的时候，无论是在湔山沮丧的时候还是现在茫然的时候……他统统认出了自己。

甚至根本不是他所说——凭借青铜神树认出的。

只是一种感觉，只是一种初心。为着这种感觉和初心，才能和大熊猫不远万里，一路相随。

从他六岁起，就一直行走在寻找她的路上了。

而她，从来就不知道。

晨曦，慢慢地露出。然后，一缕朝阳忽然突破了白露，几乎一瞬间，天就亮了。

风从开着的窗子里吹进来，轻轻地，有了一丝秋的寒意。其实，已经是冬天了。

不过，封印之后的金沙王城，最冷也不过如此了。

好几次，凫风初蕾要站起来，可是，她还是呆呆坐着。

她的脸，在晨风中，如一朵白色的花。

云阳说，如果你不言不动不吃不喝，那么，再过几十年或者几百年，你一定会得救。毕竟，时间才能带来机会。

可是，一个人，哪有一棵树那样的时间和耐性？凡夫俗子，从来不可能长命千岁。

杜宇一直凝视她，好几次，他想开口，可是，他只是张张嘴，已经不敢再讲话了。心里的话说出来了，反而释然了。

"我从来无意做什么鱼凫王，可是，如果少主一定要找个可以延续种族的人选，我非常乐意接受。因为，我不敢想象，若是少主永远离去，我的后半生如何熬得下去？可是，如果有个小孩陪伴我，那会是少主对我最大的恩赐。从此，我会悉心抚育他、教导他，让他健康快乐成长，待他成年之后，将王位交给他，让他成为新一代的鱼凫王……"

这话，深思熟虑。

许久许久，他终于听得那熟悉的声音再次响起，悠悠地，淡淡地，也是若无其事地，"杜宇，你下去吧。"

他垂首，觉得自己冒犯了少主。他再也不敢开口了。直到走到门口，他悄然回头，少主还是一动不动地坐在椅子上，就好像她从来从来没有开过口，也从来从来没有听到他的一番表白似的。

金沙王城的每一个黄昏都是一道特殊的风景。天很蓝，云很白，花很红。凫风初蕾每每从王殿的高处往下看时，总会惊叹一遍这城市的美。

每当这时候，她就不愿意死去。当大仇未报，当种族面临灭绝，难道，真的甘心这么无声无息地以失败者的身份离开这个世界？

大熊猫懒洋洋地躺在楼下，仰望着她。它总是躺在王殿寝宫外的大门口闭着眼睛假寐，但任何风吹草动都逃不过它的法眼。

可是，她还是想起委蛇。她想，要是委蛇还在就好了。

杜宇进来的时候，她坐在槐树居二楼的书房里。

满屋子的古老神器散发出一股厚重而素朴的气息，令端坐里面的人，一句话都不敢轻率出口。

杜宇垂手而立，毕恭毕敬。可是，他微微颤抖的双手却出卖了他此刻的心情——他紧张得出奇，并非因为冒犯了少主可能招致的责罚，而是看到少主的神情已经趋向于死亡了。

她越是精神，越是时日无多。那种强行支撑的精气神在急速消耗她的元气。

云阳说得没错：你最好躺着不言不动，甚至不吃不喝，只要有足够长久等待的时间，总会有奇迹出现。

可是，她已经不愿意再等待了。等待，本质上是一种煎熬。

她忽然想，与其茫然无措地等待一个虚无缥缈的机会，不如抓住现时这点元气，好好地活着。至于能活多久，谁在乎呢。

于是，这最后的一点元气，变成了她脸上一点淡淡的生机，竟令她整个人都燃烧起来似的。

昔日的容颜，纵不能恢复八分，至少也已恢复两分了。

两分的姿色，已经是人间的绝色。

杜宇却悄然后退一步，心口仿佛要碎裂一般。

她微微一笑，脸上竟然有一丝淡淡的红晕，"我仔细想了想，我可能还是要麻烦你了。因为，除你之外，我已经找不到更好的人选……"

他疑惑地看着她，心忽然跳得怦怦作响。

她清了清嗓子："杜宇，你愿意和我成亲吗？"

他瞪大眼睛，怀疑自己听错了。

她也看着他，重复了一遍："杜宇，你愿意吗？"

他张口结舌，眼中却一抹狂喜。内心深处，一个声音在连番追问：真的吗？这是真的吗？我现在所听到的这一切都是真的吗？可是，他不敢问，更不敢开口，仿佛一出口，刚刚听到的这一切就变成了一个虚幻的梦境。

他只是灼灼地凝视她。

她却避开了他的目光，轻轻地说："和我成亲，于你其实并无任何好处。也对你并不公平。可是，我也没有更好的选择了。杜宇，这样吧，待我去世之后，你可以把孩子交给指定的保姆团队，宫里人那么多，她们会好好照顾孩子、养育孩子，毕竟，你忙于政事不可能再全心全意照顾孩子……"

保姆团队也是她能下定决心的一个重要因素。毕竟，王殿不同民间，王殿有的是宫女、侍卫、奶妈，只要为孩子配备一个强大的保姆团队，孩子顺利成长就很容易了。

她慢慢站起来："杜宇，你还年轻，待我死后，你可以开始新的生活。再娶妻生子都是可以的。你只需要在闲暇的时候稍微关注一下孩子，让他多多少少感到一些关爱，不至于太孤独就行了……当然，我也有一个自私的要求，以后，无论是鱼凫国的王位还是太阳神鸟金箔，你都必须传给这个孩子……也只能传给这个孩子，否则，我父王在天之灵也不会原谅我……"

他无法开口，心如刀割。

"杜宇，你答应这个要求吗？若是你答应，那我们就成亲吧。"

这哪里是求婚啊，这分明是交代遗言。这是她对他最后的遗嘱。

他忽然觉得心要彻底裂开了。

过了许久许久，还是没有任何动静，她忽然有点疲惫，轻轻挥挥手："杜宇，你下去吧……"

他忽然跪下去。

他在地上跪了很久。

她有点意外，也没有作声。

直到他能开口说话了，直到他的声音平静下来了。

可他还是语无伦次："少主……少主……我发誓，无论什么情况下，我都会善待孩子，今生今世也绝对不会再娶任何别的女人，绝对不会再有任何别的孩子去危及我们孩子的地位……"

她急了："杜宇，我不是这个意思……"

她根本不是禁止他另外结婚生子，她只是不能让王位落在别的孩子手里——不然，自己做这件事情还有什么意义呢？

他忽然从腰带里抽出一支小箭，那是他作为一个职业军人一直携带的箭镞。

他将箭镞举过头顶："苍天在上，老鱼凫王在上，我杜宇以祖父、父亲以及我本人的名义发誓：终其一生善待我和少主的孩子，终其一生不再迎娶任何别的女人，终其一生守候鱼凫国江山，如违此誓，天诛地灭，杜氏家族也必将从世界上彻底消失……"

他随手一折，箭镞便断成两截。这是发誓的最高境界。

凫风初蕾死死盯着他，竟然呆了。这不是她的初衷，早知如此，她宁愿不成这个亲。

杜宇却笑起来，整个人忽然轻松自在了，狂喜之色也肆无忌惮显露出来，就连语气也变得流利。

他上前一步，紧紧握住了她的双手。他的眼神热烈得就像西北大漠里的灼心烈日。"呵，少主，这是我毕生的心愿和理想。谢谢少主，谢谢你。"

她盯着他，再也没法作声了。

婚期，就定在半个月之后。

没有看什么黄道吉日，也没有什么需要特殊准备的，更不必烦琐无聊的聘礼嫁妆——王殿里，一应俱全。

之所以选择半个月之后，是因为必须向鱼凫国人民宣布这个消息，而且，还得办一场婚宴。身为鱼凫王，总不能偷偷摸摸地私自结婚。就算不大操大办，也总要公告全体臣民。

一夜之间，整个金沙王城彻底沸腾了。

不仅普通人议论纷纷，就连卢相等老臣都深感诧异。他们做梦都没想到，鱼凫王竟然会和杜宇成亲。唯有待在老家宅院里深居简出的鳖灵，对这一切并不意外。事实上，当杜宇仓促离开金沙王城，奔去有熊山林寻人，再到九黎广场时的种种表现，就已经说明了一切。

婚礼，如期举行。

婚者，昏也。黄昏的时候，凫风初蕾静静坐在王殿的寝宫里，喧嚣被关在门外。

婚宴很盛大，但她无法支撑自己的病体去应对，所以，全部是杜宇在处理。

一会儿，门口传来脚步声，那是兴冲冲的杜宇，他一身红色的蜀锦新婚华服，整个人意气风发。她有点诧异，竟不知杜宇原来这么好看。杜宇有一种别的男子身上很少见的气派——无论何时，无论何地，他皆身板笔挺，器宇轩昂，绝对没有其他男人身上那种猥琐、懒惰，哪怕是偶尔流露出的颓废之意，他干净得令人心动。

他这时候进来，也没有别的事情，只是为亲自送来最精美的点心和热饮。因为，他怕晚宴时间太长，少主饿了。于是，亲自挑选了一下，找了一些自认最可口的东西送来。

可是，当他看着少主时，还是不由得心跳加速。就连凫风初蕾也听见他那怦怦的心跳。那是一个纯洁少年最初的心动和心跳。

许多年如一日。

他凝视她，很久很久。

她也凝视他，很久很久。

无论经历了什么事情，无论遭遇了什么不幸，你总要相信，这世界上，总还是有与众不同的真诚。比如，此间的少年。

那是杜宇第一次见到少主这样的眼神。脑子里，竟然嗡的一声。这眼神，做梦也不敢想象。他要欢笑，要跳起来，要大声宣泄自己的喜悦。可是，却激动得手足无措，一如得到了世界上最好的回报。

一身蜀锦华服的少主，竟比他第一次见到的成年的小公主更加美丽。

他的声音完全没有经过大脑，纯属直觉："少主，你真美！"

她笑起来。

所谓情人眼里出西施，他便是现身说法。因为情深义重，因为一心一意，所以，她成了他眼中绝美的一道风景。

事实上，她很清楚，纵然华丽衣服，纵然淡淡梳妆，可是，容颜已经一去不复返——一般人的程度而已，何来的美貌？可是，她很高兴听到人这么说。尤其是，他这说法绝非出于虚伪或者逢迎。

她想，自己运气真的不错。先是云阳，接着是杜宇。这一刻，她彻彻底底忘记了那个白色的身影。也祈望自己永生永世再也不要想起他，也不要再认识他了。

杜宇激动得不知如何是好，半晌，才语无伦次地说："少主……少主……你也吃点东西吧……你饿了吗？"

她和颜悦色："你放着吧。我现在不饿。"

他依言将点心放在一边："少主，酒宴快开始了，你好好歇着，我一会儿就回来。"

她叹道："杜宇，真是辛苦你了，一切都是你一人在忙碌。"

他的眼睛在笑，眉毛在笑，整个人都在欢笑。这一刻，他觉得自己是世界上最幸福的人："少主，我很高兴有忙碌的机会。"

她很少见到有人欢喜到这样的地步，那是从骨子里透出的欢喜，富有强烈的感染力，就连她也忍不住笑起来："你早去早回，我等你。"

"好的少主，我马上回来。"

新房里，红烛高照。

红纱帐、红灯笼、大红喜服，大雁的剪影从红色窗纸里投射在墙壁上，就像要展翅高飞似的。

清晰的镜面，照射出清晰的面容。淡淡胭脂水粉的覆盖下，苍白再也无法遮掩，凫风初蕾忽然觉得这妆容太寡淡了，应该再浓一些。可是，她没有力气。

五脏六腑，一股不明的气息缓缓游走，汇聚到心口的时候，就像一把铁锤在不声不响地敲击心脏部分，稍有不慎，心脏便支离破碎了。

病毒，已在体内肆无忌惮。

她微微诧异，云阳不是说还有一年多的时间吗？为何这么早就加速爆发了？难道云阳诊断错误了？有一瞬间，她闭上了眼睛，强行将额头上细细密密的汗珠逼了回去。

脸色越来越苍白。

她慢慢地放下镜子。

过了一会儿，她忽然想起自己忘记了一件很重要的事情，可是，究竟这事情是什么，一下又想不起来了。

最近，记忆变得很坏。

她揉了揉眼睛，还是什么都想不起来。

有推门的声音，很轻很轻。

她想，杜宇终于回来了。

按照鱼凫国的规矩，一切仪式都进行完了，接下来，便是真正的洞房花烛夜了。

可洞房花烛夜到底该怎么度过呢？

一念至此，忽然很害怕。

总不能和杜宇坐着聊天到天亮吧？

不然，自己这个残破的身躯还能做些什么？

她的气息不太均匀，声音也是微微的："杜宇，一切都还好吧？"

没有人回答。

她想，可能是自己的声音太小了，杜宇没有听见。

正要提高声音，却发现五脏六腑里游走的那股气息更加混乱，好像所有的病毒在这一刹那一起爆发，乱箭齐射，以至于一张嘴，气息便要彻底倾泻。

她一只手不由得按在了床榻的扶手上，仓促中，摸到了红色的喜结和喜球，那是新婚夫妇合卺同心行交杯酒的道具，她的手，死死抓住那喜球，尽力镇定自己的情绪，好一会儿，感觉能缓过气来，可还是无法睁开眼睛，只没话找话："杜宇，接下来该做什么？"

还是没有听到回答。

却能感觉到，杜宇在自己对面停下了脚步，正凝视自己。

可是，她并未睁开眼睛，因为，她觉得睁开眼睛的力气都没有了。

来人的目光并未直接落在她的身上，而是看着她面前的镜子——

镜中人头发漆黑，脸色雪白，嘴唇红得如世界上最炽热的鲜血。

这场景，就像一场梦境或者回忆。

无数次，他梦见这样的情景或者幻觉，只是，每一次，镜中的人都是模糊的，除了那热烈如血的红唇。那红唇是雨后盛开的第一朵玫瑰的颜色。

这时候，他才彻底明确了——原来，这真的是红唇的主人。因为，这天下再也不可能有别的人能有这样的红唇了。

他的目光，慢慢地从镜中人转移到真人身上。

他想，呵，她的这一身喜服可真好看啊！裙摆上有几支淡淡花枝，精美刺绣，就像这个淡雅的人儿，美丽得令人震惊。

尤其，她身板笔直，那仪态，端庄得连九重星联盟上那些最最讲究的女神都比不上。

她是他生平所见仪态最好的女子。

无论何时，无论何地，她从不畏缩战栗，纵然受伤，也是一朵霜后初残的花。

亦如现在，她明明面色惨白，血气上涌，几乎已经无法支撑了，却还是竭尽全力保持了最好最好的仪态。这不是倔强，这也不是什么伪装，这是与生俱来的高贵和优雅，烙印在骨子里，直到死，也无法改变。

她微微闭着的眼眸上，长长的睫毛轻轻颤动。

他也从未见过这么长的睫毛，就像一只薄薄的蝉翼，刚刚要破壳而出，湿漉漉的，软绵绵的，就像新生的婴儿一般。

他忽然很紧张。

他忽然觉得这一切原本是为自己准备的。

他忽然觉得自己一身的白袍变成了赤红的喜服，就像无数次梦中一样。

红烛，已经烧了一小半了。

烛泪层叠在底部，就像是一朵初见雏形的红花。

屋子里，有淡淡的香味，那是沉香，被放在三足陶盂上先蒸熟了，然后，顶端放几根铜丝，慢慢熏着，整间屋子便充满了淡淡的香味。这香味本是为了除掉这沉寂已久的屋子里的那股虚无之气，但是，沉浸久了，便令人昏昏欲睡。

凫风初蕾本就体力不支，又久久得不到回答，慢慢地，竟然又昏睡过去。她知道自己这状态不行，可是，好几次努力都睁不开眼睛，恨不得就这么沉睡不起。

对面的人，看着她原本端端正正坐着的身子，忽然微微往床榻靠了一下，可就算是靠着，也还是笔直地。

身体有了支撑，她的精神仿佛好了一点。他再上前一步，无声无息。

她没有听见这脚步声。

他将她看得更加清楚。

淡淡脂粉也遮不住她脸色的白。可也正因此，更像极了一朵粉白的花。九黎的土壤也开不出这样秀丽的花。

他竟然微微心跳。原本沉寂了七十万年的心，怎会忽然失控了？他不明就里，只是再次轻轻上前一步。

只见她的一只手原本紧紧捏着喜球，但现在，喜球已经坠地了，她还是茫然不知。半晌，忽然听得她又开口了："杜宇……"

一声之后，忘了要说什么，忽然有点紧张，似在自言自语："接下来该行什么仪式呢？"那声音很低微，似渐渐气若游丝。依旧没有得到回应。

她本人在昏昏欲睡中并未察觉这一点，甚至并未觉得杜宇一直沉默有什么好奇怪的，还是笑呵呵地，"成亲就得喝酒，对吧？我看看，酒在哪里……"

婚酒，当然是巴乡清。巴国贡奉来的全世界一流的美酒。比天穆之野的桃花仙酿更美味得多。自巴国之后，全天下无论多么高明的调酒师也无法再仿制。

两个酒樽明明在案几上，可是，她却摸不到："杜宇，酒樽呢？要不，你来斟两樽吧？呵……我忽然想起，委蛇以前喝巴乡清喝醉了……"她不知为何在这时候想起委蛇。

委蛇，本质上不是一条蛇，也不是一个人，委蛇，其实是一个改造之后的机器人（机器蛇），可是，在她心目中，委蛇就只是自己的小伙伴、小朋友。

于是，幻觉上来的时候，很自然地说："要是委蛇在就好了，这么多巴乡清一定让委蛇痛饮一番了……"

来者，还是一言不发。他只是看了一眼她对面的酒樽，两只精美的酒樽其实早已斟满了酒，只是她眼睛花了，看不清楚而已。这曾经不可一世的女王，是真的不成了。

心里有被割裂的感觉。

就像有人拿了钝刀，慢慢地捶一下，你并不会明显感到疼痛，可心上的某一个地方已经被敲碎了。

她有点奇怪，心想，杜宇怎么还是不讲话呢？可是，一转念，杜宇是个非常沉默之人，他本就不善言辞，现在不开口也算是正常。

既然他不言不动，那总得有个人接下去，将今晚这任务彻底完成。于是，她伸出手，却连眼皮都懒得抬，随手在旁边摸到了酒樽，手一歪，当的一声，酒樽就掉在了地上。她吓一跳，立即道："瞧我这手忙脚乱的……"

成亲之夜，打翻了酒樽，怎么都不是一件好事情，她就更是尴尬、语无伦次："呵，杜宇，我没有成过亲，难免手忙脚乱……呵……我不知道接下来该干什么……"

迟疑了一下，来人终于开口回答："我也没有成过亲，我也不知道该怎么办……"

她猛地睁开眼睛。

房门，是开着的。

房门外的侍女、仆从，无声无息横了一地，也不知道是晕过去还是死了。就连大殿里饮酒喜乐的声音也全部终止。

风停止了。清酒的味道也消失了。时间，仿佛被一只大手定格了，再也无法流动了。

眼前，只剩下一片白。属于死亡的白色。她的心跳也停止了。

就像九黎河之战，他一揭开面具，只消得看一眼，整个鱼凫国精锐和迅猛龙战队便被彻底消灭了。而那些死亡的军队，其中绝大多数压根儿就来不及看他一眼。犹如现在。

整个金沙王城，其实没有任何人发现他。

她猛地跳起来，直奔门口。她想看到大熊猫。大熊猫也浑浑噩噩地躺在地上一动不动。无论服用了多少灵药，可大熊猫还是大熊猫，在这时候，不但没有任何反抗的力道，甚至连警报都来不及发出。

大熊猫原本足以抵御一支军队，可是，他并不是军队！

凫风初蕾本能地要跑出去。

他一挥手，她便倒了下去。就在他的手扶起她的同时，她已经反手抓住了他的脖领子，嘶声道："杜宇呢？"

恐惧，溢于言表。

他还来不及回答，她的拳头已经如雨点一般落在了他的脸上、胸口，用尽了全身力气，恨不得将他杀死。她的拳头可不是花拳绣腿，以前，她一拳能砸碎一个巨人的脑袋。纵然是他，也不敢让她这么捶打。可现在，她的元气已经快耗尽了，力气也几乎衰竭了。那拳头打在身上，已经感觉不到任何疼痛。而且，这并不能让她的怒气稍微减弱。

"为什么还要追来害我？"

他也不知道自己为什么还要追来。天涯海角，一有风吹草动便追来了。

打了一阵后，她气衰力竭，只是气咻咻地瞪着他。头上的红色王冠已经歪掉，精美绝伦的红色喜服也更加空荡荡的，她抓住他脖领子的苍白的手更是能清晰地看到蓝色剔透的血管。反倒是她苍白的脸，因激动添了几丝红晕，顿时有了点生机。可是，她恶狠狠的眼神慢慢地变得黯淡，她抓住他脖领子的手也慢慢松开。

他忽然想起深秋的时候，走在十里芙蓉花道，有风来，金黄色的叶子一片一片飘落头上、肩上……徐徐落叶漫天飞舞，但是却没有任何分量。

落叶，本质上是植物的尸体。落叶，也可能是世界上唯一具有欣赏价值的尸体了。这尸体在腐朽前的最后，呈现出一种凄苦无比的美丽，于是，让人忽略了死亡的本质、失去的痛苦。

死亡，本质上也就是一种失去。此时的她，就像一片落叶。

他凝视她，眼里有了毫不掩饰的怜悯和悲哀。

这怜悯之色彻底惹恼了她，骂声却慢慢衰竭了："你害死委蛇，你把我害成这样……"

他凝视她，心如刀割。怀里的人，比一片树叶更加单薄。纵然他想更紧地拥抱她一下，也生怕稍稍用力便弄碎了她。

巨大的红烛已经燃烧到了根部，厚厚的一叠烛泪，就像一个人的鲜血。慢慢地，这鲜血凝固、消失，屋子变得漆黑一团。

月色，慢慢地从开着的窗户里透出来。

金沙王城一片死寂。

宴饮的大臣、巡逻的侍卫、走廊上的侍女……他们统统睡着了似的。甚至秋虫也停止了啾啾，整个城市都陷入了深度睡眠。

　　凫风初蕾躺在床榻，气若游丝。

　　"初蕾，你的毒气再不治疗，不出明天你就会死。"

　　她想，这与你无关。可是，她开不了口，也说不出话，甚至不想再看到他。这个世界上，她最不愿意再见的人便是他了。哪怕临死的最后一刻，都不想见到他。封印整个鱼凫国，也是因为他。尽管她在封印的那一刻就知道，这雕虫小技是绝对拦不住他的，可是，还是希望出现奇迹。

　　但是，没有奇迹。

　　他还是追来了。每一个不恰当的时候，他总是追来。

　　那青铜神树的封印，于他，只是一道脆弱的气瘴，随手一挥，来去自如。整个地球上，没有任何地方足以阻拦他的脚步。

　　一念至此，她彻底打消了凝聚元气的心思，残余的意识里，只淡淡叹息一声，四面神一族，终于还是在我这里绝后了。她释然了。

　　"初蕾！"

　　他看到她的四肢忽然松懈。

　　就像一股生气急剧地从一个活人身上消散逃逸。那是一个人的灵魂，急于挣脱已经无法再提供气息场地的载体。

　　他大惊失色："初蕾，快睁开眼睛……快！不然你会死的……"

　　仓促间，他一把抱住她，体内的元气源源不绝涌向她的身体。

　　她几乎快要冷却的身体，慢慢地总算有了一点点柔软的迹象。

　　可是，他还是不敢掉以轻心，他的掌心从她的心口转移到了头顶，只一瞬间，他的额头上便有了隐隐的汗珠。有一股剧毒，在和元气抗衡。

　　原来如此！原来如此！

　　她的死亡，便来自于这股剧毒。他几百万年的元气甚至都无法轻易将其压制。

　　他很震惊，也第一次感觉到了恐惧。

　　这病毒，竟然是他闻所未闻。

　　明明离开九黎时，她身上并无这种病毒。明明离开九黎时，她已经形如常人，就算容貌不能彻底恢复，但是，自保或者健康地生活几十年是毫无问题的。

　　他不明白她体内的特殊病毒从何而来？为何在体内隐藏了这么久，几乎将她的五脏六腑都摧毁了，才在表象上体现出来？这天下，谁有资格制造出这么厉害的病毒？

第七章　忘川之爱

枭风初蕾再次睁开眼睛时，觉得整个世界都很模糊。

"呵，初蕾，你醒了，你总算醒了……"

那声音毫不掩饰地欢喜，可是，她的眼睛还有点儿花，不太能将他看得清楚，只感觉到茫茫一片白色在自己周围晃动，那是岷山之巅顽固不化的白色雾气。

有一只手慢慢地将自己扶起来，一股暖气在周身流淌。

她终于彻底睁开了眼睛。

天空很蓝，云彩很白。整个世界就像一颗巨大的透明的水晶。可是，她仰起头时，却感觉不到任何刺目的光线，仿佛那蓝天白云被过滤了一层似的，自动过滤了所有刺目的元素，太阳柔和得近乎月色。

她有点诧异。

他满面笑容，声音热烈："初蕾，你总算醒过来了。头还晕不晕？身上还疼不疼？还有哪里不舒服吗？"

他白衣如雪，眉目如画，只是略略有些憔悴。重逢后，这是她第一次见他憔悴，所以，略略意外。

对上她的目光时，他的喜悦之情更甚："初蕾，你不会死了……"

她不经意地移开了目光。

周围，全是碗口大小的白色芍药。微风吹来芬芳的气味。他的炽热的语气，他嘴里的气息，也是这芍药一般的气息。这一次，不再是错觉。

她看了几眼，然后，慢慢低下头。

旁边，一道金色的光芒。光芒反射了太阳的光芒，依旧柔和、高贵、威严、肃穆。首尾相连的一群鱼凫几乎要在阳光下展翅飞起来。

居然是在有熊广场时失落的金杖。鱼凫国的王杖，几万年蜀王的象征，也是她最顺手的武器。它的失落一直令枭风初蕾深以为耻，她恍如亡国之君。她曾以为再也无法找回来了。此时，金杖重现，岂能不喜出望外？

她立即伸出手，本能地紧紧抓住了金杖。

他丝毫没忽略她脸上那种惊喜之色，这令她苍白无比的脸一下就恢复了生机，她甚至企图拿着金杖挥舞一下，只因为力气不足，尚未举起，便垂了下去。他很欣慰。早知这玩意儿能令她那么开心的话，自己真该早点替她找回来。

他满面笑容："我在有熊广场的雪堆深处找到了这根金杖，呵，这玩意儿居然被埋下去十丈有余，也不知道是什么样的力气才能将其死死钉入里面……"被钉入地下十丈有余，显然是敌人不敢公然带走，毕竟，这玩意儿若是重现江湖，敌人的身份很可能就会败露。而且，当时敌人仓促离开，也来不及销毁金杖，这才有了金杖重见天日的一天。

她很喜悦。她紧紧地捏着自己以前须臾不离的武器。一下，便有了一股神奇的力量。

可是，金杖找到了，那委蛇呢？她没问，也没开口，只是悄然看了看前方。前方当然没有奇迹，也没有委蛇。

好一会儿，她才慢慢放下了金杖，面色也慢慢平和了。这时候，白衣天尊才递过来一颗红色的小药丸，和颜悦色道："初蕾，你服下这个吧。"

她稍稍迟疑，便接过药丸，一口吞了下去。

他若有所思："在九黎的时候，你的伤势已经得到了控制，按理说，就算不能彻底痊愈，但是也不至于有性命危险，我以为你会平平安安回到金沙王城，没想到，你体内居然有了一种新的病毒，而且看样子，这病毒爆发的时间还不算太长。初蕾，难道你离开九黎之后，又遇到了什么新的仇家？"

病毒，是离开周山之前爆发的。经过了一个春夏，就在她和云阳都以为自己要康复的时候，这病毒爆发了。

就是你以为要痊愈的时候，然后，突然爆发。

若非云阳几乎牺牲了自己的老命，她根本回不到金沙王城，也熬不到今天这个时候。敌人的高明，下毒的手法，所要达到的目的，每一样都精心计算，没有一分一毫的偏差。

云阳说：看样子，那敌人只想让你毁容，没想要你的命。其实，云阳说错了。敌人不是不想取自己的性命，而是打算让自己毁容之后再慢慢死去。

"初蕾，到底是谁向你下毒？"

她慢慢坐起来，默然捏着金杖，还是一声不吭。

金杖上，八只鱼儿首尾相连，无论是造型还是工艺都巧夺天工。这不是普通王杖，更不仅仅是王权的象征，这其实是一件非常厉害的武器，也是父王留给自己的护身符之一。自从失去后，总觉得再也找不到趁手的武器了，她想，现在可好了。她很高兴。

这时候，他很想跟她讲话，跟她聊天，或者听她叽叽喳喳地说些什么，但是，她沉默着。

自从来到这里之后，她再也没有讲过一句话。她仿佛成了一个哑巴，而且，决定永远也不在他面前开口了。

"初蕾……"

她终于抬起头，但是，并不看他，只是不经意地看了看天空那一轮圆圆的月亮，然后，漫步离开。

　　这里，没有屋宇，也没有任何建筑物，但是，有各种高大的树木，有广袤无垠的土地，而且，气温是恒定的，不冷不热，更不会刮风下雨，也不会有霜雪冰雹……大自然对人类的种种威胁和肆虐，都在这片天空消失了。这里，比九黎更神秘得多。

　　尽管枭风初蕾从不问一句，但是，她想，这一定是白衣天尊的静修之地。

　　每一个大神都有一个神秘的静修之地，据说，他们往往长时间待在自己的地盘，每到一定时间，就需要经历一次渡劫——就像人类社会的一种考核。

　　过关者，继续长命万岁或者亿万岁。失败者，则永远失去现在的载体，必须换一个载体，换一个新的修炼场所——按理说，换一个载体，换一个场所，其实，根本没什么关系。问题是，转换载体之后，你便不能再见到任何故人，当然，他们也无法见到你，也就是说，你从他们的世界彻底消失了。

　　已经换了载体的人到底是什么感觉不得而知，可是，活着的人，却总是惧怕这种事情的发生，尤其，惧怕见不到自己的亲人、爱人或者子女……他们把这叫作死亡。

　　枭风初蕾不知道自己来到这里之后，是不是已经相当于更换了一次载体，她只是慢慢地往前，一直走到一条小溪边。

　　月色下，溪水洁白，就像透明的镜面。

　　她很震惊。因为，这溪流是她心中的意念。她刚这么想，面前就出现了一片溪流。

　　镜面非常清晰地倒映出她的样子，她蹲下去，把自己看得清清楚楚。

　　还是那个枭风初蕾，并没有转变成什么诡异的载体。

　　所幸的是，水中的倒影已经蛮有人样了，比起刚回金沙王城时也好多了。

　　可是，她并未盲目乐观：自己虽然比以前好多了，但还是略显干瘪，空荡荡的袍子下面，不盈一握的一把骨头。

　　纵然自己的眼睛往往最能美化自己的容貌，但是，枭风初蕾也不得不承认，此时的自己，不过是普通人而已。纵然说不上吓人，可是，也决说不上动人。就如大街上任何一位擦身而过的普通女子。昔日的美貌，真的一去不复返了。

　　她更疑惑了：那个人，他图什么呢？要说爱慕美貌吧，可美貌已经消失；要说灭绝敌人吧，一刀杀了不就好了？又何苦还白白耗费自己的元气？他虽然是半神人，可是，要修炼元气也不是轻而易举，现在，一下浪费了这么多，又是何苦呢？

　　她觉得自己该制止他，可一来她没有制止的能力，二来她根本不愿意跟他讲话——哪怕一句话都不想。

　　到了黄泉都不相见——早已说得一清二楚，又何必出尔反尔？

　　白衣天尊远远地看着她。

　　此时，她坐在草地上，就像月色下的一幕阴影。可这世界上，从来没有这样诗歌一般的背影，也绝对不会有散发出如此浓郁的忧伤和悲凉的背影。

他慢慢起身，走过去。直到走到她的面前，她还是一声不吭。她的安静，令他分外不安。自从她来这里后，从来没说过一句话。

这沉默，真令人忧虑啊!

他宁愿像第一次见她时，那固执的女王，那倔强的少女，完全无惧被融化的危险，不管不顾，欺身上前，一把揭开自己的金色面具。

被囚禁后，她甚至不在乎自己重伤的程度，一睁开眼睛就急不可耐，哈哈大笑，"百里大人……百里大人……我终于找到你了……"

只要能开口，她便讲述。

每一个白天，每一个夜晚，她只要见到他，立即便叽叽呱呱问个不停，讲许多故事、笑话，甚至讲许多有关那个叫作"百里行暮"的男人的过去，包括百里行暮离开之后的金沙王城，百里行暮离开之后她的种种念想……

尽管他对百里行暮真的毫无兴趣，也压根儿不关心这个男人过去到底做过一些什么惊天动地的大事，更不在乎这男人是英雄豪杰。可是，架不住她那样温言软语的描述，架不住她眉梢眼角流露出的那种钦慕崇拜之情——女人，只有非常崇拜一个男人，把他当作偶像，才会死心塌地地爱上他。

很显然，百里行暮就是她心目中的一个英雄，而且，是唯一的英雄。

纵然他曾经亲自前去金沙王城，彻底摧毁了槐树居的老槐树，斩断了颛顼留在地球上的最后一个神秘武器，她还是没有彻底警觉。她还是固执地认为他就是百里行暮。

也因此，当她从有熊山林死里逃生，毁容醒来，依旧叽里呱啦说个不停，关于她的猜忌、委屈、不甘……她仿佛压根儿没有意识到自己毁容的可怕，她以为只要见到这个男人，一切危险便无影无踪了。

以至于他都感到惊诧：这曾经显赫一时的女王，这曾经令人类的英雄、巨人甚至东井星上的半神人们都感到闻风丧胆的女王，她真的是鱼凫王吗?

她真的足以精明到成为一个女王吗?可笑，她连自己心爱的男人都认不清楚，糊涂如斯，是如何当上女王的?而且，这样一个叽叽呱呱、口无遮拦的凡人，真的有那么大本领吗?

天知道，他很讨厌那些夸夸其谈之人。天知道，他一直认为人类最大的毛病就是话多！祸从口出、言多必失、沉默是金……人类自己总结了许多不该多话的大道理，遗憾的是，能够严格遵守之人却少之又少。

话一多，是非就多。话一多，贪婪就多。

第一次见到她，他就不耐烦她那样无休止地叽叽喳喳了。第一次见到她，他就很不喜欢她半夜跑到自己的冥想室，一坐下就说个不停……也许，换了一个人，他早就一掌打出去了。

可是，可是！

她那么美——那么美！美得讲话的声音都像一串流畅而婉转的音符。

她笑、她哭、她发脾气，都像是一首没有乐谱的歌。

因为美丽，许多错误也就不是错误。因为美丽，怎么犯禁也不让人憎恶。

直到现在，直到再次相逢，直到那么多天的相处，直到自己站在她面前，直到这地方安静得就像是一片坟墓似的：没有声音，没有嘈杂，好像没有任何活物的迹象。只因为她再也不讲一句话了，天地之间一切的声音都消失了。

飞鸟、游鱼、花开的声音，全都消失了。万事万物都开始沉默以对。自从离开了金沙王城，她再也没有讲一句话。

没有倾诉，没有抱怨，没有反抗，没有痛骂，甚至没有任何的质问……什么都没有，她仿佛变成了一个真正的哑巴。她不再跟他讲话了，无论如何，也不再开口。

有时候，他替她疗伤，二人不得不对坐半晌，她还是一言不发。

原本，这样的相处模式才是正常的。

就像他和那些半神人朋友一样，静坐半天，相对无言，往往一盘棋走完，彼此也从来不发一言。

半神人们讲究格调。格调越高，语言越少。格调高了，但凡你一个眼神、一个手势、一声咳嗽，别人都会战战兢兢去领会你的意图。

地位低微者，才说个不停。

越是级别高的半神人，便越是懂得沉默的可贵，比如青元夫人。若非正式的酒宴，青元夫人是很少开口的。她一般只是坐在最尊贵的位置，面带微笑，听着众神对自己的吹捧和大献殷勤，然后，微微一笑，或者轻启朱唇。

纵然开口，也每一句话都恰到好处，绝对不会有半句废话。所以，她才成了高不可攀的女神。不然，你想象一下：一个整天嘻嘻哈哈、叽叽喳喳、疯疯癫癫、说个不停的女人，再美貌如花，又怎么成得了女神？藏不住话，一言一行，一思一想，统统毫无保留告诉别人的女子，永远也不会有什么吸引力。他和青元夫人的相处，已经习惯了沉默，比如，饮酒赏花、同走很长很长的路，二人也相对无言。

青元夫人很具有察言观色的本领，但凡话语均适可而止，她宁愿在沉默中，无声无息绽放自己的美丽，也让人欣赏到这种沉默的高贵。

白衣天尊，本来早就习惯了这种高贵的美丽。

可现在，他忽然很不习惯。他觉得这样子不对劲，可是，又不明白到底哪里不对劲。直到现在，他才明白：自己是想听到声音，想听到叽叽呱呱，银铃一般清脆的声音。

当你天天听到的时候，不以为然，可一旦再也听不到了，方觉得世界那么无趣。人类之所以生长了舌头，便是用来说话和表达的。否则，舌头这玩意儿长来干什么呢？

原来，有些人在你面前叽叽呱呱，那是因为你在她心中是最特别的存在。就如她所言：我当你是百里行暮时你才是爱人，可你是白衣天尊时跟我有什么关系呢？

本质上，她其实也是一个沉默寡言之人。鱼凫王，从来都不是一个夸夸其谈之辈。

因为确信被一个人爱和被信任，所以，才在他面前肆无忌惮，卸下了所有的防备。因为确信被一个人爱和被信任，才乐于和他分享一切的秘密：高兴的、不高兴的；恐惧的、悲哀的；有趣的甚至幼稚可笑的……她都乐于告诉他。

谁知道，那一切的信任，原来都是自己的愚蠢。一个人，岂能在同一个地方摔倒第三次？

他忽然很忧虑，很不安。生怕她真的一辈子也不再跟自己讲话了。

潺潺的溪水，变成了平静的湖水。

那是新的一天。

朝升暮落，凫风初蕾很难判断时间的流逝，只是每每看到朝阳和月亮更替时，才能察觉新的一天的到来。每一天，这里的景致都会变化。

但是，今天的变化特别大，山间流淌的溪水直接变成了平静无波的湖水。

湖水清澈得泛着蓝色光芒，能看到下面一个个巨大的蚌张开，露出大颗大颗晶莹的珍珠。

凫风初蕾有点好奇，不由得伸出手，可是，手一入水，她便哑然失笑——因为水面太过清澈，加上反射的原因，那蚌壳看起来触手可摸。事实上，湖底很深，纵然自己跳下去，也不见得能真的抓住那些蚌壳。

一只红色的蚌也许意识到了什么危险，张开的双蚌壳迅速合上，拇指大的红色珍珠立即被关在里面。

旁边的两只黑色蚌壳见状，也纷纷合上了自己的外壳。

凫风初蕾看得有趣，干脆又扔了几颗小石子下去，果然，那些蚌壳都受惊了，纷纷合上了自己的蚌壳。

凫风初蕾干脆脱下鞋子，将一双小腿全部放在湖水里。

雪白的湖水被搅乱，粼粼波光揉碎了周围的水草。湖水也是温暖的，有淡淡的热气。置身其间，就像浸泡在上好的温泉世界里，令人非常惬意。

她一时兴起，双足乱蹬，雪白的水花便飞溅起来，镜面似的平静彻底被破坏，一些受惊的游鱼更是到处乱窜。

白衣天尊悄无声息地站在旁边，低下头，看着雪白湖水里雪白的一截小腿——莲藕似的，充满了新生的能量。

发现来人，她已经不再胡乱赤足拍打水花，只静静地坐着，小腿被绿色的水草映衬得白得近乎透明似的。

多看几眼，他忽然很口渴。他不由得再上前一步。

她刚好抬起头。

对上他的视线时，她微微诧异，却立即移开了目光，头微微一偏，盯着前面的湖水。她仓促要起身。

可是，双足尚未离开湖面，他柔声道："初蕾，你喜欢什么颜色的珍珠？"

她惊奇地盯着正中一颗红色珍珠，那珍珠就像宝石一般散发出温润美丽的光芒，看样子，有鸡蛋般大小。

他顺着她的目光，一抬手，那红色珍珠便冉冉飞出水面，径直落在了她的掌心里。红色珍珠，就像一朵红色的玫瑰。

她握着珍珠，沉默了许久，慢慢站起来。

他盯着她的背影，若有所思。

凫风初蕾一直往前，可是，漫无目的。这片草地很宽，好像全是一模一样，无论你往什么方向走，都是同样的景致。

只是，这草地有时候会变幻，湖水、森林、山脉、云雾……端看此间主人的心情。

她来到这里之后，这里至少已经变幻过三种季节的风景了。只是，无论季节怎么幻变，气温和环境都是恒定的。

走了好一会儿，她看到前面一片金色的芦苇丛，于是，她便慢慢地扒开一丛芦苇，轻轻地坐下去。

这里的芦苇丛和别处不同，地面并非泥土，而是松软的洁白的沙子，随手抓起一把，从指缝间洒落，却不留下丝毫的尘埃。这细细沙地，舒适度并不如外面的草地，可是，她宁愿整夜整夜坐在这里。这片土地上是没有房间的，唯有这四面芦苇，隐匿其间，让她觉得稍稍安全。

她想，若是能在芦苇丛的顶端加上一面金色的屋顶就好了。就像之前所见到那些颜色各异的蚌壳。壳，便是它们的家。

她很遗憾，人类不能自己背负一个壳。那样但凡遇到风雨或者不想露面的时候，就可以躲进自己的壳里。

夕阳，慢慢地从西边坠落，她躺在洁白的沙地上，不知不觉睡着了。

白衣天尊站在对面，看着她。这几天，他已经注意到了，她总是喜欢藏身芦苇丛中，仿佛要找一方天地将自己彻底隐匿起来。可是，这里没有任何建筑物。

这里，是忘川之地。

这里，具有银河系最充足的微量元素、最新鲜洁净的空气，各种有益于身体健康的有氧离子以及各种药用植物无形之中散发出来的芬芳可以疗伤。

这里，是九重星联盟最好的医疗试点，投放了全宇宙最好的无形药物。这里，能让任何重伤之人或者中毒之人获得最好的休养。

这里，本质上是一个疗养场所。

因为，头顶无形的天网便是一个巨大的屋顶。这一整片土地便是一间巨大的疗养屋子。再要加盖屋子不但画蛇添足，还会遮挡空气中的微量元素，对于疗伤解毒都是不利的。

七十万年之前，世界大乱，半神人中，许多争强好战，受伤中毒也是家常便饭，于是，忘川之地便成了半神人们最有效的疗伤休养之地。

高峰时期，这里挤满了半神人，以至于联盟不得不通过限制名额来阻止一些不必要的伤者进入。

七十万年之后，争战已经大大减少，半神人们几乎甚少受伤，而且联盟也不再单独在这里投放最新的药物和各种微量元素，忘川之地渐渐地被人遗忘。

可是，就算是空置，一般的人类也是没有资格进入其中的，否则，便是违反了九重星联盟的法律。

白衣天尊不是不知道这一点，可不知为何，他心血来潮，随手一指，芦苇丛就彻底消失了。

凫风初蕾本能地跳起来。仿佛一个人，忽然失去了赖以遮挡的外壳。

可是，她很快便停下来，诧异地看着对面。

月色下，一座小小的木屋。木屋有圆圆的屋顶，屋顶上有闪闪发亮的银丝草，看上去简直就像是一朵巨大的蘑菇。木屋前面开了一道门，门也是圆形的，非常可爱。

白衣天尊笑容满面："初蕾，你不进去看看吗？"

她略一迟疑，便大步走了进去。

木屋，不过一丈方圆，高也不过一丈。屋子里有南瓜似的灯，有一张蓝色珍珠铺设的案几，案几上有敞口的精致玉瓶，玉瓶里盛满了不知名的琼浆玉液，散发出淡淡的芬芳。墙壁上，有一排排的小花，它们好像自动生长在木壁上，从上而下，流苏似的垂落下来，紫色、红色、黄色、蓝色，正好将四面的墙壁装扮成四个颜色。

她忽然想起自己的那间神奇的小屋子，那屋子没有这么浪漫美丽，可是，却更加实用，就像一把锋利的武器。只可惜，她在拥有的时候一直没有好好利用，等到彻底失去了，才知道那屋子，全世界再也找不到第二个了。

"初蕾，你可喜欢这屋子？"

她忽然回头看了他一眼。月色下，他白衣如雪，笑容满面。就连那一声声"初蕾"都和昔日一模一样。

只是，他的蓝色头发就像这屋顶上的蓝色丝草，美则美矣，却陌生得根本不是梦中人的样子。

百里行暮是红色头发。

百里行暮是红色头发。

百里行暮是红色头发。

她在心底默念三遍，内心，竟慢慢地平静下来了。

如果，这个人不是百里行暮。如果，你不把这个人当作百里行暮，是不是一切便会好受得多？

我们无法接受最亲爱的人的背叛，可是，如果本来就是敌人，那就不算什么了，不是吗？一念至此，她心平气和，慢慢地伸手，将小木屋的门关上了。

终于坐在了久违的屋子里，她嗅着地板上散发出来的橡木芬芳，第一次觉得踏实而宁静。

一切风雨，全被阻挡在外。尽管这里从来没有风雨，也根本不会有风雨。

屋顶是透明的，全部用蓝色丝草编织，就像是一种万千星空倒影下的一幕蓝色的投影，看久了，令人分不清楚是星光坠落在了草丛中，还是草丛中出现了无数的星星。

凫风初蕾干脆躺在地面上，双手交叉枕着，十分惬意地欣赏。

那是她第一次这么近距离地看到天空的星星，仿佛随手一摸，就能摸到一颗星星似的。有一颗星星很近，就在头顶。

于是，她真的站起来，伸出手，然后跳起来。当然，她摸到的只是蓝色丝草，而星星还是一动不动挂在天空。

白衣天尊的笑声传来："呵呵，初蕾，你还记得人类许多有关太阳、月亮，以及各种星星的浪漫传说吗？"

他等不到回答，又继续说道："这些星星看起来很近，但是，距离地球都很远很远，而且，肉眼所见只是其中极少的一部分，事实上，单单一个银河系便有几千亿颗星星，它们都是和地球一样，各自独立的星球……"

她想问：那么，你是来自哪一颗星球呢？但是，她没作声，只听他继续兴致勃勃地讲下去。

"现在整个银河系中，最漂亮也最宜居的只有九重星联盟的总部了，也就是你们所说的天堂……"

"天堂很大，其中绝大多数的正神以及有威望的半神人都居住在九重星联盟。不过，也有许多人不愿意受到总部各种金科玉律的束缚，所以，宁愿远远地独立生活在别的星球，然后，单独繁衍，周而复始，这便有了各种庞大的半神人家族……但是，他们每隔一段时间都会到总部向中央天帝报到，接受中央天帝的询问，当然，中央天帝现在的权力已经没有那么大了，本质上是一种松散的联邦制度……"

她忽然很想问一句：现在的中央天帝是谁？可是，话在喉头打转，她还是没有开口。

门外悄无声息。

就在她以为他已经离开之时，却听得敲门声。轻轻的三下之后，是他温柔的声音："初蕾，我可以进来吗？"

她坐起身来，非常警惕。

这时候，她并不愿意他走进来。

他得不到回应，也不再多话。一会儿过后，门外已经没有任何声音了。

枭风初蕾想，他一定已经离开了。

她重新躺下去，再看头顶的蓝色丝草时，只觉得早已消失的忧虑又卷土重来——因为，她一直不知道如何才能离开这里。

这里的东南西北，她全部走过，可是，无论哪个地方都没有尽头，就像是在一个圆形的迷宫里走来走去，无论你怎么走，最后都会回到原点。

如果，白衣天尊把这里当作一个囚牢！如果，这里是一座变相的金屋。

虽然这种可能性不大，但是，她还是不愿意冒这个险。她已经不再相信这世界上有无缘无故的好。

她睡不着，便起身了。刚拉开小屋的门，就看到门口的人影。

他笑容可掬："初蕾，是不是睡不着？"

她不置可否。

他兴致勃勃："我也睡不着，我们聊聊吧。"

他伸手拉住她，很自然地坐在门口的草地上。

从有遮蔽的屋子到夜露之下的青草地，无论是湿度还是温度都没有丝毫的变化。

枭风初蕾这才意识到，那木屋是假的，只有装饰的作用。而人类冀望房屋具有遮风挡雨的属性，在这里并不存在，也不需要。

她抬起头，看着头顶的天空。天空是蓝色的，所有的星球也是蓝色。她从未见过蔚蓝的夜空，有点意外。

他顺着她的目光，柔声道："初蕾，我后来又去了一趟有熊山林。"

她一怔，他又跑去有熊山林干什么？

"去金沙王城找你之前，我先去了一趟有熊山林。因为，我后来发现了一些疑点，可是，又说不上来到底迷惑在哪里。初蕾，你能再详细告诉我一下当初发生的一切吗？……"

她在夜色下抬起自己的一只手，这手还是苍白无力的。也许，再回到以前女王横行的时代已经不可能了。

她决定在自己有足够复仇的能力之前，只字不提那个神秘的敌人。

他等不到答案，有点失望，只好像她一样，也抬头看着天空。

夕阳，再一次慢慢地下山了。

小木屋顶端的蓝色丝草变成了金色的芦苇，四周的帘子也全部变成了金色的帘子。甚至案几上蓝色的珍珠也变成了金色，每一颗都在夕阳下闪闪发亮。

白衣天尊推门进来。

枭风初蕾在案几前坐直了身子。

他在她面前坐下，拿出一只金色的瓶子，笑容满面："初蕾，今天我们试一试这个吧……对了，这是解毒的灵药，虽然不能彻底清除你体内的毒素，至少可以让毒素从心脏处往下移。当毒气从心脏的关键部位转移，比如，转移到四肢后，就好办多了……"

他从金色的瓶子里倒出一颗金色的药丸，她看了一眼，还是接过来，平心静气地吞了下去。

他很高兴："来来来，初蕾，我们试一试，看看我的这个新思路有没有效果……"

她尚未回答，他已经坐在她身后，双手轻轻放在了她的头顶。她并没有拒绝的余地，自然就不会多此一举。

很快，一股奇异的热量便在背心游走，紧接着，就像四肢百骸都有同一股暖流一起向心脏的地方进发。

这种感觉本来很舒服，可渐渐地，凫风初蕾察觉不妙，因为，那暖流汇聚到心尖时，忽然就像一股巨大的内力极度膨胀，自身完全无法承受，心脏立即就要被炸碎似的。紧接着，整个人就像被压在了一座大山下面，甚至能听到骨骼吱吱破碎的声音。

可是，她叫不出来，只涨红了脸，一口血就喷了出来。

白衣天尊立即察觉，仓促大叫："初蕾，别急，别急……"他的能量一转移，凫风初蕾顿觉浑身一松，那毁灭式的压迫感立即便烟消云散了。

她得了自由，立即回头。她看到白衣天尊垂着头，脸色雪一样白。

他的胸口、袖口上，全是黑色血——就像剧毒浸染出的一朵黑色的魔花。

她惊呆了。好几次张嘴，却一句话都说不出来。嘴唇微微抖动，却惨然心碎。一如当年在西北大沙漠。

她目睹那个人如何用尽了最后的一点力气替自己疗伤，然后，毒素浸染他的五脏六腑，令他再也没有睁开过眼睛。直到现在，她还能清晰地想起自己看到的他燃烧成灰烬的心脏——一颗心，没剩下半点完好的部分。

就是从那时起，他慢慢灰飞烟灭。

以至于后来，她常常狐疑，那个跟着自己去到周山之巅，还谈笑风生，还唱歌跳舞，还风度翩翩的百里行暮是谁？

后来过了很久很久，她才想，也许，百里行暮早在西北沙漠里就死去了。那一路伴随自己的，无非一个虚无的魂魄而已。自己只是将一个虚无的魂魄埋葬在了周山之巅。

至于真正的百里行暮，很可能已经在西北大漠就埋骨黄沙了。

这个念头，曾经伴随她很长很长一段时间。直到在九黎河之战中重新见到白衣天尊。直到在万神大会上见到白衣天尊高高在上，万众包围。

本以为自己受到了莫大的欺骗，可此刻，她死死盯着那苍白得摇摇欲坠的熟悉面孔，忽然崩溃了。可恶！你这样做到底是为什么？那金色的药丸，根本不是什么救命解毒的灵药——真正解毒的，是他高超的元气。他不惜将自身的元气转换，也不惜冒着被病毒彻底感染的危险，可是，这样做有何意义？

　　须知半神人也是人，并不是什么铜墙铁壁，更不是百毒不侵的机器人。现在，他分明已经感染了病毒。她忽然很恐惧，这个人，这个白色长袍的男人，会不会再一次死在自己怀里？

　　这里可不是周山之巅，自己连埋葬他的地方都找不到了。

　　好几次，她伸出手，想要拉他一把，可不知怎的，伸出的手一直颤抖。她干脆后退一步。下一刻，她的身子已经被一双大手紧紧搂住。

　　他的声音软弱得出奇："初蕾……初蕾……让我抱抱吧……让我抱抱……"

　　她不敢挣扎。她不敢开口。她生怕自己一动，那白色的身影就消失了。她只能呆呆地靠在他的怀里，他拥抱自己的双手虽然力气不足，却非常非常灼热，就连那感觉也是熟悉的。

　　"我可以认不出一个人的容貌，可是，我岂能认不出一个人的气味和感觉？"她心想。

　　他可能不知道，在某种程度上，她就像云阳树精，早已将他的气味和感觉牢牢铭刻在了记忆深处。

　　也因此，才分外愤怒。既不相认，何苦相救？既不承认，何苦纠缠？

　　现在，我到底该叫你白兮天尊还是百里行暮？

　　她下意识地低下头，看到那双环绕自己的大手也很苍白，就像他那一尘不染的雪白长袍。

　　她微微闭上眼睛。

　　一滴滚烫的水滴却从脸上滑落，吧嗒一声落在了他的手背上。他被这滚烫的水滴惊得愣了一下，好一会儿才低声道："初蕾……初蕾……"试探性地叫了几声，她忽然一把推开了他的手，跳起来就冲出去了。

　　他盯着她的背影，若有所思。想要起身，却觉得一阵疲乏。这种疲乏的感觉，起码七十万年不曾有过了，他想，这病毒真是太厉害了，如果自己找到这下毒的家伙，非让他受到教训不可。

　　夕阳的最后一抹光辉早就消失了，天空却一直没有黑下来。

　　万千云彩被镶嵌了一道黑色的金边，但又不是积雨云，看起来，倒像是一颗被极力放大的黑色水晶。

　　凫风初蕾一直仰着头看着天空。她无法低头，低头便会有泪珠流下来。

　　此时此刻，她只想赶紧离开这个地方，赶紧离开这个人，永远不要回来了。

　　可是，她起身走了几步，双腿却是软的，又颓然坐回了芦苇丛里。也许，软的并不是腿，而是一颗脆弱的心。

　　远远地，有人走过来。

在她身边一丈开外时，他无声无息停下。

芦苇丛中，那单薄身子的少女一直在微微颤抖。因为瘦削，看起来就像是随风摇晃的芦苇，他从未见过如此虚弱之人。

他想起，她自从来到这忘川之地，从未笑过，也从未哭过，更从不开口，就像是一个沉默而孤独的影子。他忽然很想令她开心，很想令她最初在九黎醒来时那样无忧无虑的咯咯大笑，很想听到她唱歌、舞蹈，就像一个小小的精灵。

纵这些都不成，哪怕是眉头稍展开都成。

可是，想来想去，他没有任何的妙计。他随手折了一根金色的芦苇，在手上绕几下，变成了一个金色的指环。

指环很美，尺寸正好。

可是，他随手一扔，那金色指环便隐没芦花丛中，踪影全无。

她忽然起身。

"初蕾……"擦身而过时，他轻轻拉住了她。

她用力挣扎，可是，他笑容满面，语气却微微紧张："初蕾，我变一个戏法给你看好不好？"她尚未回答，他忽然变了。

她本能后退一步，死死盯着他。

雪白身躯，瞬间膨胀。就像一座小山，慢慢地膨胀成了一座大山。四面的路全被阻拦。

可是，她根本没想到要逃走。她甚至压根儿就忘了离开这回事。她只是睁大眼睛死死盯着他——死死盯着那一座几乎和山一般高大的巨人。

这幻变术是百里行暮独有的，他是巨人一族唯一掌握了幻变术之人——纵然后来的布布也掌握了一点粗浅皮毛，可那顶多是东施效颦，他根本无法把自己幻变成一座大山，顶多可以把自己缩小为常人而已。幻变大山，需要充沛的元气。布布并非半神人，根本没有这样的元气。

可是，鸟风初蕾惊异的并不是这个幻变大山的人——而是当初在金沙王城的时候，他明明不会。就算他在意乱情迷的时候，她要求他幻变，他也只是降下云彩，将她带上高高的云彩并俯瞰整个世界——一如其他半神人。而根本不是幻变成一座大山。

可眼前这个人，居然幻变了。用百里行暮独有的能量幻变了。他熟悉的声音满是笑意："初蕾……"他伸出的手掌，也是一座平坦的小山。

她惊奇地看着他，以为这是周山之巅或者西北沙漠。他的掌心已经在她脚下，她不假思索便跳了上去。一下就登上了巅峰，伸手便可以触摸到天边的云彩。

她真的伸出手，跳起来去摸那镶嵌了黑色金边的云彩。可是，那云彩只是无形的水蒸气，根本够不着。她却不肯罢休，一次次跳起来，一次次伸出手，在空中胡乱跳跃，胡乱扰攘，大吼大叫。

一轮弯月在明暗交替的半空中冉冉升起。

弯月，就像在肩膀上。她又去抓月亮。月亮，纹丝不动。她轮番跳跃，却徒劳无功，好一会儿，终于气咻咻地一屁股就坐在了他的掌心里。

那掌心，也是无边无际的。她干脆躺在上面，一如往常那样双手交叉枕着，跷着二郎腿。

他分明瞧见那赤足的小人儿，竟然那么悠闲，满脸笑容，不知有多惬意。

她雪白的双足还一点一点，十根脚趾上的红色指甲就像一朵朵风中盛开的小花。忽然，她猝不及防地跳起来。

他吓一跳，本能地闭上眼睛，可是，又立即睁开了。

那双柔软的小手正好奇地抚摸着自己的睫毛，轻轻地拂过，然后，又轻轻贴在自己的眼皮上。

那温柔小手让他痒痒的，忍不住打了一个喷嚏。可是，那小人儿却乐得咯咯大笑。她跳起来，拍着手，哈哈大笑，兴之所至，甚至翻了一个跟斗。

他也忍不住笑起来。笑声，直冲云霄。

很长很长一段时间，他没有这么大笑过了。她听到他的笑声，便停下来。

他看到她在自己的掌心走来走去，然后，再次停在自己的眼前。他忽然很好奇，这小人儿想干什么呢？

只见她背着双手，仰着头，一直盯着自己的眼睛，也许是觉得这样还不能看得清楚，她干脆贴上来，双手撑着自己的眼皮，好奇地盯着自己的眼珠子。

这一下，他便将她看得清清楚楚。他甚至从那清澈的眼眸里看到自己的倒影——小小的，就像是一个世界的缩影。

他笑容满面，那小人儿也觉得有趣似的，一直笑容满面。

良久，她温暖的小手往下，很轻很轻地贴着自己的眼皮、睫毛，仿佛在轻轻抚摸。那温柔的小手，竟然令他莫名地一阵心跳。

想象一下，一个山一般高大的人发出心动声。

他自己都听得那咚咚咚的声音如擂鼓一般，奇异的是，在这月色和日落交替的黄昏时刻却奇异地非常和谐。

她也感觉到了，抚摸他眼皮的双手慢慢往下，他意识到什么，本能地随着她的双手缩小自己的身躯，直到她的手，完全贴在他的心口。

她凝视他的心口，全神贯注，仿佛要透过那山一般的胸臂看到一颗完整的心脏。然后，她把整个脸贴在他的心口，一双手，也轻轻环在他的心口。

他忽然很感动，心里湿漉漉的。

"初蕾……"

那是微风吹来的声音。

那是月光里传来的声音。那是这个世界上虚无的一种幻觉。

"初蕾……"

她还是一动不动贴在他的心口，想象着那山一般庞大的身躯里酝酿的惊人的能量和元气，就像过去无数次梦中幻想的场景。就像在西北大漠，东井星妖孽将自己卷入光圈，他纵然奄奄一息，也身躯暴涨，拼命将自己从死亡的阴影里拖回来。他的爱，曾经无与伦比。自从百里行暮死后，这便是梦中景象了。

她并不贪心，从未想过还有成真的一天，亦如现在，她一直觉得自己在做梦。

声音、面容甚至心跳的声音，全部是昨日重现，是千真万确的百里行暮。

纵然她再糊涂，也不可能分不清楚这一点。可是，她根本不去分辨。她宁愿把它当作一个梦境。

既然是做梦，才更可能肆无忌惮。既然是做梦，那就做得更完美一点吧。她再次笑起来，咯咯地，忽然猛地跳起来，在他唇上亲了一下。

他惊呆了。可是，他尚未反应过来，那跳跃的小人儿已经紧紧抱住他的眼皮，温热的嘴唇肆无忌惮便贴在了那眼皮上。

一座山，也开始战栗。

"百里大人……呵……百里大人……"那温柔的声音，渗透了他的骨髓。

这一刻，他把自己等同了百里行暮。他觉得自己就是百里行暮。

她柔软的小手，一路抚摸。"呵……百里大人……我一直渴望再见你一面……告诉我，你是活着的吧……告诉我，你就是百里大人吧……告诉我，你再也不会离开我了吧……"

原本孱弱的声音，忽然激烈、缠绵，充满了梦幻一般的激情和温柔。

这一刻，她根本分不清楚自己到底是在现实中还是在梦境里。可能是做梦吧。

若非梦里，岂能有这样的场景？若非梦里，岂能如此肆无忌惮？

她的亲吻，从眼皮到了嘴唇。然后，落在嘴唇的正中间，一动不动了。全世界的芬芳，全部从她嘴里蔓延过来。全世界的香味，都在这一刻进入了他的五脏六腑。

他战栗得不能自已。那是从未有过的体验。那是半神人也不敢想象的旖旎。那是他几百万年的生命都无法再出现或者永远不可能再重复的神秘的浪漫诱惑。

他满头蓝色的头发飞舞得就像夜空中千万跳舞的精灵，就像是一片巨大的树丛，将天空、月色，将落未落的夕阳彻底湮没了。

全世界，只剩下一片蓝色，以及她的炽热。

可是，他不敢作声，也不敢发出任何的动静。他甚至任凭那温软甜蜜的嘴唇贴在自己的唇上，却不敢作出任何的回应。他也觉得这仿佛只是一个幻觉。

仿佛只要有任何的一点声音，这幻境就会被彻底破坏。他甚至不敢呼喊她的名字，只是呆呆地凝视她，凝视她牢牢贴在自己唇上的小小的人儿。

她仿佛不是主动为之。仿佛只是风中吹来的一片花瓣，恰到好处遮住了自己的唇而已。那是他几百万年从未悸动的惊涛骇浪。

"初蕾……呵……初蕾……"这声音并未经过脑子，是完全一时冲动发出的，是从他的心上发出的。

她忽然抬起头。她纤长的睫毛轻轻碰触在他的睫毛上。

眼神,慢慢地变得迷茫,出现淡淡的疑惑。

"百里大人……百里大人……是你吗?真的是你吗?这一次,是真的吧?"

他不知道该怎么回答。

"是百里大人吧?一定是吧?呵,你可别骗我……"她轻轻抚摸他的睫毛,却在自言自语:"好多次我梦到百里大人,可每一次醒来都是假的……每一次百里大人都骗我……"她的眼神慢慢黯淡下来,带了一丝丝悲哀和狐疑,摇摇头,"假的……一定是假的……等我醒来,百里大人又会不见了……"

心,仿佛被谁掐了一下。

他忽然很想大声告诉她:"我不是假的!初蕾,我不是假的!"可是,他什么都说不出来。迷迷糊糊中,他觉得自己很无耻,在冒充另一个人。

她的眼神更是黯淡了。慢慢地,就像山巅的云彩一样雾气朦胧。

"百里大人……你离开周山之后,为什么不来找我呢?"这是她心中最大的疑问。她一直想要弄清楚。可是,还没等到答案,她先自己摇了摇头,喃喃自语,"这是假的……这一定是假的……"

这只是一个梦境。你只能生活在别人的梦里。只要梦一结束,一切便结束了。

她忽然站起来。她觉得自己站在山巅。一眼望去,根本看不到脚下,只有眼前茫茫的一片云雾。

一阵风来,这四季恒温的忘川之地也有一丝丝凉意。高处不胜寒。她忽然连他的睫毛也看不清楚了。那睫毛,如茂盛的森林。

她忽然很惊悚,步步后退,完全不知道自己身在何处。接连退了好几步,仿佛到了大山深处。仿佛一个困局,怎么都走不出去了。

他察觉了她的反常,立即道:"初蕾……初蕾……小初蕾……"

可是,她却被惊扰。她猛地松开手,惊慌失措。

"初蕾……初蕾……"

她奔跑中,忘记了这是他的掌心,只看到头上脚下皆茫茫一片,怎么也无法脚踏实地,一紧张,忽然仓促跌倒。跌倒处,如悬崖一般。

她浑然忘了身在何处。索性坐在他的掌心,双手蒙着脸就哭起来。

眼泪,从她的指缝滑落他的掌心。

那是天空中一阵毛毛细雨,若有似无,就像是雾气散发而已,却令他满脸的笑容僵在唇边。他手足无措,不知道该如何安慰她。

她恸哭失声,哭了很久很久。

自从在九黎河边见到她第一面起,他从未见她哭过。就算她在有熊山林里毁容垂死,她也从来没有在他面前哭过。眼前,全部是她的眼泪,迷蒙成了一片。悸动的心跳，慢慢平静下来。他凝视她，心如刀割，竟然也眼眶濡湿。

也不知为何，仿佛沉寂已久的心灵遭遇了一次强大的冲击，有一些被尘封已久的往事很快就会破土而出。他竟然感觉到这一幕那么那么熟悉。就像这个人，自己第一次见面就觉得那么熟悉。好像曾经在哪里见过一样。就像那些无数次在自己眼前一闪而过的背景：沙漠客栈、湖泊山峦、一朵盛开的巨大的红色花屋、周山之巅的拥抱歌唱、蓝色丝草的戒指……

那不是她的描述，那是在他们相见之前，他就模模糊糊的印象。

他想，自己一定是遗忘了什么。他想，自己一定是在某一次的时光流逝里，不慎将她遗忘。

许久许久，她才慢慢抬起头。那时候，她的眼泪已经擦干了。那时候，夕阳早已彻底消失，整个世界已经被朦胧的月色所笼罩。

轻纱似的雾气，令整个世界也变得朦胧而神秘。

她抱着膝盖，默默地坐在他的掌心里。冷冷的风吹乱了她的头发，也冰冷了她的面颊。可是，她坐下却传来淡淡的温暖，那是一个人掌心的温暖。

她慢慢站起来。

他手掌一矮，山一般的身躯忽然恢复原状。

可是，她的双足并未如想象中落在了细细的沙地上，而是被他抱在了怀里。她没有力气挣扎，也忘记了挣扎，甚至伸出手，本能地紧紧拥抱着他。

一切都是熟悉的。

他的声音、他的气味、他的心跳，甚至他拥抱时那种几乎入骨的力度——除了百里行暮，这世界上再也不可能有别的人了。

就是那个人。哪怕他改名换姓，哪怕他拒不相认，哪怕他曾经对自己冷嘲热讽百般奚落，可是，她很清楚，一直都是那个人。

是他。

绝对不是别人。"我不可能连相爱已久的人都认不出来了。"她忽然觉得一切很可爱，很安全，就像一个迷失很久很久的小孩，终于找到了自己的同伴。

于是，她更紧更紧地拥抱他，恨不得就这么抱住了，再也不要松手了。

夜色，慢慢降临了。

她埋在那白衣如雪里，全是黑暗。她忽然希望这天再也不要亮了。她忽然希望这黑暗一直一直持续下去。

就像这个拥抱，一直一直持续下去。哪怕是一场梦，也尽力让这梦境更加真实，更加恒久。

最好，一梦不醒。

第八章　天尊退婚

天穆之野。

天穆之野并不在一座山上，而是在一个半空的基地上面。

恍如一道彩色的虹，恍如月球和地球之间的一道光环——却很少有人知道，这不是一般的内层环，这是一个相对独立的星球。

这里虽然比地球小得多，可是，却有着整个银河系最好的生态环境，最高级的生物科技，最卓越的医学技术以及最冠绝天下的蟠桃鲜花。当然，还有无数大神梦寐以求的不死药。

这样的地方，当然不可能没有防御。

可是，无论是低级的半神人还是高等的半神人，踏足其间，都感觉不到任何的戒备和监控。触目所及，只有无边无际盛开的桃花，落英缤纷，美轮美奂。

但是，没有监控并不代表你能造次。

事实证明，几百万年甚至几千万年以来，从来没有任何人敢在这里造次，甚至没有任何人敢不请自来——如果拿不到西王母一族的邀请卡，纵然是半神人也无法飞进那门的光环内。

此时，白衣天尊行走其间，不徐不疾，偶尔会停下，若有所思地看看那徐徐飘落的桃花花瓣。他想，自己可能真的老了。为什么上一次才看到天穆之野的桃花盛开，现在，这桃花再一次开了？难道，现在的花期变长了？

他停下脚步，看了看居中那棵最大的桃树。这一下，便看出端倪了。

天穆之野的桃花林，并不是一座林——事实上，这里只有一棵树。

一棵年限以上亿年为单位计算的古老桃树。

映入眼帘全世界盛开的桃花，全是从它的枝丫上生发出去的。因为它实在是太大了，大得连那些细枝末节看起来也像是一棵独立的树了。

他觉得有点奇怪。

于是，便停下来，仔仔细细地看着这棵树。

远远地，娉婷的身影闻讯而来。她的脚步很慢，身子很软，明亮的眼神散发出桃花全部的明艳。

当她看到桃花林中出现的白衣如雪时，她脸上立即露出笑容，屏住了呼吸。

他，终于还是来了。这一刻，她居然有点心跳，就像一个雀跃的小女孩似的。尤其,当他微微仰起头,那红色的花瓣便洒落了他满头满脸,将他雪白的肩头变成淡淡的一片红,渲染成花瓣似的红衣。全世界的桃花加起来,也不如他这张脸。

明明自己已经艳冠天下,可此刻,她居然有点儿自惭形秽——一个男子,怎么就能好看得如此过分呢?又是一阵风来,他雪白的衣服上,红色花瓣开始纷纷飞起、滑落,远远地飘到另一个世界。那花瓣竟然也觉得自惭形秽似的,仿佛比美输了,黯然神伤,狼狈远去。

她微微一笑,迎了上去。近了,才柔柔一声:"天尊,你可来了。"声音里,有淡淡相思,淡淡热切,含蓄却又恰到好处,完全符合她尊贵的身份。

半神人,最重要的是克制。喜怒哀乐不形于色,否则,不堪大任。

他也看着她。今日,她进行了精心的装扮。一身淡金色的长袍,腰上软软系了一条红宝石的腰带,更显得纤腰柔软,胸脯高耸。那可能是银河系最完美的身材比例了,她自己也有这个信心。

银河系的物种皆出自造物主之手,所以,尽管个体上有差异,但是,在本质的形态上是差不多的。每一个物种,都以黄金分割为最美。她的身材,便是完美的黄金分割比例。

她确信,自己这张脸,也是整个银河系最完美无缺的了。无论多么挑剔的眼光,也绝对找不出任何的瑕疵。饶是如此,她也不敢掉以轻心,在装扮上更是一丝不苟。比如这件金色的长袍,上面点缀了日月星光,蓝色宝石,高贵优雅却又气质不凡。

当然,还有她身上散发出来的那种淡淡的,若有似无的香味。那是西方某位以催情著称的女神赠送自己的独门秘籍——一种足以让全银河系雄性生物神魂颠倒的迷情香。因这迷情香,女神曾经为无数显赫一时的半神人们热烈追求,甚至为此爆发了很长时间的战争。

战争之后,死伤一片,女神也不得不悄然归隐,但是,这并不妨碍她那举世闻名的迷情香。

在某一次的蟠桃大会上,女神前来,并送给青元夫人这一礼物。

许多年过去了,直到最近,她忽然想起这玩意儿,于是,丫鬟们费了九牛二虎之力才从藏宝库里将这玩意儿翻了出来。

本以为他会眼前一亮,至少也得有一种惊诧的表情,毕竟,自己身上有了这么大的变化,他不可能不发现,可是,他偏偏还是老样子,淡淡地叫一声:"阿环。"可是,她还是很高兴,她迎上去,声如黄莺:"天尊好久没来过天穆之野了。"

九黎大会之后,他原本打算和她一起去天穆之野,可中途发生了一些事情,他便去了别的地方。他很随意地看了看脚下的土地。脚下,并非一般桃林的芳草绿地,而是一片一望无际的平整广场。

整个广场全部纯金打造,正中一条金灿灿的黄金走道便一直通向天穆之野的正大门,也就是青元夫人平素起居办公的正大殿。

青元夫人顺着他的目光，笑起来："这片黄金广场一直通向天穆之野的后花园，几乎将整个蟠桃林也装饰一新。说来还得感谢天尊。要不是天尊慷慨赠送，就算是天穆之野也凑不齐如此海量的黄金……"这片黄金广场，用了几乎整整十万吨黄金。

是白衣天尊一统全球之后，下令收集了世界各地的藏宝库，集中了当时几乎全世界的黄金，全部送到天穆之野，这才有了这片金碧辉煌的黄金广场。

她认为，这是白衣天尊送给自己的聘礼。也因此，青元夫人觉得特别有面子。唯一令青元夫人感到担心的是，虽然聘礼已下，可是，婚期一直没有确定下来。婚期未定，没有举行正式的婚礼，当然就谈不上什么神仙眷侣。所以，她暗暗下了决心，这一次白衣天尊来了，自己就不能轻易让他离开了，不但如此，还得定下准确的婚期，而且，越快越好。

白衣天尊顺着桃树的方向看去，只觉这广场无边无际，也不知道究竟有多大多广。

"呵，本来我打算把整个蟠桃林全部修建成黄金广场，但是，那势必还要耗资许多黄金，所以，就作罢了。"

他忽然道："你计算过还需要多少黄金吗？"

她微微意外，却立即点头，"至少还需要十万吨以上。"

他若有所思："阿环，如果你等得起，我就再送你十万吨黄金吧。只不过，这需要相当长的一段时间。你知道，现在的地球人已经不比以前，他们已经极大退化，极大落伍，完全处于刀耕火种的时代，常用工具也无非是锄头斧头，基本上无法高效快速开采黄金……"

她的一双眼睛几乎要发出光来，兴奋得就像是一个小女孩似的："天尊居然还要送我十万吨黄金？"

他点点头。

"天尊已经送了我无数的礼物，我真不知该如何回报你才好……"

他淡淡地："阿环就别跟我客气了，你也帮过我许多忙。严格说来，这点黄金还真的补偿不了你。"这话听起来有点怪怪的，她眉眼一转，只是拉了他的手："我们快别这么站着说话了，看起来好疏离的样子。天尊，我们进去吧，我已经为你准备了最好的桃花佳酿……"

那是白衣天尊第一次走进青元夫人的寝殿。寝殿里也金灿灿一片，无论是地面还是墙壁甚至天花板，统统铺设了黄金，中间没有任何空隙。

这富贵清雅原本是所有人眼中的神仙境地，可此时，白衣天尊坐在这黄金雕琢的椅子上，举着黄金的酒樽，用着黄金的案几，忽然觉得有点压抑。

他暗忖：青元夫人真是品位堪忧。

青元夫人却浑然不觉，她亲自斟酒，语意殷殷："天尊，这可不是一般的桃花酒，这是桃树精来天穆之野第一次开花时采集酿制的，有极高的药用价值……"

他却坐正了身子，淡淡地说："阿环，我这次前来，是有事情和你商量……"

她抿一口酒，红了脸，有些羞涩之情："天尊……你是来和我商量婚期的吗？"

他的面色有些踌躇，一时间竟不知道该如何接下去。

她嫣然一笑："天尊有看好的时间了吗？"

他举着酒杯，沉吟不语。

她又喝了一口酒："天尊，我们这事情早已公告九重星联盟了，反正大家都知道了，也就不必再拖拖拉拉了。这样吧，择日不如撞日，我已经看过时间了，下个月十九，便是一个良辰吉日，我们不妨把这婚事办了……"

他干咳一声，微微尴尬："阿环，其实，我今天来是想告诉你，我们取消婚约吧。"没有犹豫，没有缓冲，他一鼓作气。在这之前，一直觉得这话很难说出口，可是，一旦说了，反而浑身轻松了。

青元夫人却惊呆了。她傻傻地盯着他，又看看自己手里的酒樽，感觉头有点晕，仿佛喝醉了。

他和颜悦色，声音却十分清晰明了："阿环，我们解除婚约吧。我俩不合适。我也想过，解除婚约可能会对你的名誉有所影响，因此，这解除的消息就由你来发布……至于什么时候宣布，就由你……"

在九重星联盟的历史上，解除婚约的事情虽然不多，但是，也不是绝无仅有。而且，诸神们在婚姻观念上十分淡薄，就算结婚了，也并不一直住在一起，许多夫妻甚至天南地北，几十万年也不相聚一次——所以，他们才被称为神仙眷侣！神仙眷侣的意思便是，大家各自修炼，互不干扰。

而且，他俩尚未正式举行婚礼，也不算真正的夫妻，天宫比不得人间，一晃几十万年过去，谁也不会再提这件事了，顶多当一句玩笑话而已。

可是，青元夫人却惊呆了。她死死盯着白衣天尊，不敢置信，好几次张嘴，但是什么都说不出来。只脑子里嗡嗡作响，仿佛一种不祥的预感，如今，终于来了。

其实，早在九黎的时候，她便觉得不妙了，否则，也不会任凭维维奇大神等起哄了。原本想的是，逼一下也就成了。

可是！

可是！等了这么久，耗费了这么多心思，用了那么漫长的年华，居然，还是等来这样一个结果。

她的心在滴血。

她慢慢低下头去。有很长一段时间，她一言不发。

反倒是白衣天尊沉不住气了："阿环，我很抱歉……"

青元夫人忽然轻轻地问："天尊，我能问问原因吗？"

"阿环，你该知道，我们这些半神人，根本没有成亲的必要。"

"没有别的原因了吗？"

"我不想成亲。"

我不想成亲——这便是最大最正当的理由。许多事情，其实根本不需要借口。就是我不想而已，如此简单。

第九章　委蛇回归

又一个黄昏和月色的交替。

忘川之地的上空笼罩了一层淡淡的雾气。和平素所见的雾气不同，这里的雾气隐隐有七彩的颜色，能幻变成各种不同的花朵、星辰。

凫风初蕾抱着头，仰望星空。星空浩瀚，无边无际。仅仅银河系便有多达几千亿星球。相较之下，人类是多么渺小和微不足道。

可是，以前，包括她在内的地球人都不知道，还以为自己是世界的中心、万物的主宰，从而为所欲为。

"少主……少主……"

她蓦然回首。揉了揉自己的眼睛，恍如梦中。

两个蛇头就像两个小孩儿的面孔，左右将她抱住，她还是恍如梦中，不言不动。

"少主……是我……是我……"

好半晌，她才伸出手，紧紧地抱住了委蛇的双头，泪如雨下。

委蛇，居然是委蛇。她觉得自己在做梦。只有在梦中才见过这生死相依的老伙计。

她掐了掐自己的手臂，很用力，手臂很疼。

那孩儿面一般的双头千真万确出现在自己眼前。

"少主……是我……真的是我……"委蛇也激动得语无伦次，"是百里大人在有熊山林找到我的主芯片，然后加以修复，重新将我激活……"

委蛇，本质上是一条机器蛇，要杀死它，只能摧毁它脖子上端的芯片设计。所以，无论经历多少次战斗，委蛇总是不死。

直到有熊山林一战，那神秘敌人一眼看出了委蛇的死穴，一举格杀。

可是，白衣天尊找到了它的骸骨，又找到了它的芯片，然后，很是耗费了一点功夫，将它修复。

凫风初蕾待在这忘川之地，本以为坐牢一般，却忽然见到这生死相依的老伙计，如何不喜出望外？

她高兴得紧紧抱住委蛇的脖子，根本不知道该说些什么。好半晌，她才松开手，呵呵大笑："委蛇……委蛇……你没死就好，没死就好……我真是做梦都不敢想，居然还能见到你……"

委蛇细细打量她，慢慢地，小孩子般的面容上便浮现了一层深深的悲哀和忧虑之情，少主，竟然被人重伤成这样。

有熊山林一战，它先于少主倒下，所以，虽然知道少主遭遇不测，却一直不清楚少主到底被伤成了什么样子。直到现在它才明白，少主几乎被彻底摧毁了。不只是容貌，还包括她的元气、以前积蓄的武力值，统统下降到了一个临界点。

纵侥幸不死，可是要恢复如常，谈何容易？

可是重逢的喜悦早已超出了悲伤的心情，它十分振作，也十分乐观："少主，只要我们都活着，一切都还有希望……"

初蕾听得这话，兴奋之情便慢慢地减弱了。

可是，她还是兴高采烈："没错，委蛇。以前我一直觉得自己孤立无援，没有一个盟友，也没有一个可靠的帮手，现在，你回来了，我便什么都不怕了。"

委蛇若有所思："我能起的作用有限，但是，少主可别忘记了我们真正的帮手和盟友……"

她一怔。

委蛇直言不讳："白衣天尊才是我们真正的帮手。"

她慢吞吞地说："白衣天尊，他会成为我们的帮手吗？"

"若不是天尊出手，我也不会有复活的一天。他对我尚且心存怜悯，对少主就更不用说了。就像这忘川之地，一般人是根本来不了的，可是，他却带少主到此疗伤，这就更证明他的良苦用心。天尊才是我们真正的盟友，要对付那神秘的敌人，天尊，必不可少……"

她忽然高兴大叫："委蛇，你也说我们神秘的敌人？"

委蛇微微意外："少主难道忘记了我们的敌人？"

"不是我忘记了，是他们告诉我，有熊山林根本没有什么神秘敌人，这一切都是出于我自己的想象、意识的混乱，他们还说包括你的死也是我亲手所为……"

初蕾将白衣天尊和青元夫人有熊山林一行的调查结果详细向委蛇讲了，委蛇听完，脸色变了。

分明是那神秘敌人做了手脚。

敌人能骗过这么厉害的白衣天尊，可见，自己跟其差距，真的就是蚊子、苍蝇和人类的差距了。

她忽然很沮丧，跌坐在地，抱着膝盖。

委蛇立即道："少主，你先别急……"

她听得这话，又开心起来："是啊，我急什么呢？现在你回来了，我更是如虎添翼……"忽然又觉得此话不妥，笑着挥了挥自己孱弱的双臂，"哈，委蛇，我现在可不是如虎添翼，是如猫添翼了……"

委蛇故意逗她开心，双头摇晃起来："少主，要不要飞行在空中欣赏一下忘川之地的美景？"

她大喜："当然。"

凫风初蕾十五岁那年开始骑着双头蛇游历天下。

委蛇纵谈不上日行万里，但日行几百里是可以的。服食不周山之果后，更是体力倍增，日行千里不再是问题。

可是，飞行却是第一次。

当它飞起来，慢慢地升向半空时，凫风初蕾惊呆了。委蛇，竟然如一艘小小的飞行器，一点一点飞了起来。委蛇，它怎么会飞？

它虽然是个半机器人，但是，以前也有血肉之躯的困顿，根本无法飞翔。可是现在，它自由自在飞行在天空，速度平稳，越升越高。

她坐在蛇背上，看着最高的一棵刺桐花树消失在眼前。

白雾散开，天空全是白云。棉花糖一般一堆一堆的白云，随手抓一把便可以放在嘴里咀嚼。她真的伸手抓了一把，抓到的却是一把虚无。

她却兴奋得大叫大嚷："天啦，委蛇，你怎么能飞行了？"

委蛇也大笑："是天尊将我改造，在芯片里加了新的东西。不过，我虽然能飞行，可速度却不行，还赶不上以前我们那艘太阳能小飞行器。天尊说，那是因为我有一部分还是血肉之躯的缘故，没办法彻头彻尾做一个机器蛇，所以，无法突破极限。无论是飞行速度还是飞行高度，都无法达到正常飞行器的地步……这么说吧，我的飞行能力基本上和秃鹫差不多……"

秃鹫，已经是地球上的鸟类中飞得最高最快的动物了。

可是，就算是飞得最快的鸟类，一小时最多只有几十公里，完全达不到飞行器一小时上千公里，当然更不要说什么超光速飞行器之类的了。

饶是如此，凫风初蕾已经非常非常高兴了。不光高兴自己有了能飞行的工具，更高兴的是这老伙计的回归，哪怕它根本不会飞行，还和以前一样，她也非常非常满足了。

更何况，这飞行还是意外之喜。

"哈哈，委蛇，你比大费的那些蠢鸟要快得多了……"

"哈哈，大费哪里飞得了这么高？他的那些蠢鸟顶多飞到百米高空，或者几十米，我亲眼见过，他飞不高的。我可是足以飞上万米高空啊……"

"万米高空？真的吗？委蛇，你可以飞上万米高空？"

"哈哈，我试一试，少主，你坐稳了……"

委蛇，急剧上升。距离地面，越来越远。

她兴奋得在半空中大喊大叫："哈，委蛇，你再试一试，能飞多高……哈哈哈……再试一试……"

"少主，我尽力，尽力……哈哈……"

彼时，白云已经完全在头顶。白云就像一堆虚无的棉花糖，你一抓，它就跑。低头，再也看不到群山、草原。

凫风初蕾觉得自己就像传说中的那些仙人，乘风而去，来去自如。

她高兴得一挥手，差点从委蛇背上颠下来，委蛇吓一跳，大叫："少主，坐稳了……"

她却没事人一样哈哈大笑："好玩，好玩，真是太好玩了！委蛇，以后我们真的可以走遍天下了，哈哈哈……委蛇，你飞过去，我要抓住那团白云……过去一点点……再低一点点……哈哈，左边跑了，左边跑了……哈哈，你看见太阳了吗？哈哈，我们距离太阳好近……我看看能不能抓住太阳……"

太阳近得就在她的眼前，伸手可以触摸。

凫风初蕾从未这么近距离地看过太阳，纵然当初乘坐百里行暮的飞行器，也是在机舱里，完全没有这么真切，这么毫无阻隔地看着天空、太阳，甚至月亮、星辰……

原来，有翅膀的感觉竟然是这样，竟然这么爽！

甚至根本不是自己的翅膀，而是委蛇的翅膀，已经这么爽了。

难怪人们常常说：恨不得腋生双翼！恨不得整一双翅膀！果然，人必须要有翅膀啊。

她哈哈大笑，忽然对着天空猛地呐喊一声："啊……啊……"

那吼声没有任何意义，可是，一旦喊出了，但觉深呼吸一般，胸中压抑许久的绝望、愤懑、凄苦、失落、郁闷……万般负面情绪，忽然就在这大吼大叫之中，烟消云散了。

……

云雾深处，一双眼睛漫不经意地看着这一幕。

那半空中大吼大叫的人儿，声音清脆，笑如银铃，简直就像驭风而行的小小精灵。夕阳衬得她的面容花朵一般。不是花朵，是花骨朵。那么干净，那么纯洁，那么芬芳。她大吼大叫，兴奋异常，仿佛进入了一个未知的世界，未知的领域。她总是这样，胸无城府，很小的事情都可以让她开心半天。

慢慢地，他眼中浮现了淡淡的笑意。竟不知道，委蛇的回归能令她如此开心。如果早知道有这么大的效果，他很可能会提前去一趟有熊山林。

月色，比轻纱更加温柔。

从小木屋的顶端能看到蓝色的星空，闪烁的天河美丽得就像是一匹银光闪闪的缎带。可是，凫风初蕾已经无心欣赏。

她倒头就睡，睡得十分香甜。

有熊山林一战之后，她曾经动辄以半年以上的时间昏睡——但是，那不是正常的睡眠，那是昏迷不醒。现在，才是真正的睡眠。

她心无旁骛，纵然睡着了，面上也带着微微的笑意。这是几年来，她第一次觉得安全、无忧，对自己的未来再一次充满了希望和期待。

是的，一切还可以重新开始。

一切，都还可以重新开始。

门外，委蛇忠心耿耿地守候，就跟昔日一样，从未改变。

当老鱼鬼王改造它，在它的芯片上输入那固定的指令和程序时，便注定了它对少主忠心耿耿的一生，且永不改变。

此际，这忠心耿耿的老伙计却站起来，悄然离开了小木屋。

因为，它看到了白衣天尊。

它走过去，毕恭毕敬行礼："百里大人，谢谢你。"

白衣天尊看了看小木屋的方向，随手拍了拍它的双头，微微一笑："委蛇，新的芯片还适应吗？没有和你原有的躯体和记忆互相抵触吧？"

"没有！它们彼此融合得很好。谢谢百里大人，是百里大人给了我新的生命！"

委蛇再次向他行礼："百里大人不但救了我，还救了少主，委蛇真不知如何回报才好。"

他微微皱眉："委蛇，你怎么和你家主人一样糊涂了？"

委蛇还是毕恭毕敬："百里大人何出此言？"

"你家主人是血肉之躯，糊涂不奇怪，你这个机器蛇，难道也跟着一起糊涂？你为何也和你家主人一样叫我百里大人？"

委蛇凝视他半晌，还是毕恭毕敬："因为，你本来就是百里大人！"

他一字一句地说："委蛇，你听好了，我不是百里大人。我总不可能连自己是谁都不清楚。而且，我有什么必要在你们面前隐瞒身份？"

委蛇沉默一下，并未分辩，却还是毕恭毕敬："就算委蛇糊涂分不清楚，可是，我家少主不会糊涂得分不清楚……"

白衣天尊气得笑起来，干脆伸手重重地在它的一只头上拍了一下："你这委蛇，果然比你家少主更糊涂。你家少主好歹是受了重伤，神志不清也可以理解。问题是你已经彻底痊愈，本领更胜以往，怎么也还是这么糊涂？"

委蛇摇摇头，固执道："天尊，你真的以为少主糊涂了吗？"

"难道不是？"

"当然不是！"它叹道："少主就算受了重伤也绝不会糊涂不清。天尊，你认为少主为何会一直留在这忘川之地？"

他扬起眉毛，没有回答。

"天尊可能认为少主没有力量离开，对吧？可是，你别忘了，少主可是四面神的后裔，身上本就自带半神人的血统。她如果真的要离开，绝不会坐以待毙。她之所以没有拼死离开，只因为她相信你。她知道自己待在百里大人身边很安全，所以，很放心……"

他屏住呼吸，慢吞吞地："你说初蕾她还相信我？"

"当然！少主一直最信任的就是你。如果你不是百里大人，你以为她会一直留在你身边享受你带来的好处吗？"

"……"

"相信我！如果你不是百里大人，哪怕少主马上就要死了，也绝不会多看你一眼，更别说一直享受你带来的好处了。正因为你是百里大人，是她最爱的人，她才会一直待在你身边……再说，少主可不是一般的孱弱女子，她的武力值纵不敢说宇宙第一，可是，在地球人中绝对是天下第一！甚至不逊色于许多半神人！天尊应该很清楚，有熊山林一战，神秘敌人那么厉害，少主最后也能反戈一击，纵然没能伤害敌人，却还是成功将敌人吓跑。否则，她连等待救援的机会也没有了……"

白衣天尊这才微微吃惊了："委蛇，你也认为真有神秘敌人？"

"当然！我正是死在那神秘敌人手下。敌人不光厉害，而且一眼看出我的死穴，一招致命，一般的地球人是根本办不到的。所以，我推断，那敌人一定是某一位半神人，或者某一位大神……"

"半神人？你和初蕾一样，都认为是半神人所为？"

"那神秘敌人从不现身，我们每一次只能听到声音，却看不到人影……这么看来，只有半神人才会这样，因为能量远远大于我们。最主要的是，我觉得这半神人这么做害怕暴露了自己的身份……"

"他居然会害怕暴露身份？"

"我也不知道为什么他会怕暴露身份，按理说，半神人要对我们下杀手根本不需要惧怕什么，更不需要什么理由。奇怪的是，这个敌人就是害怕暴露了身份，所以才百般遮掩，若非如此，少主在最后一刻根本躲不过迫害……"

白衣天尊若有所思。"这么说来，初蕾说的有熊氏一族全部变成青草蛇也是真的了？"

委蛇忽然打了个冷战，恐惧之情溢于言表。

白衣天尊这才吃了一惊。要叫一个半机器人吓成这样，可以想象，当时的现场当是如何骇人听闻——如果说，有熊山林之战时，委蛇还是半机器人的话，现在的委蛇，几乎四分之三都是机器人了，身上血肉之躯的部分已经很低很低了。

白衣天尊找到它的主体芯片之后，要升级改造它的主体芯片很容易，但是，要复原它昔日血肉之躯的部分却有相当的难度。权衡再三后，便将它蛇躯的大部分直接更换成了一种特殊的合金，只保留了极少部分容易复原的血肉，这才让它外表看起来和以前没什么差别。否则，它就是一条彻头彻尾的机器蛇了。

可是，现在，这条机器蛇竟然也一阵阵战栗。

他沉声道："委蛇，你把当初有熊山林发生的一切全部给我讲述一遍。你记住，越详细越好，一个细节都不要错过……"

委蛇开始讲述。它讲得非常仔细，白衣天尊也听得非常认真，中途，从未开口打断。直到委蛇全部讲完，他还是沉吟不已。

委蛇也不打扰他，只是毕恭毕敬待在一边。

它希望百里大人能找到问题的关键，能想到什么疑点，至少，能对敌人的身份有一个大致的判断。和少主重逢之后，它更加清楚了，如果没有百里大人的援助，单凭自己和少主，很可能终其一生也无法报仇，甚至连敌人是谁都弄不清楚。

委蛇忽然补充："说也奇怪，在这之前，只有少主才能听到那个神秘敌人的声音，我一直什么都听不到。可是，临死的那一刻，我忽然听到敌人在笑，他在笑……"

白衣天尊立即道："敌人在笑？"

委蛇稍稍迟疑，还是十分肯定："我不知道那是我的错觉还是真实的，我听到敌人在笑，我听到敌人十分得意的笑声，敌人说：'你不是自傲于绝世无双的美貌吗？你不是颠倒了这世界上所有的男人吗？凫风初蕾，那你想想，当你的那些倾慕者看到你现在的样子，看到你变成一个满头怪蛇的怪物时，你的那些倾慕者还会爱你吗？哈哈，他们还会对你神魂颠倒吗？'"

白衣天尊猛地抬起头。

委蛇的声音居然变了，根本不是它原有的声音，而是一个完全陌生的声音，那声音不男不女，阴阳怪气。那个敌人的声音仿佛是从它体内复制出来，现场播放。

可委蛇却丝毫没意识到这个惊人的事实，孩儿面上全是惊惧，脖子也一直微微战栗。"凫风初蕾，我要让你变成一个满头怪蛇的丑八怪，那些青草蛇会钻入你的头皮，汲取你的养分，将你整个人掏空，让你变成有熊女一般的怪物，可是，你不但无力反抗，还会变成我的助手，从此跪在九黎的红花丛中，和那些有毒的红花一样，将任何胆敢起来反抗九黎的敌人全部干掉，从此生生世世成为白衣天尊的奴隶，哈哈哈……"

不知不觉间，委蛇的声音已经彻底变成了敌人的声音。这话，不像是敌人在说，反倒是它亲口说出的一般。

白衣天尊的震惊可想而知。他忽然伸出手，重重地在委蛇头上拍了一下。

委蛇立即闭嘴。只见它两个头上都冷汗涔涔，显然是沉浸于之前的恐惧情绪里不能自拔，可见这事情对它的影响之大。好一会儿它才清醒过来，仓促道："百里大人见谅，我失态了。"

白衣天尊摇摇头，微微闭上眼睛。

如果说早前他曾对凫风初蕾的讲述半信半疑，甚至大半倾向于她是受到蛊惑之后产生了错觉，可现在，他几乎完全相信这是事实了。

清晨的刺桐花，就像是绿色翡翠上镶嵌的一簇簇红色宝石，晶莹欲滴，毫无瑕疵。

一夜好眠，连梦都没有，醒来后真是精神抖擞。

凫风初蕾兴致勃勃："委蛇，我们飞到最高的那棵刺桐花树上玩一下吧？"

委蛇抬头看了看，最高的一棵花树大概有几十丈高。

它笑起来："这有何难？"几十丈高的花树，对于委蛇来说，真是不费吹灰之力。

当它停留在树冠顶端时，凫风初蕾随手便摸到了最高的一串红花，哈哈大笑："现在，我无论想摘哪朵花都不是问题了……"

头顶，一群大雁飞过。

凫风初蕾大叫："委蛇，快追上去……"

委蛇立即追上去。

一群大雁岂是委蛇的对手？它们排成人字形，估计正飞得高兴，忽然看到这么大一个家伙追来，吓得大叫，顿时变了队伍，乱七八糟，到处逃窜。

凫风初蕾一伸手，非常轻易地就抓住了一只大雁的翅膀，只听得那大雁惨叫一声，撕心裂肺一般。她吓一跳，赶紧松手，大雁一下就拍打着翅膀飞走了。

"初蕾……"

初蕾蓦然回头，一抹白色的身影不知已经在身后凝视自己多久了。

委蛇毕恭毕敬："天尊，请坐吧，我先去练习一下飞行。"

白衣天尊坐下，只见委蛇嗖的一声飞向天空，它的本体是蛇，可是，飞行的动作却十分轻灵、敏捷，就像是一股风一般矫健地在天空里遨游。

他不经意地看去，凫风初蕾也抬头看着委蛇，脸上有微微的笑意。

她脸上曾忽然出现的可怕暗影已经不见了，脸色白皙，笑容微微，看起来，简直就像一个不谙世事的小孩子。

他心里，却更是不安。

因为，他已经很清楚，这不是一般的病毒，这是生物基因异变病毒——下毒之人，就是要把她变成一只丑陋可怕的毒蜘蛛。

须知，在人类的世界里，毒蛇和蜘蛛都是令人类恐惧和厌恶的。

下毒者显然很了解人性，目的便是让她成为人类眼中的丑恶者。

他并非对这病毒束手无策，而是他慢慢地清晰了一件事实——能下这样的基因病毒，只能是九重星联盟的半神人。而且，这半神人一定处心积虑，本领高强。

可是，现在，他什么都不想说，他只是凝视她。毒气一旦被克制，帝流浆的效果便彻底发挥出来。她的面色，玉一般淡淡的。如果再稍稍胖一点，那整个人简直就像是一朵灵动无比的鲜花了。

她一直侧脸看着天空，他却一直看着她。

她忽然回头，看他一眼。

长长的睫毛下，一双黑眼珠子几乎要发出光来似的。

"天尊，谢谢你！"

他听到自己心脏"怦"的一声。

她非常认真："天尊，谢谢你。"

他无数次救她，她却无数次责他，恨他，怨他，对他没有丝毫的感激之情。

直到现在，直到他救了委蛇，她才说出这样一声谢谢。

她慢慢地站起来，看样子是要走了。

他忽然拿出一支乐器。

她从未见过这样的乐器，好像笛子，又好像洞箫，但都不是，她说不出那是什么，仿佛是一支墨绿色的竹管。

她看了几眼，还是转身。

乐声，是从背后发出的。

那是一首轻快的曲子，最初听起来平平无奇，可渐渐地，她眼前忽然出现了一幅画面：无数人站在金色的麦田中，有人唱歌，有人跳舞，有小孩子们跑来跑去，乐不可支……

她坐在草地上，沉浸在乐声里，仿佛回到了过去。很小很小的时候，在金沙王城的时候，和委蛇游历天下的时候，在周山之巅第一次见到那白衣人的时候……

一如眼前恍恍惚惚的白色身影，一如他纵横湔山之巅的吟唱。

他的侧脸，就像是一幅画。一幅造物主用了无数的心血和精华，巧手打磨，天下无双的画卷。人人都赞她凫风初蕾美貌无比，她想，其实，他才真的是倾城倾国。

脸上，便有了微微的笑意。

那是无法形容的安全感。那是她已经失去了很久很久的东西。如失群孤雁，如暴走之君。

现在，忽然又回到了同伴之中。

要是时光就凝固在这一刻，那该多好！

"初蕾……"

她忽然轻轻地："你和青元夫人成亲了吗？"这声音很低很低，低得就像是蚊子叫一般。

可是，他还是听得清清楚楚。他忽然笑起来，看了她一眼。

她忽然失去了勇气。她觉得自己就像是一个傻瓜。

她站起来，转身就走。他并未追上去，只是看着她的背影，良久，唇边露出一丝微笑。

可爱的小木屋，在夜色下简直就像一朵蓝色的大蘑菇。

凫风初蕾静静地躺在地上。

明明没有得到明确的答案，可不知为何，她的心里还是很宁静——再也没有之前那种强烈的对他的怨恨之情。

她想，可能是因为那乐曲的缘故。那曲子具有安魂镇定的功效。可脑子里还是不由得胡思乱想：他真的和青元夫人成亲了吗？

她可没有忘记，当初在西北大漠的时候，青元夫人变相地警告自己。现在想来，那时候就分明已经在宣誓主权了：百里行暮可是我的，你要少打主意！否则，有你好看的。青元夫人还说：你最好不要和百里大人在一起了，否则，你会后悔的。

青元夫人想和百里行暮成亲，已经是很长很长时间的事情了。现在，婚约都定了，她哪有放弃的道理？

一念至此，枭风初蕾忽然很沮丧。

她睡不着，干脆出门。

委蛇坐在草地上，两个孩儿面四下转动。那模样非常滑稽可笑，她扑哧一声就笑了出来。

"哈，少主，这里可真是太漂亮了。这里叫忘川之地是吧？少主，你注意到了吗？这里不但有美丽的景致，而且空气也和外面大有不同，每次呼吸，都觉得自己仿佛增加了几分精神呢……"

她低低地说："委蛇，你知道吗？我中的这个病毒叫作生物基因病毒，据说，要是毒性彻底发作，我就会被变成一只巨大的毒蜘蛛……"

委蛇吓一跳，随即，两只孩儿面便摇晃起来："不会的，绝对不会的。有天尊相助，少主绝对不会变成毒蜘蛛。"

她轻叹一声："其实，要不是他救我，很可能我在金沙王城已经变成毒蜘蛛了……"

如今想来，真是后怕。

在成婚之夜，自己分明已经克制不住毒性，本以为必死无疑。现在想来，自己根本就不会死，而是会变成一只大蜘蛛。

委蛇："要是天尊肯帮我们，我们就一定能揪出真正的凶手……"

她沉默了一会儿，才摇摇头，低声道："他不会帮我们的。"

"为什么？"

"他要和青元夫人成亲了。"

饶是一条机器蛇，心也顿时凉了大半截。委蛇试探性地问："少主，你想过百里大人是不是遭遇什么意外了吗？"

"他能有什么意外？"

"如果没有意外，他为何不和我们相认？"

"他是我父亲的敌人啊！早前只是为了利用我们，现在，我们没什么利用价值了，就不必相认了。"

委蛇摇头："恕我直言，早前我们对百里大人来说，也没什么利用价值啊！相反，他一直都在帮助少主，帮助我……"

凫风初蕾哑口无言。

"少主，你仔细回忆，百里大人何曾真正利用过你？"

她不答。她内心其实很清楚。如果没有百里行暮，自己纵不说已经死在西北大漠了，也绝对无法成为睥睨天下的鱼凫国女王。

委蛇不敢隐瞒，低声道："天尊昨夜告诉我，说他在过去的七十万年里，一直在闭关。从来没有到过地球，也从来没有做过什么柏灌王，他说的肯定是真话，毕竟，他没有撒谎的必要……"

凫风初蕾这才惊呆了。如果白衣天尊在过去的七十万年从未到过地球，那么，自己遇到的百里行暮到底是谁？

她忽然跳起来："委蛇，我们走，我们不能待在这里了……"

都不是百里行暮了，自己待在一个陌生人的地盘，接受他的好处，并且撒泼打滚，骂他恨他，这岂不是一个天大的笑话？不是百里行暮，谁管他要不要娶青元夫人呢？

"委蛇，快走，快……"

"不行，我们现在还不能走。少主，你的毒还没解除。一旦离开这里，毒性发作，我们怎么办？"

她一想到自己可能变成一只大黑蜘蛛，抬起的脚，又只能缓缓地放下来。这时候，她真的不敢轻易离开忘川之地。

"少主……"

她呆呆地看着委蛇，脸上的神情十分惊惶。

"少主，你怎么了？"

"我可能没有告诉你。我当时离开九黎之后，又和大熊猫一起去了周山一趟……"

"少主又去过周山？"

"我在周山掘开了百里行暮的坟墓，里面空空如也。云阳告诉我，说当年我们离开周山几个月之后，百里行暮就离开周山了。但是，云阳也不知道他是怎么离开的……"她语无伦次，"委蛇，你说，百里行暮会不会在别的地方？可我们却把另一个人误以为是他……"

"少主，我不认为是这样。"

她呆呆地："什么意思？"

"我还是认为白衣天尊就是百里大人！"

她张张嘴，说不出话来。这不是悖论吗？

它点点头："是了，少主。症结就在这里。既然我们都认定白衣天尊就是百里大人，可是，他却坚决反对，而且，言之凿凿，认为自己根本不可能是百里行暮，甚至那段时间从未来过地球。这就只能证明一件事情……"

凫风初蕾轻声道:"什么?"

"百里大人身上一定发生了一场巨大的变故。"

委蛇继续问:"少主,你不是说他和青元夫人联姻吗?他为何要和青元夫人联姻?"

委蛇根本不等她回答,立即道:"在西北大漠时我们就知道了,青元夫人和百里大人关系匪浅,很明显,青元夫人一直暗恋百里大人。要是百里大人真的不是白衣天尊,难不成我们认不出,青元夫人也认不出?或者,青元夫人也因为白衣天尊长得和百里行暮相似,所以,才要嫁给白衣天尊?"

凫风初蕾没有作声。她的一只手只是轻轻按在胸口,然后,不经意地抬起头看了看天空。她声音低低的:"委蛇,你没发现我的变化吗?"

"什么变化?"

"我的容貌不复以往!"

"……"

她只是轻轻地说着:"他不跟我相认,很可能是因为他觉得不值得吧?毕竟,他当年曾经为我牺牲了性命,但是,并未得到任何回报……现在,他的身份已经变了,而且,你看,我也变成这个样子了,他再跟我相认就没意义了……"

委蛇甚为不可思议:"你认为百里大人是因为你重伤毁容,才坚决不肯跟你相认的吗?"

她心底,其实就是这么想的。有更好的选择之后,为何还要坚持原来的错误?

因为亲眼见过比鲁星大神等半神人对自己的嘲笑,她才更加清楚半神人的审美——半神人的审美和人类的男子一模一样。

他们只看外表。他们只爱美人。百里行暮也是半神人,他会例外?

委蛇的双头摇晃得拨浪鼓似的:"这绝对不可能。这天下其他任何人都可能如此,但是,百里大人不可能。少主,你就算不相信自己的眼光,你也得相信百里大人的人品……"

"人品!人品和审美有关吗?你问问人类的普通男人,要是他们的妻子毁容了,变成了丑八怪,他们还能坚守初心吗?"

委蛇斩钉截铁:"百里大人绝对不是这样的人!如果他真的因为你毁容了而故意不和你相认,那就没有必要多次救你了。"

"九黎之战,他说饶恕我,只是因为我故意装认错人,他可怜我而已……而且,那时候我还没有毁容,他对我也感到好奇,不杀我也正常……"

"既然如此,他又去有熊山林救你干什么?"

是啊,在有熊山林时,自己已经是一具僵尸了,哪里还有好奇的必要?

"你在九黎待了那么一段时间,他早已看到你毁容后的样子,真要是看相貌,就没有必要再关心你了吧?可是,他这次又去金沙王城救你干什么?不但救你,而且,把我也救回来。少主，你认为一般的陌生人会有这个兴趣吗？"

"……"

"我认为，一定因为他就是百里大人的缘故！就算他不认识我们了，可一直念着故旧之情！"

鬼风初蕾的声音更加勉强了："我这段时间一直很糊涂……尤其是后来，我越来越糊涂……我真的已经分不清楚他到底是谁了……有时候，我甚至想，他是不是百里行暮都不重要了……"

委蛇凝视她。这机器蛇的眼神里，有毫不掩饰的同情和怜悯。少主不是糊涂，是因为受了太重的伤，经历了太大的绝望，一次次死里逃生，经历了人生中最大的恐惧，所以，才变得谨慎。

"虽然天尊一直否认自己的身份，可是，我还是觉得他就是百里大人。可能是有人用了极其高明的手法，令他也分不清楚自己是谁了！"

鬼风初蕾冲口而出："这不可能！白衣天尊那么大本领，就算是青元夫人也不见得能篡改他的记忆……"

"你为什么认为青元夫人会篡改我的记忆？"

她惊呆了。

委蛇也有点尴尬。

毕竟，背后议论人，却被人家听得清清楚楚。

白衣天尊，就站在背后，静静地看着二人，不知道已经听到二人多少的对话了。

委蛇讪讪地站起来，对他深深行了一礼："天尊……我先去别的地方逛一逛……"

鬼风初蕾待要叫住他，可这老伙计眨眼之间已经飞走了。自从学会了飞行之后，它经常一下就不见影子了。她只能傻傻地坐在原地，看着白衣天尊走过来。

可是，并不是因为自己背后非议他而觉得不好意思，而是他那张脸——他那似笑非笑的表情。那样的表情，无数次地出现在百里行暮的脸上。

自万国大会之后，再到周山之巅、茫茫的西北大漠……这期间，二人朝夕相处，形影不离。他的习惯、他的语气、他的思想、他的一些特别的小动作，甚至他身上的气味……她统统一清二楚。

这样的一个人，自己会认不出来？所以，她越来越糊涂了。她觉得自己一直在梦里。每次，他都是在梦里这样走向自己。可是，一旦自己靠近，倏忽之间他便彻底消失了。

他并未在她身边坐下，而是看着她。

此时，她也傻傻看着他，一如梦中时。

很长时间，并无声音。

她面上的疑惑之色就更加深浓了。

他也凝视她，她长长的睫毛有很长时间一动不动，就像薄薄的蝉翼在风中凝固了一般。只是，面色是苍白的，苍白得有些透明。因为太过瘦弱，已经彻底消失了当初九黎河之战时第一眼的惊艳。

他不是一般没有见过世面的凡夫俗子，他也不是一般咋咋呼呼的半神人，在漫长的几百万年甚至上千万年的岁月里，他不知看到过多少美人，那些传说中的顶级的天下无双的美人……

可是，他从未见过那样的眼睛，那样的面孔。

他现在还清楚地记得，第一眼的时候，竟然心跳。因为太过紧张，所以，刚开始跟她过招时竟然心慌意乱，十分仓促，任凭她奔过来，一把揭开了自己的金色面具。更因为紧张，失手将她打成重伤。

其实，以他的本领，何至于会如此失常？真的是当时太过震惊，随手一挥。

直到她彻底倒在自己的怀里，直到她从重伤中醒过来，直到她悄然来到冥想室里，抱着自己的脖子，调皮地亲吻自己的嘴唇，一声软绵绵的"百里大人……呵……百里大人……"

没有人知道他那个时候的心情。他对那个叫作百里行暮的男人厌恶到了极点，可是，又妒忌又羡慕，居然恨不得自己真的是那个男人。因为，他慢慢地已经发现了：她之所以一次次来拥抱自己，亲吻自己，肆无忌惮地撒娇，肆无忌惮地爱恨嗔痴……全部是因为那个百里行暮。

那个叫作百里行暮的男人，不知道生前怎样将她娇宠，才令她如此地颐指气使："百里大人，你给我唱一首曲子吧；百里大人，我要吃烤肉；百里大人，你今晚陪着我，一直要陪着不许离开……"

每一个看似不可思议的举止，她却那么自然。她理直气壮地指使他。

奇异的是，他觉得这简直太可笑了，可还是千依百顺。她怎么说，他就怎么做，就像他自己真的已经变成了百里行暮似的。

他经常在黑夜里抚摸自己的嘴唇，微笑或者发呆。甚至，慢慢有了疯狂的狂想。有时候，他甚至想，自己不该让她离开九黎；自己应该将她永远留在九黎。

遗憾的是，她走了。她强行离开。哪怕和自己决战，也一定要走。直到她回到金沙王城，直到有熊山林之战，直到她变成一副几乎是僵尸似的恐怖样子……

奇怪的是，他居然从未觉得她变丑了。

别以为大神们都有慧根——色即是空，空即是色，认为人类无非一具皮囊而已。实则不然，否则，那些半神人们就不会处心积虑下凡找最美丽的地球少女狂欢了。本质上，半神人比人类的男子更加看重女方的相貌。

他第一次见到她，第一次惊艳，也是因为她的容貌。可是，他天天面对那个重伤毁容者，耗费无数的元气为她疗伤，还是心跳……还是觉得她那么好看。尤其，她刚刚恢复了一点点，能走动了，能说话了，尽管骨瘦如柴，可还是一声声呼喊自己"百里大人……呵……百里大人……"

娇嗔无比，憨憨的，那么理直气壮。她每一次的绵软，都令他兴奋。她每一次的软弱，都令他心颤。

否则，以他的精明，岂会不知道她拿了灵药在偷偷喂养大熊猫？他什么都知道，可是，他什么都不说。

也不知怎的，只要她高兴，只要能令她开心，他真的觉得别的都不重要，其他都不是问题。

这样的心情，在他的几百万年生涯里是从未有过的，就像现在。

她明明只恢复了不到一两成的容貌，可是，她已经比地球上绝大多数的少女都要美貌了。就算那么孱弱，那么凄苦，可是，却楚楚可怜，就像一朵草原上没有任何遮拦迎接风雨的小红花。

他的心跳，总是情不自禁。所以，她一发脾气，她一哭泣，她一决裂，他便觉得自己的心也碎了。

他不知道原因，也不想去探究。他甚至根本不管是不是受到了数据库里那个叫作百里行暮的男人的感染——这些，统统不重要了。他只想：若是能令她高兴，那就一切按照她的心愿吧。

和青元夫人解除婚约，原因便在此。

可是，他不提，他决口不提解除婚约的事情。

他很清楚，有些事情，是绝对不可能的。

有些禁忌，也是绝对不可碰触的。之所以如此，无非为了不让她再一次失望而已。

这是凫风初蕾第一次和他长时间对视。

仿佛彼此之间没有任何的隔阂，仿佛所有的误会和面具全部烟消云散了，仿佛他真的变成了百里行暮。

所以，她就更加糊涂了。

二人静坐了很久很久。

夕阳，慢慢地落山了。

月色下，有无数的萤火虫组成了一个闪闪发光的锦缎长河，令整个忘川之地的上空都悦动起来。

地上，一排排蓝色的丝草。

蓝色丝草闪闪发亮，风一吹来，就发出类似鸣沙山上那种古老乐器的声音：就像五十弦瑟，就像笙的柔婉。

白衣天尊随手扯下一根蓝丝草，在手指上绕了几圈，三两下就变成了一只散发着淡蓝色光芒的指环。

他不经意地:"初蕾,好看吗?"

她呆呆地看着指环,发不出声音。

在周山之巅,在百里行暮临死之时,她便精心做了一个这样的指环,"命令"他终身佩戴,永远也不许忘了自己。

可是,开启周山之巅的坟墓时,那空荡荡的墓地里,既没有百里行暮的尸骨,也没有这蓝色丝草的指环。

此时,他居然做出一个新的指环,闪闪发亮,在自己眼前如世界上最最精美的一颗蓝色宝石。

指环,轻轻放在她的眼前。

她屏住呼吸,完全忘记了自己再也不要理睬他的誓言,手指完全不受大脑的控制,本能地接过了指环。

蓝色的指环,镶嵌成无名指上最好的珠宝。

就像那颗曾经残弱无比的心脏。

哪怕全世界的人都不爱我也没关系,可是,若是那个人不爱我了,这心,也就碎了。

她悄悄地将佩戴指环的手放在自己的心口,仿佛想将那指环从此隐匿。

他分明注意到了她这小小的举动,可是,他还是没有作声。

她长长的睫毛颤动一下,看他一眼,非常认真:"呵,百里行暮……你真的是百里行暮吗?"

白衣如雪,蓝发精灵,一张面孔和百里行暮没有任何区别——甚至,他能幻变成山一般的浩瀚巍峨。

以前百里行暮为了逗自己开心,所以,才幻变,让自己在他的掌心里跳舞、奔跑、乘凉、玩耍……那是一种极其微妙的,情人之间才明白的宠溺之情——小小的宠溺,无限的温柔。

他一个陌生人,怎会在她极度恸哭伤心的时候,故意幻变惹她高兴?

甚至,自己手指上现在这只蓝丝草的戒指。

这样的过去!

这样的细节!

若非百里行暮,外人怎么可能知道?

可是,接下来,她听得他淡淡的声音:"我不是百里行暮!"

他一字一句:"我不是百里行暮!我也没有被任何人篡改记忆。在过去的七十万年,我一直在弱水闭关……"

凫风初蕾听得"弱水"二字,眼睛瞪得很大很大。

弱水!弱水!弱水之地,是神仙禁地,真正的禁地。

这几千万年,甚至几十亿年以来,能够进入弱水的大神是很少的,能进去的全都是第一代和第二代的正神。

要造物主恩准，正神们才能进入此间永恒的修炼，进入一种永恒的状态，也就是说，从此在这里固定了一种载体，永生不死，真正和宇宙同寿。寿与天齐，就是这个意思。而且，造物主恩准的意思还有一个要求——必须是元气达到了一个境界，这就杜绝了其他人私自潜逃进去的可能。

元气是一个硬指标，无法偷渡。

弱水，是任何人都无法擅闯的地方，也不可能擅闯。

可是，令她震惊的并不是白衣天尊有什么资格能进入弱水，而是弱水这个地方——这个地盘，别说青元夫人，就算比她还厉害得多的人物，都是没法进入的。

不可能有人进去这样的地方把白衣天尊的记忆给篡改了。

"我能进入弱水，并不是已经有资格进去修炼，更不是我有了寿与天齐的能力，其实不只是因为我受到了处罚之后，极度重伤，几乎要灰飞烟灭，再也找不到合适的载体了……"

他的眼神暗了一下，"我自知罪孽深重，也无颜要求新的载体，可是，娲皇恩典，大发慈悲，将我带进弱水，给予了一次重获新生的机会，我才能在七十万年之后重新进入现在的世界……"

他不是主动进入弱水的。当然，他也不是主动离开弱水的。是时间到了之后，被赶出来的。因为，他并没有资格一直待在弱水。

他距离那些正神的资历还相差很远很远。只是，他在弱水获得了一项非常特殊的赏赐：那就是他今后可以一直保持自己现在的载体，不必再更换别的载体了。

这样的殊荣，在现存的半神人里，乃至是西帝，都是独一无二的。

否则，他哪有资格在九黎召开万神大会？以为西帝是瞎的？

可是，鬼风初蕾并不知道这一点，她只是死死盯着他，脑子里一个声音乱嗡嗡的：他真的不是百里行暮！

她盯着自己手上的蓝丝草指环，觉得这简直就像是一个天大的笑话。

她忽然低下头，死死抱住自己的膝盖。她的头，也深深埋在膝盖里。不是因为恸哭，而是无法描述的绝望。

空气里满是寂寞的味道。

白衣天尊也不再言语，只是静静地看着她。心里，竟然也是空荡荡的，甚至带了几分迷茫和不安。既然自己不是百里行暮，她岂会再待在自己身边？

可是，要让他一直冒充百里行暮，别说自尊过不去，他觉得那简直是对自己的一种侮辱。以他的身份，岂肯被人当成替身？

轻纱一般的白雾，缥缈朦胧的世界。

明明是恒温舒适的草地，可鬼风初蕾却觉得一阵阵寒气入骨，无法抵挡，浑身也微微战栗。那是绝望的战栗。

一只大手，慢慢地放在她的背心。她原本应该拒绝，可是，她动弹不了。她觉得自己不该继续白白享受他的好处了。可是，她没办法。

连跟他赌气，连拒绝他的好意，起身的力气都没有了。甚至，连开口的力气都没有了。她就那么静静地躺在地上，匍匐在冰冷的草地上，任凭他的双手在自己背心游走。

暖意，是慢慢而来的。就像寒冬的时候，躺在一个温暖的热炕上面。她很惬意，慢慢地，睡意涌上，便十分悠闲地睡着了。

这时候，他才慢慢地伸出了另一只手。

两只手，交叉而行。元气，源源不绝地从他身上流泻出去——本质上，那是一种通过意念转移出去的能量。可是，她中毒实在是太深，失去的元气实在是太多，所以，需要补给的元气就越来越多，多得令他都觉得有一些不安。

这下毒者，就像设下了一个沼泽地，施救者的元气一旦进入，便如泥牛入海，很快便挥发得无影无踪。

这毒，不仅要吸光受伤者的能量，更企图吸光所有施救者的能量。

若非他曾进入弱水修炼，只怕早就屈服于这毒性的反攻之下了。

屠杀有熊氏，将鱼凫王变成一个蛇妖，想想，这该是多么惊人的一桩恶行？他决定无论如何要揪出这家伙。

忘川之地，最大的景致便是夕阳。无论你从哪个角度看去，夕阳就像一直悬挂在天上。

这一天，凫风初蕾看了第七十七次夕阳。

到后来，她干脆坐在一丛茂盛的蜀葵旁边，抱着膝盖，目送最后一缕夕阳慢慢消失在西方的天空。

这一夜的夕阳，特别神秘莫测。有人无声无息地走近，无声无息在她面前坐下。

他也像她那样凝视西边的最后一缕夕阳。

微风，花香，她洁白的脸庞就如旁边盛开的蜀葵。

身上的病毒被彻底压制后，她的容貌至少恢复一半了。

她忽然开口了："天尊……"再也不是百里大人。

她抬起头，很认真地看着他："天尊，我以后不会再异变成黑蜘蛛了吧？"

他凝视她。她的脸上有小小的紧张，小小的不安，小孩子一般，仿佛他的下一句话便会直接决定她的命运。

他摇头，慎重其事："初蕾，你放心，绝对不会了！"

她笑起来。一双眼睛明亮得比刚刚落下的夕阳更加绚丽。

这忘川之地上空，都因此而绚丽起来。

一颗心，怦怦直跳。他几乎伸出双手，可是，生生地坐在原地，一动不动。

她却伸出手，慢慢地放在他的眼前，几乎碰触到他的睫毛时，停下来。

他的心里，再次狂跳。那柔软小手，慢慢地，落在他的唇上。他无法作声。

他眼睁睁地看着她的另一只手也伸出来，很自然地便将自己的脖子环绕，语气，就像这夕阳之下的雾气："呵……天尊……就算你是白衣天尊吧……可是，你答应我一个要求，好不好？"

他不语。他根本无法开口。

"你再幻变一次，好不好？"

他心里一震。

可是，下一刻，她已经稳稳地站在了他的掌心里。

他的身子，山岳一般。他的掌心，便是山岳上的一座小小的屋子。

此时，她便站在这屋子里，抬起头，看到了毫无遮拦的天空。

夜晚的天空不再是一径地蓝，而是各种色彩交织，将神秘而蒙眬的一切故事都融合在里面。

她先是静静地站在他的掌心，静静地眺望远方，就像在欣赏久违的风景。好一会儿，她开始走动。慢悠悠地，闲庭信步。

站得这么高，看得这么远，和天空无限接近，她想，以后，可能再也没有这样的机会了。

他一直凝视她。看到掌心里的小人儿有时候得意扬扬，有时候又满面微笑，有时候，眼里又有小小的忧伤和悲哀。

忽然，她跳起来。她在打滚。她在他掌心里跳跃、打滚，玩儿得不亦乐乎。

风吹动她乌黑的头发，就像是他掌心里开出的一朵蜀葵。

她一直滚动，也不停下来，仿佛要试一试他的掌心到底有多宽多广。可是，滚了许久，筋疲力尽了，忽然坐起来，揉揉眼睛，一看，自己躺在他的掌心正中。

她咯咯大笑。那小人儿的声音简直如银铃一般。

他也笑起来。

她忽然再次跳起来，以迅雷不及掩耳之势吻在了他的眼皮上。

他根本来不及反应，那小人儿已经贴在了他的嘴唇上面。她整个人都贴在他的嘴唇上面，仿佛这一吻，已经耗尽了她所有的力气。

很久很久，久得他都透不过气来了。

她忽然跌落于掌心。

他身形一矮，她整个人已经被他抱在了怀里。

她没有挣扎。她很安静地躺在他的怀里。

这一刻，所有的痛苦、委屈、恐惧、难受、疑虑……统统烟消云散了。

有一个人，就算不认识我了，可是，他还是一如既往地对我好。

有一个人，就算不再是以前那个人了，可是，他在我心中的感觉，从来没有改变。

她看到自己破碎了很久很久的心，已经慢慢开始愈合了。也许，中间的伤口会永远停留，可是，绝望不会。

只要人生不绝望，就还有许多机会。

日月星辰，朝夕之间。

她睡得香甜。

她长长的睫毛，在月光下，就像蓝色的丝草。

自认识她以来，他从未见她如此无忧无虑。他便也笑起来，很轻很轻地抚摸她的睫毛，然后，贴着她的脸，自己也很快睡着了。

一觉醒来，又是一个黄昏。

这一次，已经彻底睡足了。

凫风初蕾睁开眼睛。眼前，依旧是白色的身影。他的掌心，还残余着拥抱的温度。

她想站起来，可贪恋那小小的温暖，一时间，竟无法起身。她其实一直很清楚，这段时间，他一直在替自己疗毒。自己在昏睡之中，一直在耗费他的能量。

因为是那个人，所以肆无忌惮享受他的好处；因为不是那个人，所以，这好处每每让人撕心裂肺。

察觉她的清醒，他伸出手，轻轻抚摸了一下她的头发。"初蕾，你醒了吗？"

她不答，还是微微闭着眼睛。

过了许久，她的声音很低很低："我可以不再疗毒了吗？"

"不行！如果没有这最后一次加持，那病毒还是有异变的可能！"

"是异变？还是死亡？"

他很认真地想了想，回答："异变之后再死亡。"

异变之后再死亡。她内心战栗，微微闭着眼睛。那是一种无法逃脱的厄运，无论你怎么努力，很可能都无济于事了。

其实，这也是她清醒的时候，第一次认真和他探讨这个问题。以前，她一直不敢。因为不敢想象自己可怕的样子，所以，一直都在回避这个话题。

她轻轻摸了摸自己的头，然后，右手重重地放在头顶，完全是无意识的。

他将她的这个动作看得清清楚楚。

他发现，她经常无意识地做这个动作——好像随时要检查一下自己的头皮是否完整，头发有没有被变成青草蛇。可见有熊山林那场死亡之战，在她心中留了一个怎样可怕的阴影。

"异变之后，我会变成什么样子？"

"一只有毒的黑色蜘蛛。"

她放在头顶的手，慢慢地挪开。仿佛在想象那有毒的黑色蜘蛛是什么样子——就像传说中那些生长在阴暗潮湿地方的怪物？整天张开密密麻麻的网，无论看到什么生物，便全部网罗进去一口吃掉？

"就像有熊山林的那种青草蛇，无论沾上什么同类，都会将对方感染？"

他点点头。

她不知道自己此时为何还有心平气和讨论这件事情的力气，可是，她奇异地感觉到一种平静。当你看到一种结果却无力改变后的平静。"这病毒……永远也无法根除了吧？"

"暂时，无法根除！"

她看了看远方："病毒最早什么时候会爆发？"

他略一迟疑，还是很认真地回答："原本在金沙王城的那个夜晚就会爆发了，不过，现在，至少要两年之后才会爆发，如果控制得好，三五年都没有问题……"

所谓的"控制得好"，便是他一直用强大的元气替她压制。

可是，这压制，无法长久。

她只是一阵阵后怕，如果自己和杜宇成亲那天晚上，病毒真的爆发了，是不是包括杜宇、整个王宫甚至金沙王城的百姓都会被感染？就像彻彻底底被变成青草蛇的有熊氏一族？

白衣天尊凝视她，看她战栗着，摇摇头："这不是青草蛇病毒，这比青草蛇病毒弱得多。纵然爆发，也只会感染你一个人，而不会感染其他人……"

她又惊又喜："真的吗？"

他见她居然喜上眉梢，双眼都变得亮起来，自己心里却像被人重重捶打了一下。

好一会儿，他才继续道："这毒，因为是交叉感染得来，所以，很有限，也无法大规模传染，否则，你在周山时可能就已经爆发了。就因为分量太小，所以，才需要慢慢累积……"

她想，那是因为下毒之人手法太过高明。也可能是因为金沙王城太过特殊，直到现在也人口众多，乃九黎之外最大的城市，所以，下毒者不敢太过造次？

有熊山林可以无声无息被覆灭，是因为几十万年来，他们已经在历史的长河里慢慢地居于很次要的地位了。除了人间帝王表面上的尊重，他们已经不再有任何实际上的权力。再加上大夏那几年无止境的干旱，百姓大批量死亡，也就分散了注意力。

可金沙王城就不同了，金沙王城有上百万人口，有极其繁华的商业。

要是上百万人口一下被感染覆灭，那就是大事情了。没有任何人能无声无息地遮掩这件事情，纵然是半神人也做不到。

一念至此，鬼风初蕾反而欣慰了，自己一个人死了不要紧，只要不连累金沙王城就行了。

她居然笑眯眯的："呵，这样就好了……这样就好了！让我想想，还有两年才能爆发是吧？"

"永远不会爆发了！"

她一怔："你不是说早则两年吗？"

"如果两年后真的会爆发，那我就让时间停止！"

她愣住了。她没作声。

他也没有作声，他只是再次双手用力，将她抱住。然后，一把将她抱起来。

她没有挣扎。她也无法挣扎。

这一次，她是在完全清醒的状态下面对他给自己疗伤。

他和她面对面。他的掌心并不直接接触她，而是隔了一段微小的距离，可是，能清晰地感觉到有一种无形的力量在源源不绝地往她的身上转移。

她很惊异。她不知道这一次到底需要耗费他多少能量。可是，她无法开口，她在这时候只能集中精力，因为功力的不对等，她只能任人摆布。渐渐地，她看到自己面前一团黑气。黑气很薄很朦胧，慢慢地，却幻变成一只黑色的蜘蛛。

她几乎惊叫。这是她第一次亲眼见到这可怕的玩意儿。这黑色的玩意儿仿佛有七手八脚，丑陋狰狞得令人恐怖。

然后，这黑色烟雾开始淡化，渐渐地，消失不见。

她明白过来：他这是在驱散毒气。

他竭尽全力，要驱散这毒气。

她松一口气，她以为这一切快结束了，毒气散去，不就该结束了吗？

可是，他的神情分明更加凝重了。

她分明看到他脸上逐渐加深的汗水。

渐渐地，他的白色长袍竟然也凝固了，隐隐地，出现一股盐的味道，仿佛他体内的水分全被蒸发出来了。

黑气，慢慢地从他的袍子里散溢，那是一股无形的妖气，因被人驱赶，所以放肆地反扑，仿佛要将胆敢抗拒它的力量撕得粉碎。

眼前隐隐地浮现一个小小的黑点，那是百里行暮临死之前，因为剧毒，心脏已经被烧成了一个黑炭般的小点。仿佛悲剧重演。她直觉不妙。

她想大叫：白衣天尊，你快快停止。

可是，她叫不出来。

她被一股巨大的元气所攫取，发不出任何的声音。

直到彻底昏迷不醒。

再次睁开眼睛，那妖魅般的黑气已经不见了。

她忽然觉得自己置身于明亮的阳光之下，渐渐地，这阳光的温度升高，简直到了炙烤的地步，浑身上下，仿佛要被烤出一个洞来。

她忽然跳起来，炙烤的感觉瞬间消失一空。

白衣天尊，往后就倒。

她抢上一步，他却自行坐起来，挥挥手，用眼神阻止了她。

月色下，他的脸色苍白得出奇，就像一个失血过多的人，一时间缓不过来了。

凫风初蕾默默站在原地，这时候才那么清晰地感觉到自己身上的剧变——原本在毛孔里四处乱窜的毒气，就像忽然找到了一个出口，一溜烟地逃窜了出去。

那是一种奇异的感觉——就像你亲眼见到一个装满毒气的袋子被扎了一个缺口，砰的一声，这袋子就瘪了。

她后退一步，觉得很奇怪。她甚至挥舞了一下自己的双手。

充沛的元气，源源不绝。

有熊山林受伤以来，她第一次觉得自己重新强大了。可是，这强大，依旧来自他，还是来自他。

就如此刻，他雪白的一张脸、微笑的眼神，熟悉到了极点的神情。

她语无伦次："你……你……你没事吧？……"

他笑起来。他苍白的脸上有了一丝淡淡的血色。他凝视她，那眼神，就像是欣赏一朵花。

"呵，初蕾……你可真好看……"

她本能低下头。

这一次，她清清楚楚看见了自己的手臂，又情不自禁摸摸自己的脸。月色下，她看不见自己的脸，只能看到原本干瘪的手臂，就像是泥土里忽然生长出来的新芽，嘭嘭几下，便膨胀、裂变、肌肉生长、血液流淌……月光下，莹润、光滑、完好无损。

除了稍稍瘦弱一点，竟然和以前差不多了。

那是外貌的恢复，不是复原了一两成，起码复原六七成了。她的震惊可想而知。

这样的复原，又需要别人付出什么样的代价？

他还是凝视她，眼神里的笑意更加清晰。可是，他的身子，还是微微摇晃。让他出现这种衰竭的症状，所耗费的元气该是何等惊人？

她本能地伸出手要去搀扶他，可是，手到半空，只能停下："你这是何苦……你这是何苦……你这是白费力气……"忽然泪如雨下，"我根本没有任何可以报答你的，你何苦白费力气？何苦？"

他微笑着凝视她哭泣的眼神。初蕾，我要的根本不是你的报答，什么报答都不需要。"初蕾……"

她上前，死死盯着他的眼睛："你，会不会死？"

他清晰地看到她眼神中满满的恐惧。他笑起来。

她十分固执："这次，你会不会死？"

他摇头："当然不会。初蕾，你放心吧，我不会死的。"

"可是……"

"因为这病毒太陌生，所以多耗费了一点我的元气，可是，要说死亡，那就太夸张了。初蕾，你放心吧，无非举手之劳而已……"

谈笑间，他面上的汗水，他的苍白，忽然统统消失了。只一瞬间，他又是那个俊秀无比的美男子了。他白色的袍子甚至散发出一种淡淡的清香，干净，温暖，令人十分舒服。

她忽然很想扑过去，紧紧抱住他。可是，她的双手却慢慢地垂下，生怕这不老实的双手擅自轻举妄动。

"初蕾……"

她双手蒙住面孔，泪水雨点般从指缝里洒下来。

直到她的哭声慢慢地低了，他才轻轻地说："初蕾，我其实还可以帮你一个忙……"

他的声音很软弱，她却停止了哭泣。

"如果下一次，你还需要找人制造后裔的话……其实，你可以找我……"

她张大嘴巴。若非在这样的场景下，她一定会笑出声来。可是，她没有笑。她不但笑不出来，反而悲哀地凝视着他。她惊奇地发现，他说这话时，竟然是认真的。

他这人，从来不乱开玩笑的。

也许是她这样凝视他，他竟然微微赧然，声音也更低了："真的……这种忙，你找我帮就好了……以后，不要再去找别的人了……"

她居然认真地想了想，好一会儿才缓缓地说："现在，我已经不需要人帮忙了。"

"……"

"我现在已经不会死了，所以，就不急于留下后裔了。也许，很长一段时间，我都不需要人帮忙了。"

他苦笑一声。

她却忽然躬身，非常恭敬地向他行了一个大礼。她一揖到地不起身。

他并未搀扶她。

她伏地很久才毕恭毕敬地说："承蒙天尊多次施以援手，救命之恩也无以为报，以后，山高水长，后会无期吧……"

言毕，她躬身，再次一揖到地。

他还是凝视她，一言不发。

可是，她已经慢慢起身，然后转过身去。

忘川之地的全景，历历在目。这优美之地，这神仙之地，如果没有他的加持，自己一辈子也不可能踏足的地方。

自己曾经就像是一个残疾人，忽然有一天，发现自己一下就站了起来。那种心情，无法言表。她怕自己失控。在这忘川之地，立即就会失控。

她极目远眺，好一会儿，转身就走。

"初蕾……"

她忽然加快了速度，到后来，简直是飞奔起来，她差点连委蛇都忘记了。

白衣天尊，目送她的身影跑远。

　　早已候在一边的委蛇这才走过来，看着白衣天尊，行了一个大礼："大恩不言谢，天尊，委蛇无以为报。"
　　"委蛇，照顾好你家少主。"
　　"天尊放心。"委蛇不一会儿便追上了少主。
　　凫风初蕾跃上蛇背，一人一蛇，很快升空。
　　忘川之地的天空忽然变了。清辉明月变成了晨风晓雾，山川河流跃然眼前。
　　那是春天，百花盛开，山林中却有无数的嶙峋怪石，潺潺水流。能看到空中淡淡的颗粒，淡淡的雾霾，闻到淡淡的腥味，再也不似忘川之地洁净而芬芳的空气。
　　白衣天尊看着那一人一蛇远去，直到她们彻底消失在了他的视线之外，他才缓缓低下头，看到面前一圈蓝色的光环。那是蓝丝草编织的指环在月色下闪闪发亮，它静静地躺在他的脚下。
　　他伸出手，将指环捡起来。指环摊开在掌心，就像是一朵蓝色的花。一朵尚未盛开便已经凋谢的花。
　　也不知怎的，他觉得自己的心也碎了。

第十章　现任天帝

　　九重星联盟总部有许多别名：天堂、天宫、仙宫、琼楼玉宇……可是，大体不脱一个共性：无论东方人还是西方人，无论叫什么名字，都知道，那是神仙居住的地方。

　　至于大神大仙们到底有什么区别，却不是人类所能说清的了。

　　他们把一切的大神都称为神仙，把神仙的首领称为——中央天帝，全世界最著名的中央天帝便是黄帝。

　　可是，另一个中央天帝也渐渐地开始名气大增，那便是西帝。

　　顾名思义，西帝当然出自西方。

　　当东方的黄帝神族彻底衰败时，西帝横空而出，取而代之，成为这七十万年来人人皆知的中央天帝。

　　西帝有很多传说，其中最被人们津津乐道的则是他的各种风流韵事——西帝为人还算正直，处事也还算公平，但是，和天下所有的雄性生物一样，他也有一个小小的毛病，那就是好色。

　　西帝热爱美女。只要是美女，无论是地球女子还是半神人女子，他统统喜欢，打算统统拥入怀中。在过去的岁月里，西帝曾经无数次到地球上攫取美女，尽情欢乐，并且留下了不少私生子。

　　但是，最近几十万年来，由于九重星联盟法令的颁布，纵然是西帝也不能为所欲为了。不仅禁止了半神人们的地球之欢，他本人也不能再轻易踏足地球了。可是，不拥抱地球上的美女，不等于不能拥抱别的美女，很快，西帝的目光便转向了那些姿色出众的女半神人，跟一个个女半神人玩起了欢乐游戏。

　　贵为西帝，要玩儿几个美女，自然不是什么太大问题。问题是，西帝有一个十分厉害的老婆——当今天下最著名的妒妇。当然，大家不敢公然叫她妒妇——当面，人们都恭敬地尊称她为天后。

　　西帝一族和别的神族不同，他们讲究内部通婚，以保证血统的尊贵和单纯。因此，西帝娶的前几个妻子都是自己的堂姐或者别的女性亲戚。

　　直到后来，西帝看上了自己的姐姐。

　　据说，天后娘娘本是西帝的同胞姐姐，是女神中数一数二的美人。在她年轻的时候，自然看不上处处留情的西帝，无论西帝如何纠缠都无动于衷。

　　于是，在某一个雨夜，西帝淋湿了自己，浑身发着高烧出现在了姐姐面前，哀求姐姐拥抱一下自己，给自己一点温暖。

姐姐出于怜悯之情，伸出了拥抱之手。就是这一伸手，就给了西帝脱下姐姐衣服的机会。

西帝和姐姐的这场欢爱整整持续了三百多年。不知道西帝和姐姐的这场欢爱到底发了多少山盟海誓，甜言蜜语。外界所知的是，这三百年新婚夜一结束，西帝便向外界宣布，解除和以前几个妻子的关系，从现在起，姐姐是他唯一的妻子，也是独一无二的天后。

不但如此，西帝还破天荒地宣布，自己的所有权力都和天后共享。因此，天后一跃而成银河系最有权势的女人，仅次于西帝一人之下。可是，也许是三百年大餐一顿吃腻了，很快，西帝便对新婚妻子失去了兴趣。

婚后不久，天帝就故态复萌，不时出去偷腥。

天后可不是好惹的，一旦发现有什么妖艳贱货和西帝勾搭上了，必定立马赶去，轻则赶走这妖艳贱货，重则百般设计，将其害死。可是，妖艳贱货那么多，怎么都消灭不完。

青元夫人和天后的交集很少。准确地说，这七十万年来，她几乎很少和天后见面。

原因也很简单，西王母一族和上几任天帝都有极其深厚的渊源，所谓一朝天子一朝臣，当中央天帝换成了西帝之后，西王母一族就逐渐地脱离了核心的权力机构，独立于天穆之野了。

可是，西王母一族所掌握的生死药以及全宇宙最先进的生物、药理等技术，却是西帝夫妻绝对无法忽视的。

青元夫人是个聪明人，自然不愿意蹚浑水，因为她很低调，竟然在西帝当政的几十万年日益崛起，虽然还是没有进入核心权力圈层——却成了联盟最受人尊重的第一神族。

青元夫人和天后也没什么交集，毕竟，她内心深处是很看不上这个妒妇的，天天满世界去抓丈夫的奸情，其举止简直比地球上那些泼妇更加不堪。

当然，出于对天后的尊重，她从不对此发表任何公开的言论，纵然有好事的八卦者们谈起，她也总是轻描淡写，一笑而过。

青元夫人，从不讲是非。她很清楚，是非往往就是祸端。可现在，她却正在急匆匆赶往九重星联盟的路上。

远远地，她停下来。她很吃惊。

她看到联盟总部的大门上，高高地吊着一个人，一个女人。

那女人一身华服，被一根黄金锁链倒吊着，脚上还悬挂了两块巨大的铁石，用以加重其惩罚的力度。

当她看清楚那女人的头饰时，更是吃惊，那女人，竟然是天后。她站在原地，很是踌躇，不知道该走上去还是原地返回，假装并未看见这一幕。

可是，她还来不及决断，已经听得嘶喊声："青元夫人……是青元夫人吗……"她不得不硬着头皮走过去。

被倒吊着的天后，面色晦暗，气息奄奄，可是，又绝不至于要命。只是，她双脚上被绑缚的巨大铁块十分沉重，看样子，她正因为这铁块而痛苦不堪。

能将天后倒吊着绑起来的人，这天下，当然只有一个。很显然，西帝这么做，只是为了羞辱天后。

天后哭声哀求："青元夫人，快把我放下来……"

她上前一步，低声道："天后，我不是不帮你，我是不敢啊……"

"快放我下来，只要放我下来，我保管你没事……"

她暗忖，你都被人侮辱成这样了，你还保管我没事？

"你又不是不知道那老种马的性子，像你这么漂亮的女人，他怎会惩罚你？他只会惩罚被他玩腻了的女人……你放心，你没事……"老种马，是天后对西帝的称呼。

青元夫人稍稍犹豫，还是唯唯诺诺上前替她解开了绳子。

天后双脚落地，立即抽出怀里的莲花权杖，青元夫人吓一跳，以为她要用莲花权杖雷击大门。正要后退，却被她一把抓住："我被倒吊在这里已经整整十天了，好几位大神从这里路过，都佯装不见我，或者无论我怎么请求都不敢伸出援手，唯有你青元夫人出手相助，这番情谊，我真是没齿难忘。青元夫人，我以莲花权杖的名义向你发誓，我欠你一个人情，今后，无论你需要什么帮助，无论你需要对付什么人，我都会帮你一次……"

青元夫人这才明白，原来，天后之前是哄骗自己呢——什么西帝从不惩罚陌生的漂亮女人？分明是大神们都不敢救她，不敢因此惹怒了西帝。

她肃然："天后言重了，我诚惶诚恐……"随即便从怀里摸出一个小瓶，取出一颗药丸递过去："这是一点小东西，天后不妨试一试。"

天后素知天穆之野的本领，立即接过药丸，刚一吞下，但觉一股十分舒适的暖气便从五脏六腑升腾，再一看自己的手足，原本被倒吊的瘀青和血痕，竟然一瞬间就消失得无影无踪。而肌肤更是白皙胜过以往。她大喜过望："人人都道天穆之野的灵药全宇宙第一，果然如此。"

"天后过奖了。"

天后十分亲热地挽起她的手："久闻青元夫人乃九重星联盟第一美人，却一直没有见过面。今日一见，果然名不虚传，更难得的是，我俩一见如故，今天，我们姐妹可要痛饮一番……"

那是天后第一次招待西天之外的其他女眷。

席间，二人把酒言欢，竟然越谈越欢喜，越谈越投机，隐隐地，真的有一见如故的感觉了。

几杯酒下去，天后愤愤地："你知道我为何会被倒吊在门口吗？"

青元夫人摇摇头。

"唉,全是因为那个贱婢……那个贱婢为老种马生了一个孽种,我听得消息立即赶去,却见到西天好多女神都会聚在那里,为贱婢接生。要知道,就连我生孩子时,都没赶来为我接生啊……"

天后口中的贱婢,是西方的一个古老神族的后裔之女,她和西帝私通,怀了身孕。西帝看出,她肚子里的孩子神格非凡,今后必成大器,所以,十分看重,在她生产之时,勒令几名医术高明又细心的女神赶来帮忙。这些女神有的是本就看不惯天后的妒忌霸道,有的是不愿也不敢得罪西帝,所以,统统赶来。

天后得到消息,原本是跑去捉奸,结果看到小三生孽种居然这么大的阵仗,差点当时就气晕了。

她决定立即劈死那一对母子,让他们再也见不到明天的太阳。

可是,她没想到,西帝不但令了许多女神来帮忙,还在产妇身边帮忙。天后挥向产妇的霹雳,刚好击在西帝身上。

产妇一下就被吓晕了。据说,产妇醒来只是恸哭,那惨景令围观者无不心碎。

西帝勃然大怒,将她定性为天下最恶毒的悍妇——她居然不顾一切要杀死一个产妇和幼儿,其心可诛。

西帝为了杀鸡骇猴,便有了青元夫人在门口看到的那一幕。

天后谈起这事咬牙切齿:"该死的小贱人,我的霹雳根本没砸到她身上,可是,她居然哭了,哭了,她说她被吓哭了……哈,一个神女,装成这样胆小懦弱,还要不要脸了?可是,偏偏老种马就吃她那一套,就吃她那楚楚可怜的一套……"

青元夫人想起白衣天尊,简直如有人拿了一把刀在她心中挑起熊熊的怒火,可是,她却丝毫没有表露出来,更没有提及此事半句,只和颜悦色:"对了,你找我何事?"

天后猛地拍了一下自己的脑袋:"是我糊涂了,是我糊涂了,明明是我邀请你前来……"

青元夫人之所以前来九重星联盟总部,真的是因为天后相邀。

"唉,说来真是悲哀,当初我怎么也看不上那老种马,无奈他死缠烂打,可是,一旦得手,喜新厌旧,唉……"愤怒之情,溢于言表。"我已经老了,我也不可能再回到过去了,而且,我一旦让位,那些不要脸的小贱人就会前仆后继地扑上来,她们巴不得我赶紧死掉,她们巴不得坐上我的位置,可是,我岂能让她们如愿以偿?青元夫人,所以,你还得帮我一个忙……"她已经没有别的选择了。她不能直接和老种马对抗,也不是他的对手。对抗只能招来更大的打击和报复,这一次还只是被倒吊示众,下一次会如何就不好说了。所以,她才想出一个办法,希望能用灵药让自己回到青春少女的妩媚时光,重新吸引西帝的注意力。只要重新获得了宠爱,一切便好说了。

青元夫人苦笑一声:"如果有的话,我自己会不用吗?"

天后哑然。她当然清楚,青元夫人的神格比自己还老了几百万年。除开那些已经隐匿的第一和第二代正神之外，她很可能是目前还在露面的女神中最最古老之人——而不是之一。虽然她的容貌一直保持着十八岁玉女的状态，可是，她的气质、谈吐，以及眉梢眼角之间，无不流露出长者之风。

也因此，天后才真的微微失望了："青元夫人，你也研制不出这样的灵药？"

她沉吟了一下："也不是研制不出，只不过，以前我从未想过这种药的必要，也用不上，就没考虑这问题……"

天后一听这话，大喜过望："这样吧，你帮我一个忙，帮我把这灵药生产出来，我也答应给你一个极大的好处……"

"好处也就罢了。天后需要的东西，我原本就该尽力而为。"

天后得到肯定答复，非常高兴，再次举杯："青元夫人，今天你可是接连帮了我两个大忙。这以后，你但有所求，我一定会回报你的。"

"天后你真是太客气了。"

二人又把酒言欢，畅谈一阵，天后想起什么，问道："对了，上次我看到维维奇他们放的烟花，才知道你要和白衣天尊成亲了。婚期已经定了吗？"

她只是摇摇头，微微一笑。

天后没有看出异常，继续道："白衣天尊这个人，说来也算是男神中的极品了。从上一个七十万年以来，男神们更加放肆，几乎大部分都到地球上找少女狂欢。一个个也因此丧失了神格中的精华，变得俗不可耐。反倒是白衣天尊，洁身自好，从未听说闹出过什么绯闻，如果你俩成亲了，那不但是一件大喜事，对你们双方也大有好处啊……"如果青元夫人和白衣天尊都是从未沾染红尘情爱之人，他俩一结合，神格元气必将爆发式增长。

白衣天尊也就罢了，他的神格元气天下皆知，但青元夫人必定一跃成为女神中元气最高之人。不像她这个天后，当年和西帝结合时，西帝已经是阅人无数的烂白菜，根本不可能带给她什么神格上的爆发式增长。否则，她哪里需要仰仗他赏赐的霹雳权杖？哪里能被他倒吊起来羞辱？

据她所知，青元夫人和白衣天尊都是罕有的保持了贞身的大神之一，他俩的结合才那么为人所瞩目。羡慕之外，当然也有警惕。

事实上，西帝夫妻一直不太喜欢白衣天尊。因为，没有帝王会喜欢一个本领比自己大得多，而且又不归属于自己管辖范围内的人物。

这七十万年来，白衣天尊虽然没有彻底隐退，但是，也罕有露面。但是，西帝夫妻可不会真正忽略这闲云野鹤一般的人物。因为，白衣天尊根本不是闲云野鹤。一个毁灭了不周山战舰的人，当然不可能是真的闲云野鹤。

须知，不周山战舰乃全宇宙最先进的战舰，直到现在，也没有可以超越者。能将这样的战舰彻底毁灭，说他是闲云野鹤，可能他自己都不相信。

白衣天尊之所以罕有露面，大家猜测，一半可能是他在忏悔，一半可能是他受到了惩罚。但是，只要白衣天尊愿意，真的分分钟威胁帝位。虽然这种可能性很小很小。

但是，西帝还是不喜欢他，西帝宁愿他一直不露面。

却没想到，他前些日子不但在地球上搞出许多事情，还居然要弄出结婚的传闻，而且，结婚的对象还是神族们争相巴结掌握不死药的青元夫人。

这两人真要结合了，那他们很可能成为全宇宙最有威望和神格的一对夫妻。

这七十万年以来，西帝一直认为自己才是九重星联盟战斗力最强的神。

在西帝没有惩罚天后之前，二人也曾讨论过这个问题，当时，夫妻二人都很担忧，生怕这两个人的结合会带来一些意想不到的威胁。所以，天后一谈到这件事情，就特别热情，特别认真，目的是想要尽快摸清楚状况。

"我这里有一件红色神袍，是海神用金丝银线打造的，上面镶嵌了月亮和星辰，我就送给你当作新婚的礼服吧……"

"多谢天后好意，可是，我想，我暂时还用不着这件礼物。"

"为什么？"

"也许，没有婚礼了。我不会成亲了。"

天后不敢置信："为什么？"

"天后该知道，我们西王母一族，其实一直是不婚族。"

天后小心翼翼："虽然我也知道西王母一族高贵不凡，很少有人乐于成亲，但是，白衣天尊毕竟尊贵的位置摆在那里……"

青元夫人笑一笑，不置可否。

天后察言观色："成亲，对女神来说，除了损失，没有任何别的好处！青元夫人能够提早醒悟，真的是有大智大慧！"

第十一章　十二个夜的王国

七十万年之前，人类有过一次大灭绝。

这次大灭绝之后，天神们对地球的注意力便大大减少，来往地球的次数也越来越少，对地球的记录也漫不经心，很长时间，甚至已经没有人打开过人类的数据库了。

直到九黎河之战后，直到有熊山林之战后，白衣天尊第一次打开了人类的数据库，他只想做一件事情，那就是看看一个叫作百里行暮的人。

遗憾的是，数据库里全是静态的图片，已经不再有任何动态而连贯的事件记录。

白衣天尊，只能看到百里行暮的几张图片，只知道的确有这么一个人，至于他究竟做了些什么事情，说过什么样的话，和哪些人在一起多长时间，数据库里统统无法显示。

倒不是有人肆意篡改了数据库，而是安装在中原以及西北地带的装置因为年久失修，长时间无人问津，导致数据库已经出现了极大的衰竭。

大神们都不关心，所以，很长时间也没人发现。就算发现了，也不在乎。他们觉得，人类也就那样，几千几万年，一直重复，没什么值得关注的。

可能是因为毁损实在是太严重了，数据库里的图像也很模糊，单单从图像上，他只能看出那个一头火红头发的男子的确和自己十分相似，至于细节，却无法分辨。

尽管他从来不提，可是，没有人能明白他的心情。

他对百里行暮的好奇之心，远远超越凫风初蕾对自己的好奇。

有一个人，长得和自己一模一样，自称是战神共工，自称曾经参与了不周山之战，然后，因为罪孽，潜逃到蜀中做了一万年柏灌王；然后，被他的老对手颛顼所害，沉睡一万年；然后，遇到了凫风初蕾……

可是，自己明明七十万年之前就进入了弱水。那么，跑到地球上招摇撞骗的这个百里行暮是谁？

而且，按照年龄推断，他只生活在过去的三万年之前——他的那一套谎言只能欺骗最初的地球人，欺骗凫风初蕾。

因为，七十万年和三万年之间，隔着那么遥远的距离。

剩下的六十多万年到哪里去了？

这个百里行暮，好像是三四万年之前横空出世。

但是，他很低调。就算做柏灌王的时候也很低调，彻底封印了鱼凫国，绝不与外界接触，以至于外界对他根本不太知晓。

若非他于周山沉睡中醒来，若非那场惊天动地的万国大会，他根本不可能留下什么影像。数据库里所展示的他的所有资料，全是万国大会和西北大漠上。

这几张静态的图片，完全不足以说明他的过去，也不能佐证他的身份。可是，白衣天尊早就明白了，凫风初蕾不会说谎，凫风初蕾的感觉也不会错。

更重要的是，那家伙能幻变大小——虽然说，这在七十万年之前的巨人一族看来，幻变大小是很平常的本事，不少人都会。可能变成大山那么大，却是极少数人能做到的了。

据他所知，巨人一族里，也只有蚩尤、刑天、夸父等极少数人才能幻变成高山一般大小，其余人等，最多幻变成小小的土丘。可那个百里行暮，居然也能幻变大山。不是他仿效百里行暮，而是百里行暮仿效自己，偏偏自己却无从追查此人的身份。

一死百了。百里行暮尸骨无存，意识不存，再也找不到人了。

这就稀奇了。

那是凫风初蕾最轻快的一段旅行。

从忘川之地出来，一路，风景如画。

委蛇一路飞行，走走停停。有时候，盘旋在低空，看着地上盛开的小花，绿草，平静的湖水，一排排倒退回去的村庄田野……有时候，高空飞行，呼啸来去，伸手，可以摸到群山的巅峰，大树的树梢，甚至可以抓下来一把一把棉花糖般的白云。

她在空中咯咯大笑，仿佛一切灾难都已经过去，直到委蛇在秦岭边境停下。

白云横在天空，四处悬崖峭壁，纵然在半空也找不到通往鱼凫国的路途了。

但见遮天蔽日的古木，怪石嶙峋，江花似锦，美则美矣，却是一片万年无人烟的景象。当年褒斜汉中边境的短暂繁华热闹已经一去不复返了。

委蛇笑道："恭喜少主终于掌握了封印的能力。"

凫风初蕾也笑起来，仔细打量了四周，叹道："若是当时我的元气充足一点，能将整个鱼凫国彻底封印，可惜，现在西海边还留了一个缺口……"

话音未落，委蛇已经大叫起来："少主，你看。"凫风初蕾随着它俯冲下去。

褒斜道边境，一声大熊的嗷叫。

委蛇哈哈大笑："老伙计，我终于又见到你了……"

大熊猫猛地冲上来，伸出熊掌。

委蛇一把抱住了它，哈哈大笑："老伙计，你可真是了不起，居然能跑到这里来……"

杜宇冲到半途，停下，揉揉眼睛，不敢置信。

"杜将军，我们又见面了……"

他的目光慢慢地从少主脸上，转移到委蛇的脸上，笑得完全无法开口。

他搓着手，一直站在原地，目光从委蛇脸上又转移到少主身上。"少主……少主……"反反复复，只有这两个字。

鸮风初蕾微笑着点点头，上前一步。

他忽然冲上来，紧紧拉住了她的手："少主……少主……"依旧只有这两个字。

他看得分明，少主再也不是奄奄一息的样子，尽管尚未痊愈，可是，至少已经恢复了一大半了。他喜极而泣，许久许久，才能说出话来："少主，你好了吗？都好了吗？还有委蛇……我真没想到，委蛇居然还能回来……"

当他从金沙王城追到忘川之地时，鸮风初蕾便心有戚戚，此际重逢，竟然眼眶濡湿。因为，他身上还穿着成亲当天的喜服，很显然，他刚刚清醒就立即追了出来，这一追，茫无边际，风餐露宿，以至于现在都没有换过衣服。

这喜服已经破旧了，他头发也乱糟糟的，神色也十分憔悴，可见这几个月每天都处于焦虑寻找之中。

她低叹一声，竟然也无话可说。

反倒是杜宇，因为见了少主，天大的烦恼一扫而光，很快又喜形于色："少主，你的伤都好了吗？"

她点点头："已经不碍事了。"

杜宇搓着手："那就好，那就好。"

她和颜悦色："杜宇，我暂时还不能回金沙王城……"

杜宇眼中有疑惑之色，却立即道："无论少主要去哪里，我都可以陪同……"

她暗叹一声，摇摇头。

杜宇不敢作声。

"杜宇，我这一走，暂时不知归期。可是，金沙王城不能长时间没人，所以，你只能回去替我守着金沙王城。"

他静静听着，谁也不知道他心里到底在想些什么。

"我和委蛇要去一趟幽都之山……"

"幽都之山？"

鸮风初蕾也不隐瞒："现在我已经知道了，谋害我的人和谋害有熊氏父女的敌人是同一个人，可是，要报仇，我只能去一趟幽都之山……"

杜宇忽然笑起来。

鸮风初蕾有点意外。

"我知道，少主一直希望能报仇雪恨。如果有报仇的机会，当然不能错过。少主，你放心吧，我会好好守住金沙王城，绝不让你失望！"

鸮风初蕾心里一颤。如果杜宇坚持同行，或者说其他什么忠心耿耿的话，她反而觉得是一种负担，可现在，他居然说：你去吧，我都明白。甚至，他并未追问少主你这段时间去了哪里？为什么痊愈了？

这些问题，她都很难回答。可是，他一个也没有问。他从来没有让她为难过。这理解之情，胜过一切。

"不过，少主要去幽都之山的话，最好带上大熊猫一起，毕竟，多一个帮手也多一分力量……"

凫风初蕾拍了拍大熊猫的头，她当然知道，这大熊猫的战斗力现在已经不逊色于委蛇，能带上，当然是一个好帮手。

可是，她摇摇头："我虽然封印了金沙王城，但是，这并不代表金沙王城就真的安全了。杜宇，我离开的这段时间，你必须特别小心，要随时提防敌人的入侵。大熊猫必须协助你！"

"少主放心，我一定死守金沙王城。"

她沉声道："如果真是我的敌人出手，那么，你们就绝对没有抗拒的力量。既然如此，你们必须马上隐匿，哪怕金沙王城被她占领了都没关系！你们的首要任务是保住性命！只要你们活着，就有希望！记住了吗？"

杜宇稍稍犹豫，还是慎重其事地说："少主放心！"

凫风初蕾这才微笑起来："此去幽都之山，少则几个月，多则一两年。杜宇听令……"

杜宇立即跪了下去。

"本王令你在本王离去的这段时间代为行使鱼凫王的权力！若是本王两年之内还没回来，你可直接宣布登基！"

"少主！"

凫风初蕾看了看鱼凫国的方向，缓缓地："杜宇，这以后，鱼凫国的事情就要辛苦你了。"

"少主……你还会回来吗？"

"我尽力！"

杜宇再也无法作声。等他再次抬起头的时候，一人一蛇已经升上天空。

委蛇的声音远远传来："杜将军，你们多多保重吧。放心，少主和我一定会平安归来的……"

半空，有红色的身影，缥缈如一朵红色的云彩。久别重逢，短暂相见，少主已非新婚之夜的奄奄一息，她简直容光焕发，再世为人一般。可是，少主对新婚未遂一事只字不提，于是，他也只能沉默不语。

只想：少主还好好活着就是好事。

他呆在原地很久很久，一直看着一人一蛇消失的方向，不知怎的，满脸泪水。他想，少主很可能不会再回来了。

大熊猫站在旁边，不经意地看他一眼。

这忠心耿耿的老伙计第一次见到杜将军流泪。可是，它却转过了目光，假装没有看到这一幕。它想，杜将军也一定不希望有人看到这一幕。

飞出去老远，凫风初蕾才慢慢回头。

地面上的一人一熊，已经变成了一个小小的黑点。可是，她分明还能感觉到他们在奔跑——一直往自己这个方向奔跑。不知道跑了多久，他们才停下来。

她回过头，不忍再看。

有个声音在心底一直重复：对不起，杜宇！这是她第一次深切地感受到，辜负一个人不可怕，可是，辜负一个对你真心实意的人，就太可怕了。

她不知道该怎么弥补。她不敢提起这个话题。她甚至不知道自己是否还有活着返回金沙王城的那一天。

临别的时候，她其实想告诉杜宇：你别等待了，好好在金沙王城活下去吧。可是，她不能说这话。她只能把九转玉琮交到他的手里。

对不起，杜宇。我要去杀一个人。如果到时候，我还没有死，也还没有老。也许，我还会回到金沙王城。也许，我还会再见你一面。

委蛇，一直往极北之地飞行。凫风初蕾要去找禹京。

死神禹京，掌管着幽都之山，也就是掌握着地球上全部死去的亡灵。

每一个亡灵，在离开原来身体的七天之内，必须去幽都之山报到。但凡没有按时报到的亡灵，就会被禹京扔进黑暗地狱喂老虎，从此失去获得新载体的机会。

每一个亡灵，一旦脱离了身体这个笨重载体的束缚，就会以声音的速度飞行，所以，七天之内赶到幽都之山，没有任何问题。

但是，委蛇却不能以超音速飞行。它只能一日千里。

凫风初蕾也不着急，反正无论怎么着急，也必须要相当长一段时间才能达到幽都之山。

又一个夕阳西下的时候，委蛇停在了一座红色的火山之巅。那是一座早已冷却的死火山，周围全是赤焰一般带着暖意的石头。厚厚的火山灰已经凝固，下面不知道埋葬了多少富饶的村庄、人群、牛群……

火山对面，黑漆漆的一片。那是一个黑暗的世界，无边无际。

委蛇有点紧张："少主，这就是十二个夜的王国吗？"

凫风初蕾点点头。

过了这个王国，距离幽都之山，就只剩下一半的路程了。一眼望去，只见火山将两个世界分隔，就好像阴阳的交汇地带。

委蛇小心翼翼靠近。翅膀扇动的范围已经全是无边无际的黑暗。那不是一般的黑暗，那是一种光线彻底被冻结的黑暗，一种无边无际的死寂，一种空气都彻底凝固的无所不在又空荡荡的一种黑暗。

夕阳、晚霞、星辰，整个天空，彻底消失了。

那是一种人类世界所不熟悉的黑暗，这黑暗已经持续了七十万年了。

传说中，十二个夜的王国的居民，半年时间醒着，半年时间沉睡。

可是，现在，凫风初蕾觉得，那一定是传说——这夜的王国里，很可能没有任何活口。

很简单，只要是在地球上，七十万年没有阳光照射的地方，就不会再有任何生命的存在。

她拍了拍委蛇的脖子："老伙计，你尽管自由飞翔。这里，不可能有任何阻碍，也不可能有任何妖魔鬼怪！"

穿行其间，很快就证明了她的判断。这浓黑之地，不但没有什么妖魔鬼怪，简直连空气都快没了。很显然，妖魔鬼怪在这里都待不下去。

委蛇的头上绑着一粒珠子。珠子，小孩儿拳头般大小，温润，明亮，在黑暗之中，就像是一把神奇的火炬。这珠子，是当年丽丽丝所送。后来，凫风初蕾一直带在身上。

珠光之下，黑暗看起来更加诡异。那是一团团的雾气，一团团地凝固，你多看几眼，那黑气又一团团地散开，变幻成各种奇怪的图案。

这是死亡之气。在这里，亡灵都会彻底死亡。

委蛇的速度很快。如果在这样的地方待久了，一人一蛇都会窒息而死。

尽管初蕾已经拥有了忘川之地休养之后的特殊体魄，又恢复了七八成元气，可行得一阵，还是气喘心跳，呼吸艰难，渐渐地，胸口也开始发闷，就好像有一股气息在体内流窜，然后，全部汇聚到胸口。你越是想排挤出来，就越是膨胀得厉害。

她暗道不妙。这膨胀，正是窒息的表现。

她开始咳嗽。可是，咳嗽却发不出声音，胸口轰的一声，嘴角便湿了一片。黑暗中，她摸到一手的湿润。她知道，那是鲜血。

委蛇察觉到什么，焦虑地问道："少主……少主，你怎么了？"

她拍拍它的脖子，示意它不要开口，赶紧往前。

委蛇立即加快了速度。可是，跑得一阵，前方还是无边无际的黑暗，而珠子所能照射的范围却越来越小，珠子也越来越黯淡。到后来，只见四面八方的黑气就像一条条黑色的毒蛇，统统向珠子覆盖，眼看就要将珠子的光吞没殆尽。

不远处，居然有火山的红色黯光。就好像刚刚才从火山处进入夜的王国。

"哈……亮光……亮光……你们看，居然有亮光……七十万年了……我们七十万年没有见过任何光芒了……"

"真的是光芒！那中间的是太阳吗？是太阳吗？"

"太阳？不是吧？太阳有这么小吗？"

"不是太阳那又是什么?哈……我现在已经分不清楚太阳和月亮的区别了……"

"是啊,我也不认识太阳了……"

"我们都不认识太阳了……"

黑暗中,无数的影影绰绰向着珠子的方向涌动。无数鬼魂一般的暗影向着一人一蛇身边靠近。原来,这些就是十二个夜的王国的居民?是那些半年沉睡半年醒来的居民?可是,他们是如何生活在这无边无际的黑暗里的?

心中百般疑问,凫风初蕾却发不出声音。

她只是睁大眼睛,死死盯着四面八方围上来的黑暗——他们好像全是一股黑色的雾气。

"哈,是一条蛇……还有人的气息……生人的气息……"

"七十万年了,这里没有生人的气息了……"

"你们是谁?"

凫风初蕾忽然开口了:"我!鱼凫王!"短短几个字后,她再也无力发声了。

"哈……鱼凫王……鱼凫王是什么玩意儿?"

"从来都没听过什么鱼凫王啊?该不会是什么山精鬼魅吧?"

"你们听出来了吗?这声音可是女孩子啊……"

委蛇厉声道:"你等速速闪开!让出一条路来吧!"

"哈,这条蛇居然也会讲话!"

黑暗中的凫风初蕾忽然高声道:"我乃颛顼之女,现任鱼凫王……"此言一出,四周的黑暗忽然彻底凝固了,所有的声音,一下消失了。

一人一蛇,几乎要彻底隐没于黑暗之中了。

可一眨眼,那珠子却更亮更深,简直就像黑暗中的一轮太阳。

凫风初蕾很诧异,诧异的是自己竟然能开口说这么一句话——而且,胸口那种要爆炸的感觉居然慢慢地开始缓解。

"颛顼之女?"

"颛顼不是只有四个儿子吗?"

"嘻嘻,这山精,什么不好冒充,居然去冒充颛顼的女儿?"

"呜呜呜,我要出去……我要见到阳光……我受不了……快给我阳光……"

笑声忽然变成了凄厉的哭声。

一时间,哭声四起。

黑暗中,全是女子的哭声。

不知道有多少女鬼在伤心痛苦,绝望悲号。

全是女子。全是女鬼。

无比委屈。无比绝望。

"黑暗,无边无际的黑暗……我们在这死亡的黑暗世界里,已经整整七十万年多了……"

"他身为中央天帝，却处事不公，只因一己之私，便打击报复，将太阳照射的装置调整，让太阳光永远不再照射这片土地……"

凫风初蕾在黑暗中，脸上火辣辣的。

原以为这一切全是传说，不料，居然都是真的。

她忽然开口了："太阳光线居然是可以调节的？"

黑暗中的人仿佛想不到她会这么问，好一会儿，才有一个人大声道："不是调节太阳光线，是调节太阳照射的范围。这……你也不懂吗？"

"太阳的照射范围居然还可以调节？"

"当然！太阳的照射范围和角度都是可以调节的，而调节装置掌握在中央天帝手里。历届的中央天帝都很公平公正，保证地球上任何角落都能在不同时间段享受太阳的照射，可是，到颛顼时，这一切就变了。这个恶心到极点的家伙，他居然将男女分出什么阴阳，他说，男子是阳，女子是阴，所以，男子需要的阳光就更多，女子则不需要什么阳光，于是，便大力压缩我们被太阳照射的时间，全部调整到了男子集中的地方，也就是他统辖之下的京都……"

男女分阴阳，所以男人需要的阳光就更多？这是什么鬼道理？

黑暗中，幽灵们的呼声慢慢地从悲哀变成了愤怒："颛顼这老贼在哪里？快叫他滚出来……"

"小丫头，你既然能来到这里，那你就赶紧想想办法，否则，我们就把你活活咬死……"

"不将光线带来，就彻底咬死她，谁叫她冒充颛顼的女儿……"

凫风初蕾看不清楚，却感觉到凌厉的寒意，仿佛无数的利齿一起瞄准了自己。可是，比这更令人震惊的是，这些女人看样子不知道早已改朝换代了——她们竟然不知道，这世界上早就没有颛顼了。

"你们听好了，这世界上已经没有颛顼大帝了！"

四周，立即安静下来。可是，这安静很快就被打破了。

"颛顼死哪里去了？"

"那现在的中央天帝是谁？"

有一个尖锐的声音："鱼凫王？莫非你就是新的中央天帝？"

她朗声道："不周山之战后，颛顼大帝和共工大人都死了，中央天帝也换人了。"

"天啦！他们都死了？真的都死了？小丫头，你在撒谎吧？"

"咬死这满口谎言的小丫头吧……"

"快把这小丫头撕成碎片……"

委蛇见势不妙，仓皇后退。可是，无论前后左右，退无可退。

尤其，委蛇的头上亮着珠子，就像一个活靶子，根本无法躲藏。

  凫风初蕾待要摘下珠子也来不及了，她眼睁睁地看着一个黑影飞向珠子，也不知道用了什么武器，狠狠地砸向珠子。

  眼看珠子就要被砸得粉碎，忽然，光芒大炽。

  半空中，就像裂开了一道巨大的光芒。幽灵们吓得纷纷后退，凫风初蕾也惊奇地看着那亮光大盛的珠子。此时，这珠子简直就是一个小小的太阳。

  七十万年没有见过阳光的幽灵们都惊呆了，她们被这光芒刺得根本无法睁眼。

  四周，一片死寂。

  凫风初蕾却目不转睛地盯着珠子，只见那珠子上，竟然浮现出一缕淡淡的影子。

  这影子先是十分模糊，渐渐地，变得清晰起来。

  委蛇大叫一声："丽丽丝？"丽丽丝的声音，从珠子里清晰地传来："嗨，鱼凫王，我的朋友，我真没想到，居然还有见到你的一天……鱼凫王，你还好吗？"

  "我很好。"

  凫风初蕾感念她的情谊，加上这珠子也是她所赠送，立即道："丽丽丝，你也进来了？"

  "我吗？呵，我在外面……"

  凫风初蕾大惑不解："你在外面？"

  "是啊，我在外面，我无法进入这个夜的王国。但是，我被白衣天尊封为了北方之王，所以，可以看到这珠子里发生的事情……"

  她更是好奇，"丽丽丝，你的意思是，你在很远的地方也能看到这里发生的一切？"

  "没错！我现在身处的位置是你上次来过的鬼方古堡。"

  委蛇惊叹："丽丽丝女王，你在古堡里居然也能看到这里发生的一切？"

  "没错！可爱的委蛇！我的老朋友！我之所以能看到这一切，是因为鱼凫王手中的珠子……当初，我也不知道这珠子有什么用途，可现在，我完全明白了……"

  凫风初蕾大喜："丽丽丝，你能让这里恢复太阳光照吗？"

  "不能！"此言一出，原本死寂一片的幽灵们顷刻间便蠢蠢欲动了。

  "既然带不来光明，你这个小丫头就去死吧……"

  就在她们再次涌向凫风初蕾，露出锋利的牙齿时，珠子的光芒再度一炽，几乎将上空彻底照亮了。珠子里，丽丽丝厉声道："住手！你们这些撒谎的女人！"

  凫风初蕾很意外。

  一个幽灵也忍无可忍："你叫什么丽丽丝是吧？"

  丽丽丝厉声道："我不是叫什么丽丽丝，我就是丽丽丝！现任北方之王！"

  "北方之王？哈哈，你好大的口气……"

  "颛顼这老贼治下，居然连来了女王，先是什么鱼凫王，再是什么北方之王，你们傻了吧，颛顼老贼岂肯任命女王……"

丽丽丝忍无可忍："你们才傻了，早已改朝换代了！"

黑暗中，幽灵们忽然停滞。

"颛顼和你们这些黑暗中的幽灵一样，已经消失了七十万年了……"

有个人忽然怒吼一声："如果老贼真的消失七十万年了，那这个谎称是他女儿的小丫头从何而来？"

"你们这些撒谎的女人，没资格问这个问题！"

"哈哈，撒谎？你口口声声说我们撒谎，你有什么证据？"

丽丽丝冷笑一声："颛顼驱逐你们，将你们囚禁在黑暗之中，的确是事实。可是，你们别忘了，颛顼大帝为何要驱逐你们，剥夺你们被太阳照射的权利……这些，你们难道不敢告诉鱼凫王吗？"

鬼风初蕾缓缓道："难道不是因为颛顼大帝男尊女卑的原因吗？"

丽丽丝转向黑暗，厉声道："你们敢不敢告诉鱼凫王，在被驱逐之前，你们到底干了些什么？"

原本张牙舞爪的幽灵们忽然安静下来。

"哈，你们都不敢说，是吧？那我就替你们说吧……"

委蛇大声道："丽丽丝，你快说吧，我真是太好奇了。"

故事，果然是从颛顼大帝开始的。

颛顼大帝有四个儿子，四个都是白痴、鬼怪，这几个儿子不但白痴，而且，每一个都是人人喊打喊杀、避之不及的瘟神，这令他在众神面前完全抬不起头，更是有损他中央天帝的威严。

颛顼很着急，他怕绝后。

可是，遍访了许多名医，都对这几个痴傻儿子束手无策。

久而久之，颛顼大帝几乎快要绝望了。当然，他也因此对自己的妻子非常冷淡。

颛顼不甘心绝后，某一天忽然诏令天下，遍选年轻女子，充实后宫。无数的美貌少女，便被送到了京都。

天下人很震惊，毕竟，颛顼大帝一直只有一个妻子，忽然这么狂性大发，这是要干什么？但是，没有任何人提出反对意见。因为大家都知道，颛顼大帝这是打算要生许多儿子。

颛顼本是个老古板，而且因为四个白痴儿子的事情被压抑了很长时间，现在，每天左拥右抱，不亦乐乎，只觉自己已经从一个旧世界进入了另一个崭新的世界。

只有一个人冷眼旁观，那就是当时的天后女禄。女禄生下四个白痴儿子后，就已经心力交瘁了，而且，还因为几个不争气的儿子被颛顼天天责备，久而久之，夫妻争吵，恩断义绝，早已和颛顼形同陌路。

随即，后宫传出无数女子相继怀孕的消息。那些怀孕的女子，简直身价倍增，她们哪里还把这个形同虚设的天后放在眼里？她们趾高气扬，甚至擦身而过时，也不再向天后行礼，有些人甚至故意挺着大肚子在天后面前走来走去。

以前颛顼好歹还偶尔去看一看儿子们，现在那么多嫔妃怀孕了，他就彻底对儿子们不闻不问了。他很可能觉得这些儿子已经没有任何存在的必要。

女禄和儿子们，再也见不到颛顼的身影了。

其他臣子一看，女禄母子彻底没戏了，而别的妃嫔生的儿子很可能是下一任的中央天帝，当然一个个忙不迭前去巴结。

女禄很生气，但是，她并未做出什么过激的举动，她很绝望，她很痛苦，但是，她只是对一切不理不睬，但无论如何，一直没有放弃照顾自己的儿子。

直到某一天，一个白痴儿子在奔跑中撞倒了一个怀孕的妃子。

白痴儿子不知道后果的严重性，还笑嘻嘻地一把拉起妃子，惊奇地指着她的大肚子，问："你这里面是什么？装着一个南瓜吗？"

这个儿子叫作小儿鬼。传说中，小儿鬼是新生儿的克星。但凡有孕的妃嫔们，最忌惮的便是这个小儿鬼。

妃子觉得自己倒霉遇到这么一个玩意儿，生怕冲撞了自己肚子里的孩子，仗着身边随从众多，当即就打死了小儿鬼。女禄闻讯赶去，儿子已经倒地身亡。她眼前一黑，几乎晕过去，可这时候颛顼大帝也闻讯赶来，她原本指望丈夫念在死去儿子的分上，怎么也得说几句，可颛顼看也没看一眼死去的白痴儿子，反而焦虑地看着宠妃的肚子，连声问有没有事情。好像死的并不是他的儿子，而是一只苍蝇或者令人恶心的蟑螂似的。

女禄擦干眼泪，什么都没说，默默抱着儿子的尸体离开了。

女禄的退却，给了后宫女子一个印象：这天后彻底失宠，谁都可以欺负。瞧，打死了她的白痴儿子，她屁都不敢放一个。妃嫔们从此变本加厉。

俗话说得好，上行下效。

颛顼大帝宠爱妃嫔，欺压原配，这给了外界一个强烈的暗示——和原配厮守的男人都是没出息的男人。瞧，人家颛顼大帝迎娶的全是十八岁少女，这才是人生赢家。于是，大臣们纷纷效防，肆无忌惮迎娶年轻漂亮的女子，抛弃年老色衰的妻子。一时间，京都绝大部分原配都沦为了弃妇。

女禄的爆发，始于颛顼大帝的一次外出。

某一次，颛顼离开京都长达一个月。颛顼不是一个人走的，他带了一支大军。

按照当时的惯例，但凡有志向的男子，绝大多数都是军旅出身。这支大军，集中了京都一大半的精壮男子。后来，许多人认为，颛顼大帝这一次其实是去征战了，不然，不可能带走那么大一支军队。

这一个月，颛顼到底去了哪里，要去干什么，或者和什么人交战，战果如何，已经没有人关注了，历史证明，那已经不重要了。因为，在颛顼大帝离开的这一个月，发生的事情几乎改变了整个世界。就在颛顼大帝离开京都的第二天，天后女禄举起了武器，直奔那个杀死小儿鬼的宠妃。宠妃和她腹中的胎儿，临死时，哼都来不及哼一声。已经杀红眼的女禄举着大刀一路杀将过去——但凡在她面前耀武扬威过的女子，一个也不留下。

再后来，后宫所有嫔妃，一个不留。女禄几乎将整个后宫的嫔妃屠杀殆尽。

直到最后几名垂死挣扎的妃子跪在地上苦苦哀求饶命时，大家仿佛才意识到：原来，这是天后！这不是普通人。能坐上天后宝座的女人，当然不可能是普通人。

这些曾经不可一世、恃宠而骄的妃嫔，连求饶的机会都没有了。女禄毫不心慈手软，将最后几名妃嫔也斩尽杀绝。

杀了这些妃嫔后，女禄马上组织了自己的女子护卫队，号令整个京都的女子，将家里的小妾斩杀干净。

早已被丈夫们的新欢欺压得走投无路的原配们得了号令，立即开始行动，不到三天，京都的小妾们几乎全被杀绝。

京都当然还有男人。

不过，那时候，剩下的都是老弱病残。就算是老弱病残，见到家里的女人们大杀那些小妾，肯定也是要阻止或者翻脸的。不但阻止，男子们还强烈反抗，为了死去的小妾重重惩罚原配，甚至不少人失手杀死了原配。

这下可就完蛋了。本就杀红眼的女人们一看：你们这些负心汉居然还敢替小妾出头，真是不知好歹。她们索性一不做二不休，号召原配们杀绝天下负心汉。

你们不是喜欢那些美貌小妾吗？你们不是舍不得吗？那么，你们和她们一起去死吧。

男女之间的战争，就是从这里开始的。

当一个群体集体陷入疯狂时，那战斗力是非常惊人的。平素软弱无力的妇女们，忽然一个个变得凶悍无比，爆发出了令人震惊的战斗力。

她们开始只杀那些杀了原配的男人，接着，男人们反抗，她们便开始杀任何胆敢反抗的男人。再然后，就成了男女之间一场性别大厮杀。她们开始肆无忌惮地杀戮所有男人——先是杀陌生男人和大街上的男子，接着开始杀隔壁的男人，最后才是自己家里的男子：从丈夫蔓延到父亲、儿子……

已经作威作福自以为高人一等的男子们，完全忘记了，在冷宫许久的天后女禄，曾经是一位赫赫有名的女战神。早在和颛顼大帝成亲之前，女禄曾经率领大军，杀伐四方。而且，女禄可不是一直受压抑长大的一代，她出生于女性地位很高的黄金一代。现在，率领一群妇女作战，更是熟门熟路。

这女战神不出手则已，一出手，便是绝杀。

女禄娘娘说：大罪已经犯下了，都到这地步了，如果我们不杀绝这全城的男人，他们就会杀绝我们。但是，若是我们杀绝了他们，我们就可以占领这个世界，我们可以开创一个新的时代，做自己命运的主人。你们也都看到了，这些男人对我们有什么用呢？他们好吃的好用的全部奉献给了那些狐狸精；他们的宠爱，他们的殷勤，他们的甜言蜜语，也全部给了那些狐狸精。这些男人，对我们根本毫无用处。

已经群体疯狂的妇女们，完全听从了女禄娘娘的指挥。在女禄的带领下，几乎整个京都留下来的男子全被杀绝了。不但杀绝，而且烧光，也包括颛顼大帝曾经富丽堂皇的王宫，以及他为那些妃嫔们修建的宫殿和宫殿里无数的财富——这些东西，原本应是夫妻共同的财富。可是现在，既然我享受不到了，那我也不让你和你的小妾享受。

女禄娘娘一把火，烧光了一切。完整的衣服都没给颛顼大帝留下一件。

据说，当女禄策马京都，看到全城再也没有任何一个活着的男子时，她哈哈大笑，十分快意。可是，一回头，便看到站在王宫门口的三个白痴儿子。全世界，只剩下了自己的这三个白痴儿子。

因为是白痴，所以一直在各地游荡，从杀戮的名单上漏掉了。

这时候，有个女兵提醒她："天后，这里还有三个男人……杀不杀？"虽然是白痴，但是，也是男人。

她稍稍犹豫，一挥手："杀！"

没有人知道女禄当时的心情——是因为这三个白痴儿子带来的绝望？是因为不得不在属下面前立威？是痛悔根本不该生下这三个儿子？或者，是知道这三个白痴儿子留下也会被敌人杀死？因此，不如自己动手？或者，连白痴儿子也不想给颛顼大帝留下一个？

女禄很清楚，杀光了一城的男人，等颛顼回来时，自己绝对无法幸免。而且，自己也不是颛顼的对手。

女禄当机立断，率领所有女子远远逃离了京都。

现在，大家已经不知道颛顼大帝返回京都时的情形了。

可以想象，当颛顼大帝胜利而归，准备欣赏他的宠妃们为他生下的新儿子的健壮哇哇啼哭声时，却看到满城死尸的情景……

迎接颛顼大帝的，是一个空荡荡的京都。

甚至，自己那三个白痴儿子，也无一例外倒毙在城门口……

那一刻，颛顼疯了。

颛顼根本来不及下马，直接率领大军追击那支逃跑的复仇娘子军。他发誓，一定要把这帮狠毒的娘儿们斩尽杀绝。

从京都，一直追赶到这极北之地……但是，他一直没能追上。

一座火山，将他和复仇娘子军彻底阻隔。颛顼大帝回到京都时，恨得出血，从此下令，让这些杀人凶手们永远见不到阳光。他诅咒她们万万年生活在黑暗地狱之中。

……

珠子的光芒越来越强烈。四周却越来越安静。

幽灵们仿佛都消失了，可是，仔细聆听，你能清晰地听到她们的呼吸、焦虑、紧张、愤怒，甚至充满了绝望之情……

她们，可是还在回味昨日的疯狂屠杀？她们，可是还在怨恨昨日的弃妇生涯？她们，可曾在黑暗之中有过一丝淡淡的悔恨——不是悔恨那些负心汉的死亡，而是悔恨惨死在自己刀下的老弱病残？那些男子，曾经都是他们的父亲、丈夫、兄弟、儿子……她们杀绝了一城的男子，杀不绝枕边的负心汉。

很长时间的沉默。

鬼风初蕾因为震惊，也一直沉默。

这是一段秘史。这事情，她闻所未闻。这时候，她才隐隐明白：父王为何终生不愿再踏入中原一步了。

他是不敢回到京都，不敢面对过去的一切。

他的敌人，不光是共工，还有自己相濡以沫的妻子。天下所有人，都成了他的敌人。

黯黑世界的幽灵们，也很茫然。七十万年黯黑岁月的禁锢，殊不知，这也是对她们最大的惩罚。终日躲在黑暗之中，在茫茫无边的岁月里，每天在绝望、担惊受怕或者一丝丝的悔恨之中度过，这是何等悲惨的人生？

唯有丽丽丝清晰的声音从这死寂的世界里传来："鱼凫王，大致情形就是如此。这些黑暗中的女人，虽然可怜，但是，她们也绝对不是完全无辜的……"

鬼风初蕾回答不上来。

丽丽丝长叹一声："以前，我也不明白为何鬼方的传统是不婚不配，直接抢劫男人借种，怀孕之后，立即杀之。后来我才知道，原来，鬼方的最初建立者，就是随着女禄娘娘逃出来的一名女将军。她不知出于何种原因，没有来到这十二个夜的王国，却建立了鬼方，可是，处事风格，却一直没有改变……我们自从出生开始，就接受了这种观点，导致鬼方一直被传统世界所排斥，外界的人都将我们视为毒蛇猛兽。直到我遇到鱼凫王，直到我参加了万国大会……"她顿了顿，"直到白衣天尊将我封为北方之王……"

身为北方之王，她当然不可能继续纵容自己的女战士到处抢劫男子借种之后就杀掉了。

鬼方的旧俗，大大变革。

现在，她们也开始和外界通婚，也开始接纳外界的男子，鬼方的古堡里，也有了寻常男子出没。鬼方，正在慢慢变成一个正常的人类世界。

鬼风初蕾长吁一口气，缓缓道："丽丽丝，谢谢你告诉我真相。"

丽丽丝忽然厉声道："你等幽灵赶紧让鱼凫王通过。"

黑暗中，幽灵们立即让开一条道来。

可就在这时，珠子的光芒瞬间黯淡了。原本让开一条道的幽灵，忽然再度集结。

丽丽丝大叫："鱼凫王快走……"话音未落，丽丽丝的影子便从珠子上消失了。

珠子一灭，对这些幽灵的震慑就会彻底消失。

这些已经在黑暗中徘徊了七十万年的怨妇，可不会被一段尘封已久的过去所威慑，如果她们出手，凫风初蕾再也别想活着离开这十二个夜的王国了。

可是，凫风初蕾一动不动，非常平静地看着黑暗。

珠子，已经只剩下一丁点微弱的光芒，几乎可以忽略不计了。

委蛇也十分紧张，两个孩儿面四面观望，企图寻找机会和少主猛地冲出去。可是，它看到少主站在原地，丝毫没有夺路而逃的打算。

黑暗中，有一个声音响起："颛顼真的已经死了七十万年了？"

"对！七十万年了！"

那声音很慢很慢，甚至略略沙哑，就好像一个人沉默得太久太久，已经不太会讲话了，每说一句，都要耗费很大的力气。

"呵……七十万年了……"

这声音的主人，很可能便是当年率领大屠杀的首领。

纵然不是女禄娘娘，也该是一位非常重要的人物。可不知为何，凫风初蕾却很同情她。

过了这么久，那声音里已经不再有痛恨、怨愤和杀伐之气，只是绝望、茫然、平静得令人非常恐慌。

"七十万年了……又哪里来的鱼凫王？"

"颛顼化鱼凫！"

凫风初蕾很平静："我父王七十万年前兵败不周山之战，身败名裂后潜伏到古蜀国，做了鱼凫王。不过，他还是没能逃脱厄运，在化为鱼凫时，被芰花毒死！"

"呵……他……终于还是彻底死掉了！"

"是啊！他甚至死得很窝囊。直到现在，毒害他的凶手大费还躲在九黎。"

"你……没有替他报仇？"

"唉，大费自己也成了阶下囚，身败名裂，杀之无用……其实，到最后，几乎所有风云人物，也不过如此……"

黑暗中的人，仿佛在回味这句话：到最后，所有风云人物也不过如此。

他们都是过去。他们都是尘埃。

又过了一会儿，那略为沙哑的声音才又说："你……你真的是颛顼的女儿？"

"没错！我是颛顼大帝唯一的女儿！"

"你不是在京都出生的？！"

"我出生在金沙王城！"

"金沙王城……呵……金沙王城……他最后真的去了金沙王城……"

"据说，那是我的老祖母嫘祖的故乡呢……"

"嫘祖大人……"

"你认识嫘祖吗？"

又是一段很长时间的沉默。那人没有回答。凫风初蕾也没有催促。

很久很久的沉默之后，一个声音缓缓道："鱼凫王！你的母亲是谁？"

这个陌生的声音很平静、很威严，甚至隐隐地有一种极大的气势。但是，和之前开口的幽灵们一样，她的语速也很慢，也是那种沉默了太久太久，话都不太会说的状态。

她对这个问题很意外，但还是坦诚相告："我不知道！"

"你不知道自己的母亲是谁？"

"对。我父王到金沙王城之后，从未立下任何妃嫔，后宫之中，也没有任何别的女子。我从来没有见过我的母亲，我周围的人也从来没有向我提起过我的母亲。"

"你，就从未觉得奇怪吗？"

"我也曾问过我父王这个问题，但是，他一直缄口不言。所以，我一直不知道我的母亲是谁。"

对于这个问题，凫风初蕾一直很遗憾。别的人，纵然是被母亲抛弃了，或者母亲去世了，或者别的什么原因，但是，好歹一定知道母亲是谁。她想，自己可能是全世界唯一一个不知道母亲是谁的人了。随着父王的去世以及鱼凫国的覆灭，这个问题就更是变成永远的秘密。

她一直对此感到遗憾，却无能为力。

那奇怪的声音沉默了许久，才道："颛顼自来提倡男尊女卑，你身为女子，他竟然肯将你立为鱼凫王？"

她苦笑一声，摇摇头，"老实说，我不知道该如何回答这个问题……"

"不知道？"

"我觉得我的父王和传说中的颛顼大帝，是两个完全不同的人。我甚至无法将二者等同，以至于到现在，我都觉得似梦一样……"

"他在金沙王城，不是那样吗？"

"哦，不是！金沙王城从来没有什么男尊女卑的法律。事实上，金沙王城很长时间一直保持着孩子归于母族的传统，由母族集体养育，所以，不存在什么女子为了养育孩子需要向男人妥协之类的……我的父王平常也从未流露出半点男尊女卑的想法，自我有记忆以来，他就一直宠爱我，对我千依百顺，他待我，如珍似宝，无论我做什么，他统统支持……"

许多时候，凫风初蕾都觉得传说中的颛顼大帝是假的——至少，不是自己的父王，不是老鱼凫王。

"颛顼老贼到后来，竟然性情大变了？这怎么可能？一个人可能会隐姓埋名，可是，性子怎么变得了？"

委蛇笑道："这位前辈，你这话就说错了。我家老鱼鬼王可真是一个极好之人，通情达理，为人豁达，我家小鱼鬼王刚刚满月时，就被确定为王位继承人了……"

"这么说来，颛顼从此没有再生育了？"

"当然！老鱼鬼王说，有我家少主一个孩子足矣，再也不需要任何其他孩子了，终生也没有再迎娶其他任何女人。"

黑暗中，又是一片死寂。这时候，那珠子的光芒也彻底覆灭了。

在光芒熄灭的一刹那，凫风初蕾已经看到了出口，离开十二个夜的王国的出口。

委蛇已经窜到主人身边。

一个起落，主仆二人便会彻底离开这个黯黑世界。

忽然，一股冷风吹来。

凫风初蕾一惊，金杖竟然落空，再次反手时，但觉手腕一麻，金杖几乎脱手飞了出去。

"果然是女王出身，怪不得有两下子！"

凫风初蕾紧紧握着金杖，死死盯着声音来源的方向，心里极度震惊。这人，随便出手，轻描淡写，自己纵全力以赴，却连她的影子都瞧不见。

幸好她没有恶意，否则，自己哪里还有命在？

"七十万年了！呵，整整七十万年了！"声音依旧平静，却充满了血泪和怅然。"七十万年了！你是第一个走进这夜的王国的活人。凫风初蕾，你走吧！"

黑暗中，有簌簌的冷风。

万千幽灵，自动让开了一条很长很长的道路。

委蛇当机立断，马上就走。

凫风初蕾走了几步，却停下来。金杖的光芒已经收敛，整个世界，一团漆黑。她却准确无误地看向那声音来源的方向——虽然她一直看不见那是谁，可是，她却十分好奇："女禄娘娘！你是女禄娘娘吗？"

沉默。

她朗声道："无论你是谁，都请你答应我一件事情！"

"你说！"

"你们跟我出去！你们马上就可以见到天上的太阳！"

此言一出，幽灵中忽然发出一阵极其奇怪的声音，似哀号，似叹息，似振奋，似惊异……

就连那平静声音的主人也没想到这一点，一直沉默。

"现在哪里还需要什么太阳光线调节器呢？不需要了！现在的阳光照射，已经不再掌握在颛顼大帝手上了。颛顼大帝和你们全部的敌人，早就消失在七十万年的岁月中了！这世界上，也没有你们的敌人了。现在，你们爱去哪里就去哪里！爱享受多久的阳光就享受多久的阳光……"

金杖，遥遥指着来时路："就连外面的火山也变成了死火山。就在你们的边境，便是一片空旷而美丽的土地。你们，只要走出这里，便是另一个世界！根本无须任何人的特赦或者拯救！"

幽灵们，一片死寂。

忽然，有哭泣声。先是一声抽泣，接着，变成了一片号啕。无数的女人，一起号啕。无数的幽灵，满腹委屈。

枭风初蕾也为之心酸。

委蛇也长叹一声。

直到那号啕之声稍微小了一点，枭风初蕾才又说："出去吧！离开这个黑暗世界吧！你们不要在这里自我惩罚了！纵然是犯了错误，这惩罚的时间也已经足够了！"

那是七十万年的一次监禁。再大的罪孽也可以洗刷了。

幽灵们的哭声停止。无声无息，却蠢蠢欲动。

枭风初蕾虽然看不到，却能感觉到，现在，所有的幽灵都转向同一个地方——她们是能看到的。她们都看着同一个人。她们的首领。

"初蕾……枭风初蕾……初蕾，你要去哪里？"

她沉默了一下，缓缓地："我要去幽都之山。"

"你为什么要去幽都之山？"

"我去找一个人。"

"不能去！"

"我必须去！"

那声音很固执："你可知道，前路茫茫，此去你会遇到许多敌人？你过得了十二个夜的王国，你未必过得了其他陷阱！颛顼老贼，除了敌人，他可没有什么别的好东西留给你的！"

初蕾无法争辩，只微微领首："就此别过，后会无期。"言毕，转身就走。

"枭风初蕾，你真的连自己的母亲叫什么名字也不知道吗？"

她没有回头："呵，是啊。也许，我到死，也不可能知道我母亲的姓名了。"

只走得几步，脚步便停下来。不是自己停下来，而是被一股巨大的阻力所挽留。

金杖正要出手，枭风初蕾立即察觉，那元气很大，但是，没有任何恶意。

那元气，正在黑暗之中，源源不绝地输入自己的体内。她很震惊，可是，她开不了口。

旁边的委蛇不明就里，但是，尚未开口，已经被一股奇异的力量所阻止。

一人一蛇竟然毫无还手之力，但是，二人都不再盲目反抗。二人都很清楚，若是这人有恶意，自己可能早就死无葬身之地了。

暗黑中，凫风初蕾不能行动，可是，她能感觉到，有一双眼睛一直凝视着自己。那种凝视，既非出自男女之情，也非父王那样，她不知道这是为什么，更不明白，为何这人要这样做。

好一会儿，那力量，忽然消失。凫风初蕾但觉一股热气从头到脚，又从脚到头，不知怎的，竟然顿感身轻如燕。

她立即道："多谢娘娘。"

"此去幽都之山，凶多吉少。禹京这个人，也不是好说话的，如果没有必要，其实，你不必前去……"

"我有很重要的事情要找他。"

那人长叹一声："既然如此，你就去吧。"

语气中，分明有淡淡关切之情。

初蕾再次说道："谢谢娘娘。"

女禄笑了一下，笑声很轻很轻，略略有些沙哑："初蕾……你从幽都之山返回后，能再来一趟这里吗？"

"如果我还能活着回来，我一定再来这里。"

"初蕾，你一定要活着回来。"

凫风初蕾忽然笑起来："你放心吧，我死了很多次都没死掉……"

那笑声立即大了一点点："既是如此，我就在这里等你。"

所有声音，彻底消失。整个世界，归于死寂。

眼前，豁然开朗。阳光刺得人睁不开眼睛。

好一会儿，委蛇大叫："天啦，不见了……十二个夜的王国不见了……"

凫风初蕾回头，刚刚熟悉了光线的目光遥遥望去，但见除了一座巨大的死火山，哪里还有什么夜的王国？

方才的一切，就像一场梦。她站在原地，觉得自己也像是七十万年走出来的一个幽灵。

前方，茫茫无路。幽都之山，还很远很远。

凫风初蕾只是挥舞了一下自己的胳臂，隐隐地，竟然觉得元气前所未有的充沛，甚至，超越了受伤之前。她很震惊。

她喃喃道："如果真的是女禄娘娘，她就算不恨我，至少，也不能这么帮我吧？"

委蛇也听出了端倪，很是震惊："少主，你说女禄娘娘帮了你？"

"没错。她给了我很大一个好处！"

委蛇惊呆了。

第十二章　死神禹京

幽都之山。奈何桥上。生长着密密匝匝的红花。

那红花没有根，既不生长于土里，也不生长于水里，而是悬空在虚无里，就像是无数的鲜血汇聚出的一种虚无。

奈何桥的对岸，一个实实在在的人。

他很高，很瘦，也很冷。不是高冷，而是一种常年沉浸在死亡之中的一种阴冷。就像是一棵已经古老却又不曾衰朽的树木。

凫风初蕾鞠躬，声音十分平静："颛顼之女，现任鱼凫王凫风初蕾见过禹京大人！"

她行的是子侄对长辈之礼，而非下属对王者之礼。事实上，她的级别，比禹京高。

委蛇行臣子之礼："委蛇参见禹京大人。"

好一会儿，对面的人影才缓缓道："你能穿过十二个夜的王国，能穿越吞噬一切的亡灵黑洞，能识破水银和岩石的幻境，甚至能穿越梦幻之地。凫风初蕾，你是第一个能顺利到达这里的凡人！"

她并不怎么在意这句夸奖，淡淡地说："我并非顺利来此！事实上，是九死一生才至于此！"

"你果真是颛顼的女儿？"

凫风初蕾举起手中金杖，金杖上，首尾相连的鱼凫鸟发出耀眼的光芒。

禹京盯着那金杖，半晌："你来幽都之山，所为何事？"

"我来找一群人，准确地说，是一群亡灵！"

"这里有无数亡灵，你要找谁？"

"有熊氏一族被人屠杀干净，禹京大人可曾见到他们的亡灵来到这幽都之山？"

对面的人影默了一下，显然有些震惊。

慢慢地，云雾散开。

凫风初蕾第一次看清楚传说中的禹京。他绝非传说中那么丑怪，他有一张马脸，虽然算不上什么美男子，但是，也绝对不是很吓人。千万年来，人们之所以将他比作蛇蝎，还是因为他掌管了鬼界。凡人，谁不惧怕亡灵之王呢？

此时，这鬼王却死死瞪着凫风初蕾："你说有熊氏一族全部死了？"

凫风初蕾一字一句地说："有熊氏一族彻底被人灭绝了。现在，这世界上，也许，就只有我们这两个有熊氏了！"

"谁敢将他们彻底灭绝？"

不等凫风初蕾回答，禹京又道："谁能将他们全部灭绝？"

凫风初蕾摇摇头："禹京大人，你多久没有离开过这里了？"

"几万年了！"

禹京有些不耐烦了，立即催促："他们怎会被人全部灭绝？"

"他们先是中了青草蛇病毒，整族全被人变成了青草蛇，然后，才被彻底杀死。"

饶是死神也失声道："你说有熊氏一族全部被人变成了青草蛇？"

"没错！有熊氏一族全被人变成了青草蛇，死于非命。但是，我想，他们的亡灵一定会来到幽都之山……"

禹京的脸色很奇怪。

不单单是震惊、意外，还有一种不可置信。

他忽然上前一步，伸出手。他的速度极快，快得凫风初蕾来不及后退，他的掌心已经从她的头顶掠过。

一试之下，他立即后退一步，声音里，有无法遏制的震惊："你中的是黑蜘蛛基因病毒……这可不是青草蛇病毒……"

果然是大行家，一试便知。

委蛇立即问："禹京大人，你能解除这种病毒吗？"

他摇头，面色非常非常奇怪，甚至是不安。

"据我所知，目前的九重星联盟医学部都尚未研制出解药，个人更加无法在短时间内研制出解药……"

委蛇好生失望："难道禹京大人也无能为力？"

禹京却看着凫风初蕾："这是联盟禁止的病毒，谁人竟敢用在你身上？"

她很坦然："敌人原本想将我变成一条青草蛇，但是没有得逞，便暗地里再次下毒，这一次，我很可能先变成一只黑蜘蛛后再被人杀死。"

禹京忽然一挥手。在他身后的茫茫白雾里，浮现了影影绰绰的影子。

"这是历年来，有熊氏一族死去之人的亡灵，全部在这里了。"

凫风初蕾细看。

"你们告诉这位鱼凫王，你们是怎么死的！"

"我是老死的……"

"我是病死的……"

"我是上山打猎时被一只有毒的蝎子咬死的……"

"我是感染了风寒而死……"

"我是在外经商，某一次遇上了歹徒而死……"

"我是被活活渴死的……大夏五年大旱，波及了有熊山林，唉，我可从未见过那么可怕的大旱，有熊河水彻底干涸了，没有渴死的族人也迁徙到别处去了……"

然后，没有声音了，所有亡灵都消失了。

禹京提高了声音："凫风初蕾，听清楚了吗？亡灵，是不会撒谎的！"

凫风初蕾的双手十分冰凉。尽管她早就有了心理准备，却还是觉得寒入骨髓。她只是轻轻捂着头，自言自语道："可怕的敌人！真是太可怕了！竟然每一步都计算精妙，没留下任何踪迹！唉，我早知自己不是她的对手，现在，我该怎么办呢？"

禹京忽然道："这么说来，你知道敌人是谁了？"

凫风初蕾一字一句道："我当然知道。"

"是谁？"

"青元夫人！"

禹京的双眼，一瞬间精光一闪。那神情，分明就像听到了什么天大的笑话，觉得荒谬无比。

凫风初蕾忽然觉得自己唐突了，本不该说出来，可是，事已至此，她只能硬着头皮说道："我早已知道敌人是谁！因为她太过强大，我无法对抗，才前来求助禹京大人！"

但是，禹京听了这话，不再有任何的反应。过了许久，禹京才缓缓地说："你走吧。"

她不敢置信。

他一挥手，十分果决："凫风初蕾，你走吧！以后，再也不要来幽都之山了！"

委蛇忍无可忍："禹京大人，我们可是九死一生才来到这里。毕竟，你也是四面神一族的幸存者之一，有熊氏一族的死因，你也有义务找出凶手！"

禹京的声音更加冷淡了："凫风初蕾，你说你曾经中过青草蛇病毒？"

"没错！我在有熊山林时，中了青草蛇病毒，几乎丧命在有熊广场，幸好我父王留下的青铜神树救了我一命……"

"可我亲自测试了，你身上只有黑蜘蛛病毒，根本没有青草蛇病毒！"

"那是因为在九黎时，白衣天尊给了我许多灵药压制了青草蛇病毒，但不知为何又交叉感染了黑蜘蛛病毒……"

禹京面色剧变："白衣天尊？他居然从弱水出来了？"

此言一出，凫风初蕾就知道坏了。

禹京面上的厌恶、痛恨之情溢于言表，纵然不是咬牙切齿，也是深感失望，就像看着一个叛徒，痛心疾首："凫风初蕾，我不相信你不清楚白衣天尊是什么人……"

委蛇却忍不住了："禹京大人，你有所不知，正是白衣天尊出手救了我和我家少主……"

禹京根本不理睬委蛇，只盯着凫风初蕾："你说，白衣天尊为何要救你？"

凫风初蕾答不上来。

禹京的声音更冷了："凫风初蕾，你竟然糊涂如斯。你要是真的中了青草蛇病毒,你以为白衣天尊能救活你?就算西帝本人出手都没法……"

他冷酷的嘴角有一丝明显的怒其不争:"再说,这世界上没有什么灵药可以交叉感染黑蜘蛛病毒!那是一种单一基因病毒!"

凫风初蕾双腿一软,觉得自己几乎快撑不住了。

也就是说,敌人什么时候下的病毒,如何让自己感染的,根本没人清楚。

"那战犯根本不精通医理,他怎么可能解除病毒?我这个病菌大行家都不行,他怎么可能做到?有没青草蛇病毒我们先不管,凫风初蕾,我问你,你这黑蜘蛛病毒是不是在九黎中的?"

"是!"

"既然是在九黎中的毒,那么,就铁定是白衣天尊所为。"

事已至此,凫风初蕾索性坦然道:"我很清楚,两次都是青元夫人害我!我有证据!"

"你有什么证据?"

她稍稍犹豫。这犹豫看在禹京眼里,更是赤裸裸的诬陷。

"这世界上,任何一个人都可能下毒害你,但是,阿环不会!"

凫风初蕾听得"阿环"二字,脑子里顿时嗡的一声。

"阿环。"禹京竟然称呼青元夫人为阿环。纵然此情此景,她也听出禹京声音里的那份热烈和仰慕之情——九重星联盟的第一女神,怎么可能向你这样一个小丫头下毒?

"阿环只救人!从不害人!"

她微微闭了闭眼睛。她觉得暗处有一双眼睛肆无忌惮地盯着自己,满是嘲讽:"小丫头,跟我斗?你以为你是谁啊?"

"你刚刚来,我便从你的身上检测到西王母一族的神药气息。就算如你所说,你在有熊山林中了病毒,那么,真正出手救你的,根本就是阿环,而不是那战犯……"

凫风初蕾无法反驳。

禹京缓缓道:"阿环是这世界上最单纯最善良的女神。她出身尊贵,是西王母一族的首领。如果说,几千万年来,这世界上有一个人只做善事,从未做过一件恶事,那也只有她了!只有她一个人了!"

声音里,有怅然,有期待,有热情,也有失落……

那是一个暗恋者的表情,那是一个幼稚的暗恋者的神情,自以为滴水不漏,事实上,人人皆知。

凫风初蕾早已明白了,自己真的找错人了。自己,竟然找到了一个青元夫人的疯狂崇拜者,或者是疯狂暗恋者……这疯狂的暗恋者早已将青元夫人当成了完美无缺的偶像,认为她是所有道德楷模的化身,是真善美集于一身者……可笑自己,居然还希望他出面,替自己指证青元夫人。

她没有再做任何的辩论,觉得没必要了。自己不该来这里走一趟。她转身欲走。

可是，禹京却叫住她："凫风初蕾！"

她停下。

"你不是说你有证据吗？拿出来我看看……"凫风初蕾摇头。她决定从这一刻起，再也不提证据一事了。

她不置可否："禹京大人就当我信口雌黄好了。"

这无所谓的态度彻底激怒了禹京，他忽然觉得自己受到了极大的藐视，一掌便挥了出去。那是一耳光，一个长辈对晚辈的训诫。

可是，他的手掌落空了。他不敢置信，他死死盯着那金杖。他的眼神中满是惊异："凫风初蕾，你身为凡人，你身上的元气从何而来？"

委蛇却大叫："禹京大人，你竟敢擅自出手打鱼凫王？"

"女人们就是被打少了，才嚣张得杀人放火，信口雌黄。"

凫风初蕾忽然想起十二个夜的王国里那一群将京都男人几乎杀绝的女人。禹京身为颛顼最信任的朋友，有这样的想法，不足为奇。问题是，这样的一个冥王，偏偏心目中藏着一个女神。

她长吁一口气，握紧了手里的金杖。

禹京看得很清楚，就更是愤怒。

凫风初蕾的神情已经很明显了，禹京大人，你最好别乱动手了。这一次，我当你是长辈，下一次，我可就直接翻脸了。

他怒极反而道："你元气如此充沛，一定是因为阿环的神药。只有阿环才有这样的本事……"

凫风初蕾稀奇极了。是不是心中美化了一个人，那么，无论遇到什么情况都会自动美化她？

所以，她一本正经地说："这可不是你心中女神的功劳……"

"那是谁的功劳？"

她笑起来："我忽然不想说了。禹京大人，我觉得已经没有和你谈下去的必要了。"

禹京额头，青筋暴跳。若非碍于她手中的金杖，他几乎再次一耳光过去了。

凫风初蕾偏偏肆无忌惮："禹京大人，如果真有一天，证据确凿显示真凶是你的女神，你会如何？"

禹京的嘴角抽动了一下，仿佛想大笑，但是，他没笑。

委蛇大叫："青元夫人因为妒忌我家少主，痛下杀手！其实，早在当年西北大漠我就有点看出来了，她分明妒忌我家少主，还威胁我家少主不许再和百里大人继续来往，原来，那时候就是威胁了……"

威胁，是从西北大漠开始的。青元夫人说："凫风初蕾，别怪我没提醒你，你若是继续和百里行暮交往下去，你会后悔的。"

随后，百里行暮就死了。

枭风初蕾也一直以为她当初所说的：你会后悔——指的是自己害死了百里行暮。可是，她万万没想到，原来，青元夫人所说的后悔，是另有所指。那是警告。你听不懂，你就真的会后悔。

枭风初蕾还是很平静："好吧，禹京大人！就算你不相信我今天所说，但是，请你替我今天的到来保密！"

"有保密的必要吗？"

她点点头，心平气和："有！"

"为什么？"

"因为真凶一事，我从未向任何人提及。就算是白衣天尊，我也从未提及。"

"为什么？"

枭风初蕾沉默了一下，缓缓道："其实，我早就知道了，我若是告诉白衣天尊，只怕，他的反应和你一模一样。"

禹京缓缓道："阿环就算知道了这事，也顶多当一个笑话，你放心，她向来大度善良，绝不会跟你小辈计较！"

枭风初蕾还是心平气和："禹京大人，你可能不知道一件事情，白衣天尊就要和青元夫人成亲了！"

禹京的马脸，仿佛忽然瘦得只剩下一张皮了。眼中锐利的光芒也瞬间变得黯淡，甚至有隐隐的绝望之情。

禹京忽然又开口了："枭风初蕾，其实，我知道你今天来的主要目的了……"

她想，我不是早就告诉你了吗？

"你企图借我之手，除掉阿环！"

枭风初蕾和委蛇一起看着他。

"阿环要和那战犯成亲了，你妒忌得发狂，可是，你又不是阿环的对手，所以，你便编造种种谎言，企图嫁祸给阿环，想借我之手除掉阿环……"禹京的马脸非常严肃，"枭风初蕾，我以长辈的名义警告你，害人之心不可有！"

枭风初蕾点点头，恍如真的聆听了长辈的教导。她想，自己的运气，真的一言难尽啊。

"我不知道你为何会暗恋那战犯，也不知道你和那战犯之间到底发生过什么事情。可是，我告诉你，那战犯一定是欺骗你、利用你，就算偶尔甜言蜜语，也只能是玩弄你而已。以他的眼光，也看不上你……"

委蛇大怒："百里大人也没啥了不起的！从来都是他苦苦求着我家少主，苦苦追求我家少主。几曾反过来了？禹京大人，我敢跟你打赌，白衣天尊绝对不会娶青元夫人，你做梦都想娶的女人，白衣天尊也未必看得上……"

冷冷的一片死光，彻底笼罩在了委蛇的头上，直奔它的两张孩儿面，然后，就像一个光圈，稳稳地定位在了它的脖子和头的交界处，那是它浑身上下最脆弱的部位。

身为死神，禹京自然一眼便看穿了它的死穴。

"不知好歹的老蛇奴，竟敢如此出言不逊……"

凫风初蕾出手了。金杖，直奔那死亡光圈。明明没有声音，却仿佛有一道爆炸似的亮光。

凫风初蕾后退一步。

禹京也退了半步。

他面色一变。上一次出手，以为是她碰巧而已。这一次出手，方知这丫头竟然有这么强大的元气。

委蛇猛地从光圈里蹿出，蛇尾就像断了一截似的，一时间，哪里说得出话来。

禹京冷冷地说："你可以侮辱我，但你不可以侮辱阿环！老蛇奴，这次，只是警告！下一次，可就没这么好的运气了！"

委蛇不敢作声了。

凫风初蕾也哑口无言。

早知道禹京有这样的情怀，自己纵然变成了黑蜘蛛也不会来找他。

青元夫人！妖孽似的青元夫人。

她也不再看禹京的脸色，正要打算离开，禹京恶狠狠地："凫风初蕾，你记住一件事情！"

"何事？"

"你不要对那个战犯再抱有任何不切实际的想法！如果我发现你自甘下贱丢了我四面神一族的脸面，那么，我会代替你的父亲清理门户……"

凫风初蕾盯着他，忽然笑起来。她情不自禁，哈哈大笑，简直就像是一个天大的笑话。

禹京大怒："你笑什么？"

她不笑了，淡淡地："果然，一个神族的衰败，都不是无缘无故的！"

她转身就走，委蛇也跟了上去。

可走了几步，它还是没忍住，又回头说："禹京大人，自甘犯贱的不是我家少主，而是你们这些落伍的半神人！再说，我家少主是王，你是下属！明白吗？"

言毕，转身就跑。

禹京怒极，但是并未追上去。

第十三章　女禄娘娘

返回的路，就顺利多了。

一路上，再也没有任何障碍。直到重新站在十二个夜的王国。

黑暗，全部消失。

出现在面前的是一座巨大的死火山，以及周围密密匝匝的暗黑森林。沉寂万万年的火山灰，已经变成了坚固的火山岩。地面上，没有任何建筑物。

凫风初蕾好奇道："她们莫非离开此地了？"

委蛇忽然道："少主，你看……"

火山岩的下面，隐隐露出岩洞。建筑物，居然全部在地底。

凫风初蕾恍然大悟，那些已经在黯黑里度过了七十万年的幽灵们，纵然重新见到阳光也已经不适应了。

她们无法直视阳光，更无法直接面对阳光。

于是，她们重新回到了地底——并非回到了黑暗，而是回到了不被太阳照射的阴凉处。也不知道要多久，她们才能真正适应外界的环境。

一念至此，凫风初蕾悄然走了过去。

一人一蛇，居高临下。

那不是简单的岩洞，那是一座座从火山岩里开垦出来的房屋，方方正正，十分整齐。那些火山岩，想来也是十分坚硬的，一群女人要修造这么多屋子，谈何容易？可是，短短时间，她们便做到了。

可是，令凫风初蕾震惊的并不是这些屋子，而是岩层里的那条林荫大道，以及林荫大道上行走的女人。女人们，全是黑衣白发，无一例外。再看那些女人的侧脸，也全是一片雪白——不是正常的白，而是白化病那种可怕的白。

她如梦初醒——原来，这才是她们不走出去的原因。

七十万年的黑暗生涯，令她们都得了病，她们已经和外人有了很大的差异。

她忽然很同情这些女人。

整整七十万年的监狱生涯，她们的青春、活力、容颜，甚至健康，都已经统统被摧毁了。就算现在活下来，也只是一群再也无法走出去的幽灵而已。

一人一蛇，悄然跃下去。

沿途的行人都是可怕的苍白，而且，沉默寡言，很少很少有人开口。也许，重见天日，并没有想象中的喜悦。相反，她们在光线中看清楚了自己的模样，反而一个个吓得魂不守舍。

这不是猜想。

当凫风初蕾看到路上的行人很少注视彼此时，就明白了——大家都不想看到对方，不想因此触及自己的绝望。满大街，全是暮气沉沉的老妪。就算老妪，也不过多停留，很快，便返回各自的岩洞，然后，一扇扇的岩洞关闭。

林荫道上，空无一人。

彼时，才刚刚夕阳西斜。

一人一蛇站在孤零零的大道上，但觉身上一阵一阵寒意涌现。

不知过了多久，有声音传来："是鱼凫王吗？"

她蓦然回头，只见身后一个白发如雪的老妪，老妪脸上的每一条皱纹都是雪白的，"我家主人有请……"

"谢谢。"

老妪看了看委蛇："我家主人只见鱼凫王一人。"

凫风初蕾有点意外，却还是点点头。

委蛇立即退在了一边："少主，我等你。"

老妪道："鱼凫王跟我来吧。"

她点点头："那就有劳了。"

别的岩洞都在林荫下，这地洞却在地层之下。

往下走了约莫一丈来深，凫风初蕾才跟着领路的老妪停下脚步。

四周光线暗淡，模糊不清。依稀看到，屋子很大，四壁都是石头。除了那道门，也没有任何窗户。

虽然是大白天，光线也为冰冷的岩石所阻止，毕竟又是一丈多深的地下，竟然完全看不清楚。

老妪垂首："夫人，鱼凫王来了。"

凫风初蕾四周看了看，可是，黑茫茫也分不清楚东南西北，只是垂手行礼："见过女禄娘娘……"

黑暗中，出现一个人影。

毕竟，这不是真的十二个夜的王国。渐渐熟悉了黑暗的眼睛，能隐隐看出一个大致的轮廓。

冰冷的石板上，坐着一个人。看不出她的岁数，也看不出她的容貌，只看到那个身影笔挺、严肃、端庄，任何时候都保持着气派。

凫风初蕾一路所见，别的女子都已经老了，蹒跚了，颓废了，失去了生命的活力。唯有此人，居然松柏一般挺立。一个在黑暗岁月里七十万年的人，居然还能一直保持这样的气派！

凫风初蕾顿时肃然起敬。她再次道："见过女禄娘娘！也谢谢女禄娘娘。"

道谢，是因为她上次临别时给的莫大的好处。

正因为这元气的剧增，自己才能平安无恙地往返于幽都之山。

"初蕾……是初蕾吧？"

"是我。"

"请原谅，我已经无法适应地面上的阳光了，所以，没法在光明处和你见面！"叹息声幽幽的。"这七十万年来，我们一直渴望光明，渴望阳光，渴望重见天日。我们也无数次想象，若是重见光明，那该是何等激动人心的场景啊……为此，我们无数次诅咒黑暗，憎恨黑暗，巴不得将黑暗永远驱散……可是，我们都忘记了……我们都忘记了岁月的流逝……那过去的七十万年，已经把我们变成了真正的幽灵……幽灵，怎么能走到阳光下呢？我们已经无法真正走到光明的中央，甚至无法直接接受阳光的照射了……"

凫风初蕾忽然很悲哀。就像女禄娘娘语气里的那种悲哀。那是受了很大很大的痛苦，经受了极大极大的绝望之后，才有的坦然和平静，哀而不伤。可是，她不知道该如何安慰，也说不出什么话，只低低地："女禄娘娘，对不起……"

"该说对不起的不是你！"

"可是，这一切都是我父王的错误……"

"这跟你无关。"女禄的声音非常温和，"其实，我们还应该感谢你。正因为你的到来，才解除了七十万年的封印，否则，我们再过七十万年也无法离开那黑暗之地……"

凫风初蕾茫然道："封印？"

"没错。当年颛顼老贼追我们到了这里，被火山阻隔，于是，他便在这里下了封印。否则，就算他断绝了我们的阳光照射，我们也不至于一直走不出来。七十万年了！直到你来，才彻底解除了这个封印……"凫风初蕾恍然大悟。

就说嘛，十二个夜的王国没有阳光，难道她们自己不知道出去？就算七十万年之前惧怕颛顼，可是，如今七十万年已经过去她们一直不敢行动？现在才明白，那地方是被封印了。她们根本解不开封印，所以，自然也出不去了。

她试探性地问："女禄娘娘，你们打算一直待在这里吗？"

"这里，虽然不是那么理想，可是，已经比那黑暗之地好一万倍了……至少，我们的心灵已经自由了……初蕾，谢谢你。"

凫风初蕾忽然有点高兴，她微微一笑："女禄娘娘，你那么帮我，我原以为无以为报，现在总算为你们做了一点事情，我很高兴。"

"你去幽都之山见到禹京了吗？"

"见到了。"

"禹京不肯帮你，对吧？"

鬼风初蕾苦笑一声:"女禄娘娘你真是料事如神。唉,他不但不肯帮我,反而成了一种阻力。我也真是运气不好!"

女禄缓缓道:"能告诉我是什么事情吗?"

"唉,不是我不告诉你,是我说了,只怕你也不会相信。"

"你告诉禹京,禹京不肯相信?"

"禹京不但不相信,反而认为我在撒谎。还说我诬陷对方……"

"禹京和颛顼一样,都是表面精明,实则是糊涂的可怜虫,又自卑又自大,说穿了,就因为长得太丑自小受尽冷漠,所以孤僻变态了,等到稍微有了一点本事,就更是偏执,自以为天下无敌……"

鬼风初蕾哈哈大笑:"没错没错!女禄娘娘说得对,哈哈,你说得真对。"

女禄也笑起来,漫不经意地:"初蕾,你是遇到很厉害的敌人了吧?"

"可不是嘛。女禄娘娘,我也不敢瞒你,有熊氏一族被敌人灭绝了,我本想找禹京帮忙,可是……"

女禄很震惊:"有熊氏一族被灭绝了?谁人这么大胆?"

鬼风初蕾本不想再提此事,可是,自己对面的人是女禄——她身为上一任的中央天后,是四面神一族很重要的人物之一,自己没有权力隐瞒她。

鬼风初蕾将有熊山林那可怕的一幕大致讲了一下。只是,提到白衣天尊的时候,她一句带过,没有详说。

女禄听得很认真,中间,几次想要开口,但都忍住了。就算明知道有些细节很诡异,她还是没有作声。直到末了,才缓缓地:"初蕾,把你的手给我!"

她伸出手去。

黑暗中,女禄一把抓住了她的手。

过了很久很久,女禄才道:"可惜我不精医理,现在也看不出你到底中了什么病毒。目前来看,你是暂无生命危险的!可是,初蕾,你告诉我,到底是谁干的?是谁竟然胆敢向四面神一族下黑手?"

自从见过禹京之后,鬼风初蕾便不打算随意告知任何人真相了,可此时,她听得女禄这么一问,也不知怎的,觉得女禄非常可靠。

女禄的语气也很自然,绝不是禹京那样事不关己冷漠不已,她话语之间很自然,就像在问自己的事情,就好像和她鬼风初蕾是一家子一样。

她无法形容这种感觉,总觉得这个女人,一如自己的老祖母——虽然,她并不知道老祖母到底是什么样子。因为这种亲切感,让她甚至忘记了,此人原本是父王的死敌。

于是,她便直言相告:"我怀疑是某一位半神人。"

"半神人?"

因为有了禹京的教训,她倒也不是刻意隐瞒,只是非常慎重:"我只是怀疑是某一位半神人……"

"不是半神人也没有这个本事。不过,这半神人是男是女?"

"估计是女的吧?"

女禄很震惊:"女半神人?我想想,现在的女半神人还有哪些很厉害的?现在经常出没,名气最大的,也就是天穆之野那小丫头吧……"

鸟风初蕾不敢主动接话。她只是好奇,为何女禄娘娘第一句就提到青元夫人了?

"初蕾,你真怀疑是青元夫人?"

她垂手:"我只是怀疑……"

"难怪禹京不相信你的话。禹京暗恋那小丫头已经很久很久了,她是他心中至美。"

鸟风初蕾一怔,大家居然都知道禹京暗恋青元夫人?她忽然很沮丧,白衣天尊是青元夫人的丈夫;禹京又暗恋青元夫人。现在好了,自己真是走投无路了。凄苦之情,溢于言表。"唉,这下完了,真的再也找不到任何人帮我了……"

女禄娘娘的口吻很是不以为然:"初蕾,你记住,永远别指望男人替你伸张正义。在男人们看来,美貌即正义!"

美貌即正义。真真是石破天惊,鸟风初蕾猛地敲了一下自己的脑袋。

"自己拥有足够的力气,才能替自己伸张正义!禹京,他小小一个冥王,也不算什么。他本就是四面神一族最微不足道的角色,有他不多,无他不少!初蕾,你记住,你是鱼鸟王,你才是四面神一族的正统!"

初蕾一把抱住女禄,哈哈大笑:"女禄娘娘,谢谢你这么说。谢谢你!我可真喜欢你。"

女禄也笑起来。好一会儿她才自言自语道:"天穆之野那丫头真有这么大的胆子?问题是,我暂时想不出她的动机何在……"

鸟风初蕾忽然道:"女禄娘娘,你相信我的话?"

"你没有撒谎的理由!我四面神一族的女子,从不轻言妄语!"

鸟风初蕾顿时眼眶濡湿。

可能是太久的痛苦,太久的心酸,太久的绝望,这一下,忽然爆发了。又因为在黑暗中,她一瞬间便泪如雨下。她双手蒙着脸,号啕大哭。

"可怜的孩子……"

"女禄娘娘,你知道吗?我一直很害怕……我每天都很害怕,只要闭上眼睛,我就会想起我头皮上那些乱窜的青草蛇,只要闭上眼睛,我就会觉得头皮血淋淋的,痛得受不了……"

黑暗中,她的哭声在岩层中回荡,闷闷的,凄凉而绝望。

"以后,我真的变成了黑蜘蛛该怎么办?我害怕极了,我找不到人帮我,也没有人会帮我……我有时候甚至想,要不要在毒发之前自行了断?可是,我不知道究竟何时毒发,我更不甘心就这么被人害死……我不甘心啊……"她语无伦次,失声痛哭。

这些内心的隐秘、痛苦、绝望，她从未对人诉说。就算对白衣天尊，也不曾诉说。有些事情，除了自己，你无可倾诉。可现在，她一股脑儿地说了，对着一个陌生人，对着一个连面容都不知道的女人，对着一个父亲的敌人。连自己内心的绝望，深切的凄惨，无法入睡的隐忧……统统说了。

说了，也就轻松了。说了，反而如释重负。

到后来，她只是哭泣，一直恸哭。

女禄一直没有作声。她只是一直轻轻拍着她的背心，谁也不知道她面上究竟是什么表情。到后来，她甚至伸出手，轻轻将她拥抱。那是凫风初蕾第一次被一个女性拥抱。老妇人的双手，有一种冰凉的温暖。

凫风初蕾轻轻靠在她身边，不知怎的，忽然觉得很安全。那是一种陌生的安全感。依稀，有一股暖流一直在周身游走，软绵绵的，很舒服。仿佛一种绵绵不绝的爱惜、怜悯。她从未有过这样的感觉，所以，哭泣声慢慢地就平息了。

直到她的抽泣声彻底停止，女禄才低声道："孩子，你不用怕！"

"娘娘，我没有任何帮手，我没有任何盟友……我曾经以为我至少有朋友，可最后我发现，我什么都没有……"

再也没有比强敌环伺，你却发现自己是个孤家寡人更可怕的事情了。

"初蕾，你别怕！"

她微微一笑，这还是第一次听到有人叫自己别怕呢。她甚至有点不好意思，低声道："我失态了，对不起……"

"天穆之野虽然一直没有进入权力核心，却一直左右逢源，八面玲珑，加上地位特殊，所以在九重星联盟中的地位一直很高。现在，各大古老神族衰败，她们一枝独秀也不稀奇。不过，初蕾，你也不必绝望。多行不义必自毙，这世界上，绝对不可能有人能永永远远嚣张下去，永远为非作歹……"

她在黑暗中擦干了眼泪，闷闷地说："女禄娘娘这么一说，我心里就舒服多了。"

女禄轻轻拍拍她的手："以前我和天穆之野没什么来往，但是，对于她们也多少有一些了解。初蕾，你真要确信是她们，那么，你现在最好的办法就是不动声色……"

"不动声色？"

"没错！从现在开始，你谁也别去找了！就算禹京再来找你，你也别理他了。自己才是自己最大的盟友！！"

凫风初蕾叹道："我倒是想练好本领，问题是，我怕怎么锻炼都赶不上敌人……"

很简单，敌人是具有几百万年或者更长时间的半神人，是现阶段整个银河系最有权势和本领的人之一。自己一介凡夫俗子，哪有一夜登天的本领？

她很沮丧，也很绝望。她垂着头，在黑暗中抱着自己的膝盖，就像一个茫然无措的小孩子。

女禄却站起来。

凫风初蕾抬起头，看着她。

黑暗中，凫风初蕾居然把她的大致轮廓看得清清楚楚。女禄很高，很苗条，无论是站着还是坐着，都有一种挺拔而卓越的仪态，清雅高贵，无比端庄，如一位远古而来的王后。是了，她本身就是上一任的天后。凫风初蕾也算见多识广，可是，包括那些女半神人在内，她也从未见过这么优雅的仪态。她甚至有一种气势，一种王者之气，那是冥王禹京等人身上也没有的——征战杀伐，什么都不放在眼里的一种气势。可是，令凫风初蕾吃惊的并非她这样出类拔萃的仪态，而是她的身影——居然很年轻！绝非之前想象中的垂垂老妪。她疑惑地看着那身影。她忽然很想看看她的样子——女禄娘娘，究竟是什么样子？她忽然问了一句不该问的话："你……你真的是女禄娘娘吗？"眼前，一道冷光，整个人往后一倒便不省人事了。

黑暗中，一双黑色的眼睛。穿越七十万年的黑暗岁月，满是忧郁、悲伤。整整七十万年的囚禁，其实，她都不抱希望还能走出那个地狱了。可是，光明终究重现。一如这从天而降的女孩。

她伸出手，轻轻摸了摸女孩的头发，清清楚楚地看到女孩的头发很短——那是这一两年才长起来的，不足半尺。女孩的头皮上还有细小的伤痕残留，轻轻的，鸡皮疙瘩似的。可以想象当初她一把一把扯下自己头皮时那无与伦比的痛苦和恐惧，甚至她的脸，在这模糊的光线之下，能看到她重新生长的肌肤下那层隐约的黯黑。那是伤痕退却，肌肤重新生长，新旧交替时的隐约的创伤。

许久，她才轻轻伸出手，摸了摸她的脸。没有人，会在这样严重的伤害之下故意撒谎。因这伤痕，无论她指证凶手是谁，她都不觉得意外。

她沉默了许久许久，才低声道："可怜的孩子！她们竟敢如此欺侮你！"

凫风初蕾觉得自己这一觉睡了很长时间。

醒来时，鼻端有浓郁的香味。那是烤肉的香味——肥美的山鸡在火上一点一点散发出香浓的味道。还有小麦的味道，那是面饼在火上烤熟了，刚刚可以起锅时的香浓的味道。

她睁开眼睛，正好有人开门进来。

委蛇笑道："少主，你醒了？正好来品尝一下这里的特产……"

有两名白发老妪已经摆好了桌子，桌上几碟小菜，居中一只大陶盘。烤鸡的香味便是从这只大盘子里散发出来的——旁边还有一叠刚刚烤好的面饼。

凫风初蕾忽然觉得很饿很饿，觉得自己好久没吃过东西了。

她走到桌边，对两位老妪点头致谢，"谢谢你们，谢谢娘娘。"

两位老妪笑了笑，眼神都非常和善。

她拿起一张面饼，吃了一口，但觉滋味非常鲜美，同时，另一种感觉涌上来，她忽然问："委蛇，我这一觉睡了多久？"

委蛇笑嘻嘻地："半个月了。"

她大吃一惊："半个月了？"

"女禄娘娘替你疗毒呢。娘娘找了许多药材，这些天，每天都会给你服用。少主，你觉得效果如何？"

她深呼吸，但觉浑身也谈不上有什么异样，只是精气神更加充足了。她这才看向手里的面饼，但见那面饼是褐色的，根本不是小麦，而是一种叫不出名字的东西，再看那烤鸡，也根本不是什么野山鸡。

她惊奇地问道："这是什么？"

旁边候着的白发老妪笑了："这是地精灵……"

"地精灵？"

"地精灵是生长在十二个夜的王国的一种植物根块，具有解毒的功效。夫人见鱼凫王身上有毒，所以，想试着用地精灵替鱼凫王解毒。"

她好奇极了："地精灵居然还能做成这样的饭菜？是谁这么手巧？"

"是夫人亲手做的。夫人说，鱼凫王睡了很久，醒来一定需要能量，所以，让我们问问鱼凫王的意思，如果口味不好，以后可以换一种。"

初蕾由衷道："真是太谢谢娘娘了。竟然劳驾娘娘亲自动手。"

"不过，地精灵的效果并不明显，真要解毒，可能需要大量服用才行。鱼凫王，你愿意留下来试一试吗？"

她很感兴趣："我可以留在这里吗？"

"当然，只要你愿意，你想在这里待多久都没问题。"白发老妪叹了一声。

初蕾立即道："老人家何故叹息？"

"唉，我们这里已经没有年轻人了。我们都希望鱼凫王多留一段时间……"

初蕾微笑道："女禄娘娘肯收留我，我自是求之不得。反正我暂时也没什么事情，只要你们不嫌弃打扰，那我就不客气了。"

老妪大喜："真好。鱼凫王，你肯留下可真是好极了。"

山脚下，一条小街。

这小街修建在火山岩的阴影层，两旁全是茂盛的灌木，行走在里面，纵然是大白天也十分幽暗模糊。可是，这光线刚好能照见前行的路，而且，不会让行人觉得不舒服。

凫风初蕾早已明白，这些幽灵们七十万年不见阳光，只能活动在这幽暗的光线下面。

她走着走着，忽然明白过来，不由得道："委蛇，你发现这小街有什么不同了吗？"

"少主觉得有何不同？"

"就像走在月色下啊。"

委蛇抬头看了看，两张孩儿面上全是笑容："哈哈，可不是吗？果然就像是走在一轮圆月下面……"

头顶的光芒，正如十五月圆时候的光芒，温润、柔软，能恰好照亮前行的路，又不像太阳光芒那样咄咄逼人。温度也恰到好处，不冷不热。就如偶尔迎面走过的几个人，你无法将她们看得清清楚楚，可是，也绝对不会视而不见。

一路行走，越是觉得这小街设计的高明之处。

最令人称赞的是地上一簇簇不知名的小花，在角落，潮湿处，开出一小朵一小朵的黄色花瓣，非常美丽。

月色，花朵，淡淡的蓝色光芒，恍如进入了一个梦幻般的神奇世界。

可见设计这条街道的那位女子，一定很了不起，而且，也具有很高的审美的眼光。

小街沿岸，居然有三三两两的店铺，有百货出售，仔细看了，都是些布匹、首饰、梳子等杂物，甚至还有一些胭脂水粉、糖果糕点……

她很惊奇，也很佩服，这些幽灵回到人类世界不久，居然这么快就重新形成了一个独立的文明体系。

女禄娘娘，可真是一个了不起的人物。

一路行走，能遇上三三两两的行人，清一色的女子。每每擦肩而过时，只觉见所有目光都好奇地看着自己。

虽然不能完全看清楚那些女子的目光，但是，她能感觉到其中的善意——一种好奇的、年迈的善意。

可是，她看着她们的身影，却总有些悲凉之意。倒不是她们的身影如何佝偻，事实上，单看身影她们一个个的还很挺拔，可是，这笔挺的身子，全部败给了长长的白发。她们清一色白发如霜。一路行来，全是白发老妪，没有任何一个年轻人。也许，她们当初正是妙龄女子，也许，她们当初都是健壮妇人。可是，无论如何，她们离开京都的时候，绝对不会是衰老的妇人。老妇人，不会有力气杀绝天下男子。跟随女禄娘娘起兵的，应该全是正当年华的女子。可现在，那些曾经妙龄的女子，在七十万年的岁月里，已经全部成了白发老妪，而且，后继无人。月色下，也能看见她们的眉梢眼角被岁月打磨过的苍老憔悴。

当然，能走出来，她们已经很高兴了。她们的憔悴里，也满是兴奋和喜悦。也许，她们从未想到自己还有可以逛街的时候，可以这样在光线下走来走去，如此，已经心满意足了。

凫风初蕾却很惋惜。

看样子，这里是没有外界人类进入的，更不会有外界的男子前来。男子好色，他们纵然来了，也不太可能因为这些白发老姬而留下。

她甚至暗暗替她们焦虑，她们就算出来了，生活在这里了，可无非将早前阴影中的绝望和悲哀换了一个地方而已。

并不是站在阳光下，便主动解决了一切问题。事实上，如果一直生活在黑暗中，她们很可能因为封印的力量，不死不灭。可走出来之后，封印的力量彻底消失，很快便会生老病死了。集体白发，便是衰亡之前的征兆。她真担心，这些老姬不久之后会全部死亡。等她们死后，也许人类都不知道她们曾经出来，还在这个火山下面生活过。

继续往前，居然听得水流声。她循声过去，只见这里的光线一瞬间明亮多了——那是一块巨大的土地，被万万年过去的火山灰变得肥沃而丰满。

地上，全是葡萄树。

葡萄树上，已经满是紫红色的果子，累累的，竟然无边无际。这葡萄树，并非老姬们种植，而是野生的。

委蛇大喜："少主你看，好多葡萄……"

葡萄很大很多，一颗一颗紫色珍珠一般挂满枝头，随手便可以采下一大串。凫风初蕾真的摘下一颗放进嘴里，一股清甜顿时沁人心脾。

她咯咯笑起来："委蛇，我觉得这里简直是一片梦幻之地。"

"是啊，待在这里我都不想走了。"它也是同样的想法。

而且，转头的时候，她嗅到酒的香味。

葡萄园的旁边，居然有个小酒馆。

小酒馆，在山石里面。酒馆不大，人却不少。

光线十分暗淡，当然，对于这些白发老姬来说，根本不需要亮灯。

她们早已适应了黑暗的目光，已经足以在这个世界看得清清楚楚。她们席地而坐，小声交谈，手里端着酒杯，偶尔喝一口，仿佛有无穷的乐趣。她们杯子里的酒，也隐约有葡萄的香味，看样子，正是采摘了这些野生葡萄酿制出来的。

凫风初蕾真想拍案叫绝：女禄娘娘选择的这片定居地址，真的是太绝妙了。

对于她们来说，可能再也找不到比这更好更美的地方了。有这样的乐土，何必亮相中原？何必走出去？何必要引来外界尖叫或者嘲笑？当然，她们不怕嘲笑，更不怕战斗，问题是，何必和外界那些凡夫俗子、腌臜泼才战斗？

小酒馆的门开着，她走进去。所有人都看着她。

她笑嘻嘻地："嗨，我可以进来喝一杯吗？"

屋子里安静了一下，好一会儿，有个苍老的声音说道："当然。快进来吧。"

一人一蛇，慢慢走进去。

委蛇太大了，只能站在门口。

立即便有几只手伸出，好奇地抚摸它头上的朱冠。

它也笑嘻嘻地："委蛇见过诸位女士。"

老妪们都笑起来。

它深呼吸："哇，这里的酒香味好浓。"

老妪们大笑："你也想喝酒吗？"

"如果女士们慷慨，我很感激。"

"哈哈，你们瞧，你们瞧，这双头蛇说起话来头头是道……""啧啧啧，委蛇，你叫委蛇是吧？你长得真可爱……""我敢打赌，你是世界上最最可爱的蛇……""你们瞧瞧它的孩儿面，这简直就是一个小孩儿啊，太乖了……"老妪们争先恐后地抚摸它的朱冠，抚摸它身上的紫色轻纱，简直把它当成了一个无敌可爱的小童。当然，她们也递给它美酒，甚至将一只酒坛放在它的面前。

它彬彬有礼，双头连续向老妪们点头致谢："亲爱的女士们，你们的慷慨大方真是令委蛇感动。"

它捧着酒，一饮而尽。可能是很久很久没饮酒了，一坛酒下去，居然酩酊大醉。淡淡的光芒照在它沉睡的双头上，它的两只朱冠轻轻晃动。

老妪们又笑起来："哟，你们看，这孩子居然睡着了……""哈，真是个可爱的孩子……"在她们眼里，委蛇只是一个孩子。

凫风初蕾，也是一个孩子。

有人递给凫风初蕾一碗酒，她放在嘴边，先嗅到一股浓烈的葡萄的香甜味，咯咯大笑："好酒，真是好酒。"言毕，一饮而尽。

所有目光都转向她。

她却看着酒馆的墙壁上，自然生长出来的苔藓、蕨类，以及一些火红的如玫瑰般的火焰石。

这小酒馆，是天然的，她们只是恰好找到这么一个地方，稍加改造。这群老妪，每一个都很了不起。

她很自然地和她们一样席地而坐："再给我一碗，行吗？"

"呵，当然。"

又是一大碗甜蜜的美酒。她再次一饮而尽，回味了一下唇边的甜蜜，才啧啧称赞："我从未喝过这么美味的酒，也从未见过这么美丽的小酒馆。"

那苍老的声音笑道："鱼凫王愿意在这里一直陪着我们喝葡萄酒吗？"

"呵，当然。只要你们不嫌弃，我愿意一直待在这里。"

白发老妪们，纷纷交换了一下眼色。她们都笑起来，笑声，是真的开心。

凫风初蕾也早就大致把这里的人们都看了个清楚。

女禄娘娘不在这里。

好像女禄娘娘更不愿意见到光线，单独一人生活在地下的黑暗密室里，从来不会走出来似的。就连这小酒馆，她也从不踏足。

那递给她葡萄酒的老妪叹道："鱼凫王正当年华，留在这里也是可惜了，我们只是玩笑而已……"

她悠然："除了金沙王城，这是我觉得最美的地方。"

老妪们纷纷笑起来。

她们的声音很沙哑，笑声也不自在。可是，这仅仅是因为她们很久很久没有笑过了，所以，听起来就像是不知道该怎么笑，显得怪怪的。正因此，听的人才觉出淡淡的悲凉。

老妪长叹一声："再美的地方，也比不上少女的青春。鱼凫王，你这样的人儿不该待在黑暗里，你应该走在阳光下，走在草原上，走在鲜花盛开的地方，走在飞鸟和大雁汇聚的世界，走在珍珠和月色交相辉映的夜晚，走在那些充满露珠和草叶的小径……"

她啧啧地："老人家，你的语气可真像一个诗人。"

"可不是吗？鱼凫王，你真好看，浑身就像要发出光似的。当年京都也是美女如云了，可是，她们加起来都不如你好看，除了女禄娘娘……"

她咯咯大笑："老人家，当时，京都的女子谁最美？"

"呵，京都女子谁最美？当然是年轻时的女禄娘娘了。"

"女禄娘娘年轻时很美吗？"

"那是当然。女禄娘娘十八岁的时候，京都举行了一场盛会，来了无数半神人，其中，有许多赫赫有名的女神。她们其实都是听了女禄娘娘的大名，可能觉得不服气，想要亲自看一看，比一比……"

"结果呢？"

"结果啊，她们一个个见了女禄娘娘都自愧不如。"

老妪沉浸在往事里，满脸都是温柔的笑意："当时的女禄娘娘，就是鱼凫王这般年轻，整个人就像要发出光似的，走到哪里，就是那里的焦点……"老妪的话，显然并非夸大其词，因为旁边有好几个附和的声音。

"我还想得起女禄娘娘经常穿的那件蓝色袍子，上面绣着一朵蓝色的绣球花，当女禄娘娘策马飞奔时，袍子如轻纱一般飘扬，就像是一朵蓝色的云彩……""可不是吗？女禄娘娘的马也是蓝色的，脖子上有长长的鬃毛，就像蓝色丝草那么蓝……""女禄娘娘骑射的功夫也是第一流。别说一般的女子，就算是全京都的男子也不见得比得上……""你们还记得女神们那时候的脸色吗？她们故意挑衅，和女禄娘娘比功夫，比元气，甚至比厨艺，结果，她们都输了……"

凫风初蕾好奇极了："女禄娘娘和那些女神们比赛吗？"

"对啊。女神们要求可多了，什么都要比，可是，她们无一获胜，最后甚至恼羞成怒……"

"她们如何恼羞成怒了？"

"她们觉得京都男子的眼光不对，觉得男子们不公正，故意偏向女禄娘娘，毕竟，女禄娘娘是京都未来的天后。所以，她们要求改变比赛规则……"

"后来的比赛规则是什么？"

"她们要让百鸟来判断到底谁才是天下最美的少女……"

"结果呢？"

"哈哈，百鸟当然判定女禄娘娘最美……"

"哈哈，是啊，百鸟们一致判定女禄娘娘最美……我还记得为首的凤凰把第一根红色羽毛判给女禄娘娘的情景……"

百鸟之王凤凰，将一根象征全京都最美貌女郎的红色羽毛送给了女禄。这也代表女禄是全世界最漂亮的姑娘。女神们因此很生气，纷纷远离地球，从此，很少再去京都了。

凫风初蕾听出端倪了："女禄娘娘居然和女神们媲美？那些女神不会发怒惩罚她吗？女神们不是最反感别人和自己比美吗？"

"女禄娘娘可是未来的天后啊，谁敢惩罚她？再说，她也不是普通人，她是半神人啊。"

凫风初蕾大吃一惊："女禄娘娘居然也是半神人？"

"能做天后的，怎会是普通人？"

女禄娘娘，也出自一个古老的神族，而且，家族地位当时非常显赫。

凫风初蕾轻轻拍了一下自己的脑袋："女禄娘娘要不是半神人，怎么能在黑暗中生活七十万年呢……老人家，你们都是半神人吧？"

"差不多吧，不过，我们的神力不足，所以都老了……"

"你们才没老呢。在世人看来，你们都是神仙了。"

"孩子，你可真会说话……"老妪伸手抚摸她，就像抚摸委蛇的头。

她没有闪避，一直笑嘻嘻的。她感觉到老妪抚摸自己脸上的手，真的已经沧桑、枯燥，皱巴巴如即将枯萎的树皮。可是，那手很温暖。那手散发出的气息也很温暖，令人觉得心安。

她忽然想，自己若是有母亲的话，这就是被母亲抚摸的感觉。她干脆躺下去，很自然地躺在老妇人的身边。她并不是多么困倦，她只是懒洋洋的，因几分酒意而产生的那种微醺的感觉。她觉得周围老妇人们的心跳，可真是安宁而慈祥啊！尤其，老妇人们居然一点也不绝望。她们和当时黑暗世界中的那群怨妇，形成了鲜明的对比。尤其，她们絮絮叨叨八卦京都往事时，更是充满了烟火气，仿佛七十万年的悲哀早已过去，也不值得抱怨，更无须什么悲天悯人。她们很快便忘记了七十万年黑暗的痛苦绝望，纵然今生今世不能再直面阳光，也没关系。也可能不是忘记，而是刻意不再提起。压制痛苦，痛苦才不会卷土重来。任何时候，都不要被往事打倒。因为，往事早就过去了。这是一种高贵而优雅的态度。

她很喜欢这种态度。她在昏昏欲睡里，一直听她们八卦。她忽然插了一句："女禄娘娘那么美丽，怎会看上颛顼大帝呢？按理说，女禄娘娘怎么也看不上颛顼大帝才对啊……"

老妪们哈哈大笑："孩子，你真的这么认为？"

她老老实实地："真的。按理说，颛顼大帝真的配不上女禄娘娘啊。而且，颛顼大帝相貌平平……"

"颛顼大帝可是你的父王啊……"

可能是渐渐意识到七十万年过去了，可能是因为颛顼大帝早就死了，她们谈起他时，也能云淡风轻了。她们就像在谈论一个外人。也因此，鬼风初蕾才敢和她们随意谈论这个话题。

"可不是吗？我父王的相貌真的不敢恭维啊。而且，我父王不是有名的男尊女卑提倡者吗？女禄娘娘能看上他可真的太奇怪了……"那是一朵鲜花插在牛粪上的感觉。再说，三观不同者，也不能长相守吧。

"颛顼大帝可不是一开始就提倡男尊女卑的……"

"是啊，他一开始可不这样，是和共工大人争斗时才开始提倡的……"

"唉，其实颛顼大帝最初还是挺好的，虽然沉默寡言，可是，他比那些夸夸其谈的半神人好多了……""年轻时候的颛顼大帝虽然相貌不怎么样，可是，也算雄才大略，颇有英雄气概。而且，黄帝大人一行离开京都后，京都曾经陷入一团混乱，还是颛顼大人力挽狂澜，让京都重新恢复了元气，而且有长达几万年的辉煌繁荣……""可不是吗？那时候的京都，真的是璀璨似锦，连那些半神人都很羡慕，经常跑来地球度假，京都的豪华客栈里，更是成了半神人们的乐园……""当时，满京都都是风流好色的半神人，他们到处追逐美貌少女，可是又不负责，一旦少女们怀孕了，他们就消失了，到后来，满京都都是半神人的后裔，可颛顼大帝没有这样。当时的颛顼大人比起他们来，真可谓是一股清流了，从来都目不斜视，十分洁身自好，当时我们都说，颛顼大人可能是全京都最后一个不好色的男人了，要不然，女禄娘娘怎会看上他……""再说，颛顼大帝那时候极力追求女禄娘娘，殷勤备至，无比宠爱，一度曾和女禄娘娘共治天下，恩爱无比……""最初，女禄娘娘嫁给他，也是不亏的……"

她更是好奇："既然如此，颛顼大帝怎会忽然性情大变？"

"唉……"一声长叹。没有人说下去了。

可能有些事情，纵然时过境迁，也没法以八卦的心态来谈论。很显然，这些老妇人都是女禄娘娘的属下、粉丝、崇拜者……不然，她们也不会在她一声令下时，就投奔她揭竿而起，杀绝京都男子了。

鬼风初蕾不敢再问。

第二天，凫风初蕾才发现那街道是有名字的。

街道的边缘，钉着一个小小的木牌，木牌上有三个字：听花街。

听花街，顾名思义，那是在有月色的夜晚，听着野花盛开。她很喜欢这个名字。她也很喜欢这条小街。当然，她更喜欢小街尽头的小酒馆。

只是，她醒来后，再也没有见过女禄娘娘。可女禄娘娘每天都有派人送来饭菜，每天的饭菜都不重样，有时候是地精灵，有时候是何首乌，有时候是一种叫作"懒牛"的类似白萝卜的玩意儿，晶莹剔透如水晶一般。每一样都很美味。她吃得津津有味。

委蛇不怎么吃东西，但是，它每天都能畅饮美酒。

小酒馆不限量的葡萄酒，总让它微醺度过每一个夜晚。

尤其，老妪们都很喜欢它，她们可能没想到它是一条有了几千年岁月的老蛇，她们都觉得它不过是个小孩子而已。一个有两张孩儿面的极其可爱的小孩。而且，这里没有孩子，没有新的生命，于是，她们所有的热情，都给了这孩儿面的双头蛇。她们把所有的美酒都给了它。

当然，凫风初蕾的待遇就更不用说了。

她每天都去小酒馆，每次去的时候，都看到许多鲜花，水果，各种零食，各种稀奇古怪的小玩意儿。

老妪们沉睡了七十万年的母爱，都在这迟暮之年，火山一般爆发了。她们喜爱她，就像喜爱一个小孩。她们喜欢听到她咯咯的笑声，银铃一般；她们喜欢看到她在荧光下的脸，柔软美丽得发亮一般；她们更喜欢她懒洋洋地躺在老妪们中间，抱着胳膊，蜷缩着，就像一个孩子。

凫风初蕾也喜欢她们。她喜欢听她们讲故事。她喜欢听京都的往事。她想，那可是一段传奇啊。

每天，听花街上，一人一蛇，呼啸来去。每天，听花街上，都洒下银铃似的笑声。老妪们特别喜欢这笑声，每每路过，都大声喊她："嗨，孩子，来喝酒了……"

"嗨，可爱的委蛇，快来喝酒了……"

每每这时候，她俩便哈哈大笑。

老妪们便也哈哈大笑。

有时候，委蛇会故意飞起来，想看看这黯黑的天地到底有多高多远。于是，她们发现，这世界很小——不高也不远，恰好在模糊的光线范围之内。

那座巨大的死火山，成了天然的屏障。将这个世界和外面的世界，彻底隔绝。

可以想象，如果没有意外，这些老妪直到一个个去世，外界也不会再知道她们的存在。

不知怎的，凫风初蕾每每想到这一点，总是有点伤心。她很担心这些老妪真的会死去，她希望她们永远不要死。

这天早上，当一人一蛇从小酒馆出来，踏上听花街时，居然看到头顶的光线明亮了许多——透过那些密密匝匝的灌木花丛，能看到红色的朝阳，漫天的彩霞。

光线很美，被光线沐浴的花藤更美。就像是一座天然的屏风，很自然地在这个广袤的世界撑开了一座大伞，让你永远不用经受风雨的洗礼。

银发老妪站在街口——她是唯一一位银发的老妪，面上看起来皱纹也不那么深刻，她就是天天为凫风初蕾安排饭菜的那位老妇人。

凫风初蕾看到她就跑过去："哈，老人家，你又在这里等我们吗？"

她笑起来，凝视女孩的脸，漫不经意地说："鱼凫王，你可真漂亮……"

她摸摸自己的脸："呵呵，是吗？"

"真的，你美得就像一块宝石。哦，不，比宝石更美丽……"

她忽然抱住老妪，在她脸上猛地亲了一口，哈哈大笑："老人家，我真高兴听到你这么说。"

老妪最初有点不适应，但愕然一下，便笑起来："你这孩子。快回去吧，今天女禄娘娘要见你。"

"哈，女禄娘娘终于要见我了？我可真是太高兴了。"这段时间，凫风初蕾一直都想见见女禄娘娘，可是，女禄娘娘不下令，她是无法擅闯的。

她跟着银发老妪，直奔女禄娘娘的地下室。

女禄娘娘，是唯一一个还彻彻底底生活在地下室的人。她好像从来就不曾走出过地下室似的。

可今天，凫风初蕾往下走时，分明看到了久违的光亮——那是外面天空投射下来的光芒，虽然不太清晰，可好歹令这地方看起来不那么黑漆漆的了。

她在门口，就大叫："女禄娘娘，我来了。"她径直跑进去。没有通报，没有规矩，她很自然就走进去了。至于为何这么自然，她也没想过，也不觉得奇怪，就好像自由出入小酒馆、听花街似的。

女禄娘娘，坐在老位置。

淡淡的光线，只能看到她笔挺的身板、优雅的坐姿，她头发的颜色依旧看不清楚。

她不像别的老妪垂着一头白发，她的头发高高盘起，上面镶嵌着王冠一般的固定物，所以，就更分不清楚颜色。不过，这令她看起来真的气派非凡，果然是当年的天后。

凫风初蕾兴高采烈："娘娘，你找我吗？"她眼珠转动，"哈，居然有这么多好吃的。女禄娘娘，你是要和我一起用午膳吗？"

也许是因为这自然而热烈年轻的声音，女禄娘娘的声音听起来也分外温和，分外开心："这几个菜，是我亲手所做，初蕾，你快坐下尝尝。"

她非常自然地在她下首坐了，拿起筷子。

筷子，是象牙的银色，花纹精美；碗也是象牙的银色。成套的餐具都是象牙打造，古朴而雅致。

碟子里的食物却不再是地精灵之类的，而是几种造型精美的小菜点心，其中一道菜，简直就像一只展翅欲飞的凤凰，精美得让人不忍破坏。

凫风初蕾惊叹："女禄娘娘，这也是你做的吗？"

"对。"

"你居然能做出这么精美的饭菜？真是太了不起了。"

女禄慢慢地说："以前，我最感兴趣的有两件事，第一件事是骑马射箭，第二件事便是做饭……"

骑马射箭和做饭的差距好大。

凫风初蕾却兴致勃勃地端起碗，每一样菜都尝一口，啧啧赞叹："真是太好吃了，这些菜比地精灵还好吃……"

"喜欢就多吃一点吧。"

凫风初蕾也不客气，开始大吃大喝。吃了半碗饭，抬头，看女禄一直看着自己，却一动不动，她索性夹了一点菜在她碗里："呵，娘娘，你也吃啊……"

凫风初蕾看看碗里的菜，又看看女禄。她忽然笑起来："娘娘，对不起，我以前从未替人夹菜……呵呵，我都不知道你喜不喜欢这菜……"

女禄看了看碗里的菜，慢慢地吃了一口。她吃东西的样子很慢很慢。好像一个从来不知道饥饿的人，对食物一点兴趣也没有。之所以吃一点，只是为了应付一下而已。

凫风初蕾也并不觉得奇怪，她想，很可能她们七十万年黑暗岁月中也没有好好吃饭了，现在对食物兴趣不大也是正常事情。就像小酒馆里的老妪们，她们除了葡萄酒，对别的食物可没什么特别的兴趣。里面的水果、零食，除了自己，她们几乎很少去尝一下。

凫风初蕾还是高高兴兴地吃，每一道菜，她都觉得味道奇佳，她甚至一边吃一边赞叹："本来嘛，食不言寝不语，可是，我还是忍不住说一句，娘娘，你做的菜真是太好了……我就没吃过这么好吃的东西……"

"你小时候吃饭不许讲话吗？"

"是啊。从我记事起，就有老宫女教导我，告诫我在吃饭的时候万万不许讲话，说那样是不雅的。可是，我吃饭的时候就喜欢讲话啊，尤其，我和父王吃饭的时候，我最喜欢讲话了……"

"你父王……他也阻止你讲话吗？"

"咯咯，我父王才不会阻止我呢。只要他和我吃饭，我们就一起讲话，父王会告诉我许多趣事，老宫女这时候，从不敢来阻止我们的，咯咯咯……有一次，我父王还悄悄告诉我，别听她们的，哈哈哈……"她大笑。她觉得在这里吃饭，比在金沙王城吃饭更加自在。

女禄也笑起来，轻轻地："你父王……他真的很爱你吗？"

"我父王可爱我了。我想，这世界上再也找不到比他更好的父亲了。我记得小时候听人说，他想娶一个年轻的妃子，可是，我一哭闹，那妃子就没能进入金沙王城。"

"他真的终生未娶？"

"可能他怕继母虐待我吧……唉，长大了我才明白，他可能是怕我受到委屈，所以，我再无理的要求他都答应了……"

小孩子就是这样。小孩子的妒忌心其实比大人还强。小孩子总是想独霸父母的宠爱，别说后爹后妈了，就算是有了亲生的兄弟姐妹，也往往会抱怨父母处事不公。至于处事不公的原因，当然就是孩子觉得自己独宠的地位受到了挑战。尤其是家里有王位或者巨大财富要继承的，手足之间的战争，往往有你想不到的惊心动魄甚至血腥屠杀。其残酷的地步，绝对和父母当初自认为多一个手足是多一份亲情的初衷大不相同。

颛顼大帝当初因为小女儿一场哭闹，就立即打消了纳妃的念头，当然并非真的是因为小女儿的哭闹，而是七十万年之前的那场大屠杀。很可能七十万年之后，曾经那场因为三妻四妾带来的巨大灾难，还令他心有余悸？

凫风初蕾想起往事，忽然长叹一声。

"初蕾，你怎么了？"

她拿着筷子，却没吃东西了，语气非常迷茫："我经常觉得我在做梦，我想，我可能一直睡在金沙王城的宫殿里，一直不曾醒来。那过去的一切，都是发生在我的梦里，等我梦醒之后，方知道一切都是虚无……一切都是我的幻觉……"如果梦醒之后，从来没有湔山之战，没有有熊山林之战，也从来没有百里行暮，没有青元夫人，那该多好！"我总是想象我在某一个有阳光的清晨醒来，窗外，芙蓉花开，十里刺桐花道很美很美，老宫女们走来走去，板着脸提醒我应该把每一样东西都放回原位，我的父王会狩猎回来，在大殿门口就大声叫我：蕾儿，蕾儿，快出来，你看父王给你带什么好东西回来了……父王每次狩猎归来，都会给我带回许多小动物，有许多美丽的鸟儿、野兔、松鼠，有一次，父王还送了我一只雪白的小狐狸，我把它们全部养在王殿后面的大花园里……"

"我每一次都期待我梦醒来是这样的场景，我经常告诉自己，我的父王不是死了而是去狩猎了，他会回来的，等我梦醒之后，就会听到他在门口叫我……可是……"

她没有再说下去。

因为，那不是梦，梦做不了这么长。父王也没有去狩猎，父王，永永远远不会再回来了。甚至外面的世界里，她再也没有看到过三十里芙蓉花道那么漫长的风景，也从来没有再在十里刺桐花道上慢慢行走。在外面，她甚至连刺桐都很少见过。

她捧着碗，很久很久，一直低着头。

女禄也一直低着头。坐在背光的地方，始终处于阴影之中，她能看到对面的初蕾，可是，初蕾看不清楚她。此时，她也看不清楚自己，她不清楚自己的表情或者心情。她只是坐在黑暗里，她甚至迷迷糊糊，觉得自己也在做一场梦，一场长达七十万年的梦。

过了很久很久，凫风初蕾忽然笑起来："呵……娘娘……你看，我又傻了。你不会介意吧？"

她的声音在暗处的阴影里有一种淡淡的伤感："初蕾，你受了很多苦……我不知道，你竟然受了这么多苦……可怜的孩子，竟然遭受了这么多的厄运……"

她咯咯笑起来："其实，也没有啦。我也是很幸运的。每一次苦难的时候都有人救护我，比如现在……"

"幸运？"

"可不是吗？真的，每一次到紧要关头都有人帮我。呵呵，你想想，许多人遇到危难很快就死了，但我一直没死呢。娘娘，我觉得这里真是再好不过了，如果以后我不死，我一定会经常来这里玩……"

沉默了许久，她才道："初蕾，你真的还会再来这里吗？"

"一定会！"

初蕾站起来，拱拱手："这段时间已经很感激娘娘了，我在这里也过得很愉快。可是，我还有一点事情，无法再久留了……"

"你要去哪里？"

"回金沙王城。"

女禄没有反对，只是轻轻地："你要走，我也不留你。"

"谢谢娘娘。"她看看桌上的饭菜，方才明白，原来今天就是告别宴了。也不知怎的，她对女禄有一种恋恋不舍之情，但觉这娘娘给了自己极大的关爱和温暖，不由得躬身下去，行大礼："初蕾不知该如何感谢娘娘才好。以后若有机会，初蕾一定再来看望娘娘。"

女禄坦然受了她这一大礼，半响，才轻轻道："我已经无法走出这黑暗了……初蕾，以后，你要多多保重！"

初蕾站起来。

这时候，她忽然将女禄看得清楚了一点——但见她面容虽然依旧模糊，可是，她满头的白发令人刺目。纵然王冠一般的首饰也无法遮掩那刺目的雪白。尤其，她模糊的面容好像并不怎么苍老。甚至她伸出的手，更不同于那些干枯干瘪的老妪。那手只是苍白瘦削，却还是青葱似的。就好像一个很年轻的美人，一夜之间白了头。她忽然很伤感：这得经历了多大的痛苦煎熬，才会一夜白头？

走出去很远，凫风初蕾才回头，这时候，女禄娘娘们生存的地方已经变成了一片死火山的褐色。

从外表来看，这是绝对看不出有人烟的。

委蛇却伸长脖子，两张孩儿面依依不舍地眺望听花街的位置，叹道："以后，我可能再也喝不到这么好喝的葡萄酒了。"

凫风初蕾笑起来。

委蛇也笑起来，它看了少主一眼，孩儿面上的两双眼睛忽然发出一种光来，惊道："天啦，少主……"

凫风初蕾吓一跳："怎么了？"

委蛇东张西望，正好看到旁边一条小河。

那是死火山周围唯一的一条小河。

委蛇立即窜过去，大声道："少主，你看……你快来看……"

凫风初蕾低下头。河水清冽、平静，就像一面万年沉寂的镜子。她只看了一眼镜中的倒影，心便狂跳起来。

"哈哈，少主，你复原了……你彻底复原了……"

复原，是外表的复原。

在听花街时，因为光线暗淡，整日醉醺醺的，委蛇自然看不清楚少主的脸，也没注意。可是，一走到光线下面，将少主看得清清楚楚，这才发现，少主彻底复原了。

被毁掉的容貌，彻底恢复了。

"少主，你真的好了，真的复原了……哈哈，一定是女禄娘娘救了你，肯定是女禄娘娘给你吃的地精灵之类的……"

凫风初蕾蹲在水面，很久。她也笑起来。她这才明白银发老妪的赞叹：呵，孩子，你比宝石还好看。

估计那时候，自己就彻底复原了。

半响，她慢慢站起来，先抬头看了看天空，这才回头，又看了看听花街的方向。

她从来都对自己的容貌不太在意。纵然是毁容时，更大的惊吓也只来自于自己的病毒，而不是担忧是不是失去了一张美艳绝伦的脸。

脸，往往是一个人的精气神里最重要的东西。可是，能恢复原貌，总比顶着一张残疾的面孔吓人要好得多。

她轻轻摸了摸自己的脸，缓缓地："敌人想要达到的目的彻底被破坏了。这以后，很可能不会善罢甘休啊！"

委蛇也十分紧张。

敌人本想将自己毁容变成青草蛇，这目的没有达到，就干脆让自己变成黑蜘蛛。现在，自己外表居然复原了，敌人就更不肯罢休了——她想，也许内在的病毒会加速爆发了。

第十四章　天生对手

奈何桥的周围，白茫茫一片。

就连生长在两岸的往生花都显得暗淡而沉寂。

有一点，凫风初蕾并不知道，那些奉命前来回答问题的亡灵，其实早就失去了全部的记忆。他们的答案，并非来自内心，而是来自禹京的命令。

禹京能看到所有的过去，也掌握所有亡灵的资料。

亡灵的回答，是他从资料库里提取的答案。那是标准答案。他确信这是事实，因为，几千万年以来，资料库从未出过问题。他再次核对一遍之后，眉头便皱了起来，那丫头，居然在如此确凿的证据面前还能信口雌黄。可是，她诬陷谁不好，却偏偏去诬陷阿环！

阿环。

这名字，万万年来都是胸口的禁忌。

此时，他忽然很痛苦。他看一眼这白茫茫的世界，一股强烈的厌恶和绝望之情便油然而生。

他恨这个地方，恨自己冥王这个头衔。冥王，死神，鬼王……注定了终生只能藏在阴暗之处，被万人所嫌弃和讨厌。

大家愿意亲近的是那些天之骄子，比如太阳之神、月亮之神，甚至各种各样明亮的星球之神。就像他的那些哥哥，比如青阳公子、昌意公子。

可是，自己！

不公平的父王！为什么同样都是你的儿子，我却成了这样一个可怜可笑的角色？他忽然抬起手，两岸的往生花就像断了根的亡灵，铺天盖地就往两岸的河水飘去。

白茫茫的世界，一片刺目的血红。那是无数亡灵的鲜血。

一瞬间，整个奈何桥都被染红了。

禹京余怒未消，却忽然跳起来。死光，劈头盖脸地向奈何桥对岸笼罩。那是一股奇异的气息。那不是亡灵的气息，也不是活人的气息。奈何桥，居然又来了一位擅闯者。他正在发怒时，正好拿了这擅闯者泄愤，死光的攻击力度，可想而知。

"该死的东西！"

死光，就像一道冰冷的火焰。这冷火焰不会散发热量，而是以恐怖的冰冻力道，只需要一秒钟便可以将哪怕是一头庞大的恐龙、世界上最大的鲸鱼彻底冻死。因为杀伤力太过强大，禹京也极少使用。可今天，他几乎用了全部的力气，非让这擅闯者立即被冻结不可。死光，笼罩了擅闯者。

可以想象，此人的五脏六腑立即会被变成一片漆黑的焦炭——感觉不到任何痛苦，就彻底失去知觉。

死后，甚至没有度过奈何桥的机会，直接被吞噬。死光，慢慢消失。禹京的狂怒，也慢慢消失。

两岸的往生花，就像鲜血一般染红了忘情河的河水。禹京抬眼，想看看到底死亡的是哪一个倒霉的家伙。

"七十万年了，你竟然还是这么狠辣！"

禹京的双目，顿时精光炽烈。一团死光，再次投掷而出。死光里，有一支死箭。死箭是没有形状的，那是一种意识，是冥界最厉害的武器，甚至连半神人们也无法躲避。禹京狂怒之下，根本顾不得是否违反了禁令，连续三支死箭发射出去，三支死箭，全部落空。

白茫茫的桥头，一人独立，白衣如雪。

禹京厉声道："你来这里想干什么？"

他环顾四周，只见茫茫的河面上，一层一层血红的雾气慢慢地上涌，每到中途，又坠落下去。可是，这血红的雾气不甘心似的，又继续上涌，继续坠落，如此周而复始，就像是一个攀岩的人，每每爬了几步就掉下去了，却不死心，一直反复，一直失败。

红色的往生花，铺满了河面。

整个冥界只有两种颜色，死亡的血红，死亡的雪白。红与白，都代表死亡。一个人鲜血流尽后的苍白和无奈。

来人轻叹："原来，冥界是这样。"

禹京的手掌，再次积蓄了满满的死气。

可是，来人却一挥手，道："禹京，我今天来，不是找你打架的。"

禹京冷哼一声："你来干什么？"

来人随意走了几步，还是看着茫茫的白色雾气，然后，低下头，看着脚下的一丛红色往生花。

往生花没有叶子，也没有枝干，只凭借一股死气，虚无地悬挂于看不见的黑色土地之上，那是无根之花。它通体鲜红，晶莹剔透，仔细看时，能看到花瓣上隐隐游走的鲜血——就像是一股热血，在一个人的体内循环往复。

"禹京，我今天来找你，是要你帮一个忙！"

禹京怪笑一声。他满是凝聚了死气的掌心对着天空就是一拳。死气，无声无息在往生花上面炸开，一地的花瓣零落成泥，血一般染红了黑色的土地。

白衣人却毫发无损站在一丈开外，还是淡淡地："禹京，你应该知道跨越物种的生物基因病毒吧？"

禹京冷冷地说："知道又如何？"

"这种病毒并不是新鲜的事情，但是，早在一百万年之前就被联盟停止了。现在，这病毒又重出江湖，你可有解药？"

禹京忽然笑起来。他这个人，很少笑，就算偶尔笑，也是冷笑。

当然不仅是因为他的生活中值得笑的事情实在是太少太少，或者说，压根儿就没有了。更重要的是，他笑起来很难看。他一笑，他的马脸就耷拉下来，就像一张驴的脸。

他至今还记得小时候，有一次自己不知遇到什么事情，哈哈大笑。但是，母亲恶狠狠地一掌就拍在自己的脸上，破口大骂："别笑了！小兔崽子，你有什么好笑的？你也不看看你那一张丑陋的驴脸，你笑起来简直就像是一个白痴！"

那一耳光很重，当时，他就吐出了满嘴的血。从此以后，他再也没有笑过。

每每想笑的时候，他总是想起那一耳光。至今，脸颊都还在隐隐作痛。

可现在，他却哈哈大笑："解药，你来问我要解药？"

他点点头，坦然："没错。"

"哈哈，你以为我会帮你？"

他没作声。他背负双手，看了看奈何桥。他的眼神里并没有什么愤怒之情，只有淡淡的好奇。

禹京一直死死追随他的目光，只见他目中的好奇心更强了。禹京忽然怒了，再一次震怒了。这厮真该死。尤其是他那该死的眼神。

他那种好奇，就像第一次初来乍到时感叹：呵，原来这鬼地方是这个样子。

那该死的优越感。

两只掌心，十支死箭，几乎全方位无死角地将白衣人影包围。他动用了自己全部的死箭，那是绝杀。

白衣人飞起来，半空中，有金色的光芒。就像是炽热的太阳遇上了死亡的黑暗，"砰"的一声，整个奈何桥都晃荡起来。往生花就像是断了根的叶子，纷纷飘落，忘情河里的水也纷纷翻涌，就像河底爆发了一场强烈的地震。花残水落，整个冥界都被震动了。十支死箭彻底爆炸在一轮小小的太阳里。

白衣人拍拍手，还是若无其事："我说了，我不是来找你打架的！"

禹京喘了口气，恶狠狠地瞪着他。这人！这该死的小子。

他白衣如雪，简直就像是冥界上空掉下来的一颗太阳。

禹京，从小就很讨厌这个人。这人是自己的同龄人，很小很小，彼此就相识了。但是，却从来不是朋友。

彼时，禹京是一个外来户的儿子，父亲尚未在地球上站稳脚跟，并不受到所有人的拥戴，无非一个小角色而已，行事也只能非常低调。可是，父亲有许多儿子，他只是其中的一个，而且，生母毫无地位。

没有地位的父亲，没有地位的儿子。

可是，那人不同。

那人是彼时的地球共主炎帝的儿子。唯一的儿子。他出身高贵，万众瞩目，无论去向哪里，都被一大帮人包围。他相貌出众，不是一般的出众，而是极度卓越，极度稀罕的俊秀不凡。他的地位，他的相貌，令他成了所有人眼中的焦点。

他从少年时代起，就驾驶四火龙的马车，纵横于太阳和月亮之间，身后一大帮小伙伴前呼后拥，啸聚来去。那四只拉马车的火龙，通体金色，高贵不凡，在云端行走时，就像一朵金色的云在飞奔，那是天空的一道奇景。

那是遛太阳的少年。他，才是真正的天之骄子。

那时候，少年禹京只能远远躲在一边，远远地看着这一切，然后，狠狠地羡慕着：原来，这世界上居然有人能生活得这么潇洒，这么舒服。

可是，那时候，他除了羡慕没有任何别的办法。人家是帝国的太子。他甚至连做他跟班的资格都没有。他太丑了，他是那帮少年嘲笑的对象，他们从不跟他玩。慢慢地，这羡慕就变成了妒忌、妒恨。他非常非常讨厌那帮少年，讨厌那辆四火龙驾驶的金色马车。当然，最最讨厌的，便是那白衣少年，天之骄子。可是，也仅仅是讨厌而已。

直到他的父亲开始崛起，直到他的父亲变成了新一任的中央天帝。

京都，忽然变了。京都的街道上，再也不见那啸聚如风的白衣少年，往返于太阳和月亮之间的四火龙的金色马车也不见了。从现在开始，在京都的大街小巷啸聚来去的，变成了青阳公子和昌意公子。

青阳公子很帅，昌意公子也很帅。他们穿灿烂的蜀锦华服，他们的红色的美丽服装上有白色的领子，这领子叫作朱帛，一经他们身上展出，便成了京都另一道风景。他们一出现，便成了京都新的流行。红衣朱帛，从此成为新的时尚。彼时，全都城的少年都开始穿这种美丽的衣服。

他们都是中央天帝的长子、嫡子。他们有一位很厉害的母亲，蜀锦的发明者，骄傲而美丽的嫘祖天后。

嫘祖，是第一任中央天后。她儿子的地位，就可想而知了。

这两位公子一早就被分封蜀山，尊贵无双。这两位公子文采风流，器宇轩昂，不逊色于任何古老的贵族后裔。他们，成了新的神族的代表。可是，兄弟们再多的尊贵，再美的华服，再多的拥趸都和禹京无关。他还是那个被遗忘的角色，他还是得不到父亲任何的赏识，有一次家族聚会，在盛宴上，父亲甚至看着走到面前行礼的他，皱眉问道："你叫什么名字？你是谁的儿子？"

那一刻，所有人都笑了，就连父亲也笑了。父亲若无其事："这小子怎么这么丑？长得真不像我们家族中人啊。"四周，再次爆发了哄堂大笑。

他清晰地看到母亲也跟着笑了，但是，是那种讪讪的笑，是小心翼翼赔着笑脸的笑。他的母亲，是一个低等神族的女子，至于到底如何嫁给父王的，他一直都不知道原因。相貌平平的母亲，生了一个很丑的儿子。他遗传了父母的所有缺点，并且放大了这种缺点。于是，他成了被众人嘲笑的对象。

他记得很清楚,那天晚上,回去之后,母亲立即将自己关在屋子里,反手就是一耳光,一边打一边号啕:"你这个不争气的东西,你这个丑八怪,我到底是倒了什么大霉才生下你这么一个废物?你这个废物,你一点也不给我争气,你长得丑也就算了,可是,你没有任何一样比得上那老女人的儿子……我养你这废物有什么用?那可恶的老女人,她和她的儿子都该死……"

"老女人",当然就是嫘祖。老女人的儿子,便是青阳公子和昌意公子。自己的儿子不如"老女人"的儿子,便成了可怜的女人一生的弱点和绝望。

那是地球女人普遍的缺点,她们年轻的时候,总是幻想自己的老公会飞黄腾达,等到年纪大一点,看不到希望了,或者,老公发达了受益的也不是自己,就又把这种期望放在孩子身上,觉得孩子一定会出人头地的。可是,等到她们终于发现,孩子也只是一个资质平平的普通人,根本无法显亲扬名时,她们就彻底崩溃了。

她们觉得全世界都亏欠了自己,辜负了自己;她们觉得自己生育的不争气的孩子,都该死。

她们的希望,从来都是寄托在别人身上。丈夫、子女,于是,接二连三的失望就带来接二连三的变态。她们从不知道,但凡把希望寄托在别人身上的人都是残疾人——精神上的残疾者。

这世界上,并非所有母亲都是出于真心疼爱自己的孩子。从幼年开始,禹京便觉得母亲从未爱过自己。

母亲处处拿自己和嫘祖的儿子们对比,处处都比不上,然后,她得出结论:自己半生的不如意都是因为自己的儿子不如别人。如果自己的儿子又漂亮又聪明又能说会道八面玲珑,那么,自己的地位一定会高得多。毕竟,母凭子贵,孩子贱了,母亲的地位当然高不上去。

禹京对母亲的厌恶,隐隐地还在父亲之上。

毕竟,几年也不见一次父亲,而母亲,天天非打即骂,而且每天哭哭啼啼,带来无穷无尽的负能量。

无数次,禹京都想对她大喊:并非因为青阳公子等地位高,那老女人的地位才高。而是老女人的地位高,她的儿子们地位才高的。你地位不高,所以,父亲才不喜欢我,你不怪自己,你怎么反而怪我?

可是,他不敢!

无论是童年还是少年时代的禹京,都不敢。

那天,母亲每骂一句,便打他一耳光,直到她哭累了,打累了,然后才恶狠狠地一脚将他踹倒在地,"你这个废物!你以后再也不许出现在家族聚会上了!你再也不许丢我的脸!"从那以后,他真的再也没有出现在家族聚会上。

当然,他的父亲也从未想起过问一下儿子的下落。毕竟,父亲有那么多儿子,又那么忙碌,他哪里还想得起自己这个被遗弃的孩子?

其实，那时候，他已经是很大的少年了。那一耳光，彻底打碎了他对母亲的感情，当然，也彻底终结了他对父亲的感情。直到漫长的战争，漫长的变故，然后，父亲开始撤离。彼时，他的母亲早就死了。他早就成了一个沉默寡言无人问津的青年。当然，他早就足以自立了。

母亲死了还是活着，对他来说，关系都不大。父亲，更是如此。

那天，他目睹父亲带了他的宠臣、他喜爱的那些儿子以及妃嫔们一起离开，但是，他只是远远地看着，没有上去。

他亲眼看到有许多不那么重要的小臣，不那么受宠的庶子——他的那些同样受到冷落的兄弟们，一遍又一遍地冲过去，企图爬上离开京都的飞船。可是，飞船的承载容量有限，装不了那么多人。于是，这些人一次又一次地被赶下来……

他只是远远地看。并不是他不敢上去，他是不愿意。彼时，他的本领其实已经很不错了，他真要冲过去的话，那些侍卫不见得能把他赶下来。他只是不愿意和他们一起走。他其实早就巴不得他们快点离开京都了。父王也好，兄弟们也罢，他恨不得那些熟人全部快快从自己眼前消失。哪怕他们要去仙境，他都不羡慕，不愿意跟随。直到飞船彻底离开京都，他竟然大大松了一口气。他想，这些陌生人，终于走了。他想，这些该死的熟人，终于眼不见心不烦了。从那以后，离去的族人，再无消息。他反而安静下来。然后，他见到了被留下来的颛顼。

颛顼，是他的侄子。说是侄子，其实，比他这个叔叔小不了多少。颛顼被留下来的原因也很简单，他是昌意公子的儿子，他的祖母是天后，所以，他在留下来的神族后裔中，地位最高，身份最尊，颛顼顺理成章成了中央天帝。

说真的，那时候的京都，已经在上千年的战火之中，变得破破烂烂，没什么吸引力了。中央天帝的人设也已经崩塌了，全世界处于一种松散的联邦制。新上任的少年颛顼，更像是一个傀儡或者象征而已。毕竟，大家都认为，若是他的叔叔们和别的弟兄不走，这王位怎么都轮不到他的头上。问题是，少年颛顼居然开始很认真地做这个中央天帝。

颛顼，十分重用禹京，禹京一度成了他的左膀右臂。

禹京在权力最大的时候，曾经身兼多职：冥王、海神、京都第一医药之神以及颛顼的御用丞相。叔侄二人通力合作，曾经一度让被战火侵扰的京都，重新迎来了一个辉煌的时代。

如果一直这么下去，颛顼大帝很可能成为历史上最著名的帝王之一，将以彪炳的功绩垂青人类历史。而他这个左膀右臂，也必将成为一代名臣，被载入史册，以供后人瞻仰。

可是，可是。炎帝的独生子，重返京都。他依旧肥马轻裘，啸聚来去。他依旧驾驶四火龙的马车，照亮了整个京都的天空。成年后的他，更加英俊更加帅气了。他被称为全银河系最美貌的男子。他无论走到哪里，那里就光芒大炽，金光闪闪。他无论走到哪里，那里就掌声一片、尖叫声一片。

　　他的身边，围绕着无数的少女。每一次，只要他现身街头，整个京都都会响起他的大名："共工！共工……"每一次，只要他稍稍露一脸，全京都的女子都疯狂了。她们大笑着谈论他、彻夜思念他、梦里都是他，她们甚至为了见他一面而进行很长时间的装扮，为了他哭泣、尖叫、失落、相思入骨……

　　他使全京都的少女疯魔了。

　　他成了全民偶像。

　　他的美貌，彻彻底底让颛顼大帝好不容易集聚起来的人气烟消云散。他的美貌，也让叔侄俩好不容易经营起来的帝国，土崩瓦解。他的美貌，杀死了一个帝国。这也就罢了，居然还有阿环。谁也不知道，当年他亲眼看见阿环在京都街头追上去，拼命追着那四火龙驾驶的马车，就像那些小女生，就像那些花痴一般"共工……共工……"喊个不停时，他的惨痛的心情……

　　那是一种绝望之情。

　　全天下的少女都喜欢共工也没关系——只要不是阿环。

　　偏偏，阿环也是其中之一。偏偏，阿环也沦陷于那小子的光环之中。

　　阿环，怎么会跑去追逐共工呢？阿环怎么也像那些庸脂俗粉呢？美丽、高冷、高贵、温柔、善良的女神阿环，她怎么可以这么做呢？

　　彼时，他禹京已经是京都一人之下万人之上的伟大名臣，位高权重，无数人对他很恭敬。

　　甚至因为他死神冥王的身份，大家都很忌惮他、惧怕他。

　　某种意义上，他的威望甚至超过了他的侄子颛顼。许多人甚至公开宣称，若是没有他这位叔叔的辅佐，少年颛顼根本不可能这么快速崛起。成功、荣耀、威慑力……昔日所渴望的一切，现在，他统统有了。

　　可是，他心中有小小遗憾。他并未成亲，也对家庭生活没有任何的向往。因为他母亲的缘故，他对一切女性都很鄙视，骨子里有深切的厌恶之感，除了阿环。

　　少女时代的阿环也是名人。

　　阿环，是京都著名的美少女。他第一眼见到阿环就爱上了阿环，他觉得这天下的女人都很无聊，但是，阿环除外。阿环是一切真善美的代表，是世界女性的楷模，阿环有一颗善良柔慈之心。阿环是他梦中的情人，是他一切理想的集大成者。

　　他想，若是自己今后一定要成亲的话，那唯一的对象，只能是阿环，而且，一定得是阿环。可是，他从不敢直视阿环。他无数次见到阿环，却从不敢表白。他经常找些借口令人给阿环送去礼物。彼时，任何人都知道他暗恋阿环，唯独他自己，从不敢直面自己的内心。

　　阿环是心中女神，高不可攀。他怕阿环拒绝，他只敢远远看着阿环。他觉得，全世界没有任何人配得上阿环，也没有任何男人有资格向阿环表白。无论哪一个男人站在阿环面前，都是一种亵渎。阿环，那是百合花一样高雅而清新的存在。直到他看到阿环和那些女人一样，疯狂地追逐着那个战犯的身影，大叫："共工……共工……"这样的场景，他不止看到一次。他看到那美少女的眼睛发亮、激动，充满了期待，甚至是卑微的渴求。

偏偏共工根本没有回头看她一眼。

若是共工回头看她，并露出受宠若惊的表情，那么，禹京会觉得好受得多——因为，他本就坚信：无论谁得到阿环的青睐，都应该受宠若惊，甚至感恩戴德。可是，他没有！

那个白衣如雪的男子没有。他不但没有受宠若惊，他甚至从未回头，就像根本没有听见过这声呼唤似的。对于阿环的激动和崇拜，他完全是无动于衷的。

彼时，爱慕他的少女实在是太多太多了，多得他根本分不清楚谁是谁。

每一次露面，少女们的尖叫声便此起彼伏，每一次露面，少女们丢来的鲜花瓜果几乎要彻底覆盖他的金色马车。一个容貌天下无双的男子，一个武力值也天下无双的男子，甚至，他还是炎帝的独生子。美貌、英勇、出身高贵……他满足了少女们对偶像全部的幻想。这些少女，也包含阿环。

如果说，小时候，禹京对此人只是讨厌，那么，从这一刻起，便彻彻底底转化成了恨——一种疯狂的妒恨。他恨这个人，超过一切。天生对手。天生死敌。

直到那场战争的爆发，那是两个古老神族的对决。这战争原本早已延续了上千年，可是，之前的主角不是他们。之前的风云人物是炎帝、黄帝，是蚩尤、应龙，等等。他们，早已成了传奇。那时候，他们这些少年，还都只是看客。

直到这一场战争，他们才正式登上了历史舞台。

禹京，坚决主张和共工决一死战。禹京甚至亲自率领队伍迎战共工。他很想做一件事情：一拳将共工那令天下少女、令阿环花痴过的脸，彻底砸碎。他要把那绣花枕头彻底干掉。让那小白脸知道知道，什么才是真正的男人。

遗憾的是，刚一交手，禹京就落败了。无论是群体的战斗力，指挥本领，甚至单个人之间的对决，他和对方都差得很远很远。

共工，不是小白脸。共工的战斗力，甚至远远在蚩尤等人之上。

在战争的关键时刻，他甚至一怒之下，直接掀翻了不周山战舰。他令整个地球以及围绕地球的几艘星母，都差点毁于一旦。

滔天巨祸，从此闯下。

七十万年岁月，就此过去。

奈何桥上面的白雾一阵一阵聚集，又一层一层飘散。

禹京冷漠的双目穿透奈何桥上空的白雾，死死盯着这个罪魁祸首。

他想，这个罪魁祸首怎么还有资格进入弱水，又从弱水出来呢？他想，这个罪魁祸首怎么还有资格重返地球，甚至大言不惭地号称什么白衣天尊，然后，还公然一统地球，成立了一个什么大炎帝国呢？他想，这可真是不公平。他觉得，这是娲皇的不公平。

白衣人也看着他："禹京，我想，你应该已经知道所有发生的事情了。不光是枭风初蕾中了基因病毒，整个有熊氏一族也被屠杀了……"

有熊氏一族，是他的族人。可是，他冷冷地说道："滚！"

"你也是有熊氏！"

"滚！"

别说数据库显示有熊氏一族是死于干旱和熊罴虎豹，就算有熊氏一族真的是被谁屠灭了，他也不会觉得有什么了不起。就算会意外，却不会觉得有什么悲哀、愤怒。他们死不死，跟自己有何关系？他从来没有真正把自己当过有熊氏的一员。"早在父亲抛弃我的时候，我也彻底放弃了整个家族和姓氏。"别说阿环根本不可能对有熊氏下手了，就算真的是阿环干的，他想，自己只会说一句话：干得好。

可是，白衣天尊还是死死盯着他："就算你不管有熊氏一族的死因，可是，你也得给我解药！"

"解药？"

"你是病毒学大家，你至少应该知道基因病毒的解药原理。你只需要告诉我原理就行了。"

"我凭什么要告诉你？"

"因为枭风初蕾不能死！"

"任何人都会死，她怎么就不能死了？"

白衣天尊死死盯着他。

他也死死盯着白衣天尊，眼中，忽然有了幸灾乐祸之感。

于是，他笑了笑。他的马脸，显得有点诡异。

白衣天尊长叹一声："这次，算我求你了，无论如何，你要找出解药。否则，枭风初蕾必死无疑。"

禹京的笑容更加诡异了："我不给你，你能如何？"

白衣人抬起头，看了看天空。那是九重星联盟的方向。

"难道你还想杀到九重星联盟要解药？你以为西帝会给你这个面子？"禹京哈哈大笑，"共工，你醒醒吧，这已经不是你的时代了。你就算弄了个什么万神大会，在九黎重新竖起大炎帝国的旗帜，可是，这又如何？你以为那些半神人就会重新听你号令？你以为他们会再一次唯你马首是瞻？你以为他们是看你面子？他们无非来看看热闹，看看你这个当年掀天的战犯到底长啥样子而已……"

共工的时代，早已过去了。他的落魄，成了禹京最大的快慰。

禹京忽然冷笑道："听说你用十万吨黄金向阿环求婚？可背地里又和那小丫头勾勾搭搭，企图以这些虚伪的手段迷惑她。要是阿环知道了你的真面目，她会怎样？"

白衣天尊笑起来。他笑的时候，脸上的那些忧郁、沧桑以及岁月的痕迹就统统消失了。他隐约地，又是那个曾经驾驶四火龙马车纵横来去的少年了。

他淡淡地说："这么说，你是不会给解药了？"

禹京死死盯着白衣天尊："我希望那小丫头立即死去，越快越好。否则，她活下去，便可能成为颛顼一生中最大的羞辱！"

许久许久，白衣天尊长吁一口气。

他脸上还是没有什么愤怒的表情。

事实上，自从弱水出来之后，他便很少有什么公开的喜怒哀乐，被弱水浸泡了七十万年的一颗心，其实，早就归于平静和虚无了。"禹京，你不但是个变态，你还是个蠢货！原本我以为你只是长得丑一点，结果，你的脑袋比你的脸还丑！你简直就是一个不折不扣的蠢货。"

死光和死箭一起射出。

奈何桥里咚的一声，白色身影早已无影无踪了。这幽都之山，他当然是要来便来，要去便去。

禹京气得一拳砸在桥头的栏杆上，整个奈何桥的河水都颤动起来。红色的花瓣随风飞舞，就像是一片片快被扯碎的灵魂。

第十五章 女神之妒

天穆之野。

满世界的金碧辉煌已经达到了审美的极限，可是，青元夫人总是有些不满意。因为，她需要更多的黄金。黄金，不仅是大神们最喜欢的装饰物，而且，黄金里面有一种极其特殊的元素，一种稀少的元气。大神们如果吸收了这珍贵的元素，便会元气大增，甚至容貌大增。

因为这种元素的稀有性，少量的黄金是体现不出来的，必须是大量的黄金，是以吨为单位计算的黄金，才能凸显这个功能。

大神们疯狂热爱黄金，收集黄金，并不是没有原因的。

现在，青元夫人每天行走于这黄金的海洋，呼吸着以十吨为单位的黄金散发出来的那种特有的馨香的元素，只觉心旷神怡。

这香味很淡，很特别。这香味，不但能增加元气，而且，能重现人体最美的美感——黄金分割——黄金气味——本质上，这便是天后极力渴望得到的少女感。

黄金，其实是一种美容药。

巨量的黄金散发出的香气，经过特殊提炼，具有重返青春的功效。美容液里，还有一种特殊的元素——能令女人变得容光焕发，任何男人只要多看一眼就会为之倾倒的药。

她曾经用此做过实验，给一名容貌平平的侍女服用了这种药，这侍女的五官并未改变，但是，一瞬间就变得容光焕发，浑身上下具有一种极其不可思议的魅力。

这侍女曾经喜欢一位很年轻的半神人，以前，这半神人压根儿不屑多看她一眼，可是，再次见到这位侍女时，那半神人少年简直疯了，他发狂似的迷恋上了这侍女，当即求婚，现在，二人十分快乐地生活在一起。

这个成功的案例，极大地鼓舞了青元夫人，当然，她也因此想出了向天后交差的办法。

她穿着金丝的长袍走累了，在一棵桃花树下坐了。

花树下，有黄金的桌子。纯金桌面上，有金色的酒樽，金色的酒瓶，当然，这一切，也全是纯金打造。此时，她坐在金丝椅子上，随手拿起桌上的一叠喜帖。她喜欢一边欣赏各式喜帖，一边慢慢地喝一点桃花佳酿。

那是一种习惯性的享受。她越来越喜爱美酒，她的酒量也越来越大。

喜帖，当然也是纯金打造的。可是，这些喜帖都还没有具名。她一张喜帖都没来得及发出去。

白色人影，翩然而至。金色的光芒仿佛为之一黯。

她微笑，头也不抬："天尊来了？快来看看这些喜帖吧。"

白色身影，很自然地坐在她的对面。

一旦坐下，他居然有点不自在。这种不自在，当然不是因为不好意思，也不是因为看到了黄金桌上的喜帖，而是一眼望去，自己被黄金的海洋所彻底包围。

不禁产生一种密集恐惧症，令人很不舒服。

她亲手斟了一杯桃花佳酿："天尊远道而来，先喝一杯吧……"美酒很醇很香。但是，他无心品尝美酒。

他直奔主题："我要重回弱水了。"

青元夫人几乎跳起来。

他还是淡淡地说："我觉得这外面的世界已经不再适合我了，所以，我决定重回弱水。"

重回弱水的意思便是，再也不会出来了——哪怕再一个七十万年也不会再出来了。

好半响，她才重新开口，"是真的吗？你真的要重回弱水吗？"

他点点头，一副深思熟虑的样子。于是，他便站了起来。

她死死盯着他，声音还是平静的："天尊，你忘了对我的承诺了吗？"

"阿环，我很抱歉！"

"你亲口答应我，任我提一个条件，现在，我要你继续履行我们的婚约。"

"……"

"你去弱水的七十万年，我一直在等你，当初在九黎的求婚，绝对不是出于半神人们的起哄，也绝对不是因为一时冲动，那是我深思熟虑，那是我的梦想……天尊，你该知道，你一直是我的理想……"

他叹道："对不起。"

她手掌一挥，不远处黄金桌上的喜帖全部飞了起来："天尊如果真觉得对不起我，那么，你就亲自出面，将这些喜帖分发出去。"

他一挥手。所有的喜帖，顿时化为灰烬。

青元夫人眼睁睁地看着那些喜帖的金黄色的灰烬融入了桃树的黑色泥土里，就像是被洒了一层金色的粉末肥料。

他一字一句道："阿环，我们不会成亲！"

她抬起头的时候，眼睛已经红了。

"阿环，你我都不是热衷于婚姻之人，所以，没有必要因为维维奇大神等人的起哄，就胡乱凑在一起。这是我的错，毕竟，当时我没有立即阻止他们的起哄。阿环，如果你愿意，你可以把一切交给我，我会向大神们解释，全部都是我的错……"

她却双目赤红，几乎要喷出火来："既然你不想成亲，那你为何送我十万吨黄金？为什么？难道这不是聘礼吗？"

"这是给你的酬谢！"

"酬谢？"

"……"

"哈，白衣天尊，你不敢说是吧？那我替你说。不就是因为凫风初蕾吗？什么大神不合适婚姻，什么去弱水，这些都是借口。真正的理由只有一个，就是你被那贱人给彻底迷惑了，你为了她，不愿意和我成亲而已……"

他诧异地看着她滔滔不绝的辱骂，以及她的歇斯底里。只怕几百万年以来，她也从来不曾如此当着外人的面暴怒过吧？

可是，她已经顾不上他诧异的目光，更顾不上自己的人设在他面前的崩塌了。满腔的怒火已经忍不住发泄出来："那小贱人到底哪里吸引了你？"

"……"

"九黎河之战时，你已经为那小贱人所迷惑，为此，不顾禁令，不但不杀她，还治好她，百般讨好她。万神大会上，我还误以为你好不容易恢复了一点理智，可现在，你又昏头了。白衣天尊，这是为什么？为什么到现在你还不醒悟？难道她的魔力大得你连联盟的法律也不顾了？"

他缓缓地说："这跟她无关！"

她尖叫一声，连声冷笑："你说跟她无关？白衣天尊，那你告诉我，你前段时间在哪里？你为什么要去金沙王城？你跟那个小贱人在哪里鬼混？你居然敢将她带去秘密禁地？"

他的脸色慢慢变了："阿环，你一直在监控我？"

"我需要监控你吗？谁不知道你着了那个小贱人的道，从九黎跟她勾搭到金沙王城？我就不明白了，那小贱人到底哪一点迷住了你？是她搔首弄姿吗？是她卖弄风骚吗？我早就知道那小贱人不要脸，动不动就往你怀里钻，动不动就对你搂搂抱抱，说话那么嗲，整天娇滴滴的。我以为这些下流狐媚的手段只有那些卑贱的人类妓女才会使用，没想到，那个小贱人也用这一套……"

她指着他的鼻子："我真没想到，你白衣天尊居然和人类那些无耻的男人一样，也吃这一套……"

他因为吃惊，反而无话可说。吃惊的当然不是她的指责，而是她骂起人来，可真是毫不留情啊。

"白衣天尊，你说，是不是她勾引你破戒，所以，你才把持不住？"

她的金丝桃花长袍鼓满了真气，就像一面坚硬的风帆。不知不觉间，吸附在上面的桃花花瓣也开始粉碎，成了红色尘埃一般漫天飞洒。

他觉得这种可笑的问题根本不值得回答，更不值得辩论，于是转身就走。

她在身后大喊："在她没出现之前，你可从来没有过这些疯狂的想法！全怪她……"

"在她没出现之前,我也从来没有考虑过要和任何人成亲!"

她气急败坏:"白衣天尊,希望你别后悔!"

这疯子!这女人和禹京一样,也是个不折不扣的疯子。白衣天尊暗忖:自己以前怎么没发现她竟然是个疯子呢?

第十六章　百里行暮的秘密

周山，再一次迎来了绿色满山的初夏。

地上的青草很嫩很茂盛，沿途的野花开得密密匝匝。红色的狐狸甩着硕大的尾巴，就像一位高贵不凡的动物之王，姿态优雅地行走。在它身后，跟着一群活泼的松鼠。

白衣天尊停下脚步，远远地看着那棵巨大无比的古树。树精云阳很可能是世界上现存最古老的大树之一了，至少，排名能进前三。再有一年，它即将迎来自己十万年的惊人寿命。这棵即将十万年的大树枝繁叶茂，亭亭玉立，它的巨大的树冠就像是天空中撑开的一把巨伞，将方圆三百里地的范围统统覆盖。而它的树根更是纵横交错，绵延千里，整个周山，全部在它的脚下，它才是周山唯一的主宰。

它懒洋洋地睁开眼睛，看到一个白色人影，先是微微意外，紧接着打了个哈欠，笑眯眯地："百里大人，你可终于回来了……"树精的脸在十万年的树冠上显出苍老而调皮的神情，又微微有些倦态。心随意动，他觉得在百里大人面前，自己还是显得老态点比较好。

"百里大人，你这些年去了哪里？对了，你知道吗？那个小姑娘又来周山找你，她可伤心了，她说你离开周山后从未去找过她。为什么不去找她呢？"

他慢慢伸出手，拉住一根垂下来的长长的枝条。

古老的树精忽然眨了眨眼："不对！你不是百里大人……你是谁？"

"云阳，你不认识我？"

"你从来没有到过周山！你是谁？"

云阳连连摇头，睁大眼睛，倦怠的神情也一扫而光："不对，不对……你既然从来没有来过周山，你也不是百里大人，为何你身上的气息几乎和百里大人一模一样？"

"几乎一模一样？还是有点区别对吧？"

"对！有细微的区别。你比百里大人的元气可强多了。我虽然不能准确地说出强多少，可是，我感觉到脚下的力量……"树精闭了闭眼，"天啦，我感觉整个周山都有一种力量在游走……你是谁？你到底是谁？你为何有这么强大的元气？"

"你还是不知道我是谁吗？"

云阳面露惊诧之色："莫非你才是传说中的共工大人？"

"不是传说，是事实！"

"可百里大人也说他是共工大人！"

"他是冒牌货。"

云阳显然很不高兴，他不乐意听到这样的话。他嘀嘀咕咕："百里大人在这里沉睡了一万年，他是天下陪伴我最久之人，他怎么会是冒牌货？"

"你也看到了，我才是本尊，他自然就是冒牌货。"

云阳欲言又止，眼里的惊异之色更浓更深。

白衣天尊并未追问，而是上前几步，目光落在了半山腰的三桑树下。金色三桑树下面，一座巨大的坟包，目测原来是埋着一个人，可现在，坟墓已经被掘开，泥土乱七八糟地堆积成了一片土丘似的废墟。

"这里曾经埋葬的就是百里行暮？"

"没错。"

"他去了哪里？"

云阳长叹一声："我亲眼见到那小姑娘一把一把抓了泥土将百里大人埋葬，然后，又一把一把掘开这坟墓，你看，这泥土上的褐色就是她手指上的血痕……"

空气里还残余着她的血痕，那是一种独特的气息，充满了悲伤和死亡，一直在尘埃里徘徊不去。就好像看到一个背影，蹲在地上，疯狂地扒拉泥土，几天几夜，十指鲜血淋漓也不眠不休。埋葬的时候绝望，重新挖掘的时候更加绝望。

不知为何，他很悲哀。他无端端地觉得非常伤心，就好像看到自己的死亡，就好像有泪水一滴滴掉落在自己的脸上。

他伸手擦拭。那是三桑树上的露水。晨露滴了他满头满脸。

"百里大人被埋葬后没几个月，我就再也感觉不到他的气息了，我以为，他一定是去找那小姑娘了，可是，他竟然没有，不但没去找，还失踪了。真是太奇怪了……"

"你为什么忽然感觉不到他的气息了？"

云阳解释道："狐狸们去偷了大猩猩们酿制的百花酒，我也跟着喝醉了，一觉醒来，百里大人的气息就消失了。我也奇怪他为何不告而别，也或许是我醉得太厉害，他跟我告别我也不知道……"

"难道不是因为他故意躲着你？或者刻意将你灌醉不让你察觉他的行踪？云阳，你老了，老了的人就总是容易醉倒，然后，什么都不知道！"

"唉！好吧，共工大人，你总是这么犀利。"

"总是？"

"唉，我总把你和百里大人混淆……说真的，就算我相信你们并不是同一个人，可是，为何你们身上的气味这么接近？就算是同卵双生的同胞也不会有这么接近的气息……我往往辨不出真伪。可是，辨别气息，这是我的强项啊，我总不会老得连这一点功能都退化了吧？"

白衣天尊再次伸出手，这一次不是拉着枝条，而是轻轻按在树冠上面。

云阳吓一跳。可是，他再睁开眼睛的时候，眼神里已经充满了感激之情："百里大人……哦，不，共工大人，我不知道该如何感谢你才好，本来，我一直担心自己无法度过十万年的寿辰……"

"你丧失了太多的汁液，已经快成为一棵枯死的空心树了。不过，从现在起，你再活十万年也没问题了。"

"太谢谢共工大人了。"

"是为了救初蕾？"

树精苍老的面色忽然年轻起来，无比的玉树临风，笑容可掬："那么可爱的小姑娘，死了不是挺可惜的吗？在我十万年的生命里，从未见过那么美丽的小姑娘，我舍不得她死……"

白衣天尊也笑起来："你第一次见到百里行暮是什么时候？"

"一万年之前。他中了那个女巨人的诡计，被封闭在浇灌了烈焰的金色棺材里，然后葬在这周山之巅……"

"女巨人？是涯草吗？"

"没错。涯草和颛顼勾结，据说是得了颛顼大人的什么好处，然后把百里大人骗进了棺材……后来，这女巨人鬼鬼祟祟地来过好几次周山，但是，百里大人都没醒过来。直到那小姑娘路过这里，百里大人立即清醒了……对了，她的那条双头蛇可真可爱啊……唉，不过，上次她告诉我，说双头蛇死了。真是太可惜了，是谁那么狠心连这么可爱的双头蛇也杀？"

"委蛇没死，它又活了。"

云阳大喜："是百里大人，哦，是共工大人你救了它吗？"

他漫不经意："除女巨人之外，还有别的人来过吗？"

云阳仔细想了想，忽然道："之前是没有的。可是，就在我喝醉酒的前几天，我老感觉到有人在靠近，可是，我怎么都分辨不出气息，我以为那是我的幻觉……"

"分辨不出来？"

"树木是靠着分辨动物的内分泌来认人。可是，我感觉不出这个人的内分泌，也看不见。好像这个人是无影无踪的……但是，我隐约又察觉到什么，总觉得似真似幻……"

白衣天尊忽然道："是不是这样？"话音刚落，他整个人就消失了，他的气息也彻底消失了。

云阳大惊失色："天啦，就是这样。对，就是这样……共工大人，你在哪里？我为何感觉不到你的气息也看不见你的人了？可是，我感觉到你的存在……隐隐地存在……"

千万条古老的树枝忽然随风摇曳，乍一看是无序的，可是，每一根枝条都分别指向东南西北，甚至地上蔓延千里的树根都轻轻战栗——那是十万年的古树在凭借自己的气味辨认外来的闯入者，纵然细微如一只蚊虫都没可能逃脱他的范畴。

可是，他感觉不到白衣天尊的气息。不知道他的位置，不知道他的去向，只隐隐感觉他还在这里。

一道白影，慢慢露出。

顿时，风停树静。

"天啦，共工大人，这是为什么？"

"一定是有半神人来过这里。"

"半神人？"

"只有半神人才可以隐匿身形、气味。"

"这么说来，是那个半神人带走了百里大人？"

"没错。"

"可是，那半神人是谁？"

白衣天尊摇头。他来周山便是为了寻找这个人，可是，能找到线索已经很不错了，这就极大地缩小了搜索的范围。

很有趣不是吗？一个半神人，将死去的百里行暮从坟墓中带走。为了不让任何人察觉，这个半神人甚至隐匿了身形、气味，哪怕是一棵树也不能分辨出他的去向。

这个半神人带走死去的百里行暮是为什么？死去的百里行暮对他到底有什么用途？

更重要的是，推算时间的节点，那时候，正是自己刚刚从弱水出来。

弱水七十万年，出来时，还是混沌而朦胧的，他本能地去共工星体待了一段时间，完全与世隔绝。

这段时间，罕为人知。半神人们是直到他重返地球才知道的。

可是，那个带走百里行暮的半神人，不但准确地知道自己从弱水出来的时间节点，而且准时将尸体藏匿。

藏匿的原因是什么？因为百里行暮长得和自己一模一样？因为百里行暮身上的气味和自己一模一样？

云阳有些惴惴地："共工大人……是不是那个什么半神人对你不怀好意？要不然，他怎么弄了个和你一模一样的百里大人？"

"弄了个和你一模一样的百里大人……"白衣天尊忽然笑起来。

云阳不解其意。

他却伸出手，再次轻轻拉住一根枝条："云阳，你说得对。那个百里行暮不是冒牌货，只怕是有人故意制造了一个和我一模一样的假人……"

"天啦，百里大人是假人？可是，他明明是真的啊。据说，他被埋葬周山之前还在古蜀国做了三万年的柏灌王，他怎么会是假人呢？而且，他的本领很大很大。不过，比起共工大人你来说，却是要小很多很多……可是，他也不是假人啊……他多次和那小姑娘提起不周山，他们还一起去过不周山的武器库，这世界上不是只有你共工大人一个人才知道不周山的秘密吗……"

"这世界上不止我一个人知道不周山的秘密！"

"此话怎讲？"

"事实上，不周山是颛顼的大本营。所有的武器库都是颛顼留下的。不周山也是颛顼最后的根据地和唯一通天的路径。当年，我一怒之下撞毁了不周山，这才闯下了滔天巨祸……"

云阳听得很仔细，也很长时间没有作声，直到白衣天尊停下，他才道："天尊，这里面有个漏洞啊……"

"什么漏洞？"

"如果有人仿制了一个和你一模一样的百里行暮，那么，此人应该对你非常非常熟悉，不但了解你的一举一动，甚至了解你的一切身体构造，毕竟，据说百里大人有着七十万年的强大元气，一般人哪有七十万年这么漫长的生命？再者，百里大人除了头发和你不一样……"云阳忽然哈哈大笑，"我一看到共工大人，总觉得哪里不同，原来，不是气味不同，只是头发不同。那个百里大人是红头发，你是蓝色头发……你们的唯一差异就是这一点……"他很认真地强调，"真的，你们唯一的差异就在这一点。而其他气味一模一样。"

换言之，百里行暮几乎是从白衣天尊身上分裂出来的一个人，是他的另一个分身。

这一点，白衣天尊其实早就想到了，要不然，自己一看到凫风初蕾就觉得那么熟悉了——本质上，那个百里行暮的意识已经在自己出了弱水，就和自己合二为一了。

莫非那个带走百里行暮的大神就是因为惧怕这意识和自己合二为一，所以才仓促将百里行暮藏起来？

一念至此，就更加清晰了。是了，自己从弱水出来，很可能超出了那个半神人的预料——毕竟，几亿年来，从未有任何大神进了弱水还会再出来。

那个半神人和其他人一样，可能从未预测自己还会从弱水出来，所以，肆无忌惮地弄了个冒牌货。直到察觉自己从弱水出来才匆匆忙忙地将其隐匿，以免暴露真相。

问题是，这个半神人制造百里行暮这个冒牌货是为了什么？他能把百里行暮复制得和自己一模一样，又是掌握了自己的什么秘密？最关键的是，这个半神人是谁？

云阳好奇问道："红发蛇尾共工，你为何是蓝头发？"

"你以为我才是冒牌货？"

"这……"

白衣天尊笑起来："不周山之战后，我身受重伤，本体几乎彻底死去，进了弱水之后，头发才变成了蓝色。而那个制造百里行暮的人根本就不知道这一点，否则，他就不会把百里行暮变成红头发了。"正是这一点疏漏，让他发现了漏洞。

云阳很是好奇："那么，共工大人，你现在能感觉到百里大人的气息吗？他到底是死了还是活着？"

他摇头，他感觉不到了。除了百里行暮零散的脑电波之外，他再也察觉不到这个人的任何气息。百里行暮，很确定已经没有在地球上活动了。可是，他是不是真的死了，则要打一个问号了。

"可是，百里大人为何改名换姓？"

这一下，白衣天尊沉默了。

半响，他才淡淡地说："逐鹿之战后，我隐居共工星体号，偶尔迫不得已外出时，就自称百里行暮！这的确是我自己的名字。可是，这名字罕为人知，就连我都偶尔会忘记，却不知道为何那个半神人会那么清楚这所有的细节？"

云阳听得毛骨悚然："这么说来，那个半神人不是你最好的朋友，至少也是你最熟悉之人……可是，共工大人，你连自己最好的朋友是谁也不知道吗？"

"我没有朋友！"

"没有？！"

"最熟悉的亲人？"

"也没有！"

"这……"

"炎帝乃娲皇亲手所造第一个人，乃第一代正神之一，而我则是炎帝利用自身所生下的第一代半神人，炎帝之外，我不再有任何血亲。"

"恕我冒昧，敢问共工大人，你到底多少岁了？"

他抬头看了看天空。

"如果没记错的话，我活了两亿五千岁了！"

云阳惊呆了。好半响，他才连声惊叹："两亿五千岁……天啦，两亿五千岁……真是太可怕了，早前我以为百里大人的七十万年已经很了不起了，我以为那已经是大神们的高寿了……"

"区区七十万年，不过是一般中小神而已。但凡大神，最少有一千万年以上的寿命！第一代半神人，每一个都有上亿年的寿命！"

云阳惊得合不拢嘴。他只是喃喃道："这就怪了，既然共工大人你没什么太亲密的亲朋，那么，谁会那么熟悉你？"

白衣天尊缓缓地说："其实，根本不必是熟悉我的人，也不必是朋友亲人。联盟有个数据库，所有半神人和人类的一切都在里面，他们的身体意识被记载得一清二楚，甚至包括他们的全部脑电波，也就是通俗意义上所说的灵魂……只要有人打开了这个数据库，别说仿制一个人，从理论上来讲，可以仿制所有人！"

这个被仿制出来的人，本来就是利用了本体的细胞核、脑电波，当然一切行为都和本体没什么差异。

"天啦，是谁打开了数据库？莫非半神人们都能够打开？"

"这个数据库很重要。除了人类的部分可以公开浏览，但半神人的部分则是极度的机密！就算是历代的中央天帝，也必须经过两位以上的正神授权才能正式开启，而其他任何人都无法单独开启!"

很简单,人类自身的繁殖力极其强大,无须任何克隆,而且复制人类的价值也不大,一旦人类复活,几乎每个大神都会一清二楚。所以,一般大神都不会傻得去犯这样一个几乎完全无法遮掩的错误。

可半神人就不同了。复制半神人非同小可。每个半神人都自恃高人一等,怎么可能随意让别人复制自己?

再说,半神人的脑电波和人类有点差异,如果被人复制了,那个脑电波会自行进入半神人的本体之内,也就是说,本体会立即感知到另一个复制体的存在——比如本体在天上,而复制体则在外地活动,那么,就会立即分裂。所以,半神人的数据库是有严格加密系统的。除了中央天帝,其他人几乎无法做到这一点。

可是,白衣天尊自己也很清楚,当今的天帝当然没有那个兴趣去偷偷复制一个百里行暮,也没有那个必要。

此事,绝对不是西帝所为。

他想,那个复制百里行暮的人,分明以为自己在弱水不会出来,因为弱水的阻隔一时半刻也不会知道复制体的存在,所以,钻了这么一个空子。但自己一出来,百里行暮就立即消失了。

理论上,百里行暮消失后,他如果不去数据库寻找,是不可能知道百里行暮的脑电波的,但是,弱水飞度之后,他的元气是以几何级别在增长,也就是说,他超越了外面的半神人的认知——他可以自行把被复制的脑电波收集起来,而且是无意识的,仿佛一个强大的能量场,自然而然就感觉到了那些散逸的脑电波。

当然,这些散逸的脑电波很分散,很缓慢,最初他几乎感觉不到,直到见了凫风初蕾,直到凫风初蕾认错了人,直到凫风初蕾天天抱着他,无限亲昵,无限温柔……直到他自己好像变了一个人,仿佛另外一个百里行暮在自己的体内被引爆,百里行暮昔日的一切全部变成了自己的意识——包括对她的爱恨嗔痴,包括各种甜蜜旖旎的回忆,包括无数温柔的过往,甚至那种爱而不得的心态……恍惚中,自己真的成了百里行暮。

自己和百里行暮合二为一了。许多时候,他都以为自己是百里行暮了。越是压抑,越是反弹。越是远离,越是急迫。就好像他本人爱上了一个少女。

是他本人在内心深处,爱上了一个少女。

到目前为止,他虽然感觉不到这种有什么危害,可是,百里行暮的存在却不容忽视——这攸关那个神秘半神人的企图。那半神人想拿复制的百里行暮做什么? 将百里行暮当成杀手?工具?或者别的什么不可告人的企图?

百里行暮真的死了也就罢了,问题是,如果百里行暮还活着,那就很可怕了——如果自己重返弱水之后,百里行暮又堂而皇之地出来,以白衣天尊的名义到处活动,谁能分得清? 理论上,半神人既然能制造出一个百里行暮,那么,就可以无限制复制许多百里行暮出来。

细思极恐。

云阳听得目瞪口呆，好半晌他才长吁一口气。他叹息的方式便是头顶摇曳的树枝，轻轻地，软软地，就像是一只只垂下来的手在温柔抚摸青草、野花以及那些成群结队在树林里玩耍的小伙伴。他想，大神的世界可真是太复杂了。

大神们居然也有这么多的阴谋，尔虞我诈。

一夜之间，整个联盟便传遍了一个消息：青元夫人和白衣天尊退婚了。

退婚的原因也很简单，青元夫人一方用了极其委婉含蓄的语调，说自己当初在九黎大会上醉酒失去了分寸，又趁着各位大神的起哄，一时把持不住，所以就开了个玩笑。

可是，玩笑就是玩笑，玩笑是不能当真的。身为半神人，绝不能以假乱真或者假戏真做，及时纠正错误是必须的。所以，青元夫人立即终止了这场婚事。

消息一出，天下哗然。

所有人都认为，是青元夫人把白衣天尊给甩了？因为，种种证据表明，白衣天尊为了讨好青元夫人，送上了高达十万吨的黄金，若非有婚配之意，哪有出手如此大方的？青元夫人还主动散播消息甩了他。

甩他的原因也有种种猜测，比如，是不是他实在是太老了，毕竟，从年龄上估算，他可能比青元夫人大了几百万岁，正当年华的青元夫人怎么会看上一个老头子呢？比如，是不是他早就落伍了？外面已经发展了七十万年，而他一直在弱水修炼，可能早就跟不上外面的时代了，青元夫人又何苦跟一个土包子纠缠？再比如，他是不是有什么怪癖？毕竟，他一个人独居共工星体上，从不主动和外界接触，孤高傲物，连西帝都不放在眼里。他压根儿就没什么朋友，青元夫人若是嫁给他，岂不是主动断绝了天穆之野那么庞大的人际网？

而且，白衣天尊的名声也不太好，毕竟，身为不周山之战的罪魁祸首，他身上一直背负着一个"战犯"的污名，直到现在，也看不出他对战争有多大的反省力度。否则，他就不会一出弱水立即重返地球，启动了独霸地球的战争了。

种种迹象表明，青元夫人也因此对他的身份颇为忌惮。青元夫人不想找一个会给天穆之野招黑的男大神。

当初在九黎时的一时冲动，已经烟消云散。清醒之后的青元夫人开始更深刻地考虑眼前的利益和将来的发展。

大神们的婚姻比人类的婚姻更加复杂，需要考虑的因素更多，也更讲究门当户对，否则，将直接或者间接导致一个神族的衰落。青元夫人退婚，就成了一件合情合理的事情。

白衣天尊的威名也因此大打折扣。

无数的半神人也因此奔走相告,将这件八卦传播得绘声绘色。

联盟启动对白衣天尊的第一波弹劾,来得很早。

这天上午,朝夕璀璨,当西帝夫妻刚刚坐在联盟的宝座上时,诸位半神人便陆续到达了。

西帝看了看台下济济一堂的半神人们,只见他们各显神通,各自拿了自己的武器,也纷纷穿着颜色各异的服饰,每个人脸上都写满了久违的好奇。

当然,有好几名女神的目光都落在天后脸上。毕竟,前不久八卦沸沸扬扬,说西帝为了惩罚天后,将她倒吊在九重星联盟总部的门口,用雷霆击打她,她的勒骨几乎都被打断了。

本以为天后会狼狈不堪,至少,身上、脸上总该留下些什么伤痕吧?可是,一眼望去,只见她好端端地坐在宝座上,不但浑身上下没有任何伤痕,看起来反而更美艳更动人了。

天后当然非常清楚女神们的想法,当她察觉她们失望的眼神时,她脸上的笑容就更加温柔更加亲切,彻彻底底一副母仪天下的派头。

"小贱人们,你们不是想我出丑想我死吗?别做梦了!现在我还是好端端地坐在宝座上,你们都给我悠着点。你们也别再觊觎西帝更别觊觎这天后的宝座了,谁敢再跟西帝勾三搭四,看我不弄死你们!"

她下意识地往东方天穆之野的位置上看了看,只见那位置依旧空空如也:青元夫人没有来。这样的场合,青元夫人从不露面。青元夫人,从不擅自参与政治。

天后心里笑了一下,暗地里撇撇嘴,这丫头可真是厉害,自己不露面也能纠集这么多男神做马仔。

众神忙着欣赏天后的美艳,一时间没有人先开口。

还是西帝干咳一声:"九重星联盟好久没有这么热闹了。"

台下诸神你看我,我看你。

比鲁星大神A先开口了:"陛下想必已经知道我们今天的来意了。"

西帝点点头:"你们的奏章我基本上都看过了。"

"既然陛下已经看过了,那我们也就不转弯抹角了。陛下,白衣天尊从弱水出来之后,直接独霸了地球,这行为可不太妥当啊……"

比鲁星大神B也立即跟上:"按理说,白衣天尊从弱水出来后的第一件事情是该主动来拜访一下陛下,至少知会一下他的行踪,可是,他倒好,直到现在也不曾在九重星联盟露过面,就这么不声不响地把地球给霸占了。"

"这种行为真的好吗?如果这样下去,岂不是任何大神但凡看上了哪个星球就去霸占哪个星球?陛下,此风不可长啊……"

"别的星球也就罢了,可偏偏是地球啊。"

诸位大神本来就是看上什么星球就可以去什么星球，这是以前不成文的规矩。在几亿年的时间里，许多星球早已各自有主了。就算是现在，大神们要去什么新的星球，西帝也是基本不管的。

但是，地球可不是一般的星球。地球是九重星联盟早期最重要的据点之一，也曾是诸神们都喜欢往返的最佳旅游地，曾经在五亿年之前荣获"银河系最美星体"称号，甚至在整个宇宙中，地球也称得上数一数二的旅游胜地。

虽然不周山之战后，地球环境遭到巨大破坏，无数珍稀物种被彻底灭绝，昔日的丰美富饶已经不复存在，单论自然环境，现在已经比不上许多原本籍籍无名的星球了，可是，地球还是地球。就算是破破烂烂的地球，那也是地球。地球在诸神的心目中，有着一种特殊的情怀——但凡有任何人企图独占地球都是不可饶恕的。

西帝却看着台下诸神，意思是，各位，你们是什么看法呢？

诸神你看我，我看你。他们之中还是有一定分歧的。一些稍稍年长的大神本着多一事不如少一事的想法，毕竟，现在的地球不同以往，破破烂烂的，吸引力不大了。另一些大神觉得私下上奏章可以，现在在众人面前要强出风头，就得慎重一点了。只有一些年轻气盛的半神人一直跃跃欲试。

比鲁星大神A又道："不周山之战，我们就不说了。可白衣天尊一从弱水出来，不但不思悔改，反而大张旗鼓立即重返地球，好像地球就是他的私人物品似的，这分明不把我们所有人放在眼里，可是，他至少该对当年的战争行为有所忏悔吧……"

比鲁星大神B笑起来："忏悔？那位大人怎么会忏悔？人家可是第一任中央天帝的少爷，人家回到地球就是回到自己家，当年的废太子，现在变成了真正的土大王，分明把地球从九重星联盟独立出去了……"

"可不是吗？现在全地球上祭祀的都是白衣天尊。全地球的代言人都只听令于白衣天尊。别说我们这些一般的大神了，就连西帝您也不再为地球人所祭祀，就连您的威名也渐渐地不再有人记得了……"

此言一出，西帝夫妻的脸色彻底变了。可是，西帝还是没有作声。天后看了他几眼，没得他首肯，也还是强行忍着。

这时候，一直没作声的蒲鲁星大神道："白衣天尊在九黎的行为的确有过激之处。别的也就不说了，可是，他纵容那个叫作凫风初蕾的少女用灵药喂养大熊猫，便是大大的不妥……"

比邻星大神惊呼一声："用灵药喂养大熊猫？"

"可不是吗？那些灵药，大多数是我们花了许多心血练成的，虽然比不上天穆之野的生死药，可是，其中不少灵药具有增加元气、救死扶伤的功效。那只大熊猫可能是服用了太多的灵药，已经发生了极大的变异，发起疯来，普通的半神人都未必对付得了……"

"太可怕了。九重星联盟不是三十万年之前就下令不许让任何动物沾染灵药了吗?"

"对啊,你们还能想起三十万年前那场妖物大作乱吧?那就是前车之鉴啊……"

"直接将那少女和熊猫处死不就行了?"

"你说处死就处死?白衣天尊不让,你怎么办?"

维维奇笑了:"你们为何不告诉陛下,这服用了灵药的少女到底是谁?"

西帝立即道:"是谁?"

众人你看我,我看你,居然都不吭声了。

那少女自称高阳帝之女,四面神唯一幸存的王者。大家当初在九黎不出手,也便是有这个忌惮。

西帝见大家不答,居然也不问。

天后再看他一眼,又看了维维奇大神一眼。

维维奇接触到天后的眼神,忽然一凛,那眼神分明满是警告:维维奇,你最好别多管闲事,否则,没你的好处。维维奇立即闭嘴了。

西帝摸了摸胡子,沉吟良久,他才缓缓地说:"这件事有点复杂,容朕从长计议!当然,有一些情况你们是并不了解的。这样吧,你们先行退下,等朕妥善处理了这件事情再告诉你们好了。"

众人面面相觑。西帝竟然要独自处理这件事?可是,西帝既然已经开口了,其他人如何好公开提出异议?众神只得一个个怏怏而去。

第十七章　九黎乱象

九黎广场可能是到目前为止，全银河系最喧哗最热闹的地方了。

九黎很大，连绵几万平方公里的土地上全是城市群。这些城市群并无明显的功能区分，只是按照商业的繁华程度分成了三大圈层。

第一圈层，便是原来的九黎广场，这是整个九黎最繁华的地带。这里有全世界最顶尖级的丝绸、珠宝，有各种各样的山珍海味、美酒佳肴，也有全世界最最顶级的客栈酒楼。

当然，这里少不了顶尖级的奢华的豪宅。

那些豪宅先是巨大的大理石群落，慢慢地就多了几座高大的城堡，尖顶上装饰了金箔，墙壁上贴了白银，隐隐望去，简直如琼楼玉宇一般。最中间也是最豪华的那座城堡，就是大将军布布的私人府邸，在某种意义上，也是他这个无冕之王的办公场地——地球上最最豪华的皇宫。

万神大会之后，尽管没有赦封，但大家都默认布布才是万王之王。

围绕布布城堡的中心地带，当然都是当今地球上最有权势或者最有钱的大诸侯、大富豪。在他们的带动下，这个中心圈层每天都莺歌燕舞，九黎广场成了不夜城。

第二圈层，也不遑多让。那是围绕九黎广场之外的几千平方公里土地。

这里汇聚着来自世界各地的等次稍低的诸侯、小国的商队。诸侯们都有大规模的家眷财富，商队的规模更是有大有小，有些大的商队动辄上万人，连着他们的家属一起安顿下来时，那数量就非常庞大了。

这个圈层大街小巷也非常繁华，有来自世界各地的锦缎丝绸，也有各种玉佩首饰，数不清的糕点糖果，以及胭脂水粉。

第二圈层，也有无数的销魂窟和销金窟，这些娱乐场不但吸引了那些掌握了中等财富的诸侯和商队首领们，更吸引了来自世界各地的游客。

相比之下，第三圈层则冷清多了。第三圈层很分散，绝大多数都是九黎当地的原住民以及战争前后陆续赶来投奔的难民。

这个圈层人数最多，经济也最差。当他们好不容易在九黎安顿下来时，手上已经没有多少余钱可供挥霍了。

贫富的差距，开始如鸿沟那么大。奢华城市的另一面，令人触目惊心：满大街的醉汉，满大街的乞丐，满大街的流浪者，而垃圾更是堆积如山。一边是朱门酒肉臭，一边是路有饿死骨。

九黎，已经成了一个令人爱恨交织的地方。九黎，已经不再是普通人民的九黎。

许多人甚至开始诅咒这个地方，他们想，若是白衣天尊没有出现过就好了。毕竟，在那些富豪扰乱九黎之前，大家都丰衣足食，自给自足，采药爬山也好，粗茶淡饭也好，毕竟，那时候心情愉快啊。

现在好了，只能天天看着其他人享乐，而自己却无能为力。

……

一路行来，所见所闻都令人沮丧。九黎的风气，已经彻底恶化。就算停在九黎碉楼门口，也不见得有什么安慰。

昔日沉寂安静的九黎碉楼也变了。大片大片有毒的红花早已被彻底铲除，所有的毒蛇猛兽也全被关起来，至于法师们曾经热衷的各种蝎子毒虫，也纷纷不见了踪影。相反，九黎碉楼也完全变成了九黎广场的缩影。远远望去，只见昔日素朴的碉楼，竟然有花红柳绿，细细一看，竟然是女人们晾晒的各种衣服、裙子……

好震惊。

碉楼上怎么会晾满了女人们的裙裳？

而且这些裙裳可不是什么粗布衣衫，全是华丽的锦缎丝绸，款式新颖，风格不一，大小不同，根本不是同一个人的，而是很多人的。

碉楼里，居住着很多女人？

争吵声，是从二楼发出的——那本是碉楼的第一层，因为太高了，估计是不方便，所以就被隔成了两层。饶是如此，对于居住来说，这样的两层楼也是很高的。

一个非常年轻的梳着少妇头的女子匆匆从二楼跑下来，在她身后，跟着一名同样年轻同样花枝招展的女子。

"快，你拿了两只手镯，你必须给我一只……"

跑在前面的女子仓促将两只红色手镯全部戴在自己的手上，一路飞奔，生怕被抢走似的，脸上有嘚瑟，气喘吁吁：："不可能给你……这是老爷赏给我的……是我的……没你的份儿……"

"老爷也没说是给你一个人的，你不能独吞……"

奔跑在前面的女子一时不察，撞在了迎面而来的老头身上，老头大喝一声："你们在干什么？"

女子一把抱住他："老爷，快救救我，你看小四要抢我的东西……"

……

远远看着这一幕的白衣天尊，只觉自己眼睛瞎了。

那老头，居然是枯枯大法师。

一辈子不曾娶妻生子的大法师，现在已经有了七八个小妾。他蝙蝠似的黑色长袍也变成了明黄色的袍子，十根手指倒有八根都戴上了名贵的指环。可能是因为醒悟得稍稍晚一些，他来不及在九黎广场修造自己的豪华城堡，九黎广场就已经被其他巨富以及大国诸侯们全部霸占了,但是,布布大将军对他很器重,所以默许他就居住在九黎城堡的第一、二层。

他令人将第一、二层修葺了一下,分隔成一间一间华丽的屋子,很快便有了七八位小妾。

这样的沧桑巨变,是白衣天尊始料未及的。

仿佛回到了不周山之战前夕,京都末日的狂欢。彼时的京都便是如此,彼时的京都更胜过这时候的繁华和奢靡。只是,九黎万万年淳朴,民风单一。他只是没料到,民风越是单一的地方,越是经不起外来的侵袭。就像那些穷惯了的人,一旦见到了金山银海,所发生的剧变,一定会令你感到震惊。枯枯法师这种几十年待在九黎从不和外界接触之人,一旦品尝了花红柳绿,哪里还能回到过去?

他第一次觉得震惊。震惊之余,甚至是隐隐的不安和惶恐。怪只怪自己的七十万年弱水之行,除了养伤,除了愤怒,几乎快忘记人性的沧桑巨变。

人性,是一种会发生剧变的东西。

冥想室。

无数的白色长袍悬挂了整整一面墙壁。正中的一件,是用了百万年雪山之巅的寒冰锻造,通体上下散发出冷飕飕的光芒。

白衣天尊随手一指,冰袍飞过来。上百万年的冰冷贴在身上,纵然半神人也觉出一股深入骨髓的寒气。

他慢慢坐下,顺手戴上了金色的面具。

门口,传来敲门声。

"进来。"

大将军布布走进来,在一丈开外停下,跪下行礼:"见过天尊。"

自从万神大会之后,天尊再也不曾降临,布布还以为几十年天尊都不会再回来了,没想到,这么快便返回了。

白衣天尊开门见山:"布布,先说说你这两年统治九黎的情况吧。"

九黎这两年风调雨顺,富足安乐,成了全世界最好最美最令人向往的地方,这些,布布以为都不必说了,他飘飘然地,踌躇满志道:"所幸属下没有辜负天尊的厚爱,将九黎治理得井井有条。现在的九黎,就算是大神们重返,也一定乐不思归了……"

白衣天尊注意到"乐不思归"几个字。

很显然,布布认为,现在的九黎才是真正的乐土,是世界上第一流的强大城市,就连大神们也会沉醉在这样的繁华里。

布布吹嘘了一番九黎的繁华之后,话锋一转:"九黎什么都好,但是,唯有一件事情,令我大炎帝国的权威遭受了莫大的损失……"

"何事？"

布布愤愤地："大炎帝国的商队首领重离一行，于两年前在金沙王城被鱼凫王杀掉了，商队的其余几百人也全被驱逐出境。大炎帝国在金沙王城设立的一切办事处和机构全被撤掉，鱼凫王甚至单方面宣布永远不许大炎帝国的任何人再踏足金沙王城……"

逃回来的商队成员带来了一张金沙王城的告示，上面对处死重离等人的原因写得明明白白：开设妓馆赌场、增设当铺、蛊惑心智、愚弄百姓、败坏金沙王城风气者，死有余辜。

杀一个人，只是罪犯。可洗脑一群人，却是诛心。

重离不但被处死，死后尸首还被示众。

"天尊，那鱼凫王真是不把我们大炎帝国放在眼里啊！重离他们既没有杀人放火，也没有偷摸扒窃，任何法律条文都没有触犯，她分明是公报私仇，天尊，你可得为我们做主啊！"

原本，该为重离等做主的是他这个大将军。可是，白衣天尊离开时曾有命令，叫他再也不得前去鱼凫国，无论任何理由都不行。布布觉得自己对不起重离等下属，这一次，一定要白衣天尊给他们讨回一个公道。他把商队从鱼凫国带回来的公函递过去："天尊，你看。"

白衣天尊随手放在一边。

布布脸上浮现了惊惧之色："属下接到消息后，立即派人去打探，结果发现金沙王城居然消失了，我们到了秦岭之后，发现再也没有进入蜀中的通道了，好像到了秦岭为止，那世界就彻底消失了……"

"那是因为她把鱼凫国封印了。"

"封印？是不是今后我们就再也找不到金沙王城了？"

"你们永远也无法踏足金沙王城了。"

白衣天尊并不继续这个问题，只问："其余四方之王都到齐了吗？"

"回天尊，他们早已恭候多时。"

东南西北四方王陆续进来。得到大将军布布的命令，火速赶到九黎，他们很清楚，白衣天尊召见，那就是有非同小可的大事情。

这也是四方王第一次近距离面对天尊。他们先看了看布布，然后，习惯性地看了看半空。但是，他们没看到半空虚悬的王座。他们看到的是冥想室的高台上一个真正的人——白衣如雪，蓝色头发，只是他面上戴了一张金色的面具。

第一眼看去，他非常年轻。可是，他身上的万年寒冰袍子却散发出清冷而森严的光芒，令人不敢直视。

四方王一起行礼："参见天尊。"

他淡淡地说："本尊找你们，是要宣布一件事情。"

众人听着。

"在过去的时间里，你们掌管四方天下，也算是尽职尽责，没有辜负本尊对你们的信任。但是，万王之王的位置一直空着也不是办法，所以，本尊决定今天把这个人选定下来……"

从之前的中原共主，到万王之王——四方王都意识到了这个措辞的转变。

可是，天尊到底选中了谁？

大家暗忖，布布大将军在九黎干得有声有色，将九黎变成了世界第一的奢靡城市，莫非布布大将军要升级了？就连布布也如是想，他昂首挺胸，看着白衣天尊，脸上已经满是期待之色。这个万王之王，非自己莫属啊！

"本尊在此宣布，由鱼凫王凫风初蕾出任万王之王，以后布布大将军和四方王皆全部听令于她！"

不仅布布，其他四人都惊呆了。大家你看我，我看你，又一起看向白衣天尊。每个人眼里都写满了疑惑之色，但是，没有任何人胆敢轻易开口。

天尊将四方王召集，肯定不是为了开玩笑。毕竟，天尊这是直接宣布了命令，而非和他们商量，征询他们的意见。

布布的脸色更是难看。他的嘴巴张得很大，几番欲言又止，面上更是红一阵白一阵，就好像被人重重打了一耳光似的。他急了，"凫风初蕾怎么能做万王之王？"

白衣天尊反问："凫风初蕾怎么就不能做万王之王了？"

"鱼凫王不但处死了重离，对大炎帝国的威名造成了极大的损害，还处处和天尊对着干，是整个大炎帝国的敌人！"

"如果她愿意，以后可以径直入驻整个九黎！"他看了看四周，"包括这间冥想室，都可以成为她的办公场所！"

布布涨红了脸，哪里还敢多说半句话？其他四方王见他碰了这么大的一颗硬钉子，纵然是有什么异议，也不敢开口了。

毕竟，这天下是白衣天尊的天下。这天下，也是白衣天尊自己打下来的。现在，他忽然要白白拱手让给凫风初蕾，那就没人管得了了。

白衣天尊慢慢站起来："各位还有异议吗？"

四人齐声道："天尊有令，我等不敢违背。"

只有布布站在一边，涨红了脸，一言不发。但见天尊的目光转向自己，才低下头，勉强躬身道："属下也听令。"

白衣天尊还是和颜悦色："布布，你乃防风国的首领，振兴防风国才是你的第一要务。从明日起，你便可以离开九黎，返回防风国，召集所有幸存的巨人，让防风国真正强大起来。"

布布这才真的呆住了。白衣天尊竟然命令自己撤出九黎，明天就撤出九黎。名义上是为了退回防风国重新振作巨人一族，可实际上，分明是为了给凫风初蕾让路——

大家都知道布布大将军曾经百般刁难鱼凫国及其商队，和鱼凫国非常不和。如果凫风初蕾一来，那么，他二人势必水火不容。这种情势下，总有一人必须离开。

当然，就必须是布布离开。所以，白衣天尊干脆把他给调走了。

四人鱼贯而出。唯有布布呆呆地站在原地，一张脸时而红时而白，一双眼睛里更是充满了愤怒、失望、不甘、焦虑……百般情绪汇聚成了三个字：凭什么？！

天尊这是疯了吗？他怎么会提拔一个敌人而无视自己的功劳？

这天下虽然是他白衣天尊的，可是，自己才是他的左膀右臂，而凫风初蕾算什么？凫风初蕾，只是一直和他作对的那个敌人。就算天尊救了她的性命，放她回到金沙王城，可是，她不但没有丝毫感激之情，反而首先杀了重离等人。这难道不是明显地挑衅吗？这难道不是赤裸裸的羞辱吗？天尊，他是怎么想的啊？

白衣天尊，当然将布布的愤怒看得一清二楚。巨人一族，很少掩饰自己的情绪，尤其是布布，已经俨然有万王之王的实权，更是滋生了无比的骄矜。更何况他此时分明认定是天尊错了——自己作为他最忠诚的下属，就该据理力争。

白衣天尊没有作声，也不理睬他的愤怒，只是看着他。

布布也是一身雪白的长袍，采用了最最上等的白色丝绸，看起来特别富贵，已经和当年沙漠里那个单纯的巨人少年相去甚远了。

这几年，他是实质上的无冕之王。所有四王都听他号令，全天下都在掌握之中，每到一地，人们都如尊敬万王之王那样尊敬他。在无数的吹捧恭维之后，他已经飘飘然、欣欣然，骨子里也早已把自己当成了真正的地球之王。那是白衣天尊的恩赐，让他仅仅比那些半神人矮小一点点——但是，已经比这世界上全部的地球人都更加高贵了。

就如他身上的这件白色锦袍。袍子是顶级的蜀锦，稍微懂一点布料的人都知道，五颜六色其实很简单，但是，要让布料一尘不染那么雪白则很是需要一些功夫。更何况白色袍子上那纷繁复杂又精妙绝伦的刺绣工艺。看着只是简单的白色，却需要上百个巧手绣娘日夜不停地赶制半年才能绣成这么一件——因为仔细看，会发现那白色袍子上面刺绣着日月山川，隐隐流动。日月光芒在胸口交织，那是王者的光辉。

此外，布布还佩戴了一条项链。项链是通体透明的翡翠，能切割成这么大这么整齐而且绿得这样毫无瑕疵，绿得有生命力一般的翡翠，别说天下至宝，一般的国王也休想得到。可这些，在布布看来，就是唾手可得。如此的奢华，除了万王之王，怎能办到？

可现在，白衣天尊居然宣布，万王之王是凫风初蕾！

他忽然跪下去，亢声道："天尊，我不服气！凫风初蕾对天尊根本没有任何感激之情，她就是一个忘恩负义的小人，为何天尊居然把这重要的位置交给她？这不是将大炎帝国白白送入敌人手里吗？"

白衣天尊看他一眼，他吃惊的当然不是布布这件比自己还奢华得多的白色长袍。他吃惊的更并非布布对自己的处处模仿，而是权力。掌握了权力的人，会如何在极短的时间里把自己的享受推到一个令人惧怕的高度。

比如布布在九黎新建的一座奢华无比的城堡。那是他和诸神离开九黎之后，布布自己为自己修建的。那城堡里，除了权威，更有无数的商队或者诸侯为布布送来的各种贵重礼物。

短短一两年，布布已经富可敌国。但凡讨好布布的商队，无不在九黎大行其道，获利丰厚，反之，则灰头土脸，折戟而归。

慢慢地，这些事情就成了常态。

不但布布一手遮天，他身边的人也一手遮天。他的随从，他的亲信，他的朋友……统统成了富甲一方的高等九黎人。至于防风国，他根本很少踏足了。大片大片的沙漠、戈壁，动辄千里无人烟的偏僻，较之九黎这种繁华到了极点的温柔乡，怎么可能再有任何吸引力？

如果布布的少年时代是因为深居防风国从未见识外面的世界，所以保持了单纯和忠诚，那么现在，九黎的繁华已经彻头彻尾改变了他这个人。

白衣天尊此时才意识到，自己犯下了一个多么巨大的错误。

"如果天尊把万王之王这么重要的职位封赏给她，重离他们岂不是白死了？让大炎帝国的商队怎么想？让九黎的所有百姓怎么想？"

白衣天尊缓缓地说：" 正因为她杀了重离，她才真正有资格做万王之王！"

布布以为自己听错了。

"和凫风初蕾相比，你们只知道打打杀杀，只能看到权力表面的热闹和带来的好处，可是，她明白什么才是真正的王者之道。"

"她一个凡俗女子，哪里懂得什么王者之道？"

"布布，你倒是说说，你认为自己在九黎最大的功劳是什么？"

布布立即道："天尊既然返回九黎，一定看到了九黎的巨变。九黎已经汇聚了全世界的财富，成了全世界人人向往的富贵地，这难道还不算我的功劳吗？"

"你所谓的富贵地指的什么呢？遍布大街小巷的花馆妓院？大张旗鼓的赌场酒楼？还是满大街随处可见的醺醺醉汉？再或者，是你布布大将军独自在九黎广场所拥有的比王宫还豪华的城堡？"

布布振振有词："这难道不是我的功劳吗？花馆妓院也好，赌场酒楼也罢，不是能最大限度留住那些商队，留住那些巨富，让他们把财富都花在九黎吗？这难道也有错？给男人们提供一个欢乐无限的场地，给女人们提供消费无度的珍稀珠宝，这难道不是每个城市群发展的巅峰状态？"

"也包括枯枯法师这样的人带领他的七八个小妾占据了九黎的两层碉楼？"

布布作声不得。

昔日的军事重地，九黎的灵魂象征，居然成了一个大法师的金屋藏娇之地。这还是九黎吗？

"布布，你多久没有离开九黎广场了？"

布布讪讪道："属下每过一段时间就会出去巡视一趟，整个九黎走走看看……"

"那你可看到九黎广场之外的其他情况？"

"当然看到了。"

"你看到什么了？"

"属下看到绝大多数九黎人民都生活得不错……"

"绝大多数？"

布布不敢作声。

"你看到第三圈层的穷人将庄稼地里扒拉来的几个钱三下五除二在赌场赌完，在妓院花完，然后一年中的很长时间都缺食少穿，家里人也因此三餐不继吗？你看到有的赌徒输红了眼，先是回家卖田卖地，紧接着将老婆孩子都卖掉吗？无数的少女因为歆慕富贵，笑贫不笑娼吗？不少人贩子甚至从其他诸侯国拐骗无数少女卖到妓馆。这些情况，你都很清楚吗？"

"这……"

"第三圈层居住的大半是九黎原住民，战争之前，他们还有土地有安宁的生活，虽然谈不上奢华富足，可是，至少丰衣足食，自得其乐，可现在呢？他们每天都眼巴巴地看着那些巨富大腕们在九黎广场横行，看着他们山珍海味，享乐无穷，耀武扬威，占据了所有的最好的财富，可那些原住民还有什么呢？他们甚至已经没有资格再走近九黎广场，他们的妻子儿女很可能在妓馆里卖笑，他们的子女迅速沦为富翁们的仆役，也许以后世世代代都无法翻身了……布布，你告诉我，他们除了满腹的怨气，无比的羡慕和妒忌，还有什么？"

布布一句话都说不出来。

"你所谓的成就，完全成了你个人的财富以及攀附于你的各大诸侯商队首领们的财富。可是，九黎人呢？真正的大炎帝国人民呢？他们当初和我们揭竿而起，成立东夷联军，横扫天下，为的就是有一天，把九黎广场变成所有外地富豪的销魂窟？就是为了看着你布布大将军一个人住进奢华无比的城堡？或者，他们出生入死，为的就是眼睁睁地看着有一天自己和子女后代全部沦为贫穷之人，从此成为仆役？"

战争的结果，就是重新洗牌。立下了军功的，手握大权的，获得了丰厚赏赐的，或者头脑灵活会钻营的，很快在九黎站稳脚跟，出人头地，大富大贵。而其余的人，则慢慢失去希望，沦为社会的底层。

表面看来，这没什么问题，毕竟，战争本就是这样，无非财富在不同的人或者不同阶层之间传递再分配而已。尽管分配的主体暂时有所不同，但从长远来看，高贵者基本还是高贵者，所谓王侯将相就是有种！至于绝大多数的百姓，他们饿不死，有吃有穿有房子居住不就好了？难道他们也要和战功赫赫者享受同样的待遇？这怎么可能？

布布一声不吭。好几次他要争辩，他觉得不公平，他觉得自己受到了莫大的冤屈，可是，他说不出话来，他不知道该怎么说。

白衣天尊也沉默了。他很清楚，布布压根儿不会认为自己错了。不但如此，布布反而觉得自己功高震主。他看看布布，又看看窗外九黎的天空，他觉得，委任布布为大将军统辖九黎这几年，是自己犯下的一个大错。

九黎的堕落，已经势不可当。就算是凫风初蕾，也不见得能力挽狂澜。毕竟，九黎不是金沙王城。九黎的规模，已经比金沙王城大得太多太多了。

有着几万年素朴历史的金沙王城，人民一直生活富足，物质文化充裕，尚且在外来力量之下迅速堕落，何况是已经过了几千年贫苦生活的九黎人民？

金沙王城当时尚有卢相这样坚持原则的老臣，也有杜宇这种忠诚的年轻人，甚至鳖灵也没怀着太大的私心，饶是如此，也在短短半年之内迅速沦陷，更何况九黎？

布布大将军身边，没有任何忠诚耿直之徒。无论是远道而来的诸侯还是东夷联军中的高层，他们都围绕布布，讨好布布，将布布奉为大王。他们不谋而合——为着九黎的富裕和繁荣，当然不会管这富裕到底是因何而来，这财富是因何而来。他们只管成果，不管人心。人心，是最不重要的东西，他们要的是成就。

毕竟，大家的骨子里所镌刻的只有同一个遗传基因——成王败寇，笑贫不笑娼。只要有权有势，没有人在乎你的过去。发家的过程不重要，重要的是结果。只要站上了人生的巅峰，你就是大赢家。纵然是妓女，有朝一日也可以成为王后。纵然是盗贼，有朝一日也可以成为王者。人类的法则一直都是这么简单粗暴。

在布布的带动下，全九黎都开始向着同一个目标进发，那就是——发财。越是贫困之人，越是无法抵挡财富的诱惑。那是一把"双刃剑"，会把穷苦之人骨子里所有的坏和邪恶，统统压榨出来。

九黎，已经成了一个邪恶之都。

可是，布布显然不愿意承担这么大的恶名，他涨红了脸，终于能开口了："天尊，你竟然和凫风初蕾有同样的想法？"

布布愤愤地说："凫风初蕾给重离等人安的罪名也是扰乱人心，毁灭民风良俗，将金沙王城陷入了堕落和罪恶的深渊。没想到，天尊竟然也找了这么可笑的拙劣借口……"

"你认为三步一家赌场五步一家妓院都是借口？"

布布已经豁出去了："赌场？妓馆？酒馆？这些是错误吗？这些东西不该存在吗？天尊可知道这些场所给九黎带来的巨大收益？这些产业简直比金矿更加赚钱，每天都有源源不绝的金银堆积如山，又不需要多大成本，简直是无本生意，一本万利，正是这些优良的产业支撑了整个九黎的繁华，不然，九黎广场何以成为全世界人民都梦寐以求的地方？"他侃侃而谈，"也许，天尊和鱼凫王一样，认为光靠着商队？光靠着珠宝的买卖？光靠着胭脂水粉绫罗绸缎这些娘儿们才喜爱的东西？那么，男人呢？男人的消遣何在？女人怎么买买买，购买力都是有限的。可男人就不同了。赌场就不同了，他们只要愿意，一把下去便是千金万金的赌注，可以说，赌场能带来的巨大利润，是一般的商队连想都不敢想的……"

赌博的规模越大，赌场的提成越多。全民赌博，赌场就是一本万利，看着白花花的银子流进来。

布布嘴角甚至流露出淡淡的嘲讽：“就算是我们大炎帝国的商队，已经天下第一了，可是他们苦苦奔波，无非把此地多余的东西卖到彼地，从中赚取差价。可途中还要经历无数的风险，长途跋涉，甚至遇到盗匪的抢劫，商队从保镖到小工都需要支付银两，其成本之高就不用说了。他们的利润别说比九黎广场那些数一数二的赌场了，就算是比起规模大点的妓院都远远不如。一个有五百名妓女以上的妓馆，所创造的利润比一个五百人的商队大了十倍不止，可成本却不到他们的十分之一。天尊，你现在告诉我，赌场、妓馆和酒馆这些是严重蛊惑了人心，造成了九黎的损害？"

一个五百人以上规模的妓院，每天的收入是非常惊人的。可一个五百人以上的商队，却算不得第一流的规模，而且，商队人员因为出生入死，其单人的工价是妓女们的数倍不止，其创造的财富却远远不如妓女们几句随意的调笑。

布布越说越理直气壮，"如果没有这些行业，如果不是赌场妓院这些，九黎根本不可能有今天的繁华。九黎，最多是一个和金沙王城差不多的二流城市而已，根本不可能成为全世界男人梦寐以求的天堂……正因为我听从了诸侯们的建议，大力发展这几个行业，九黎才有今天的顶尖级繁荣。天尊，你可以找借口不让我做万王之王，但是，你不能磨灭我的功劳！"

这一次，轮到白衣天尊哑口无言了。

功劳！布布把这一切全部变成了他自己的功劳。

"属下当然很清楚，天尊一直对鱼凫王有某种私心，可是，鱼凫王在治国之道上根本没有什么才能。她统治小国寡民也就罢了，像大炎帝国这样的世界之国，九黎这样的世界之都，根本不是她一个黄毛丫头可以胜任的！"

"你认为自己比鱼凫王更高明？"

"当然！她只是妇人之仁，私心短视。所以宁愿让金沙王城永远陷入平庸，也不愿意让一个城市走向顶尖级的繁华。九黎，正是因为我大力推广了这些赚钱的行当才能有今天。放眼看看当今天下，谁能比得上九黎？谁不羡慕九黎？九黎已经成了全世界人民心目中的朝圣之地，任何人都愿意投胎到九黎……这不是我的成就是什么？从此，我的名字会被万万年镌刻在九黎，她凫风初蕾比得上吗？"他一摊手，"我的话说完了。以后如何，天尊发落就是了。"

白衣天尊长呼一口气。他忽然觉得，什么都不必和布布说了。

布布见他不作声，也不敢再说了，只是对他躬身行礼："属下告退。冒昧之处，还请天尊原谅。"

可是，走了几步他又停下，背影很僵硬很痛苦，充满了愤怒和不公。

白衣天尊没有叫住他。他停了一会儿，很快便大步离开了。良久，他拿出旁边的公函。那是凫风初蕾发给大炎帝国的公函，也是对重离等人的罪状公示。扰乱人心，裂变人性，这在她看来，是罪大恶极。

　　可这在布布看来，只是成功的必然手段而已，只要能成功，势必会有一部分人要做出牺牲。牺牲穷人，成就功业，这是任何人间帝王的必然选择。

　　可是，布布并不了解金沙王城——金沙王城物产丰富，有极其发达的生产能力和商业能力，加之与世隔绝，是真的可以做到人与人之间无阶级和贫富的差距。更重要的是，金沙王城有长达几万年的传统和制度，有无尽的藏宝库，这才从根本上保障了全体人民都能过上差不多的富裕日子。

　　不患寡而患不均，这是天下百姓的通病。

　　布布认为，金沙王城和九黎一样。可实际上，金沙王城解决了这个通病。

　　这也是布布和她之间最本质的分歧。

　　凫风初蕾是从本质上解决问题，布布是从表象上解决问题。表象，当然永远也解决不了问题。

　　白衣天尊拿着公函，这是他第一次把凫风初蕾当作一个王者，而不是一个少女——一个认错了人的花痴少女。

　　鱼凫王，是真正的王。

第十八章 爱的爆发

白衣天尊的委任令在世界各地公告的时候，凫风初蕾还在返回金沙王城的路上，并不知道这个消息。

半路上，她忽然觉得病毒又爆发了，隐隐地，感觉到自己头上的一层黑色可怖的死气。

委蛇担忧地看着她。

她打了个哈欠："委蛇，我们休息一下吧。"

她忽然很困，径直倒在了地上。委蛇先是忧虑地看着她，可不一会儿，头上戴着的两顶朱冠开始晃荡，它其实也非常困乏了。

凫风初蕾很快便熟睡了。梦里，总浮现人脸蜘蛛的影子，好几次，她要大叫，可是，梦中老被扼住咽喉一般，根本叫不出来。

"凫风初蕾……"

她睁开眼睛。

"哈哈，凫风初蕾，你看看你的样子……"

她蓦然起身。

眼前亮晃晃的，一面巨大的镜子。镜子里，一张人脸，脸上满是黑毛。无边无际的网罗，七手八脚的蜘蛛爪子，粗硬的毛发就像是野猪的鬃毛，网罗上，无数的蚊虫飞鸟，各种尸体散发出令人恶心的臭味。她惊呆了。

"凫风初蕾，你站起来走几步看看……"

她真的站起来。

可是，一股巨大的力道拼命将她向后拉扯。

她本能地回头，但见自己的"双腿""双脚"，全部连在巨大的蜘蛛网里，已经彻彻底底变成了那充满了黑色鬃毛的蜘蛛的腿……

"哈哈哈，凫风初蕾，好玩吧？"那声音，和有熊山林之战的无影人一模一样。

凫风初蕾张嘴，可是，她的嘴里已经发不出任何声音，她呲呲的，就像是蜘蛛吐丝一样。

"你以为白衣天尊会看上你这种人脸蜘蛛？对了，还有那个傻小子杜宇……我要不要把杜宇带来这里，让你亲自咬死他？咯咯……你亲自咬死那蠢货一定很好玩……"

不要，不要！她发不出声音，她只是恶狠狠地盯着那声音的方向。

"这世界上，我最讨厌两种人，一种是自以为比我漂亮的女人，一种是自以为自己很了不起的女人。偏偏你两种都是，凫风初蕾你不死谁死？我其实已经想放你一马了，如果在有熊山林你变丑之后，就老老实实，哪怕你活下去，我也不会再对付你了，我本来也不是为了要你命……可是，你居然不要脸，你都那么丑了，你还继续勾引男人，你真的太下贱了，那时候，你怎么有底气呢？你都丑成那样了，就像一个骷髅，你丑得不忍目睹，居然还有勇气勾搭男人，动不动就往男人怀里钻……"

男人，当然就是白衣天尊。更不能忍的是，白衣天尊居然能忍受那么丑的女人往自己怀里钻。当初，他抱着她时，难道不是抱着一具骷髅吗？不会恶心吗？

"如果你一直活着，以骷髅的方式活着，再不多事，彻底认命，就像那样披着一张人皮活着，也不再企图恢复自己的容貌，那么，事情就不一样了……那样，我是会放你一马的，我不会再找你麻烦，可是，你这个不要脸的小贱人！你居然还是勾引了白衣天尊！这一次，别说白衣天尊，就连当今中央天帝也救不得你了！我会让你活着，以黑蜘蛛的样子，永生永世地活着……"

凫风初蕾跳起来。她用尽全力挣脱所有的罗网跳起来。蜘蛛的腿脚全部断裂。她重重地倒在地上。

月色如水，沉沉地压迫着大地。她过了很久才能睁开眼睛。

那是一个可怕的噩梦，但又不完全是梦。那是神通广大的敌人在给自己展示自己的未来——凫风初蕾，要不了多久，你就会变成这鬼样子。

一口气卡在喉头，不上不下。如果这一天真的到来了，我该怎么办？她在这夜色里，忽然萌生了自杀的念头——我不要这样活下去，我不要这一刻的到来。可是，连自杀都没有力气，她很困，非常非常困倦，恐惧得除了睡觉，再也不敢有别的念头。她慢慢地闭上眼睛，又陷入了昏睡。

有人无声无息地靠近，从天而降一般。凫风初蕾蓦然睁开眼睛。

对面，一人独立，白衣如雪。

她以为自己又睡着了，于是揉了揉眼睛。

她希望这一次是个好梦，千万千万不要再出现可怕的场景了。

她甚至伸手摸了摸自己的头脸，还好，手脚都在，脸上也没有黑毛——虽然面前已经没有那一面巨大的镜子了。她还是可以肯定，自己现在是个人，而不是人脸蜘蛛。

她忽然很高兴。她高兴自己是在这样的状态下见到他。

他凝视她，很久很久。

她也看着他，眼神很是疑惑。她很高兴能在这时候看见他，可是，她又觉得他不该出现在这里。她慢慢站起来："呵……百里大人……"

下一刻，她已经冲过去，双手将他环抱。

其实，他是蓝色头发。

可是，她浑然不觉，在这时候，他的出现真是太重要了。人脸蜘蛛吓破了她的胆，此时，她正需要有人壮胆，偏偏来者是他，她如何能不兴高采烈？

"百里大人，我看到人脸蜘蛛了……我真怕我变成那个样子，我想死，我想自杀，要不，你干脆提前杀了我吧……我让委蛇杀我，可是，我怕它下不了决心，也下不了手……"最初，她语速流利，还是笑嘻嘻的，到后来，已经泪流满面。

"真的，你杀了我吧……提前杀了我吧……唉，我也知道这要求不合理，我本该自己了断，可是，我总怀着希望，我总希望出现奇迹，我想有一天能手刃仇人，我想获得这个本领……可是，我觉得办不到了……我等不到那一天就会变成人脸蜘蛛……"

他原本静静垂着的双手慢慢伸出来，紧紧将她抱住。很久，他才轻轻地："初蕾，你放心，你不会变成那样。"

"可是，禹京也说了，这病毒没有解药……"

"没有解药，我就让时间停止！"

她一直在啜泣。

他一直抱着她。

他的手慢慢地抚过她乌黑的头发，落在她纤细柔软的双手上——她整个人的容貌已经彻底恢复，纵然是在夜色下，也如一颗会自行发光的宝石。

他想，百里行暮，至少有一点很幸运，他爱上了一个最美丽的少女，而且，为她所热爱。直到现在，那少女还对他死心塌地，初心不改。无论走了多远，无论走了多久，无论遇到了什么样的人什么样的事情，她一直爱着最初那个人。

就像他在周山之巅所嗅到的浓郁鲜血和悲哀，那种巨大的绝望和悲痛之情……直到如今，那悲哀绝望依旧将他感染，仿佛一颗心一直沉浸在里面，再也无法挣脱了。

周山之行，他不但没有找到答案，反而在不知不觉中一天天蜕化——他觉得自己蜕化成了真正的百里行暮。尤其是这时候，这样拥抱她，感受到她身上温热的气息、甜蜜的芬芳，以及她脆弱到极点的哭泣和绝望。百里行暮生前所有的记忆，完全跟他融合。

可怜的女孩，就像是一只翅膀已经被折断的云雀。

除了在他面前，她就从来没有哭过、软弱过。

他很紧地，再次将她拥抱。力道很大，凫风初蕾几乎觉出一种快要窒息似的禁锢，可是，她反而觉得很舒服，很安全。千里万里，这是她最渴望的感觉。

不知不觉中，有元气缓缓地渗透。

最初，她没意识到，可慢慢地，她开始挣脱。但是，禁锢的双手就像一把牢牢的大锁将她锁住。

他的声音温柔得就像是月色下的轻风："初蕾，你别怕，以后，你会拥有半神人一般的耐力。今后，谁也别想在你面前装神弄鬼，也无法以看不见的方式攻击你了……至于黑蜘蛛病毒，那是不可能爆发的！永远也不可能！我纵然不能天天陪伴你，可是，我能给你足够自保的能力。"

可是，她并不知道他的良苦用心，她只是习惯地接受了那无法抗拒的能量，很惬意地靠在他的怀里，所有的恐惧之情都烟消云散了。

白色袍子，浓浓月色，他身上的味道真是令人迷醉。无数个夜晚，他都这样抱着她。就算她偶尔会看到他蓝色的头发在暮色中就像是一群跳舞的精灵，可是，她也毫不在乎，慢慢地，她也把那两个人合二为一了。她一直抱着不放手了。此时，他如果开口，她愿意随他去天涯海角。可是，他没有开口。他就像黑夜中的一个梦境，轻轻地来，又随时会轻轻地溜走。因为惧怕，她一直紧紧抱着，绝不松手。不知为何，她预感他会离开——长久地，永远地离开。

"百里大人……抱着我吧，就这样一直抱着吧……对，就是这样，两只手抱着，抱紧点，再紧一点……"

拥抱的力量渗入骨髓。直到疼痛的到来，才感觉到真实。

她很喜欢这种力量。她觉得这样子才安全。

一个没有盟友，没有力量，无力对抗的软弱者，极度渴望的那种安全的感觉。

"初蕾……"

她拥抱的双手慢慢松开，抬起脸看着他。这一次，看得真真切切，那温柔而慈悲的眼神，是极其的深爱才有的眼神。真的，和百里行暮临死的时候一模一样。她忽然很恐惧。

他将她的眼神看得一清二楚："不要再企图去寻找百里行暮了。他只是某个半神人复制的一个假人而已……"

她迷惑地看着他，不解其意。

"百里行暮只是某个半神人复制的一个假人，他从联盟的数据库里盗取了我的部分脑电波，让百里行暮看起来几乎和我一模一样。这么说吧，那个人只是随便复制了一个类似于我的假人，将我的脑电波安在他的身上，那就是一个模型而已……不过，现在百里行暮已经不存在了，以后，也必将永远不存在了……"

"你已经找到了百里行暮？"

他点点头。

"他在哪里？"

"他已经不复存在！"

她还是迷惑地看着他，表情并不如他想象的那么震惊或者痛苦。她只是迷惑，一直迷惑地看着他，就像是听到了什么不可思议的离奇怪事而已。

"当年，你亲手将他葬在周山，他的确是死了。"他慎重其事，重复一遍，"他真的已经死了！"

她还是疑惑地看着他。就像看着一个活生生的人站在你面前，却一本正经："我已经死了,我真的早就死了……"

"百里行暮早就死了!你掘开他的坟墓发现空空如也,并不是因为他复活了,而是因为有人偷走了他的尸体!那个偷窃尸体之人,也许原本是打算再次将他复活,只不过,他没想到我刚好从弱水出来了,所以,他就彻底将百里行暮的尸体毁灭了……"

换言之,毁灭了一个模型而已。这样的模型要多少有多少,可脑电波只有一个,永远只有一个。真相很残酷,他也不想遮遮掩掩,他只是略为不安地看着她。可是,预料中的放声大哭或者癫狂悲哀都没有出现。

她没有任何表情。还是同样的感觉,就像你明明在和一个人说话,他却一本正经地告诉你:自己已经死了很久了。

"凫风初蕾,百里行暮已经死了,所以,你不必再去找他了。真相就是这样,你不用再浪费任何时间了。"

她终于开口了:"是谁制造了这个假人?"

"我正在调查。无论是谁,我都会把他给揪出来。只不过,这事情很可能牵涉到联盟的半神人,以你的力量是无法对抗的。所以,你就不用参与了,也不必再徒劳无功到处寻找了。"

"其实,我可能知道是谁复制了这个假人……"

"是谁?"

"就是屡次给我下毒的那个人……只有她才可能复制假人。"

"你知道给你下毒的是谁?"

"呵,当然知道了,我在她身上留下了烙印。"

"烙印?"

她忽然笑起来。她的声音很低很低:"有熊山林最后一战,我用太阳神鸟金箔发出了最后一击……呵,在万神大会上,我和比鲁星大神等人争吵,他们围攻我,惹怒了大熊猫,就是大熊猫扑上去厮杀的时候,我看到了她手腕上的痕迹……正是太阳神鸟金箔的痕迹……她自以为天衣无缝,可是,我还是留下了烙印……"

他很震惊:"那个人,究竟是谁?"

她后退一步。她很谨慎。还是缓缓地说:"她……马上就要和你成亲了……"

他死死盯着她。

竟然是这样。竟然真的是这样。

他面上没有特别震惊的神情,也并未流露出太大的不安,也因此,凫风初蕾更是惴惴的。

过了许久,他看了看天空。谁也不知道他到底在想些什么。然后,他转过了身。

她想,他可能要走了。

他走这一趟就是告诉她:百里行暮死了,世界上没有这个人了,或许,你再也不要缠着我了？

她忽然很绝望。但她还是鼓起了勇气问道："百里行暮虽然死了，可是，我还有一个问题……一个人的本质，是他的肉体还是他的灵魂？"

他不假思索地说："当然是灵魂！灵魂无可取代，而肉体随时可以被取代。只要灵魂存在这个人永远存在，跟肉体其实没任何关系。"

换言之，肉体就好比灵魂的一个房子而已。一个人住在一座房子里时，这房子是他的家。可若是这房子烂了坏了，他随时可以换一座新的房子，搬一个家，而他还是同样的一个人。

"你以前告诉我，说大神们每到一段时间便会更换载体，以另一种方式活着，就像死去的人类，肉体死去，灵魂还在。只是灵魂会改变一种寄生方式而已，是不是？"

"基本上是这样。"

"一个人，是不是只要意识或者说灵魂不死，他本质上就还活着？"

就好比一个人，他活着的绝对不是手和脚，也绝不是单独的五脏六腑，事实上，手去掉了，脚换上了假肢，或者换了肝肾，换了心脏，那都是同一个人。那个人依旧活着——因为控制他整个神经中枢的大脑还活着。

只要大脑活着，本质上这个人就永远活着。所以，人类才热衷于私下里研究换头术。

"你说有人盗取了联盟的数据库，复制了一个假的百里行暮，但是，他的脑电波和意识，全部是承继于你，跟你的想法和行为一模一样，对不对？"

他点头。

"无论他是生是死，只要你一出来，你立即就会承袭他全部的想法，也就是说，他所有经历过的脑电波会全部被你占领，是不是？"

"不是被我占领！是因为那些意识本来就是我的！我一现身，意识就必须回归我的本体！所以，我一出现，他就必须死掉，就算不死，他也只能成为毫无意识的白痴。就像是一个已经没用的模型，懂吗？"

当然，那些游弋的脑电波也并不是立即就会回归他的身体，而是当他调查了联盟的数据库之后，发现了问题，有意识地收集，才把自己散逸的脑电波全部收回来——包括百里行暮在过去的七十万年的所有举动。若非如此，他也不会和百里行暮一样爱上她，更不可能重复百里行暮跟她有过的所有甜蜜往事了。因为，所有意识已经自动储存在他的脑海里了。

"可是，百里行暮在活动时，本质上是你在活动对不对？毕竟，一直是你的脑电波在活动。只是你的脑电波安装在了一个别的模型身上而已……"

"你可以这么理解。"

"那么，你和百里行暮有什么区别？"

他怔住了。

她很固执:"你和百里行暮到底有什么区别?"

他居然答不上来。

"无非就是一个模型的脑电波回归了本体而已。你还是你,所有的想法都出于你,回归你。就算有一万个这样的模型,最后还是会回归你,还是你本人,对不对?"

她只是按照人类所能理解的程度,迷惑地看着他:"既然如此,你不就是百里行暮吗?难道不是你在弱水的时候睡着了,做了个梦而已吗?"

他也糊涂了。莫非真的是弱水昏迷时的一场梦?

游离的灵魂跑出来,以少年时代的姓名游历江湖,企图把一切未能完成的梦想全部完成?把以前从未经历的路程全部走完?三万年古蜀国经历,一万年的棺材埋葬,如何在不周山之巅怒吼于七十万年的失败和挫折……为什么都清晰如自己胸口蓬勃爆发的全部情绪?

"其实也不是这样……百里行暮真的早就死了……我不是他……我根本不可能是他……"

"就因为你想离去,所以你不承认自己是百里行暮!就因为你原本就不想和我在一起了,所以你不承认……"

承认了,势必就要背负负心薄情的名声。承认了,对他其实并没有什么好处。毕竟,她现在快变成人脸蜘蛛,什么灵药都解救不了。谁愿意和这样的怪物为伍?

"或者,因为你要和青元夫人成亲,所以你故意不承认。"她想。

她只是笑起来:"其实,我早该想到这一点,承认自己是百里行暮,对你一点好处也没有,只会对我一个人有好处。可是,你何必在乎对我有没有好处呢?根本不值得,不是吗?"她微笑着挥挥手,"你走吧。"

他没有走。

她还是很平静:"白衣天尊,你走吧,事情都说清楚了,以后,我们不用再见面了。"

他忽然长叹一声,转身就走。眼看,他已经走出一丈来远。可是,他又停下脚步。他慢慢转身,回头看着她。

她还是坐在原地,一眨不眨地看着他。

月色下,他的雪白长袍一尘不染。但凡他走过的地方,所有的尘土自动退避。就像第一眼初相见。

她忽然很绝望。比当年在周山亲自埋葬他的时候更加绝望。那是眼睁睁地看着一个世界在你面前颠覆。爱而不得和根本不被人所爱,那是两种截然不同的痛苦。

她慢慢低下头去。

他有点犹豫了。他试探性地问:"初蕾……"

她不答。

他忽然走回来一步,小心翼翼地叫道:"初蕾……"

她跳起来，忽然冲过去。她没有发出任何声音，她只是死死抱住他。忽然想，就这么抱着吧，永远也不要松开了，再也不要松开了。

"我和那个人，为什么一直行走在告别的路上？"为什么每一次短暂的相逢之后便是长久的告别？这一次告别之后，是不是就真的是永别了？她死死搂住他。那一刻，她提前变成了人脸蜘蛛，用了天罗地网将他网住。

许久之后，他才低下头，看了看她紧紧缠绕自己的双手，叹道："初蕾……我……我真的不是你爱的那个人，我也没法说服自己，我真的就是那个冒牌货百里行暮……你理解这种感受吗？"

她不理解。她一点也不理解。她只是看到一个长得和百里行暮一模一样，所思所想也和百里行暮一模一样的人，唯一的区别是——他不像百里行暮那么爱她。他随时会离去，并且毫不在乎会不会再次相见。

他长叹："初蕾，放手吧。放手吧。以后，忘了百里行暮，彻底忘了他，也忘了我……也许，我们以后再也不会相见了……"去弱水之后，自然永远不再相见了。就算他还有出来的那一天，可是，她一介凡人，哪里还有活着相遇的时候？无数次的轮回辗转，也注定不再相逢了。"初蕾，忘了我！把过去的一切统统忘掉。"

那时候，天已经黑了。其实，天已经黑了很久很久了，她只是感觉不到。就如她一直分不清楚这一幕到底是真的还是梦里，就像分不清这时间到底是凝固还是游走。

她忽然松开了手，她主动松开，跌坐地上，抱着膝盖，将头埋在膝盖上。

"初蕾……"

她的气息已经不那么稳定了："走吧……你走吧……"

"初蕾……"

她忽然厉声道："你走吧……再也不许出现在我面前了……"她的头彻底埋在膝盖上一动不动了。

他迟疑一下，慢慢伸出手，放在她的头上。

"走……快走……我说了你不许再出现在我面前……不许……你听到了吗？不许！我不想再见到你了……我永远也不想再见到你了……"

他毫不犹豫，一下就将她抱住。

她拼命想推开他："你走吧……你都要和别的女人成亲了，我是生是死跟你有何关系？"

"我没有和任何别的女人成亲！我也不可能和别的女人成亲……我是要重返弱水，而不是和任何别的女人成亲……"

她这才惊呆了，她不敢置信，她主动忽略了他的最后一句话。她忘了推搡他，一只手放在他胸口只是傻傻地看着他。

他也凝视着她。

月色下，她脸上泪痕依旧，明亮的双眼就像水洗之后的夜空，蒙蒙地，却要发出熠熠的光辉来。

他忽然感觉很热，一种莫名其妙的燥热，一种无数次想要赶跑，想要克制，却不请自来的燥热。

他觉得不对劲，他觉得这温度升得太快了，他忽然意识到自己应该放开她，马上放开，马上说声再见转身就走，可不知怎的，双臂却将她抱得更紧更紧，说的话，也和告别之词没有一丝一毫的关系："我早就和青元夫人解除婚约了……我来找你，只是因为我想念你……我一直想念你……我想在走之前，再见你一面，为你安排好一切……"

想念得连冰冷的共工星体号也压抑不了一颗躁动的心，连弱水飞度也无法压抑的狂躁。他的嘴唇忽然被封闭了。下一刻，他再也无法开口，甚至无法呼吸。他骇然望着她。

她却癫狂将他封堵。

她死死吻住他的嘴唇。

热烈的气息扑面而来，夜空中的月色仿佛变成了火红的太阳，几万度的高温瞬间将他融化了似的。

他竟然没有任何反抗的力气就被她猛地扑倒在地。

青草很柔软，青草就像丝绒似的。可这世界上再好的青草再好的丝绒也比不上她柔软的肌肤。比鸽子的绒毛更加细软，比春天的第一缕风更加香甜，比全世界的鲜花加起来更加芬芳浓郁。

他满嘴全是她的香甜气息。

她很主动，一切都是她在主动。所以，他根本只能接受，没有任何抗拒的力量。亲吻，更密集更猛烈。

被动的接受却带来生命里从未有过的热烈体验。

他不由得反手抱住她。

下一刻，他已经反客为主了。他雪白的袍子张开，就像是一片巨大的黑暗屋顶，将整个天空全部遮蔽了。她躺在他身下，微微闭着眼睛，死死抱住他的脖子防止他的离去。

当他俯身下去的时候，有片刻的清醒，试探性地说："初蕾……初蕾……是我……是我……"

"是我，不是百里行暮。"可这话他说不出口。

他稍一迟疑，嘴唇再次被封堵了。他再也说不出话来。他的理智也跟着她已经沉入了这黑暗的天空。可是，他终究技高一筹，还在企图最后唤醒她："初蕾……初蕾……你看清楚了吗？真的看清楚了吗……也许，你会后悔的……"

我有什么好后悔的？我凭什么要后悔？我根本不可能后悔！就算后悔也是你后

悔。她不答,她只是双手环绕,彻彻底底将他抱住,用了全部的力气将他拉向自己。火红的蜀锦王服,随风而去。

夜色下,那是玉一般的洁白、莹润。

她很自然地贴着他,缠绕他,无数次梦中情形一般。很早很早她就想这么做了。在西北的大沙漠里,在周山之巅,无数次,她都这样想象过。可是,一直不能得偿所愿,以至于以后好些年的时光,无数的漫漫长夜,苦苦的煎熬,总是春梦加身,可一朝醒来,却只剩下残余的泪痕。此刻,她也觉得自己在梦里。每当在梦里的时候就不用再忌惮了。清醒的时候处处压抑,难道梦中还要装模作样吗?

她环绕他的脖子,无比亲昵,无比大胆,无比热烈,奔放得就像是她内心深处无数次的渴望。

整个地球上的荷尔蒙,全部被点燃了。

一股热血直冲脑门,他彻底失控了。他的理智消失得无影无踪,他的臂膀将她一拥入怀。下一刻,他已经牢牢地和她结合在一起。

脑海中,似有电闪雷鸣。整个天空,被霹雳炸碎。

时间,已经成了一种虚无的存在,一种碎片般的多余,一种无法用言辞来衡量的无休止的运动。

他战栗得无法自拔。

她也混沌得无法自拔。

那于二人,都是一种陌生的境界——全新的,虚无的,可怕的,粉身碎骨似的一种燃烧。

陌生的燃烧,陌生的疼痛,陌生的毁灭,陌生的新的开始。

他觉得自己彻底燃烧起来。他觉得生平从未经历这样激烈的战斗,这样无所畏惧的冲刺,甚至没有边境的令人惊叹的一种超级夸张的想象力都描述不出来的那种奇妙的欢乐……

欢乐。除了这个词,他已经别无言语。因为极度欢乐,他反而理屈词穷,只反反复复念着:"初蕾……初蕾……"就连这声音也哽在喉头,断断续续的,根本听不清楚。

她也觉得自己彻底燃烧起来,就像是一个人肆无忌惮地冲向几万度的高温,反反复复,纵然因此会化为灰烬也在所不惜。

手足无措的两人,体验全新世界的奇妙。

很久很久。有笑声。哈哈大笑。

他在极度的欢乐里,忽然哈哈大笑。

她不明就里,不知道他为何大笑,只是依旧死死抱着他,或者攀附着他。许多时候,她觉得自己沉浸在一个汪洋大海里,经受一个接一个巨浪的拍打,惊涛骇浪,顷刻之间就会沉没于汪洋的海底永无翻身之地……可下一刻,又冲天而起,飞上云霄,仿佛长了翅膀在无穷无尽的飞翔之中。

有时候，她听得他大笑，欢乐的、愉悦的、充满孩子气的，这笑声感染了她，她也想笑，可是，她笑不出来。她老觉得自己只差一口气，就那么吊着，痛苦不已，又愉悦无比，就好像一个人同时经受冰与火的双重煎熬，双重洗礼。她只是本能地紧紧抱住他，很紧很紧，就像整个人已经彻底生长在了他的身上，无论什么样的狂风暴雨都无法将二人分开了。

　　她很欢乐，她在濒死的痛苦里觉得欢乐无比。

　　这真是一种可怕而又陌生的感觉。

　　那是一场很长很长的梦境。月色一直在天上，朝阳，永远不会升起了。

　　她每次睁开眼睛，总能感受到时间的停滞。

　　有时候，她会试图站起来，可是，她看不到天空之外的地方：远方，土地，湖泊，海洋，甚至委蛇……一切都不复存在。她只在自己的梦境里，独立成为一个世界。她只是无法逃离那双紧紧拥抱的大手。她甚至慢慢地忘记了，是自己一直紧紧抱着那个人，紧紧贴在他的怀里，肆无忌惮地呼吸、享受、亲吻，延续一种自己的生命中从来没有出现过的激烈狂欢。

　　最初，她因为陌生而手足无措，笨笨地，纯属勉强迎合。可到了后来，她一下掌握了其中的精髓和要领。

　　她学习什么都很快，她很聪明。她从配合变成了主动，甚至慢慢地开始掌控。

　　他显然很乐意配合这种掌控，半推半就，雾里看花。他也在接受几万度的高温炙烤，一次一次，无休无止。那一刻，他忽然很宁静，很宁静。

　　胸中无数的愤懑、痛苦、悔恨、恐惧……统统在这高温的炙烤里消失得无影无踪。

　　不周山之战的毁灭，弱水之行的空虚，重返地球的震惊，被人攻击的无聊……统统消失了。

　　一切都不重要了。

　　一切都如得到了补偿。

　　他很平静，非常平静，平静得就像一个人，死而复生，更换了一颗更加稳固更加强大的心脏，从此，你能让心按照你所规定的节拍怦怦跳动。

　　他一直在享受一种被极度填满的空虚。他沉浸在一个完全火热而温暖的世界里。他想，自己的这一生，真可谓一点遗憾也没有了。

　　只是，偶尔会癫狂。

　　这癫狂也不是因为情绪，而是本能。

　　他在极度的迷醉里，只听得她反反复复，气若游丝：不要离开我……永远不要离开我。他笑起来。我要劈开一条路，让你走过的大道鲜花盛开。我要凿开一座山，让你经过的地方百果飘香。这世界，如果只有一次快乐，一次欢笑，一次留恋，一次想念，那么统统是你一个人的。纵然只有一顶王冠，那么也非你莫属。他更紧地将她拥抱。他在辗转反侧的缠绵里，让月色永远永远不再下沉。

月亮，一直都在中天。可是，你看不透这月色。

迷蒙中，有什么遮挡了月色的皎洁，显得朦胧、迷糊，就像天地未开之前的混沌状态。

凫风初蕾偶尔会睁眼看看，一次次看到的全是这种蒙眬。可是，她不在乎。

她很高兴。

她躺在一个宽阔的胸膛里，她喜欢用自己的脸贴在上面，感受那温热的熟悉。那是一个人的心跳，有时候波澜不惊，有时候惊涛骇浪。她常常贴在他的心口的地方，听着那咚咚咚的声音，充满了力量。生命，就像比时间更恒久的一种存在。这声音总是令她感到安心。

有时候，她又坐在他的掌心里。他摊开的掌心就像黑暗大地上一张柔软无边的毯子，她喜欢躺在上面，伸展了四肢，哈哈大笑。

她沉浸在这极度的宠爱里乐此不疲。她愿意在这里耗尽一切的力气，一切的生命，不问生死，不问前途，不问未来，甚至不再追问是否可以永远在一起。

她再也没有问过这个问题。她觉得这个梦已经是永恒了。

月色下，他坐起来，看着怀里的她。

她的长睫毛一动不动。她酣睡香甜。

他笑笑，轻轻将脸贴在她的脸上。

谢谢你，初蕾。谢谢你带给我如此奇妙的一个世界。这一刻，他忽然起了贪念，固执的、顽强的、带着孤注一掷的情怀。我不要一夕欢愉，我要永久。我要永远不会到来的离别，而不是一次次的远隔天涯。只要一想到分离的痛苦，就觉得全部的人生都是痛苦。他忽然很愤怒，他抬起头，看了看天空。

天空很黑暗，用了他二亿五千万年的令人震惊的充沛元气。

谁也不知道，他已经是这天下元气最最充沛的第一人——第一位半神人。纵然不能与天地同辉，也足以和许多正神比肩了。就算是当今的西帝，在他面前，无非一个小孩而已。

可是，却要重返弱水。也许是再一个七十万年，也许是无数个七十万年，本来，哪怕再过一万个七十万年也不重要。可是，从现在起，已经不同了，他的人生被彻底改变了。

"我不可能再过七十万年也看不见她。我也不可能再忍受七十万年也不能再见到她。"

他将她抱住，轻轻地，没有丝毫缝隙地贴在自己的心口。

这一刻，她的心跳几乎和他一模一样。

她在迷迷糊糊里，感受到他热烈的嘴唇，就像午夜的火把似的。她闭着眼睛，咯咯地笑，模模糊糊："好困啊……"

他贴在她的唇上，声音温柔得出奇："初蕾，我带你去一个地方……"

他抱起她就走。

她困倦地软在他的怀里，根本不管去向何方。只要跟他在一起，天涯海角都没关系。

一直都是月夜，又大又圆的月亮悬在高而远的天空。空气变得很清冷，花香也跟着清淡而邈远，就像是如梦似幻的一首小夜曲。

"初蕾，这是共工星体。"

她仰起头，看到月色下清冷的幽静的天空。

一种与世隔绝的、远离人类价值观的风景。一种她梦想之中的特殊风景。

我宁愿永远呼吸这样的空气，享受被这样淡紫色的冷风吹拂脸颊。我愿意每天看着这黄沙白土，与一只仙鹤为伴。

他将她的眼神看得一清二楚，他将她的想法也看得一清二楚。他忽然笑起来，喜不自胜："初蕾，小初蕾……你是我的，原来，你天生就是我的……你天生就是我的小人儿……"

她只是在恰当的时间出现，就像一朵花正好开在他路过的地方，不早不晚。

她和他的理想、志趣、性情，一模一样。

她天生就是为了和他独一无二的匹配。

他欢喜得连灵魂都在痉挛。

她抱住他的脖子，整个人软如棉花糖，声音也软如棉花糖："百里大人……我喜欢你……我好喜欢你……我一辈子只喜欢你一个人……我永远也没法再去喜欢其他任何人了……永远……"

那是世间最有毒的情话，那是她多年等待之后的最大的安慰。

这一刻，他忽然彻底释然了。百里行暮也好，白衣天尊也罢，都不重要了。百里行暮，其实是他少年时代所起的一个快意恩仇的名字。他本来就是百里行暮，他一直都是百里行暮。他只是把一个模型的脑电波回收到了自己身上——脑电波一直爱一个人，才是真正爱一个人，而不是所谓的身体去爱一个人。

他如释重负。

共工星体和别的星球不同，至少，和煤球一样的地球不太相同。这里，几倍于地球的面积。但是，一眼望去没有任何花草树木，也没有任何飞鸟虫鱼，全是无边无际的细细白沙。

凫风初蕾喜欢走在沙子里。她赤足踩在沙子里，但觉足底细细的绵软、舒服。

她咯咯大笑："好好玩。我真喜欢这里。"

"喜欢吗？那我把这个星球送给你好不好？"

她仰起头，很惊讶："这也可以送的吗？"

他满不在乎："只要你喜欢的，我都送给你。只要我拥有的，我都送给你。"

她惊叹："真的吗？"

"当然。"

她一本正经："那我就记住了，共工大人！你已经把你自己和这个星球都送给我了！"

他也笑起来，忽然心血来潮，一把抱起她。

二人驭风而行。

她忽然注意到自己并不真的被他抱着，自己和他一样在驭风而行。

她很意外："我感觉自己会飞了。"

他笑："当然。以后你还会飞得更高更快。"

"就和那些半神人一样吗？"

"没错。"

"为什么呀？"

"因为你的体质已经改变了。"

"为什么会改变？"

他忽然红了脸，他只是神神秘秘地说："反正你的体质已经改变了。你变成了我的小人儿了，所以就会飞了。"

她似懂非懂，只说："百里大人，我们就待在这里吧，我俩一直待在这里哪里也不要去了……"

就待在这与世隔绝的地方，永远不再管外面的闲事，天下大乱也好，半神人的争端也罢，甚至人脸蜘蛛都不值得畏惧了。

他忽然很感动，忽然觉得这一切终于完美了。过去无数次的愤怒和绝望，统统得到了回报。无数厮杀过去之后，居然还有温柔和旖旎一直等着我，不早不晚。

蓝色丝草的戒指在她的无名指上闪闪发光。

她晃动了一下无名指，呵呵笑起来。

"百里大人，永远和我这样在一起吧。永远永远也不要再离开了吧。"

他在这无比柔顺的笑声里，竟眼眶濡湿。"初蕾，你放心，我以后再也不会离开你了。你放心吧。"他的誓言在心底，她听不见。

她已经再度沉沉睡去了。

月色，慢慢地散去，头顶的乌云却越来越浓郁，就像是一张天罗地网笼罩了这个世界。

那是一双窥探的天眼，那是一副监控的眼神。自从弱水出来，他便感觉到那无孔不入的监视、偷窥。最初，他是毫不介意，也根本不予理会的。可是，现在，纵然是天眼，也休想轻易突破他两亿五千万年的元气。当我不想为人所打扰的时候，全世界谁都休想打扰我。当我不想被人偷窥时，纵然你们的天罗地网也一无是处。

他满不在乎，他索性一拳击出。

黑色乌云里，有惊恐的退缩，一只萎缩的眼珠子就像被击中眼眶似的，迅速坠入了黑暗的深渊里。

他只是用雪白的长袍轻轻包住怀里的小人儿。

她睡得很香甜。她的面容美丽得就像是一朵刚刚热烈盛放的红花。

初蕾，初蕾。从现在起，你已经不是花蕾。你是我的花儿，是我的独一无二的美丽的花儿。只属于我，永远只在我一个人面前灿烂盛放。

许久许久，他在极度的温存里慢慢地和她分离。这些天来，他第一次真正和她分离。

他慢慢站起来。她还在沉睡。

孩子气的脸上满是笑容，好像一直在做什么美梦。

他伸手轻轻摸了摸她的脸，然后，微微一笑。

头顶的乌云，慢慢散开，朝阳，终于升起了。

清晨的风吹来甜蜜的花香。

鬼风初蕾慢慢睁开眼睛，看到一片无边无际的花海，紫色的小花迎风摇曳。她躺在花海里，躺在一片柔软如丝的青草地上——青草就像一绿色的毯子，绝对没有一丝一毫的水雾。她下意识地摸了摸，触摸的感觉也是丝绒一般的舒服。

真奇怪，这世界上怎么会有这样的草地？

她有点奇怪，她试着挥舞双臂，但觉精力充沛，前所未有的神清气爽。

她忽然站起来。她看到自己服饰整洁，完好无损。可是，浑身上下总觉得哪里不对劲，怪怪的。

过了很久，她才发现委蛇不见了。

好像很久很久没有见到委蛇了。委蛇到哪里去了？她大叫："委蛇……委蛇……"她到处寻找。

委蛇在几十丈远的地方。它还在昏睡，直到她跑过去将它唤醒。它慢慢地坐起来，伸着脖子，两顶紫色朱冠歪歪斜斜，懒洋洋地打了个哈欠。

"委蛇，你怎么会在这里睡着了？"

它也有点奇怪，环顾四周："是不是我们赶路太久，实在是太困睡着了？可是，我感觉自己睡了好久好久……"

鬼风初蕾也觉得自己睡了好久好久。

可是，再久也不过是一场梦吧。

她以为是做了一个很长的梦，也没怎么在意。

委蛇忽然惊叫起来："天啦，天啦……少主，你看我们带的这个计时器，天啦，一个月过去了，少主，我们难道在这里昏睡了整整一个月？"

鬼风初蕾的震惊可想而知。可是，心底又不觉得害怕——反而异常的安宁。

就如她挥舞手臂时，精力充沛，力道十足，她觉得自己的力量突飞猛进一般。

"初蕾，你别怕，以后无论谁都无法伤害你了……就算那些半神人也无法伤害你了，你放心，有我呢，一切都有我……"耳畔，有人隐隐地在讲话。是谁？她悚然心惊。她面红耳赤。她抬起头，看了看天空，脑子里忽然浮现无数的梦境。

梦里，无限春风，无限旖旎，无数自己平素想都不敢想的情形——梦境又很陌生，所有的一切，全部是陌生的——自己从来没有经历过的一个全新的世界。回忆中，那种欢乐的场景竟然还在心底战栗，回味无穷。等等，梦里他是怎么说的？

"初蕾，我已经和青元夫人取消婚约了……我不会和任何别的女人成亲，永远不会……"

她忽然伸出手，无名指上空空如也，没有蓝色丝草戒指，什么都没有。再低头看看手里的金杖，金色的王杖上面，竟然有一圈淡淡的蓝色的光环。

委蛇骇然："天啦，王杖怎么变了？是不是敌人动了手脚？"可是，下一刻，那蓝色光圈不见了。它狐疑："我是不是看花眼了？怎么又消失了？"

鬼风初蕾却一直看着自己的无名指。她不知道是不是花了眼，她看到无名指上也有隐隐的一圈蓝色的光芒。可是，仔细看时，却又一无所有。

委蛇更是狐疑了："少主，我总觉得有点邪门……我们赶紧离开这个地方吧，我觉得很不对劲……"

她的脸，红得就像是黑夜中燃烧的炭火。她不知道该怎么向委蛇解释。她只是红着脸，摇摇头，声音很低很低："没什么……没什么……没有敌人……"没有敌人，没有阴谋。那只是一场梦。她觉得是自己做了一个很长很长的春梦。

委蛇不明就里，小心翼翼地问："少主，那我们现在该怎么办？还继续往前吗？"

她再次抬头看了看天空，不置可否。

双手摸了摸脸，脸一直是滚烫的，就像梦里的一切全部是真的，她忽然笑起来。

委蛇看过去时，只见少主竟然一个人走远了。

少主根本没有招呼自己，一个人走了。

她的神情也很奇怪，走着走着就笑了起来，笑着笑着又轻轻地叹息。

委蛇忧心忡忡地想：少主这是怎么了？怎么感觉像是中邪了？

第十九章　万王之王 1

一路前行，漫无目的。

凫风初蕾随意走，也不停留，也不看方向。

委蛇跟在她后面，总觉得哪里不对劲，真是担心少主的病毒提早爆发了。可是，少主身轻如燕，面色红润，满脸笑容，又根本不像是病毒爆发的样子。

就在这时，一阵奇怪的声音传来。

委蛇急忙从包袱里拿出珠子，那在十二个夜的王国能显现出模糊人影的珠子已经彻底消失了影像的功能，只能发出一些模糊的声音。她仔细听了一阵，辨认出是丽丽丝。

丽丽丝的声音有点着急："……鱼凫王吗？我急于跟你见一面，我有事情找你……"

"何事？"

对面，只有反复的重复："鱼凫王吗？我有急事找你……我们在最近的司幽国见面吧……"

她再次询问，可对方传来的还是这一句重复，很显然，丽丽丝根本听不到自己的回应。

她只能接收讯息，而不能发出讯息。也许，从十二个夜的王国起，这珠子就已经失去了发射的功能，只有接收的功能了。

她试图再次传递讯息的时候，对面的声音彻底消失了，丽丽丝的声音也彻底消失了。

珠子彻底失去了光华，变成了一块毫无生气的石头。

委蛇好奇道："少主，这珠子怎么死了？"

"可能是能量耗尽了吧。"

"司幽国又是什么地方？"

"我也不清楚。不过，听丽丽丝的语气，那地方应该距离我们不太远。"

那是一座白色的城堡，位于司幽国的正中心。

通往城堡的是一条长长的跑马道，也是司幽国最大的一条街。

凫风初蕾有点奇怪，丽丽丝为何选了这样一个地方跟自己见面呢？

正在这时，听得一声爽朗大笑，一个人影快步出来："鱼凫王，你可终于来了……"正是丽丽丝，她健步如飞，几下便冲过来，紧紧握住了凫风初蕾的手，十分激动："凫凫王，我俩可终于再相见了。"

自从九黎河之战后，二人再也不曾会面，此番相遇，凫风初蕾也不胜唏嘘。丽丽丝已经更换了当初鬼方女王的装束，一身北方之王的王袍，头上也戴着象征冰雪女王的王冠。

委蛇笑道："鬼方女王升级为北方王了，真是可喜可贺啊。"

丽丽丝这才放开凫风初蕾的手，摸了摸委蛇的朱冠，十分高兴："可爱的委蛇，能再见到你，我真是太高兴了。"

"谢谢女王陛下，我也一样很高兴。不过，陛下远道而来在此等候，可是有什么要事找我家少主？"

丽丽丝也笑起来："这一次，我可是奉命来找你家少主的。"

"奉命？"一人一蛇对视一眼。

"白衣天尊已经诏令四方王，正式将你封为万王之王，特意令我前来寻你并告知此事。"

凫风初蕾惊呆了，委蛇也呆住了。

曾经长达好几年的战争，从凫凫国边境一直厮杀到九黎河，整个地球的四分之三都卷入了战火的范围，其终极目的，无非就是为了这个——万王之王。

凫风初蕾忽然道："白衣天尊呢？既是如此，他怎么不亲自下令？"

丽丽丝摇摇头："这我就不知道了，我也不敢问！"

委蛇长吁一口气："我虽然知道这样问很无礼，可还是要问一句，丽丽丝女王，你说的是真的吗？白衣天尊怎么会封我家少主为万王之王？"

"白衣天尊认为，当今天下再也没有比凫凫王更合适的人选。他对布布的统治好像不是太满意，觉得布布在某些方面犯了错，所以，直接将布布遣散回了防风国……"

丽丽丝微微不安："凫凫王，你会去九黎吗？"

她想了想，点头。

丽丽丝大喜："这就太好了。实不相瞒，我来找你之前，还怕你拒绝出任万王之王，所以想亲自来劝劝你。"

她呵呵笑起来："万王之王！无数人都在渴望这个位置，我总要试一试。"

沐浴在第一缕晨辉中的九黎广场就像是一位奢华至极的贵妇人，她步履翩翩，身段柔软，穿金戴银，奢华得有点令人目不暇接。

大街小巷的建筑物都显得奢华，富贵之气扑面而来。可是，仔细看的时候，会发现这些建筑物都缺少细节，缺少精细的打磨，也缺少凝重和质朴，就像是一时暴富的美人，穿金戴银，满身珠翠，可仔细看时，能发现指甲缝里还有乌黑的印子，脚背上也还有泥腥气。

因为速度太快，便来不及打磨细节。因为扩张太大，便来不及沉淀优雅。已经寂寞了几十万年的九黎，忽然就像发疯了似的，风一吹，整个城市野蛮生长，车水马龙，流光溢彩，可看仔细了，处处都很粗糙。

这是凫风初蕾第一次如此认真地审视这个城市。

昔日，她对九黎总是不屑一顾。她觉得九黎就是一个香艳的暴发户，一个全世界战犯云集，一个全世界暴发户散财的地方。可今天再次踏上这片土地，却怀着异样的心情。

她开始认真地审视九黎，决定先走遍九黎的大街小巷。要了解一个城市，再也没有比用脚步丈量更好的办法。

和繁华无比的九黎广场相比，九黎碉楼简直就是一个默默无言的存在。

沿途曾经令人闻风丧胆的红花已经不复存在，庞大的侍卫队也不复存在。可是，当凫风初蕾乍然看到那被生生隔成两层的金屋时，还是很震惊。尤其，当她看到一队花枝招展的年轻妇人指挥着仆从侍女们提着箱笼柜子络绎不绝地往外走时，其吃惊的程度，可想而知。

为首的少妇见到有人横在面前，翻了个白眼："你是谁？杵在这里干什么？还不快让开？"

双头蛇忽然从鱼凫王背后现身，朗声道："大胆，竟敢对万王之王这样讲话？"

妇人吃了一惊，满脸惧色："你就是万王之王？"她们显然没想到，万王之王这么快就来了。她们更没想到，万王之王居然是这样前来——孤身一人，没有任何随从，除了一条双头蛇，没有任何仪仗队。

委蛇很好奇："你们怎么会住在这里？谁让你们住进来的？"

妇人们本是狐疑不已，听得这双头蛇讲话，简直魂飞魄散，哪里还回答得上来？

就在这时候，枯枯法师走了过来。

一少妇如见了大救星一般，跌跌撞撞地跑过去就抱住他的双腿："老爷，老爷，吓死我们了……快吓死我们了……"

委蛇见此奇景，大惊："枯枯法师，你娶老婆了？你们大法师也可以娶老婆吗？"

枯枯法师老脸一红，狠狠瞪了它一眼，默不作声。

委蛇惊呼："老天！你不但娶了老婆，还让你的老婆们都住在九黎碉楼？天啦，你把九黎碉楼当成你金屋藏娇的地方了？"

枯枯法师冷哼一声，转向鱼凫王，硬着头皮说："她们今天全部搬走，以后再也不会到这里来了。"

凫风初蕾虽然惊讶，却只是挥挥手："算了，你忙你的。"

枯枯法师扭头就走。

凫风初蕾忽然又道："枯枯法师……"

他回头，满眼都是警惕，好像担心这鱼凫王随时会为难自己。

"九黎碉楼还有多少人？"

他愣一下，冷冷地说："除了我和这一群家眷，空无一人。"

委蛇道："不是吧？上次我们来这里不是看到很多人吗？还有那些侍卫队呢？他们又去哪里了？"

枯枯法师苍老的眼珠子里有幸灾乐祸之情："这里除了我，没别人了。现在，我和我的家眷也要全部搬到九黎广场了……"

委蛇叫道："你的意思是，这里就只剩下我和我家少主了？"

"没错，待我们走后，整个九黎碉楼方圆一百多里，就剩下万王之王了！"

"万王之王"枯枯法师嘴里第一次吐出这个称谓，枯瘦的脸上却是狡黠而轻蔑的笑意：整个九黎碉楼都空了，都给你一个人了，你万王之王就一个人在这里玩儿吧。

不一会儿，枯枯法师和一干哭哭啼啼的少妇以及全部的仆从都走得一干二净。

整个九黎，彻彻底底空了下来。除了碉楼的第一层被改得惨不忍睹的金屋里留下的各种乱七八糟的垃圾。别说伺候万王之王的仆从了，连一粒粮食都没留下。

这下马威！尽管凫风初蕾早已明白自己重返九黎，一定会遭遇诸多难题，只是没想到居然会如此彻底。

委蛇看着乱七八糟的碉楼，愤愤然地说："真该先拿枯枯法师开刀，他真是太过分了，连侍卫队都解散了，所有仆从也都遣散了，他这不是故意的吗？他留一个空城给我们是什么意思？"

凫风初蕾摇摇头，也不以为意。

很显然，这不是枯枯法师一个人的意思，这是以布布为首的所有小小的将领以及九黎的权威人物联合起来的意思。

你要做万王之王可以，天尊的命令我们也不敢违背。可是，你也别想我们服从你。

委蛇还是愤愤地："这九黎碉楼乱七八糟的，也没个仆从打扫，我们怎么造宫殿？"

她还是淡淡地："把冥想屋改为宫殿就行了！"

委蛇一早就赶去了九黎广场。

委蛇的速度很快，效率也很高，传递的讯息也很准确：万王之王在九黎碉楼召见你等，你等速速前去应对。

可是，委蛇找不到人。

布布离开后，九黎的第一实权人物是他的副手白志艺。可现在，九黎广场的大小将领们，从白志艺以下，所有人几乎都失踪了——当然，他们并非真的失踪，他们的家人都有许多千奇百怪的理由：我家老爷病了几天了无法起身；我家老爷喝醉了几天没醒了；我家老爷出远门了，你问哪天回来？我不知道啊老爷又没说……我家老爷骑马摔伤了动不得啊，不是不想去见万王之王，是行动不便啊，我们请个假还不行吗？

委蛇碰了无数个软钉子，一个将领都没见到。

委蛇气冲冲地跑回来。

凫风初蕾正在溪边散步。

当年，她受伤极重，加上大神们会聚九黎，白衣天尊告诫她不许到处乱跑，所以，她很长时间只能在这溪边一带活动。

溪边不远处便是那栋别致的小屋子。她从有熊山林濒死被带到九黎后，在这里住了很长一段时间，直到可以自由行动了才离开。

小木屋旁边的花草树木更加茂盛，紫色的花藤爬满了墙壁，抬头看去，只见满眼的鲜花，而看不到丝毫土木土块。

隐隐地有故地重游之感。

委蛇老远就大叫："少主，真是气死我了，那些家伙真是气死我了……"

她笑眯眯地："他们一个都不肯见你，是吧？"

"可不是吗？那些家伙全部躲起来，一个都不肯见我。"

他们的借口也许不是多么高明，一听就是假的，可是，这又如何？一个人，你还可以惩罚，可所有人都这样，你能如何？

"这些老家伙一定是串通好的！他们知道少主这些天要来，所以，他们故意串通好，故意避而不见。可是，我敢打赌，他们不但全部都在九黎，他们甚至都在家里……"

这个关键时刻，他们当然都在家里。九黎太好太舒服了，他们当然舍不得就这么跑掉，他们希望鱼凫王知难而退。

此刻，他们可能就在家里舒舒服服地喝茶喝酒，欣赏歌舞乐曲，或者在赌场里挥汗如雨。

他们目空一切：我们就是在九黎，我们就不来拜见你，你能如何？看你这个万王之王如何登基？连筹划者，连供你使唤者都没有！就算鱼凫国的军队赶来，也得时间，并且，你身为万王之王，光调动自己的嫡系部队？光任命自己的属下？光使唤自己的仆从？那你这个万王之王算什么？你难道只是一个傀儡而已？更绝妙的是，在布布大将军的时代，几乎所有重要职务都分配完毕，你鱼凫王还有什么可以封赏的呢？你总不能一来就把其他人撤掉，全部换成鱼凫国的亲信吧？那得是根基站稳之后的事情，而现在，你什么都办不到。

"除了四方王之外，很可能再也没有人肯主动前来拜见少主了，可四方王现在都还在路上。而且，除了丽丽丝之外，其他人又多少和白志艺他们有所勾结，或者倾向于他们。他们就算来拜见少主，也无非阳奉阴违，这可如何是好？"

凫风初蕾笑眯眯地："看来，他们都指望我知难而退，最好在九黎转一圈就灰溜溜地滚蛋啊！"

它叹道:"我们只能等丽丽丝了。"

"丽丽丝来了也没用。她在四方王里是权力最小的一个,她来九黎,也只是替我们壮壮声势而已。"

丽丽丝就算带来几百随从,也不会被白志艺等放在眼里。

委蛇急了:"那我们怎么办?难道就这么在这里傻等着?"

她笑嘻嘻地:"委蛇,那你说怎么办?"

"依我之见,不如直接去九黎把以白志艺等为首的家伙抓起来。使唤他们不容易,捉拿他们却是轻而易举。别说少主出手了,我自己就能把他们全部捉住,然后集中在一起……"

"然后呢?"

"谁不听话就把谁宰了!"

凫风初蕾哈哈大笑:"我尚未登基,就把大将们全部宰了?宰他们的理由是什么?他们不听话?他们不尊敬我?可是,你要知道,他们并未公开宣称不尊敬我,他们只是找借口躲起来不来拜见我,这并不是死罪!我总不能一来九黎就血洗全城吧?"

委蛇愁眉苦脸:"怎么办才好?杜宇他们就算快马加鞭,也还得一段路程。"

凫风初蕾苦笑:"看来,我要想长期待在九黎的话,就必须做好当傀儡的准备!"

最主要的是,别的傀儡人家还给你一个面子上的承认,至少有一个像样的宫殿,每天也假装上上朝,开个会什么的,可自己这个傀儡,别说开会了,连落脚之处都没有了。

你见过无容身之地的万王之王吗?你见过待到老死也没有任何臣子来拜见的万王之王吗?

委蛇转向空荡荡的九黎,连一丝烟火气都没有。

"唉,少主,我们就一直待在这里吃干粮吗?连做饭的小厮都没有啊,这可如何是好?"

她不以为然:"我们一路旅程不都是这样吗?更何况,这里还有现成的房子,至少可以遮风挡雨。"

"少主!"

她拍了拍委蛇的朱冠:"走,去九黎!"

"少主什么意思?"

"他们不来拜见我,我还不能去拜见他们了?哈哈,委蛇,走,我们先去凑凑热闹。"

九黎广场,最大最奢华的赌场叫作"黎京"。

今天晚上,最大的一张圆桌上来了整整二十八位豪客。

掌柜有点紧张,亲自跑前跑后殷勤招呼着,出门的时候,他看了看鬼兵队长,低声道:"盯紧点,尤其要注意那小子,千万别有什么意外。"

队长点点头,掌柜的四处看看,亲自关闭了赌场的大门。

二十八位豪客中,有二十七人都是熟人,全是九黎有头有脸的人物,也是赌场上的老朋友,他们落座,一起齐刷刷地看着对面那个陌生人——那是一个年轻人。他白皙,俊秀,十指纤纤,光看外貌,形如女子。可是,当他随手一提,轻轻将一个大箱子放到桌上,打开盖子,露出满满一箱子金砖时,你就不会这么认为了。

豪客们当然并非没有见过这么多金子,而是这少年提箱子的动作。一大箱子金砖,平素至少需要好几个彪形大汉一起来抬。

可是,这少年随手提起,就像拿着一片羽毛似的。他亮了一下箱子之后,又哗啦一声将一大堆金砖全部倒下去。

这一提一倒,每个豪客的眼睛都睁大了。

他的微笑也如白羽凌空,清清淡淡:"各位可能都知道了,这些黄金全是我赢来的,一共有五万多两……"

众人随着他的眼神,只见他的背后整整齐齐码着一摞金子,全是大大小小的金条、金块、金砖、金叶子。如他所说,全是他赢来的。

这少年,已经是整个九黎最著名的赌徒。少年在来黎京赌场之前,已经在九黎的各大赌场转悠了一圈。在那些赌场,他只赢不输。

最初,大家都以为他运气好。后来,大家慢慢发现不对劲了。他几乎横扫了全部的赌徒,他在每个赌场都赢得了一万两以上的黄金。

整个九黎,为之震惊。

庄家们私下也蠢蠢欲动。但凡赌场,而且是大赌场,肯定都有自己的打手队伍,防止出老千,防止耍赖,以及任何意外事故,或者黑吃黑。他们私下里决定,要给这少年一个教训。可是,他们尚未出手。没有出手的原因也很简单,因为少年赢来的黄金一两都没带走,当然不是因为他很大方说不要了,他只是轻描淡写地告诉各大赌场的老板们,暂时就放在这里,懒得搬来搬去,等他什么时候想起要用了,或者继续回来赌时再说。

金子不带走,当然就没有任何麻烦。

直到几天前,这少年来到黎京赌场。

少年只带了一千两黄金做赌本,第一晚就赢了五千两。此后,少年常驻赌场,几天下来,竟然赢了整整五万多两黄金。

但凡和他对赌的,无一不输,没有任何例外。

无论赌什么,无论换什么方式,他统统包赢不输。他甚至口出豪言,九黎任何的赌徒只要敢来,都必输无疑。许多人不信邪,尤其是一些大富豪,他们闻风而动,可是,他们都输了,而且输得很惨很惨,如少年所说,每一次都是空手而归。

此时，大家都看着他身后那一座金山——毫不夸张地说，那是一座小型的金山。也就是说，这少年平均每天赢一万两金子，真正的一本万利，就连那些超级强大的商队也比不上他的盈利能力。

几名输得很凶的豪客不但将他的事迹渲染得绘声绘色，还私下里联络了九黎的另外几名德高望重的诸侯以及三名手握重兵的将军。此时，他们邀约一起，要会一会这少年。豪客们眼神锐利，杀气腾腾。

少年却微微笑着，若无其事。他孤身一人，连随从都没有。他整天赌博，散场后就在掌柜提供的豪华屋子里关门睡觉，醒了继续赌博。因为他出手大方，每每赢了就随便扔一块金砖给小厮，他们倒也非常乐意服侍他，总是给他端上最好的饭菜。就连他的睡床，他们也按时给他更换最好最舒适的锦缎被子。

小厮们倒是把他伺候得跟国王似的。

直到这些虎视眈眈的豪客赶来。

他把这些豪客的杀气看得一清二楚，还是笑眯眯的："今晚九黎的各大豪客云集于此，一来是给我面子，二来是大家切磋切磋运气。不过，请问各位，我们这一把怎么玩？是老规矩，还是干脆一把定输赢？"

各位豪客都看着吉将军，他是今晚身份最尊贵的客人。他也是今晚和少年第一次见面。"敢问阁下尊姓大名？"

"英雄莫问出处，赌徒不问出身。"

吉将军深呼吸："阁下最好还是告知尊姓大名……"

"你们有二十七人，一个个来还是一起来？一个个来是不是显得太麻烦了？"

吉将军缓缓地说："先本将军一人好了！"

"吉将军一人？真的要一个人上吗？在下建议，你们最好二十七人一起上好了……"他随手抓起一块金砖抛了抛，"因为赌注太大，我怕你一个人承受不起！"

吉将军强忍怒气："你要赌多大？"

"你们二十七人加起来下多大赌注，我就赌多大！"

若非来之前已经详细了解过这少年的战况，吉将军已经一拳打过去了，可此刻，他居然还是压抑住了："我们二十七人一队，阁下，你是认真的吗？"

少年笑容可掬："如此甚好，免得麻烦。我直接压上我这五万两黄金，零头就全部赏赐给这位小哥了，吉将军你看如何？"

他随手在背后摸了几个金砖扔出去："小哥，你这几天也辛苦了，拿去买点酒喝吧。"

饶是见惯了金山银海的小伙计忽然见到这么大的赏赐，也不由得睁大眼睛，额头上却紧张得渗出汗来。他在这黎京赌场做三辈子小伙计，也赚不来这么多黄金。

伙计忘了道谢，他只是怔怔地看着少年。

少年笑道："收好黄金吧，这都是你的了。"

小伙计连声道谢，躬身去拿金砖。

对面，有人冷哼一声，小伙计吓得立即缩回手。

一个商队冷冷地看着小伙计，意思很明显，你先别拿赏赐，你不见得能得到。

少年还是笑容可掬，一挥手："放心地拿去吧！我说给你，这世界上就没有任何人可以阻拦！"

此言一出，所有人面色都变了。

这少年好大的口气。

少年笑眯眯地："如果各位都没有异议的话，就直接一把来吧。当然，如果你们承受不起，那也可以直接告诉我。"

二十七位豪客，全是九黎一等一的富贵人物，这少年却说"如果你们承受不起就马上告诉我"，那意思很明显：玩不起就别玩。

所有人的目光都落在吉将军身上。

若是有人平素敢这么讲话，他们很可能早就一拥而上一拳砸死这狂徒了，可是，因为他们一进门，少年就露了一手，权衡轻重，他们谁也不敢贸然动手。

吉将军缓缓地说："就这么定了，一把五万两。"

少年还是笑容可掬："敢问将军，你们的赌注呢？"

豪客们的随从都在旁边，但是，没有人打开箱子。

少年若有所思，"各位面前空空如也，看样子，都是要用赌场的筹码了？我这人虽然不喜欢筹码，只喜欢真金白银。可是，实在无奈时，筹码也行。"

吉将军冷冷地说："我们不需要筹码！"

少年惊奇地说道："那你们拿什么跟我对赌？"

吉将军冷笑一声："就凭借我的名头！"

"你的名头价值五万两黄金？"

"我是九黎的吉将军，任何人都知道我的大名。"

少年还是笑容可掬："五万两虽然不是什么大数目，可是，我一个个找你们要也麻烦啊。整整二十七位，难道我一家一家上门要？还是说大家输了，我只找将军你一个人要？你一个人承担这五万两？"

吉将军勃然大怒，可是，他旁边的一个豪客轻轻拉了他一下，他强忍怒气坐下去，"谁输谁赢也不知，五万两不算什么，干脆加大赌注……"

"怎么加？"

"一把十万两！"

少年笑眯眯地："我没有十万两这么多。"

"就赌十万两！你要是输了，你就自断双手双腿抵剩余的五万两。"

"我若赢了呢？"

"你赢不了。"吉将军背后的两名侍从忽然目露凶光。

少年长叹一声："罢了罢了，横竖都是一死，那就不如碰碰运气。将军，怎么玩？"

吉将军站起来，径直拿了两个骰子，反手装在两个金碗里，冷冷地说："为了不麻烦，直接比大小吧。"

"好吧，这的确最简单不过了。可是，你先选还是我先选？"

"当然是我先选。"

吉将军先扣住一只金碗。剩下的一只，当然就是少年的。

大家都很清楚，吉将军自己发牌，自己扣碗，自己先选，他当然不可能去选一个小的。

少年当然也想到了这一着，长叹一声："好吧，将军你喊一二三，我们同时出手，看看到底谁的点数更大吧……"

吉将军自己也很紧张，大喝一声："开！"

他喊开，他自己却不开。

少年耸耸肩，"还是我先来吗？那就我先吧。"

少年面前的金碗先揭开，那是一个很小很小的二点。

这当然是吉将军的手脚。

众人立即松一口气，面上露出了如释重负的笑容。这小子，真是死定了。

少年还是若无其事："将军，该你了。"

吉将军亲自揭开了自己面前的金碗。

他冷笑着看着少年的表情，想看看少年死到临头到底是什么样的表情。

可是，他忽然觉得不对劲。因为，他发现所有的目光都看向自己，非常非常奇怪，是一种如见了怪物一般的神情。

他急忙低下头看自己面前的那只骰子，他只看一眼，就呆住了，他终于明白为何众人的眼神那么奇怪了。

吉将军面前，竟然是一个一点。

这怎么可能？他记得自己明明拿的是一个八点。

少年苦笑一声："好险，在下侥幸赢了区区十万两。将军大人，是你派人给我送来，还是我亲自跟你去拿？"

吉将军忽然跳起来，他出手如风，一把就扼住了少年的脖子——可是，那只是出于他的想象，他双手落空，少年已经站在他对面。

少年叹道："我好不容易赢了点钱，你们却想黑吃黑。你们赌场的大老板是谁？叫他来见我！"

吉将军冷笑一声："你知道赌场的大老板是谁吗？"

"是谁？"

"好，叫你知道，这赌场的大老板就是白将军，也是现在九黎的第一将军……"

"白志艺？布布的副手？"少年长叹一声，"是了，是了，若非白志艺，其他人岂敢擅自调动东夷鬼兵？真没想到，曾经令人闻风丧胆的东夷鬼兵和鬼枪，竟然沦为了替白志艺看守赌场的家奴，不觉得太浪费了吗……"

吉将军大喝一声，鬼兵们开枪了。

一阵刺鼻的硫黄味之后，他们遍寻地上，却不见少年的身影。众人情知不妙，仓促后退，却见少年背负双手站在走廊的中央，随手一指，两把鬼枪就到了他的手里。

"这鬼枪只能吓唬人，其实没多大用处。"

将军等人想跑，又不敢，只能一个个傻站在原地。

少年朗声道："掌柜的，你快去告诉白志艺，别装病了，马上带十万两黄金来赎人，否则，他的这些老朋友老部下，就一个也保不住了。"

掌柜的跌跌撞撞转身就跑。

"对了，你记得转告白志艺，若是半个时辰之内他不现身，我就把他的黎京赌场夷为平地！"

白志艺来得很快，他不是一个人来的，他身后跟着七八名鬼军。

外界很少有人知道，他才是东夷鬼兵的训练者、领导者，其鬼兵全部归他掌管，正因此，就连布布大将军也对他礼让三分。

太平盛世，天尊离去，东夷鬼兵理所当然成了他的私产，甚至包括这座用来防守的黎京赌场。

可是，现在白志艺一踏进黎京的大门，就看到跌跌撞撞奔出来的老掌柜，他皱眉道："怎么了？"

"你去四楼，你去四楼就知道了……那个少年不是人……不是人……"

白志艺面色变了。身为黎京的老板，他当然第一时间就接到了报告，说有个少年，几天时间在这里赢了五万两黄金，吓得九黎的其他豪客都不敢来赌了。

今晚吉将军等人就是奉他之命先来探虚实的。他们纠结了所有输家，就是为了来逃回公道。

白志艺答应他们，赶走那小子之后，各自可以拿回自己输掉的金子，赌场只收取一点手续费就行了。他以为，这点小事，吉将军出面轻易就搞定了，也没放在心上，还在家里接待了一位客人。吃喝完毕，尽兴之后，送走客人，这才想起来看一看。

他皱眉："不是人？难道那小子还是鬼了？吉将军他们呢？"

"他们……他们全倒下了……"

白志艺噌噌地上去。白志艺也不是个粗人，他粗中有细——七八名鬼兵一起拿了武器走在他的前面。他已经下了命令，一不对劲，立即先宰了那小子。鬼兵们冲上去，他们第一眼看到的是一大群哭丧着脸的豪客，包括倒在地上的吉将军和两名东夷鬼兵。

少年，踪影全无。

吉将军趴在地上昏迷不醒，其他豪客面色极其难看，几乎要哭出来一般。

白志艺情知不妙，沉声道："你们这是干什么？为什么不把吉将军扶起来？那小子呢？"

"白志艺，你终于来了！"

他蓦然转身，看到少年站在自己背后。

"你谎称病了，外出就医了。可现在看来，你面色红润，中气十足，你生了什么病？"

白志艺面色大变："你到底是谁？"

"你以为我是谁？"

白志艺笑起来："原来是阁下？我真是有眼不识泰山了……"他一边笑，一边后退，嘴里却发出一声奇怪的呼啸。

那是开枪的号令，他身后的鬼兵一起开火了。他松一口气，他看到腾腾的烟雾。他很喜欢这硫黄的味道。作为军人，最初他根本想都不敢想这世界上会有这样厉害的武器。布布大将军告诉他，这是天尊的赏赐，是天尊赐给九黎军队的神器，有了这玩意儿，必将天下无敌，大炎帝国的兴盛也从此开始。于是，他成了这神器的第一受益人，从此成为一著名将领，威震天下。现在，他想，胆敢来这里生事的人，真是吃了熊心豹子胆，仗着有几分功夫就以为能敌过神器了？

他在烟雾里寻找那少年的尸体。

可是，他很快发现不妙，立即后退。

下一刻，他眼睁睁地看着自己手里的鬼枪飞了出去。那是一股巨大的力量，他完全无法控制，双腿一软，齐整整地就跪了下去。

在他对面，赫然站着一少年。他端端地，就跪在少年的面前。

一只双头蛇几乎从天而降，两只蛇头上的朱冠摇晃，孩儿面上的一双眼睛一一扫过众人。

众人惊呼："委蛇！"

他们都认识委蛇。因为前些日子，委蛇才作为鱼凫王的使者登门拜访过他们，可他们不是生病了就是出远门了，现在倒好，一个不少地在赌场聚齐了。

它高声道："你等还不跪拜万王之王？"

早已胆战心惊的一众豪客听得这话，"扑通"一声便跪了下去。

凫风初蕾一挥手，颜华草已经散尽，她露出本来面容看着众人。原本战战兢兢的众人但觉眼前一亮，仿佛整个黎京的天空都燃烧起来似的。

面前的少女美如娇花，却威严得令人不寒而栗。

她手里已经多了一根金杖，金杖上首尾相连的八只鱼凫鸟非常醒目。那是鱼凫王的标志，货真价实的鱼凫王。

他们无数次想象过她的样子，无数次想象她的出场，只是，没想到会在这里。他们曾经以为，再不济，第一次见面也该是她登基的时候。

不料，这么快。

她的目光扫过众人，这二十几位，全是九黎显赫一时的将军、大商队首领，以及两三名诸侯。他们本是联合起来远远躲着她，但没想到，最终会以这种方式见面。

白志艺颤声道："你……你就是鱼凫王？"

她淡淡地："白志艺，你不是病了吗？怎么还有精力管理你的赌场？"

白志艺哪里答得上来？

"还有你们这些商队首领，你们不是全部外出了吗？你们有的随商队出远门了，有的去外地公干了，有的要替父尽孝闭门不出，有的病得起不了床了，你们怎么还能在这里聚众赌博？难道你们会分身？或者本王看到的都是你们的鬼魂？"

众人大气也不敢出。

委蛇笑道："既然都是鬼魂，陛下不妨把他们彻底干掉，免得这些鬼魂到处乱跑，危害九黎……"

言毕，蛇尾立即就扫向最近的一人，作势要出杀招："真的不好辜负你们啊，就先把你们变成鬼魂吧……"

"饶命……饶命……""万王之王饶命……"

委蛇故作惊讶："你们不是鬼魂吗？陛下这也是好心杀了你们的鬼魂才能让你们的真身回归啊……"

众人哪里说得出话来？只一个劲地求饶。

凫风初蕾一挥手，委蛇这才退了下去。

豪客们已经彻底瘫在地上了。白志艺也面无人色。

凫风初蕾看他一眼，淡淡地说："白志艺听令！"

他本能地跪着："臣下听令！"

"本王令你立即召集全九黎的将领和诸侯以及各大商队首领，于明日未时三刻在中央广场听令！"

未时三刻，时间很仓促。马上传令下去也未必来得及。

白志艺本能摇头："请陛下多给一点时间。这么短暂的时间根本来不及……"

她手里的金杖抬起来，随手一指，满地的鬼枪忽然飘起来，砰的一声汇聚一起，顷刻之间就成了一大堆铁块。坚硬的地面，也被砸出一个大坑，整个楼道都在摇晃。

委蛇大笑："白志艺你看好了，若有违背，这些鬼枪就是你的下场！"

白志艺几乎瘫在地上，哪里还说得出话来？

偏偏委蛇还回头，长长的蛇脖子几乎扫在白志艺的头上："嘻嘻，白志艺，你有两个儿子，七个女儿，两个孙子，一个孙女，十五个外孙，另外还有一名老妻，十五名小妾，你的父亲今年七十八岁，你的母亲七十五岁，他们可都还安好是不是？你可要悠着点，最好让他们一直安好下去，千万别出什么意外啊！"

白志艺整个人完全成了一摊烂泥。

不到未时三刻，九黎广场的中央广场就已经人头攒动。

但凡人在九黎的大小诸侯、大小将领以及大小商队首领，几乎全部来了，其余的也都纷纷在赶来的路上。

他们不知道发生了什么事情，也不知道来这里干什么。但是，这是大将军白志艺要求的。

白志艺派出了大量的家奴，快马加鞭，连夜散播命令。白志艺下了死命令，一个也不能少，但凡有故意请假推托者，杀无赦。

布布大将军走后，白志艺已经成了九黎的实际掌权者，更何况他还是鬼兵队长，他的命令，没有人敢违背。所以，大家就算不知道发生了什么事情，也纷纷仓促赶来。

白志艺本人也很害怕。委蛇说得一清二楚：如果大家不来，我们也不找别人，就光杀你，杀你全家。若是以往，白志艺肯定把这当个笑话，可是，当他反复确认躺在黎京四楼走道上的一大堆废铁，千真万确是鬼枪变成的之后，心寒胆裂了。震惊之余，他恍然明白了什么：难怪天尊会任命她为万王之王。

除了吉将军之外，其余的二十几名豪客也都来了，他们来得最早。

而吉将军之所以不来，是来不了——他现在还昏迷不醒躺在黎京赌场的四楼，不知死活。

可是，众人显然不知道这事情，那二十几名豪客也不敢提。不但不提，他们甚至缄口不言。平常聚会，他们都是主角，侃侃而谈，可今天，他们一言不发，他们站在一堆，沉着脸，都不吭声。

其他人就不行了，他们伸着脖子，东张西望，不停地问来问去。

"白将军令我们齐聚这里到底要干什么？"

"传说中鱼凫王不是来九黎了吗？是不是她要召见众人？毕竟，她是来出任万王之王的……"

"以前大家不是约好了不去见她吗？而且这还是白将军亲自下令，白将军不可能自己食言吧？"

"不过，我可听说了鱼凫王的不少传说，据说她憎恨赌场和妓馆，她杀重离就是这个原因。该不会她一来九黎就像在金沙王城那样关闭全部的赌场和妓馆吧？"

几名赌场老板齐声道："她敢！"

"万王之王也得看我们让不让她做！不然，她算什么万王之王？她现在都不敢公然露面，她还做什么万王之王？"

"九黎可不是金沙王城，大炎帝国也不是鱼凫国，这里可不是她为所欲为的地方！"

众人交头接耳，议论纷纷，只是不见白志艺。

其他人都到了，唯独白志艺没来。有些人就去问那群豪客，可是，他们沉着脸，一言不发。

眼看,未时三刻即将到来,白志艺终于现身了。他策马,他的身后一队旗帜鲜明的王家护卫队。

大家都很吃惊。

白志艺在众人狐疑的目光里靠近中央广场,在边缘他就下马,面色阴沉地走过来。有人迎上去殷勤地招呼他,他只是点点头,一言不发。

大家都意识到,今天将有什么重要的事情要发生了。

白志艺抬起头,看了看天空。

未时三刻,准时,天空中一声清越的哨声。

所有人抬起头,一起看向天空。

天空中,一只巨大无比的双头蛇,它有两条长长的脖子,脖子上有两张孩儿面,它每一个头上都戴着一顶鲜艳的紫色朱冠,它可爱得令人完全忽略了它是一条巨大的蟒蛇。

它飞行着从天而降。可是,最令人震惊的并非这条飞翔的蟒蛇,而是蛇背上的少女。

她一身红色蜀锦,手持金杖,云淡风轻地站在蛇背上。离广场还有七八丈高度时,她跳下蛇背。

她从天而降。

众人都被这奇异的出场方式惊呆了。

委蛇厉声道:"还不快拜见万王之王?"

所有人不由自主跪了下去。"拜见万王之王!"声动寰宇。

凫风初蕾已经站在高台的中央。她居高临下,环顾四周。

台下,黑压压地跪了一大片。

白志艺没有弄鬼,也来不及弄鬼。因为她给他的时间不多,他还没回过神就必须把命令传播下去。

整个九黎的重要人物几乎全来了,他们全部跪在地上,凫风初蕾没有叫他们起身。

她只是从白志艺面上开始,一一扫过众将领。

白志艺态度很恭敬,其他武将就未必了。文无第一,武无第二。武将们往往居功自傲,骄横霸道,他们最先抬起头,好奇又肆无忌惮地打量台上的少女。那么年轻,那么漂亮。这少女,居然是万王之王?他们不是白志艺和那二十几名豪客,他们没有见识过凫风初蕾的本领。他们反而觉得上了当受了骗,觉得被白志艺这小子给耍了——不是说好了大家一起打压那个外来的万王之王吗?怎么还召集众人跪拜她?若非她那条巨大无比的双头蛇,若非她从天而降的方式,几个武将当场就要站起来。

而且他们很快发现,她身边没有任何军队。

除了这条双头蛇，她几乎一无所有。众人心中很快就有数了——没有千军万马，再厉害的将军元帅也不可能单兵作战，决胜于千里之外。但凡名将，都是因为善于用兵。但凡王者，都是因为拥有足够强大的军队。

　　这少女单枪匹马，仗着一条双头蛇耍了个花架子，就要称王称霸了？

　　一名武将站起来，他叫灵巨。他很高大，很魁梧，较之寻常男子起码高了三个头。他是巨人的后裔，但不是纯巨人，只有八分之一的巨人血统，他曾经在攻打西方诸国时立下赫赫战功。据说，他一拳就可以砸死一头奔走的犀牛。据说，他一脚踢死了八名敌军。他的名气不如布布大将军，可是，许多人私下里认为他的战斗力并不比布布大将军逊色。之所以没有当上第一将军，只因为他的血统不如布布。他公然站起来，他的身高令他在人群中很醒目。他的声音很大，说话的时候令人耳膜嗡嗡作响。

　　"你就是鱼凫王？"

　　凫风初蕾很平静："正是本王，也即将是大炎帝国的万王之王。"

　　"即将是，即将是！意思也就是现在还不是了？"

　　委蛇大怒："放肆！"

　　凫风初蕾挥手，它退了下去。

　　灵巨对那会讲话的双头蛇本有几分忌惮，见它退下更是放了一万个心了。

　　他使了个眼色，他身边的七八名武将一起不经意地盯着委蛇的方向。他们协同作战已久，默契之下，已经定下了攻守原则。如有必要，当立即先斩杀这条双头蛇立威。

　　委蛇退在一边，众人还不罢休，灵巨大声道："双头蛇滚下去！"

　　委蛇怒了："凭什么？"

　　灵巨哈哈大笑："蛇鼠一窝，妖孽不如，你有什么资格站在中央广场的中间？"

　　"我是陛下的侍卫。"

　　"侍卫？哈哈，陛下用一条双头蛇做侍卫？难道陛下已经无人可用？"

　　台下，哄堂大笑。

　　所有人都好奇地看着委蛇，肆无忌惮地讥笑："从未见过两个脑袋的蛇，好奇怪……"

　　"这蛇能讲话，岂不是妖孽？"

　　"鱼凫王居然没有任何随从，就凭借这双头蛇跑腿？这也太寒碜了吧？这么寒碜的人能做万王之王？就算布布大将军也是前呼后拥，仆从云集啊……"

　　"她是根本就没有仆从吧？据说鱼凫国都亡国了，她不过一亡国之君，狼狈不堪，哪来的随从？"

　　"可不是吗？据说她来九黎没有任何人理她，她只好派这条双头蛇到处去找人，可是，大将们没有任何人接见它……"

　　"哈哈，不过这蛇蛮好玩的，就像一个小孩儿，不对，是像两个小孩儿……"

　　他们肆无忌惮地讥笑委蛇，指指点点。

灵巨毫不掩饰自己的讽刺之情："你们既然来了九黎，就要遵守九黎的规矩。鱼凫王想必知道，我们大炎帝国是不喜欢蛇的。尤其是这充满妖孽相的双头蛇，为了不引起民众的恐吓和反感，鱼凫王就该立即处死这条双头蛇……"

委蛇大怒："你来试试看？"

凫风初蕾挥手阻止了它。

灵巨以为她胆怯了，笑道："鱼凫王该知道入乡随俗的规矩，先处死这蛇妖才是王道……"

凫风初蕾还是淡淡地说："巨人一族的祖先，红发蛇尾的共工，灵巨，你真的是巨人一族吗？"

委蛇哈哈大笑："一个天大的蠢货，他当然不可能知道祖先的详细历史……"

灵巨恼羞成怒，若是隔得近，几乎一拳砸在委蛇头上了。

他冷笑一声，高声道："别扯那些没用的了，鱼凫王，天尊立你做万王之王，我们都不服气。不服气的原因，想必你也知道。江山嘛，是打下来的。我们在前方流血流汗，出生入死，可是，我们打下的江山，凭什么让你一个外人坐享其成？"

此言一出，又有几名武将站起来。紧接着，大多数武将都站起来了。他们都佩戴了武器，他们的手都按在武器上面。有些诸侯也想站起来，可是，他们看了看白志艺，还是跪在原地不动了。

白志艺一直低着头。他的心情，非常紧张。他还抱着一丝幻想——如果灵巨真的能战胜呢？

灵巨轻蔑地看了白志艺一眼，大叫："白将军，你一直这么跪着，还要不要脸了？"

白志艺不动声色："那是万王之王！"

"还没正式登基，怎么就是万王之王了？"

"天尊之命不可违抗。"

灵巨冷笑一声："天尊之命我们当然不敢违抗。可是，要做万王之王总得拿出点本事，不然，兄弟们怎会服气，对吧？"

此言一出，一众武将齐声道："对！"

双头蛇立即站起来。

武将们也一起按住了武器，只等灵巨一声令下，他们立即就会冲上去。

看样子，他们私下里已经有了约定——不但要给这少女一个下马威，将她直接赶走，必要的时候，甚至可以将她当众斩杀。至少，先将那条双头蛇砍为肉酱。

凫风初蕾还是淡淡地："灵巨，你想如何？"

灵巨大笑："鱼凫王要想让我等服气，当然得拿出点真本事。否则，我们怎好奉一个女人为万王之王？如此，岂不让天下人笑掉大牙，也讥笑我大炎帝国没有真男儿？"

灵巨再上前一步，声音里已经满是轻蔑："鱼凫王之前到底有什么真本事我们没见过，也不得而知。但是，如果鱼凫王单单凭借长得漂亮就自认为可以做万王之王的话，那就休怪我们无礼了……"这话，已经是非常无礼、非常粗俗了。

台上娇怯怯的少女，仿佛风一吹就要倒。她的一身蜀锦华服很不错，她的金杖也还算不错的道具，可是，这些看起来更像是一个花架子，一个绣花枕头。这样的少女，做万王之王？别说灵巨不服气，武将们都一万个不服气。

"鱼凫王这模样，做个王后倒差不多，怎么能做万王之王呢？"

"对对对，无论谁做了万王之王都立鱼凫王为王后好了……"

"哈哈哈，鱼凫王你听到了吗？你这么漂亮，就算万王之王没得做，可是，王后之位是稳当当的啊……"

灵巨哈哈大笑："鱼凫王你听到了吗？江山可不是凭借美色就能获取，必须是凭借力量啊……"

鼓噪的众人，眼前忽然一花。

可是，他们什么都没看到。直到有人发出一声惊呼："灵巨将军呢？"灵巨将军已经在台上。但是，他不是站在台上，他也不是自己走到台上的。没有任何人发现他到底是怎么去台上的，反正他已经在台上。而且，他不是站着，也不是躺着，甚至不是跪着……他被一只手高高举着。那是一只非常非常纤细的手，苍白、瘦弱，瞧仔细了，甚至还有一丝丝憔悴，仿佛风一吹，那手腕就会折断。可是，这比花枝还脆弱的纤手举着灵巨，就像举着一朵花，就像举着一片羽毛。

"灵巨，你要看本王露一手是不是？"

灵巨哪里还说得出话来？

原本鼓噪的众人，此时鸦雀无声。

大家都死死盯着她的手指，真担心那纤细的手指一弯曲，灵巨就得落下去。

可是，偏偏灵巨稳稳地横着——横在一根手指上。就像是一条庞大的死鱼，别说挣扎了，他根本连动弹的力气都没有。

凫风初蕾淡淡地："你们既然要看本王露一手，那本王自然也不能辜负你们。大家看清楚了……"

她随手一转，灵巨庞大的身子就像一只陀螺似的飞速转动，砰然一声倒在了台上。

灵巨爬不起来，已经晕了过去。

"还有谁想看本王露一手的？"她上前一步。众人后退一步。

她的目光扫过台下。

刚才那些出言轻薄之人，无不心里一寒。有不甘示弱的将领忽然抽出了大刀。可是，他们的大刀还没来得及出鞘，惊呼声，此起彼伏。

眼花缭乱里，众人但觉眼前已经空了一大片。

几乎所有曾经口出狂言的将领都飞到了台上。几乎所有站起来的将领，全被飞到了台上。他们高高飞起，高高落下。扑通之声，不绝于耳，就像从天而降的一场人肉大雨。他们横七竖八，鼻青脸肿。他们痛苦呻吟，根本爬不起来，他们都头破血流。他们和灵巨一样，没有任何人的嘴巴能够幸存——几乎所有人都满口是血，满地找牙。

委蛇哈哈大笑："嘴贱不是本事，身为男人，最好不要靠嘴巴，还是双手才有说服力！"

众人哪里还出得声来？

凫风初蕾还是站在台上，居高临下，淡淡地说："你们谁还想见识一下？"

有两个幸存的武将侥幸往后面退却。他们正是之前轻薄言语说得最顺溜的两个，他们希望鱼凫王根本没看清楚自己。

可是，他们的脚步尚未站稳，人已经飞了起来。这一次，鱼凫王只伸出了一只手。他们随着这只手飞上去，重重地从高台跌落，满口牙齿瞬间落地，一口鲜血喷出来。几乎所有的武将，全部倒在了台下。他们无法挣扎，无法起身，除了号叫，没有任何选择。这些可不是一般人，这些全是战功赫赫的风云人物。可是现在，他们的号叫听起来简直惨不忍睹。这一下，少则十天半月才能痊愈，多则三五个月，根本不可能站起来了，鱼凫王只是没有要他们的命。

她来九黎，不是为了要大开杀戒。可是，死罪可饶，活罪难免。这场疼痛，他们必将永生难忘。

原本已经站起来的诸侯和商队首领忽然齐刷刷地跪了下去。白志艺擦了擦额上的冷汗，悄然看了看旁边的几个亲信朋友。他们都和他一样，面如土色，庆幸自己当时没有贸然站起来。

偌大的广场一片死寂，只剩下台上一群哼哼唧唧的武将。

凫风初蕾还是淡淡地："这才是第一手，你们还想不想看本王露第二手？"

委蛇大声："还有谁要看的吗？"

台下鸦雀无声。

不要和武将讲道理，也不要和武将谈理想。除了拳头，什么都不能让他们闭嘴。除了胜仗，什么都不能让他们折服。这个道理，凫风初蕾十八岁那年就明白了。只有强人，才能将他们压在脚下。几百人都低着头，战栗不安。

凫风初蕾的目光扫过众人，淡淡地："本王从十五岁起便游历天下，到今天为止，已经参加了大大小小上百场战争。本王曾经在西北沙漠驱逐东井星妖孽，也曾在钧台之战将大费赶出阳城，更将你们巨人一族的大将军徒手扔进九黎河！现在，你们来跟本王谈战斗力？你们和本王谈战功？"

台下，鸦雀无声。

"本王平生只输过一战，只输过一人，那就是白衣天尊！你们可以不服气，也可以不认可，但是，你们没权力和本王比战斗力！你们也不配！"

台下，还是鸦雀无声。

"按照你们的说法，天下者有力者居之！而本王自认和你们相比，那就是绝对的有力者了！还有不服气的，可以找本王单挑。本王但凡输了立即拱手让出万王之王宝座，马上走人。你们，还有谁要上来？当然，你们也可以全体上来，如果本王输了，本王同样走人！"

还是没有人作声。

她淡淡地说："这是我给你们最后一次公平较量的机会，你们可要把握好了。"

众人你看我，我看你，也许，怦然心跳，可是，但见台上横七竖八躺着还在惨叫的武将们，就不敢造次了。

最有战斗力的将领，几乎都在台上了。而且，不是一人，也不是十人，是几十人。可是，大家连她如何出手都没看清楚。如果她愿意，她很可能一伸手就干掉在场的全部人，这是何等本领？

"既然你们不再上台，本王就视为你们集体服从了。今后，大家但凡有什么意见都可以上奏折，也可以当面告诉本王，有则改之无则加勉。但是，若敢阳奉阴违，背地里捣鬼，一律杀无赦！"

"杀无赦"三个字很重很重，每一个人都觉得身上冷汗涔涔。

"半月之后，本王在九黎碉楼的冥想屋正式登基。接下来自有人安排你等的任务，你等听命行事，各行其是……"

委蛇大声道："你等听明白了吗？"

白志艺立即道："明白了。"众人也一起道："明白了。"

凫风初蕾正要令他们解散，忽然听得一阵奇怪的声音。

声音是从西大街的方向而来。"踢踏、踢踏……"

地动山摇一般，那是大军驾到的声音。

所有人一起回头，就连满地哼哼的武将都不由得看向声音的来源。

是什么军队这时候赶来了？又是什么样的军队敢在九黎肆无忌惮地来去自如？

凫风初蕾看向声音的方向，她也有点意外。

一只雪白的战狼风驰电掣而来。狼背上，一个一身盔甲之人。

白狼，径直飞奔到广场前，来人才飞身下来，远远就跪了下去："白狼国小狼王率领一万狼少年大军拜见万王之王，听候万王之王差遣！同时奉上二十万两黄金，以恭贺我王登基！"

小狼王跪着，双手高高举起狼牙棒，无比恭敬。

在他身后，一万狼少年大军已经潮水般地包围了中央广场。他们座下的单峰骆驼气势如虹。

众人心里好不容易激动起来的一点火花，立即熄灭了。不是来单挑的，是来臣服的。援军没有来，等来的是万王之王自己的亲信部队。

小狼王，是第一支前来觐王的队伍，也是第一支前来听命的队伍。

委蛇大喜过望，这小子，总算有点用了。

它哈哈大笑："小狼王，你好啊。"

"可爱的委蛇，我们终于又见面了。以后，我可以和你一起为陛下效忠了。"
"谢谢。"
"这是我的荣幸。"
他目光灼灼，盯着凫风初蕾。
凫风初蕾看他一眼，也笑起来。

第二十章　万王之王 2

众人已经散去。

空荡荡的中央广场上，只剩下小狼王和他的一万狼少年大军。

他已经站起来，他仰起头，台上的少女居高临下。可是，他已经将她看得清清楚楚。她还是旧时模样，只是，更胜往昔。她临风站立，就像是一朵缥缈的仙花。

九黎河之战不久后，就得到她在有熊山林遇害的消息，多方打听，一无所知，渐渐地，他有点绝望了，他觉得自己很可能再也不会见到她了。

可是，很快便有消息传出，她居然被封为万王之王。这不是秘密，这是整个九黎发出的公告。

他便立即开始行动了，他回到白狼国召集了全部旧部带上了自己的所有本钱。

可是，再见面，却比想象中更加震惊。当然并非因为她的容貌更甚以往，而是他目睹所有躺在台下的武将如何被一个个抬下去。

她的脸上，有一层淡淡的光华，那是一般人根本不可能有的。

他死死盯着她的手，喃喃地："你比九黎河之战更加厉害了！"

她也盯着自己的双手。这一切，当然始于白衣天尊。必须是极大的元气才能彻彻底底压制黑蜘蛛病毒的爆发。

她永远记得和他告别时的最后几句对话。

他说："初蕾，你别怕，你不会死，病毒也不会爆发。"

她说："万一爆发了呢？"

他说："那我就让时间停止好了。"

没有人知道她当时的震撼。

当然，还有十二个夜的王国。当封印开启，快要走出十二个夜的王国时，女禄娘娘抓住了自己的手——女禄娘娘说："孩子，我希望你能活着回来。"

于是，她真的活着回去。

容貌的彻底恢复，始于十二个夜的王国。在外人看来，容貌和元气并无绝对的关系，但是，她很清楚，自己的伤势和容貌有绝对的联系。

也许是女禄娘娘的地精灵，也许是女禄娘娘赠予的元气。总而言之，她离开十二个夜的王国时，只觉身轻如燕，体力充沛到了前所未有的新高度。

她想，自己欠了女禄娘娘很大很大一个人情。可是，她并不觉得愧疚。也不知为何，每每想起女禄娘娘，就勇气倍增，好像为她所宠爱，享受了她的极大好处是天经地义一般，她也不知道自己为何会有这样奇怪的想法。

当然，内心深处，还有个更可怕的——一想起就面红心跳，那一梦久远的春梦。梦醒后，是翻天覆地的蜕变，犹如死人新生。别说随手扔掉一名武将，随手扔掉百人千人又有何难？可是，她无法言说，她甚至无法启齿，她连对委蛇都不曾透露，她有时候真的以为只是梦一场而已。

小狼王如何明白其中的种种？他只是目不转睛地盯着她，看着她明亮如晨星一般的双眼，蝉翼似的长长的睫毛，她整个人，就像是一朵闪闪发光的红花。

生平绝美，比想象中更美，比过去叠加的记忆更美，心跳得怦怦作响。可是，他低下头，若无其事："能为万王之王效劳，真是我极大的荣幸。请陛下吩咐任务吧。"

正是用人之际，凫风初蕾毫不犹豫道："小狼王你听好了，本王封你为大炎帝国第一大元帅，统领九黎全部兵马。"

小狼王吃一惊，第一大元帅可是个超级重要的职务。那是昔日布布的职务，也是王之下最重最好的职务。凫风初蕾此举，分明就是赋予了十足的信任。

他立即道："多谢陛下。"

小狼王并不是第一次到九黎碉楼，可是，当他再次踏足时，还是吃一惊："老天，这里居然变成了这个样子。"那是枯枯法师和他的妻妾留下的垃圾，至今无人收拾。还有九黎碉楼，原本超凡脱俗的地方，现在简直被糟蹋得不成样子了。单看那一排排临时搭建起来的隔断楼层，粗糙，又花枝招展，就像一个姿色平平却涂着很厚脂粉的妓女，看了令人作呕。

委蛇叹道："我早就觉得该拆除这玩意儿了，可一直苦无人手。"

小狼王大笑："这有何难？马上拆除，两天之内就收拾好了。"

一万人做事，很多事情很快就可以完成。

更何况这一万人都是手脚麻利的军人，而且，他们还有足够的钱。二十万两黄金，已经足以将任何地方布置成奢华的宫殿了。

鱼凫王自己也不缺钱，她在九黎各大赌场寄存的黄金加起来，也超过二十万两了。这时候，已经没人敢赖账了。

众人大肆采买，很快，九黎碉楼便热闹非凡，车水马龙。

鱼凫王即将登基，已经无可避免。

所有人，都在注意一群人的动向，那就是四方王。

迄今为止，四方王尚未赶到九黎。虽然路途遥远，但是，距离万王之王登基的时间已经不到十天。还有一百曾经被白衣天尊钦点的大诸侯，也有一大半在路上。

大家都在猜测：这些人可能准时出现吗？

如果真的会来，难道不该早就到了吗？

最先赶来的是牟羽和淑均。

他们是以大夏的代表而来，他们原是启王子的私人侍卫队，虽然只有几百人，但是，他们全部赶来了。

凫风初蕾见到二人时很意外。

小狼王立即问："启王子并未和你们一起来？"

淑均小心翼翼回答："启王子自从上次离开九黎，我们就没见过他了。他只说要去九重星大联盟学习《九韶》，据说是因为天后的寿辰将近，不能耽误。"

小狼王说道："排练《九韶》？不是吧？为了排练《九韶》，他居然不参加你的登基大典？这算哪门子的朋友？"

牟羽和淑均都有点难堪。凫风初蕾挥手，示意小狼王别多话，小狼王果然闭嘴了。

接着赶来的是丽丽丝。身为北方之王，丽丽丝的排场就大多了。她不但带来了一万改编后的鬼方女战士，更带来了无数的奇珍异宝作为贺礼。

当九黎广场的百姓围观这么盛大的一支女兵队伍时，无不啧啧称奇。他们从未见过如此庞大数量的女兵。当然，另一个重要原因是，这支队伍中的女兵各个姿色出众，英姿飒爽，尤其是她们的女王，简直堪称人间绝色。

她们轰动了整个九黎。

老远，委蛇和小狼王都迎上来。

老朋友相见，自然分外高兴。

丽丽丝大喜："真没想到小狼王你也来了。"

"我为什么不能来？"

小狼王板着脸："哪一次重要的场合我没有跟你们在一起？"

她也笑起来："小狼王，说真的，我以前一直觉得你不靠谱，可现在，我觉得你非常靠谱。"

"我一直都很靠谱好吧？"

丽丽丝笑起来，却看向对面的凫风初蕾："参见万王之王。"

"丽丽丝你就不用多礼了。"

她正色道："该有的礼仪还是得有。万王之王马上要登基了，以后，总得习惯这样的排场。"

大家都笑起来。

众人坐下，丽丽丝有点意外："那三方王居然还没到？我们是同时接到天尊命令的，我途中还去了一趟司幽国，来回耽误了一段时间。按理说，他们比我先出发，早就应该到了。莫非他们真的如江湖传言，早就到了半路上，却一直在观望？"

凫风初蕾摇摇头，内心深处却是知道的，如果白衣天尊真的和青元夫人退亲了，那么，自己这次登基，必定会遭遇前所未有的狂风暴雨。

距离万王之王登基只有两天了。

三方王和大半诸侯还是没有来。

不只小狼王着急，整个九黎都处于一种极其烦躁、压抑又充满了好奇的氛围之中，仿佛什么大事即将发生，可是，众人又无法预测到底会发生什么。

很快，九黎变天了。

天空中忽然来了一团乌云，一下就笼罩在了九黎广场的头顶。

仔细看，那根本不是乌云。那是一团黑煞之气，巨大的黑气里，仿佛无数的妖魔鬼怪，无数的毒蛇猛兽在里面撕扯、奔腾，分分钟要突破黑气窜出来似的。

明明是大白天，可整个九黎黯黑下来，虽不说伸手不见五指，却如傍晚来临似的。大家从未见过这种景象，都很惊恐。

偏偏这时候，小道消息传得绘声绘色——这乌云不是别的，是死亡之云。

死亡之云，是死神的标志。但凡死亡之云经过的地方，便意味着极大的灾荒、瘟疫或者巨大的屠杀。

据说，当年阳城大旱之前，天空就曾出现这样的死亡之云，结果五年大旱下来，阳城十室九空，大夏的百姓几乎死掉了一大半。

百姓们战战兢兢，生怕灾祸的降临。

当然，死亡之云出现也不会无缘无故，那是因为新的万王之王不符合上天的旨意。

一时间谣言四起：万王之王登基之日，便是九黎广场被毁灭之时。

就在这样沉闷而压抑的空气里，九黎的大街上迎来了一支神奇的队伍。说神奇，并不是因为他们的人数众多。事实上，比起小狼王和丽丽丝这种动辄上万的庞大军队，这支人马在数量上并不惊人。他们区区五千人的队伍。可是，他们的声势，比十万人的大军更加庞大。

领头的是一只大熊猫。

众人从来没有见过这么大的熊猫。它的身子足足有一丈多长，扬起前蹄时就像是两个庞大的铁砣，令人毫不怀疑若是它发起怒来，会一砣砸碎你的脑袋。

它走在前面，懒洋洋的，见到人的时候会羞答答地蒙住半边脸。可是，你仔细看，它的双眼有一种锐利而敏捷的光芒——纵然是许多人类也不见得有这样充满了智慧和力量的光芒的双眼。

大熊猫的背后，是四只迅猛龙。

对于这种迅猛龙众人倒并不完全陌生，因为九黎河之战时，鱼凫国就曾出动这种猛兽，动作快捷，十分迅猛，完全抵得上一支军队。不过，白衣天尊降临时，只一眼就将它们融化了。这是鱼凫国仅剩的最后四只了。

白衣天尊能一眼将它们融化，凡夫俗子却没这个能耐，他们不但不能将其融化，反而很畏惧。

毕竟，迅猛龙露出两尺多长的锋利的爪子时，简直就是一把锐利无比的钢刀。这钢刀配上它们的体型，简直有万夫莫当之勇。迅猛龙的声势也很惊人，一步一步，踢踢踢踏，整个九黎的街道都被震撼起来。

迅猛龙背后，才是这支军队的真正领头人，那是一个年轻人。

他一身戎装，沉着镇定，眉宇之间有远远超越他英俊外表的沉稳气派。

对于此人，许多九黎人也不陌生，这是大将军杜宇。当年，杜宇随着鱼凫国商队在九黎广场活动，曾经多次遭到布布大将军的刻意打压和羞辱。

杜宇现身九黎，大家当然也不觉得奇怪。

身为鱼凫王的最嫡系部队，最嫡系大将军，他来九黎是理所应当的。毕竟，万王之王加冕，肯定得有自己的亲信在场。他们只是没有料到，杜宇居然只带了五千人，而且，还带了这么大一只熊猫，这只羞答答的熊猫真的不是来搞笑的吗？

大家都认为，这是鱼凫王的宠物。毕竟是女子，有个宠物也正常。可是，这样的场合，带着这样的宠物真的好吗？一大半的人，倒被熊猫所吸引。

一路上，畅通无阻。

大熊猫领路，杜宇掠阵，眼看，九黎碉楼已经在即。

谁也没有注意到背后尾随而来的一股很淡很淡的黑气，淡得就像是一股青烟，就连大熊猫都没有察觉。

黑气悄然笼罩了整整五千人马，然后，从杜宇身上蔓延到四只迅猛龙身上，一瞬间，彻底笼罩了大熊猫的全身。

大熊猫依旧没有察觉，飞速奔向碉楼。

黑煞之气，隐隐地笑起来。它想叫那丫头一出来就看到遍地的死尸。

可是，这笑意戛然而止，就像被谁一拳砸在了心口。

死亡之云，瞬间爆裂了，整个九黎上空忽然艳阳高照。

杜宇等人却浑然不觉，也不知道刚刚才死里逃生，马蹄声声中，已经彻底冲入了九黎碉楼。

一个蒙面人站在一棵巨大的古松下面，抬起头，看着远方高耸入云的九黎碉楼。

黑气忽然凝固，禹京的一张马脸在夕阳下拉得很长很长，他死死瞪着那个蒙面人。

蒙面人背对着他，这世界上，极少极少有人敢背对着他。就算是白衣天尊等，也不敢这么公然而长久地背对着他。可是，这人一直背对着。他不知道那是一种习惯，还是一种蔑视。

那是一个身材修长之人，纵然是一身黑色的袍子下也能看出其昔日的盛世美姿。

黑色的斗笠遮挡了她的全部。

可夕阳下，隐隐反射出满头的白发——雪一般苍白、寂寥，像是一朵枯萎了亿万年的雪莲。

沉寂、忧伤、绝望。好像是一缕亡灵在天地之间四处游荡，累了，倦了，又无所畏惧。

她不言不动，就像是一首万万年之前已经被遗忘的歌。

禹京的声音冷淡如冰："你根本不该多管闲事。"

"黑蜘蛛病毒的解药交出来，我马上就走。"

"不可能。"

黑色的身影还是背对着他，仿佛第一次看到这九黎的碉楼，九黎的天空。

"解药！"

"没有解药！不但没有解药，最多半年，她必变成一只人脸黑蜘蛛，求生不得求死不能。"

"禹京，不要逼我杀人！"

禹京冷笑一声："就算你杀光了全京都的男人，你也拿不到解药。"

"我能杀光全京都的男人，就能杀你！"

若是有人对死神说这样的话，可能会笑掉禹京的大牙，但是，他看到那个始终背对着自己的黑衣人，却情不自禁后退一步。

"那是颛顼和鱼凫国女子所生之女，跟你无关！"

"解药！"

"你可知道她这万王之王是怎么来的？是和那战犯鬼混来的，那战犯根本不怀好意……"

"解药！"

禹京再退一步，他的马脸更长更愤怒了，他愤怒得身子几乎开始膨胀。

很少有人知道，禹京有一个别名，叫作鹏。

大鹏展翅时，光他的背脊就有几千里宽，他的两只翅膀就像垂在天边的乌云，人若是骑着快马在他的影子下走，一个月都走不到尽头。他飞起来的时候，翅膀能扇出三千里的巨浪，并扇出无数的细菌、病毒，但凡他降落之地，几千里的人烟都会变成一片废墟。

死神，当然不是浪得虚名。

可是，当他死死盯着那背对着自己的黑色身影时，他膨胀的身子又慢慢缩回原形，还是尽力让自己的声音听起来镇定："你和颛顼早已恩断义绝，你就别多管闲事了。我这也是清理门户……"

"解药！"

黑色的身影，慢慢地转过来。

禹京再次后退一步。他的声音已经非常勉强了："没有解药！就算马上赶制解药也需要至少一年时间，她等不到，她必须死……"

"三个月之内给我解药！"

禹京的马脸几乎彻底垮下来了。

她忽然上前一步。

禹京再退一步："好吧，我尽力。"

禹京叹道："你何必为了这样一个小丫头强行出头？你这样做自己你没有任何好处，对四面神一族也没有任何好处。就算是因为颛顼，你也没必要让自己站在全体半神人的对立面……"

"这么说来，你就是代表全体半神人了？"

"……"

"从不受半神人们欢迎的死神，居然有朝一日变成了半神人们的代表？这代表是你自封的还是青元这小丫头赏赐你的？"

纵然是死神，也面上一红。他愤怒，可是，他又偏偏作不得声。

他对这黑色的身影很忌惮。

他甚至敢怒不敢言。

黑衣人却没有再说什么，只是抬起头，看着高而辽远的天空："后天就是万王之王的登基大典了！那孩子终于要做万王之王了。"

禹京的马脸几乎要裂变了。

"不要企图在九黎捣乱，禹京，这是我最后一次警告你！"

"你疯了，你又发疯了……"

"你撑不起四面神一族的荣耀了，而她，才是四面神一族唯一的希望！"

第二十一章　万王之王 3

那是九黎碉楼的第一次内部会议。在大门打开的一瞬间，杜宇抬起头，看了少主一眼，然后，缓缓移开了目光，内心深处像被人狠狠击打了一下。那一张脸，比头顶的万道霞光灿烂何止千百倍？内心忽然一阵绝望，那是一种永远失去所爱的绝望。每当她光华灿烂的时候，他便很清楚，自己和她的距离不是越来越近，而是越来越远了。他不敢直视，甚至不敢显露出任何心事，只是强行压抑，让声音听起来平静而镇定："参见少主。"

旁边的大熊猫立即蹿上去，凫风初蕾摸了摸它的头，它看着主人，眼神里满是亲热。

她笑起来："杜宇，我以为你没有得到消息。"

"少主即将登基，属下必须前来。"

初蕾轻叹一声："这两年多亏你镇守金沙王城，杜宇，你辛苦了。"

"这是属下分内之事，不辛苦。"

杜宇一直低着头，一直没有直视她的目光。

小狼王笑嘻嘻地："杜宇，你可是万王之王的嫡系啊，有好事鱼凫王肯定先想着你们……这不，你看，就连大熊猫这家伙都神气活现的，好像它也与有荣焉似的……"

丽丽丝也笑起来："小狼王你这话就不对了，鱼凫王向来任人唯贤，再说，杜宇能力品德样样居上，就算得到重用也是应该的。"

小狼王不以为然："杜宇在人类的武将中战斗力的确不错，可是，在人才济济的九黎，真的不算什么啊。再说，依我看来，杜宇就该镇守金沙王城，确保鱼凫王大后方的安全，而不该这么快就跑来凑热闹。"

"这就怪了，昨天小狼王你不还在说为何连鱼凫王的嫡系部队都没赶来吗？今天又是凑热闹了？"

小狼王气鼓鼓地："丽丽丝，你怎么这样挤对我？你到底是我的朋友还是杜宇的朋友？"

丽丽丝正色道："我只是认为大敌当前，我们不该互相排斥，而应该团结一心。"

小狼王叹道："好吧，你总是有道理。"

众人争执不休，凫风初蕾却一直看着窗外，好像对众人的谈话充耳不闻。

这是九黎碉楼的高层，也是当初万神大会时白衣天尊招待众半神人的地方。昔日，这里莺歌燕舞，青元夫人在这里一展歌喉，也在这里留下她绝妙的舞姿，吸引得半神人们如痴如醉，可现在，半神人们已经踪影全无，只剩下窗外的夕阳一直高高悬挂。那是火一般的夕阳，整个天空就像被鲜血染红似的，美则美矣，却妖异到了令人惊惧的地步。

初蕾忽然想起有熊山林的那场恶战，青元夫人分明已经在咆哮："小丫头，你以为你真的可以登上万王之王的宝座？"

小狼王顺着她的目光，忽然道："今天这夕阳是不是有点邪门？怎么这么晚了还悬挂空中？"他不说还好，这一说，所有人的目光都转向了夕阳。

丽丽丝的声音也开始有了一丝惊讶："的确有点奇怪，这都快到亥时了（晚上九点），夕阳还在天空，可是极其罕见啊……"

"何止罕见？我可从未见过亥时还有夕阳，我也在九黎待了很长一段时间，从未见过这样的奇景，这就邪门了，之前还乌云密布，整日不散，莫非现在这夕阳也不离去了？……"

夕阳很美，可是，要是夕阳一直笼罩头顶，天黑了也不离去，那就显得很诡异了。

杜宇也看着夕阳，又悄然看了少主一眼，忽然有点紧张。他内心深处总有一种不祥之感，仿佛少主登基之前，一定会有什么可怕的事情发生，尤其，当他见到少主如此沉重的脸色时，这种不安的感觉就更加强烈了。

鬼风初蕾忽然道："你们放心，这夕阳一定会落下去。"

"为什么？"

"九黎上空不比有熊山林，就算有人要捣鬼，也不好遮掩。"

话音刚落，夕阳忽然隐匿，眼前一黑，一轮圆月几乎没有任何间隙地冲上了天空，众人都被这奇景给惊呆了。

好半晌，丽丽丝才叹道："鱼凫王可真是料事如神。"

小狼王的目光从月亮上收回，死死盯着鬼风初蕾："鱼凫王，你为何说九黎上空不比有熊山林？"

初蕾慢慢站起来，淡淡地说："明日的登基大典上，很可能血流成河。事到如今，我也不能再隐瞒你们了。你们都是我的朋友，我得告诉你们实情，如果你们现在离开，还来得及，否则，很可能遭遇不测……"

小狼王惊疑不定："现在离开还来得及？"

"当然！他们不太可能公然大规模地报复不相干之人。如果你们弃我而去，那么，他们一定会认为你们很识趣，很懂得方寸，更不会惩罚你们……"

"他们的目标只是你一人？"

"唯我一人！"

"这个他们，到底是谁？"

鬼风初蕾沉默了一下："是半神人！小狼王，你真的不必白白牺牲，这种赌注，你根本没有任何赢的可能,别说荣华富贵了,基本上可以确定你会把命葬送在九黎……"她顿了顿才道:"当初我在有熊山林就是被这位半神人差点变成了僵尸,根本没有任何还手之力。"

她虽然对小狼王说话,却看着丽丽丝和杜宇。

杜宇最先开口,他的声音不大,但中气十足:"我不是少主的朋友,我是少主的属下,也是鱼凫国的嫡系,为少主死战本来就是我的义务!"

"你不会有死战到底的机会。半神人们只需要看一眼,整个鱼凫国的军队就会灰飞烟灭。"

小狼王忽然笑起来:"灰飞烟灭就灰飞烟灭呗。九黎河之战时我都差点灰飞烟灭了,这不,还好好地站在这里。如果这一次能再次目睹半神们出手,也算是三生有幸了,死了也有吹牛的资本了,不怕,我不走!"

丽丽丝也道:"我对白衣天尊有信心,我就不信白衣天尊会眼睁睁地看着别的半神人来这里捣乱。"

小狼王笑道:"就是!白衣天尊可是古往今来第一战神,说空前绝后也不为过,他能撞倒不周山,其他大神谁能?再说,你可是他钦点的万王之王,别的大神要来捣乱不是直接打他脸吗?他就躲一边眼睁睁地看着我们被杀?"

凫风初蕾暗叹一声。很显然,在他们眼里,白衣天尊已经是世界上最厉害的人了,可那是因为他们不知道这世界上还有无数和白衣天尊同样厉害的半神人。

小狼王满不在乎:"前两天不是死云密布吗?可最后夕阳出来了!鱼凫王你不是担心夕阳不会散去吗?可现在月亮出来了。这就说明,就算有人企图在九黎捣乱,但绝对是被白衣天尊暗中赶走了……"

他这样一说,所有人都松一口气。

凫风初蕾却苦笑一声:"好吧,如果我真的连累了你们,那我就万死莫辞了。"

这时候,委蛇急匆匆从外面回来,还来不及和大熊猫、杜宇等人打招呼,急忙道:"少主,诸侯们倒是绝大多数已经抵达九黎广场,但三方王依旧没有消息……"

诸侯们其实绝大部分早就到了九黎附近,只是一直在打探虚实。前两天九黎上空黑云密布,谣言四起,他们顺理成章止步不前,可后来看到黑云散去,夕阳当空,便立即赶到了九黎广场。

但是,三方王就不同了,他们一直没有在九黎广场现身。

"少主,如果明日三方王还是赶不到,那该怎么办?"

凫风初蕾尚未回答,小狼王不以为然接道:"这些不识趣的家伙心生反骨,不如直接撤掉,莫不成他们不来,还要保留他们的封号了?他们这是要给鱼凫王一个下马威呢……"

众人都看着鱼凫王。

半晌,鱼凫王淡淡地说:"小狼王言之有理,如果他们不来,那三方王就换人选吧。"

清晨，一轮火红的太阳从地平线上冉冉升起。万道朝霞将整个九黎照得美艳多姿，犹如披上了一件火红的新装。

今日的九黎，注定不会太平。

今日，是鱼凫王的登基大典。

一大早，杜宇便率军巡逻，几乎将整个九黎碉楼的每一个角落都清点得干干净净，以确保不会有人从中作乱。事实上，连续几天他都在认真清点，检查了每一个角落，连任何死角都不放过，他很确信，除非外敌闯入，否则，这里不可能有任何奸细的容身之地。

大熊猫跟在他身后，这老伙计虽然一直懒洋洋的，看起来完全是个蠢笨的家伙。可是，杜宇深知，它有这世界上最敏锐的嗅觉，就算有自己不能发现的危险，它统统能察觉。

一人一熊检查完毕，这才看着通往冥想室的小路。

清晨的朝阳，洒满了冥想室上空。

杜宇拍了拍大熊猫的头，自言自语道："少主终于要登基做万王之王了。老鱼凫王若是泉下有知，一定会非常高兴。"这么多年风里来雨里去，无数次的出生入死，少主终于要登基了。万王之王，整个地球的主宰。这也让鱼凫国不再偏安一隅，而会成为世界的中心，所有人心目中的焦点，从此，走向全球。正因为如此盛大的场合，他更不敢掉以轻心："老伙计，我们今天的任务可不轻松啊，敌人，不可能就这么善罢甘休。"

大熊猫懒洋洋地举起一只熊掌，好像在说，来吧，要是敌人敢来，我就一掌拍死他。

杜宇笑起来。

大熊猫咧嘴，竟然也笑起来。

小狼王则意气风发地换了一身新装，身后跟着他那头巨大的白狼。他也在巡逻，不过是在巡逻他的军队，作为九黎的兵马大元帅，白狼国的军队和九黎的军队，暂时统统归他统领。

他看着那整整齐齐的大军阵容，自言自语道："从今日起，我便是大炎帝国的兵马大元帅，名副其实的世界第一大元帅了。"

可是，他走到九黎碉楼的门口时，却愣了一下。只见杜宇和一群军人已经在大门口竖起一面巨大的旗帜，上面分明是四个大字：炎黄帝国！而九黎碉楼的上空也已经竖立了一面巨大的旗帜，老远就能看到风中招展的四个大字：炎黄帝国。他连续念了好几遍："炎黄帝国！炎黄帝国！好家伙，居然改为了炎黄帝国！"

杜宇淡淡地说："有什么毛病吗？"

小狼王哈哈大笑:"没毛病!真没毛病,我的祖上一直攀附黄帝,说自己是黄帝的后裔,其他的诸侯不是攀附炎帝,便自认是黄帝的后裔,所以,叫炎黄帝国真的一点毛病都没有!"

还是清晨,距离申时还有四个时辰,小狼王却眺望远方,心情不由得有点紧张,自言自语道:那些家伙真的会按时赶来吗?万王之王的登基仪式,一个臣子都没有,这岂不是笑话?因为紧张,他踢了一脚路边的小石子:"那些家伙要真的不来怎么办?就算是万王之王也不可能去把他们统统杀光吧?"

话音刚落,便听得踢踏踢踏之声,小狼王大喜:"终于有人来了。"

最先赶来的是大将军白志艺以及他的一帮狐朋狗友,简言之,当初赌场里的一批赌徒,以及在九黎广场上企图给鱼凫王一点颜色看看的一群人,但凡还能站起来还能行动的,全部来了。

小狼王喜笑颜开地看着这队人马从自己面前经过,暗忖,这下,登基仪式总算不会那么寒碜了,毕竟,大炎帝国以前的大将,主要的商队首领,已经来了八成了。

紧接着,来的是一百诸侯。除了这几年已经老死的病死的或者来不了之外,一百诸侯竟然来了八十来号人,远远超出了小狼王的预计。不只他,就连杜宇也擦了擦额头上的冷汗,只要绝大多数诸侯来了,这登基仪式怎么也算是有八成的风光了。

只是,那三王一直不来。无论是拉美西斯、赤焰兰亭还是季季,都没有来。此时,距离鱼凫王的登基仪式不到一个时辰了。

就连丽丽丝也急了,她在门口不停走来走去,连声道:"赤焰兰亭和季季也就罢了,拉美西斯可是告诉我他一定会来的,他怎么现在还没来?"

委蛇愤愤地说:"也罢,那三个家伙如果胆敢不来,就按照小狼王所说,直接将他们撤职……"

小狼王笑嘻嘻地:"这不正好吗?丽丽丝的北方王是现成的,我也可以出任西方王,杜宇凑合一下南方王,至于东方王什么的,鱼凫王随便指派一个就行了,就白志艺吧,这家伙来得最早,也最识趣,封他一个东方王也不为过……"

话音未落,只听得马蹄声声,负责传令的通讯官员声如洪钟:"西方王拉美西斯到……"

"南方王赤焰兰亭到……"

"东方王季季到……"

三王居然全部到了。不但都到了,而且是同时来的,就好像在半路上商量好了,审时度势之后才一起来的。

冥想室很大,屋顶很高,容纳几百人也毫无问题。

此时,济济一堂的诸侯们、武将们以及商队首领们,都静静地看着那座高台。高台空荡荡的，只有一把椅子。

诸侯们和三方王都不是第一次来九黎。不过，上一次被白衣天尊召见时，他们清晰地记得，那把椅子虚悬半空，你看不到人影，只能看到椅子，就更显出白衣天尊的神秘和威严。

但现在，椅子高高矗立在台上，接了地气，却更是沉重而紧张。

这把椅子，是小狼王亲手打造。说是打造，无非小狼王在九黎碉楼的所有椅子当中选择了一把最高最大最华丽的，然后，在扶手和靠背上全部镶嵌了一圈亮闪闪的金子，靠背的正中则镶嵌了一颗拳头般大小的红宝石，又在扶手的两侧各自镶嵌了一颗鸡蛋般大小的绿宝石。

虽然小狼王的审美品位堪忧，但是，众人都是识货之人，这样的宝石天下罕有，这可能是全世界最值钱的椅子了。

而下一刻，一位陌生的少女便要坐上这把椅子了。那是人类有史以来，第一位登上万王之王宝座的女性。

大家都看着三方王。

他们自己心里也没底。按理说，以他们的级别，来九黎之后，鱼凫王当立即单独接见他们。可是，鱼凫王没有。礼官只客客气气将他们带到冥想室，和别的诸侯一起等在这里。

鱼凫王申时准点登基，可刚刚申时，所有人都伸长了脖子。

会聚在冥想室的群臣忽然发现外面不停鼓噪的声音，竟然有大批量的便装人员在源源不绝地涌进来。

他们有的是九黎的商旅，有的是当地的百姓。他们口音各异，服饰各异，谈笑风生，就像围观菜市场似的，叽叽喳喳，畅所欲言，根本不管这是什么重要场合，而是肆无忌惮议论纷纷。

冥想室里面的文武大臣们无不面面相觑。这些人分明是鱼凫王准许前来的。因为，道路两旁都有旗帜鲜明的鱼凫国士兵把守，如果他们不放行，百姓们根本进不来。

诸侯们很不悦，他们觉得这太儿戏了，让这些贩夫走卒来这里和他们站在一起，简直是有失身份。

可是，他们又无法暴怒，因为，这些凡夫俗子毕竟和他们还是隔了一点儿距离——四只迅猛龙将他们和文武大臣们隔绝，他们就在迅猛龙的范围之外活动。

大家看着迅猛龙，更是兴致勃勃："哇，你们看，龙，真的龙耶……"

"你真是少见多怪，我在九黎广场时就见到这四只迅猛龙了，对了，那只大熊猫呢？大熊猫比迅猛龙更可爱……"

"大熊猫？在哪里？我看看……"

众人踮起脚尖，谈笑风生，好不热闹，哪里是高贵不凡的万王之王登基大典啊，简直就是看稀奇一般。

忽然听得一阵锣鼓喧天，所有的嘈杂声，立即就被压下去了。不知何时，台上竟然多了一个人。冥想室济济一堂，何止上千人？可是，居然没有任何一个人发现她是什么时候现身，更不知道她究竟是从哪里走出来的。天空？地下？所有的喧嚣，忽然停止。

众人全部屏住了呼吸。

大家只是瞪大眼睛看着高台上那个红色的身影。那是一团红色的云彩，光芒万丈，令人还来不及分辨她的面容，便被那绚丽的色彩所震撼。她一身蜀锦王袍，袍子上一朵红色芙蓉，手里拿着金色王杖，头上一顶简易的王冠，此外，没有任何装饰。她身上的光芒，从王冠而来。首尾相连的神鸟金箔几乎要从太阳深处展翅欲飞。

众人惊呆了。这是他们第一次看到神鸟金箔，也是第一次见到这世界上如此巧夺天工的绝世珍宝。相形之下，她身边那把高大华丽镶金嵌银的王椅倒显得相当庸俗可笑，就像是一个无知浅薄的暴发户。

可是，她浑然不觉，她很随意地站在椅子前，抬起头，看了一眼台下。

只一眼，众人忽然心跳加速。仿佛有一种无形的力量顿时笼罩头顶，偌大的冥想室，甚至外面的天空都变得如此光华灿烂。

"我，凫风初蕾，高阳帝之女，奉炎帝之子白衣天尊之命出任万王之王，一统地球，改国号为炎黄帝国……"

所有人都呆呆地盯着她。他们已经忘记了正常的登基程序，忘记了挑剔那些繁文缛节，忘记了古往今来，可能是这第一位没有任何礼官，也不需要任何礼官长篇累牍陈述登基的理由，就自行宣布登基的万王之王。没有任何转弯，没有任何委婉，没有任何矫饰，甚至不给出任何理由，直接就这么登基了。

高阳帝之女，炎帝之子……所有人忽然都觉得这理由真的已经足够充足了。

高台上的那个人，她就说了这么一句话，就坦然地坐在了王椅上。就像全世界的花，呼啦一瞬间同时开放在众人眼前；就像全世界一下变成了春风沉醉的夜晚；就像全世界一下进入了丰收的季节，硕果累累，粮仓满满，余香缭绕。就连她坐下的那把庸俗不堪的金银也变得高贵而典雅，无比的富丽堂皇。整个冥想室，都因她而灿烂生辉。

四王不由自主跪下去。诸侯，商队首领，整个冥想室的人全部跪了下去。外面寂静无声的百姓也统统跪了下去。全世界在这一刻都静止了，那是一种极致之美的力量，一经露面便击溃了所有猜测。他们忽然觉得，她天经地义就该做万王之王。他们虔诚跪拜，直到为首的杜宇高声道："我王万岁……"

称贺之声，不绝于耳。整个九黎，只剩下同样一个声音。

旁边护驾的委蛇，终于松了一口气。小狼王、丽丽丝等人也松了一口气。尤其是小狼王，他死死盯着台上的红色身影，眼睛一眨不眨，事实上，自从她一出来，他就没有眨过眼。内心，仿佛有人拿了一把重锤，把整个五脏六腑都敲得怦怦作响。明明没有任何多余的装扮，甚至没有任何胭脂水粉，就连她的王服都是简单赶制，除了一朵红芙蓉再也没有半点的花样，而王冠更是神鸟金箔简单张贴，此外，就没有任何多余的装饰了。可就是这样的简单，却形成了极致的绝美。她整个人，比他费尽心思搜罗来的那两颗稀世宝石更加璀璨耀眼。比他这些年见到她的所有时刻加起来更加令人惊艳。他很想高呼一声"我王万岁"，可是，他说不出来，他一句话都说不出来，他只是瞪大眼睛，哑口无言，一辈子从未这么理屈词穷。

鱼凫王的规矩也很简单，萧规曹随，现有四方王和一百诸侯的地位都不动，文武大臣们也都各司其职，九黎广场对于各国商旅的开放程度更强，优惠更多，只是单独任命白志艺为九黎广场的兼职税务官，其主要职责是掌管大炎帝国的全部税收，以用于各地百姓的赈灾救济、窘困救助以及新建学堂和扩大学堂。

大家都很意外，就连白志艺自己都很意外。

以前的九黎是没有单独的税务总管的，只有税务小吏，而统管变相被大将军布布兼职了。可现在，白志艺却被任命了这么重要的职务。他很震惊，但是，他也不顾上多说，只立即领命谢恩。

此外，杜宇被任命为新一代蜀王，而小狼王则被任命为炎黄帝国兵马大元帅，统管炎黄帝国的全部兵马。

之前的任命也就罢了，可这个命令一下来，人群中，便有了一声冷笑。一直很安静的冥想室忽然传出这一声冷笑，当然显得很突兀。所有人都转向声音的来源，鱼凫王也看着声音来源的方向。

围观百姓中，一人越众而出。

他一身雪白丝袍，红色头发，十分高大气派，和白衣天尊颇有几分相像。这些年的九黎大将军，实质上的地球之王，已经让他整个人的气派得到了极大的提升。他每走一步，身子就暴涨一分。他的火红色头发也如漫天飞舞的精灵，巨人的标志，高贵的血统，令他更有一种王者之气。他每走一步，这种气场就更强大几分。吃惊的众人立即主动让开一条道，就连诸侯们也纷纷让开了一条道路。大家都认识他。没有任何人试图阻止他。鱼凫国的军队好几次准备出手，但是，他们看着鱼凫王的脸色，又都停下来。每个人心底都有点不安，就说嘛，今天的登基仪式怎会这么风平浪静。

他畅通无阻地走到了高台下面。这时候，他的身高几乎和高台齐平了，几乎是和台上的鱼凫王对视了。

可鱼凫王还是纹丝不动地坐着。有人惊呼："布布大将军……"在布布大将军所经过的路上，一排巨人一起走过来。他们都一身白衣，他们都隐匿在人群中，直到站出来，身形才开始暴涨，和布布一样，居然全是能自动隐匿身形的巨人。

冥想室高几十丈，宽几百丈，容纳几百诸侯本是绰绰有余，后面甚至还有许多空位，可是，这些巨人一暴涨，冥想室忽然显得很狭窄。

这批巨人，整整有二十八名。他们从东南西北四个方位把持了整个冥想室。出口，却只有一道。只要巨人不让路，任何人都休想踏出这间巨大的屋子半步。几百诸侯被困在中间，简直就像是一群小蚂蚁似的，纷纷后退，挤成一团，而外面的百姓们更是被这突然的变故吓得目瞪口呆。就连四周的空气也凝固了，每个人都觉得呼吸有些困难。所有人都在想，高台上那娇弱无比的鱼凫王，被巨人衬托得就像是一只小蚂蚁，只怕一个照面便会被巨人们给活活捏死吧？

　　鱼凫国的侍卫队要冲上来，可是，他们不等靠近，便被那股强大的气场纷纷迫退，他们彻底被阻隔在冥想室之外。而冥想室里，除了委蛇，鱼凫王没有任何侍卫。

　　大家忽然心惊胆战，因为大家都意识到，接下来将要目睹的就是这群巨人对鱼凫王的肆意宰杀了——只要她胆敢不听话，就会立即死无葬身之地。

　　小狼王却大叫起来："布布，你还敢来？你忘了被鱼凫王直接扔进九黎河了吗？"

　　布布巨大的手掌伸出，往他的方向一指："小狼王，今天第一个死的就是你。"

　　那是一声巨响。

　　大家以为下一刻，小狼王就会成为一摊肉泥。

　　可是，眼前白光一闪，小狼王的身子已经换了一个方向，还是稳稳地站着。小狼王死里逃生固然脸色发白，却还是哈哈大笑："布布，你就这么点微末本领，你太无耻了……"

　　"小狼王，你这无耻小人，你朝三暮四，背信弃义，每一次都是见风使舵，你以为你这次终于站对了方向？"

　　小狼王大笑："没错，我的确朝三暮四，当初也曾巴结你这布布大将军，甚至还重重贿赂了你十万两黄金。可是，这又如何呢？你可知道一个秘密？"

　　"什么秘密？"

　　"我这个人，的确见风使舵，可是，我一直忠于鱼凫王，就这一点，从未改变！"

　　就连一旁的委蛇都长叹一声："也罢，你这家伙总算说了一句实话。"

　　小狼王笑嘻嘻地。"天下者，有德者居之，鱼凫王无论是才能还是品德，都远在你布布之上。当初九黎河大战时，现场只有你的军队，布布你虽然狼狈不堪，也没人笑你，可是，今天却当着全部文武大臣的面，若是你再被鱼凫王一把抓起来扔出去，那你岂不是威风扫地？"

　　小狼王本是故意要激怒布布，所以专门选择了最戳心的讽刺，可是，原本暴脾气的布布居然不动声色。

　　他只是冷冷地看了小狼王一眼，就像看着一只跳蚤似的："也罢，你这跳梁小丑，待我杀了鱼凫王再来杀你。"

　　"杀鱼凫王？你也配？"小狼王话虽如此，却非常紧张。他分明看出布布身后的那一队巨人，那是一个很罕见的阵法，尤其，他们手里的武器更是见所未见。

　　除了丽丽丝之外，那三方王都看看布布大将军，又看看新的万王之王。

　　布布沉声道："季季！"

季季依旧是正常身形。没有像别的巨人那样变幻成小山一般的身形。身为四方王之一，他是上次在九黎被天尊亲自指点才学会了隐匿身形。可是，不会隐匿身形并不代表他的功力弱于布布等人，事实上，经过白衣天尊随手一指，他的功力就算不远远超越布布，也绝对不在布布之下了。可是，他避开布布的目光，还是没有立即变幻身形。

　　没有立即变幻巨人身形，当然就没有马上站到布布一端的意思。

　　布布冷笑一声："季季，你这是什么意思？"

　　季季硬着头皮，低声道："我不敢违抗天尊之命。"

　　"你是不敢违抗天尊还是被那个女人吓破了胆？"

　　布布这一下真可谓戳痛了他的内心，那是他生平唯一一次战败，不但战败，而且败得那么惨烈，事后，那也成了他最不愿意提起的一场隐私。

　　"季季，你要是害怕那女人，就当我的话没说过。可是，这以后，你也不配再待在防风国，巨人一族也必将再没有你的任何位置。"

　　季季低下头，还是道："我只遵天尊之命！"

　　"你这个可怜的胆小鬼！"

　　布布一拳击出，季季竟然没能躲过，整个人风筝似的飞了出去。

　　诸侯们连连惊呼，拉美西斯和赤焰兰亭也不由得后退几步。

　　委蛇蓄势待发，而杜宇和小狼王等人都捏了一把冷汗，就连丽丽丝也悄然握住了随身携带的腰刀。

　　小狼王怪叫一声："布布，你这是要公然背叛白衣天尊了？"

　　布布却忽然一挥手，他暴涨的身形转了个方向，拳头长了眼睛似的，径直抓向小狼王。

　　小狼王当然识得厉害，一直全神贯注戒备。可也被一股巨大的力道所吸引，整个人竟然飞了起来。

　　布布笑起来："你这跳梁小丑，死不足惜啊！"

　　小狼王的身子在半空中停下。

　　众人还没看清楚，只见小狼王居然又回到了原地。

　　小狼王毫发无损，只大笑："布布，你跩什么跩，你到底是从哪里偷学了几招三脚猫的功夫？是不是背主求荣，又投靠了什么新主子了？"

　　布布终于变色了，他还是没有动怒，只是往鬼风初蕾的方向看了看，只见她还是稳稳地坐在那把金灿灿的椅子上一动不动，好像对发生的这一切根本无动于衷。

　　"布布，你公然背叛天尊，你到底有何仗势？说吧，你幕后的新主子到底是谁？"委蛇的声音和它的孩儿面一样，一直很可爱。也正因为它的孩儿面，这段时间它已经成了九黎最著名的明星之一，每天代表鱼凫王和那些诸侯们谈判，久而久之，大家的畏惧心理早已消失，都把它当成了鱼凫王的侍卫之一。此时，它开口，便和小狼王的插科打诨不同了。

委蛇问出了所有人心里的疑问，布布大将军居然公然背叛了天尊，那么，他背后的新主人到底有多么强大？

三方王，尤其困惑不安。

布布却轻蔑地冷哼一声："天尊！嘿，天尊！他根本不配做什么天尊！"

布布转身对着巨人们："你们听好了，交战一开始，先把这头厚颜无耻的狼崽子给宰了。"

巨人们一起点了点头。他们做这一切的时候，完全无视台上的鱼凫王，就好像鱼凫王已经是一个死人，下一刻，他们就可以在高台上将小狼王五马分尸似的。

台上的鱼凫王还是一动不动，众人暗忖，莫非这少女已经被吓傻了？

小狼王频繁地抬头看天空。

布布笑起来："别看了，白衣天尊根本不会来，你们根本没救星了。"

"你凭什么说他不会来？"

"大神们有大神们的规矩，这个万王之王一旦确定就没他什么事情了，他要是擅自出手，会犯下众怒，别的大神早就等着出手惩罚他了。事实上，你们都知道万神大会吧？这世界上，根本不止白衣天尊一个大神，再说，他在联盟中的地位也不算什么……"

此言一出，诸侯们顿时像吃了一颗定心丸——只要天尊不来，布布大将军是赢定了啊。原本犹豫不决的人，也决定彻底站在布布一端了。

一直旁听的鬼风初蕾，听得这话，终于看了一眼布布。她还是没有站起来，她已经心如明镜。布布，这一次的确是找了新的靠山。只是，他的新靠山是谁？青元夫人？禹京？还是别的自己不知道的神秘大神？

从某种意义上来讲，这不是自己和布布的万王之王争夺战，这是白衣天尊和他暗中的敌人的一场争夺战。摆在面上的二人，只是傀儡而已。

她忽然很感兴趣，就这区区一个地球之王，能把白衣天尊暗处的敌人全部逼出来，也算是不容易啊。

布布迎着她的目光，忽然移开。尽管那目光平淡无奇，可是，他还是有阴影——当你每一次都输给一个人时，就算你短时间内能力大增，可是，你也会不由自主地心怯。直到你彻底取得胜利，这种胆怯才会一瞬间消失。也正因此，布布才更想跃跃欲试，急于和鬼风初蕾一较高下。

布布的目光落在对面的那面大旗上，他抬起手，将旗帜和旗杆都捏成一堆碎片。他啐一口，轻蔑道："炎黄帝国！炎黄帝国！真是厚颜无耻！"

鬼风初蕾心平气和地说："炎黄帝国，天命所归！"这是鱼凫王第一次开口。

可是，诸侯们都注意到，她的前方三十丈开外，已经没有一名诸侯，没有一名侍卫。

除了旁边的委蛇和小狼王、丽丽丝、杜宇等寥寥几人，她已经一无所有。那几人，是没什么战斗力的。除了委蛇，其他人根本不足以抵挡巨人的一招一式啊。要是巨人们一拥而上，她岂不马上就要成为一摊肉泥？也因此，她这平淡的一句话听起来就显得很空洞，一种胆怯的、软弱无力的空洞。

布布忽然挥舞了一下拳头：“鱼凫王，我们看拳头行事。”

鬼风初蕾看了一眼他的拳头，她当然已经看出布布双眼暴出精芒，和九黎河之战时分明完全不同了。

布布，已经得到了特殊的元气，也许和自己一样，不再是普通的地球人了。

布布再次摇晃自己硕大无比的拳头，笑道：“打江山！打江山！鱼凫王，我早就告诉过你，江山是打下来的，而不是像你这样巧言令色骗下来的。你这个异乡人、外来户，识趣的话就马上滚蛋吧……”

"这么说来，布布你本领见长，自认可以和本王一较高下了？"

布布笑了。他笑的时候，简直就像是一阵晴天霹雳。诸侯们被震得面无人色，几乎站都站不稳了。他们想跑，可这时候已经迟了，他们两股战战，根本无法动弹了。

布布不笑了，他转过头，看了看偌大的冥想室，声如洪钟："所有人马上退去！今天的事情只是一场笑话，以后，本将军也不会再找你们麻烦。"

门口的两名巨人挪动身子，将大门彻底让出来。

几乎所有人都打算转身离去，可不知怎的，双足就像被定在地上似的，竟然无法挪动。

布布以为他们是故意不走，怒道："本将军数三下，你们再不走，这面旗帜便是你们的下场……"

巨人的手，随手一捞，高台正中的"炎黄帝国"大旗便到了他的手里，他朗声道："见鬼的炎黄帝国，去死吧……"

大家眼睁睁地看着他的一双手——巨人的拳头居然是空的。他手里没有旗帜，他什么都没有。

高台上，鱼凫王的身影依旧一动不动，在她旁边，炎黄帝国的旗帜依旧牢牢地插着，纹丝不动。

"布布，你听好了，今天我不想杀人！你若马上离开还能保住一条性命。"

"哈哈，可是，我想杀人！鱼凫王，你今天非死不可！"

鬼风初蕾轻叹一声。那叹息就像夜风中的一声鸟鸣，就像春风中的一朵花悄然地飘落地上，和布布那破锣般的声音形成了鲜明的对比。布布的声音如雷鸣霹雳，每个人的耳朵都要被震聋了。可鱼凫王却轻言细语，慢条斯理，每一句话都如轻轻在你耳畔，微风吹过一般，无论冥想室内还是室外的上万人都听得清清楚楚。

"今天真不是杀人的好日子。布布，你要想活命非常简单！只需要说出你的幕后主使人，我便饶你一命。可你要是负隅顽抗的话，就再也见不到九黎明日的阳光了！"

布布一拳挥了出去，先下手为强。他很清楚，面对鱼凫王这样的对手，绝对必须用足十成的力气。布布身后，跟着十七名巨人，剩下的十一人，奔着委蛇和小狼王等去了。布布记得很清楚，那神秘的主人告诉自己：你要想杀掉鱼凫王，那么，就按照十八人的队伍好好训练。

鱼凫王还是坐在椅子上，她的面色都没改变一下，仿佛对这一幕充耳不闻，也不觉得这样的叛乱有什么了不起。

她甚至没有怎么看委蛇和大熊猫的情形，好像对那些厮杀不感兴趣，也好像对那二者饶有信心，觉得他俩对阵巨人已经绰绰有余了。也许是鱼凫王这边太过安静，就好像没有存在感似的，众人反而转眼看向她。她已经被巨人包围，她的前后左右都是巨人，她还是无动于衷地坐着。如果说大熊猫和委蛇，一看就像是了不起的高手，是杀伤力和战斗力超强的战神，而鱼凫王，看起来简直就像是任人宰割的囚徒了。她被巨人们关在一个包围圈里，若非巨人的身形太大，他们之间的空隙太大，外人几乎看不到鱼凫王。

布布忽然有点紧张，他看了看自己的拳头。拳头，充满了元气。新的主人说：就算你一个人的元气短时间内无法追上她，可是，你们十八人的元气合起来，会远远超越她。一念至此，他冲上去："鱼凫王，今天不是你死就是我亡……"

十六名巨人也一起冲上去。那是一股绵绵不绝的气场，一生二，二生三，三生万物……到十七人的时候，已经将整个九黎上空的气流完全阻截。那不是普通的巨人战阵，那是经过幕后神秘主人指点过的大阵。

鱼凫王彻底被困在旋涡里，她一动不动，就好像一只小飞虫陷入了蜘蛛网，根本不具有任何反抗的力道。

诸侯们听不到任何动静，以为她已经死了。

布布得意扬扬："鱼凫王，你死定了，这一次，就算白衣天尊来也救不得你了……"笑声未落，眼前忽然一花，火花四溅里，布布被一道金色光芒击中，他迅速后退，他看到那十六名巨人也忽然都住了手。

原本凝固一般的气场，不攻自破。旋涡，彻底凝固。整个世界，变成死寂一般。

大家只看到高台的中央，王椅和王椅上的人都飞了起来。

巨人们彻底失去了攻击的目标，只茫然地举着拳头，四处张望。

而台下诸侯却抬起头，呆若木鸡地看着半空中一动不动的椅子。那镶金嵌银满是宝石的椅子平素看来不怎么样，可现在横在半空中，简直金光闪闪，万道霞光，仿佛当年白衣天尊在冥想室接见众人的情形。唯一的区别，当年白衣天尊隐匿了身形，而现在，椅子上坐着一个红色的身影，就像是一朵红花开在屋顶。

布布也惊呆了，他忽然怒吼一声，劈手夺过旁边一名半神人手里的银色斧头便挥了上去。这一击，用尽了布布全部的元气。

半空中虚悬的椅子忽然飞起来，顷刻之间便落在了高台之上，一道红色的人影也飞起来，下一刻，金色的王仗已经不偏不倚地挥在了布布高而粗大的脖子上。

脖子，也是巨人的软肋。布布庞大的身躯砰然倒了下去。顷刻间，冥想室里山一般的压迫感消失了，原本显得拥挤不堪的冥想室忽然变得很大，甚至有些空荡荡的。

众人眼前那二十几个山一般高大的巨人不见了。他们全部瘫在地上，也全部恢复了常人的大小。他们和布布一样，永远失去了幻变巨人的机会，再也无法凭借这个本领兴风作浪了。

整个世界，彻底安静了。红色的身影落地，已经不偏不倚地坐在王椅上面。

所有的厮杀全部停止，所有人都屏住呼吸。

鬼风初蕾却长叹一声。她轻轻地说："对付你等宵小之辈，哪里需要天尊出手？"

布布张嘴，一口血喷出来。

台下诸侯都盯着她，他们的眼神，已经完全是当初看着白衣天尊的眼神了——毕竟，百闻不如一见，昔日大家传说鱼凫王有多厉害，可是，大家都没有见识过，也不相信，谁会真的相信一个凡俗女子有那么厉害呢？可现在，大家都看到了。

十几名巨人，包括布布大将军，的确是在她手下第一招就失败了。尤其是布布大将军，只一个照面就彻底失去了反抗的能力，甚至连幻变的本领都被封锁了。

这时候，大家才真的觉得台上的人是鱼凫王——万王之王，而绝对不是一个傀儡，一个花瓶，或者一个装饰者。那是货真价实的万王之王。

布布的雪白袍子上已经满是鲜血，他的一只手撑在地上，却转身面对身后那群呆若木鸡的诸侯，厉声道："你们供奉的万王之王，根本就是一个妖女……这妖女，以后会变成一只人脸大蜘蛛……哈哈哈，她根本就是一只蜘蛛精，哈哈哈……"笑声中，他一口血喷出，便倒地身亡了。

布布，终究是巨人一族，见自己已经永无翻身的希望，便彻底自杀身亡。

鬼风初蕾只一挥手："将所有巨人全部押下去，彻底驱逐到一万里之外的西荒之地，终生不许再踏足中原半步。另外，防风国首领一职，从此归由季季接任。"

已经面无人色的季季擦了擦额上的汗水，好一会儿才想起行礼："多谢大王。"

一队侍卫冲上来，七手八脚地将巨人们全部绑缚，也将布布的尸体带了下去。

冥想室，彻底恢复了宁静。就像刚刚这一场可怕的厮杀根本就没有发生过似的。

鬼风初蕾终于站起来，这是她第一次从椅子上站起来。高台很高，可是，现在，大家再也不觉得这红色的身影很渺小了。

她举起了手里的金杖，众人将那金杖看得清清楚楚，那是首尾相连的鱼凫神鸟金杖。

"我乃白衣天尊钦点的万王之王，若有不服者，敬请上来挑战，但凡本王输了一招一式，便立即让出这宝座，终生不再踏入九黎地界半步……'

台下，鸦雀无声。这时候，哪里还有人胆敢上前挑战？

"我给你们的挑战机会只有这一次！今日之后，不单单是九黎，全世界都必须执行炎黄帝国的新法令，无论东南，无论西北，但有违令者，杀无赦！"

众人齐齐跪了下去，齐声道："诺。"

鱼凫王看着他们，却并未立即让他们平身。事实上，这几百文武大臣，自始至终都在首鼠两端，见机行事，一旦有机会，他们将毫不犹豫赶走自己这个外来户。直到现在，他们才彻底折服了。任何人，只有看到绝对无法对抗的力量，才可能彻底臣服，凫风初蕾很早很早就明白这个道理了。

她只静静地看着跪下的这群人，半响，才道："明日之后，本王将公布炎黄帝国新的人事任免。你们不要企图徇私舞弊，也不用贿赂争夺，本王只看你们治国的本领，只看你们的能力以及品德。其他的手段，请你们统统收起来！"

众人心中战栗，还是齐声道："诺！"

"你们都起来吧。"

文武大臣，一起站起来。他们仰着头，看着高台上的女王。这时候，他们已经彻底确信：这个人，真的是万王之王了。

她站在高高的台上，看着里里外外上万的诸侯、百姓，又看了看四方王，目光不经意地扫过小狼王等人的身上。

杜宇还好，他只受了一点小伤，站得笔直。

丽丽丝也完好无损，毕竟，布布也没打算要她的命，所以巨人们重点追杀的对象并不是她。

只有小狼王很狼狈。小狼王浑身上下简直没有什么完好的地方，腿已经有点瘸，狼牙棒的箭头也折断了，他的那头大白狼也血迹斑斑，显然受了不轻的伤。身为布布重点关注的对象，纵然能死里逃生，可情形也足够糟糕了。小狼王，他虽然左冲右突，侥幸保住了性命，可是，他的华丽的金色袍子已经被撕碎了一大片，露出左边鲜血淋漓的臂膀，他的金色头发也变得乱七八糟，整个人蓬头垢面，简直就像是野人似的，昔日的丰神俊朗简直一点也见不到了。但是，他却站得笔直，举着狼牙棒，神气活现地站在大白狼的旁边。很显然，这场胜利让他彻底扬眉吐气了。

凫风初蕾暗叹一声，但觉人心莫测。有些时候，你眼中所见的，你意识所认定的，不见得就是真相，比如小狼王——她都没想到，这家伙能一直追随自己，一次次死里逃生，直到现在。这已经不是单纯的富贵险中求了，要是追求这种富贵，那不知已经死了多少次了，而且投入和产出比也实在是相差得太远太远了。

小狼王见她的目光投过来，吓一跳，却立即笑起来。一缕鲜血从他的眉梢滑落嘴角，他龇牙咧嘴，却笑嘻嘻地："我王万岁，我王终于赢了。哈哈，我就说嘛，布布这家伙真是螳臂当车。今后，但凡有任何胆敢挑战我王的家伙，统统是螳臂当车。"

众人都笑起来。

凫风初蕾也微微一笑。她点点头，这时候才转向众人，朗声道："今日，我还有另外一件重大事情要当众宣告……"

台下立即鸦雀无声。

"众所周知,每一任王者的统治末期,继承人的问题都是大问题,甚至因为继承人选问题屡屡爆发流血冲突,严重者甚至演变成大规模的战争……"

大家想起刚刚过去的万王之王宝座争夺战,都不由得点点头。

凫风初蕾微微一笑,语气十分平静:"历朝历代,总是因为王位悬而未决,在君王临死之前或者死之后,造成极大的混战,为了避免这个情况,本王今日宣布,待得本王归去之时,白狼国的小狼王便是下一任万王之王!"所有人的目光齐刷刷地看向高台之下的小狼王。

只见小狼王原本一身金色的戎装,一副兵马大元帅的气派。虽然现在他的金色戎装已经破碎不堪,血流满脸,看起来很是狼狈,可是,大家一想到他刚刚的血战到底,以及身为第一个赶到九黎效忠鱼凫王的诸侯,也都能理解几分了。

只是,大家还是意外。意外的并非这个人选——而是鱼凫王为何这么快就下了这样的命令?这可是任何帝王登基时前所未有的。哪有人一登基就宣布继承人是谁?帝王们不都忌惮这一点,而且企图万岁万万岁吗?

凫风初蕾对他们的种种腹诽心知肚明,可是,她却面不改色。她只是抬头,不经意地再次看了一眼上空。她很清楚自己在做什么,也很清楚自己真正的统治时间一定很短很短,甚至短暂得超乎自己的想象。布布今日的公然叛乱,就已经很明显了。敌人,一定会想方设法提前催发自己身上的黑蜘蛛病毒。与其忽然病发群龙无首酿成大祸,不如提前布局,顺应时势。

可这些群臣诸侯们岂会知道?他们只以为鱼凫王真的疯了。

小狼王也以为鱼凫王疯了。他目瞪口呆地和众人对视,好像鱼凫王说的根本是另一回事,好像那个小狼王根本不是自己。直到委蛇笑道:"小狼王,你还不谢恩?"他如梦初醒,"扑通"一声就跪下去了:"多谢大王恩典!愿我王万岁万岁万万岁!最好永生不死。"

凫风初蕾笑起来。

台下众人想笑,可又笑不出来,他们觉得小狼王这一番感恩致辞虽然很荒诞,可是,比起鱼凫王的这个命令,就显得微不足道了。

第二十二章　女王的理想

　　从九黎碉楼到九黎广场，百余里的距离，沿途彩带高悬，鲜花若锦，炎黄帝国的旗帜插遍了九黎的每一个角落。

　　四只迅猛龙开道，后面是委蛇亲自驾驶的金色马车。这马车也是小狼王供奉，通体全是黄金打造，就连车轴都是纯白银。大熊猫跟在金色马车旁边，而后面才是大将军杜宇率领的鱼凫王亲卫队。

　　再后面，是诸侯的方阵。

　　小狼王骑着巨大的白狼，神气活现地走在最前面。他一身精心打造的大元帅戎装，用了许多金丝银线，看起来整个人都金碧辉煌，比鱼凫王的王袍华丽多了。他一路傻笑，不可置信，因为，直到现在他都觉得在做梦——鱼凫王当众宣布，待得她百年之后，就将万王之王的位置传给自己。天狗的后裔，终于要成为人上人了。

　　诸侯们震惊地看着他，有羡慕、妒忌、不安，当然更多的还是敬畏——鱼凫王的神威他们已经见识了，对于鱼凫王亲自宣布的继承人，他们当然不敢藐视。

　　小狼王当然没有忽略这些目光。这一辈子，他一直在渴望这样的目光。他抬头挺胸，但是，没有扬扬自得。他觉得，从此刻起，自己应该改变一下气度了，对，就是气度，要像鱼凫王那样，任何时候都沉稳平静，不骄不躁。他骑在大白狼上，稳稳地随着车队一起往前。

　　登基之后的巡游，是鱼凫国自古以来的传统。

　　小狼王在金沙王城时就见识过了，彼时，是庞大的蜀龙拉车，游走的是三十里芙蓉花道，其风景远远胜过九黎。可现在，他觉得也将就了。虽然路边那些临时拼凑起来的彩旗显得有点俗气，那些临时摆放的野花野草也显得有点杂乱无章，但是，遍及各地的炎黄帝国的气派压制了这些庸俗，显得非常高端大气。小狼王很满意，因为，这是他命令手下亲自布置的。隐隐地，他幻想自己登基的那一天，也要这么走一遍。不过，他现在并不着急。他内心深处，甚至热烈地渴望她能在位久一点，再久一点——最好万寿无疆地活着。这是他第一次，如此希望一个女人万寿无疆。

　　一百里，不算长，但也绝不算短暂。不过，对于骑着快马的诸侯们来说，这点距离真不算什么。而对于那些看热闹的百姓来说，更不算什么了。反正今夜张灯结彩，沿途都有饮料、美酒以及各种各样的美味随意取用，那是鱼凫王登基的普天同庆，有吃有喝有风景有热闹，大家追着、跑着、玩着也是挺热闹的。正因此，这一路的巡游，竟然热闹得出奇，只听得欢声笑语，锣鼓喧天，甚至远远胜过了凫风初蕾当年在金沙王城登基时候的气派。

此次巡游的终点，当然就是九黎广场。

鱼凫王和她的文臣武将们，将在九黎广场绕场一周，然后再返回九黎碉楼。

委蛇的速度不快也不慢。若在平时，这一百里对它来说，无非一个短短的距离，但今天它很兴奋，它把节奏掌控得很好，不快不慢，好让沿途围观看热闹的百姓把新的万王之王看得清清楚楚。

鱼凫王，就站在王车的顶端，她微笑着向沿途的百姓招手。她所行过的地方，百姓们无不啧啧称奇：" 天啦，她可真漂亮……"

"万王之王真是太漂亮了……"

"真不敢相信，这世界上竟然有这么美丽的人，整个九黎的美人加起来也比不上她啊……"

……

沿途，全是诸如此类的赞美。百姓们没见过鱼凫王的功力，当然只关注相貌，也只八卦相貌，纵然是曾经对她满是腹诽、猜测、毁谤之人，见了她，也无不涌起一种奇怪的想法：是了是了，这样的人，生来就应该做万王之王啊。她这么美！她这么迷人。她无论做什么都是正确的啊。

凫风初蕾站在王车上，一直向沿途围观的百姓招手。她脸上一直带着微笑，内心却是百感交集：真不敢相信有朝一日，自己竟然站在九黎的土地上，从这片长达一百里的大道上盛装而行，成为这个地球上的万王之王。从此，自己就是这片土地上的主人了。她的一只手忽然按在自己心口，内心深处很轻很轻地叹息一声：父王，你能看到现在这一幕吗？

父王，但愿我从未让你感到失望。

九重星联盟的瞭望台上也热闹非凡。

这个位于联盟西北部的观星台，大神们昔日关注的全部是茫茫宇宙中无边无际的其他星球，可现在，他们三三两两或者成群结队，一起看着一个叫作地球的小小星球。七十万年以来，地球上基本上没有什么新鲜事了，以至于许多大神都快忘了还有这颗小小的星球了。但今天，许多人聚在一起，看着下界。大多数看热闹的大神们固然抱着看好戏的心态，可其中相当一部分却满是愤怒。他们曾经在联盟连续几次展开对白衣天尊的弹劾，可是，他恍如不闻，依旧我行我素，不但直接任命了万王之王，而且这个万王之王还准时登基了。

他们打算在合适的时候出手。今日，很可能会酝酿一场极大的恶战。

只是，但凡打算要出手之人，也都十分慎重，毕竟，白衣天尊既然敢公然让她登基，那么，就不太可能眼睁睁地看着别人将她杀死。今日，他们要出手教训的对象其实是白衣天尊。就算要杀凫风初蕾，也只是杀鸡骇猴。

事实上，地球那么小，那么落后，谁做代言人，谁做万王之王都无关紧要。可是，如果是白衣天尊去任命，那大家就不会那么服气了。大家甚至觉得哪怕是西帝出面任命都要好得多——至少，西帝是名义上的中央天帝。可白衣天尊现在把中央天帝要干的活儿给抢先了，这算什么呢？也因此，相当一部分大神都哽着一口气，若非忌惮白衣天尊，他们早就动手了。教训一个人类的少女，其实并不费多大功夫，主要是谁先出手的问题。毕竟，枪打出头鸟，最先出手的人，必将最先遭到白衣天尊的打击，大家打的如意算盘是，等得有人先出手，然后，大家一拥而上，到时候就算白衣天尊再厉害，也不见得是这么多半神人的对手。

大家都看着观星台最北端的一团黑云。

那是死神禹京的标志。他一个人站在乌云里，沉着脸，一声不吭。

在这之前，禹京已经私下里表明，自己的这个侄孙女很丢脸，为此，他打算私下里清理门户。大家不知道禹京是阳奉阴违还是清理门户失败了，反正他此刻隐匿在极北之地，一张马脸被乌云覆盖，几乎连踪影也辨别不清楚了。

如果禹京不率先下手，那么，谁来做这个出头鸟呢？心怀不忿的大神们固然心思各异，可是，其他绝大多数事不关己的大神们却兴致勃勃，议论纷纷。

"七十万年没有关注地球了，没想到地球上又恢复了生机勃勃，你们看，又和当年一样百花盛开了，还有好多稀奇古怪的动物……"

"果然不愧为整个银河系最具荷尔蒙的生物培养基地，说真的，地球虽然很小，但是，比起我们各自占据的广袤无垠的星球可热闹多了……"

"可不是吗？许多东西离开了地球就无法繁衍复制，地球虽然破破烂烂，可真不失银河系最好的培养基地……"

"其实，比地球更好更大更合适的培养基地，银河系之外多的是……"

"问题是银河系之外，那是第一代正神们的地盘，我们也不够资格……"

"白衣天尊不是从弱水出来吗？他可是现时代的半神人中唯一一个去过弱水之人，就连西帝都没去过，你们猜，他去了弱水之后，本领会不会比不周山之战前更大更强？"此言一出，那些蠢蠢欲动的年轻半神人忽然都泄气了。

半神人们各怀鬼胎，九黎的欢庆却已经达到了白热化的程度。

巡游的花车，已经正式踏入了九黎广场，整个九黎几乎都沸腾了。只见那双头蛇驾驶的黄金马车已经飞度上空，稳稳停在了九黎广场的最高处。数万名百姓齐声欢呼，"万王之王！万王之王！"那欢呼声，一遍一遍地冲向寰宇，冲击着大神们的耳膜。清心寡欲的大神们再次八卦起来：

"快看，万王之王在九黎广场正式现身了……"

"这少女真有那么大的本事能镇得住地球上那帮穷凶极恶的男人？"

"你们去数据库看看就知道了，她可以一拳砸死一个巨人，元气相当了得……"

"是啊，一个人对战巨人战队，居然挥手之间就决出了胜负，这绝非普通地球人能够办到的……"

"她的功力短时间内突飞猛进，这太不可思议了，究竟是谁在帮着她？"

"你们忘了她在九黎疗伤的时候可是把灵药当饭吃啊，就连她的那只大熊猫也因为服用灵药能抵得上一支军队了……"

"上次我就说白衣天尊纵容她，一再因为她而突破禁忌，你们还不相信，现在看到了吧？他可是生生把一个地球人给变成了半神人，这往后可怎么了得？"

……

就在这时候，少女微微抬头看了看天空。画面，彻底静止了。蓝色的天幕，纯白的云朵，一张素净的面孔。

围观的大神们，终于将她看得清清楚楚。喧嚣的八卦忽然停止了，所有大神都噤声了。

之前的画面，一直是个移动的人物在打斗、巡游，大神们只能看到一个曼妙的身影、强大的气场、隐隐透露出的绝世的风姿。直到现在，他们才看到她清晰的容貌。

就像一朵在风中飘了很久的花，终于在枝头上停止了摇曳。没有风，只有花香。远处的群山，树林，金色的叶子，她一身的大红蜀锦。那是一幅流淌的画卷，慢慢地，缓缓地，就像一群人坐在溪水边，看着里面时间的长河慢慢流过。

不知过了多久，一个大神才惊呼一声："天啦，她好美……"

"真美，真美……"

"是啊，真美……"

就连大神们也理屈词穷，再也找不到任何合适的形容词，只反复道：真美，她真美。除了"真美"两个字，其他一切形容美丽的词语叠加简直都无法表达他们此刻的震撼之情。

"真不敢相信！不周山之战后的地球上还有这样出类拔萃的美人儿？为何以前我们从未见过？"

有人低声道："我总算明白白衣天尊为何要和青元夫人退婚了……"没人敢接话，他们只是低着头，一起看着九黎广场上，那花树一般稳稳站立的少女。

纵然对白衣天尊颇有微词，可是，对于那少女却一点也恨不起来。她独立高台，那么美丽。叫人如何去恨她？有个半神人叹道："是不是因为太美，无论做什么都可以被原谅？"

"其实，她登基倒并不完全离谱，毕竟，是高阳帝之女……哈，你们瞧瞧，你们瞧瞧，我之前一直觉得她看起来很面熟，可又想不起来，现在终于看出来了，你们看出来了吗？你们发现她像谁了吗？"

"像谁？她可不像颛顼啊。颛顼那么丑……"

"你们还真是健忘！你们难道忘记了当年在京都一身蜀锦王服，啸聚来去，以容貌冠绝天下的青阳公子兄弟？"

"青阳公子和昌意公子？"

大家都呆了一下。

他们立即发现那少女身上最奇特的地方，居然是她头上的王冠。

"你们瞧，她那顶王冠……"

"什么王冠？那是神鸟金箔啊！"

"真没想到，她居然把神鸟金箔做成了王冠，当年青阳公子就喜欢佩戴这金箔在京都纵横来去……"

有人意味深长地说："这少女佩戴神鸟金箔加冕就很是令人寻味啊……"

"没错，这样的话，地球上的确是再也没有比她更有资格出任万王之王的人选了！"

就连那些蠢蠢欲动，几次企图出手的半神人们忽然都失去了出手的理由，他们都想，现在出手可能太迟了，也显得太怪了，名不正则言不顺啊。

……

神鸟金箔的光芒，照亮了整个天空。地球少女的美貌，瞬间疯魔了整个大联盟。

天后狠狠掐了一把观星台最隐蔽处的西帝，西帝疼得哎哟一声，怒道："你干吗掐我？你疯了？"

她冷冷地说："别看了，再看那美人儿也没你的份儿。"

西帝不以为然，"你就这点出息，整天以为全世界稍微有几分姿色的年轻女子都是你的情敌。"

天后："……"

西帝冷冷地："你只看到她绝美无比，那你有没有看到她头上的王冠？"

"王冠？"

"你除了残酷整治那些被你称为情敌的无辜少女之外，天后，你的本领已经退化没了？你竟然不认识这王冠？"

天后这才仔细看了一眼，失声道："老天，她竟然把神鸟金箔做成了王冠？"

"大神们都注意到了这顶王冠，你才发现，也是难得了！"

天后也被那极美震撼，所以很长时间内注意力只停留在美少女的脸上，直到西帝提醒才注意到神鸟金箔。

"她真是疯了，居然直接把神鸟金箔当王冠，这简直不伦不类……"

西帝冷冷地说："这难道不是最好的王冠？这少女的聪明远远超乎我们的想象。"

天后悻悻地："这算什么聪明？这分明是狗仗人势。众所周知，神鸟金箔乃前两任中央天帝的信物，严格说来，本该是你这位现任中央天帝掌管，她现在却佩戴在头上，算什么意思？"

"这不是历代中央天帝的信物，这是高阳帝家族的信物！"

"这丫头真是好生狡猾，她是生怕有半神人们下去找她麻烦，所以干脆早早地把这神鸟金箔戴在头上，这样一来，别说一般大神顾念旧情和辈分不好意思公然下手，就连你这个中央天帝也不好意思下令了！她这分明是给自己找了一道护身符啊……"

　　西帝原本也希望半神人们出手，就算无法教训白衣天尊，可至少也能看一看白衣天尊现在的实力。问题是，这些人不出手，那就什么都不成了。别人可以下手，西帝本人却绝不会公然下手。纵然身为现任中央天帝，权势熏天，可西帝本人也很清楚：自己万万不可开屠杀前任后裔的这个坏头。

　　这个头一开，以后，自己的子子孙孙就别想被保全了。

第二十三章　D病毒

九重星联盟，从未如此安静。绝大多数半神人都拥在观星台，从四面八方看着地球，联盟的医学部就显得格外冷清了。医学部，其实是一个独立的小小星球，在联盟中处于一个很隐蔽的位置。在这里，拥有全宇宙最尖端的医学，最尖端的医疗器械，自然也拥有全宇宙所有物种所需要的一切解药和灵药。医学部最核心的部门，在于基因裂变部。很长一段时间，联盟的法律明文规定，这是一块禁地，谁也不许碰触，违令者重重处罚。直到某一天，白衣天尊私下里找到西帝，希望能从医学部要一份解药为凫风初蕾解毒。拿这份解药当然是有条件的，白衣天尊主动提出重回弱水。西帝巴不得这个"刺头"赶紧离开，就一口答应了。却不料，西帝去医学部时，居然拿不到任何解药。原因也很简单，医学部的基因病毒库居然被莫名升级了，现有的一切解药都失效了。

随后，死神禹京便跳出来公开声称，升级行为乃他所为，他对这一切负责。

医学部的负责人俞强却很快发现事情并不简单：这一次的病毒库根本不是简单升级，而是大规模地裂变。他组织小分队开始速度攻克，问题是对方就像跟他比赛似的，道高一尺魔高一丈，只要解药一升级，病毒库也随之升级，到后来，他们发现，自己已经远远跟不上病毒裂变的速度了。

俞强很紧张，也不敢隐瞒，便悄悄把这事禀报了西帝。

西帝接到禀报后，情知非同小可，也不动声色，只暗暗下令让俞强尽快动手，务必追上禹京分裂病毒的速度。为此，西帝暗中为俞强调集了更多人力物力，大力配合，准备举联盟之力，将禹京的气焰打压下去。

可是，一段时间下来，他们几乎要绝望了。他们不但无法打压禹京的气焰，反而眼睁睁地看着死神几乎将整个病毒库彻底霸占封锁，有时候他们连工作都无法展开。

升级病毒库，本就是禹京的强项，身为死神，他有权力给生物寻找上亿种死法。联盟的医学部无法对抗禹京一人，西帝震怒，同时也震惊。也正因此，俞强的压力很大，就如今天这么休闲的日子，其他半神人们都跑去看热闹了，他还是只能一个人待在病毒库里。

助手们帮不上什么忙，他索性把所有人都赶出去，一个人留下来，苦思冥想。

也许是联盟这些年来实在是太强大、太无敌了，以至于大家都有一种错觉：这种安稳的日子再过几十亿年也不会改变，所以，根本不需要再努力了。但现在，俞强觉得很沮丧，也很不安。他坐在椅子上，冥思苦想。

有一个身影，无声无息潜入。他好一会儿才惊觉，几乎跳起来。可下一刻，他立即噤声了。来人，手里白光一闪。那是特许进入医学部的通行证，这样的通行证，原本只西帝一人拥有。可此人并非西帝。俞强看清楚了来人，半信半疑："天尊，你怎么来了？"

白衣天尊面色沉重："我来看看禹京这厮究竟把病毒库升级成什么样子了。"

无论是解药库还是病毒库，甚至整个医学部，其实都和白衣天尊没什么关系，俞强也没想到他会来，可是，他还是点点头。

对于这个最著名的战神，曾经进入弱水七十万年又出来的半神人，他虽然不熟悉，但久仰大名。因为他手持的通行证，俞强就更没有阻拦的理由。

白衣天尊也是第一次看到裂变后的数据库。他越看越心惊，一回头，却看到解药库旁边有红灯一闪一闪。他问："这是什么？"

俞强苦笑一声："这是禹京的信号。他每过一段时间就会发出信号嘲笑我们。"

白衣天尊的脸色很是难看。

俞强小心翼翼，"禹京虽然嚣张，但是，也的确是我们落伍了，要追上他还需要一段时间。不过，这本是他的权限范围，倒也不算什么……"

禹京本是个疯子，他消停了几百万年，忽然开始丧心病狂地升级病毒库，自然不可能无缘无故。可是，他升级病毒库的唯一原因便是阻止凫风初蕾得到解药？俞强当然不知道他的顾虑，甚至不了解他为何忽然这么关心病毒库，只好奇地看着他。

半响，白衣天尊才缓缓地说："如果要跟上禹京的速度，最快是什么时候？"

俞强对于这个问题已经反复思索考证了很多次了，所以，被人一问，立即道："最快需要一年，还得是在禹京不再有任何动作的情况下。如果禹京继续升级，那就是遥遥无期了。"

白衣天尊心里一沉。倒不是担心一年之内凫风初蕾立即就病变，而是禹京这么遥遥无期地搞下去，整个联盟却拿他毫无办法，那该怎么办？

俞强苦笑道："我其实都没想明白，为何禹京忽然变得这么厉害？我反复研究了他的个人经历，总觉得他达不到这么高的高度，可是，偏偏证据确凿，一切指向都表明是他在和我们竞赛，他肆无忌惮地将我们远远甩在背后，甚至公开嘲笑我们……这样下去，我都不好意思担任这医学部的负责人了……"

白衣天尊走了几步，忽然指着病毒库上面的一个裂变，问道："如果这种病毒裂变会有什么后果？"

俞强看了看，"你说这个D病毒？"

"对。"

"D病毒最大的后果是膨胀分裂，举例来说，如果一只寻常的老虎中了这种病毒，会无限制膨胀，甚至膨胀成一颗太阳星体那般大小……"

"太阳星体一般大小？"

"何止呢！理论上，如果膨胀到太阳星那么大之后，没有解药，会无限制膨胀，占满整个银河系，甚至全宇宙……"

你想象一下，一只老虎忽然膨胀到一个银河系甚至比这还大，这会引发什么样的后果？

俞强不以为意："可事实上，是不会有人把这种病毒用在生物身上的！这种病毒原理其实并不复杂，而且以前就有了，但是，难就难在禹京将其升级，这病毒会自动分裂，比如一只老虎分裂成两只、三只、无限多，每一只在理论上都可以达到银河系那么大小。举个例子，我们的解药就是迅速把这些老虎缩小，问题是，我们阻止不了无数只老虎的分裂，解药的速度也根本赶不上分裂的速度，只要有一只老虎没有被阻止，那后果就不堪设想了……更重要的是，这些分裂的老虎会自动异化，也就是会变成其他物种，比如变成豹子、狮子，甚至苍蝇、蚊子以及任何你能够想到的动物。我们的解药但凡有一丁点细微差别，对别的物种就不起作用，所以，这才是禹京的可怕之处，我们都没想到，他竟然不声不响地在幽都之山把病毒的水平升级到了这么可怕的地步……"俞强愤愤地，"禹京这厮也是疯了，按理说，他该大力发展他的细菌病毒，可他现在转移了方向，瞄准了基因生物裂变病毒，就像跟我们杠上了似的……"

禹京并不是和俞强杠上了，他是和白衣天尊杠上了。

白衣天尊问："如果这种病毒被用在半神人身上会怎样？"

俞强吓一跳，接连摇头："不可能！这怎么可能？禹京怎么敢把这种病毒用在半神人身上？"

"我是假设！假设他真的用在了半神人身上会怎样？"

俞强骇然，一会儿才颤声道："那整个宇宙就完蛋了。"

白衣天尊再看了一眼那病毒的数据链，慢慢站起身。

俞强很是不安："天尊，你认为禹京会真的发疯？"

"我不知道。"

"他身为死神，该不会有这么大的胆量吧？再说，这样做，对他自身也没有任何好处。"他好像在自我安慰，急忙道："禹京身为死神，掌管冥界，历来就是病毒制造者，可是，他从未将这些病毒滥用，他总不敢公然对抗联盟吧？再说，他有什么理由和必要对抗整个联盟？没有道理，不是吗？"

白衣天尊一笑："没错，你不用担心。禹京这么做对他自己并无任何好处！他虽然是死神，但是，并非一个白痴。"

俞强眼睁睁地看着白衣天尊的身影彻底消失，还是一头雾水。

就在这时，信号灯亮了，俞强一看，竟然是西帝。他急忙道："陛下……"

西帝很是不悦："刚刚你在干什么？为何迟迟不回应？"

"回陛下，我在解答白衣天尊的问题，没注意到您，很抱歉……"

"白衣天尊？你说什么？白衣天尊竟然闯进了联盟的数据库？"

俞强听着西帝咆哮的声音，脸色瞬间白了，他语无伦次：“怎么？白衣天尊不是奉陛下的手谕进来的吗？可我明明看到他手上白光一闪，那可是陛下平时进出的通行证……没有这个通行证，也根本进不来啊……”

"什么通行证？那是伪造的！蠢货，你连真伪都分不清楚？你到底是干什么的？联盟巨资打造的警备就这么不堪一击？"

"陛下息怒……陛下息怒……"

"该死的白衣天尊！这该死的老家伙，他竟然趁我不注意私自擅闯医学部？你们听好了，马上升级医学部的门禁，纵然是我亲自前来，也必须验证身份……"

"陛下息怒，陛下息怒，我马上照办。"

第二十四章　成亲

　　西方的天空也慢慢地暗沉下来。夕阳早已隐匿，夜色慢慢降临。
　　巡游结束之后的马车，护卫队，随扈的上万人，正慢慢地往九黎碉楼的方向行走。晚风掠过面庞，山林中的花香若隐若现，九黎的夜色前所未有地浪漫、温柔、旖旎。
　　凫风初蕾的心情，也轻松得出奇。经历了无数的艰难险阻方才登上这个万王之王的宝座，是不是听到那如雷般的掌声才终于有了一丝丝的欣慰？
　　一路前行，她隐隐觉得有一双跟随的目光。那是一双温柔、和软，充满了怜悯、关切和悲哀的眼光。她不知道这目光的主人是谁，可是，她分明察觉，这目光没有任何恶意，不但没有恶意，反而有许多关切之情。就像前几天，那神秘莫测为自己驱赶死神的力量。她看不见他们的争斗，可是，她知道，那是暗中帮助自己的人。现在，她几乎已经肯定，那神秘的援手，便是这一路追随的那目光的主人。只是，明明满是好意，却为何不现身相见？
　　她甚至直觉，那是一位女性。唯有女性才会有如此温柔怜悯的眼光。她的声音很轻很轻："娘娘，是你吗？是你来看我吗？"
　　夜色无声。
　　"娘娘，是你一直在暗中帮助我吗？谢谢你呀。"
　　夜色还是无声。
　　她没有再开口了，却还是很感激。可是，女禄娘娘怎么会离开十二个夜的王国呢？再说，女禄娘娘要是来了，为何不现身呢？她想来想去，除了女禄娘娘，再也没有从别的任何人身上感受过这样的温情脉脉了。就如这段时间在九黎的每一个夜晚，原本以为会非常害怕，可是，她没有害怕过。
　　隐隐地，总觉得有人保护。
　　那是一种无声的爱。宠爱、纵容、包容。这爱，远远大于男女之爱。
　　她觉得如父王在世时候的目光，却又比父王的目光更温柔，更亲切，更充满怜悯和爱惜——真是奇怪，本来，父王已经是极度溺爱孩子的父亲了，可这无形中的目光、包容程度远在父王之上。
　　好像有人在无声地言说：放手一搏吧，奋力拼斗吧，别怕，什么都别怕，这不是还有我吗？这不是还有我吗？——那是一座看不见的大靠山。
　　"娘娘，我想，一定是你。除了你，没别的人会这样帮了我……"信任，是一种特别的缘分。无条件的爱，更是可遇不可求。

初蕾当然深知自己的美貌，但凡所到之处，无不是殷勤包围，可是，她更加清楚，在所有的热烈之中，几乎从无无条件的爱和帮助。

　　纵然是百里行暮，初相识时，他也是有目的的。至于小狼王这些，就更不用说了。这世界上，从来没有无缘无故的爱。

　　可是，娘娘就不同了。仅仅是十二个夜的王国的一面之缘，娘娘便传授自己极大的元气。娘娘还替自己疗伤，烹煮地精灵，替自己恢复容貌。当然，初蕾更不会忘记从幽都之山沮丧而归时，在听花街短暂停留的那段时光。那是她人生中最轻松最惬意最肆无忌惮的时光。就像小孩子似的，什么都不需要担心。白天可以尽情享受娘娘安排的美食，晚上就在小酒馆里和那些老妪喝酒聊天，喝醉了就酣睡不起。

　　她本是个极其警惕之人，纵然后来面对白衣天尊，也总是患得患失，老是疑神疑鬼，可在听花街的那段时间，她竟然从未有过任何怀疑。她从不觉得娘娘会伤害自己。她从不觉得娘娘有什么阴谋诡计。

　　问题是，娘娘当年正是因为颛顼大帝——自己的父王出轨，才提刀杀绝了京都的男人。而自己，却是父王和蜀中女子所生的孩子。

　　直到重返九黎，偶尔想起这件事情，她才觉得奇怪。为何就独独那么信赖娘娘呢？为何直觉她是个最值得信任之人呢？仅仅因为在听花街的那段亲切时光？仅仅因为她不遗余力治疗自己，恢复自己的容貌？仅仅因为无论是初相逢还是临别时，她都毫无保留地传授自己元气？

　　一路行来，她又发现一个更重要的问题。自己当初无论是享受了百里行暮的元气还是白衣天尊的元气，都隐隐觉得不安，觉得自己无端端地受到别人这么大的好处，怎么过意得去呢？尤其是白衣天尊，曾经让她一度认为自己接受了别人的施舍，十分沮丧和懊恼，只是当时实在推却不了也没本事推却才勉强接受的！

　　可是，娘娘的一切好处，接受起来竟然毫无压力。

　　她享受她的帮助和照顾，竟然无忧无虑，也感觉不到任何的亏欠或者人情或者什么压力。她觉得自己天生就该享受被这样照顾和保护。她觉得自己天生就该享受娘娘的一切好东西。她甚至觉得这所有的好处和温情还来得迟了一点。若是自己从小到大就一直享受这些，那该多好？那样，自己就不会经受有熊山林那么可怕的绝望境地了吧？那样，自己就不会身中黑蜘蛛病毒，现在也无力摆脱了吧？想着想着，她就笑起来。她满脸笑容，忽然很安心，像小孩子找到了大人。"呵，娘娘，你要是来了，你就跟我见个面吧。我这段时间会一直待在九黎，无论你什么时候见我都行。我非常想念你……真的，我非常非常想念你……"

　　夜色寂静。

　　风摇动了群山和树林。

　　她对着夜色行大礼，由衷道："娘娘，我就当你是娘娘吧！谢谢你！谢谢你让我想起我的母亲。虽然我从未见过我的母亲，可是，我想，除了母亲，没人会这么帮我了！谢谢你！无论你是谁，请接受初蕾一拜，谢谢你这么帮我。"

夜色无声，花香自然。远处，有万万年黯黑的身影坦然接受了这一拜。风，将她的黑色袍子吹起来，就如一道黑色的瘴气。那是象征死亡的万年漆黑。那是已经死亡了近七十万年的一颗心。可现在，忽然之间，冰雪消融。就像一颗于万万年的寒冰之中逐渐融化的心。温柔，湿润，眼眶都热了。这一辈子，她以为自己绝对听不到这样的话。过去，现在，未来——都不可能听到这么柔软娇滴滴的话了。

她只有几个白痴儿子，一个比一个不成器，除了闯祸，捣乱，惹人憎恶，便没带来一丝温情。

她曾经还渴望有一个女儿，活泼，伶俐，能说会唱，冰雪可爱，抱着你的脖子一声声地喊："娘……娘……"

可惜，没有！

更可惜的是，她在那段昏暗的岁月里，竟然不敢这么多想——每每有怀孕的机会，总还是希望能生育一个儿子，一个健康的儿子。

高阳帝的时代，是男权发端并确定的时代。从那时候起，凡俗的女子便开始母凭子贵了。有儿子的女人才能笑到最后。纵然高贵如当时的天后也不例外。唯有儿子，才能将自己彻底拉出绝望的深渊，不让那些流水不断的年轻情敌彻底溃败。更主要的是，必须有一个健康的儿子，才能掌握大权，保住那几个白痴儿子。否则，一切就完蛋了。

正因此，她竟然一直不敢生女儿——连多想想都不敢。只可惜，后来，还是什么都没有了。

她绝望的时间很长。她被这诅咒般的厄运所困扰，在漫长的绝望时光里，一天天年华老去。她曾经认为自己永远也不会翻身了。她曾经认为那些寻常女人就可以拥有的逗逗小儿女的天伦之乐，自己永远也不会体会。她也因此变得心坚如铁。直到终于盛怒之下，提刀而起。直到杀光了天下男人，居然还是没有任何感觉——彼时，所有的后悔、痛苦、愤怒、悲哀、恐惧……万般情绪都不见了。没有人知道，当她手提天刀，回首京都，看着尸横遍野，看着满地的血流成河时的感觉。

她居然很平静。她一点也不曾后悔。她觉得他们都该死。

那是一次性别之战，男女之间的巅峰大对决，是被帝国逼得发疯的一群女人对男人的集体清算。她觉得自己做了一件正确的事情，就像一个心脏肺腑早就死去的人。她怀疑自己那时候只剩下了头颅——只有大脑，只有这永不磨灭的中央处理器在冷静地指挥进攻、后退、绝杀、撤走……至于各种情绪和情感，已经彻底被消灭了。

直到那七十万年漫长的黑暗岁月，她还是无动于衷。她如幽灵一般冷漠，坚如磐石。她想，就算整个宇宙都毁灭了，也真的一点不重要。

可现在，居然泪流满面。

所有死去几十万年的温柔情感统统复苏了。那个小人儿，她美得令人惊叹。她就像是这月色下的一首歌谣。她就像自己企图拥抱的那一朵小花。她嗲嗲的，娇嗔的，一句一声："娘娘……呀……娘娘……我好想念你……"

泪水，滑落脸庞。

她曾经以为在自己的有生之年，再也不会流泪了。所有的眼泪，早在最后一个白痴儿子被摔死时就已经被彻底凝结成刀了。

可现在，她泪流满面。就因为这一声柔软的呼喊而泪流满面。她忽然很想冲出去，肆无忌惮地冲出去。她要抱着那小人儿，好好安慰她，告诉她，别怕别怕，有我呢。这世界上，还有我呢！

可是，她生生止住了狂热的脚步。她要用很大的力气才能克制那种强烈的冲动。她知道，这不是现身的时候，自己不能在这时候现身。当然不只是因为自己不愿意重新进入人类或者半神人的视线，她打算保密自己的行踪。

除了禹京，没有任何人知道她的行踪。但是，她确信，禹京不会也不敢暴露自己的行踪。

马车，已经远去。马车上窈窕的花样少女，背影也已经远去。

女禄凝视她的背影，还是没有追上去。

她一直把自己遮掩起来，就像是黑夜中的一团云雾，就好像跟整个世界已经彻底分离了，直到马车彻底远去。她没有再继续尾随，她停在九黎山林的最深处。但是，她很高兴。那高兴的气场令她的黑色袍子无风自动。距离很远，已经远得只能目送她们进入九黎碉楼的漫长跑马道了。

整个九黎的金色树林都迎风摇曳，金色的叶子徐徐的，轻轻的，无声无息将漫长的大道铺上了一层金色的地毯，以示对新女王的欢迎。

女王。万王之王。理想在肥沃的土地上终于开出了花来。自己曾经不可想象的这一切，都变成了现实。当年，自己也是理想主义者，无奈很快便被生活的琐屑敲打得支离破碎，从此，一败涂地。

我也是天下盛赞的第一美人，可是，最后，我为什么活成了这么可怕的样子？如果当初我不是想着依附一个男人，做他身边最美最好的装饰，分享他的荣耀，会不会一切都不同了？

黑影远远地看着那金色马车，那紫色王冠，那金箔闪烁的光辉，无声地笑起来。初蕾，初蕾，我终于看到今天这一幕。我终于看到你成长为这个样子。我终于看到你重新佩戴上四面神一族的神鸟金箔。我只是遗憾，自己没有来得及亲手送你一件王袍——一针一线，自己刺绣，永永远远，穿在你的身上。以后，无论千里万里，你的身上必然留下我给你的温暖。孩子，好好地活着，好好地努力，好好地为自己的理想而奋斗吧。今后，无论你走什么样的路，无论你做出什么样的选择，无论你经历什么艰难险阻，我统统会毫无理由、毫无条件地和你站在一起，并且竭尽全力支持你。

车辚辚，马萧萧。

女王的护卫队已经彻底消失在视野里。此后，她将以碉楼为王宫，以九黎为基地，将整个炎黄帝国的版图扩展到全世界，全银河系。多好。

这一刻，她对高阳帝的所有憎恨，烟消云散。

他无论曾经犯下了多么大的错误，但是，他至少做对了一件事。仅这一件，就足够了。仅这一件，她和他的恩怨已经两清。她想，自己终于得到了最可宝贵的——毕生所追求的！所以，一定要保住。

在我有生之年，绝不能白发人送黑发人。

黯黑的身影还是站在原地，然后，才抬起头看了看九重星联盟的方向，淡淡地说："你们敢于向我孩儿下毒，那我也不会客气了。我倒要看看，隐匿在幕后的黑手，你们到底还有多少招数？"

夜深了，月亮和星光都黯淡了。

九黎碉楼的灯火也熄灭了一大半，只剩下寥寥的柔光、一支巡逻的队伍。喧嚣了一天的九黎，终于彻底安静下来了。

凫风初蕾静静地坐在窗户边，看着已经隐匿于云层之中的月亮。

彼时，月亮的一大半被阴影覆盖，只剩下一缕淡淡的余晖，寂寞而凄冷地洒满了世界。热闹全部散去，只剩下冷清。

自来到九黎之后，她每一天都很忙碌，每一天都很紧张，直到现在，直到登基彻底结束，就像是一件大事，终于尘埃落定。她靠坐在椅子上，觉得有些疲惫。

这时候，才想起一个人。一个本该出现却一直没有出现之人。万神和万民都在好奇，他为何一直不曾现身？在这样重大的场合，他不该早早就来吗？是因为觉得她能镇住一切的场合？可是，他怎么确信的？

她轻叹一声，自言自语道："你在干吗呢？为何一直不肯来呢？"

深夜的风，依旧寂静无声。

她慢慢地靠在椅背上，闭着眼睛，陷入了假寐。这时候，眼前忽然多了一抹雪白的身影。距离她一步之遥，他停下，伸出手，轻轻地抚摸了一下她的头发。

月色下，她微微闭着眼睛，纤长的睫毛就像是一排小小的扇子。她宁静的脸庞，就像是月色下一朵悄然盛放的红花。

他满脸笑容，呵，初蕾，那可真是这世界上的一个奇迹啊。

她感觉到什么，猛地睁开眼睛。只一眼，她便跳起来。几乎与此同时，她已经紧紧将他抱住。她泣不成声："你怎么才来？"

他也紧紧抱住她，很紧很紧。

从联盟的医学部再到幽都之山，那是从一个极地走到另一个极地，这一天的漫长，简直是他一生中最奔波的时光。直到现在，才能紧紧将她拥抱。

他的目光从她的头发上看出去，但见月色已经西沉，不由得叹道，自己若不是及时赶来，这一天只怕马上就要过去了。他什么都没说，只是近乎贪婪地呼吸着她发梢之间渗透出来的淡淡香气，以及她浑身上下散发出来的那种淡淡的香味。

云阳树精说，一个人真正的美丽在于她身上的气味。有的人天生异香，沁人心脾，可绝大多数人却浑身恶臭。这细小的区别，一般人当然看不出来。可是，树精也好，半神人也罢，都清清楚楚。一般人身上的恶臭，是从血液和骨髓里散发出来的，而不是他们通常所认为的毛发牙齿口腔之类的。血液和骨髓里携带了贪婪、憎恶、妒忌、凶恶……百般情绪，久而久之，就让血液也变得凶残而歹毒。只有极少数的人，因为不经污染，才不至于让血液受到这样的感染。

他之所以在九黎河的第一面就生了迷恋，便是因为她身上这股气味，这令人心醉的气味。

彼时，百里行暮的全部脑电波尚未跟他融合。是在和她相逢很久之后，他刻意搜索，刻意为之，百里行暮所有散落的记忆才慢慢地回复到了他自己的身上。爱上她，便成了一种本能。从那时候起，他觉得自己和百里行暮彻底融合了。

他紧紧抱住她，笑起来："初蕾……初蕾……今天你高兴吗？"

她慢慢抬起头。月色下，她的双眼里简直有一双熊熊燃烧的小火苗。

不知怎的，他顷刻间便被点燃了。

他还来不及有任何反应，那花一般甜蜜清新的嘴唇便将他接下来的所有言语统统封堵了。他只能本能地将她抱住，稍一用力，她整个人便飞起来，如一片花瓣似的落在了他的身上。

这时候，一切的语言都变成了多余。初蕾一句话也不想说了，也不知道该说什么了。她满心里，全部变成了那个梦。那个很长很长的春梦。每每想起，总是热血沸腾，情不自禁滚烫了全身。

现在，她好奇得就像是一只刚刚睁开眼睛的小鸟。她知道，这一次是真的。这一次，是千真万确的。这一次并非春梦。

她极度渴望在清醒的时候，在自己还明确的时候，癫狂一次。这一生，都规规矩矩，按部就班，从一个王位的继承人开始，该做什么就做什么，然后，父王死了，自己遭难，再到现在，历经劫难。所以，她只想放松。就那么肆无忌惮，那么无拘无束，那么天马行空地放松一次。这样的经历，她在清醒的时候，可是绝无仅有的。这样的疯狂，她在白天的时候，也往往不可想象，也不敢放纵。直到现在，忽然就疯狂了。她彻底失控了，就像上一次在梦中的情形，也是自己主动——每一次亲近他，都是她先主动。这一次，尤其如此。

她狠狠地抱住他，抱紧了，却泪如雨下。

他却笑起来。他没有一句安慰之词，他只是用亲吻，轻轻地将她所有眼泪全部凝固。这可怜的小东西。她一出现，便注定了是自己千寻百找要得到的那一朵花。她一出现，便注定了是自己此生漫长岁月最大的安慰。无论是初次相见还是她重伤不愈；无论是多次离别还是蜀中重逢。甚至，无论是自己认识她之前还是认出她之后。只第一眼见到这个人，就志在必得了。

他也彻底爆发了。

他和她纠缠在一起，居然觉得这世界上什么事情都不重要了——天地之间，就只有此刻才是永恒。

月色，已经彻底隐没。余香，在整个屋子里形成了袅绕不绝的缠绵悱恻。

她闭着眼睛，躺在那宽厚的肩膀上，一言不发，脸上却满满地全是笑容。

仿佛从这一刻起，生命中的风霜雨雪都远去了，再也不会重来了。仿佛从这一刻起，黑蜘蛛病毒都不值一提了。

他的声音也微微沙哑："初蕾，今后什么也别怕了，有我在呢。"

她原本闭着眼睛，忽然笑起来。

自父王死后，她就一直渴望这话。她其实很强大，在遇到半神人之前，她在人类中算是强大者；纵然遇到半神人之后，也多番劫难，让自己变得更强大。可是，内心深处还是渴望一句话：别怕，有我在呢。

那是每一个人的内心深处都渴望听到的一句话。

人类，无论是男人还是女人，我们与生俱来就携带了恐惧和不安的因子，谁也不知道在某个时刻，某种场合，会经历怎样的痛苦劫难。谁在夜深人静的辗转反侧里没有渴望过一股无所不能的力量，告诉你：别怕，任何时候都有我呢。初蕾，当然也无数次地渴望过这样的奇迹。无数次劫难时刻，都这样渴望。

幸运的是，每一次，他居然都出现了。从湔山之战，从万国大会，从西北大漠，从有熊山林……就算他偶尔会迟到，偶尔会来得晚一点，可是，他还是来了，他每一次都来了。

她的手也悄然贴在他的胸口，没错，那是真的——他的心跳、热气、他的好闻的呼吸，他的这个人，他微微闭着的眼睛——她在黑夜里居然将他看得清清楚楚。

当然还有他蓝色的头发。那是他弱水飞度时，得到拯救的象征。

她悄悄地伸出另一只手，摸了摸他的头发。她很好奇，她以前从未见识过蓝色的头发，月光里，夕阳中，那蓝色的头发就像是会跳舞的海藻，充满了无限的生命力，本身就成了一道绝妙的风景。她抚摸的手往下，贴在他的眼皮上。

他忽然就笑起来，声音有点沙哑："小家伙，我给你看一样东西。"

漆黑的夜里，有淡淡的光芒。

只一眼，初蕾便屏住了呼吸。

她从未见过这么美丽的蓝光，幽幽的，淡淡的，温润柔和，一点也不刺目。可是，你仔细一看，却发现那淡蓝色的光芒里另有玄机：那是一簇簇海底的海藻、珊瑚、树木、落花，那是一个崭新的世界，无数的生命在里面流淌，活跃，各得其所，和睦相处……那居然是一颗活生生的宝石。宝石再是灵动再是无瑕，可是，石头就是石头。正因为石头是死的，所以，才叫石头。宝石，也无非石头的一种而已，无非更漂亮一点而已。可这颗宝石却是活的，活生生的，活得你能看见里面的微观世界。她好奇极了，再多看几眼，忽然看出了门道。

那根本不是一块宝石，那是一枚精巧到了极点的小玉瓶。小玉瓶，就像一枚戒指。

他微笑着抓住她柔软的小手，轻轻将这小玉瓶形状的扳指套在了她的无名指上："初蕾，以后你对着这扳指喊我的名字，我随时都会出现。"

她眼里忽然热了。心里也湿润了。兜兜转转，千里万里，他竟然一直记得这事儿。

他的一双大手合在她的手上，声音很温柔："初蕾，以后别再取下来了吧。"

她只觉那扳指有一种生长的力量，竟然如自动融合一般，牢牢地和无名指融为了一体，从此，再也不会滑落下来。她忽然抱住他的脖子，声音软弱得出奇："百里大人……百里大人……"

他也紧紧抱住她，如释重负。

这一次，不同以往。那小玉瓶已经承载了他全部的灵魄和精华，几乎是整个人都和她融为一体了。从这时候起，才是真正的合为一体了。

"百里大人，你送了我礼物，我又该送你什么做定情物呢？"

他稀奇地问道："小家伙，你想送什么给我？"

她的眼珠子咕噜咕噜地转动："我要送你一件礼物，让全天下的人都知道你是我的，这样，别人才不会觊觎你了……"

他哈哈大笑："你以为谁会觊觎我？"

"哼哼，觊觎你的人多的是。不行，我一定要送你一件最最奇特的礼物，让别人一看到你就知道你是我的，从此，离你远远的，再也不敢打你的主意了……"这念头，已经很久了。她一直想送他一件非常特别的礼物，让他永远带在身上，外人只要看他一眼，就会明白，他已经是一个已婚男子。可这样的礼物，她却一直想不出来究竟该是什么。

秋日，晴天，清晨。

九黎的红花漫山遍野，每一朵花上都有晨露流淌。五彩的鸟儿飞来飞去，灰色的野兔纵横之间消失在灌木丛中。长脚的仙鹤慢悠悠地在溪水边走几步，又停下，站立的姿势优雅得像一位清贵显赫的隐士。溪水里，一片片金色的叶子打着转，就像是一只只顺水而流的小船。而对面的山林长廊里，则是一道径直通往丛林深处的紫花长廊。万千紫色花藤流苏一般，又如紫色的珍珠，将整个世界切割成另外一道独特的风景。九黎，迎来了四季中最美丽的景致。凫风初蕾站在朝阳中，极目远眺，第一次觉得九黎真的美丽得出奇。她转眼，看着身边白衣如雪的人影，她觉得这是一个梦。梦里，自己也从未和百里大人牵手漫步，在这样的清晨时光里，走在花前，溪水边，看漫山遍野的山花盛开。可是，掌心传来的温柔却明白无误地提醒自己：这不是梦！这是真的。这个人的温度、热度、柔软，都是真的。

他感觉了忽然传来的力道，十指交扣，将她的手抓起来，轻轻晃动了一下。眉梢眼角全是笑意："初蕾，九黎是不是很美？"

"真美！"

她不假思索："美丽得远远超乎我的想象。"

本是看惯了的风景，但每一次都有新的意境——无关乎风景本身，端看和你一起欣赏的人到底是谁。

九黎，本不是一个令人向往的地方，于战争开始，于受伤结束；于妒忌开始，于分离结束……就算这一次重返九黎，也沉浸在无止境的争斗和谋划里，和各路诸侯，和天下反对者斗智斗勇。

如果可以选择，她真的一点也不喜欢九黎。可现在，一切都变了。她觉得九黎美丽得令人心醉。九黎，依稀竟然有了故乡的感觉。

漫步，在九黎的余晖中漫步。

紫藤花道很长很长，那是一条径直通往后面山林的花道。

这边是一望无际的紫色，对面是漫山遍野的金黄。

大自然的鬼斧神工，将这一方天地打造得令整个传说中的神仙境地都显得有点儿心虚。好像一只无形的大手把天地之间最美最华丽的东西收集起来，一起放在了这里，无须增减，无须改变，随意一放，便已经美丽得出奇了。

一路行来，风都是清新而甜蜜的。

她更紧地握住那只手，很清晰地体会着十指交扣的感觉，心里竟然起了贪念：如果每一个清晨醒来，如果每一个夕阳西下，都能这样牵手漫步，那该多好？想着想着，她便笑起来。

他不经意地看到她甜蜜的笑容，也笑起来。无须任何一句言语，彼此之间只要一个眼神，一切便全部明白了。

所谓的两心如一，便是如此了。

蓝色的扳指在夕阳下看起来和夜晚截然不同。初蕾忽然问："这也是厉害的武器吗？"

"初蕾，我希望你永远也没有能用上这武器的一天。"

她叹道："说吧，百里大人，你是不是又要离开我了？"

果然，他轻轻地说："初蕾，九黎是你的。"

她微微咬着嘴唇："如果你必须远去，我可以离开这里，我可以随你一起去共工星体号……"

他笑："万王之王也不做了？"

"不做了。"

他不笑了，正色道："初蕾，我还要做一件事情。如果这件事情能顺利完成，那么，我答应你，以后，无论是九黎还是共工星体号，也无论是天涯海角，但凡你愿意，我都永远和你在一起。"

她听得他如此慎重的口吻，心知此事非同小可，立即道："这件事情是不是很重要？"

"非常重要。"

"是为我拿解药的事吗？"

他凝视她的眼睛："事实上，这件事情比解药更可怕。如果拿不到解药，别说你会死，很可能整个地球甚至九重星联盟都会彻底毁灭……"

她大吃一惊，竟然不敢问下去。

他并不隐瞒她："表面上看来，的确是禹京捣乱，故意升级了病毒库，可我已经查明，禹京并无这样的本事，他背后另有黑手，他只是替人遮掩而已，更可怕的是，禹京自己竟然根本不明白这一点，他始终认为是自己升级了病毒库……"

"幕后黑手该不会是青元夫人吧？"

他立即道："初蕾，你为何会认为是她？"

她拿出怀里的神鸟金箔看了看，淡淡地说："有熊山林之战的最后时刻，青铜神树启动之前，我曾用神鸟金箔在她身上烙印了一个痕迹。她既然敢擅用青草蛇病毒，自然就敢用别的病毒！"

白衣天尊若有所思："可是，我上次听了你的话之后，曾经暗中查看过她的手腕，发现她的手上并无任何痕迹！并没有神鸟金箔烙印的痕迹。"

他对青元夫人也并非没有怀疑，问题是，她身上真的没有那个烙印——也没有证据。就算知道是那个人，可一点证据都没有，又能如何？

"她那么精明，一旦发现端倪，立即自行消除了痕迹。"

"但是，如果一直找不到证据，就算幕后黑手真的是她，也暂时没有办法对付。"

如果幕后黑手真的是青元夫人，那就不是一般意义上的凶手，而是一宗骇人听闻的巨大阴谋了。他一直不明白：青元夫人仅仅是妒忌一个人间的少女，就有这么大的动作？可是，从那病毒升级裂变的速度来看，根本就不是临时起意，而是长久准备，处心积虑。

初蕾见他面色凝重，眼里竟然有丝丝隐忧。自从认识他以来，她可从未在他脸上看到过这样的神情，她微微吃一惊，低声道："这件事是不是比我想象的更可怕？"

他也不隐瞒她，只低声道："初蕾，你能想象一只老虎变得很大很大吗？比如，一只老虎就可以独霸整个地球……"

"天啦，她这是要毁灭整个世界吗？那她要对付的对象绝不是我一个人，我只是她整个计划中的一个小角色而已……"就像一个人要去猎杀一只大黑熊，但是，他也可以在出征的路上随手就把一只小兔子给灭掉。而鬼风初蕾等人，很可能只是那时恰好出现，被当作用来练手的倒霉的小兔子而已。

他叹一声，果然是个聪明的小人儿，根本无须任何解释，她一下就明白了。

她低声道："天啦，如果是这样，那该如何是好？我听说，天穆之野可是联盟的第一神族，掌握了不死药，几乎所有的大神都会巴结他们，讨好他们……"

"何止呢，就连死神禹京掌管的整个幽都之山都供他们任意驱使！病毒、细菌、死神、医学、基因生物库……他们几乎变成了联盟中最有杀伤力的一股力量，真要起事，纵然是西帝调动大军，也不见得能阻挡！"

初蕾面色煞白，这时候她才明白为何他必须离开了。他不但要离开，而且，很可能身陷绝境。

她忽然很紧张："我能不能帮你？"

他的神色却平静下来，笑着握住她的手："初蕾，你好好待在九黎就行了。只是，这段时间要特意注意，不要让自己陷入危险，但凡有事情，就启动我给你的扳指……"

她附在他耳边低声道："你放心吧，我不会有危险的。有人保护我……"

他很意外："谁？"

"女禄娘娘。"

他失声道："女禄？女禄出来了？前几天驱逐禹京的就是他？"

她好奇："你也认识女禄娘娘吗？"

"不，我从未见过女禄！"

女禄大婚之前艳名远播之时，白衣天尊早就离开了京都。不周山之战前，女禄已经被彻底打入冷宫，因此，白衣天尊纵然久仰女禄大名，却从未见过面。可是消息再闭塞之人，也不会不知道当年的那场京都大屠杀，那场大屠杀几乎可以名列全联盟大惨案之首。

白衣天尊的惊讶也可想而知，竟然是女禄？可是，她为何要保护凫风初蕾？按照她早前的脾气，难道不该是一见敌人之面立即一刀杀之吗？

他很震惊："初蕾，你说女禄一直在暗中保护你？"

"是啊。她虽然没有在九黎现身，可是，我确信是她在帮我，我能感觉到她的气息。"气息，是一种无法言明的东西。

在十二个夜的王国，在听花街，在小酒馆，以及在品尝娘娘每一顿亲手做的饭菜之后，初蕾已经对这种气息很熟悉了。那气息，就像与生俱来，久别重逢，一经重逢，便无须辨认，自然就知道是安全的、温暖的，无须任何质疑。

她无法解释这种情怀，也不能解释，可白衣天尊总觉得这件事很蹊跷。"初蕾，我总觉得女禄出现得很蹊跷，她来到九黎，也很蹊跷……"

她却笑起来："百里大人，你真的不用紧张。我确信娘娘对我毫无恶意。"

"为什么？"

她指了指自己的心口，声音很柔软："真的。我无法说清楚原因，可是，我直觉娘娘关心我，非常爱惜我，而且一直在暗中保护我……"

"难道不是企图在暗中加害你？"

"绝对不会！娘娘绝对不会害我。"

凫风初蕾，绝对不是一个傻白甜。事实上，以白衣天尊对她的了解，很清楚她是一个极其明智而冷静之人，越是危难时刻，越是冷静。可这样的一个人，居然相信女禄会毫无理由地帮她，保护她，这岂不是咄咄怪事？

他就算重返地球的时间不长，却很清楚，女禄一直被封印在十二个夜的王国，而颛顼于二十几年之前才生下这个宝贝女儿，初蕾，绝无可能跟女禄有什么关系。凫风初蕾，并非女禄所生。那么，问题来了：女禄为何要这么做？莫非是她被囚禁的七十万年漫长岁月里，心性大变，一旦封印解除，母爱忽然爆棚了？

可是，对于一个血洗京都，杀绝了整个京都男人的怨女来说，这样的母爱，真的会爆发在一个陌生人身上吗？尤其，这个陌生人还是她最痛恨的男人和别的女人所生的孩子。

白衣天尊发现，自己竟然无法提醒初蕾，因为，她整个人意气风发，笑容满面：
"百里大人，你放心地去做你的事情吧，完全不用担忧我的安危。在地球上，一般人根本不是我的对手，我所担心的无非是那些半神人而已。可是，这不是已经有了娘娘吗？娘娘连禹京都能轻易驱逐，那些半神人也不敢轻易招惹她吧？呵呵，我长这么大，从来没有仰仗任何别的女性长者，可现在，有娘娘帮我，我就什么也不怕了……"她那语气，就好像女禄帮她简直是天经地义一般，完全无须质疑。

白衣天尊狐疑，她这迷之自信到底是怎么来的？

他忽然发现，女禄也是一个怪人。风云骤起，那些原本隐匿不出的怪人，一个个都粉墨登场了？

漫山遍野的叶子都黄了，金灿灿的，瓜果飘香，可林木还很葱茏，远没有冬天时的衰败——事实上，整个九黎，一直四季如秋。

在这样美丽的景致之下，大家发现，新王登基之后，这世界并未改变。大家还是该吃吃该睡睡，新王也不是什么毒蛇猛兽，也不是传说中的穷凶极恶，更没有到处杀人到处抓人。和外界猜测的不同，新王登基之后，并未急于大刀阔斧地革除九黎的种种所谓的弊端，甚至不像当初在金沙王城时那样毫不留情地摧毁全部的赌场、妓馆，甚至绞杀重离等人。

大家最担心的便是新王把金沙王城的那一套全部用在九黎广场，那样，太多利益集团将会遭殃甚至破产，尤其是赌场老板和妓馆老板，他们的忐忑可想而知。

新王真要动手，会怎么做呢？

可一段时间下来，新王根本无动于衷。新王不但没有对九黎广场现有的政策提出任何的反对，也很少召见大臣，就连她委以重任的白志艺都不曾召见。

新王只做一件事情。新王只让众人将九黎各处的资料全部上缴：商业贸易，各大客栈，农业生产，赋税租赁以及赌场妓馆……新王只让把整个九黎能搜集到的全部资料都交上去，其他的，她不作声。

就连她分封的那些亲信重臣，也都在九黎碉楼出没，很少到九黎广场耀武扬威。

一个人越是平静，就越是让人不安。

若是新王一出手就开始大张旗鼓地改弦易辙——那么，诸侯们就好办了，他们早已想好了一万个借口，一万种理由，无论新王怎么改，他们都有合情合理的反驳理由。问题是，新王居然不作声。她这个新王，简直就像个影子似的，慢慢地，快要没有存在感了。于是，众人又开始狐疑，这个新王是不是压根儿不懂得治国？毕竟，她那么年轻，她那么美貌。

可许多诸候背地里却深感不安。因为摸不透对手的底牌，才根本不知道该怎么出牌。原以为新王一上任，怎么也得三把火，风风火火地烧起来，可到最后发现，人家什么都没干，人家简直不动声色。

这一下，大家都蒙了，所有的招数准备好了可用不上啊，就连白志艺也深感不安。白志艺可是背负了九黎全体老臣的嘱托——他们都希望从他这里打探到新王的一举一动，以得知自己等人的利益能不能得到维护，尤其是那些巨额利润的赌场和妓馆老板。

毕竟，在这之前，新王曾经微服私访，在各大赌场出没，一言不发，只凭借赌场手段便让几家大赌场生存不下去了。直到现在，那几家大赌场还关着门呢。兑付了新王的二十万两黄金之后，他们根本没有多余的力量再来做生意了。

此外，大家还有隐忧——新王就算什么都不说，也放任不管，可是，架不住她三不五时这样微服前来。若是次次都被她赢走几万两黄金，那任何赌场不用人家喊，都会自动关门了。有鉴于此，大家干脆先以新王登基，需要大肆庆祝为借口，自动把赌场给关闭了。

纵然是一些小的赌场，也不成气候，开着就开着，新王依旧不闻不理。可是，他们很快发现，小赌场也有一些很诡异的赌客出没。这些人总是下很大的赌注，而且总是赢钱，很快，就赢得再也没有别的赌徒敢来了。赌场老板想要发难，却又不敢，因为不清楚这些神秘赌客的背景，也不知道是不是新王派来捣乱的。连续几个赌场出现这样的神秘赌客之后，其他小老板就熬不住了，为了保住自己的老本，纷纷关门了。

当然还有更多更小的赌场不信邪。反正我小赌，我不接待大豪客，你能如何？但是，他们很快发现自己还是太天真了——他们的赌场居然闹鬼，或者发生各种令人匪夷所思的事情。有几名赌徒在大白天都被吓得瘫软了，拔腿就跑，全城呐喊有鬼。这样下去，小赌场也不行了。赌徒们虽然好赌如命，可没有不要命的道理。他们不敢再踏足那些怪事频繁的赌场。渐渐地，小赌场也偃旗息鼓了。

不光是赌场，他们很快发现，许多妓馆也逐渐门前冷落鞍马稀。

许多人更发现，就在最繁华的一条街，尤其是广场附近，经常有濒临死亡的人被抬出来，这些人中有男人也有女人，有年轻人也有老年人。

他们的死亡原因无法言说。他们浑身都是各种各样的疤痕、血痕，触目惊心，有的人身上甚至随处可见铜钱般大小的各种诡异的痕迹。有的人全身开始溃烂、破皮，有的人身上全部是脓血，衰弱得只剩下一把骨头，散发出令人恶心的气味……他们的情况极其悲惨，却还没死。

那是一种比死亡更加痛苦的境地。

他们终日在广场上，大街上，哀号、哭喊、咒骂——他们咒骂的当然是妓馆老板，哀号的是悔不当初，甚至他们的家人、年迈的父母、年幼的儿女也一起跟着绝望地哭泣……他们得了花柳病。

最初，只是几个人这样哭诉，大家还不经意。可两三天后，大家看到大街小巷，妓馆周围，竟然一直有人这么哭诉。他们不厌其烦地向每一个人展示自己的悲惨遭遇，将自己流血流脓无可救药的身体向众人展示。他们咒骂、愤怒、悔恨、哀号、惨叫……看得多了，整个九黎的男人女人都震惊了。仿佛全九黎的花柳病人都被集中到这里了。这时候，大家才知道，原来，寻花问柳不光花钱，还会得病，得了这种病不但自己倒霉，还会传染，不但传染妻子，将来妻子生育孩子还会直接传染给孩子，让孩子生下来就得上这种不能治愈的绝症。

妓馆老板们当然对这些病人的哭诉恨之入骨，若在以前，他们可能随便找人就把这些无任何反抗力的衰弱者扔出去了，可现在，他们不敢。他们发现，这些病人的背后都有职业军人在巡逻。有一个仗着财大气粗不信邪的老板，一怒之下，叫两个打手将自己门口痛哭的病人刚刚抓起来扔出去，他就被抓了。被抓的理由当然不是因为他开设妓馆，是他故意殴打伤病绝症患者。很简单，病人是在大街上哭诉，在你对门哭诉，在广场哭诉，又没跑到你的妓馆里面，这场地是公共的，不是你的，你有什么权利管人家在哪里哭诉？一个老板受到严惩，其他人当然不敢造次了。他们只能眼睁睁地看着每天都有这种可怕的病人倒在自己门口，浑身脓血，瘦骨嶙峋，马上就要死了一般的不停地诅咒、哭号、呐喊……他们却无可奈何，心急如焚。

一时间，整个九黎谣言四起，传说中，每个妓馆的美女都花柳病缠身，她们的意图就是要传染男人报复男人，更有人言之凿凿，亲眼看到几个美女身上铜钱般大小的血块，天天出入医馆求医问药，眼看是不治了……

有好事者到处打听，到底是哪些美女，可是，打听来打听去，发现全九黎的烟花姑娘都很可疑，几乎人人都有花柳病的嫌疑。

人们都是这样，不见棺材不掉泪。你颁布法令禁止他们去妓馆，他们天天骂你，还哭诉你侵犯他们的权利。

现在好了，面对满大街的流言蜚语，忽然人人自危，他们固然被吓破了胆，他们家里的妻妾更是吓破了胆子，有了名正言顺的理由阻止：你这死鬼，你再去，你再去，看你会不会满身脓血地死去？你就算想找死，你也别连累我们啊！你就算要连累我们，你也别害了孩子啊。你就算孩子也不管了，你也别连累你的老父老母啊……到时候你死了，我们改嫁别人，让别的男人吃你的喝你的打你的娃，你变成鬼你也不安宁……

尤其，某一天，一家妓馆的小老板忽然暴毙身亡——他死时的情景也很蹊跷，他浑身上下居然全是铜钱般大小的黑色疮疤，看了令人作呕，外面的邻居和收尸的仵作，全部言之凿凿：他是得了花柳病死的。

为此，他的家人甚至拉着他的尸体绕道广场一圈。整个送葬的队伍大声哭诉，大声懊悔，痛骂花柳病的危害……此举，极大震慑了众人。原来花柳病这么毒，不但毒死客人，毒死姑娘，居然连老板都给毒死了。一时间，妓馆人人自危，就连不要命的也不敢去了。

许多老板见势不妙，干脆暂时关门大吉，以图日后东山再起。

当白衣天尊悄然隐匿暗处，见整个九黎的赌场、妓馆就这么销声匿迹了，也不由得又好气又好笑。严刑酷法这些赌徒龟公不怕，可现在，他们就这么怕了。他们自动投降了。

而对此，新王根本一个字都没有，一个简单的法令都没有。

当白衣天尊看到广场上那些花柳病人时，他疑心鬼风初蕾的那些得力下属，几乎把全九黎的花柳病人都高价寻来了。尤其，有几个哭得特别卖力的人，身上的脓血分明是涂抹上去的，他们很可能是原来鱼凫国的士兵扮演的。

至于那个被花柳病毒死的老板，他其实是得了伤寒而死，但是，他死后，他的家属得了一笔钱，自然乐得配合。于是，整个九黎便被可怕的"毒"所震慑了……

恩威并下，威逼利诱。

你要阴，我比你更阴。他忽然觉得绝妙，这真是绝妙的手段，再也没有比这更兵不血刃的手段和计谋了。

鱼凫王，从来就不是一个光知道喊口号空谈理想的呆子。她见多识广，身经百战，从来都是一个实干主义者。

当白衣天尊经过广场外面的校场时，就更叹为观止了。只见大校场的外面，人山人海，全是看稀奇的老百姓。他们跃跃欲试，伸长脖子，都看着场中那一群被集中起来的男人，白衣天尊也好奇地隐匿过去。

校场上，噼里啪啦的一阵鞭打声，随即，是杀猪般的哭喊声，起码上千人被按在地上，被鞭打着。

这些，全是九黎的流浪汉——卖了妻儿赌光输光的烂赌徒，为了嫖把房契都卖掉的恶棍，整天不事生产到处偷摸扒窃的懒汉，在家里毒打妻儿老小民愤极大的猥琐男人，欺行霸市、仗着一身腱子肉混土匪和恶霸的混混……

新王，只照搬了鱼兔国这一条现成的法律。对付这些无赖，再也没有比她更有经验的人了，那就是打。这些底层的小人物，你跟他讲什么道理都没用，什么崇高的理想，伟大的目标在他们眼里都狗屁不如，你说一万句，他只有一句：我就这样了，你看着办。他们破罐破摔，死猪不怕开水烫，任何人对他们都无可奈何。可这种小人物最怕的只有一件事情——暴力，他们惧怕暴力和权威。一顿暴揍下去，他们立即就老实了。当然，要打也不是乱打。在这些人挨打之前，他们每个人的面前都悬挂着一个牌子，写明了他们挨打的理由：滥赌鬼，恶霸或者别的什么，反正挨打的理由绝对很充足。

一时间，只听得整个大校场此起彼伏的板子声，哭喊声："我再不敢了……再不敢了……"

这顿板子也很有特色，每一个被打完的人，立即被抬到一边，马上涂抹上好的伤药。当然，他们并不可能立即痊愈，他们至少躺十天半月或者更长时间，皮肉之苦会令他们战战兢兢。

他们罪不至死，便不会被打死。这些赌鬼也好，酒鬼也罢，懒汉或者恶棍，以前，他们的家人朋友可能拿他们一点办法也没有，只能眼睁睁地看着他们耀武扬威。可现在，他们被集中起来，如此大规模地鞭打示众。

围观众人，竟然大声叫好。

"你看那个张三，是我的邻居，他把他的家产全部输光了，他的老父亲被活活气死，妻子也带着孩子改嫁他人，只剩下老母亲，可老母亲病了都没有人照顾，更没有药费，他这种人打他一顿都是轻的……"

"李四也是啊，他为了去妓馆潇洒，竟然偷了妻子的首饰去典当，把妻子的陪嫁全部偷光了，有的还拿去送给那些烟花女……他的妻子眼睛几乎哭瞎了，可只要阻拦一下，就被他一顿毒打，邻居都看不过去，咒骂他早死。现在好了，你们看，他被打得皮开肉绽，哈哈，他屁股开花了，真是太痛快了……"

"还有那个满脸横肉的高个子，你们看，不就是鱼市场上天天勒索我们交保护费的吗？我们风里来雨里去，钱没赚几个，保护费都被他拿去了，哈哈，看他还敢来收保护费！这下他屁股开花，几个月恐怕都站不起来了，真是太好了……"

围观群众七嘴八舌，竟然全部是叫好的，喝彩的。

他们每每看到熟悉的人，便指指点点，大声叫好："打得好，打得好，早该打他了……"

"哈哈哈，以前我们没力气打他，也不敢，谁都招惹不起。现在好了，被这么揍一顿，看他们以后老实一点不……"

"他们敢不老实吗？告示上不是说了吗？每三个月会集中处理一批这种无赖，他们若不老实，又得被抓起来打……"

……

新王登基，一件事情都没做，一项伤筋动骨的变革也没提，甚至没有颁布过任何大的像样的法令，以显示其存在。

可不过区区两个月，整个九黎就变了。

如果说之前的赌场、妓馆老板还心怀怨愤，可现在的这一场公开鞭打，他们才真的胆战心惊。新王对九黎的理解，真是远远超出众人的预料。

先别说其他，单单就这批广场上的无赖汉，那么精准、那么大批量地被集中起来，几乎没有任何一个是被冤枉的，就知道新王的属下效率有多高了。

新王对九黎的掌控，远远超越了众人的想象。尤其，这一顿鞭打下去，对于接下来即将推行的各项法令的行动力就可想而知了——各方面的阻力，便会不知不觉小很多很多。

白衣天尊走完一趟九黎，他承认，自己很意外。

他这时候才明白，凫风初蕾，远远超出自己的期待。她很了解人心人性，既然要和九黎的那帮老狐狸斗下去，那么，她就会让他们明白谁才是真正的掌控者。

他甚至肯定，这样层出不穷的对付那些老狐狸的办法，她还有一万种。这些都是手段而不是目的，真正的目的是利用这些手段铲除障碍，接下来实现她真正想要实现的理想。

凫风初蕾登基之后，见的第一名外臣是白志艺。

白志艺来得很早，也很恭敬。这两个月，他目睹全城的妓馆赌场，几乎是雪崩式地倒下去，他就明白了，最好不要和新王作对。以前准备的一切套路都不顶用了，他根本没有找理由的机会，也没有直接和新王交手的资格。

新王可没削减你任何的利益，也没损害你任何的税收——迄今为止，新王登基之后的许多开支都是自掏腰包，她甚至连国库都不曾动用。新王治理九黎的第一笔大钱就是她从赌徒手中赢来的二十万两黄金，还有小狼王献给她的五十万两。七十万两黄金，已经可以做许多事情了。

新王找白志艺，也不是为了谈税收什么的。她找白志艺谈教育，只谈这一件事情。新王，在九黎碉楼第一层的临时行宫里见了他，他毕恭毕敬行大礼。

新王倒也客客气气："白将军不必多礼。"

新王并不像登基当天那样精致华美，气派非凡，她今天只是一身便装，没有在自己的容貌上进行任何的修饰。事实上，除非登基仪式这种必要的场合，她从不对自己的容貌作任何修饰。

白志艺在下首站了，硬着头皮要开口，可新王却拉家常似的，很随意地和他聊了几句，无非是最近九黎的情况，诸侯们的情况，大家有没有遇到什么难题之类的。

几句之后，白志艺没那么紧张了，新王这才转入了正题。

新王的命令非常简单：你白将军这段时间全力以赴解决整个九黎的教育问题，包括如何兴建学堂，如何让学生就学。当然，技术性的问题有专门从金沙王城来的官员帮助你，你只需要负责选址修建学堂以及排除阻力就行了。

建学堂是个好事，全九黎的孩子都受惠，而且，启动资金全部是新王自己垫付的，那七十万两黄金，初步估算，能支撑两年时间。至于两年之后怎么办，新王也说了，这不是有商队吗？商队两年的盈利难道还不够这么一笔开支？

新王没向诸侯们化缘，也没侵犯诸侯的利益，而且目的明确，出于公心——白志艺只好领命而去。他走出去好远，才想起幕后那些下属朋友们对自己的千般叮嘱——一定要探探新王的口风，看看她是不是要整治我们。他完全忘了，他忽然发现，新王压根儿就没提什么整治大家，好像也不屑于此。他茫然了，他觉得新王和布布大将军截然不同，你根本无法了解她。他甚至慢慢觉得，自己等人根本不配做新王的对手，所以，打探那些东西，纯属多余。

白衣天尊目睹白志艺离开，才悄然现身。

彼时，鸢风初蕾刚刚从厚厚的一堆奏折里抬起头。

她看到他，立即跳起来，一把就抱住了他的脖子，咯咯大笑："百里大人，你怎么这么晚才回来？"

他的眉梢眼角都是笑意。这小人儿，这柔情似水又俏皮无比的小人儿，她简直就是一个小小的精灵。如果你没有亲眼所见，你根本无法将她和九黎广场上那一番见闻联系起来——那个大臣们玩儿阴的，我就比你更阴的人联系起来，你无法等同。她笑容甜蜜，天真无邪，大眼睛里全是不谙世事。她哪里懂得什么治国之道？她简直就是一个弱不禁风的小姑娘吗。

他笑着抚摸她的头发："我去九黎广场走了一圈，就看见整个九黎广场都变天了啊……"

她扬起眉毛，神秘一笑："啧，百里大人，你这是出去暗暗地考察我了？"

他一本正经："没错。是我任命你做万王之王，我当然要看看你是否合格。"

"那我合格了吗？"

"得以观后效。"

"我要是不合格，是不是会撤掉我啊？"

"当然。"

她咯咯大笑："那我可要更努力更小心了。啧啧啧，这个万王之王压力好大，天天和那些老家伙们斗智斗勇。"

他也笑起来。

她拉着他的手，指着案几上的一大堆资料："你看，这是我清理出来的九黎的大体情况，以及后面整改的具体措施……"

他看得很仔细。看完了全部，这才转向她："你的整个设计都很好，也具有可行性，可是，你有没有想过，这其中的许多措施是需要经费支撑的，你拿得出那么庞大的经费吗？"

她一本正经："你看，这是九黎的全部财务状况。这些经费看似庞大，可真的动用国库的力量，根本不成问题……事实上，我研究过金沙王城和大夏当年的国库情况，我发现，无论是小国寡民还是当年大夏这样的大国，只要真正集中了全部的资源，就没有解决不了的问题。遗憾的是，这世界上绝大多数的资源都掌握在少数人手中，他们用不完也不知道怎么用，纵然天天醉生梦死，挥霍无度，也根本用不完，可是，只要这些资源一平均分配，整个社会的资源其实并不缺乏，绝对没有诸侯们哭诉的那么贫困……"

"可是，你无法动员诸侯们、富豪们拿出自己的财富。他们即使用不着用不完，也不会交给你。"

古往今来的富人，他们无论多么有钱，无论有多少金山银山，纵然一万个小妾和子女帮他们用都用不完，纵然他们的银子在宝库里发黑发霉，粮食都在粮仓里烂掉，但是，他们还是不会拿出来。除非巨大的战争，除非抄家灭族，除非巨大的变革，没有任何力量可以让他们主动献出自己的财富。因此，才需要变革，需要国家，需要理想。否则，根本就没有改朝换代向前发展的必要了。

凫风初蕾长叹一声："所以，我需要商队！我需要这世界上最强大、最有赚钱能力的商队。我自己的钱不够，那就出动国家国库的力量。"

然后，唯有教育，开启民智，才有无限希望。民智的改变才有人心的改变，人心的变革才有真正的变革。这件事情很漫长，初看起来似乎虚无缥缈，不切实际——甚至根本不靠谱，只是白费劲。但是，再艰难的事情，总得有人去做。

不开启民智，不彻底去除民众与生俱来的愚蠢和邪恶，就真的不用谈任何的理想了。而在这之前，你不但要应对各种难题，还有随时具备拿那些反对者开刀的勇气和实力，缺少任何一项都不成。

"商队首领你考虑好了吗？"

她毫不犹豫："没有比杜宇更合适的人选了。"

他略略意外："你不是分封杜宇为新的鱼凫王了吗？"

"他可以兼任帝国商队的大首领。至于金沙王城，已经有了卢相和鳖灵等人，他们足以治理。"

他点点头，随口又问了几件别的事情。他发现，她几乎对每一件事情都准备充分，深思熟虑，绝不是信口开河。事实上，她根本不是凭借关系上位的投机取巧者，她是真正富有治国经验的鱼凫王——纵然姒启也不会比她更合适了。姒启还只是打了几场大仗，驱逐了大费，却从未真正有过治国的经验。可她不同了，她不但身经百战，还实打实地治理了多年国家，他慢慢地合上了全部的卷册。

她笑嘻嘻地："百里大人对我的考核这是暂时结束了吗？"

"第一次考核，就暂时如此吧。"

她苦着脸："以后，会随时考核吗？"

"那当然！我随时盯着你，免得你走上歧路。"

她补了一句："哼哼，当然也包括随时出手相助，帮我一把了？"

他板着脸："得看情况。"

她哈哈大笑，一把搂住了他的脖子："不许看情况，但凡我有需要，你得随时帮我。"

他轻轻抱着她，笑起来。他抱着她，已经不仅仅是抱着一个漂亮至极的女人，而是拥抱一个盟友，一个同盟者。他已经发现了，她足以成为自己的盟友。七十万年之前，他一直孤军奋战，从未考虑过任何盟友，也不认为谁有资格成为自己的盟友，纵然不周山之战前夕，青元夫人以天穆之野的身份主动示好，他也断然拒绝。曾经以为，一辈子都不会有盟友。可现在，他觉得自己多了一个盟友。一个无比可靠，无比坚定，永不背叛的盟友。她甚至不是他昔日想象中的濒死孱弱者，她其实可以很强大。她根本不止会撒娇发嗲，她会的东西多得他一度不敢置信，他如获至宝。

他觉得自己原本只需要收获快乐，可现在，居然远远超越了快乐，有更多更好的收获，这真是意想不到的成就。他第一次如此对待一个盟友，一个旗鼓相当的朋友："初蕾，真的，你做得很好，你比我想象中更好。"更重要的是，她甚至超越了他——不周山之战前后，他觉得全天下都是愚蠢而邪恶的百姓，根本不值得拯救，他们只知道趋炎附势，他们被愚民政策洗脑，他们根本不知道自己正在通往奴役的路上，甚至不管自己正在被奴役的处境，反而整天对奴役自己的人歌功颂德，大声叫好……那时候，他已经彻底心寒，彻底放弃他们了。

可现在，她把这当成了理想。她说，这件事情虽然很可笑，很荒谬，也很漫长，但总要有人去做。如果做了你可能失败，可是，如果不去做，那就绝对不会成功。而且，她比自己强。当年，自己一味猛打猛撞，根本没有采取任何的技巧和手段，本以为全世界都该一样——直来直往。可后来他才发现，这世界上根本不可能一直直来直往，中间还可以有许多迂回曲折的道路。如果运用得当，会事半功倍。现在，自己身上的缺陷，已经被她所弥补。

而她所需要的帮助，自己正好能够提供，还有什么比这更完美的结合呢？

假以时日，不只在地球上，甚至在整个大联盟，她都可以成为自己最好的盟友，最好的伴侣。

初蕾也轻轻抱着他，不胜唏嘘。夙兴夜寐，可是，却没有心理压力——任何时刻都敢于大刀阔斧，那是因为自己知道，背后有他。无论何时，有他兜底。只要有人兜底，你便可以一往无前地走下去。否则，形单影只，你做得了什么？

从这时候起，二人才真正地合为一体，无论身体上、财富上，甚至是精神上，都是密不可分的利益共同体了。

可是，再甜蜜的日子，也总有分别的时刻，白衣天尊要离开九黎了。情人之间的甜蜜，永远没有止境。

直到夜深，直到黎明之前最黑暗的时刻。他轻轻抱住她："小家伙，睡一会儿吧，你还得早起。"

她嗯地答应着，可一直睁着眼睛看他。明明是黑暗中，她却将他看得清清楚楚。

他笑起来："小东西，干吗一直看着我？"

她脸上的笑容也慢慢重现了，黑色宝石一般的眼眸里，水意也慢慢散开了，这才重新趴在他的胸口，声音软软的："百里大人，我总怕你离开我……每一次相逢之后，我总是害怕只要我一闭上眼睛你就不见了……所以，我总是不想睡觉……我宁愿一直睁着眼睛看着你……"好像一直看着，他就再也不会离开了。

他的一颗心，竟然也有了悲哀之意。他慎重其事地许下了承诺："初蕾，我答应你，待得这件事情处理之后，我一定马上回来找你，从此，永远也不分开了。"

"这件事情是不是很难？就是你告诉我的那个D病毒吗？"

她忧心忡忡："如果真的是青元夫人，她那么厉害，她的帮手又那么多，你一定要小心啊……"

"小傻瓜，别怕。你就不想想我是什么人？纵然是青元夫人，她能轻易害得了我？"

初蕾听得这话，忽然笑起来。是啊，他是谁啊？他可是白衣天尊啊！他可是天下第一战神啊。纵然是青元夫人，她也不见得轻易能害得了他吧？

"小东西，你放心，我不但会尽快回来找你，还一定给你带来解药，保证不让你再受到任何的伤害……"他必须离开，他必须追踪D病毒，不仅仅为了联盟的安全，他更关注的还有她的解药——现在，他几乎可以断定，毒害初蕾的凶手，和这个疯狂的D病毒制造者，是同一个人！只要揪出这家伙，解药自然就不是问题了。

这段时间，她几乎快忘记自己中的病毒了。现在听他说起，她也没多大惧怕，只轻轻道："我等你。"

他听得这温柔的话语，心想，"我等你"这三个字，真是世界上最美不过的情话了。

他正要起身，她却跳起来，拉着他的手。"小东西，怎么了？"

她神秘一笑："你等一下。"他便等着。

她出去，不一会儿便进来了，手里拿着一件袍子。那是一件月白色的袍子，领口处为朱帛，袖子左右各绣了一朵红色的芙蓉花。她将袍子披在他的身上，拉着他的手，一起坐在金色的椅子上面，二人一起端端正正地坐着。

他当然注意到，她也换了一身华丽袍子，慎重其事，正是登基当天穿的。这小家伙，这么隆重干什么？她拉着自己并排坐在她的王椅上是什么意思？她的眼神里满是狡黠："我一直想要替你准备一件礼物，可我想来想去都不知道做什么才好，于是，我想到做一件跟我一模一样的王服，以前，你不是说过你愿意做我的男王后吗？"

男王后!

华丽的蜀锦，最上等的丝绸，唯袖子处有简单的渲染刺绣，穿在身上，竟然如自身肌肤似的柔软贴身。

"百里大人，你穿上这衣服，无论走到哪里，无论去向何方，大家都知道你是我的人啦……"

她得意扬扬，满脸写上了"此人为我所有，他人不要觊觎"的痕迹。

他惊奇地问："别人怎么就知道我是你的人了？"

她拉起他的袖子，只给他看："你看……"可不是吗？袖子两端，芙蓉花上，一朵上绣了个"初"字，另一朵上绣了个"蕾"字。那两个字，和闪光的缎面丝绸一起闪闪发光。白天还不怎的，在黑暗中，你能清晰地看到那两个跳跃的字，简直就像是两朵会发光的鲜花。

太美了。

也难为这小人儿想到了这么浪漫旖旎的一招。

从此，他当然得天天穿着这衣服，天天看着她的名字跳跃——纵然是再粗心大意的外人，也能一眼看到她的标志。那是她凫风初蕾的标志，独家占有，不能觊觎。

他笑起来："好的，初蕾。我一直穿着这衣服，再也不脱下来了。"

她兴高采烈："现在，我才放心让你离开。百里大人，你可要早点回来，不要让我等太久。"

"你放心，你绝不会等待太久。"

她松了手，大大方方地目送他离开。

可是，他走了几步，又折回来，柔声道："我忘了一件很重要的事情，必须完成这件事情才能离开……"

初蕾好奇地看着他。

只见他的左手放在心口，闭着眼睛，仿佛是一种很古老的祈祷仪式，好一会儿，他才道："初蕾，伸出你的右手，像我这样……"

她不问原因，只学着他的样子，将自己的右手放在胸口。

好一会儿，他放下手，轻轻拉住她的手，十指交扣。

他凝视她，就像要把一个人深深地刻在自己的心上。

她便也只能凝视他，虽然不知道他此举究竟为何意，心里却怦怦地乱跳，好像有什么自己不知道的重大事情要发生了，多奇怪。

他没有解释，他凝视了她好一会儿，才慢慢地松开手。

就在初蕾疑惑不解的时候，忽然听得他温柔的声音："初蕾，你看……"

那是一道蓝色的火焰，无声无息在头顶上空绽放。不同于一般的烟火，那是一股冰冷的火焰，无声无息，冲天而起，凫风初蕾仰起头，一眼看去，竟不知道那火焰到底有多高多远，只见整个天空都变成了蓝色，所有的白云都变成了蓝色的云彩。

她惊奇地盯着火焰，但见这火焰自行膨胀，铺天盖地。忽然之间，中间部分呈现出一团巨大的红色，竟然隐隐开出一朵红色的花蕾。再过一会儿，那花蕾彻彻底底变得清晰无比，竟然是两朵花，两个字——"初蕾"组成的一朵花。

她吓一跳，居然在天空里看到了自己的名字。

她看到自己的名字花一般炸裂，最初以为花了眼睛，可是，待仔细凝视，千真万确，那是自己的名字。而且，那花蕾炸开的时间很长，不存在错觉或者幻觉——直到现在，那两个字仍清晰地浮现在天空之中。最初，她以为只是小型的烟花，可是，看久了，忽然发现那烟花在升高，而且越来越高，按理说，高度越高，看到的范围就越小，可是，并不！这烟花无论升得多么高，都能清清楚楚地看到那两个字，那两朵花。多么美妙！

她屏住呼吸。

她以为这是白衣天尊的浪漫，毕竟，他以前也时不时制造一些小小的浪漫，比如，让一个湖泊的湖水看起来全是红色的珍珠；比如，让九黎的山林随时变换色彩……现在，她也以为是他临行之前留给她的小小浪漫。她很感动，也很喜欢，可是，她尚未开口，便听得他沉着的声音："初蕾，从此刻起，整个九重星联盟都知道你是我的妻子了。"

妻子！这居然是二人成亲的公告？

"初蕾，我们要在一起，当然就得名正言顺。这便是我们的婚礼，虽然简单了一点，可是，希望你能喜欢！"

这可不是简单的婚礼！这是全世界最盛大的婚礼！这是地球上任何角度都能看到的盛大告知！除了白衣天尊，没有任何人能做到这一点了。

凫风初蕾激动得一时间竟然没有任何言语，多么离奇而浪漫的承诺。

像白衣天尊这样的人，岂肯在一场欢爱之后便拂袖而去？他刚刚所说的忘记了一件非常非常重要的事情，便是这件事情。他一定要公告天下，从此，正大光明。

初蕾根本不知道该说些什么，只一直傻乎乎地看着蓝色天空里开出的红色花朵。直到他的嘴唇贴在她的唇上，她的声音也像是做梦一般："百里大人……呵百里大人……我们这是成亲了吗？真的成亲了吗？"

"真的。"

"从此，我们就会不分离了吗？"

"对。就算分离也只是短暂的离别，我会尽快回来。"

她如释重负。

第二十五章　金棺里的百里行暮

一瞬间，联盟上空的讯号忽然变得极其璀璨，恍如一道烟火震颤了世界。

这样的焰火，已经消失很久很久了。那是极高等级的半神人才能发出的讯号。那是半神人成亲的讯号。

联盟有史以来，最多不超过三位半神人发出过这样的讯号，可现在，这讯号再次响起，冲天闪亮，整个大联盟都可以清清楚楚地看到。

那是白衣天尊发出的讯号，那是他成亲的标志，他居然公然发出了和地球女成亲的标志。这标志一经发出，就一目了然：此女已经是我的妻子。今后谁再找她麻烦，那就是直接和我为敌了。

别说一般的大神，就连西帝都震惊了。

有人慌慌张张地跑过来："陛下……陛下……你看到了吗？你看到那焰火令了吗？"

他冷冷地说："看到了。"

"天啦，你既然看到了，怎么还能如此镇定？"

西帝冷冷地看着下界，只是不作声。天空的蓝色尚未褪去，那红色的花蕾还若隐若现。他想，白衣天尊可真是一个浪漫之人。真难想象，他那么资深的半神人，说穿了，已经是一个活了几亿年的老家伙了，怎么还有心思做这样的浪漫之举？就算他看起来非常年轻，简直就是一个风度翩翩的青年，可是，他毕竟几亿岁了啊。要知道，他西帝本人贵为中央天帝，现在要勾搭女孩子，也没法以年轻人的形态，而是一个大胡子的形态或者一阵风似的藏头露尾了啊。西帝，早已忘了浪漫为何物了。也因此，他竟然隐隐地有点妒忌白衣天尊。要知道，这么年轻的心态，这么浪漫的举止，尤其是这一手焰火——那可不只是年龄的暴露，那是元气的显示啊。

"这可是公开挑衅啊！"

天后脸色铁青，愤愤不平："他怎么敢这样？他真的仗着他飞度弱水的经历，已经不将你和整个联盟放在眼里了吧？再说，想当初他和青元夫人定亲，根本没有任何仪式，也没有任何告知，还是维维奇等凑热闹，勉强在地球上放了一把焰火，根本不是他亲自所放，也传达不出去，只是小范围开了一个玩笑而已，可现在，他居然忙不迭地亲自告知天下。此举证明了什么？他无比喜爱那小丫头？还是显示他身份高贵，实力强大，可以用这种方式威慑全联盟？"

西帝愤怒的便是这一点。白衣天尊哪怕喜欢一万个地球少女，那都是他私人的事情，威胁不到联盟分毫。

可现在就不同了。西帝背着手，铁青了一张脸，走来走去。这个白衣天尊，真是太狂妄了。更何况，他之前还悄悄地潜入了戒备森严的医学部——哦，不是悄悄潜入，是拿了他这个西帝的手谕大摇大摆进行的。

须知，大神们的手谕最难仿制，那可不是人类用纸张或者金属等材质制作，而是根据大神们自身的能量，每个人各自定做。手谕，在某种意义上便代表了一个大神的势力，他的元气越大，他能进入的秘密场合就越多，毕竟，每个关口都是需要刷元气的。

西帝身为中央天帝，他的手谕的级别可想而知。可是，白衣天尊真的仿制了一道手谕，径直闯入。他大摇大摆，如入无人之境，仿佛整个联盟在他眼前形同虚设，他想去哪里便去哪里。西帝，如何不胆战心惊？

天后喋喋不休地说：“那丫头不是中了黑蜘蛛病毒吗？以前她只是一个凡人，变成怪物也没什么了不起。可现在怎么办？他公然宣告娶她为妻，若是拿不出解药，这战犯不再一次把天捅破才怪呢……”

西帝的脸色，更加难看。每一个帝王，最怕的便是这种刺头。白衣天尊，便是一个资深的刺头。七十万年之前，他已经撂倒了一位中央天帝，直接造成了整个银河系权势的大洗牌。可现在，被他撂倒的中央天帝早已不知去向，而他，还好端端地招摇过市。他一直都在考虑，到底要如何对付那货？早前那货答应重返弱水，原是最好的结局，可不知道哪个该死的家伙升级了病毒库，他拿不到解药，理所当然留下来，甚至还不算违背诺言。

"那该死的战犯，陛下，你得设法对付他，最好动用联盟的力量去剿灭他……"

"动用联盟的力量？你希望再看到一场不周山之战？"

天后一想到不周山之战，立即不吭声了。

这时候，紧急通讯令响了："陛下，俞强有要事求见……"

"让他进来。"话音刚落，只听得一个气喘吁吁的声音，医学部的俞强竟然亲自跑来了。

西帝沉声道："俞强，你有事情发个讯号就行了，自己跑来干什么？"

俞强面色如土，颤声道："陛下……陛下……大事不好了……"

"你胡说什么？有什么大事不好了？"

俞强狐疑地看了一眼天后，额头上满是冷汗，很显然，他不知道该不该当着天后的面说这件事情。天后盗取医学部的病毒去设置黑暗森林星监狱惩罚她的情敌们，这是公开的秘密。俞强身为医学部的负责人，不可能不知道这一点。他对天后很防备，他不愿意当着天后的面说出来。

西帝察言观色，冷声道："天后，你先去忙你的。"

天后不情不愿地走开了。

西帝很震惊，俞强很恐惧。无边际屏幕上，D病毒活跃的程度，连外行看了都心惊胆战。

俞强有些语无伦次："……上次白衣天尊进来之后，我就加强了对D病毒的监控。没想到，短短几天，D病毒就彻底变异分裂了，这一次的升级根本不是普通的升级，而是裂变式的升级，快得整个联盟的医学部已经无法阻截，无法跟踪，甚至无法估量了……"

就像一场赛跑，有人嗖的一下已经超出终点线了，有的人还没开始启程。这比赛如何能玩下去了？

最关键的是，为何禹京忽然发疯似的升级病毒库？

西帝却道："这D病毒裂变到现在的程度，会如何？"

俞强眼中的恐惧之色更加深浓了，他想了想，原文复述了当日，白衣天尊的话："……如果一只老虎裂变膨胀到整个银河系那般大小，或者比这更大，陛下，你想想看，这会有怎样的后果？"

西帝的面色彻底变了。

俞强忽然想起自己第一次和白衣天尊的秘密会谈。

当时，大家只知道病毒库升级裂变，但并不知道具体的情况。当时，白衣天尊就说了一句话：如果这病毒裂变运用到半神人身上，半神人自身也开始裂变，这会如何？很显然，严重的程度已经远远超越了当初二人的讨论范畴。

西帝指着无边际屏幕："你说，现在的病毒已经能达到这个级别了？"

俞强战战兢兢地说："如果单单从理论上估算，不考虑别的因素，这只老虎很快就可以膨胀到占据整个宇宙！"

当整个宇宙，只剩下一只老虎。当整个宇宙，也只能容得下一只老虎。

西帝面如土色，他沉默不语。

俞强待在一边，也不敢作声了。身为医学部最资深的管理者，他从未见过病毒裂变的速度如此之快——这已经不是正常的医学竞争，而是显得非常可疑了。

宇宙原理，唯大不破。

先别说霸占整个宇宙了，你想想看，当一只老虎膨胀到地球那般大小，还有什么武器可以对付它？再膨胀到太阳星的大小，又有什么武器可以对付它？它会变得比宇宙最大的黑洞更可怕，它自身已经变成了最可怕的黑洞了。到时候，先别管全宇宙了，西帝这个中央天帝就无处容身了。

西帝抬头看了看天空，他已经意识到，这原本安静平和了几十万年的大联盟，忽然乌云密布，山雨欲来风满楼。

过了好一会儿，西帝终于开口了："禹京这该死的家伙，他这样肆无忌惮地疯狂升级病毒库，到底是所为何事？他莫非要篡位了？"

俞强战战兢兢地说："属下有一句话不知当不当讲……"

"这时候了,你还吞吞吐吐干啥?"

"属下也同意白衣天尊的看法,我认为,这么剧烈激进的病毒升级,禹京根本没这个本领,举幽都之山之力也不足以达到这样的水平……"

"你也认为禹京背后另有黑手?"

俞强实事求是回答:"这些年,我一直关注着幽都之山的进展,可是,禹京在很长的时间内根本无所事事,他经常喝醉,一醉就是几万年。他根本无心病毒的研制,也曾很长时间停滞不前,没道理这么短时间忽然突飞猛进,一举突破了许多根本不可能的限制……"

西帝听得很认真。据他所知,禹京并不是一个具有天分之人。禹京多年不得志,在黄帝时代只能被封为死神,当然绝非外界所认为的他相貌丑陋,事实上,正因为他资质平平,才无法在众多的兄弟中脱颖而出。比起青阳公子、昌意公子这些惊才绝艳的人物,他没存在感自然就是很正常的事情了。

"这幕后黑手到底是谁?"

"不知道。"

西帝心急如焚,这样下去,别说整个联盟会发生惊人的变故,只怕自己这个西帝要成为有史以来最倒霉的中央天帝了——整个大联盟竟然在自己的统治任期内被毁灭了!这罪过,他可背不起。

西帝背着手,走来走去。

俞强垂手一边,一声不敢吭。

半晌,西帝忽然问:"此事除了白衣天尊之外,还有谁知道?"

"除了白衣天尊之外,属下只禀报了陛下一人。"

"俞强,你记住,此事非同小可,万万不可声张,必须最大限度地保密,以免走漏风声,引起不必要的恐慌。"

俞强领命。

从宇宙大爆炸开始,一股蓝色的冷光划开了混沌的黑暗世界,让宇宙开始启动,从此走向了光明。蓝色焰火令,便因此而具有非凡的浪漫意义。

"我和一个叫作凫风初蕾的少女成亲了。"

那散发的焰火中,有一朵红色的花蕾。那是宇宙上最浪漫的一次婚礼通告,整个九重星联盟也因此轰动一时,诸神们再一次陷入了强烈的八卦之中。

彼时,禹京正在幽都之山的病毒库里喝酒。禹京每每喝醉了,烦闷了,就会躲在这里,沉睡上万年。他觉得人生毫无意义,他觉得死神这个位置也简直毫无意义。他觉得自己活腻了,幽都之山都该被病毒彻底灭绝,或者整个宇宙都灭绝了才是好事。大家都灭绝了,也就不再看到那些所谓的伟大人物耀武扬威了。

直到他重新见到阿环,直到他去天穆之野,受到阿环的热情款待。他甚至第一次碰触到了阿环的手,他甚至第一次见到阿环靠在自己肩头哭泣。他忽然觉得,人生真是太美太好了。他忽然觉得,整个幽都之山都开始明亮起来。他开始待在病毒库里,没日没夜地研制病毒。他太渴望在阿环面前证明自己了——他要向全世界证明自己是一个超级天才,一个不能被任何人轻视的超级天才。

他每一次去天穆之野之后,灵感就会升级一次。他每一次和阿环讨论几句,所有关键之处都会随之飞跃。那些原本根本无法突破的难关和障碍,统统不是问题了。病毒库,以令人惊异的速度升级,他也因此震惊了大联盟。

此时,他手里一直攥着一条精致无比的丝巾——那是提取了白云的灵气、朝霞的灿烂,巧手所绣的云锦丝巾。整个天下只有一条,那是阿环亲手所赠。

自从得到这条丝巾,禹京便须臾不离,无论是出门还是工作,无论是醒着还是睡着,他都带着这条丝巾。这条丝巾是他无穷动力的源泉,带着这条丝巾,他就从未感觉到任何疲惫,无论遇到什么困难都可以一往无前。

因为他的努力,阿环多次称赞他是天才。

天才!超级天才!无可匹敌的伟大天才!阿环的用语一次比一次更重,也一次比一次更无所保留。

他相信,要不了多久,自己会成为大联盟最受人瞩目的人物——整个宇宙都会传遍自己的大名。

直到他从漆黑的万万年浓雾里抬起头——他被一股奇异的淡蓝色光芒所唤醒。什么样的光芒,居然可以渗透这死神洞府?他立即睁大眼睛,慢慢地,他把那一团蓝色的火焰以及红色的名字看得清清楚楚。

"我白衣天尊迎娶凫风初蕾为妻了。"

他的眼珠子几乎已经不能转动了,他不敢置信,他从来就不相信那战犯是真的。他一直以为那战犯只是玩玩而已,所做的一切无非羞辱自己这个古老的神族而已。可没想到,他居然公然和她成亲了。

他忽然想到一个人,一个非常非常重要的人。

阿环。阿环。

阿环会不会气坏了?可怜的阿环!善良的阿环!无辜的阿环!阿环现在会不会被那些无聊至极的半神人们嘲笑不已?

毕竟,前不久,阿环才公告天下,她和白衣天尊退亲了。

禹京拍案而起,跳起来直奔天穆之野。

自从宣布和白衣天尊退亲后,青元夫人就闭门谢客了。

纵然是有许多别有用心的大神想趁此登门送礼,趁机安慰,打探消息,或者主动示好……但是,统统被拒绝了。

她甚至宣布取消下一年度的蟠桃会。

通往天穆之野的路甚至被关闭了。她的侍女们只说，夫人在静修，不能被打扰。

那是一个清净而虚空的世界。里面，只剩下青元夫人一人。

此时，她站在一棵桃花树下，看着那经年不息的红色花瓣纷纷扬扬，一层一层覆盖地上，将整片天地铺设成一张旖旎而美艳的红色地毯。

地面，当然纤尘不染。那是纯金打造的金色世界。红花，金黄，全世界最鲜明的对比色。青元夫人的审美一直很正常，也很高雅。

十万吨黄金，铸就了这个世界上最神奇的一个绝妙地境。桃花树下，一张纯金打造的秋千。秋千很高很高，飘荡起来的时候，能清楚地看到外面的另一个世界。

此时，青元夫人便坐在秋千上，从越来越高的飘荡中，看到了外面世界传来的蓝色焰火令。

一朵红色小花，爆炸在眼前。

"我白衣天尊和凫风初蕾成亲了。"

初蕾，初蕾，初生的花蕾。

他迫不及待，肆无忌惮，公告天下，他娶了这世界上最美丽的一朵花蕾。

她气得整个人都蒙了。

她猛地从地上爬起来，跌跌撞撞，直奔密室。三重密室，让整个宇宙的探索器具都无法渗透，这是全宇宙最神秘的一处地方。此时，这三重密室的最深处，一具金色的巨大的棺材。每次，她都待在棺材旁边看看，停留一会儿，但是，基本上从来没有打开过。但是现在，她盛怒之下，一把掀开了棺材的盖子。

金棺里，一具尸体，面容却栩栩如生，完好无损，就像一个人累了，暂时睡过去了。只需要一阵风，一口水，这人就会活过来。可现在，她却恨得出血。

她看着这具栩栩如生的尸体，五指便向那面容抓去。可刚一碰触，她便停下。饶是如此，指甲也划破了那温润安详的面容，留下了一道长长的五指血痕。她想把这脸面带着脑髓一起抓碎。

可是，没用。一点用处也没有。

她并非一个真正的疯婆子，她就算恨得出奇，她也立即冷静下来——这不是白衣天尊，毁灭了也没有任何意义。毁灭这具尸体，不但伤害不了白衣天尊分毫，还得自己耗费力气另外制作一具同样的尸体。她已经不愿意白费力气了。她只是狠狠地在那尸体的面颊上再次掌掴。直到怒气，稍稍平息。

很长时间，青元夫人都这样静静地躺在密室里。

她已经忘记了静修，忘记了元气，忘记了一切的修炼——也觉得毫无必要。她根本无心修炼。身为掌管不死药的女首领，她本身就具有长达上亿年的寿命，如果她愿意，来一个寿与天齐都没有任何难度。

她只是愤怒。爱、恨、嗔、痴，其中最可怕的便是怒。你想想看，"怒"这个字，那是在奴役自己的心啊。但凡发怒，便是心上遭受的最大最深的痛苦。可现在，她就算静静躺着，用了无数的修炼方式也无法缓解心中的愤怒。越是思索，越是愤怒。心跳不止，愤怒不已。

她再一次掀开金色的棺材板，死死看着那具不言不动的尸体。她多么希望，这棺材里躺着的人是白衣天尊。该死的白衣天尊。可是，不是！那是已经死去的百里行暮，那是早已被埋葬在周山的百里行暮。他刚刚死后不久，她便去周山悄悄将他带走，然后，将他秘密安置在了自己的神秘地下室里。死亡，在她眼里真不是任何事儿，原本一颗不死药下去，他立即便重生了，可是，她还没来得及施救，便看到百里行暮的脑电波彻底散逸了——这具尸体曾经占据的属于白衣天尊的一部分脑电波，已经彻底离开了他的尸体。

白衣天尊，从弱水出来了！

他一出来，她便再也不敢轻举妄动了。

若是别的人，她随意分散一下，凭借她的高明医术，要让一个人占据一点原生体的脑电波真是轻而易举，别的人也察觉不出来——因为，一个人的脑容量和脑电波大得惊人，几乎可以说是无穷的。

许多人的脑电波经常被人占据、分割，可是，他们终其一生也丝毫感觉不出来。他们就算经常感觉到脑海里乱糟糟的，天人交战，两个小人儿在打架一般，可是，他们也想不到是有人入侵了自己的脑电波。凡俗人等，压根儿是感觉不到的。

可是，白衣天尊不是一般人，他不但能察觉，他甚至在不久之后，就彻彻底底将所有散逸的脑电波收集完成。百里行暮曾经留在地球上的全部记忆，慢慢地，都进入了他的本体。

青元夫人也曾试图阻止。至少，让他慢一点集齐这些脑电波。原本，她一直和他在一起，是真的可以阻止一段时间——其实，这段时间也无须太长，只要在鸮风初蕾死去之前就行了。

遗憾的是，她发现自己办不到。

因为，白衣天尊根本不可能一直和自己在一起——事实上，他根本不和任何人长期待在一起，他习惯一个人独处，就算和半神人在一起应酬的时候，也总是匆匆来去。就算半神人赶到九黎来捧他的场子，他也不轻易露面，日常打点都是交给别人。这种情况下，青元夫人根本无法阻止他收集脑电波。

到万神大会召开之后，他已经收集了大部分脑电波——从那时起，他很可能已经慢慢地明白这是怎么一回事了。

直到万神大会彻底结束，他到处奔走，所有的脑电波几乎全部跟他的本体融合了。他已经完全明白了，有人趁着自己在弱水其间，制造了一个仿制品。这个仿制的百里行暮，因为使用了基因数据库里的脑电波和细胞，所以，一经复活，便完全以百里行暮本体的思维和习惯活动——他继承了不周山之战前后他进入弱水之前的全部记忆。

因为，复制人的记忆原本就是真正百里行暮的，所以，他接下来的一举一动当然就是真人的举动，真人的情感，真人的思维。他完全取代了白衣天尊。如果白衣天尊不从弱水出来，他就千真万确是百里行暮了。

但是，这个复制人，却并没有完全继承本体的强大功力——他延续了不周山之战后，那个衰弱的百里行暮的体格。这点元气，不足他正常时刻的万分之一。正因此，他才会在大漠之中死于区区东井星妖孽之手。而这个人，就是棺材中人。

青元夫人的一只手按在棺材上，另一只手轻轻在他的脸上划过。迄今为止，他的脸庞还有淡淡的温度。

他的细胞、他的机能，都还活着。他被封存得完好无损。只是，他的脑电波已经全部消失了。真的，要复活他，实在是太容易了。甚至，要复活一万个这样的百里行暮都不是问题。可是，就算复活了，没有脑电波，那只是一个白痴。一个长相酷似白衣天尊——而不是真正的白衣天尊的白痴。甚至他复活了，也不可能知道自己和她青元夫人到底是什么关系。

可是，要在这具尸体的脑海里注入别人的脑电波，又觉得没劲——她这几十万年苦苦追寻，一心想要得到的，只是白衣天尊，而不是其他别的男子。既然如此，注入别人的脑电波又有何意义？她不能，也不愿意。她只希望再一次注入白衣天尊的脑电波，哪怕是少一点，再少一点，哪怕是让这个人回到少年时代，回到他最懵懂青涩的时代……

遗憾的是，她再也不敢轻举妄动了。

她调查过联盟的数据库，她发现属于白衣天尊的那一份已经被封印了——很可能是白衣天尊发现了这一点，便将自己的数据库封印了，从此，未经他允许，任何人都休想打开。

如果非要设法解密，那很可能中了白衣天尊的计——他顺藤摸瓜，一下就可以找到这个解密者。

青元夫人当然不能暴露自己的身份。

再者，现在再要复活百里行暮也没什么意义了——事实上，当初自己就不该选择复活他。她非常后悔自己的这个疯狂举动。她想，若不是这样，他连和凫风初蕾见面的机会都没有，又如何爱上那丫头？

一想到这一切都是自己造成的，又如何不痛彻心扉？是自己生生地给了那丫头机会，把自己最暗恋的男人拱手让给了那丫头啊。那丫头，真是捡了一个天大的便宜。青元夫人如何不恨得吐血？一切的心血，一切的筹划，一切的渴望，统统成了一场虚空。

一条清溪，一眼泉水，红色的桃花瓣千年万年顺水漂流，这条溪水就叫作桃花溪。

此时，禹京就坐在桃花溪的花圃旁边，品尝着天穆之野特有的桃花佳酿。

金杯、金椅、金酒，桃花溪……这一切，全是招待贵宾之道。

禹京当然很清楚，自己每一次前来，都被阿环当成座上宾。这样的殊荣，可不是任何半神人都能获得的。

他很自豪自己能享受到这样的殊荣，也因这殊荣，一张原本拉得很长的马脸竟然也隐隐地显露出几分英武的男子气概。

微醺之时，他嗅到一股淡淡的香味。他站起来，第一眼，便心醉神迷。对面的花径上，一美人儿婀娜而来，她曼妙、端庄、高雅、清丽……她脸上的笑容温柔而低调，恰到好处的贤良淑德，一看便是帝国男子们最喜欢的传统美人。

尤其，她身上的那股香味，淡淡的，幽幽的，高雅，细致，桃花流水，云淡风轻，就像天边的晚霞一样浪漫却不嚣张，恰到好处的低调。

低调，就是这个词。

阿环美丽得低调，阿环美丽得很含蓄，这种含蓄才是女性美丽的极致。

她也许不那么惊艳，她也许并不美丽得那么咄咄逼人，可是，她的这种美，简直人畜无害，没有任何攻击性和侵略性。

这才是禹京理想中的美貌无双，这才是他最欣赏的美丽。

身为当年极度怂恿高阳帝颁布男尊女卑法令的幕后推手——他一直主张提倡女性的低调和柔顺之美，至于那些嚣张而肆意妄为的女性，纵然是天仙也必定打压之。比如女禄，比如凫风初蕾，她们美则美矣，可是，太过嚣张，太过狂妄，满是杀伤性，就像是一颗随时会爆炸的武器，随时令围观的男人们粉身碎骨。

禹京，从不欣赏这样的美。那总让他想起当年的嫘祖和青阳公子兄弟，他痛恨这种嚣张的美丽。他目不转睛地看着桃花溪上走来的美人儿。她曼妙，温柔，一丝不苟。红色花瓣，一片一片飘落在她的头发、肩膀，以及她金色柔软的丝绸长袍……那是蓝天白云之上开出的仙丹桃花，那是整个世界上最难复制的平淡低调之美。死神的心，一次次地开始复活、跳跃、激动、疯狂。他喉头干涩，语无伦次，忽然觉得十分躁动，喝下去的所有美酒全部变成了毒药——能引爆全身筋脉的毒药。

他口干舌燥，他语无伦次："阿环……阿环……"

尤其，当阿环走近了，他看得更清楚了，她眉宇之间有淡淡的哀愁，她的眼角有微微的泪光，也许委屈，也许难堪，可是，她还是面带微笑、隐忍、包容，任何时候都将自己的委屈压下，将自己最好的一面呈现在外人面前。忍耐之美，才是女子的极致之美。

而那小丫头，她哪里懂得什么忍耐？她们一言不合，随时提刀和男人对砍，甚至还厚颜无耻地坐上万王之王的宝座。

他愤愤不平，急于英雄救美："阿环……"

她在他对面坐下，柔声道："禹京大人，你来了。"

"我一看到那蓝色焰火令就赶来看你……阿环，他们真是太过分了。白衣天尊真是太过分了，他简直是目中无人，还有那该死的小丫头，真是死一万次都不足惜……"他急于替心上人出气。

青元夫人却静静地看着他的表演，内心冷冷地笑了一下。这时候，她其实最不愿意听到的便是那对狗男女的消息，更不希望有人以为自己在难过，借此表达同情之意——这在她看来，简直是一场天大的笑话和自不量力——放眼天下，谁有资格同情天穆之野的女首领呢？这简直是对自己的侮辱。

可是，她看着激动不已的禹京，却没有发出任何阻止的信号，只低头，佯做泫然欲泣。

禹京一看她这神情，更是痛心疾首："阿环，你放心，我一定要让那二人不得好死……"

她幽幽地说："禹京大人，其实我根本不在乎他们结不结婚。"

禹京松了一口气，欢喜道："是了，阿环，你这样美好的女子，又岂会和那不知羞耻的小丫头计较？她根本不配让你生气啊。"

她不置可否，只是亲手又给他斟满了一杯桃花佳酿，柔声道："禹京大人百忙之中赶来安慰我，阿环真是愧不敢当啊……这会不会耽误禹京大人的时间？"

禹京急忙挥手："不会不会。阿环你放心，这世界上再也没有比赶来看你更重要的事情了……"他激动之下，竟然一把抓住了青元夫人的手，热烈万分，"阿环……阿环……说吧，我能怎么帮你？只要你开口，我这颗头都愿意摘下来给你……"

她被他抓着手，却一动不动，只是面上流露出微微的紧张，淡淡的羞涩，而她身上的香气则一阵阵钻入他的鼻端。

禹京整个人忽然醉了，死神万年残酷的心也彻底沸腾了。这一刻，他忽然起了贪念。他忽然也想像白衣天尊那样发一个焰火令，公告天下，他也娶妻了——娶了天穆之野的女首领，他少年时代的梦中情人。如果是这样，整个少年时代所受到的冷眼和忽略就不足为奇了。

表白原本是相当动人的，可是，当青元夫人不经意地看到他因为激动而有些扭曲的马脸时，却总觉得有一点点反胃。也不怪人们不待见丑人，丑人就算是情深义重的告白也显得滑稽而可笑，甚至是自不量力啊。可如果一切场景都不改变，单单把那个人换成一个无与伦比的美男子——那场面又该是何等浪漫旖旎而动人？

青元夫人却不动声色，依旧保持着泫然欲泣，脸上的羞涩更深更浓了，半响才声音低低地说："禹京大人……你的厚爱，阿环真不知如何回报才好啊……阿环，其实一直很感谢你……也一直渴望你能来天穆之野……"

漫天，花瓣飞舞。天空，全是红色桃花。

禹京忽然醉了，他整个人都迷醉了，他忽然觉得自己这一生完全值得了。他发誓一般："阿环，你放心，我一定要让所有胆敢欺侮你的人都付出代价！"这是他对她的承诺，也是他给她的投名状。

青元夫人漫不经意地问："禹京大人最近在忙什么呢？"

他喜滋滋地回答："阿环，我已经将病毒库彻底升级了，以联盟医学部那些蠢货的水平，他们再过一百年也赶不上……"

"恭喜禹京大人再上一个台阶，禹京大人可真是了不起的天才啊！说真的，这几千万年以来，医学界再也没有出现过像禹京大人这样卓越的天才了，阿环真为能有禹京大人这样的朋友而感到荣幸啊……"

禹京飘飘然，浑身上下每一个毛孔都飞了起来。"我仔细研究过那丫头身上的病毒，那战犯再是武力高强，可是他在病毒学方面也是一个白痴，他根本无法解除那丫头的病毒，就算他求助联盟的医学部，那也无济于事，联盟的医学部只要敢于为他解毒，我就敢再次升级，到时候让那丫头变成无所适从的怪物，保准他白衣天尊都认不出来……"

她只是试探性地问："这病毒……真的无药可解吗？"

"最初其实是有解药的，可是，我不能容忍那丫头一直嚣张，所以，就赶着升级病毒库，现在，是真的没有解药了，就算是我自己，也不见得能赶制出来了。"

"她的病毒何时会爆发？"

"原本早该爆发了，估计是那战犯用了极大的元气生生替她压了下来。可是，随着病毒库的升级，那病毒会自行生长自行裂变，爆发的时间点会越来越近，直到那战犯的元气彻底压制不下去了……"他皱皱眉，"我无法计算的是，那战犯的元气到底能压制多久。从不周山之战前夕推断，他早该支撑不住了，可是，他去了弱水之后再出来，元气如何就不好估量了，不过，他的元气不是无限的，所以，我的判断是，早则三个月，多则半年，随着病毒的裂变，他再强的元气都会被彻底耗尽……"

青元夫人装作不经意的样子，随口问了一些病毒库方面的事情。禹京当然毫无保留地提出了所有的进展程度，以及自己在进程中所遇到的一些疑惑。

他随手写出了一个程序："阿环，你看，我每次面对这个难题，总百思不得其解，你帮我看看……"

她很仔细地看了看，一笑，随手画了一个符号，"禹京大人，这是我的猜测，不知道对不对……"

禹京恍然大悟，拍案叫绝："没错，就是这样。"

每每提出疑惑，他总会听到阿环随口不经意的几句提点，顿时茅塞顿开，连连拍手称赞："阿环，说真的，我从未见过比你更厉害的天才了，那些女神加起来也不及你的天分……"

青元夫人暗暗冷笑一声，你当然没有见过比我更厉害的天才了，一百个禹京加起来也不是我的对手，你整个幽都之山加起来也不及我天穆之野的一点皮毛。你这样资质平平的愚人懂得什么？可是，她却脸色绯红，柔声细语："禹京大人的赞美真是令阿环惶恐啊。禹京大人你怜我惜我，自然看我什么都好，可是，阿环却有自知之明，阿环根本没有禹京大人夸赞的那么好。"

"阿环，你真的太谦虚了，唉，要是这天下的女子都像你这般谦逊柔顺，那整个世界都大同了……"

谈笑声里，禹京的病毒理论再一次有了突破性的进展。

青元夫人很为他高兴。当然，她也很为自己高兴。

好吧，白衣天尊，以及这全世界的敌人。纵然你们都知道这病毒，都知道这可怕——可是，你们没办法。

禹京负责升级，你们负责追赶。你们一辈子也赶不上。而且，就算你们明知我背后参与，可是，你们又能如何？你们没证据，你们恨得咬牙切齿也无可奈何。

白衣天尊，就算是你，也不该来惹我。你就算可以消灭不周山战舰，可是，你也动不了我天穆之野分毫。相反，我要你和你的小贱人去死，那是分分钟的事情。

第二十六章　众神弹劾 1

那是西帝登基以来参与人数第二多的一次朝会。

参与这次朝会的，除了一大批血气方刚的年轻半神人，连一些久久隐居不出的资深半神人都现身了。他们中的大多数，是来看热闹的。

他们想看看，西帝十万年前宣布的禁止任何半神人公然和地球人成婚的法令到底执行得如何——尤其是一些曾经和地球人谈情说爱遭到过大小不一惩罚的半神人和他们的亲友团。伟大的中央天帝，你真的会让所有半神人在法律面前一律平等吗？联盟的法律真的不容践踏吗？

西帝当然明白这些人的意图，所以，他才特别头疼。

只是，此时的西帝早已不是刚刚登基时的菜鸟新手，他已经和老油条们打了七十万年交道，早已在漫长的时间长河里把自己锻炼成了一个资深的政治家。所以，此时他便镇定自若地站在中央的高台上，环顾四周，清了清嗓子，这才威严道："各位远道而来参与这场大会，我想，你们都应该很清楚自己来的目的。好吧，现在，谁先开始发表你们的意见？"

众神你看我，我看你。

就在大家僵持不下的时候，一个人越众而出："既然大家都不好意思先开口，那我就不妨先来做一个恶人了……"此人很瘦很高，就像一根快要枯萎的竹竿，乃人魔星的许肿琳，以书写大联盟的野史趣闻闻名。据说，他麾下有一个资深的八卦团队，任何半神人的隐私绯闻都逃不过他们的窥探，好多次半神人和地球人私通的消息都是他所爆出，也因此在整个大联盟小有名气。

西帝也知道此人，便道："许肿琳，你有话不妨直说。"

许肿琳笑起来，他的笑声不男不女的，跟他面上深深的皱纹形成鲜明的对照。

"既然陛下让我直说，我就直说了。大家今天来参加这个朝会的目的，我想，只有一个，那就是来看看白衣天尊到底该受到什么样的惩罚，不是吗？"他顿了顿，先看了四周各位大神的表情，这才笑着继续道："众所周知，白衣天尊前些天向整个大联盟散发了蓝色焰火令，通告他和一名叫作鬼风初蕾的少女成亲了。大联盟法律明文规定，不许任何半神人和地球人通婚，那么，问题来了，白衣天尊该当何罪？"

所有大神齐刷刷地看着西帝。

西帝看看群臣："你们的来意是和许肿琳一样，还是另有别的事情？都趁着这个机会一并说出来吧。"

众神见西帝把球踢过来了，便一个个你看我，我看你，有些原本跃跃欲试的大神也不由得露出犹豫之色，好像不知道该不该继续跟上去。

比鲁星大神A高声道："那些血气方刚的低等半神人犯罪，还可以说他们是年幼无知克制不住，可白衣天尊这样的第二代半神人，也是大联盟硕果中仅存的极少数，连他都带头违背法令，让别的半神人看了会怎么想？是不是以后这法令就成了一纸空文？"

比鲁星大神B接口道："按照联盟十万年之前制定的法律规定，大神公然和地球人私通者，被废黜神籍，不许再获得转换载体的机会。"

法律大家都知道，可是，问题来了：谁去执行呢？

之前几位违背法令的都是等级很低的半神人，大联盟的执法军队随意去几个人就抓回来了。可是，要抓白衣天尊这样级别的大神，派谁去？

西帝环顾四周，见无人主动，就说："法律的尊严不容挑战，纵然是白衣天尊也不能例外。朕宣布，派先锋许肿琳率十万大军，比鲁星兄弟协助，捉拿白衣天尊。当然，在此之前，按照联盟的法律，也会先给白衣天尊一个自我辩护的机会，如果他能说出合适的理由，那么，再交给诸神讨论……"

西帝的这番话一点漏洞都没有——联盟的法律的确规定，任何嫌疑犯都有一次自我辩解的机会，白衣天尊当然也不例外。

大家只是没想到，陛下居然派遣许肿琳为先锋。

许肿琳当然不服气，再要开口，西帝却再次打断了他，朗声道："许肿琳这些年来一直很了解各大星球的状况，对地球是了如指掌，之所以派你做先锋当然不是要你去打仗，而是让你尽可能地为比鲁星兄弟提供翔实的资料，以免他们走弯路。好了，今天的朝会就到此结束。"

言毕，西帝也不看众人的反应，转身就走了。

四周诸神，面面相觑，纷纷摇头，很快就走得干干净净。

B15星球，大联盟的三不管地带。

这是一片黄沙遍布的荒芜地带，放眼看去，就像是一个倒三角形的巨大敞口瓶。

白衣天尊刚刚站立，便感到一阵奇异的风。随即，一股超级旋风便从脚下浮起，就像千百只死神之手一起拉住了他的双脚，要生生将他拖下去。

他衣袖一挥，地下的旋风忽然散去，紧接着，地震一般巨响，他脚下裂开了巨大的洞，白色的身影几乎全部被黄沙掩埋。

可巨响尚未停止，炸裂声也未停止，旋风变成了铺天盖地的飓风，整个B15星球就像彻底被粉碎了一般，将白衣天尊覆盖了。

好一会儿，一个小分队才从天而降。他们都全副武装，就连眼睛也全部笼罩在最新款的防辐射头盔里。众人分头寻找，直到确信四周再无任何生物的痕迹才发出了一个讯号。随即，两个人影才从东南方向降落。队长上前，高声道："四周检查完毕，没有探索到任何生物的痕迹。"二人小心翼翼环顾四周，直到看清楚那些深不见底的坑道以及千疮百孔的地面，才略略松一口气。助手低声道："真没想到竟然这么容易得手。这最新式的飓风炸药威力真是太惊人了……"飓风炸药不只炸死了一个人，连一个星球都被毁灭了。

许肿琳却东张西望，仿佛有点不敢置信："白衣天尊真的被炸毁了？"

"探索结果表明，B15星球上的确没有任何生命的迹象了。"

许肿琳接受任务之后就一直苦心策划，他召集幕僚商议了许久，再根据人魔星上独有的数据库反复分析，准确地定位了白衣天尊常常路过的一个星球，那就是B15行星。

B15星体位于共工星体和大联盟的必经之路，白衣天尊只要去大联盟，就必须经过这里。

许肿琳当即做出决定，在B15星体设伏绝杀白衣天尊。

由于巨大的辐射和粉尘，整个星体上空就如弥漫了一层厚厚的剧毒，许肿琳稍稍按了按头盔，低声道："我总觉得不对劲，还是再仔细检查一下，深入二十公里的地下看看能不能找到尸体……"

助手领命，高声道："深入检查，一定要找到尸体……"

"体"字尚未落口，助手已经凌空飞了起来。许肿琳见势不妙，立即就跑，可是，已经太迟了，他的双腿悬在半空，就像被一股巨大的力量牢牢定住，只能眼睁睁地看着自己身上的防御服就像被撕碎的羽毛一般寸寸断裂，很快，整个人便全部暴露在了无边无际的毒气里面。

飓风炸药并非人类世界曾经使用的烈性炸药，而是一种生物武器，其厉害程度当在烈性炸药的百万倍以上，别说绝杀生命，就算土壤尘埃也会被彻底杀死。

许肿琳是为万无一失才使用了这种武器，所以，他和他的小分队不得不穿上了特质的抵御服装。可现在，自己却率先彻底暴露在了这可怕的毒气里面。他骇然、挣扎，可是无济于事。他看到自己就像一条被剥光的鱼在干旱的沙地上翻滚。他甚至能清晰地看到自己浑身上下开始变成一种可怕的黑色，皮肤上鳞片般闪现，乱抓的手臂迅速变成了骷髅。

这时候，一抹雪白的身影才慢慢地从黄沙毒气中闪现，就好像他一直站在这里，纹丝不动。

他没有佩戴任何面具，也没有穿任何防御服饰，甚至他身上雪白的衣服也没有被任何黄沙所浸染。他就那么背负着双手站立，仿佛站在雨露风清的甘霖之地。

"飓风炸药只有百分之十的炸药，其余部分都是剧毒和辐射，许肿琳，你为了一己之私，不惜铤而走险，以毁灭一个星球为代价，你该当何罪？"

许肿琳但觉浑身就像被浸在硫酸溶液里似的，哪里还说得出半句话来？

"许肿琳，你身为人魔星的隐私偷窥者，你竟然不知道我的本体已经不会被任何毒气和辐射所侵蚀了吗？"

但凡寿命以亿年计算的大神，本体都不可能被毒气和辐射所侵蚀了，纵然是全银河系的核子武器一起爆炸，他们都会无济于事。许肿琳竟然忘了这一点。

也不完全是忘了，而是他对飓风炸药的威力太过自信了，大神们的本体虽然不惧怕辐射，但并不是不惧怕爆炸。可如此强大的爆炸面前，白衣天尊居然毫发无损。

许肿琳的身子依旧悬浮在无边无际的毒气里，眼睁睁地看着那白色身影扬长而去。

九黎的深秋，一片金黄。

各种庄稼已经收获晒干，树上累累的果实也大量采摘。也是天公作美，这一年特别风调雨顺，草肥马壮，一群群的牛羊都肥滚滚的，无一不显示出富足和安乐。商队也不例外，他们在某个秋天的午后重返九黎广场时，交给税务总管白志艺的黄金高达十万两。

一切迹象都表明新的万王之王是个有福之人，她既不像她的前任大夏王整整遭遇了上百年的洪涝灾害，也不像有名无实的大将军布布，任期之内毫无建树。呈现在她面前的，仿佛是一条坦途，鲜花似锦，烈火烹油。不到半年，女王的威名已经传遍天下。

九黎广场也发生了天翻地覆的变化。最典型的是，曾经喧嚣一时的赌场、妓馆都已经偃旗息鼓，与之相反的是，各种学堂如雨后春笋般兴起。有些识趣的富豪见机行事，干脆把废弃的赌场、妓馆等场地改头换面，使之焕然一新，当作学堂卖出去，如此，便将自己的损失减少到了最大。

据说，新王很赞成他们这样的举动，在令人收购时并不压价，此举便将这批人的抵触情绪大大减少。

此后，蜀中来的上等雪白纸笺，彻底取代了厚重的龟甲、兽骨和竹帛等，九黎的书籍便彻底推广开来。百姓们都很兴奋，也都很新奇，纷纷想看看新王的种种举措到底会带来怎样翻天覆地的变革。渐渐地，大家便见惯不惊了。

九黎，也就按部就班地开始了新王任期内的发展。

当鬼风初蕾一身便装站在夜色下的九黎广场上时，但见白日里潮水般的人流已经稀疏，大街小巷上的茶馆、饭馆、杂耍曲艺管却分外热闹起来。

耳边有吹拉弹唱，那是天桥上的流浪歌手发出的美妙歌声。她忽然想起自己第一次站在这广场上的情景：挥手之间便将白衣天尊的长袍悬在高杆顶端示众。如今，还清晰地记得自己和白衣天尊的第一面。

白衣天尊说："是你把我的白袍悬挂在九黎广场示众？"

没错，是我。

白衣天尊说："是你说我不配穿白色长袍？"

没错，是我。

……

想着想着，她忽然微笑起来。多可笑，一直都是那个人，可自己却兜兜转转走了这么长时间的弯路。

现在，他在干什么？那个D病毒到底发展到了什么程度？他一个人能不能解决这问题？其他人又会不会帮他？

纵然身为凡夫俗子，她也很清楚青元夫人以及天穆之野的势力——身为掌管不死药的唯一神族首领，本质上，青元夫人才是天下第一人，纵然是历代的中央天帝在某种程度上也会受到她们的操控。

她只是想不明白一个问题：青元夫人毒杀自己可以理解，毕竟是要消灭情敌，可是，青元夫人为何要将整个有熊氏全部灭绝？她仰起头，看了看共工星体的方向，忽然很急切地盼望白衣天尊快快归来：百里大人，你可要平安无恙啊。

新婚宴尔，便总是记挂着一个人，尽管明知他本领高强，可还是忍不住地为他担忧，生怕他有什么不测。走了几步，一股气息忽然无法控制地在心口游走，紧接着便是一股火辣辣的疼痛。

凫风初蕾停下脚步，不经意地站在夜色的僻静处，背靠着一棵大树。

这疼痛已经不是第一次了，三天前便开始了。

去年这病毒就该爆发了，所幸白衣天尊带自己去忘川之地，这才侥幸拖延了一阵子。然后，她又得到女禄娘娘的援助，再次得到白衣天尊的帮助，如此，又拖延了半年。

可现在，这病毒忽然爆发式地增长。最初，已经无声无息，甚至让人误以为已经彻底被压制了，却不料，居然爆发，没有任何过渡，像一出现就要人命一般。

最疼痛的时候，简直就像有人拿了一壶滚水浇在自己的脸上。

她几乎无法直起身来。但是，强大的元气使疼痛慢慢消失了。

她很仔细地想了一下，第一次的时候，疼痛时间不过一分钟；第二次，疼痛时间就翻倍，到今天，疼痛居然有半炷香的时间了。很显然，病毒的升级者已经不想再磨叽了。她肯定是想如果不能马上让自己变成人脸黑蜘蛛，那就干脆要了自己这条命。

若非强大的元气压制，自己纵然不变成人脸蜘蛛，也已经暴毙身亡了。

但到目前为止，自己还能压制下去。她只是不知道，自己还能压制多久。

也正因此，她才养成了到九黎广场散步的习惯，几乎每天晚上，她都会到广场走走，看看这欣欣向荣的城市，感受一下身为万王之王的短暂尊荣。

她遗憾地想，自己要做的事情才刚刚开始。她只是想在活着的时候，尽力完成一点事情而已。

那是到了九黎之后，凫风初蕾第一次单独召见自己的嫡系——杜宇、春媚，当然少不了委蛇，就连大熊猫也懒洋洋地躺在门口。

那不是一次简单的召见，而是一顿晚宴。

跟鬼风初蕾平素的晚膳相比，这是很丰盛的一顿了，九黎的各种特色摆了满满一桌子。

这个小团队，真可谓是她在世界上最信任之人了。尤其是杜宇，她对他的信赖程度还远远在昔日的所有朋友和故旧之上。正因此，心底竟然有些微愧疚。

她举着酒樽，笑容可掬："你们追随我多年，都已经是我最忠心耿耿的老朋友了，今晚好不容易有点空闲，所以找你们一起吃顿饭。"

众人最初还有点拘谨，但一杯酒下去，气氛便活跃起来了。

杜宇却若无其事，面带笑容，最近，他天天都忙于商队的事情，耗费了三个多月将整个九黎的商队情况整理清楚，大小事情也安排妥当。按理说，他该率领商队出一次远门，但是因为担心少主初到九黎根基不稳，所以一直留下来。

"杜宇，待在九黎还习惯吗？"

他毕恭毕敬："回少主，一切都好。商队也都理顺了，有好几支分队已经携带货物远行，也有几支商队满载而归……"

初蕾点点头："杜宇，你做得很好。原本我是打算让你尽快回鱼凫国接任王位的，可目前来看，你还必须在九黎再待半年左右，等到整个商队彻底站稳脚跟，你再率军回到金沙王城。"

杜宇并不忙着回鱼凫国接任王位，事实上，他更愿意留在九黎——少主在九黎，他就愿意留在九黎。所以，听得这话，内心竟然很是喜悦。

但是，他外表并无任何异状，还是恭恭敬敬："少主请放心，金沙王城有卢相和鳖灵等人，属下可以一直留在九黎听令，军队也可以一直留在九黎……"

初蕾摇头："这半年金沙王城当无大碍，可以后如何就不好说了。杜宇，你记住，这支军队无论何时都要掌控在你自己手里，纵然是卢相、鳖灵等任何人的建议都无须听从！"

杜宇吃了一惊。少主才登基不久，九黎也蒸蒸日上，昔日桀骜不驯的文武大臣也都俯首听令了，少主却为何心事重重？他心细如发，看破却不说破，只静静听着。

"杜宇，这玉珪你也拿好。"

他看着少主递过来的半截玉珪，那是鱼凫国调兵的兵符，向来的规矩是一半在大将手里一半在大王手里，合起来，方能调动鱼凫国全部的军队。否则，大将便只能调动自己驻守范围内的大军。"少主，这兵符……"

初蕾还是和颜悦色："你虽尚未正式登基，但是，鱼凫国的玉玺、玉珪我已经全部交给你，也当众宣布你接任鱼凫国的新王。所以，你可以放心接受这全部的兵符，以后，就要担负起保卫整个鱼凫国安全的重任……"

杜宇一转念，还是没有作声，只道："少主放心。"

"好了，大家快吃吧，到了九黎之后一直忙碌，我们还没有好好吃过一顿饭。"饭后，初蕾微微一笑，"杜宇，你陪我散散步吧。"

他一直跟在她身后。

九黎的月色，皎洁如水。那是通往溪边的小道，沿途开满了金色、粉色的小红花，在月色下轻轻摇曳，就像一只只跳舞的小蝴蝶。再前面，便是那栋小小的木屋，素朴，单调，被一道大门封锁，与世隔绝一般。那是初蕾在有熊山林重伤之后来到九黎居住的地方。也正是在这里，死而复生。当然，也是在这里，又感染了黑蜘蛛病毒。

她继续往前，一直走到潺潺流淌的溪水边才停下脚步。

"杜宇，要不是你当时带了大熊猫来到这里，我真不知道自己如何才有机会离开九黎……我一直没有感谢你！"

少主的背影，就像这皎洁的月色。她的声音也如这水一般流淌的月色，竟有微微的惆怅之意。原来，这一切都是假象。少主的复原，少主的登基，少主力挫群雄，少主在九黎的威风赫赫……这一切，居然全部是假象。病毒，原来一直不曾走远。

他尽力让自己的声音显得平静："少主，病毒还是没能够根除吗？"

她摇头，微笑，并没有任何的恐惧之情："也许，这病毒压根儿就无法根除了。纵然是白衣天尊也寻不来解药。所以，我才不能继续把你们留在九黎。杜宇，回到金沙王城之后，你凡事要小心，以后，整个鱼凫国就全靠你了……"

其实，早在少主一开始宣布立小狼王为储君时，杜宇就意识到了。像少主这样的人，几次绝地重生，又几次穷途末路，自然已经看淡了死生，所以，才能如此平静地在自己还清醒的时候把一切都交代清楚。

杜宇只是没料到，居然连白衣天尊都没办法了。他低着头，看到月色把少主的影子凝固成一个很短很短的点。他心中就像灌满了铅块，竟然无法回应，也无法开口。

初蕾看他一眼，见他笔直地站在月色下，两只左右垂立的手竟然在微微颤抖。她忽然有点后悔，也许自己不该告诉他真相，或者尽快令他们回到金沙王城，如此，也就不必让他们目睹自己最后的变异。可是，她知道自己不能这么做，如果不让他们得知真相，那么，他们以后的处境就会更加危险。

杜宇的声音很苍白，就像深秋夜晚的寒露："少主……真的一点办法也没有了吗？"

她顿了顿，很认真地说："是的。一点办法也没有了。我其实早就该毒发身亡了，全靠白衣天尊的元气才能苟延残喘这么长一段时间。"

杜宇沉默。内心火一般的灼烧，都九死一生了，少主难道还是逃不过这最后一劫？

"杜宇，你记住，到了时间就必须回金沙王城，无论九黎发生了什么事情，你都不许停留，不许耽误，更不许替我报仇，甚至连报仇的想法都不要有！"

"少主！"杜宇跪下去。

初蕾厉声道："杜宇听令！本王今晚所说的每一句话你都要记住，切勿违背！"

杜宇跪在地上，面如死灰。

"治理好鱼凫国，做一名合格的鱼凫王，这才是你的本分！其他任何事情都和你无关！"

初蕾的声音稍稍和蔼："好了，夜深了，你下去休息吧。以后商队的事情你全权做主，不必再向我做任何的汇报。到了时间，你就回金沙王城。"

杜宇慢慢地站起身，慢慢地离开。月色下，他的背影一直很僵硬。

初蕾目送他的背影消失，在月色下发出一声长长的叹息。

杜宇。杜宇。因着父母赏赐的这张脸，这世界上，几乎所有见过我的男人都可能轻易爱上我——涂山侯人、小狼王……但凡见过我的人，都称赞我的美貌，夸赞我的漂亮。但是，那不是爱，顶多只是出于人类的天性中对于美丽的欣赏或者占有之情。美貌的少女，无论走到哪里都有人大献殷勤。可是，当我失去全部容貌的时候，这世界上，爱惜我的人就只剩下了唯一的一个。她永远忘不了有熊山林里，自己彻底绝望时，那一声凄厉至极的"少主"，还有九黎广场上一次次擦身而过，他却追上来一次次呐喊。甚至金沙王城，甚至小鱼洞的湖边……无论自己变成什么模样，唯有他，把自己认得清清楚楚，甚至他那番长长的表白，他六岁开始遇见自己的第一面。

杜宇。

杜宇。

她对杜宇，一直有一种极其复杂的深厚的情感，当然不是什么男女之情，而是如委蛇一般的信任，依赖甚至有些微的感激。

也正因此，她才分外害怕杜宇遇到危险——就像当初委蛇在有熊山林遇难那样。

不行，杜宇，你们不能再遇到任何危险了，你们应该马上离开九黎，甚至不必等到半年。她忽然觉得三个月就行了，杜宇他们最多三个月就必须离开。九黎，很快就会处于暴风雨的中心点了。

可是，她看了看共工星体的方向，又看了看手指上蓝色的戒指，心里上涌的焦虑不安又慢慢平息下去了。

不会到那么糟糕的地步的，真不会到那么糟糕的地步的。

以前，一直是我一个人孤军奋战，现在，已经有他了——有他，情况就绝不会那么糟糕。

她微笑着，两只手交叠在胸口，分外感激：百里大人也一样，无论他是复制人还是本尊，无论自己是毁容还是美貌，他的内心其实从未改变。

黎明，最后的一弯月色悬而未决留恋在和朝阳交汇的地方。九黎的清晨就像蒙上了一层朦胧的轻纱。山林中的浆果散发出甜蜜的香味，活跃的小鸟已经开始歌唱。

鬼风初蕾深呼吸，觉得这土地富足而旖旎。一轮金色的光芒当头罩下，她微微意外，只是抬起头静静地看着居高临下的一团金色。

维维奇大神一身金色铠甲，黄金头盔，甚至金色的腰带上一排闪亮的宝石也是黄色的。

"我真不明白，为何你们这些大神居然对黄金如此痴迷？"

维维奇笑嘻嘻地："看来以后我都不好意思再以这一身装束出场了……"

鬼风初蕾也笑起来。

维维奇见对面的女子一笑，深秋的朝阳忽然破晓而出，整个天空都变得绚丽而多彩起来，全世界只剩下她的明媚。

也正因这美丽，他才忍不住跑这么一趟。他目光灼灼，毫不掩饰："可惜，真是太可惜了！小姑娘，你真的太冲动了，你根本不该那么快嫁给白衣天尊，否则，你一定还有更多更好的选择，真是太可惜了……"

鬼风初蕾很是好奇："什么叫更多更好的选择？你们以前不是说严禁半神人和地球人通婚的吗？除了白衣天尊，我何来更多更好的选择？"

"此一时彼一时也，如果大神们当初见到你就是这般模样，很可能你就不会再有后来的厄运了。"许多大神后来都想过同样的问题：如果当初在九黎，大家见到她就是这么漂亮，事情会怎样？

"为什么别的大神就不会带给我厄运了？"

"别的大神虽然仰慕你爱你，但是，不会那么大张旗鼓地说出去，也就是私下里宠你爱你，这样不是更好吗？人类女子追求的不就是这种幸福吗？"

"哦，你的意思是，如果别的大神爱慕我的美貌，就悄悄地把我金屋藏娇，也不声张，大联盟的法律就不追究了，是吧？"

"大联盟的法律只规定不许和地球人通婚！又没有说不许和地球人私通。"

初蕾笑起来。维维奇不以为然："你笑什么？"

"你们这法律目的是保护虚伪的人，相反，正大光明，坦坦荡荡反而要受到惩罚。"

"难道地球上这样鬼扯的法律不更多吗？"

鬼风初蕾竟然哑口无言。

维维奇理直气壮，声音却低了："我们的天帝就是这样，他在地球上起码有上千个秘密情人，可是，他从未公开迎娶这些女人，自然也就从不违背法令，哈哈哈……"

鬼风初蕾哭笑不得。

"小姑娘，我们不谈法律好了，可为什么一定要是白衣天尊呢？无论你嫁给谁也不能嫁给白衣天尊啊。"

初蕾不想讨论这个问题。

"唉，谁能想到颛顼的女儿最后居然嫁给了共工？真是再高明的幻想家也想不出的情节啊。不过，你其实也不算颛顼的女儿……"

"为什么？"

"你的父亲是老鱼鬼王而不是颛顼！严格来说，颛顼从化为鱼凫的那一刻起他的神格就消失了！和高阳帝根本没有一毛钱的关系了。"

枭风初蕾吃了一惊，却不动声色，只听维维奇说下去。

"既然你不是颛顼的女儿，那么，你也就算不得共工的仇人了，哈，其实就算你真是颛顼的女儿，你也不算共工的仇人，毕竟，七十万年过去了……"

她意识到，维维奇不可能无聊到专门跑来说这番话，忽然道："大神，你能告诉我，这个身份跟白衣天尊的处境有什么关系吗？"

维维奇叹道："这就不是你能担心的了。实话告诉你吧，小姑娘，你以后只能自求多福了。"

"是大联盟开始对他下手了吗？"

"我真不明白他到底是怎么想的。真不把大联盟放在眼里还是压根儿没想到你的安危？他就算再喜欢你，私下里相好也就是了，有什么必要大动干戈发布蓝色焰火令？这样赤裸裸地向联盟示威真的好吗？看来，他就算是从弱水七十万年里出来，性子也没有丝毫的改变啊……"

"蓝色焰火令？"

"你知道迄今为止，大联盟里有几个人散布过焰火令吗？"

初蕾摇头。

"有史以来，只有两个人散发过焰火令，就是前两任天帝，就连当今的西帝娶现任天后时都悄无声息，直到他们成亲三百年之后，才公之于众。可白衣天尊倒好，他散发这个焰火令是什么意思？自认可以比肩历任中央天帝？这也太狂妄了吧？"

枭风初蕾吃了一惊，她根本不知道蓝色焰火令原来还有这么深远的意义。

"小姑娘，你现在清楚了吧？你嫁的那人也许本领的确极大，可是，因为太过狂妄不羁，迟早给你带来天大的祸事，甚至根本无法保护你，会让你彻底陷入危险的境地……"

她淡淡地说："既然他这么做，就一定有他的道理！"

维维奇苦笑着摇摇头："小姑娘，我只是替你感到可惜。这么绝美的一个人儿，如果无风无浪地躲在深闺里，在男人的轻怜蜜爱里度过一生，那该多么舒服惬意，可现在，唉……"

初蕾笑起来。

维维奇见她忽然笑起来，奇道："小姑娘，你笑什么？你居然还笑得出来？你以为我是在恐吓你？"

她很认真地说："要不是他明媒正娶，你以为我会嫁给他？"

"……"

"我不可能做任何男人的地下情人，就是你们这些大神也不行，甚至天帝都不行！"

维维奇只是苦笑。

"如果你们因为他尊重我，正式和我成亲，反而追杀他，那我也没办法，只好跟他一起对抗你们那个该死的大联盟了……"

维维奇不可思议："小姑娘，你居然企图对抗整个大联盟？"

"我的力道很小很微不足道。可是，我也不会坐以待毙。纵然这世界上再也没有他这个人了，我也不会再找任何别的男神。"

维维奇死死盯着她："你果然和那疯狂的家伙是天生一对。"维维奇看着那春花似的笑脸，叹道："正因为你太美太美，我才不忍心看你死，顾不得风险跑来告诉你，可是，小姑娘，你这样执迷不悟是真的没有前途啊。也许，你面临的不只是死亡，而是比死亡更加可怕的东西啊……"

"我中的黑蜘蛛病毒已经快彻底爆发了吧？"

维维奇强调："小姑娘，你真的没救了。白衣天尊决计拿不到解药，而且，禹京是他的死敌，也不可能给他。"

初蕾还是沉默。

维维奇叹道："唉，其实，我也替你感到可惜……若是你没有嫁人，我也许看在你美貌无比的份上，怎么也得替你想想办法，可现在，你只能自求多福了。"

初蕾抬头看了看天空，并没有太过害怕。她想，该来的便躲不过去，也不必闪躲。

一朵死云，兜头笼罩。

初蕾本能地挥出金杖，双足已经在几丈开外。

和禹京所带来的死气不同，这乌云里全是凌厉的杀气，方圆几里就像是遍布了尖利的刀锋，无论你从哪个角度避让都会被割寸寸碎裂。

丛林中的几只野鸡野兔压根儿就来不及逃窜，也没有机会，悄无声息地就变成了一堆灰烬。甚至周围的青草、草根，都无声无息地成了一堆焦土。

初蕾毫不怀疑，如果任凭这黑云扩展，整个九黎可能都会被变成焦土。

黑云，以压倒性的优势居高临下，俯视众生，就算你看不见，也能想象那高高在上的傲慢姿态，那是大神之于人类特有的傲慢。

初蕾瞅准了机会，金杖冲着黑云的底部便是一次重击。乌云就像裂开了一条缝，随即又合拢，一个阴恻恻的声音从四面八方传来："没想到这小丫头还真有几分能耐，难怪敢单独留在九黎做什么万王之王，是白衣天尊传给你的元气吧？"

"与你何干！"她屏息凝神，全身力气都凝聚在了金杖上，准备随时挥出致命一击。

"先是白衣天尊，紧接着又是维维奇……妖女，你居然还和其他半神人勾搭，大家都小觑你了……"

她死死盯着乌云，"你乃何方神圣，有种的报上名来，偷偷摸摸算什么？"

"我乃奉天帝之命捉拿你这败坏良风良俗的妖女……"

"我哪里败坏良风良俗了？"

"你和白衣天尊成亲便是违背了大联盟的法令。"

"现在的大联盟早就放弃人界了，你们的法令管不到这里。"

"你这妖女还敢狡辩？"

乌云，再次无声无息飘落。那是一团夜一般的漆黑，不过一丈方圆，却不偏不倚刚好将初蕾整个笼罩。就在那乌云刚好要落在头顶的时候，金杖再次挥舞出去。黑色，瞬间消失。

"妖女，难怪你如此胆大妄为，竟然具有这般强大的元气……该死的白衣天尊，他竟然不顾天命，将元气倾囊相授……该死！真是该死……"

"你这鼠辈，连我区区一个地球人都对付不了，你还敢大言不惭要对付天尊？你甚至不敢现身，是不是丑得不敢见人啊？"

已经淡化的乌云瞬间凝聚，就如一个动了雷霆之怒之人，一击死招就拍向鬼风初蕾的头顶，初蕾等的就是这一刻。金箔对着乌云投掷而出，与此同时，青铜神树忽然发出一个奇异的声音，宣告正式启动了。

锋利的气阵一下就消失了，只一瞬间，头顶便晴空万里，哪里还有一丝云彩？黑云不是被打跑，而是被青铜神树吓跑了。很显然，她很清楚这台宇宙记录仪的威力，生怕自己彻底暴露了身份。

初蕾一伸手，缩小的青铜神树慢慢地回到了手中，她仔细看了看，又抬起头看看万里无云的晴空，仿佛在自言自语："来吧！你有什么本领都使出来吧。现在和地球人斗已经没什么意义了，斗斗你们这些大神也是好的。"

她忽然加快脚步，飞一般回到冥想室。刚刚坐下，身体竟趔趄不稳，她强撑着不让自己倒下去，可源源不绝的元气却像反弹似的，根本无法压制那剧烈的疼痛，反而一股脑地往上冲，渐渐地，四肢百骸仿佛每一寸骨骼都被碾碎了，她一掌就拍在自己心口，整个人彻底瘫了下去。

不知过了多久，她才慢慢睁开眼睛。一个黑夜早已过去，新的黎明即将到来，初蕾慢慢地走出冥想室。

晨光中，一人大步从碉楼门口走进来，朗声道："大王又去九黎广场市场了吗？怎么不叫上我？我可以陪同大王……"

鬼风初蕾笑起来。不知怎的，她每每看到小狼王客客气气地向自己行礼，就想起第一次见到他时的场景——当初那不可一世的白狼国国王，现在变成这样还真令人不习惯。

"晨光正好，小狼王，你陪我走走吧。"

小狼王受宠若惊，狼牙棒一横，竟然没有回答，自顾自地大步走在前面，走出去好远，才猛然醒悟，立即又跑回来，语无伦次："大王……大王……请吧……"

初蕾微嗔："小狼王，你何须如此多礼？我们也是老朋友了。"

小狼王沉默一下，还是摇摇头："昔日我多有冒犯之处，多亏大王大度才没有和我计较。"

初蕾不置可否，只随口问了他几个问题，小狼王并不敷衍，每个问题都回答得很认真。

一条漫长的花道走完，小狼王已经汇报了自己这几个月对于整个九黎所掌握的大体情况。他并未偷懒，事实上，他对九黎的了解已经远远超越凫风初蕾的想象。他昼夜加班，埋首工作，所做的事情比起他当年为白狼国国王的时候加起来都多了何止十倍。他自己都吃惊为何会忽然变得如此精力充沛，热情十足，若是以前，根本就不敢想象嘛。

可是，他觉得很欢乐，很有成就感。

一个人，被放在了一个崭新的环境里，然后，整个人的精神面貌甚至内心世界都发生了极大的改变。

小狼王自己可能对此体会还不是那么深刻，毕竟，自己很难真正察觉自己的改变，可在凫风初蕾看来，他简直是脱胎换骨一般。

甚至已经无法从他身上再看到当初那个轻浮孟浪的浪荡子形象，他的言谈举止，彻彻底底改变了。他变得沉稳、庄重，隐隐地，已经有了很大的气派，真正地像一个大国的储君了。

当然，之前在九黎广场如何对付那些赌场老板，对付那些妓馆老板，包括如何收买一些人去假扮花柳病绝症患者恐吓百姓，基本上全是小狼王的主意。

事后，凫风初蕾一直很庆幸，她终于发现自己当初并非轻率许诺。

"小狼王，你的许多主意都很好。要不是你，九黎广场不可能这么快便步入正轨。这功劳，一定要给你记上。"

小狼王满不在乎："对付那些流氓、地痞，我最拿手了。因为，我自己就是个大流氓嘛。"

初蕾凝视他，一字一句地说："小狼王，你不是大流氓，以后也不能这么说，你必须拿出一个万王之王的气派和气场来。"

"万王之王？"小狼王嗫嚅，"你虽然当众宣布立我为储君，可是，我总觉得自己在做梦一般，老觉得自己根本不配得到这么大的荣耀，也没资格。"

她微微一笑："你比起以前已经有了本质的改变，不过，这改变还差一点点，你还得努力。"

他开玩笑："我可想不到这么远的事情，我还是安安心心做你的大臣好了。毕竟，这位置太遥远了，形同虚设……"

"这可不是什么形同虚设，也许你很快就会继位了。"

"继位？"

小狼王指着自己的鼻子："你说我很快就会继位了？"

她点点头，一字一句地说："如无奇迹出现，你很可能三五个月之后就要继位了。"

小狼王也死死盯着她，却心里一跳，失声道："凫风初蕾，你该不是来真的吧？"

"难道你一直认为是假的？"

小狼王死死盯着她，一时间竟然不敢接话。

凫风初蕾也不再多言，只继续往前走去。

小狼王惴惴不安地跟上去，他总觉得晨风中的凫风初蕾看起来很怪异——是一种令人非常不安的那种怪异——就好像在交代遗言似的。

本来，新王一上任就立储君就是一件令人不安的事情了，偏偏她的脸看起来十分苍白，就像一个重病之人，明知不久于人世，所以要提前交代好一切遗言一般。

初蕾漫步往前，心不在焉。

小狼王跟在她身后，更是惴惴。

眼看就要到王殿了，初蕾停下脚步，不经意地说："小狼王，你不用送我了，回去歇着吧，明天还有许多事情要忙……"

小狼王忽然脱口而出："凫风初蕾，你是不是受了我们并不知道的重伤？"

"不是重伤，是中了病毒。"

"病毒？老天，就是布布说的会变成黑蜘蛛的病毒？"

"差不多吧。"

小狼王整个人已经蒙了，他抬头看看天空，又看看凫风初蕾，好半晌才语无伦次："白衣天尊呢？他难道也没有办法吗？"

她苦笑一声，如果青元夫人非要争一口气，纵然是白衣天尊也不会有办法了。毕竟，第一神族的威名不是吹的。青元夫人集中全族几亿年以上的实力，怎么可能会要不了一个人的命？她要推翻中央天帝都不是什么笑话。

"小狼王，你记住，日后若你成为万王之王，一定要对得起我们今日的理想和付出！我传位于你，并非为了让你骄奢淫逸权倾天下，而是让你继续我未尽的理想。"

"这……这病毒什么时候会爆发？"

"我也不能肯定，不过，现在已经有迹象了，如果幸运，也许还能熬上三五个月……"

如果幸运才三五个月，那如果不幸呢？小狼王双腿一软，整个人便瘫坐在了地上："天啦，凫风初蕾，你该不会告诉我你很快就会死掉吧？若是你死了，我还做什么万王之王？我简直在九黎一天也待不下去了……"

"你不但要在九黎待下去，而且，应该彻彻底底把九黎当成你的家！"

他嘶声道："我这样子哪里配做什么万王之王？凫风初蕾，你要是死了，谁还会搭理我？我根本就是狐假虎威，我根本没那个能力！"

她慎重其事地说："这天下从来没有任何不可缺少的人物。绝对不会因为任何伟大人物的离去就不存在了。小狼王，你记住，万王之王也不算什么高不可攀的东西，再说，还有丽丽丝和杜宇等人帮你，你只要不忘初心，任何时候都不要迷失自己就行了。"

小狼王眼睁睁地看着她转身离去，看着她的背影消失在王殿的门口，可是，他还是瘫在地上，茫然地看着头顶的月色。自己好不容易熟悉了九黎，喜欢上了九黎，甚至刚刚觉得自己有点儿人样了，终于不再是蝇营狗苟的卑琐小人了，却像遭了晴天霹雳一般。

他忽然很想问，你真的要死吗？凫风初蕾，你真的会死吗？或者，你就算死，可在死之前，你还能活多久？可是，他不敢问，也不能问，甚至忘记了问，只是茫然地盯着月色，好像自己在做梦一般。

都已经快趋于半神的凫风初蕾，那么厉害的万王之王，怎么可能中毒快要死了？这怎么可能？可是，当他触摸到自己的狼牙棒，勉强爬起来时，才感觉到这一切是真的：凫风初蕾，是真的中毒而且时日无多了。

晨露打湿了他的头发和脸颊，他随手狠狠擦了一把，擦了满手的水珠。

第二十七章　众神弹劾 2

　　大联盟最近变得特别热闹，八卦绯闻满天飞，就连许多平素很少露面的大神都纷纷出动，随时到联盟走走逛逛。
　　白衣天尊忽然没消息了，更令人意外的是西帝的态度，自从那天下令让许肿琳为先锋之后，他仿佛彻底忘了这件事情，不闻不理。就算有些大神忍不住旁敲侧击，他只是当没听到，或者立即转移话题，就好像再也不想管这件事情似的。
　　大神们不知西帝为何态度如此，就更是好奇。于是，大家纷纷打探许肿琳和比鲁星兄弟的消息，可这二人也一直没什么消息。不久后，他们终于得到了一个震惊的消息：人魔星的许肿琳毁容了。许肿琳在B15行星上引爆了巨量的飓风炸药，不但将整个星体炸毁，也将他自己炸得面目全非。当然，许肿琳更重要的是被辐射所伤，几乎成了怪物一般。
　　虽然许肿琳方面什么也不透露，许肿琳本人也闭门不出，可大神们还是得到消息，说许肿琳是因为设伏暗杀白衣天尊才自食其果，反而受了重伤。
　　接着，比鲁星的消息也传来了。据说，比鲁星的殖民星毕沙星在伏击白衣天尊时遭遇了毁灭性的打击，可能是因为比鲁星刻意隐瞒，所以，这消息才严重滞后了。更令人震惊的是，据说这次伏击战中，比鲁星人出动了上千艘一流的无人战斗飞行器，可是，这些飞行器全被白衣天尊徒手摧毁了。
　　"徒手"这两个字所带来的震撼很快传遍了整个大联盟，原本曾经暗地里跃跃欲试要找白衣天尊较量的诸神，忽然都安静下来了。

　　这一次的朝会比任何一次都肃穆。
　　来的大神虽然远不如上次那么多，可是，气氛却比上次紧张多了。大家都看着无边际屏幕上被摧毁的几颗星球，沉默不语。
　　西帝面无表情地坐在上首，半晌才道："各位，你们怎么看？"
　　人魔星的年轻半神人陆西星率先开口："白衣天尊真是太目中无人了，他无视联盟的法令，根本无视陛下给他辩解的机会，反而耀武扬威，让这两个星体都毁在他的手上，这样下去，整个大联盟怕都没有安宁之日了吧……"
　　西帝的一只手已经按在了座椅上，他的脸色也如一团墨汁一般，随时便会喷射出愤怒的汁液。
　　半晌，他才尽力让自己平静下来，目光扫过诸神，然后落在比鲁星兄弟身上：

"你俩听好了，即日起率领追捕司全体人员全力以赴通缉白衣天尊！"

众神听得"追捕司"三个字，脸色都变了。

追捕司，本是专门负责追捕星际逃犯的机构，向来以出手狠辣著名，成立几千万年来，不知抓捕过多少穷凶极恶的星际逃犯。

不过，这七十万年来，整个银河系一片安宁祥和，很少有什么星际逃犯，追捕司便因此闲了下来，渐渐地成了一个很冷门的机构，几乎快要被诸神所遗忘了。

可现在，陛下却一声令下，出动古老的追捕司了。这也意味着白衣天尊自辩的机会都被彻底取消了，他直接晋升为逃犯身份了。

比鲁星兄弟却互视一眼，暗暗松了一口气。

陆西星却立即补充道："陛下，我还有一个良策……"

"说！"

"白衣天尊本领出众又狡猾多端，就算追捕司出手也很可能颇费周折。如今，有一条捷径摆在面前，根本无须满天际去追捕他，略施小计就能让他主动献身，我们也不妨以逸待劳……"

大家都好奇地听着。

陆西星扬扬得意："我们与其满天下追捕白衣天尊，不如直接捉拿凫风初蕾，如此，白衣天尊便会自动送上门来，到时候，陛下一声令下，全联盟的高手将其围攻，岂不是一举拿下？"

大神们面面相觑。

陆西星还自以为这计策极妙，就连比鲁星兄弟也互视一眼，虽然很心动，却并未开口。"捉拿白衣天尊不易，但捉拿凫风初蕾就太简单了。你们想想，只要凫风初蕾到手了，白衣天尊能不主动送上门吗？"

西帝却淡淡地："陆西星，你自认这个计策绝妙透顶是吧？"

"只要能捉拿凫风初蕾，白衣天尊肯定会上门。到时候，设下陷阱，也不怕他不跳下去……"

"放肆！"

陆西星吓一跳。

"你难道要朕公告天下，拿不下白衣天尊就先捉拿他的妻儿？你连大联盟的规矩和尊严都不顾了？"

陆西星这才明白，为何自己的绝妙主意出来，大神们都面面相觑不吭声了，他急忙分辩道："陛下……我这不是说说而已吗？"

西帝厉声道："这话以后提也休提！白衣天尊犯法自然有大联盟的法律惩罚他，可是，大联盟也不能趁机知法犯法！你们都听好了，如果有人以后暗中拿凫风初蕾做文章，则罪同白衣天尊，一并被追捕司所追捕！"

此言一出，众神皆惊。陆西星固然愤愤不平，比鲁星兄弟也是敢怒不敢言，就连其他大神们也深感意外。西帝看在某些情分上不捉拿凫风初蕾可以理解，可是，这命令却不啻对凫风初蕾下了一层保护令，这就很令人意外了。

只要大神们不出手，凫风初蕾在地球上是绝对没有任何敌人的，也就是说，她一安全，白衣天尊岂不就高枕无忧了？

西帝的目光扫过群神，缓缓地说："朕不许你们捉拿凫风初蕾，只是因为按照大联盟的规矩，人神通婚，该受到惩罚的是半神人，而不是人类！所以，凫风初蕾并不在我们的处罚范围之内。不过，捉拿白衣天尊的地点却不限，无论天涯海角，只要他现身的地方，你们尽可全力捉拿！"

比鲁星兄弟精神一振，齐声道："遵命。"

社日，九黎最盛大的节日之一。

秋社，原是为着庆祝丰收的喜悦，待得秋社之后，便开始进入初冬了。

因着新王登基，今年的社日就更加盛大，整个九黎都喧嚣起来。所有在九黎的文武大臣全部参加了，一些尚未离去的远方诸侯也都参与了，连续几日，九黎的大街小巷都是人山人海，从早到晚络绎不绝。

收获的庄稼堆积如山，各地来的充沛的商品也堆积如山。

九黎，已经成了一个彻彻底底的不夜城。

尤其是九黎广场周围，早已摆满了无数的美酒佳肴，火炉上的烤全羊、烤全牛以及整只的骆驼都一溜烟地排开，盛大的香味冲天而起，整个世界都充满了酒肉的香味。更有一大盆一大盆的水煮牛肉羊肉，以及一桶一桶排开的牛奶羊奶和各种各样的白米饭、米汤，以及各种五谷杂粮。黍米饭、大麦饭、高粱饭，以及各种馍馍、饼子、五花八门的糕点……每一种都是粮食的展示。

最引人注目的是大米饭，大米饭盛在一人多高一丈多宽的甑子里，揭开盖子时，香气四溢，任人品尝。

九黎种植水稻，始于去年。

早在死去的商队首领重离在金沙王城呼风唤雨其间，觉得整个王城的新谷白米堆积如山，白米饭的滋味当然也远远优越于小米、高粱，于是，向当时的大将军布布建议让九黎也大力推广水稻种植。

布布对金沙王城不屑一顾，没有立即采纳这一建议，直到去年，布布开始失势，为了向白衣天尊证明自己的政绩，这才开始下令种植水稻，但是，面积也极其有限。

好在开了这个头，农民已经有了经验，一旦大规模推广水稻种植，便迅速取得了大丰收。白米远远超越于高粱、小米的口感，几乎不费吹灰之力就击败了这几种农作物，水稻种植很快便在整个九黎彻底推广开来。今年的稻谷丰收，正源于此。

凫风初蕾率领一干文臣武将走过九黎广场时，特意在一排排巨大的甑子面前停下。

甑子里，全是热气腾腾的米饭。米饭特有的浓香，完全不逊色于牛羊肉的香味。

小狼王大赞："我在北方长大，一直习惯了小米羊肉，没想到这世界上居然还有大米这么美味的东西。现在好了，整个九黎都粮仓满地了……"

就连白志艺也连连称赞："以前的九黎一直以高粱和黍米为生，没想到大米的味道远远胜过黍米和高粱，比起大麦饭更是可口多多，这以后，可能整个九黎人都会倾向于以大米为生了……"

凫风初蕾微笑着接过仆从递上来的一大碗米汤，喝了一大口，但觉新米的香味在唇齿之间真是回味无穷，远远胜过一切的美酒甜汤。

旁边，有一排排的烤骆驼。她见过无数的烤羊烤牛，却从未见过烤骆驼。只见一整只一整只的单峰骆驼被放在烤架上，骆驼的内里放了一只全羊，全羊里套着一只鸡，如此在烤架上慢火烤上一整天，空气里便全是浓郁的混合芬芳，令人食指大动。

小狼王笑道："这烤骆驼是白狼国的白驼族特有的美味，必须是在极其盛大的节日才会拿出来，以前我都很少品尝。现在九黎的单峰骆驼已经开始成规模养殖，以后烤骆驼的机会自然就多了……"

侍从送上烤好的驼肉，她切了一小块，味道虽然芬芳，但肌理很是粗糙，味道并不如想象的那么鲜美。

众人边走边看边尝，无不沉浸在丰收的喜悦里。

尤其是小狼王，他虽然不像过去那样咋咋呼呼，可是，满脸笑容，喜气洋洋，仿佛不敢相信这如画江山，这盛大世界，有朝一日竟然会是自己的。

储君。储君。

直到现在他都觉得怪异，自己怎么就成了炎黄帝国的储君呢？当他看到四周高高飘扬的几面大旗，每一面旗帜都足足有九丈多高，迎风招展，"炎黄"二字直冲云霄，就更是生出无穷自豪的感觉。

只是，他不经意地看向凫风初蕾时，心里又很是惴惴不安。

秋日的阳光下，她慢慢而行，满脸微笑，安静得就像是荷塘里最后的那朵迟开的荷花。事实上，她在绝大多数时候并不咄咄逼人，当她不出手的时候，往往很沉寂，甚至是清冷，连话都很少说。

她是他生平所见最不啰唆的女人。她的美，也像这秋日的风景，金黄、绚丽，就像一首无言的歌。

也正因此，他才很难想象她发病时的场景：这样的凫风初蕾怎么会死呢？怎么可能发病呢？可是，他又很清楚，这一定是真的，否则，她不可能那么早就未雨绸缪，早早地把储君之位留给自己。

万王之王，那是他少年时代的梦想，而不是理想，也就是说，做梦也不敢这么想的。可现在，他隐隐觉得，这理想并不那么重要了，如果，她能一直不死的话！可是，他不敢多话，也不敢吭声，只是一直默默跟在后面。

前面，人声鼎沸。

那是一棵被砍倒横卧的"酒仙树"，前面生了一堆大火，火焰一炙烤，美酒便源源不绝地从割开的树皮上哗啦啦地流出来，众人都拿了大大小小的酒樽、酒杯以及各种器皿，争先恐后地去接酒。

酒仙树是九黎的特产，无须酝酿，只要生长到了足够的年限，砍倒之后，稍稍用火焰炙烤，便可以提供大量的美酒。因为酒仙树的生长周期很长，平素是严禁砍伐的，唯有秋社才可使用，而且就算是秋社，每次也只能砍伐三株。

此时，这三株巨大的酒仙树分别横卧在九黎广场的最东边，占据了大片的空旷之地，以三角形的方式排列，火堆就生在中间，无数的男男女女围着树木，提着酒杯，开怀畅饮。

到处都是醉醺醺的人群，无论男女，无论老幼，他们喝得微醺，就开始手拉手唱歌跳舞，不亦乐乎，有些人甚至醉倒在地，仰头睡在秋日温暖的阳光下面。

大家见女王行来，纷纷拥挤着上来围观，无数只酒樽举起，齐声高呼："我王……我王……"他们已经是真心爱戴她。她登基不过几个月，九黎已经大变样了，老有所养，少有书读，扶危救困，鞭笞懒汉，九黎的一切都变得井井有条。

而且，她这么美。新王这么美，比九黎所有盛开的秋花加起来更绚烂多姿。美丽，天生就是最能让人亲近的通行证。百姓无不啧啧称赞：正因为这么美，才这么英明吧？

甚至连那些向来都不看好她的反对势力也渐渐地销声匿迹，倒不是完全因为他们目睹了她那绝对威慑众人的武力值，还因为如此短时间内，天下百姓都对她歌功颂德，赞不绝口。

当一个人处于上风口时，一切反对的力量都没用。所以，才有一个词语叫作：顺应天命。

纵然是最顽固的反对派，也认为现在是凫风初蕾的天下。

初蕾也接过侍从递上来的一只酒樽，满满地喝了一大樽，只觉美酒入喉，并不怎么辛辣，反而带了甘甜，极之美味。这才赞叹大自然的妙手造化。原来，有些东西天然就是存在的，根本无须任何辛苦，随手取用即可。

这并非真正意义上的酒，准确地说，这是一种饮料。她兴之所至，接连喝了好几樽，沿途和百姓们交谈，问问他们的情况，身体如何，收成如何，家里的孩子们如何……谈到尽兴处，她干脆和他们一样，就地坐下，长时间地听他们讲述普通人的喜怒哀乐。

百姓见新王如此平易近人，自然争先恐后和她攀谈。她没有任何戒备，甚至没有启用任何侍卫，自从巨人失败被驱逐之后，九黎就罕有针对她的刺客了。甚至赌场妓馆纷纷垮掉之后，也没有出现任何针对她的刺客。

当各地的学堂、救济的场所以及各种惠及广大百姓的福利出现时，甚至连反对抱怨的声音都小了很多很多。

百姓们不是瞎子，也不真的傻。无论你嘴上说得多么动听，可最后，他们还是要看有没有实惠，自己的生活有没有得到改善——只有蒸蒸日上的生活才能让他们真的心服口服。

新王上任半年多的时间，整个九黎风调雨顺，庄稼大丰收，赋税减免，各种商品充足又便宜，孩子们可以上学而且不交钱有饭吃，鳏寡孤独者都顺利得到了救济，懒汉、恶汉、二流子们再也没有鬼混的机会，相反，其他歌舞杂耍艺术绘画却如雨后春笋般地兴起……

新王甚至开通了各地的旅行路线，将各地拦路的妖魔鬼怪标注出来，将各地的风土人情印刷成册，号召大家到处走走看看，见识天下之大，免得长期待在一个地方。

大家忽然发现，纵然没有赌场妓馆，人生还是非常有趣，消遣的场所也有很多。

短时间内，社会风气为之一变。整个社会，在向着良性发展。

锦上添花的是，今年的九黎获得了超前的大丰收，真正五谷丰登，牛羊成群，富足安乐。百姓们认为，这样的富足，一定是上天的赐予。

上天赞同，才能风调雨顺。万王之王，名正言顺。

跟在凫风初蕾身后的小狼王、白志艺等幕僚也不得不承认，她天生就像是一个王者，这种强烈的亲和力，一般人是没有的。

跟布布大将军等人相比，她的优点就更加明显了。布布自恃功劳大，在九黎站稳脚跟之后便大肆捞取好处，很快成为整个九黎的无冕之王，任何人都要巴结他贿赂他，他在九黎广场上最大的那座城堡，很短时间就堆满了金银珠宝等地球上所有你能想到的巨大财富。

白志艺等人自然认为捞好处是天经地义的。而且，人人都需要巴结布布以及以布布为首的各大将领，否则，稍有不慎，自己就会被捉拿甚至倾家荡产。

这半年下来，他们忽然发现，自己不敢捞取好处了。

新王倒也没有剥夺他们任何的财产，也承诺不会剥夺他们现有的财产，但是，她制定了严厉的法令，让他们再也捞不到任何的好处了。

他们最初紧张、不安，甚至是愤怒，可后来发现，不捞好处也不会死。因为其他人也都没有捞取好处，也不至于心理失衡。

而且，不巴结新王也不会死。

事实上，根本不可能去巴结新王，也不用送新王任何礼物，新王也并不因此而整治他们。新王自己也不捞取任何好处。新王没有亲人、子女，也无须为了任何事情而贪污受贿。她拿出七十万两黄金用于对整个九黎的发展，便是最好的证明。

新王登基的第二天，就颁布了详尽的法律，对于农业、商业以及九黎的各项制度全部做了详尽的规定，新王也不讲什么人情，任何人按照法律行事就行了。只要在法律范围内，你怎么做都没关系，如果你僭越了，那不好意思，前段时间受到惩罚的人便是最好的例子。

正是这样，反而让白志艺等人如释重负。

相比看一个大人物的脸色揣摩他的心情行事，当然是按照法令行事让众人更有安全感。也正因此，大家慢慢地觉得新王比布布大将军强。无论是人品还是本事，无论是能力还是威望。

九黎，开始朝着初蕾希望的方向发展。

那是凫风初蕾继登基以来，在九黎广场的第二场演讲。

彼时，刚刚夕阳西下，正是一天中最美丽的时候，秋高气爽，不冷不热，烤肉已经熟透了，美酒才刚刚微醺。

新王，站在高台上，她看着夕阳的方向。

所有人都觉得，她的脸比夕阳更灿烂。他们看到女王指着夕阳的方向，声音清亮："太阳，月亮，漫天的星辰，我们日日仰望，见惯不惊的所有这一切，可是，大家可知道，每一个星辰都是一个新的天地？"

大家你看我，我看你，纷纷摇头。

"每一颗星辰，都对应着一个崭新的世界。天上的大神们，几乎每个人都可以独自拥有一个美丽的星辰。唯有我们这些地球人，只能拥挤在这狭小的地球上，忍受不定时的干旱、洪涝以及各种瘟疫和饥荒……"

"你们都曾听过大神们的传说吧？你们有些人也曾目睹过一些神迹吧？为什么大神们可以腾云驾雾、上天入地，生活的地方是琼楼玉宇，而我们就只能蝼蚁一般在地球上厮杀呢？"几个问题抛出去，百姓们都无言以对。

"难道是因为我们天生就比大神们更低贱吗？难道我们一点也没有翻身的希望吗？"大家听得更认真了。

"如果我们天生低贱也就罢了，可事实告诉我们，造物主创造我们时，给了我们和其他大神或者半神人一样的地位和尊荣！也给了我们比琼楼玉宇更美丽的生活环境，甚至在高阳帝时代，地球上都还有通天之路，人类可以自由自在地去九重天旅行，到各大星球见识不一样的风景，可现在，为何这些统统没有了？"

"我们的世界原本很大，生活的区域也很广泛，我们也该像其他大神那样来去自如、腾云驾雾，享受这个广袤无垠的宇宙赋予的一切美好。可现在，我们却像囚犯一样被困在地球，寸步难移。刀耕火种，生活贫困，要付出千百倍的汗水、辛苦和努力，才能勉强糊口。我们甚至被剥夺了文字、文明，以及各种科学技术，变得无比愚昧和落后，这又是为了什么？"

初蕾抬起头，看了看头顶的天空："大家想过这是为什么吗？"大家顺着她的目光，一起看向天空。

夕阳西下的天空万道霞光，很美，很神奇。

每个人都曾无数次地仰望天空，猜测云雾里各种传奇，可是，谁曾一次次地提出问题：为什么我们居住的地方变成了囚牢？为什么我们只能眼睁睁地看着浩瀚的星辰大海，自己却没有飞跃的能力？

有人大着胆子问："陛下，九重天是真的吗？九重天真的是神仙境地、琼楼玉宇？人人都能活一万年以上吗？"

提问的是一个少年。这世界上，只有少年才大胆充满了好奇心，至于成年人，早已被各种琐碎磨去了所有棱角，每一句话都不敢轻易出口。

凫风初蕾笑起来，她看着那少年，点点头，忽然伸出手去。

少年凌空飞了起来。眨眼之间，少年已经站在了台上。

众人惊呼起来。

众目睽睽之下，这少年真的飞起来了。

大家眼睁睁地看着他飞上台。

少年见自己忽然飞到了台上，满脸震惊，作声不得。

初蕾却微微一笑："你好，你叫什么名字？"

少年怯怯地："我叫林致。"

"林致！很好。你刚刚看到了，你也能飞起来，对吧？"

林致见女王的微笑，胆怯之色忽然消失了，好奇地问道："我怎么会飞起来呢？"

初蕾再次抬起手来，少年看着自己双足离开了地面，慢慢地升高，升高，再升高，直到身子停在半空中三丈左右，才停下来。

台下的百姓如果早前还有人没有看清楚林致是怎么飞上去的，可现在，他们看得清清楚楚，他们看到少年身子没有任何的护持，就那么虚悬半空。

"天啦，他是怎么飞起来的？"众人的惊呼声中，林致十分好奇地看着脚下，看着自己，然后，抬起头看了看头顶的天空。

初蕾一挥手，台下立即安静下来："你们都看到了吗？其实，腾云驾雾并不是什么高深的事情，也不是什么神秘的事情。大神们之所以能在天际自由飞翔，是因为他们体内的元气和我们有些不同，而我们地球人，正是被剥夺了体内的这份元气，所以一辈子只能困在这地球上，但是，只要我们努力，我们也可以有超越自身的一天……"

她一抬手，少年稳稳地落在了台上。

她微笑道："林致，刚刚你怕吗？"

林致朗声道："不怕！我觉得自己就像飞起来一般，真的，我明明双脚不能落地，却一点也不害怕，就像自己整个身体都变轻了似的……"

他说着说着，忽然跪下去，纳头就拜："女王陛下，谢谢你，你真是神仙……"

台下百姓听得这话，也纷纷跪了下去。

在他们眼里，女王真如神仙似的了，否则，怎会凭空变出这样的法术来？一抬手就能让一个人飞起来，这不是神仙是什么？

初蕾见他们黑压压地跪下去，每个人脸上都充满了膜拜、崇敬以及对神秘力量的畏惧——地球人特别胆小，因为特别软弱无力，因为经常会遭遇各种各样的灾害和侵袭，所以对于未知的力量总是充满了畏惧。久而久之，发展到说一句话都要三思而后行。

她和颜悦色道："你们都起来吧。"

众人居然不敢起来。

她再次道："你们都起来吧。"

众人这才慢慢爬起来。但看着她的目光，已经如看着神祇一般。

"我今天之所以露一手，目的并不是要你们畏惧我，而是告诉你们，只要通过努力，一般的地球人也可以赶上甚至超越半神人们。比如现在，你们再也不要下跪。你们记住了，以后任何集会，无论是社日还是朝会，你们都不需要下跪！动辄下跪，是一种很坏的习惯！以前他们让你们跪拜，本质上是为了让大家更好地臣服，更好地被他们所奴役。可从现在起，你们记住，本王废黜下跪的习俗，你们都该站起来，高高地站起来……像一个人一样永远地站立起来……"

台下，忽然掌声如雷。也不知是谁领头，忽然就这么掌声雷动了。掌声，经久不息。

初蕾站在台上，静静地听着这如雷的掌声。她脸上带着微笑，偶尔看向夕阳。

本来，她是不想这么激进的，她深知地球人太长时间处于原始落后状态，各种奴性已经深入骨髓，要提升他们的思想，唯有先充沛大家的物质。可是，她预感到自己已经时日无多，也许，等不到全球物质大充沛的时候，自己就已经烟消云散了。

思想的启蒙，总不能万事俱备时才开始。

她希望在自己的有生之日，让众人明白，人类其实是可以站起来的。尽管很仓促，甚至很粗浅，但是，她想先做一点，总比一点都不做强。

秋社的高潮，是祭祀上天。

那是整个社日最重要的一个环节。

为了感谢上天恩赐的风调雨顺，所有的饭菜熟了，牛羊肉熟了之后，第一个工序便是祭拜上苍，祭拜之后，众人才能大吃大喝。

此时，所有煮好的五谷面饭以及整只的肥美烤牛犊、烤羊羔已经陈列在祭祀台上，祈祷的香火也已经点燃。

肉香伴随着烟火的香味袅袅地飘上天空，直冲云霄，供上苍享用。

凫风初蕾也已经站在了高台上，准备宣读祭文，率领百姓畅饮一杯真正的美酒。

她刚刚拿起祭文，尚未开口，内心忽然一颤，觉四肢百骸就像遭到了电击似的，尤其是脑袋，仿佛同时有一百个响雷轰击在头上，疼得几乎当即翻滚在地。她当机立断，转手把祭文交给小狼王,小狼王心知不妙,也不多问,只眼睁睁地看着她远去。

刚避开人群的视线,凫风初蕾就倒了下去。催发病毒异变的元气排山倒海袭来。瘫在地的凫风初蕾已经不再有任何反抗的力道,甚至连自杀的念头都已烟消云散。

追上来的委蛇惊惶大叫:"少主,你怎么了?"

她眼前发黑,意识散乱,一个声音在耳边缓缓地、柔和地说着:做一只蜘蛛多好啊,一只丑陋的、狰狞的、人人望而生畏的黑蜘蛛也是不错的……去吧,去吧……去你原本该去的黑蜘蛛的世界吧……

无名指上的蓝色指环也深深地刺入了肌肤,冷厉的气息如刀锋一般瞬间割裂了皮肤,也割裂了九黎上空封锁的强大结界。

委蛇眼前一花,一白色身影已经如闪电一般降临,下一刻,少主已经失去了踪影。

冥想室。

恍恍惚惚的,一股热气在周身游走。慢慢地,所有的剧烈疼痛以及灼烧似的异变都消失了。

凫风初蕾慢慢睁开眼睛,看到一片白色时,便笑了起来。

她又看了看手上的指环,这才明白,原来这指环有一个很特殊的用途,那就是可以和他直接相连,功能和之前的小玉瓶差不多,但比小玉瓶强大多了,可以直接借助他的部分功力和病毒对抗。

"谢谢你,百里大人。"

他暗叹,初蕾,你都是因为我才遭遇了无妄之灾。

她抬抬自己的手臂,竟然发现自己已经恢复得差不多了。她有点奇怪:"我这次怎么恢复得这么快?"

"元气越高者,恢复就越快。"

初蕾见他面色沉重,情知非同小可,低声道:"莫非青元夫人的真正意图不只是杀我这么简单?"

"你只是一个导火索而已。就算没有你,青元夫人也早有重大意图。我查到,她掌管之下的天穆之野病毒库,竟然在七十万年之前已经装备完善。在过去的七十万年里,整个大联盟从未爆发大的战争,算得上一片祥和,因此,联盟的医学部都安静下来,死神禹京也停滞不前,偏偏是天穆之野的病毒库,简直以爆炸般的速度突飞猛进……"

初蕾面色大变:"掌管不死药的天穆之野,竟然能同时拥有病毒库?"

不死药和病毒库,本质上是对立的。

对立的东西当然必须彻底分开保管,若是被同一个神族掌握,那对其他神族就是绝对的威慑。

"这当然是大联盟明文禁止的。在整个西王母时代,天穆之野没有任何病毒库,也严禁涉猎任何病毒项目。我估计,是青元夫人继位之后,才私下里开发了病毒库。"

"她为什么要这么做?一边炼制不死药,一边炮制死亡病毒?企图以这两手来威胁所有大神?老天!莫非她野心勃勃想做中央天帝?"

白衣天尊摇头,他也不清楚她的真实意图。

初蕾惴惴地:"她该不会是真的打算做中央天帝吧?"

他还是摇头:"我认为事情不会这么简单。按照大联盟的法律规定,掌握不死药的神族绝不能兼任中央天帝,她这样做是为了防止整个宇宙的大权集中在一人之手,威胁诸神的安危。几亿年来,天穆之野一直掌握不死药,当初的西王母武力值在全宇宙都堪称前几名,也从未有问鼎中央天帝的打算。毕竟,掌管不死药肯定比担任中央天帝舒服,而且实际的权力并不在中央天帝之下。"

换言之,掌管不死药是一个极大的肥缺,除非青元夫人哪根筋不对了,才会交出掌管不死药的权力,去换取中央天帝的权力,这分明是得不偿失。

可凡事没有绝对,除了觊觎中央天帝这个位置,就连白衣天尊自己都想不出别的理由了。

"百里大人,她该不会是打算当了中央天帝之后修改法律,继续掌管不死药吧?如此一来,整个宇宙就真的被她操控了……"

白衣天尊却摇头:"虽然人类的缺点大联盟一样不少,可是,大联盟的武力值是相对均衡的,天穆之野纵然医学和病毒冠绝全宇宙,但她们也有自己的弱点,不可能真的独霸全宇宙。我想,青元夫人这么做,一定有比这更深层的目的……"

"那是什么目的?"

他想不出来。他也不知道有什么目的会比登上中央天帝更大?

他甚至隐隐觉得初蕾的分析也有几分道理,可直觉告诉自己,绝对没有这么简单。青元夫人真要做中央天帝,绝非完全不可能。她做了中央天帝,修改法律,奴役全体神族也有可能。

可D病毒分明是冲着毁灭大联盟去的,她毁灭了大联盟,还能做哪门子的中央天帝呢?

但是,他没有继续讨论青元夫人,也不想再提到这个女人,因为,他已经看到那小人儿因为心情激动,原本刚刚复原的病毒又在翻涌。他轻轻嘘了一声,阻止了她接下来的话,柔声道:"初蕾,你先别担心别的事情,等彻底痊愈了再说……"

她笑起来。

他手一带,将那小人儿抱在了怀里。

她倒在他怀里,一切的血气之勇忽然烟消云散。这时候,才有一种虚脱般的恐惧之情。

他轻轻碰了碰她的额头,叹道:"初蕾,你这番无妄之灾其实都是我带给你的。"

她忽然笑起来。

他好奇："你笑什么？"

她扬了扬蓝色扳指："百里大人，是不是每一次我病毒发作的时候，你都会帮我？既然如此，我还有什么可怕的呢？"

他凝视她，感受到她的脆弱和强烈的依赖，忽然很感叹。他很认真地点点头："我早就告诉过你，如果这病毒非要爆发，那么，我就让时间彻底停下来！"

她靠在他怀里，忽然就如释重负了。

他凝视她，半晌，柔声道："初蕾，我不会死！等解决了D病毒，我就永远陪着你，无论哪里都不去了。到时候，你愿意在这里也好，在金沙王城也罢，在九黎也行，无论哪里我都陪着你，我与你永不分离。"

她咯咯大笑："此话当真？"

"当真！"

她以亲吻回答他。

全世界，只剩下一双宠爱的手，他的拥抱充满了温情和力气。

这一次的缠绵，她分明感觉到和往常都不同。可是，究竟哪里不同她又说不上来，只觉随着他缠绵的深入，自己整个人好像焕发出了一种无限的生机活力。

小别胜新婚，更何况，他俩本来就是新婚。

她很惬意地窝在他的怀里，额上汗涔涔的，只轻轻拨弄自己无名指上的蓝色扳指。扳指在月色下散发出淡淡的蓝色光芒，非常悦目。

"呵，百里大人，真是太奇妙了，我一旦戴上这扳指，就感觉你从未离开我……我感觉自己有点狐假虎威啊。你知道吗？就算我逞能，都是因为我知道你在，我知道无论何时你都会保护我……就算你不认识我，就算我还很丑的时候，你都一直保护我……你从来没有改变……百里大人，谢谢你……"

当她美艳如花时他倾心惊艳，当她形如骷髅时他也不离不弃；当他是复制人时对她一见钟情，当他脑电波不全时也对她一见钟情。甚至九黎河边初次相遇，他对她尚无任何的记忆，也对她屡屡留情。无论他是百里行暮还是白衣天尊，他从未改变。

月色下，他凝视蜷缩在自己怀里的小人儿，忽然很感动。他双臂将她环绕，她抬起头，看到辽远的天空上遍布明亮星辰。

她忽然雀跃起来，就像当初在西北大漠，和他一起对抗无数的敌人，包括小狼王、大费的军队、东井星的妖孽以及各路巨人……尽管生死难料，尽管血染黄沙，可是，始终在一起。

"呵，百里大人，我真渴望能像当年在西北大漠那样，我真希望自己不是你的负累，能和你并肩作战……"想想看，能和他一起遨游星际，和那些高不可攀的大神作战，那该多好！可是，她想了想还是满脸遗憾："唉，只可惜我本领低微，别说跟你联手作战了，我连自由来去的本领都没有，我终究是个凡人……"

他忽然笑起来："初蕾，你愿随我游走星际，四海为家？"

四海,并非地球上的四海,而是全宇宙流浪。尤其,他现在还是大联盟的通缉犯。

她却斩钉截铁:"当然。"

"万王之王也不做了?"

"我已经立了小狼王为储君。"

"金沙王城也不管了?"

"杜宇已经是现任鱼凫王!"

"一切牵挂都没有了?"

她也笑起来,她一直记得当初在秦岭边境上那个老农说的话,土地千年万年永远存在,君王却随时更迭,有没有君王对于整个地球来说,有什么影响呢?

他哈哈大笑,一把将她抱起来:"哈哈,小人儿,既然你要随我游走星际,那就去吧……"说话间,已经将她高高抛了起来。

凫风初蕾惊呼一声,就在她以为自己要重重坠落之时,却惊奇地发现自己居然站在了风中——是真的站在风中,脚下是一片虚空。

没有任何的凭借,没有任何的遮拦,甚至没有任何法宝作为依托,没有任何飞行器的辅助,就这么站在风中。

整个身体的重量似发生了变化一般,她清晰地察觉自己轻飘飘的,就像一片羽毛,如果不是心理上一时的紧张,就再也察觉不到别的变化。

她低下头,看着自己距离七八丈高的地面,忽然有点头晕,咚的一声便栽倒在地。

可是,身子尚未触及地面,又飞起来。这一次,是站在一个人的掌心。一只巨大的手掌,就像一间巨大的平坦的屋子,温暖、舒适。

他白色的身影已经如山岳一般,他蓝色的头发仿佛天空中飞舞的精灵。

她咯咯大笑,习惯性地在他掌心里奔跑、跳跃,每每跑到他的手指边缘,他的掌心便膨胀,她跑来跑去,便怎么也跑不出他的掌心了。她跑累了,倒头便在他掌心里呼呼大睡。

就在他以为她已经疲惫不堪时,她忽然跳起来,蹑手蹑脚地冲到他的眼皮边上,嘴唇紧紧贴在了他的眼皮上面。

他笑起来。她也笑起来。

他的掌心收缩,身形也随之收缩,她只觉自己脚下一空,再次站在了风里,一转眼,她看到他已经和自己并排站在了风中。

"哈,百里大人,我也能驭风而行了?"

"现在,你只能简单地在风中行走,元气再加深一点,再学习一下,你就足以驭风飞行了……"

"可是,我听传说里的故事,那些仙人不都坐着莲花或者别的什么法宝吗?我们什么法宝也没有,就这么悬在风中?"

"只有低等的半神人才需要借助飞行器,也就是法宝,资深半神人则无须任何飞行器,直接可以驭风而行。当然,他们有时候也乘坐各种飞行器,但是,那只是他们的兴趣,飞行器可以在空中呈现各种他们想要的外观,这样看起来更直观而已。比如这样……"

凫风初蕾分明感觉自己足下多了一块很宽的踏板,紧接着,这踏板换成了马车的模样,然后,又变成了维马纳以及各种飞行器的样子……她又惊又喜:"居然有这么多变化?"

"事实上,这些东西都是不存在的,只是因为大神和地球人的能量气场不同,所以每每现身时,需要一些实物好让地球人能够看到或者触摸……当然,大神和地球人最大的区别其实是身体密度的差距所带来的元气的差距,尤其是资深的大神,身体的密度已经和地球人有了本质的差别。所以,本身就可以改变各种物质,驭风而行……"

"天啦,我以后也能做到这一点吗?"

"当然。"

"可是,我只是一个地球人啊!为何可以做到这一点?"

"因为你嫁给我了,自然就可以了。"

初蕾并不明白为何嫁给他,自然就能做到这一点了,但是,她很清楚,既然他说行,那就是真的行。

她只看到自己站在风里,慢慢地,越来越稳健,越来越习惯,虽然高度还不足,却再也不会掉下去了。

第二十八章 时间币

　　T54行星带是著名的大荒漠，也是银河系所有通缉犯最爱选择的藏身之地。
　　这里有举世无双的天然陨石洞穴，深入地下达到几百公里、四通八达的地下鬼市，更有银河系各种尖端的武器地下交易市场。当然，这里也有各种各样的毒蛇猛兽，以及各种星际之间的毒虫毒兽。
　　通缉犯们肆无忌惮地在这里出没，购买最新款的武器，一次次逃脱大联盟的追捕。
　　这里，是通缉犯们的乐园。当然，通缉犯们轻易也不敢越过这个行星带，毕竟，大联盟的追捕司也不是吃素的。
　　不知出于何种原因，几十万年以来，已经有了不成文的规矩，只要通缉犯们逃到了T54行星带，追捕司的追捕工作便暂告一段落。追捕司，从不轻易跨入这个行星带。他们往往把罪犯们驱赶到这里就算完事了。
　　T54行星带，有一家最热闹的小酒馆。
　　这是一家建造在地下三百公里深处的小酒馆。
　　小酒馆同时也是旅馆、客栈、饭店，人来人往，热闹非凡。
　　漆黑的地面就像一座巨大的迷宫，但见星星点点的鬼火下面，人头攒动，面目各异，口音各异，拿着各种奇形怪状武器的各大星体通缉犯齐聚一堂。
　　一个满脸横肉的大光头举着一瓶沙漠之水酿造的苦啤酒咕嘟咕嘟一口气喝完，又醉醺醺地趴在柜台上："再来一瓶……再来三瓶……"
　　阴阳头的枯瘦小二不阴不阳："横霸，你的时间币已经不够了。"
　　横霸大怒，猛地一掌拍在柜台上："放狗屁，大爷我有的是钱……"可是，他另一只伸出去付账的手却停下来，有点尴尬，手臂上空空如也，报警之声接连响起，他真的已经身无分文了。
　　小二的声音很冷："恕不接待时间币不够的客人！"
　　在T54行星带流通的并非黄金白银以及大联盟通常使用的各种贵金属，而是一种叫作"时间币"的特殊钱币。时间币，其实是一种时间。
　　通缉犯们情知一跨入T54行星带便是漫长的蹉跎岁月，要想获得重出江湖的机会，就必须等一个契机或者是中央天帝大赦天下。但是，这样的机会不多，而且往往要等三五万年才有一次。
　　一些低等级的罪犯压根儿就没有三五万年的时间，所以，只好到处去掳掠时间以延长自己的寿命，换来重出江湖的机会。时间币，便在这里应运而生。一些低等级的罪犯很快便被掠夺了全部的时间币，悄无声息地死去。而一些本领大的囚犯却因为充裕的时间币填充，竟然在这里皇帝般地生活下来，权力、美食、娱乐，应有尽有。

横霸是T54行星带最有名气的悍匪之一，也是最早一批来到这里的，凭借巧取豪夺，原本累积了令人吃惊的时间币。据说好几次都等到了重出江湖的机会，但是，他已经习惯了在T54的生活，竟然不愿离去，自动留了下来。

此时，他看着自己渐渐空荡荡的手臂，时间币已经不足以支付一堆苦啤酒，他醉醺醺地破口大骂："时间币呢？谁偷了我的时间币？他娘的谁偷了我的时间币？老子非宰了他不可……"

阴阳老头还是不阴不阳，"你是输多了忘记了，横霸，你的时间币已经全部输完了……"

横霸大怒，一掌就向老头的面上砸去。一阵风，将横霸的拳头定在半空，距离老头的双目不过一毫米的地方。老头仓促后退，横霸却勃然大怒："哪个不长眼睛的家伙竟敢管我的闲事？活腻了吗？"他话音未落，人已经重重瘫在地上，手里的苦啤酒杯哐当一声坠落在地，摔得粉碎。

满屋子的烟熏火燎忽然沉寂下来。

一抹白色将这黑暗的地下世界彻底照亮。T54行星上从未有过白色——白色在这里无法存活。可来者白衣飘飘，如一堆雪似的笼罩了周围的视野。

所有目光齐刷刷地看着他。

来人若无其事，淡淡一笑："你们都先出去一下，今晚的小酒馆，我先包下了。"此人好大的口气！

小酒馆要的可是时间币而不是黄金白银，许多年来，从未有人能够如此豪气。

就连阴阳老头都狐疑地看着这陌生的客人，仿佛在想：你吹什么牛？你包得起吗？

横霸尚未开口，他旁边的一名悍匪忽然跳起来，便携式中子武器嗖的一声射出去："你算老几？你想包小酒馆就包？"横霸也反应过来，怒吼一声："你什么东西，居然敢大言不惭要包下小酒馆？"暗处一个不知名的声音也大吼一声："先把这嚣张的家伙赶出去，兄弟们，上啊……"除了两手空空的横霸，开口以及没有开口的人都出手了。

一时间，七八名悍匪一起向白色人影扫射。

这些星际逃犯，几乎每个人手里拿的都是亡命的武器，此时一起扫射，威力可想而知。

就在大家以为来者必死无疑时，看见几只武器和几人一起飞了出去，外面轰隆一声巨响，悍匪们当场被炸飞了。

白衣人拍拍手，云淡风轻："谁还要来试一试？就一起上吧，免得我一个个解决太麻烦了。"

众人耸动，这时候才惊跳起来。

有人低声道："白衣天尊？是白衣天尊？"

"真的是白衣天尊啊……"

"老天！可不是白衣天尊吗？他怎么成通缉犯了？"

"真不敢相信，不周山之战后，他居然还活着……"

"莫非不周山之战后，他便和我们一样成了通缉犯？"

横霸听得众人七嘴八舌议论，好几次要爬起来，可哪里爬得起来？他万万想不到站在自己面前的居然是大名鼎鼎的白衣天尊，原本快血脉偾张的怒火瞬间便消失了。悍匪们都知道，再凶的歹徒在白衣天尊面前都不算什么。

白衣天尊身后还跟着一个人，因为穿了防辐射服，佩戴了面具，谁也看不清楚其真容。

白衣天尊一挥手："你们都出去吧！这小酒馆我要暂时用一下。"

众人哪里还敢有丝毫异议？交头接耳地出去了。

横霸挣扎着也要趁乱溜走，却被一阵风生生阻挡："你留下。"横霸面前真的是一阵风。没有任何武器，就只有一阵风，偏偏这股风令他寸步不能移动。

横霸已经在T54纵横多年，他满是凶悍的脸上也早已被酒精侵蚀得千疮百孔，可现在，他的眼中已经有了深深的恐惧之情。他站在原地，一动不敢动了。

很快，小酒馆里便只剩下了四个人。

阴阳老头警惕地盯着白衣天尊，非但不感谢他的救命之恩，反而死死盯着他的手臂，不阴不阳："T54有T54的规矩，就算你是白衣天尊你也不能不付账……"

白衣天尊伸出手臂。

当阴阳老头看清楚他的手臂时，吓了一跳，仓促道："天啦……"

这个人的时间币，竟然是无穷无尽的。

"把你这里最好的苦啤酒全部拿出来。"

老头嘟囔着回头，将一大筐苦啤酒全部推了上来。

横霸虽然在小酒馆出没多年，但是，看到这些苦啤酒，眼睛也亮了，大叫："臭老头，这些东西为什么以前没有拿出来过？"

"这是我多年珍藏的私人享用，今天白衣天尊来了我才拿出来。再说，就算我拿出来，你付得起时间币吗？"

白衣天尊一挥手："好了，你也出去吧。"老头稍稍迟疑，横霸大笑："人家白衣天尊不是包下了小酒馆吗？你还不滚出去？"

老头讪讪地转身，走到门口，又回头仔仔细细看了一眼白衣天尊旁边的那个戴着面具之人。只可惜，那人笼罩在厚厚的面具之下，根本看不清楚其真面目。

横霸第一次品尝这不可思议的美酒。很苦很涩，喝下去，却有一股甜蜜的气息在周身游走。他饕餮一般，连续畅饮了好几瓶，这才啧啧连声："好酒！好酒！这才是真正的好酒！我以前可从未喝过这么好的酒。"也许是多年的放纵无度，他的眼珠子都变成了一种金色和蓝色混合的浓浊之色，将他原本的半神人特征几乎消解得无影无踪了。

白衣天尊打量他几眼，也不作声，只是拿起一瓶苦啤酒喝了一口。

横霸却指着佩戴面具之人，斜眼道："这位高姓大名？"

白衣天尊淡淡地说："不该问的就别多问。"

横霸果然闭嘴不言了。

横霸醉眼蒙眬道："白衣天尊，你怎么也成通缉犯了？哈哈，你可是我们整整几代人的偶像，我们都以为你迟早要成中央天帝，没想到你居然和我们一样成了通缉犯……哈哈哈，通缉犯啊！通缉犯！你知道什么样的人才会来T54吗？是最穷凶极恶最走投无路的人才会来这里的啊。哈哈，你知道来了这里会有怎样的后果吗？那就意味着你只能老死这里，永远也不能离开这里了……"

他看了看白衣天尊的手臂，想起他那无穷无尽的时间币，眼中有羡慕和妒忌，但更多的却是幸灾乐祸："你就算有无穷无尽的时间币又能怎样？你只能一直陷在这个泥塘里，在这个大荒漠里，和一大批蟑螂老鼠一般恶心的家伙为伍……哈哈，炎帝要是知道你来了这里，只怕死了也得气得活过来吧……"堂堂炎帝之子，流浪到了T54行星带，这简直是天大的讽刺。

"哈哈，白衣天尊，你也是权力斗争的牺牲品吧？不过，我很好奇，他们怎么就敢公然通缉你呢？再说，以你的本事，哪怕毁天灭地，也该跟他们干上一架，怎么会跑到这里躲起来？"横霸忽然放下酒瓶，"不对啊，如果我没记错的话，你连不周山都撞倒了，怎么会沦为通缉犯？就算追捕司那些家伙出面，你也不至于怕了吧？你怎么会来到这里？"

白衣天尊淡淡地说："横霸，你是哪一年来的T54？"

横霸又喝了一大杯苦啤酒，摸了摸头："哪一年？我都快想不起来了……我想想看，我来这里至少也有二十万年了吧……哈哈，我可是这里的资深元老了，天尊你别看这里的人虽多，但其中绝大多数是不入流的小角色，他们中许多人只有区区几千年的寿命，纵然杀了他们也得不到多少时间币。不是我鄙视这些渣渣，他们中上万年寿命的人都很少，只有我……只有我一个人……他们根本不配和我为伍……"

"你为什么会来T54？"

横霸眼一瞪，正要发怒，也许是忽然想到对面的人是谁，立即又不敢瞪眼了，只含混不清："我……他娘的谁愿意来T54啊，这不是无处可去了吗？啧啧啧，其实，在T54待久了，还觉得这地儿真的不错，自由自在，吃喝玩乐，和一群渣滓今朝有酒今朝醉，哈哈，久而久之，便成了彻彻底底的神界渣滓，再也没有任何雄心壮志了……反正我们也不敢踏出T54的边境，否则，追捕司那些阴魂不散的家伙便会立即抖落锁链向我们走来……当然，我不是怕了他们，也不是打不过他们，只不过，我不想和他们再拼命了，我老了，不想拼了……"

"我问你为什么会来T54？"

"这……我不是说了吗？不是我自己想来的！我不就是杀了人吗？"

"杀了谁？"

"杀了一个女半神人……"

"女半神人？"

横霸的眼中忽然有了恐惧和愤怒："那个可怕的女半神人……是她先企图灭绝我们的族群，是她几乎把我们整个族群给灭绝了。我原本是保护族群，可是，在天穆之野那帮娘儿们眼里，我就成了十恶不赦的大恶人，我一个人斗不过她们，在大联盟也没什么地位，只好任凭她们歪曲事实，眼睁睁地看着她们把自己说成好人，我却只能流亡T54……"他重重地捏着酒杯，酒杯的碎片深入他的掌心也浑然不觉。"我真是恨死那帮娘儿们了，最可恨的是，我根本没有任何复仇的机会……我根本不是她们的对手……我们整整一个族群就这么灭绝了啊，全被灭绝了……"

横霸居住在距离T54很遥远的辰星上，辰星是一颗中等大小的星体，星体上有几百位同族的低等半神人。

他们人口少，族中也没有什么像样的杰出人物，他们在整个大联盟里属于籍籍无名的低等神族，历代中央天帝几乎从未光顾过他们的星体，也从未提到过他们。如此平静的日子持续了几百万年。直到二十万年前的某一天，平静被彻底打破了。

族中全体人忽然中了病毒，他们哀号、打滚、异变，好端端的半神人竟然一个个长出了豹子的尾巴，有的甚至变成了狮子或者一些莫名其妙的怪物……

要知道整个银河系的生命形状其实都差不多，外星人和地球人的不同，只在于地域的不同。真要说差距，也是在于密度和元气的不同，相比地球人，外星人充其量更加高大或者更加矮小，外形没有太大的差异。

横霸的族人原本也是正常的形态，可一夜之间，几乎所有人都变成了妖孽。

那时候的横霸还是个热血青年，他渴望见识外界的世界。渴望让自己的族群也变得像其他高等族群那般威风赫赫，他从小天赋异禀，武力值在全族中是最高的。尽管他还年轻，已经凭借战斗值被推举为族中的首领。所有人都认为，有朝一日，横霸会让这个低等神族慢慢地发展壮大。

横霸那次正好外出，他好酒，经常星际穿梭到处寻找美酒。等他醉醺醺地赶回辰星时，但见辰星上所有人忽然都消失了，在辰星巨大广场上的，全是一群怪物。

那是他从未见过的一群可怕怪物，它们形态各异，张牙舞爪，嘶嘶有声，奇怪的是，它们并不急于攻击横霸，反而团团围着他，发出一阵阵类似哀求、求助的悲号。

好在横霸当时是半醉酒的状态，一直以为自己眼花了，否则，早就被吓死了。可当他看到一大群怪物居然在自己面前哀号时，当时就吓得酒醒了一大半。他的第一印象是：这些怪物吞吃了自己的族人，自己必须杀掉这些怪物。他开始对这些怪物挥刀相向。可是，他连砍几刀之后，发现这些怪物根本就不反抗，尽管浑身鲜血也只是躲闪避让、悲惨鸣叫，而其他怪物则团团围着他，并不进攻，只是发出阵阵哀号，好像受到了莫大的冤屈而向他求救似的。

横霸是个粗人，但不是蠢货，他很快明白这些怪物好生异常，根本没有攻击自己的打算，而是在哀求自己。这些怪物为什么要哀求自己呢？就在他大着胆子蹲下去细看一只最大的怪物时，那怪物居然挣扎着跳起来，一个物件落在了他的掌心里。

横霸看到这物件，立即就蒙了。那是他母亲的扳指，整日佩戴，须臾不离。可现在，这怪物居然把扳指放在自己手里。

他本能地以为这怪物吞吃了母亲留下了扳指，正要杀怪物替母复仇，可当他的刀砍下去的瞬间却犹豫了，他分明发现那怪物满眼泪水，根本不躲不闪，竟然绝望得令人惨不忍睹。

那眼神，分明就是母亲的眼神。这怪物，居然有自己母亲的眼神。横霸惊呆了，举着刀，根本无法砍下去了。可他还没回过神，就听得一个女子的声音："咦，这里居然还有一条漏网之鱼，难道药性在这家伙身上不起作用？这就怪了，其他人都变异了，没道理他毫发无损啊……"这女人显然没料到他是从外面赶回来的，还以为他天赋异禀，躲过了病毒。

横霸听得这话，情知这女人才是凶手，当即便杀将过去，想捉住她问清楚事情的真相。

女人吓一跳，她虽是用毒的高手，武力值却不怎么样，面对横霸的咄咄逼人，她转身就跑，行动迅捷。

横霸拼尽全力追了她好几天，才在一个行星带的边境追上她。也许是真的筋疲力尽了，女人的脚步不由得慢了下来。横霸追上去，一刀就将她劈成两半。刀上血迹未干，几名玉女已经赶来，见了横霸，不由分说便围住他，宣称他是杀人凶手。横霸当场杀死了三人，剩下的几人见势不妙，当即逃窜。

接下来，横霸顺理成章成了通缉犯，因为他杀死的全是天穆之野的玉女，而且杀人的地点在一个小行星的边界上。通缉他的理由也很简单：见色起意，屠杀玉女，罪大恶极，属于必须彻底被毁灭载体的滔天大罪。

这证词，是逃回去的几名玉女提供的，证据确凿。横霸无法分辩，也没有任何分辩的机会，他只能逃亡，因为，他很清楚，惹了天穆之野，唯一的下场就是死。比死更可怕的，是异变。也许，自己也会异变成那群怪物中的一员。

尽管已经隔了二十万年，横霸眼中依旧是恐惧和愤怒："天尊，你知道那帮娘儿们可怕到了什么地步吗？我逃亡了很久才知道，辰星上那些异变的族人，居然全死了！追捕司说，那些族人全是被我杀死的！是我屠杀了一族之人后，亡命逃窜，逃亡途中见色起意又杀了恰好路过的几名玉女……我怎会屠杀我自己的族人？我怎么会？分明是那群娘儿们栽赃嫁祸……"

横霸之所以二十万年也不离开这里，甚至遇到大赦机会也一再放弃，根本原因，就在这里。他很清楚，自己纵然被赦免，出去也难逃一死，天穆之野一定会杀人灭口。

"我只是死也弄不清楚，明明她们已经将我的族人全部变成了怪物，为何尸检的时候，他们又全部变成了正常的人类？我亲眼所见，天尊，真的是亲眼所见，我的族人全部被变成了怪物，可追捕司却说我的族人都被屠杀了，根本不是我说的什么怪物，也因此，他们更认定我在撒谎……天尊，我发誓我没有撒谎……我就算杀人，我能杀我的亲娘吗？我们族群中，孩子都是母亲抚养，也只认母亲，我怎么会杀掉我的亲娘？我怎么会？"

说着说着，横霸已经泪流满面。到后来，他干脆呜呜地哭起来。一个熊一样的汉子，这样号啕大哭显得很滑稽，可白衣天尊却察觉一股飕飕的寒意。

天穆之野的罗毒实验，果然是早已存在。二十万年之前她们就精于此道了。而且，她们早期的实验对象居然是低等神族。白衣天尊想起有熊山林。可怜的鬼风初蕾，当时也是这样。她明明看到的是满地的青草蛇，自己也差点被人变成一条青草蛇，可是，当自己亲自踏入有熊山林时，看到的却是荒漠一片。别说青草蛇，连青草的影子都没有了。彼时，没有任何人相信鬼风初蕾的话，也包括她自己。

他不经意地看了一眼身边笼罩在一身辐射服下面的鬼风初蕾，他突然很庆幸自己能带她走这一遭。

初蕾看着一直哭泣的横霸，她当初的感觉可以说和横霸几乎一模一样——亲眼看到许多人变成了满地的青草蛇，自己也身陷绝境。那种强大的绝望之情，令人根本无所适从，一度认为除了死亡，再也没有任何别的路可走了。她只知道人类面对大神时处于这样的绝境并不稀奇，但没料到低等的神族面临相同的绝境已经无路可走，多可怕！

不光人和神之间有本质的差距，神族内部之间也有高下之分，高级的神族也可以肆意欺压低等的神族。

横霸哭了好一会儿，只见白衣天尊沉默，以为他也不相信，急忙道："对了，那娘儿们刚现身的时候，大叫要将我也变成怪物，说我是漏网之鱼……我好恨自己无力为族人报仇雪恨，自己也只能丧家之犬般躲在这里……"他从怀里摸出一样东西递过去："天尊，你看……"

那是一枚很普通的褐色石头戒指，正是辰星上特有的褐色水晶石。

"这是我母亲的遗物，我母亲生前一直佩戴这枚扳指，须臾不离。当时，那怪物把这枚戒指放在我的手心……"直到现在，他依旧不寒而栗，"你可能不相信，当时，我竟然认为那怪物就是我的母亲……可是，我的母亲怎么会变成一个怪物呢？那怪物又怎么能真的是我的母亲呢？"

白衣天尊仔细地看了看戒指，忽然道："你确信当初在辰星上见到的那个人是天穆之野的玉女？"

"绝对没错！辰星虽然是个名不见经传的小神族，可是，我们却久仰天穆之野的大名，知道她们的蟠桃会，知道她们冠绝天下的十万玉女。当然，我们这种小神族从来也没有资格获得邀请参加她们的蟠桃会，之前和她们算是素不相识……"

白衣天尊沉吟了好一会儿，才淡淡地说："也许，正因为你们名不见经传，她们才拿你们下手。"

"为什么？"

"几年前，有个人的遭遇几乎和你一模一样。"

横霸几乎跳起来："谁？谁那么倒霉居然也遇到这样的事情了？"

"那是一个地球人。她和你一样，忽然有一天，看到自己全族的人都变成了青草蛇，而她自己也受到青草蛇的围攻，差点被变成了青草蛇。不过，她拼死反抗，敌人的企图未能实现。等她清醒之后，才发现遍地的青草蛇已经彻底消失了，整个族群生活的地方全被大雪覆盖，只剩下累累白骨……"

"真是太可怕了，他们居然又去地球搞事了，他们究竟想干什么呢？"

白衣天尊没有忽略他颤抖的眼神、战栗的声音，以及情不自禁颤抖的双手。这个大联盟里微不足道的通缉犯之一，果然是天穆之野的病毒实验里最早的受害者之一。

青元夫人是个聪明人，就算横霸已经逃亡在外，他的证词无人相信，可是，如果再有相同事件发生，难免引起大联盟的怀疑，所以，就彻底停止了在低等神族的实验。

白衣天尊放下扳指："你说你在边境杀了三名玉女，那么，逃走的人是多少？"

横霸立即道："当时一共有七名玉女，我杀了三个之后，剩下的四个全部逃跑了……"

"你要是见了她们，还能认出她们来吗？或者，你还记得她们身上有什么特征吗？"

横霸很认真地想了想，连连摇头："那帮娘儿们都打扮得花枝招展，看上去样子都差不多，当时我怒火攻心一门心思杀人，也没注意她们都是什么样子，再说，那时候，我也来不及去一个个看清楚她们的模样……"

白衣天尊慢慢站起来："横霸，你就从未想过要替你母亲复仇吗？"

"我不是不想，我是无能为力啊，只怕没等我走出这T54就会死掉……"

"如果我帮你呢？"

横霸几乎跳起来。

"你帮我？你会帮我？"

白衣天尊忽然抓住他的手，在他的手臂上按了一下，横霸看着自己的时间币忽然多了一万年。

"不要再滥赌滥饮，要是你的时间币再次耗尽，你就永远没有机会替你母亲报仇雪恨了！"白衣天尊转身。

横霸大叫："你不是通缉犯吗？你怎么能离开这里？你难道不怕追捕司那帮疯狂的家伙？"

白衣天尊淡淡地说:"无论何时,无论何地,我想来就来,想去就去。"

横霸抬起头看向门口时,发现他和那个一直没有揭开面具的陌生人的身影早已消失得无影无踪了。

T54的下面,有长达几百公里的鬼市。

鬼市上并没有什么鬼,也没有人装神弄鬼,来来往往的全是各大星际之间的流窜犯,他们服饰不同,形态各异,口音话语也有区别,但唯一相同的是,他们的脸上都写满了蛮横、放纵、破罐破摔。

他们中的许多人,手臂上已经亮起了红灯,那是时间币报警的讯号,于是,能清晰地看到有些人走着走着就倒下去了。

在一间明黄色的玻璃屋子外面,她停下脚步。

这屋子里没有任何武器,也没有任何奇形怪状的星际毒虫,可是,这里却人山人海,围得一道狭窄的大门水泄不通。

有一个尖细的声音不停地喊:"别急,别急,排好队,一个个来,一个个来……谁也不要插队,注意,谁也不要插队……"

有一个彪形大汉表示不服气,三两下蹭掉了前面的一个瘦子,得意扬扬地排在了前面,可是,他尚未站稳,头顶便伸出一个巨大的镊子,无声无息就将他扔了出去。人群中顿时爆发出一阵大笑,那大汉远远地从地上爬起来,悻悻地拍拍屁股,却再也不敢冲上去插队了。

"哈哈,在鬼医生这里,你还敢插队?"

"老实点,一边待着去吧,别以为你块头大就有什么特别的……"

初蕾听得"鬼医生"三个字,就更是好奇,敢情这人山人海的地方竟然是一家医院?她悄然上前一步,踮起脚尖,这一下,便将前面的情景看得清清楚楚。

只见一个全身绿色的人坐在一根高高的木桩上面,他那样子简直就像是木桩上长出的一截枝条。他手里举着一枚圆圆的镜子似的东西,对着趴在树桩上的一个病人慢条斯理地说:"透骨镜显示,你的心脏已经被病毒入侵,肺部也有感染,好了,转过身来,让我帮你把这些病毒全部吸出来……"

然后,他便举着那镜子放在病人的心脏处,不一会儿,只见镜子的表面就蒙上了一层淡淡的黑色。

"好了,你的病毒已经被去除了……下一位……"

那个病人翻身爬起来,摸摸心口,脸上的病容已经消失得无影无踪,整个人显得容光焕发,连声道谢,吹着口哨走了。

下一个躺下去的人则显得有些紧张。

"放松,别像一条蜈蚣似的动来动去,这位病人,你的病有三种,第一种在头部,你的颅内已经被严重感染;第二种却是在肾脏,双肾都被严重感染;第三种嘛,是在生殖系统，你已经纵欲过度了……"

围观众人听得这话都哈哈大笑。

可鬼医生却面无表情，还是拿着透骨镜在那个人的身上移动，从头部到肾部，然后，镜子上的黑气便慢慢地变得浓郁起来。这次，费了很长一段时间，直到后面排队的人不耐烦地吹口哨了，这个病人才慢慢地从树桩上爬起来，他额头上脸上全是汗水，整个人虚脱了一般，甚至需要靠着旁边的树桩才能勉强站起来。

"你的病毒太深了，需要回去好好休息一天。这一天之内不要有任何剧烈运动，尤其不要有任何纵欲的行为……"

周围又爆发出一阵哈哈大笑，那病人也苦笑一声，摇摇晃晃地离开了。

……

鬼风初蕾连续看了好几个病人就诊的情况，但见鬼医生也没有更换任何方法，所有病人躺上去之后，便清一色地用透骨镜照射，照射之后，便用镜子的反面去吸附病人身上的病毒，然后，也没有什么药物，也没有任何手术，反正人类熟悉的那些医疗手段一样也没有用，就这么让那些病人离开了。

她以为这是一个庸医，故弄玄虚而已。刚要说话，胸口却一阵气闷，喉头仿佛有一股热乎乎的东西要涌出来，她大吃一惊，尚未开口，白衣天尊一把拉住她转身就走。

走出T54的边境，鬼风初蕾终于揭开了厚厚的面具，深呼吸一口，重重地倒在了沙地上面。

白衣天尊在她旁边坐下，伸出一只手，轻轻拉住了她的手。

一股缓缓的元气在周身游走，胸口那种烦闷欲炸的感觉才慢慢消失了。

半响，她坐起来，长叹一声："我真不敢相信我居然能够从地球来到T54这样集中了全银河系星际战犯的地方……"

白衣天尊微笑："你第一次在星际之间独立行走，元气还不足以支撑很长的时间，更何况T54这样的边缘地带，感到不舒服是很正常的。不过，再坚持一段时间，习惯了就好了。而且，T54是最不舒服的一个灰色地带，无论气候还是环境，都是银河系最恶劣的，否则，也不会沦为罪犯们的集中地了……至于其他星球就好多了，踏上去能让人很快适应，不会出现不舒服的感觉……"

初蕾干脆把头套彻底揭开，好奇道："刚刚那个鬼医生治病真是太离谱了，他光拿那个透骨镜照一下，随便说几句，那些病人就真的能痊愈吗？是不是故弄玄虚？"

白衣天尊笑起来。

"你笑什么？"

"纵然是T54这样的逃窜犯聚居之地，医学科技也胜过地球人起码上万倍。在这里，治病早已不用像人类那样服药、手术或者采取其他落后的手段了。那个透骨镜便是检查病人全身的，只要有病，便会彻底显现在透骨镜上面，而透骨镜的反面则是专门吸附病毒的工具。事实上，人体之所以生病，原因便在于感染了病毒，而要痊愈，只要驱除病毒就可以。人类在落后的时候，只能靠着药物去压制病毒，但无法直接剥离病毒。可是，透骨镜能直接将各种病毒吸附出来，病人自然也就不药而愈了……"

初蕾好奇极了："无论什么病毒，无论多么厉害的病毒，都可以被这个透骨镜吸附出来吗？"

"透骨镜纵然不能吸附百分百的病毒，但是，绝大部分是可以的。尤其是人类所以为的那些绝症，比如癌症、艾滋病以及各种死亡性病毒，统统在透骨镜的吸附范围之内。"

"天啦，拿着这个透骨镜往绝症病人身上一扫，那些绝症病人岂不是都会不药而愈？"

"正是如此！无论得了多么重大的绝症，无论到了何等程度，只要透骨镜把他们身上的病毒全部吸附剥离，他们自然就会痊愈了。透骨镜不单有吸附病毒的功能，还能弥补一部分受损的细胞，所以你看到的那些病人才可以在治愈的瞬间就恢复健康，即使非常严重者也顶多休养一两天……"

初蕾听得真是悠然神往。她在星际之间行走，到目前为止，虽然只在共工星体和这个T54停留过，但是，已经对大神们的生活叹为观止了。

先别说科技文化的巨大差异，单单拿这透骨镜来说吧，地球人最大的痛苦便是病痛，一人得了绝症之后，不但耗尽全家的资产，也无法治疗，身体更是要承受各种极大的痛苦。可是，要是有这么一枚透骨镜，能够为重病的人类扫描一下，然后，你就能看到各种癌症患者精神抖擞地痊愈，那该是多么神奇！

"事实上，透骨镜这种东西，也只有T54上面才会使用，而其他正常的星体上的大神早已摆脱了生老病死的侵蚀，他们根本不会为一般的病毒所侵，基本上是用不到这玩意儿的。不过因为T54的自然环境十分恶劣，毒蛇猛兽横行带来各种流行病毒，而且这里没有元气和能量的补充，也得不到大联盟定点定时的空气净化，所以，这里的逃犯们才会慢慢地像人类一样，开始生病、受伤、忍受各种各样的痛苦……他们每一次治病都需要耗费大量的时间币，有些人纵然痊愈了，可时间币不足了，照样是无声无息的死亡……"

"整个大联盟都是支付时间币吗？"

"大联盟虽然明文禁止公开使用时间币，但是，本质上是一样的。大神们的段位以时间计算，越是高级的大神时间就越多，而低等的大神各种修炼本质上便是为了获得时间币。无论是服用丹药、神药还是不死药，统统为了获取足量的时间币……其实，人类也是这样。人类表面上使用黄金白银，可是，每个人都在拼命争取时间，争取更长的寿命，赚钱也是为了获得更好的医疗条件，获得更长的时间。只不过，人类由于自身的局限，根本无法争取更长的时间，所以，看起来没有这么明显而已……"

初蕾暗忖，果然如此。

"时间币还不算什么，我曾经去过一个很大的星球，那里全部支付智商币……"

"智商币？"

"在那个星球上，通用的货币是智商。一个人的智商越高，购买力就越强。购买任何东西，都需要刷智商币，一些白痴无法生活，一些智商低下者也很快沦为赤贫或者被淘汰，所以，那个星体上的竞争特别激烈，每个人都冲刺极高的智商。所以，他们的科技发展到了令人吃惊的地步……"

时间币已经出乎她的想象了，而另一个星球居然在刷智商币。

初蕾看看天空，又看看地上的黄沙，忽然觉得自己很渺小。

在认识白衣天尊之前，她一直觉得自己已经是地球人之中很了不起的人物了，觉得自己的父亲老鱼凫王、大夏王这些都是很厉害的人物。甚至一段时间认为连大费这种角色都是不可战胜的。

如今想来，简直是太可笑了。就像一群蚂蚁看着人类，可能蚂蚁一辈子也不明白人类到底要干吗。可能在蚂蚁的眼里，人类便是高高在上的神吧？

人类在大神们眼里，何尝不是如此？

二人继续往前，刚走出两步，白衣天尊便停下脚步，初蕾也停下。

那是一张悄无声息的罗网，正从绿色横生的屏障里伸出，然后，从东南西北铺天盖地笼罩下来。

巨大的罗网，用了最上等的宇宙合金，柔软、绵密，能自动伸缩，能自动放射出威力极大的质子武器，冷却下来时，又可以自动缩小，以内里的倒刺深深刺入被绑之人的每一寸肌肤。

这便是令星际逃犯们闻风丧胆的"天网"——真正的天罗地网。

也是追捕司对付超级要犯的重要法宝之一。

据说，落入天网之中的人，纵然是功力高强的半神人，也无法挣扎超过三分钟，而且，只要进入罗网者，没有任何逃脱的可能。

此际，白衣天尊和凫风初蕾就站在原地，眼睁睁地看着天网从四面八方笼罩下来。初蕾面上甚至没有流露出太多的惊惶，只是紧紧握住那只温暖的大手。

这天网完全是自动生长，遇大则大，遇小则小，寻常的冷兵器休想伤其分毫，就连烈性炸药也休想毁损其半分。天网，慢慢地开始缩小，于二人头顶三丈方圆成一只倒立的口袋，慢慢地将二人笼罩。

白衣天尊没有幻变，也没有挣扎，甚至没有任何逃窜的迹象，只是看着这天网，长叹一声。

一队金色的人影从天而降。他们身上的服饰颜色是会自动变换的，此时，就和这边境的茫茫黄沙一模一样。他们全副武装，就连眼睛都全部笼罩在防范剧毒的特殊丝绸罩子里，很显然是为了防备这边境的各种病毒。

为首之人掀开眼罩，冷冷地说："白衣天尊，我们已经等你多时了！"正是追捕司司长张灏。

张灏手里端着的武器也瞄准了白衣天尊的胸口，那是粒子冲锋枪，古老，但杀伤力依旧。尤其，当他看到白衣天尊身边多了一个人时，一双眼睛彻底亮了。他肆无忌惮地盯着那娇弱的地球少女，做梦也没想到原本是为了追捕一人，现在，却将那二人一网打尽了。

当初，他也在观星台上见过那地球少女的模样，所以，第一面便确定了她的身份，也因此，整个人兴奋得要发抖了。

这可能是追捕司有史以来最令人轰动的一次大追捕了。他甚至可以想象，自己的大名也必将因为抓获这二人永垂青史，成为大联盟里最伟大的追捕司司长。

"不周山之战后，我们追捕司就曾以为会接到命令追捕你，没想到，这命令迟到了七十万年！不过，虽然迟到了七十万年，但总比不来的好，你白衣天尊还有什么话可说？"他说话间，目光却一直死死盯着凫风初蕾。也许是因为那娇弱的地球少女实在是太美丽了，简直就像这死亡地带开出的一朵鲜花。

想想吧，白衣天尊和他的新婚妻子，都匍匐在自己的脚下，倒在天网里哀号挣扎，苦苦地求饶，那该是多么美妙的事情。

追捕司这么多年实在是没有大事，他太闲了，整个人都要长毛了。如今来了这么重要的一刻，岂不兴奋到了极点？

白衣天尊看了看张灏满是狞笑的眼睛，摇了摇头，就连初蕾也看到了那双眼睛里满满的狠毒和邪恶。

这时候，她才想起白衣天尊曾经说过，某些大神们在动辄数以百万年为单位的漫长寿命里，真的是闲得发毛了，所以，一变态起来往往比普通人类更甚。当时，她没有深刻理解其含义，不过现在看到张灏的眼神，她立即明白了。

白衣天尊看了看头顶三丈的罗网，张灏也看了看那罗网。

那罗网定格在三丈之处，便没有再伸缩了，仿佛停顿了似的。天网只要将目标定点包围，就必将万无一失。至少，在追捕司的历史上，从来没有失手过，张灏的自信便源于此。

张灏先开口，声音果然有压抑不住的激动和喜悦："我一早得到线报，说白衣天尊带了一个人闯入了T54，真没想到，你带的居然是一个女人！"

也许是这恐怖的死亡地带，也许是他已经很久很久没有见过鲜活的地球少女了，所以，他分明对初蕾的兴趣大太多了。"我还从未用天网捉拿过女人，更别说是地球上的女人了，她们根本不配用这么高级的东西。小妞，你今日就算死在这天网里，到了黄泉之下也有吹牛的资本了。你记住，你死后一定要告诉阎罗王，你死于天网之下，死于追捕司张灏之手，他们保证对你另眼相看，哈哈哈哈……"

"我到底犯了什么罪？值得你违背大联盟的规矩，哪怕追到T54也要捉拿我？"

"我管你犯了什么罪？反正中央天帝说你犯罪你就犯罪了。再说，你娶了地球少女为妻，这难道不是事实吗？"

"娶地球少女为妻，向来都是大联盟允许的！"

"十万年之前就不被允许了！哈哈，你总不会说，因为十万年前你没有从弱水出来，就不知道联盟的法律吧？就算你不知道联盟的法律，可是，你总不会希望联盟因此对你网开一面吧？白衣天尊，你是要求饶吗？"

张灏并不是光在讲话，他一直在催动罗网的收缩。可是，他发现罗网停在三丈的高度就是一动不动。他觉得这罗网忽然变得有些邪门，他开始增加元气，想尽快启动天网。天网，终于慢慢启动了。

张灏看得很清楚，天网已经从地上和天上两个方向同时向中间收缩，速度虽然很慢，但是，毕竟能启动就是好的。他忽然笑起来："白衣天尊啊白衣天尊，你落在我手上便是你的不幸。也许，我会让整个大联盟都来观看你受刑的场景。我想，如果对你进行公审并公开处罚，一定有许多人很乐意围观……哈哈，毕竟，你实在是太出名了，很多人表面上怕你，但是内心却妒忌你恨你，巴不得看着你出丑落难，现在，这个机会终于来了……"

初蕾听着忽然长叹一声。越接近大神的世界，你越是清楚，他们真的一点也不比人类高级。

"白衣天尊，你们这对狗男女先去死吧！"

白衣天尊的个子比初蕾高得多，他居高临下顶着，可是，地面的罗网却开始涌向初蕾，就像千百只鬼爪一起伸出来，要张牙舞爪地将她撕得粉碎。

张灏后退一步，兴奋得屏住呼吸，连狞笑都忘记了，只一心期待看到那二人在网中鲜血淋漓挣扎的场景。

可是，这场景并未到来。他忽然觉得不对劲，正要大呼一声，却已经迟了一步。那罗网忽然反转，张开。张灏顾不得招呼同伴，转身就跑。可是，他的速度哪里比得上天网的速度？顷刻间，天网已经不偏不倚将他和他旁边的一队追捕司小分队牢牢地笼罩在了一起。悲惨的呼叫，顷刻间传来。最大声的是张灏，因为他被困在正中央，亲身体会到了罗网的全部功效，那天网从头到脚将他牢牢束缚，最神奇的是，天网如长了眼睛似的，能自动识别网罗进去的人数，将每一个人都单独束缚。而困在中间的张灏，正好处于这绝对的束缚之中。

天网的下面，蔓延出黑色的倒刺。每一根倒刺的长度都在一尺左右，密密麻麻，毫无间隙。可以想象，设计者当初的用心就是要让被捕者身上不会有任何一寸完好的肌肤，受尽苦楚之后才被关押。

现在，这个设计完美无缺地体现在张灏身上了。越是挣扎，那倒刺就越是深入骨髓，他开始呼爹叫娘，真的后悔自己怎么会生在这个世界上。很快，血液便渗透了他们身上无坚不摧的防护罩，慢慢地流了出来。

就连白衣天尊也暗暗心惊，这罗网的倒刺果然好生厉害，连这么精巧尖端的放射服都能穿透，自动渗入人体之内将人绞杀。

白衣天尊冷冷地看着他们，半晌，才淡淡地说："以前的追捕司根本没有这些令人闻风丧胆的歹毒法宝，追捕司的职责也仅仅是捉拿逃犯归案，而不管其他！反而是你张灏上任以来，费尽心机，钻研了无数整人害人的法宝，有些胆小之人根本没犯下多大罪孽，但一听到你的大名就吓得闻风而逃，从此破罐破摔，干脆小罪变成大罪，大罪直接就是以命相搏，再也没有任何回头路可走了！你身为追捕司司长，越权而为已经是大错，不把罪犯交给审判司而自行滥用私刑，更是罪上加罪，你本身已经是一个大罪人了，却口口声声要替天下伸张正义，你伸张的是谁的正义？"

张灏哪里说得出半句话来。

"你今日的体会便是别人的体会。你今日的痛苦便是别人的痛苦！张灏，你身为追捕司司长，如果继续在酷刑的道路上越走越远，那么，你今日只是尝试一下罗网的苦楚，下一次可就没有那么容易了！下一次，我必将令你付出千百倍的代价！"

张灏躺在罗网里苦苦挣扎，苦苦哀号，哪里还说得出半句话来。

张灏令人恶心的惨呼已经彻底消失，T54边境的黄沙也变成了一望无际的碧蓝。

飞行中，浩渺的星海一个个从眼前越过。那是数倍于光速的飞行，当鬼风初蕾看着昔日遥不可及的星体一个一个从眼前掠过，竟然有恍如梦中之感。

他停下来，拉住她的手："初蕾，按理说你的体质还不适宜做如此长距离的星际旅行，是我自私了，我发现有你的陪伴，这旅程就没那么孤单无趣了……"

她也拉住他的手，咯咯笑起来："百里大人，我从来不知道星际旅行这么有趣。我这个地球上的乡巴佬，终于长了一番见识了。"

彼时，凉风习习，又是一颗又一颗的星辰从眼前飞过。

他乐于携带，她乐于追随，真是再好不过。

那是初蕾第一次见到彩色的湖泊，放眼望去，但见波光粼粼的水面竟然呈现出彩虹般的颜色，赤橙黄绿青蓝紫，每一层波光都如宝石一般散发出璀璨的光芒。

她奔过去。

那是一座天然的巨大温泉，每一道波光都散发出一股淡淡的香味，仔细辨认，七种色彩竟然是七种香味。双足刚一浸在里面，立即感受到一股暖暖的气息，星际旅途带来的所有疲乏立即一扫而光。初蕾干脆躺在水里，可一转眼，她看到自己真的躺在水面上——背部贴着水花，竟然就像是平躺在地面上一样。她哈哈大笑，大叫："百里大人，快来，这里好舒服。"

白衣天尊笑眯眯地学她的样子也躺在水面上，他白色的袍子也悬在水面上，竟然像一滴水珠都没有沾染一般。

"这是哪里？怎么这样美丽？"

"这是七色温泉，也是我一次星际旅行中无意发现的一个好地方，因为很隐蔽，所以罕有人发现。初蕾，也许你还是第一个躺在这水面上的人。"

"第一个？以前你没有试过吗？"

他摇头。以前每一次路过都是来去匆匆，哪有心情停下来仔细关注一个地方的自然景观？直到这一次，直到身边多了一个人，他才静下心来一路走走看看，忽然发现整个银河系里，美丽的星辰还真是不计其数。

初蕾在水里自在漂浮，她玩得兴起索性站起来，这一下，她才真的惊呆了。她看到自己双足站在水面上，依旧不沉下去，她干脆在水面上奔跑起来。

奔跑，也是一往无前，如履平地。她张开双臂，肆无忌惮地迎风奔跑。

七色的水面，和着微风一起后退。

她奔出去很远很远，却一直在波光粼粼的湖面上。她停下来，哈哈大笑，完全不敢相信有朝一日自己竟然能在水面上奔跑，就像传说中的那些仙人大神。

白衣天尊在她身后遥遥地看着她的背影，那小人儿就像这七色水面上一只飞翔的鸟儿，他也笑起来。自认识她以来，她无论何时总藏着一些心事，一些悲哀甚至一些担忧和惧怕，他很少见到她真真正正的欢乐，心无旁骛，欢天喜地，就像一个小小的孩子。仿佛人脸蜘蛛和青草蛇的阴影统统从她的生命里被剔除了。也正是这心无旁骛，让她的美丽看起来更加纯粹更加丰盈，明明已经相处那么久了，竟然还是有令人怦然心跳的力量。她就像一把热烈的火焰，随时都能令人燃烧起来。

她回头，见他还站在对面凝视自己，就停下来，冲着他哈哈大笑："看来，我还真的是在这个湖泊上行走的第一人了，哈哈，这样吧，我就把七色温泉改名叫初蕾温泉，不对，我把这颗星球改名为初蕾星好不好？"

他也哈哈大笑："初蕾，这颗星球从此就归你了。"

银河系的原则如此，谁发现谁占有，大神们自古以来便是这样划分地盘的，现在，鬼风初蕾终于也拥有自己的第一个星球了。她兴奋得从水面上跳起来，极目远眺，但见整个初蕾星都是七彩的颜色：山川、河流、一些七彩的植物，甚至是游弋的空气……统统是七彩的。

当双足踏在地面上，这种色彩的搭配就更加明显了。

只见地面上到处长满了一棵棵高大的树，却寸草不生。树木没有果子，也没有叶子，只有无数枝干，枝干也全是七彩的颜色；而土地居然也全是七彩的颜色，甚至远方的山脉，也全是七彩的颜色。

更令人称奇的是，这色彩是有分寸、渐变的，树木的色彩最为鲜明，土地的色彩就淡雅多了，需要仔细分辨才能看出七彩之色，而远处的山脉又色彩分明起来，整个看起来一点也不刺目，更不令人滋生杂乱无章或者头晕眼花的感觉。

初蕾也算走了很多地方，可是，却觉得没有一个地方比得上这里的风景。尤其，这颗星球可是自己的，专属于自己一人。

她索性徒步奔跑起来，一边跑，一边大喊："百里大人，谢谢你，如果不是你带我进行这一场星际旅行，我一辈子也不会单独拥有一颗属于自己的星球，哈哈，以后我可不可以到这里度假呢？"

"当然！你只要愿意，随时可以，这里已经属于你了。"

"你会不会跟我一起来呢？"

他含笑凝视她飞舞的背影，柔声道："除非你不要我一起，否则，无论何时何地我都和你一起。"

初蕾原本是背对着他，听得这话，旋风一般掉头跑回来，一把抱住他，就贴在他的唇上："百里大人……百里大人……这是梦境吗？如果真的是梦境，我希望这梦一万年也不要醒啊……"那声音，比七彩的远方更加温柔。她眼珠的水眸倒影，比七彩温泉更加炫目。

他忽然醉了。

明明走在这样的清风温水里，也醉了。仿佛喝下去了一万樽陈年老酒，不只脚步飘飘，就连一颗心都飘飘然了。她娇柔的话语更是耳边如梦似幻的歌曲："百里大人，我永远也不要离开你，你也永远不许离开我……今后无论银河系还是外星系，甚至整个宇宙，无论你去哪里我都要陪着你……"他一把就将她抱起来，哈哈大笑："好的，初蕾，好的，无论我去哪里，你都要陪着我！今后，我们不但要遍游整个银河系，更要游完各大星系，甚至整个宇宙！"

那是初蕾第一次在属于自己的星球上睡觉。七色的沙子温暖、细腻，仿佛能跟随人体的温度自动调节气温，她伸手抓起一把，细细品味，发现那可能不是真的沙子，而是滑腻如面粉一般。她躺在沙地上，躺在一只强大的臂弯里，仰望星空，心里很宁静。她想，原来这才是传说中的神仙眷侣。

她和他，向来都喜欢安静，从不愿意参与任何盛大而热闹的聚会，现在，则刚刚好。

要是以后的日子，一直都是这样走走停停，从一个星球穿梭到另一个星球，发现越来越多的美景，找到越来越多属于自己的星球，是不是才是人生真正的意义？

她想到得意之处，就呵呵笑起来："百里大人，我以后会不会还有更多更美丽的星球？"

"当然！等你的元气充沛了，就没有什么事情是不可能的了。"

"可是，我的寿命有限，能将元气修炼到那么强大的地步吗？"

他满不在乎："我分一半寿命给你不就行了吗？"

她心里一震，微微闭了闭眼，却不知道该说什么，只在内心深处很长很长的叹息一声。

百里大人，我岂能一次又一次让你将自己的生命分给我？

他还是满不在乎："我一个人再寿与天齐又有什么意思？再说，分一半给你，也还有很长很长。"

她紧紧握住他的手，依旧无言可答。

他却反手将她抱起来，神秘一笑："初蕾，我要送你一件很神秘的东西……"

她被他神神秘秘的样子逗笑了，抱着他的脖子，娇声道："百里大人，你要送我什么呀？"

他伸出一只手，在虚空中挥舞，反反复复，如变戏法一般，手里多了一件亮闪闪的衣服。

"天哪，这衣服的颜色好漂亮……"

他更神秘了："这可不是一般的衣服，这是我用天空的白云、西天的晚霞、日初的朝阳以及从满天星辉中提炼出来的色彩炼制的一件神奇衣服……"

初蕾扑哧一声笑出来："老天，这衣服来得可真不容易啊！"

他也笑起来："这其实只是一件特殊定制的星际飞行服，主要用途是防止遭遇各种高能辐射和病毒侵袭，当然，它也足以抵御十万摄氏度以上的高温，一般武器都对其攻击无效，在危险的时候也有自动加速飞行的功能……"

她当然明白，这是他精心准备的，原来他早就有让自己和他一起做长途旅行的打算。她忽然很感激，也很雀跃，可内心激情澎湃，却无法说出来。

我们总是这样，越是想表达最真实而热切的情感，就越是词不达意。

他凝视她红粉绯绯的面颊，柔声道："初蕾，穿上试试吧。"

她立即穿上那丝绸一般柔软的飞行服，然后紧紧抱住了他的腰，将头埋在他的怀里，声音有些哽咽："百里大人，除了爱你，我真不知该如何才好了……"

是啊，除了爱你，我也不知该如何才好了。

他满脸笑容，也紧紧地抱住了她。

第二十九章　天宫之游

黑暗森林星，天后处置情敌的秘密监狱。

这里以前关押着几百名被天后异变成熊皮、人脸蜘蛛以及各种人首蛇身怪物的地球少女，但现在，这里空空如也。

白衣天尊面上却没有任何意外之情，他环顾四周，点点头："果然是了！显然是天后拿不到解药，为了避免走漏风声，所以提前将这些地球少女秘密转移甚至秘密处决了！"

D病毒出现后，西帝怕引起祸端，密令天后必须尽快拿解药并释放这群少女。可是，天后根本拿不到解药，索性一不做二不休，干脆将那些情敌全部处决了。

二人漫步向前，只见昔日关押变异少女们的地界，全部是空荡荡的，连一丝影子都寻不见了。

一座青色的石头面前时，初蕾的眼光便再也移不开了。尽管这青色的石头空空如也，可是，那场景却再熟悉不过了——居然和第一次踏上有熊广场所见一模一样：石头的表面到处是斑斑点点的苔藓、青苔，看起来没有什么异样，可那些苔藓却全部是青草蛇凝固成的。

她拿出金杖，轻轻在上面拨动了一下："这里的场景和有熊山林当时一模一样，我怀疑天后下的病毒和青元夫人所用的是同一种病毒。"

白衣天尊上前一步，随手一挥，然后道："初蕾，你看看这个，能看出什么吗？"

初蕾失声道："天啦……那不是有熊姑娘吗……"

尽管穿着厚厚的防辐射服，而且还有白衣天尊在眼前，她看着这场景也不由得声音惊惶，浑身微微发抖，当年有熊山林的阴影显然从未真正走远。直到白衣天尊伸出手，轻轻按在她的背心，她的语气才立即镇定下来："呵……呵……太可怕了……"

镜头里，是一个已经被石化的少女，她生前原本的容貌已经看不清楚，下半身彻底变成了石头，而上半身则密密麻麻爬满了青草蛇。尤其是她的满头头发，全部变成了青色的蛇，一根根在风中竖立，龇牙咧嘴，吐着细细的信子，仿佛隔着防辐射服也能嗅到那股浓浓的腥臭的味道。再看她的眼睛，就更可怕了。她的两只大眼睛原本可能是碧蓝的颜色，但现在，眼眶里已经爬满了各种各样金色的小蛇，那小蛇活泼灵动，游弋不已，看上去竟然水汪汪的，无比灵动，仿佛那少女的一双眼睛现在还活生生的，任何人只要看一眼便会不由自主沉浸在那灵动无比的美丽之中。

"这位少女也是一个小国的公主，也是西帝宠爱时间最长的一位人类少女，于是，她便成了天后最痛恨最妒忌的女人，为此，天后将她捉拿到这个黑暗森林星监狱，第一件事情便是把她最美丽的眼睛变成了毒蛇们的寄生地……"

黑暗森林星毒气太浓，白衣天尊也不欲久留，只拉了初蕾转身就走。一直到彻底走出那污秽腥臭的大监狱，初蕾才停下脚步，解开面罩，重重地呼吸一口。

她佩戴的面罩是飞行服自带的，丝绸一般柔软光滑，非常轻薄，可是，时间长了也不太舒服，而一想到那些可怜的地球少女居然上万年被关押在那黑漆漆的腥臭地方，就更是冷汗直冒。想想看，自己也差点成为其中的一员。

白衣天尊只是长叹一声："我原本是为了救她们，可说不准是害了她们。"

初蕾想到那么大批量的绝色少女被异变被处决，唯一的原因便是她们都曾被西帝所强占，忽然不寒而栗。

长得美不是错，被许多男人大献殷勤也不是错——错就错在你没有任何自保的能力。如果不能自保，那极大的美丽简直就是极大的灾祸。

她低声道："天后擅自处决这么多地球少女，西帝真的就一点也不过问吗？这些少女可都是被他所害，才变成这样的……"

"他要是过问，也不用等到现在了！"

"你怎知我从未过问？"话音是从东南方向传来。随之而来的还有一股飓风般的霹雳之气，纵然出入于T54那种严酷的地方，也没有如此的闷气，但觉心口竟然要炸裂似的，脑袋也嗡嗡作响。

初蕾一惊，可是，她来不及做出任何的行动，已经被白衣天尊一把拉在了旁边。她紧紧握住白衣天尊的手，心口炸裂似的疼痛立即就烟消云散了，飓风般的霹雳之气也随之烟消云散。

一人站在七八丈远处，他一身金黄色的袍子，有一捧很大的胡子，腰间悬挂了一把雷霆，此外，浑身上下再也没有任何多余的装饰品。

白衣天尊淡淡地说："这便是大名鼎鼎的西帝，现任中央天帝。初蕾，我想，你对于这个职位应该并不陌生。"

初蕾好奇地打量对面那人，完全没想到在自己的有生之年，竟然能亲眼见到一位活生生的中央天帝。

西帝也震惊极了。当然并不是因为白衣天尊对她那种熟稔到了极点的亲昵语气，也不是因为白衣天尊挥手之间便化解了自己强大无比的霹雳之气，他震惊的是，这世界上居然真的有如此活色生香的少女。但凡漂亮的女人，都被人称为绝色，可是，她们不知道，绝，其实是独一无二的意思。女人的美丽是一种很模糊的东西，就像文无第一武无第二，这世界上从来没有任何一个女人是公认的世界第一美人。

在西帝看来，任何妄称绝色的美人其实都不过尔尔。纵然他曾经极度迷恋的少女时代的天后，他也觉得顶多排名前十，而绝对成不了当之无愧的世界第一美人，甚至当年获选大联盟第一美女的女禄，在一万只灵鸟的选美投票中也只获得了七千票，也就是说，至少还有三千只灵鸟认为她不足以成为世界第一美人。

可是，他敢打赌，若是再有一次星际选美，无论是一万只灵鸟投票还是一万个半神人或者人类投票，眼前的这个少女都可以得满分。无论你喜不喜欢她，无论你抱着什么样的偏见，无论你是异性爱好者还是同性爱好者，都不得不承认：眼前的这个少女是绝色！绝对艳冠天下的第一美女！

明明早已在观星台上见过了，可是，现在才知道，观星台也是骗人的——镜面里，她已经惊人的美丽了，可亲眼看见才明白，这美丽，远远胜过虚拟的镜面显示中的那样。她的美，镜头完全无法呈现，西帝的震撼之情可想而知。

他只觉自己平生所追逐的女神也好，地球美女也罢，几十万年的岁月加起来，也不如此刻的惊艳和震撼。忽然觉得自己这一生真是白活了，枉担负了那么大的花名，结果生平却从未遇见如此美人。他目不转睛地盯着初蕾，浑然忘却了自己前来的目的。

直到白衣天尊干咳一声，他才如梦初醒，可是，还是没有开口，好一会儿，才收回目光，落在白衣天尊的脸上。这大名鼎鼎的麻烦人物脸上依旧是懒洋洋的笑容，一只手则轻轻拉着那旖年玉貌的少女，二人简直是天作之合——那是世界上最好看的一对男女。

西帝忽然觉得很碍眼，他忽然觉得这个白衣天尊很虚伪，你说你明明是几亿年的老大神了，可你一直把自己弄成一个玉树临风年轻人的形象，你至于吗？你就不能顺应时光，把自己变成和我这样的一个大胡子的一般中老年人吗？现在，你装成一个小年轻的样子欺骗一个小少女，你有意思吗？

他这么想，当然不会真的这么怼白衣天尊，只是再次看向凫风初蕾，淡淡地说："想必这位便是最近声震寰宇的大名人凫风初蕾了？"

"不敢当！凫风初蕾见过陛下。"

西帝见她一双灵动到了极点的双眸里满是好奇之色，不由得笑起来："凫风初蕾！凫风初蕾！很好！你祖上两代人皆是中央天帝，如今，朕方亲眼看到高阳帝之女，也算是足慰平生了！"

初蕾肃然："初蕾本领低微，有辱祖上英名。"

西帝意味深长："你能来这里，本领就不算低微了！"

他对初蕾说话，目光却看着白衣天尊。

白衣天尊笑道："身为我白衣天尊的妻子，当然不是本领低微之人，事实上，初蕾是地球上本领最高之人。"

好家伙，第一句就亮出"妻子"二字，西帝原本准备了一大筐要奚落他的话，可现在，忽然发现自己被堵死了。

白衣天尊似笑非笑："陛下怎么特意赶到这里？难道是碰巧？"

"什么碰巧？"西帝恨恨地，"我早知道你这家伙要来这里揪我的小辫子，所以一直在这里等你。我倒要问问你，你把张灏弄成那个鬼样子，你是什么意思？张灏和追捕司只是奉命行事，我原也知道他们根本不是你的对手，只是为了做戏更逼真，没有告诉他们而已，可是，你却把他们弄成那样，这样下去，我怎么对众人交代？难道真的要我派大军遍天下追捕你？"好家伙，西帝倒先声夺人起来。

虽为做戏，可是，明明就是派出一群又一群的家伙试探自己的底线。白衣天尊看破却不说破，还是笑嘻嘻地："我也想问问陛下，黑暗森林星上的那些异变少女呢？全被天后给秘密处决了？"

西帝冷哼一声："这事情我自会妥善处理，就不劳驾你费心了。"

白衣天尊见他避重就轻，也不再追问，只道："如果是为了避免落下把柄这也就罢了，可是，若是这群人全部到了天后手里，那可能就会和陛下的想法有一些出入了……"

"能有什么出入？"

"那群少女会不会全部被变成大老虎我不清楚，但是，会不会成为其他人威胁陛下的法宝就不好说了……"

西帝脸色忽然变了，但是一瞬间又恢复了正常，反而习惯性地按了按自己腰上的雷霆，淡淡地说："这点小事还真不劳阁下费心。我只是很好奇，你去T54找横霸干什么？"

白衣天尊笑而不语，却拱拱手，"陛下，我有一事相求……"

西帝狐疑，这厮有什么可以求自己的？

"你说。"

"初蕾一直想去九重天看看，想见识见识大联盟的总部还有鼎鼎大名的星河苑、音乐林这些景点到底是什么样子，你意下如何？"

西帝不可思议道："你是疯了吗？要是大家知道我带通缉犯去参观联盟总部，我这个中央天帝还能再做下去吗？"

"你不让他们知道不就行了？"

"你以为我可以只手遮天？"

"陛下还遮不了天？"

西帝……

气氛有点僵。

西帝的脸色很难看。他的手按在雷霆上面，金黄色的胡子气势蓬勃地发出丝丝战栗，就像被电流导过的声音，看样子，分明是要勃然大怒了。他手里的雷霆，七十万年没有发挥过十成或者以上的功力了。

任何人但见西帝这样子，就该立即认罪或者妥协或者赶紧行礼道歉找个台阶下去了。可是，白衣天尊不会。他轻描淡写地说："陛下，你该不会认为高阳帝的女儿没有参观联盟总部的资格吧？"

西帝没好气："你倒是先把天遮住让我看看？"

"此等区区小事，陛下你自然会安排。"

白衣天尊转向初蕾，笑容可掬："走，初蕾，我带你去参观参观传说已久的大联盟总部。"

西帝气得几乎笑起来，这厮真是疯了。可是，他也不得不跟上去，走了几步，本要抽出腰上的雷霆，可是，想了想，又摇摇头，无可奈何地降下了天幕。

天幕，顾名思义，便是遮天的帘幕，普天之下，唯有中央天帝才有权力启用。西帝自登基以来，只启用过两次天幕，说来可笑，第一次启用的时候，还是他在杜鹃山上强行霸占少女时代的天后，那一次的天幕一遮挡就是三百年。这一次，他不知道天幕要启用多久，而且，也不得不启用。

初蕾第一次看到大联盟的总部。

大联盟，有很多名字，不同的人也有不同的称呼。九重天、天宫、万神殿、三十三重天、仙宫……长期以来，人类对此有无穷无尽的想象，也有无穷无尽的描述，但是，大体上是一样的，无非就是各种奢华和富丽堂皇。

此刻，初蕾所见的大联盟，基本上完全符合人类对于神殿的所有文字描述的堆砌：无非各种高耸入云的琼楼玉宇，高大气派巧夺天工，各种珠宝堆积……

当她站在大门口时，看到那煊赫璀璨、威严夺目的琼楼玉宇时，尽管已经不再吃惊，也不感到意外，可还是很震动。绝非对这些奢华堂皇建筑的震动，而是对一种太过久远的时间和空间的深深震动。站在这门口，就像站在了时间长河的起点。内心的震动，更源于对这里的一种特殊敬畏之情。

白衣天尊随口介绍道："总部所在的这个星球，学名叫作九重星，面积是地球的整十亿倍。和地球有大片的沙漠死海略有不同的是，整个九重星都是宜居之地。人类传说中的大神们，几乎有一半都定居在九重星上面，只不过，他们大多都分散在距离联盟一千万个地球之外的东南西北四方，也就是地球人经常想象的极西极乐之地，极东极远之地……不过，就整个大联盟的情况来看，综合条件最好的还是只有九重星中间部分的三万亿平方公里范围，所以，历代的中央天帝才选择这里作为联盟的总部……"

联盟总部，指的其实不是整个九重星，而是九重星中间部位综合条件最好的三万亿平方公里范围。在这三万亿平方公里范围之内，汇聚了中央天帝的王宫、音乐林、星河苑、科学林、艺术园、博物馆、医学部以及各种纷繁芜杂的机构。

至于大联盟的监狱、武器库、武器研究所等但凡可能带来污染的部门，则统统设立在九重星旁边的殖民星小九重上面。

当然，经过大联盟几亿年来的科技发展，这些污染基本上已经彻底和九重星绝缘了。

说话之间，宫殿的大门已经自动打开了。只见一条长长的白金大道无止境地延伸出去，也不知要通向多么遥远的宫殿尽头。

四周，没有任何人影。

无论是城门的守卫还是一切传说中的天兵天将甚至仆役奴婢统统不见了。

整个王宫总部恍如空无一人。

这当然是西帝启用了天幕的原因。

初蕾双足踏在白金大道上，她驻足细看，竟然真的是白金。

"没错，初蕾，你看到的真的是全白金铺就的大道。我早已告诉过你，在几亿年之前，大神们疯狂地爱上了黄金，正是为了大量开采黄金，才找到了地球，并在地球上创造了第一批人类。当然，几亿年之前被开采出来的许多真金白银最后都到了九重天或者其他星球，成为构建大神们最喜爱的琼楼玉宇的基本材料……"

果然，白金大道两边的建筑物，基本上都是取材于各种各样的贵金属和宝石类材料，但见整栋整栋的黄金建筑物，也有白银铸就的一面面墙壁，当然也不乏整栋碧玉翡翠甚至珍珠镶嵌的各种艺术类建筑物。甚至有一栋单独的高楼，通体都是用红黄两种宝石拼接，在最高处另有一层蓝色的宝石作为尖顶。

初蕾行走其间，觉得就像是在做一场荒诞无比的梦。

想想看吧，一个地球人，有朝一日到了所谓的天堂——九重星大联盟。然后，视野里出现的每一样东西都是地球上价值连城的宝物——可在这里，那只是最平凡、最无奇的一些古老的东西而已。

"……事实上，用这些贵金属和珍珠宝石翡翠玉石之类的作为建筑物，早已过时了，而且也不实用，除了美观和历史意义之外，根本不再具有多大价值，也因此，这些建筑物基本就是摆设，全是陈列馆一般，中央天帝也不会真的住在这样的房间里。现在，许多新型的材料，无论是舒适度还是防御性能早已远超这些好看却不中用的玩意儿千百倍……"

初蕾傻傻地一边走一边听着白衣天尊的介绍，若不是手里紧紧握着的那只手，她一定以为自己在一场长长的梦里无法醒来。她一直一直往前，想要从这些古旧而厚重的历史传承里，看到一些父亲的踪影，可是，一丝一毫也看不到！她只能想象。她只能想象高阳帝曾经在这个建筑物停留，在那个建筑物驻足，或者某一天也同样漫步在这条长长的白金大道上面。初蕾忽然指着前面的一栋建筑物转移了话题："神鸟金箔！这建筑物完全是神鸟金箔的造型！"

西帝笑道："据说，当年的高阳帝在一次意外之中错失了这面金箔，我很好奇，怎么后来又到了初蕾你的手上……"

初蕾微微一笑："我是鱼凫王，自然传承了金沙王城的神鸟金箔。"

他正要说什么，白衣天尊也笑起来："初蕾，走了这么久也累了吧？你不妨去品尝一下陛下珍藏的葡萄酒。据说，陛下酷爱葡萄酒，他王宫里的葡萄酒真可谓天下一绝……"

初蕾嫣然一笑："说到葡萄酒，我还真的有些口渴了。可是，陛下真的会请我喝葡萄酒吗？想想看，能品尝中央天帝的葡萄酒，那是真的天大荣幸啊……"

二人一起看着西帝。

西帝悻悻地："白衣天尊你可真是得寸进尺了。"

"哈哈，怎么？招待老朋友一杯葡萄酒也不行了吗？陛下，这不像是你的风格啊。"

"我们是老朋友吗？有这么熟吗？"

"至少是老相识吧。陛下，你别忘了，你刚七万岁时就认识我了……"

七万岁！想起已经好遥远的过去。西帝几乎快要想不起七万岁的少年朱庇特到底是什么样子了。他只是转向那笑语盈盈的小姑娘，看着她的如花容颜叹道："唉，那个可恶的老家伙是真的没资格品尝我的美酒。不过，谁叫小姑娘你这么漂亮呢？漂亮的人，说啥都是对的。走吧，喝葡萄酒去。"

品最好的葡萄酒，当然得在景致最好的地方。星河苑，便成了首选之地。

葡萄酒盛在万年以上的橡木桶里，刚刚揭开便散发出一股浓郁的甜蜜香味以及古老的橡木特有的清香。有葡萄美酒，当然得有最好的夜光杯。红色美酒盛满闪亮的夜光杯，轻轻喝一口，抬起头看看头顶无边无际的璀璨星河，忽然觉得人生如此，夫复何求？

新河苑之所以得名，便是因为这里是整个银河系最佳的欣赏星光的地带。此刻，抬头看去，只见浩瀚星河，千万颗呈现眼前。

不同的星球散发出的光芒也是不一样的，尽管隔着很远的距离，但已经能分辨出小小的区别：它们有的是红光，有的是蓝光，还有些是无法形容的怪异的颜色。总体便呈现出五颜六色，十分炫目。

初蕾长吁一口气，这才明白，纵然是欣赏同一片星光，在星河苑看，也和在地球上看是截然不同的。在地球上，根本无法看到这些色彩之间的差异，因为距离太过遥远，肉眼的能力又极其有限，所以，就只能看到模糊的星星点点，而根本不可能清楚地看到它们之间到底有什么区别。可星河苑就不同了，稍微仔细一点，便可以看出各大星体之间的明显不同。

她深感地球人之于大神简直真的就是蚂蚁之于人类，可能蚂蚁永远不懂人类到底在干些什么，而地球人可能也永远不懂大神们的世界到底是什么样子。

西帝连续畅饮了七大杯，当他去倒第八杯的时候，白衣天尊笑了："陛下请客，自己先喝醉了算什么？"

他冷笑："你也算客人吗？"

"初蕾总算客人的。"

"若不是看在这位漂亮小姑娘的份上，我根本不可能拿出我珍藏了七十万年的美酒。"

初蕾好惊讶："七十万年的美酒？"

西帝扬扬得意："这世界上如果有一件东西是大神们不能合成，别的星球也很难拥有的，那就是美酒了。大神们可以合成各种仙丹法宝，各种稀有金属，可是，从来没有任何大神可以随意合成美酒。美酒，需要时间！美酒，需要天时地利人和，少了一样，就会差很多。我也曾品尝天穆之野的所谓桃花酒，可是，他们的桃花酒除了延年益寿的功效，就只剩下甜味，而本质上属于美酒的部分却很淡很弱，充其量只能被叫作药酒或者功能酒，而绝不能被称为美酒……"天穆之野的桃花酒，举世闻名，可在西帝嘴里却不过如此。

初蕾听得西帝竟然对其评价如此之低，不由得好奇地看着那巨大的橡木桶，莫非这酒还远远胜过桃花酒了？

"陛下，这是什么佳酿？"

西帝故作神秘："你猜猜？"

她摇头，猜不到。

"这酒其实就是地球上最简单的纯葡萄酒！但是，经过七十万年的精心保存和时光发酵，其味道已经成了独一无二的奢侈享受……我一直酷爱饮酒，在登基之前，有一天心血来潮，就去掩埋了十大桶橡木封装的葡萄酒，然后，我慢慢地喝掉了其中的九桶，现在，只剩下最后一桶了。这么多年我从来舍不得拿出来，不过，小姑娘，你这样全宇宙第一的美人就该喝全宇宙第一的美酒，否则，其他人喝真是太糟蹋了……"

他瞄了白衣天尊一眼，意思很明显：你这个人畅饮这样的美酒就真的是糟蹋了。

白衣天尊哈哈大笑："既然这酒如此珍贵，那我可得多喝几杯……"

西帝瞪他一眼，也笑起来。

直到酒过三巡，西帝才放下酒杯，长叹一声："我今日陪你们胡来，明日可不知道该如何向诸神解释放下天幕的事情……"

白衣天尊淡淡地说："你其实根本不必解释。"

西帝："……"

他清了清嗓子："陛下，你知道我今天前来的真正目的吗？"

西帝笑了："我还以为你这老家伙是故意带着你的小妻子来显摆的。"

"我今日前来，是要你修改那条早已过时存在明显漏洞和缺陷极其荒唐的法律！"

"……"

"大联盟这条厚颜无耻的法律，其实早该废黜了，一直拖着也没意思。还请陛下尽快做出决断。"

西帝怒道："法律岂同儿戏？你说废黜就废黜？"

"法律当然不是儿戏，可是，这法律明显不合理！而且之前也没有这一条。既然可以增加，为何就不能废黜？"

"就算废黜也需要论证，需要时间，需要公示，而不是一句话就废黜了。"

"可是，据我所知，当年正是某人一句话，就增加了这一条。"

西帝干脆不搭理他，反而转向初蕾："小姑娘，你也是地球之王，按理说，是明事理的，你该知道，法律非同儿戏，岂能一句话说废就废掉？"

初蕾一本正经："陛下，在我看来，这条法律简直比儿戏还儿戏啊。想想看，一个大神若是肆意玩弄地球人，不管手段如何，也不管结果如何，他都安然无恙；但若是他真心诚意爱上地球人并公开成婚，那他就会被法律处死，这岂不是荒诞无比？"

"可存在即合理！如果人人都随心所欲，那这世界就乱套了。"

"问题是，这法律不是一直存在的，而是这十万年才新增！如果存在即合理的话，那么大联盟千万年之前就频繁和地球人通婚了，为何陛下后来又觉得不合理给废黜了？"

"你小小女子懂得什么？"

"咦，我怎么又是小小女子了？陛下你早前不是说我是明事理的万王之王吗？"

白衣天尊"扑哧"一声笑了出来。

初蕾也笑起来。

西帝瞪她一眼，忽然明白她为何会嫁给白衣天尊了，这对儿简直就是同一个鼻孔出气啊。

这一路上，他俩简直就是在唱双簧，每一件事情，每一句话，往往是一个人说了上半句，另一个人自动就接了下半句，仿佛彼此心里想的什么，要怎么做，都是同样的看法，同样的主张，三观达到了惊人的高度一致。如果不是性别上的明显差异，会让人误会，这二人根本就是同一个人嘛。

他怒道："小姑娘，你怎么和这老家伙臭味相投？"

"不臭味相投我能嫁给他吗？"

西帝："……"

明明该生气，可是，当他看到那明媚的笑脸，忽然又觉得一点都气不起来。那花一般娇艳的面孔，那明亮的大眼睛，纵然跟你辩论也百灵鸟一般清脆玲珑的声音，她整个人，简直就是一个闪闪发光的风景。

他忽然很是羡慕白衣天尊，并非因为他能获得这么漂亮的妻子，而是他能找到这么漂亮又这么趣味相投的伴侣，而且无牵无挂，潇洒走天涯。为此，甚至不管她的身份不管她的地位，也不管她是不是最大仇人的女儿。这，才是至高无上的潇洒。他自认根本做不到，别说和一名少女远走天涯，就算公开保护一名少女都做不到。

他忽然想起自己曾经拥有过的无数美少女，尤其是那些身陷囹圄被关在黑暗森林星监狱从此永远失去了美貌的少女，竟然很是伤感。是不是正因为自己的软弱和无能，才导致她们一个个地遭到这么悲惨的命运？

这时候，白衣天尊才终于进入了主题，他只是淡淡地："陛下，你必须修改法律！而且必须在D病毒爆发之前就修改法律，如此，你才能在伦理上先站稳脚跟！"

西帝听他肆无忌惮地在凫风初蕾面前提到D病毒，有点吃惊。

白衣天尊若无其事："我和初蕾之间没什么秘密，陛下，你有话也不妨直说。但是，在我看来，你必须立即废黜那条法律，因为，这已经不仅仅是我一个人的事情，还牵涉到了黑暗森林星上面那几百无辜的少女……"

这其实是个诸神的舆论问题。

西帝身为中央天帝，不愿意违背自己制定的法律，但也正因此，给天后抓住了漏洞，借机整治他喜欢过的那几百地球少女，而他碍于颜面和舆论，也只好装聋作哑。可是，一旦这法律被废黜了，他自己便没有任何后顾之忧了。否则，D病毒爆发之后，这事情就会成为他被攻击的第一把柄。

"千里之堤毁于蚁穴。可能陛下现在觉得暂时遮掩了这事儿，可是，真的能一直遮掩下去吗？我不知道那批异变少女到底被转移到了何地，我也不知道是不是陛下所为，可是，如果能在决战之前解决这个问题，那陛下基本上才是没有后顾之忧了……"

西帝的脸色很难看。他今晚其实一直在回避这个问题，他一直没有承认这批少女的下落，甚至绝口不提。

也正因为他这个暧昧的态度，反而让白衣天尊很焦虑。"陛下，无论你最后如何处置那批变异少女，但是，我都希望你不要把她们交到天后的手上！如果她们能活下去，我保证她们可以拿到解药！"

西帝听得这话，忽然死死盯着凫风初蕾。

初蕾被他看得浑身发毛，不由得摸了摸自己的脸："怎么了？"

"你不是中了黑蜘蛛病毒吗？怎么不但从未发作，还能跑到大联盟喝酒聊天？按理说，就算有白衣天尊拼命帮你压制，可是，也不至于让你有自由在星际之间行走的元气吧？"

他转向白衣天尊，冷冷地说："所谓黑蜘蛛病毒，莫非根本就是一个谎言？"

白衣天尊笑起来，眼神高深莫测，既不反对也不承认。

初蕾本要解释几句，可是，看到白衣天尊的神情，立即就闭口不言了。

西帝见不得其所，又转向凫风初蕾："小姑娘，你身为高阳帝之女，今天才有资格坐在这里品尝我的独家葡萄酒，而不仅仅是因为你长得这么漂亮，更不是因为你是这个老家伙的妻子。你得实话告诉我，你到底有没有中病毒？"

好家伙，竟然让自己以高阳帝之女的身份来保证所说话的真实性，她只是苦笑一声。

西帝忽然伸出手。当然，他的手只是停在半空，距离初蕾的头顶足足一尺之遥。不一会儿，他的脸色就变了。很快，他便放下手，仿佛在自言自语："究竟是谁竟然如此大胆？"

白衣天尊淡淡地："初蕾的病毒和D病毒其实是同一人所为。"

西帝看着凫风初蕾，好像完全无法想象，如果这么一张美丽绝伦的脸孔，忽然被变成了人脸蜘蛛会是什么样子。想想看吧，如果连高阳帝之女最后都被变成了人脸蜘蛛，那个下毒者还有什么是干不出来的？也许是出于对自己那些小情人的愧疚的爆发，他忽然很同情凫风初蕾，也很愤怒，同时，也意识到，自己很可能小瞧了那位幕后黑手。要知道，白衣天尊为此事已经奔走了这么长时间，纵然不是毫无头绪，起码手里也没有特别重要的证据，而且时间又越来越紧迫了。

可是，他当然不会把自己的底透露给白衣天尊，反而叹了一声："小姑娘，你也看到了，这老家伙其实真的没你想象的厉害啊。他要真厉害，早就替你解除病毒了，可直到现在他还是束手无策，对吧？"

白衣天尊根本不理西帝这一套，只道："陛下，你犯不着转移话题，你就给个痛快吧，你到底什么时候才能宣布废黜这条法律……"

"废黜！废黜！你说得倒轻松！这场戏都没演完，你让我怎么废黜？难道你要让我做个出尔反尔的中央天帝？"西帝苦口婆心地说，"现在大联盟群情激奋，全部是声讨你的，那些大神三天两头会聚找我投诉你，弹劾你的奏折都要装满数据库了，我为了安抚众神，也当众下令通缉你。可是，这个关头，我却立即宣布废黜那条法律，明显不合适，对吧？这场戏还怎么演得下去？"

"演戏？"白衣天尊笑了，"陛下你说派出许肿琳、张灏这些家伙偷袭我，都是在演戏？"

西帝没好气："你也知道都是些不入流的家伙？我真要捉拿你，难道不会加派更厉害的人手吗？"

"哈，原来是在演戏！怪不得天穆之野也这么怀疑。现在，我都怀疑陛下是真的在演戏了。可是，陛下，既然是演戏，那你何不演逼真一点？"

"要如何个逼真法？"

白衣天尊毫不客气："听说陛下有一种银莲花炼制的神药，可以大大提升人体的抗毒能力，还请陛下不吝赏赐一颗……"

"哈！你白衣天尊还需要提升抗毒能力的灵药？你在开玩笑吗？"

"我不需要，但是初蕾需要。"他笑嘻嘻地，"初蕾，你还不快谢谢陛下？"

初蕾立即站起来，拱手行大礼："多谢陛下赏赐灵药！多谢陛下！"

西帝悻悻地："我有说过要赏赐吗？"

"可是，你这么关心初蕾的病毒，自然就是有这个打算了。我也替初蕾先谢谢陛下。毕竟，我听说陛下的这种神药是非常非常难得的。"

话已至此，西帝根本无可奈何。他从怀里摸出一样东西，恨恨地瞪了白衣天尊一眼，这才转向凫风初蕾："罢了罢了，于情于理我也该送你一件礼物，小姑娘，你就拿着吧。"

凫风初蕾立即双手接过神药: "多谢陛下。"

白衣天尊也道: "哈哈, 陛下, 这就算是你送我的新婚礼物了, 谢了。"

西帝恨不得一拳塞在这多事婆的嘴里, 可是, 他只是冷冷地说: "这礼物也不是白收的。老家伙, 你也最好配合一下, 好好地跟我把这场戏演完。否则, D病毒一爆发, 大家都完蛋了。"他见白衣天尊要开口, 立即打断, 压根儿就不给他说话的机会: "至于那条见鬼的法律, 你就先别说了, 等解决了这个问题, 我保证马上就废黜⋯⋯你该知道, 解决了这个问题后, 说什么都是对的, 可在这之前, 我不想面对铺天盖地的指责!"

白衣天尊长叹一声: "这戏可不好演啊。陛下, 我替你出生入死, 说真的, 你只给这点东西是不是显得太寒碜了?"

西帝简直要暴走了, 可一转眼看到凫风初蕾目不转睛地看着自己, 双眼满是好奇之色, 又不由得坐下去, 悻悻地从怀里摸出一样东西: "小姑娘, 我再送你一个小玩意儿。"

中央天帝出手, 自然每一件东西都是至宝。

初蕾接过一看, 只见是一枚红红的小果子, 也不知道名字, 但是, 她也没问, 道谢后便揣下了。

白衣天尊这才笑嘻嘻地举着酒杯: "喝酒, 喝酒, 陛下的葡萄酒真是太美味了⋯⋯"

第三十章　帝王心莫测

当双足踏在另一颗黄色的星球，回头看大联盟时，只见九重星彻彻底底是一颗蔚蓝色的星球，比地球的颜色还深几分。

初蕾四下环顾，自己脚下的这颗星球虽然也有花草树木，也有各种飞禽走兽，可是，真如白衣天尊所说，比起大联盟就差远了。甚至四周的空气都显得稀薄很多。她站立片刻，忽然觉得有些气促，呼吸也慢慢艰难起来。她去九重天时，全程无须穿任何飞行服就能自由行走，可是，一旦换了别的星球就不行了。在别的星球上，离开了飞行服，她几乎无法独立行走。而且，元气修炼这种东西，根本无法速成，需要漫长的时光来堆积，就算是大神们，也往往要耗费几十、几百万年甚至更长的时间来改善自身的体质，否则，就只能借助外来物，比如飞行器之类。

初蕾前段时间得到的元气，几乎全是来自白衣天尊的强行输入。可是，这种速成也不是办法，一旦停止输入，就不会有更大的长进，也正因此，离开了白衣天尊，她在星际之间简直就是寸步难行。

正要拿了飞行服穿上，却听得白衣天尊道："初蕾，把灵药服下吧。"

她这才想起九重天之行，除了增加了见识，还收获了两颗灵药。初蕾可不敢独自享用，而是把灵药拿出来，那两颗灵药一红一黄，都小如枸杞一般，根本看不出任何异常。

白衣天尊却道："这两颗灵药，一颗解毒，一颗提升元气。都是极其罕见之物。西帝此人多疑善妒，刚愎自用，虽然自身早已百毒不侵，但是他总疑心其他高等级大神有逆反之心，所以总是准备了灵药防身。尤其是这颗提升元气的灵药，可以在短时间内优化人类的体质，不可多得。我原本也是随口一提，不料他真的送你了，哈哈，这也算不错了。初蕾，你尽快服下，不但可以克制病毒，还可以极大提升元气……"

初蕾依言服下，果然，一股淡淡的热气立即从足底升起，很快，四肢百骸之间就像一股电流窜过，随即，整个人便觉得神清气爽。她深呼吸，忽然发现困扰自己很久的黑蜘蛛病毒的影子竟然彻底淡化了。她吃了一惊，道："百里大人，我这是彻底解毒了吗？"

他摇摇头："西帝的解毒灵药很稀罕，就算不能彻底解毒，但是，可以极大地压制病毒。这可比单靠元气来镇压强多了……"

初蕾闻言真是大喜过望。

西帝的解药非同一般，它可以化解一部分病毒，虽然谈不上根除，可是，能大大降低病毒自身的存活和活跃速度以及繁殖能力。要知道，靠元气压制，病毒随时会反弹，只要元气稍微减弱，或者在重伤处于元气衰竭的时候，病毒立即就会窜出来。但是，被灵药缓解削弱就不同了，病毒也会一直跟着削弱，大大降低其活跃的程度。

她生平所最担心的无非就是黑蜘蛛病毒，只要病毒被控制，她便觉得真是天大的乌云也散开了。

白衣天尊但见她笑语盈盈，也笑道："另一颗灵药也是很有好处的，这以后你在一般的星球上行走都不用穿飞行服了。但是，一些特别剧毒特别高温的地方还是需要的，尤其，当遇到攻击时，就非穿不可了……"

她大喜过望："这么说来，我不但压制了病毒，还能自己在星际之间独立行走了？"

"没错。"

虽然走不太远，可是，好歹也是可以自由行走了。初蕾欢喜得几乎要跳起来。

"西帝的有些法宝其实还是蛮不错的。拿来用用也无妨。哈哈，不过今天问他要这两件法宝，可能他会气得肉疼好一阵子。"

他自己当然用不上西帝的任何法宝，可是，她需要。她需要，他就得去拿来。

初蕾想起西帝拿出灵药时悻悻的样子，也笑起来，她想，其实那个老头还蛮有趣的。

"百里大人……"话音未落，忽然被白衣天尊一把抓了起来，她眼前一黑，尚未明白发生了什么，整个人就已经被飞行服包围，虚悬在了空中。与此同时，耳边轰隆隆的响声已经铺天盖地席卷而来，各种武器更是从四面八方蜂拥扫射。一时间，头顶，天上，东南西北……她闻所未闻的一些热兵器已经发狂般地将二人彻底包围。好一会儿她才能透过飞行器的面罩看到外面的情形，只一眼就惊呆了。只见天上密密麻麻集结了无数的战斗飞行器，就像蝙蝠一样把空中全部占满了。

她惊呼："这是什么样的敌人？"

"著名的银河战舰。"

"银河战舰？"

"西帝这个该死的家伙，我就知道他没安好心，果然，一转身就给我玩这一套……"

西帝提倡演戏，既然是演戏，就要演足。当然，西帝的演戏和别人不一样，而是真刀真枪。既然许肿琳、张灏之类单兵作战或者小团队的攻击力都严重不足，那就调动大军好了。银河战舰，便是大联盟里战斗力前三甲的大军之一。如果银河战舰都不行，那不妨换上更好的。

初蕾迷迷糊糊地看着那排山倒海般的攻击，整个人都不好了，仓促道："陛下不是说演戏吗？怎么成这样了？"

"他的确是演戏，只是，这戏和别人不一样罢了。"

"天啦，他就不怕真的把你给打死了吗？"

"不怕！因为他认为如果我没被打死，那就是真的在演戏；但如果我被打死了，那他就认为我根本不配做他的队友，死了也是活该。"

西帝正如是想，也是如此安排。他甚至因为好奇，如果调动大军，看看这个不可一世的人物到底能量几何。毕竟，他一直从未和他直接交手，所以，对此也很是遗憾，非要通过别的途径来一较高低不可。

初蕾之前还觉得那老头有趣，现在简直觉得西帝就是个不折不扣的疯子，一个野心家。看看那铺天盖地的火力吧，自己躲在飞行服里，而且刚刚才服下两颗灵药，可还是被撞击得浑身要散架似的，更何况白衣天尊还是赤手空拳。她很担心他，可是，她无能为力。她不但插不上手，使不上半分力气，反而只能躲在他的背后，眼睁睁地看着四面八方的火力集中向他轰炸。那些高性能高频率的武器简直就像是铆足了劲似的，不把他粉身碎骨绝对不会停止。

眼看第一波攻击无效，立即改成了第二波攻击。那是一种采用特别元素合成的超级子弹，对于人体密度一万倍的大神都具有重大杀伤力。很显然，这是专门用于围攻超级大神的，甚至可能是专门用于对付他白衣天尊这个级别"战犯"的。子弹很小很尖，就像是一支支笔直的箭，但是，却令人更难躲避。

白色长袍凌风飞舞，成为一道天然的屏障。那些子弹纷纷坠落长袍之上，但是，有一支却划破了长袍，直奔白衣天尊的背部。就在子弹贴近肌肤的一刹那，忽然无声无息坠落，白衣天尊猛地跳开一步，那子弹竟然在地上炸裂，一瞬间，就多了一个深不可测的黑洞，就连白衣天尊也微微骇然。银河战舰的威力，比张灏等人厉害何止百倍千倍。银河舰队，果然名不虚传。

第二波攻击失效，舰队立即又放出了第三套方案。只听得嘤嘤嗡嗡的声音，竟是一群苍蝇似的东西飞了出来。可是，那不是苍蝇，那是具有吞噬性的"银河苍蝇"。

白衣天尊一看"银河苍蝇"，就倒吸一口冷气，今天若不小心行事，只怕自己也很难脱身了。

初蕾在防护罩里看到那么多密密麻麻的不明生物飞过来，也吓一跳，那些苍蝇似的东西，每一只都有两尺大小，距离远时还不觉得稀奇，可近了，面对面看到这么大的苍蝇，真是令人惊骇。尤其，一群苍蝇已经趴在了她的面罩上面，竟然伸出长长的尖尖的类似鸟喙的东西往面罩上扎。想这特制面罩，一般的炸药都炸不烂，可是，这群苍蝇的喙竟然比炸药还厉害，很快划拉出吧唧吧唧的声音，竟然要生生扎破面罩一般。

初蕾骇然，可是，她整个人困在飞行服里，别说反击了，简直就是坐以待毙。

白衣天尊一伸手，猛地将她扔了出去。初蕾但觉身子一轻，整个人就像飞了起来一般，很快，黑压压的苍蝇团体已经看不见了。

舰队并没有立即向她调整火力，仿佛并不太在乎她的死活，只是集中了全部的力量，彻底瞄准了白衣天尊。那群苍蝇，也彻底围住了白衣天尊。它们盘旋在他的头上、身上、四周，可是，隔着一尺的距离时，便再也无法攻进去了。它们长长的尖喙伸出，拼命地啄，拼命地发出嗡嗡声，可是，无济于事，它们无法突破那层厚厚的元气，只急得四处乱撞。

渐渐地，苍蝇失去了攻击目标，开始互相攻击。只见它们长长的尖喙互相扎在对方身上，有的开始躲闪，有的开始惨叫，有的开始到处乱窜，这一乱套就不得了了。黑色的苍蝇简直如下雪一般纷纷扬扬往地上坠落，很快，空中黑压压的乌云就彻底淡去。

舰队上的首领也许是见势不妙，立即就发出一声号令，所有的苍蝇掉头就飞，很快，白衣天尊的四周便彻底空荡了下来。

只见地上两尺多长的苍蝇根本不是什么苍蝇，而是一群模仿苍蝇生产的机器武器，取名"苍蝇"，为的是利用其苍蝇的原理，在任何情况之下都能主动攻击敌人，以达到一般武器所不能触及的盲点。可是，纵然是无头苍蝇也无法突破白衣天尊的元气屏障。

敌人见这招失效，大怒，立即发出了又一波疯狂扫射。这扫射平平无奇，但是，持续的时间却很长，初蕾纵然是在射程之外，但是远远听得这疯狂的轰炸声音，还是胆战心惊。

她很清楚，白衣天尊早已到了彻底脱离武器使用的境界，完全可以靠着身体密度的改变来达到飞行和抵御武器的地步，可是，再大的元气面对这么长时间这么大火力的密集攻击，真的能一直坚持下去吗？

更令人担忧的是，她发现白衣天尊一直都在防御，而几乎没有发出任何的反击。是不是他的元气只能防守而无法反击？而且她也想象不出来，一个赤手空拳的人面对这么强大的一支舰队，要如何才能反击？可是，光是防守，无法反击，这岂不是一开始就处于不利地位？这又不是单兵作战的年代，并非一对一单挑。一个人，面对一支军队，总是很悬的。而且，她一直没有发现他有军队。一个人的力量，怎么着也是有限的吧？

初蕾很着急，可是，她一点办法都没有。

她甚至不敢打开飞行服分毫，否则，自己马上就会分散白衣天尊的注意力，还得让他来搭救自己。

她打定主意，即使自己帮不上忙，也尽量别添乱。所以，尽管心急如焚，还是一直安安静静待在原地，一动也不动。远远地，那抹白色的身影很是孤寂。

他站在天地之间，背负双手，遥遥看了一眼初蕾的方向。就在这时，又一波攻击响起了。那是银河舰队上最新的武器，也是为了这一次的追捕才第一次投入使用。

这哪里是什么演戏？很显然，银河舰队接到的是绝杀令——格杀勿论！

很快，白衣天尊雪白的袍子已经散发出浓郁的烟火味道。

可是，银河舰队的攻击手仿佛知道这些武器对他没有任何作用似的，攻击密度忽然减弱了，但是，随即却是白光一闪。白光中，是一道无声无息的冷光，直接刺向白衣天尊的胸口。

据说，白衣天尊生平只受过一次伤，那就是不周山之战后，他伤在心口。那是他的死穴。那也是他的高密度身体上的唯一的软肋。银河舰队正是瞄准了这一点，集中火力猛攻，分明是要彻底将他一举消灭。

白衣天尊，终于怒了。他的白色身影忽然暴涨，他的一只手在空中挥出，只一拳，白光便随着一艘战舰一起飞了下去。紧接着，一拳又一拳，连续好几艘战舰落下去，一时间，火力大减，其他战舰竟然不敢再围过来。

稀疏的轰隆声里，终于传来一个刻板而冷漠的声音："白衣天尊，你已经被彻底包围了，若不立即向银河战舰投降，十秒钟后，舰队将启动终极毁灭程序，你便不会再有任何投降的机会了……"

白衣天尊冷笑一声："你们原来是来让我投降的？我还以为是直接就来杀人灭口的……"

刻板的声音道："白衣天尊，这已经是你最后一次机会了，毁灭程序即将启动……十、九、八……"

"该死的……"

白衣天尊拉起初蕾就跑，一艘巨大的战舰苍蝇一般跟在后面，他刚飞出去，战舰就炸裂了，整个银河系仿佛都颤抖了。

天幕之间漆黑一团。

纵然隔着飞行服，凫风初蕾也耳膜震动，眼前一黑，只觉自己就像从高空中垂直坠落，分分钟就要粉身碎骨了……

醒来，依旧是满眼昏花。天很高，云很淡，夕阳把整个天空都染成了一片淡淡的金色。她眨眨眼，如在梦里。一只大手伸出，她借力，立即坐起来。她发现自己完好无损，不但完好无损，整个人又精进了一层。她想，那可能是西帝赠送的灵药彻底被自己吸收了。

白衣天尊也完好无损。他在银河舰队的疯狂攻击之下，全身而退。

而身处的地面也变得特别熟悉：青草、绿树、红花、褐色的土地、熟悉的空气……居然重新回到了地球。

她小心翼翼地问："你没有受伤吧？"

他摇头，他的笑容云淡风轻。他已经很多年不会受伤了。

可是，她眼前却全是银河舰队疯狂攻击的场景。身为一个地球人，哪里见过如此强大的火力攻击？几乎彻底颠覆了她昔日对于战争的全部理解。

白衣天尊倒是若无其事地解释："银河舰队启用的全是最新款的武器，某种意义上是新武器的试验地，所以，银河舰队才让几乎所有半神人都闻风丧胆。西帝这次派出银河舰队，已经不仅是试探我的能力如何，而是真的要在大联盟面前起到震慑的作用，否则，他觉得以后大家都会藐视他的权威……"

假戏真做，假杀真死。

她却恨恨地说："西帝真是太狠了，他分明是要你的命。"

西帝这人，比最难缠的敌人更加可怕。

如果你自认是他的盟友就认为他可能放你一马，那你就大错特错了，他分分钟可以攻击得你怀疑人生。

西帝分明是恼恨白衣天尊公然带人上九重天，他当时虽然迫于形势不作声，可下一刻，对不起，招招都是杀手。银河战舰都出动了，那就是通告整个大联盟的围观者：你们看着吧，我已经这样对付白衣天尊了，我可没有容忍他。

只不过，他死不死又是另一回事了。死了，是你本事不济，哪怕是盟友也是没用的盟友，死了就是活该。不死，那就是运气好，你就老老实实继续做我的盟友吧，继续替我干活吧。

西帝之诡诈多疑，之睚眦必报，真是可见一斑。对待盟友尚且如此，更何况是敌人。

初蕾愤愤地想，真是鬼才愿意做他的盟友，什么好处都没有，他一个人都防不胜防了。你好不容易活下来，还得继续替他卖命。她对西帝的一丝好感瞬间被粉碎了，觉得这死老头简直就是一个不折不扣的疯子。

白衣天尊见她一直愤愤地，就逗她："你是不是很担心我被他们消灭了？"

她老老实实地说："我当时真的很害怕。"

"我不是告诉过你吗？我已经不在乎任何辐射病毒以及武器攻击了。"

"可那不是一般的武器啊，那可是银河舰队啊！在这之前，我只见过真实的东井星人的老式战斗机，而且他们还未脱离西北大漠的深坑就重复坠落下去，根本就没飞起来。跟银河战舰相比，那老式战斗机简直就是破铜烂铁了。西帝出手如此狠辣，我忽然觉得没什么必要跟他合作吧？"

白衣天尊笑起来："我还真谈不上是完全跟他合作。而且，就算他完全不插手，我也不能对D病毒坐视不理……"

他不仅仅是要找西帝合作，只是无论如何要把西帝拉进来。一如西帝，他再不喜欢白衣天尊，也得把这个人绑在自己的战车上，二人只是互相需要罢了。

一想到D病毒，初蕾就再也说不出一句话来。

白衣天尊一把拉起她："走吧，初蕾。"

她没精打采："回九黎吧，反正都到地球了。"

"回什么九黎？我们去一个好玩的地方。"

"什么地方？"她狐疑，这时候还有心情去一个好玩的地方？

白衣天尊却一把拉住她的手，神神秘秘："去了你就知道了。再说，你才享受了西帝的两颗灵药，不出去显摆显摆也说不过去吧？"

她挥舞一下胳臂，察觉自己全身完好，身轻如燕，心想，既然如此，再出去走走也未尝不可。

第三十一章　天穆之野

　　最近一段时间，最令大神们兴奋的莫过于天穆之野的蟠桃会。
　　蟠桃会原本要十万年才举行一次，但这次，天穆之野宣称，她们的新品种出来了，欢迎诸神前来围观小聚，随意品尝。这不是蟠桃会，但胜过蟠桃会。寂寞的诸神一听这话，倾巢而出。
　　仙家岁月，原本漫漫无期，前段时间白衣天尊和地球人的八卦虽然很新鲜火爆，但是，再大的八卦，时间长了，也被反复咀嚼烂了，再也找不出什么新意了，加上白衣天尊失踪，追捕司也没有任何进展，渐渐地，这事儿就彻底淡下来了。
　　诸神正苦于没有新的消遣，听得天穆之野蟠桃会的消息，自然苍蝇吸血般，嗡嗡地就向天穆之野飞去。蟠桃宴并不设在天穆之野，而是在天穆之野比邻的桃花星。桃花星原名如何早已不得而知，是成为天穆之野的殖民星后才被改名为桃花星的。
　　新品种，便是桃花星上出产的。密密麻麻的桃树遮天蔽日，清一色的桃红花开，美轮美奂。再往前，则是大片成熟的桃林，只见累累的硕果挂满枝头，金灿灿的，煞是可爱。这便是这次盛会的主角，一种新的蟠桃品种，名叫万岁桃，意思是一颗桃子就足以增加一万年的元气。万岁桃，红中带黄，较之传统的蟠桃，在视觉上更有吸引力得多。老远，诸神就嗅到一股诱人的清香，甜蜜的气味在空气中回荡。
　　"真是神果，光嗅到气味就醉了，更别说吃了，味道绝对好极了……"
　　"何止味道好？我听说这新的蟠桃品种十分稀罕，神效远超传统的蟠桃，每一颗能增加一万年以上的元气……"
　　"这么厉害？以前的蟠桃了不起也只能增加三千年寿命而已，而且成熟的期限又很长，三千年开花三千年结果三千年成熟，光是生长都要足足一万年……"
　　"可万岁桃就没这么麻烦了，据说，万岁桃的生长周期被缩短了十倍，但是产量和元气却扩大了十倍……"
　　"万岁桃还不是最厉害的，据说这种新桃酿制的桃花酒才是王道，每一杯桃花酒能增加三万年以上的元气，当然，一般人是没有资格品尝的。也不知道这一次我们有没有这个福气……"
　　"请柬上不是说了邀请我们赏花喝酒品桃吗？怎会没有美酒？"
　　"就算桃花酒没资格品尝，但新蟠桃应该不限量吧？多吃几个桃子也值得了……"
　　"阿环请我们来，肯定是会热情招待我们的，放心吧……"

众神七嘴八舌，谈笑风生，心旷神怡地肆意欣赏这片美丽而神奇的地方。跟旁边的天穆之野相比，这里虽然没有那么奢华，但是，更显得原始而古朴，风雅之情就浓郁多了。

桃林中央，有一片巨大的广场，今日的蟠桃宴就设在这里。

一溜儿的桌席早已摆开，容纳上万的半神人都不在话下。大家的视线却没有首先盯着蟠桃，而是被头顶的天空吸引了。只见广场上空并非虚空，而是一片桃林桃花盘旋交错，围绕成一片天然的巨大屋顶。

诸神最初以为是假的造型，可定睛一看，但见那些盘横交错成屋顶的桃花桃树居然全部是活生生的，就好像树木凌空生长在空中一样。

纵然见多识广的诸神也不由得叹为观止，能在这么巨大的虚空范围内种活这一大片桃林，还摆出如此精美的造型，青元夫人的审美，可见一斑。尤其，当众人在宴席上坐下，抬头细看，就更忍不住啧啧称奇，头顶盘旋的大片交错桃林全部是横向生长，如荆棘一般从中间开出花来，更令人称奇的是，这么繁茂的花叶却一点也没有遮挡视线，整个空间宽敞、明亮，好像那些繁茂的花叶能自己提供光亮一般。

再看桌上，清一色的碧玉盘子，金红果子，先别说品尝，光嗅到这浓郁的香味已经知道是世间极品了。尤其，桃子的数量很多。桌上摆得满满当当不说，旁边还摆着一大筐一大筐的鲜桃，竟然是摆开了无限量提供的架势。

要知道，以前的蟠桃会，每个大神都是定量的，因为蟠桃的数量有限，一般人有一个就不错了，就算资深大神也顶多两三个，可今天，看这阵势，任何人都是想吃多少吃多少，根本就不限量嘛。再看蟠桃旁边的酒樽，众人更是喜出望外。

每张桌上都有一只大大的酒樽，酒樽里满是红艳艳的桃花酒。大家立即默了一下喝下这些桃花酒和吃无限量的桃子能增加的元气，一个个如何不又惊又喜？

青元夫人今天简直就是发天大的福利啊，那些没有来的诸神，可能以后得到消息，知道错失了这个良机，一个个得后悔得吐血吧。

早有天穆之野的玉女总管出来招呼大家坐下，一时间，大家一起吃桃子，喝桃花酒，好不快活。

有消息灵通的大神忍不住八卦："你们难道没听说吗？昨天银河舰队居然都出动围剿白衣天尊了……"

有人神神秘秘："据说是他擅闯联盟总部，陛下一怒之下派了银河舰队对他进行围剿……"

"据说自毁程序都启动了，他应该难逃一死了吧？"

"其实，就算他这一次侥幸不死，那下一次不见得就有这么好的运气了。而且，陛下既然出动了银河舰队，那就表明他的态度已经彻底变了……"

银河舰队，是一个风向标。如果说以前西帝还允许白衣天尊自辩的话，那么现在，他根本就是打算直接消灭白衣天尊了。可是，这么强大的火力攻击之下，白衣天尊究竟下落如何？

就在这时，一声通报传来：："青元夫人到——"

诸神立即闭嘴，一起看着声音传来的方向。青元夫人，旖旎而来。她一身青色长袍，外面一件缀满了桃花的披风，此外，全身上下再无任何多余的饰品。大家的目光落在那披风上时，却都看呆了。

直到青元夫人走到上首，坐了，看着台下，嫣然一笑，众人才如梦初醒，七嘴八舌道："阿环，你好美……"

"天啦，阿环，你真是宇宙第一女神啊……"

"一别多日，阿环真的更漂亮了……"

青元夫人早已对这些吹捧之声习以为常了，举起酒樽，微微一笑："各位远道而来，招待不周处还请海涵。幸得今年新品种的万岁桃大丰收，现在，大家就尽情吃尽情喝吧。"

众人举杯畅饮，开怀大吃，一时间，只听得觥筹交错之声不绝于耳，啃桃咀嚼之声连绵起伏。桃子再是好吃，总也有个度量，就算是一些极其贪心的年轻半神人，连吃十几个之后，也撑得受不了，不得不暂时停下来。至于其他稍微年长一点的半神人，一来是自持身份，二来是胃口没那么大，少的吃个三五个，多的吃个七八个，就已经毕口了。

桃子胀肚子，桃花酒才是王道，大家都拼命喝酒。

所有人都怕自己吃亏了，毕竟，每一杯下去都是几万年的元气，多喝多得，如果不限量地喝下去，岂不是足以增加几十万年甚至上百万年的元气？要知道，一个普通的半神人要修炼上百万年的元气谈何容易？

青元夫人，这分明是借机给大家开外挂嘛。

大家一边拼命喝酒，一边对青元夫人感激涕零、歌功颂德。

青元夫人端坐上首，举着酒杯，低吟浅酌，面含桃花，不动声色地看着台下。

一阵风来，头顶盘旋的花枝簌簌发抖，花瓣便无声无息地落在地上、桌上，让气氛更是落花流水，风雅别致。

大家都醉了。

青元夫人也醉了。她从未像今天这样高兴，也从未像今天这样期待，因为，她忽然发现，只要你有足够的运筹帷幄，有足够的势力，尤其是有足够吸引人的财富，那么，你无论做什么事情其实都很简单，比如D病毒。

她忽然很想看到D病毒的终极结果，而且是尽快看到。她想着想着，就笑了起来。

一名玉女带着一个人匆匆而来，她只抬头看了一眼，便放下杯子，柔声道："各位，我给大家介绍一位新朋友吧……"

诸神的目光齐刷刷地转向上首。

玉女迎上来的是一位年轻人。年轻人粗眉大眼，高大魁梧，腰间悬挂着一把须臾不离的劈天斧。

"各位，这位新朋友你们想必不会太过陌生，他就是大鲧的孙子，许多人也叫他启王子……"

"哇，大鲧的孙子也这么大了？"

"这小伙子真精神啊，眉眼也像极了大鲧，大鲧泉下有知也该瞑目了……"

"启王子真是一表人才啊，我早在凡间就听过启王子的事迹了，原本他才该是最好的万王之王人选啊……"

众人见青元夫人如此抬举启王子，而且是以"新朋友"这样的称呼介绍他，就知道他在青元夫人心目中的分量肯定不一般，所以乐得送个顺水人情，竟然都纷纷称赞起如启来。

如启原是奉云华夫人之命前来拜见青元夫人的，万国大会之后，如启去音乐林学习《九韶》，不久后，他的妻子云英耐不住寂寞，和九黎的一个土豪之子混在了一起。如启偶尔回家，不料撞见了这一幕，他也不吱声，立即悄然返回了音乐林。这以后，他便再也不曾离开音乐林。有一日，云华夫人悄然造访音乐林，见他郁郁寡欢，就叫他去天穆之野拜访青元夫人，顺便散散心。

如启初来乍到，但见这里居然这么热闹，也很意外，却也没失了分寸，只恭恭敬敬地先向青元夫人行礼，再转向台下众人："小子这厢有礼了。"

青元夫人微微一笑，一抬手："启王子，你也入座吧。"

青元夫人旁边有一个座位一直空着，众人之前也不知道是留给什么尊贵人物的，但见她忽然请如启坐这里，都吓了一跳，心想：这小子有这么了不起啊？

如启自己也很意外，可是，青元夫人既然已经开口，他自然也无法推辞，只好再次行礼之后，在她旁边坐下了。

旁边的玉女赶紧替他斟满酒杯，青元夫人这才笑道："我们天穆之野和启王子的家族也算得上是大有渊源了，当年我和你的祖父大鲧是极好的朋友，但是，当时对于大鲧之死却一直无能为力，只能眼睁睁地看着，此后多年，每每想起大鲧冤死，总是耿耿于怀，总觉得愧对故人……"

此言一出，众人都有些唏嘘。尤其是一些老一点的大神。

时间一晃，七十万年过去了。大鲧的孙子，已经坐在蟠桃会上举杯饮酒了。

"所幸天意昭昭，大鲧有了这么好的孙子，这么好的传人，大鲧泉下有知，一定是足慰平生了……"

如启眼眶也湿了，还是恭恭敬敬，对青元夫人行大礼："小子家族多年蒙受天穆之野大恩，却一直找不到机会感谢夫人，今日，还请夫人受小子一拜……"

青元夫人坦然受了他这一拜，然后，拿出一只小小的盒子，亲自递到了如启手里。

"既然你对我行后辈大礼，那我也不能白白生受了你这一拜。启王子，这小小蟠桃精算是我送你的一样见面礼，你可以马上服下。"

姒启不假思索，立即将蟠桃精放入嘴里，说也奇怪，那小药丸刚挨着嘴唇，就咕嘟一声自动滑入了喉头被吞了下去。

众人听得"蟠桃精"三个字早已一惊，又见姒启已经吞了下去，立即就明白了：青元夫人这是直接出手把姒启晋升为半神人了。

要知道，蟠桃精是所有大神梦寐以求的提升精华。据说，要每一百万棵蟠桃树中才能产生一个蟠桃精。寻常人只要服用了一个蟠桃精，直接就会变成中等程度的半神人，而若是半神人服用了蟠桃精，那直接就是以五百万年为单位有了本质上的飞跃。如今，大家见姒启得到蟠桃精，只觉真是飞来的幸运，真不知他上辈子到底做了什么好事才换得今天的结果，纷纷羡慕不已。

可是，一想到他是大鲧的孙子，大家又觉得青元夫人这个做法并无不妥，而且，他的确也有资格享受这蟠桃精。

姒启当然不是傻子，知道但凡出自青元夫人之手的绝非凡品，而且一看诸神们羡慕妒忌的眼神，心里就更是明白了几分，加上这蟠桃精一吞入肚子，立即就感觉到一股陌生的气息在周身游走，忽忽之间，竟然觉得自己已经整个变了一个人似的。

青元夫人含笑看着他，但见这年轻人静静坐立，并不因为任何的变异而露出大惊小怪的神情，对他真是十二万分的赞赏。比起漫无边际吹捧的半神人少年们，她忽然觉得这个原本的地球少年要质朴得多，也可爱得多。

姒启但见她目光温和如三月的春风，又见她一张桃花脸上分明写满了怜悯、宽容、大度、慈悲……他忽然举起酒杯，将满满的一大杯桃花酒一饮而尽，这才再次道谢："小子从少年时代起，就曾经一度梦想去天穆之野走走看看，只不过，做梦也没想到，今天真的有机会能够坐在这里，还得到了夫人的赏赐，小子真是感激涕零……"

"启王子客气了。我和你祖父大鲧相识多年，今日能亲眼见到他的后人有成，自己也好生欣慰。这样吧，如蒙不弃，今日我不妨大胆当着诸位朋友的面讲一句，我想收下启王子做我的传人，不知启王子意下如何……"

青元夫人的传人，那可是天下人都梦寐以求的事情。诸神这才醒悟过来，敢情青元夫人早有此打算，所以才拿出了珍贵无比的蟠桃精。而且，她是赏赐蟠桃精在先，现在才提出这要求，真可谓诚意十足了。

姒启立即跪了下去，对着青元夫人纳头就拜："承蒙夫人青睐，小子真是三生有幸！小子只怕资质有限，辜负了夫人的一片厚爱……"

青元夫人大喜："那就这么说定了，启王子今后便是我天穆之野门人。"她顺手取下一只扳指便递过去，"这是我天穆之野入门弟子的标志，今日传你，姒启，你可要好好保存。"

"多谢夫人，小子诚惶诚恐。"

诸神也立即道："恭喜夫人，贺喜夫人，得到如此优秀门人……"

诸神都认为姒启走了大运，这少年有了青元夫人这样的靠山，有天穆之野这样的大后盾，今后岂不一路开挂，前程似锦？

比鲁星大神B单独来参加盛会，他率先站起来，笑道："敢情我们今日是见识了一场收徒盛宴啊。恭喜阿环，贺喜阿环，现在，你真可谓后继有人了。既然如此，我也不能光看着，启王子，我也送你一件礼物吧……"他一抬手，一件法宝便向姒启飞去。

姒启立即道："谢谢阁下。"

其他大神见状，也不甘示弱，纷纷站起来："即使如此，我也送启王子一件礼物吧……"

顷刻之间，姒启面前的各种法宝已经堆积如小山一般，他纵然连声道谢都谢不过来了。

青元夫人见状，立即下令让旁边的几名玉女帮他把礼物先收起来，他这才能举起杯子，面向众人，诚声道："各位的厚爱，小子真是不知如何感激才好。这样吧，小子先干为敬，在这里先敬大家一杯。"他举起酒樽，一饮而尽。

诸神，也一饮而尽。

桃花酒混着蟠桃精，已经将原本该挥发的能量瞬间放大了何止十倍？姒启忽然觉得自己彻底膨胀了——筋骨、肌肉、体能、元气……统统在顷刻间自动放大了十倍甚至是百倍。他感到一种不可思议的力量在周身游走，然后，汇聚到某一个点，如此循环往复，几番下来，整个人的心思竟然彻彻底底改变了。再看眼前的一干大神时，忽然再也不觉得他们高高在上了。他觉得这些大神都已经变得平平无奇，无须仰视，更无须畏惧。

要知道，当初在九黎的万神大会上时，自己连面见大神的资格都没有。而在九黎河之战中，则根本连看到白衣天尊真容的资格都没有——也没那个本事，否则就要灰飞烟灭。

就算在音乐林排练《九韶》，他也需要接受特殊的保护，而且每每遇到大神之前，都有所谓的天兵天将出现自动为他屏蔽一切，否则，便可能受到一些意想不到的伤害。

可现在，他随意直视所有大神，目光交汇处，还友好地互相点头致意，而自己，却安然无恙，就像是在阳城的街头，和一干普通人行走交流。

他的震惊，可想而知。

他当即明白，正是那什么蟠桃精彻底改变了自己的体质，把自己变成了一名真正的半神人，或者说是接近半神人了。对于这样的沧桑巨变，他却坦然受之，一点也没有觉得不安——他内心深处，早就渴望有这力量了。从九黎河之战起，他就觉得自己无比渺小、卑微，在诸神面前简直就像是一只无力自保的小鸡仔。也或许在更早更早之前，在刚刚认识百里行暮之后，在西北沙漠大战大费的追兵和东井星妖孽时，他就有这种很强烈的感觉了。

他一直希望能变得更强大。无论是拥有更强大的军队还是更强大的体能。如今，忽然察觉这沧桑巨变，如何不喜出望外？也因此，他对青元夫人由衷感激。从此，在他心目中，青元夫人和云华夫人一样，已经晋升到了亲人、母亲一样的级别了。他暗暗发誓：如果无以为报，那么，我势必誓死追随，一辈子对这二人忠心耿耿！

青元夫人当然不会忽略他满含感激和忠诚的目光，她忽然也很欣慰：找了这么久的传人，一直没有任何理想的结果，以前，怎么就忽视了这么好的人选呢？而且，她刚刚送扳指给他时，已经试探出来，这少年简直是根骨奇佳，天纵奇才，身体内的神力都没有彻底消失，反而是一旦激发，就源源不绝地渗透出来了，她很满意。

诸神们吃了别人的喝了别人的，但见主人家的喜事，自然也要锦上添花，一时间，道贺之声简直不绝于耳，种种吹捧之声，简直把如启捧成了天下无双的奇人。有大神们单独过来跟他喝酒，不停地嘘寒问暖。如启来者不拒，对待每一位都客客气气，毕恭毕敬，同时，也不卑不亢。青元夫人瞧在眼里，也不由得暗暗称奇。

"启王子，我当年见过你的祖父一面，大鲧啊，他可真是一个了不起的人物，于诸神之中，他对水利最有研究，所以才自动请缨下界去治水。只不过，他的运气不好，遇到史无前例的小冰河时期，根本无法依靠个人的能力扭转局面……"

"可不是吗？大鲧心地善良，明明是为了天下苍生，结果却枉死羽山，大鲧之后，许多人都寒了心，都不愿意再主动下去治水了。毕竟，明明一腔热血，却换来这么悲惨的结局，谁不心寒呢？"

"是啊，在这件事情上，当时的天帝真的太过分了，一点也不听众人的心声，也一点不顾念旧情，就这么一意孤行，让大鲧惨死。我们这些老朋友当时都说不上话来，一提这事天帝就暴怒，为此，还迁怒于别人，处罚了好几个人……"

如启一直以为这些都是传说，而且年代太过久远，自然不会有什么感同身受，慢慢地，对此事就非常非常淡漠了。可现在，听得诸神们在自己耳边义愤填膺，不知怎的，他体内所有的怨恨之情一瞬间就被激发了似的，竟然迅速地膨胀爆裂，满是愤怒。可是，他还是面不改色，就像在听别人的故事。他非常非常平静，一点也没有流露出任何的情绪，只是低声问："大鲧……我爷爷……他真的死得很惨吗？"

"不是很惨！是很惨很惨！惨得不得了……大鲧，他几乎是被活埋在羽山的啊，而且，他因为死不瞑目，天帝还派人再去补一刀，生怕他复活……"

如启一想到天帝再次派人去向祖父补刀时的情景，简直怒不可遏，却生生忍着，只是平静地长叹一声。

"唉，说到这事，虽然过去已久，可是，我也不得不说一声，当时的高阳帝真的是种种倒行逆施，不得人心啊，所以，后来到了京都大决战，他一败涂地却无人同情就不令人意外了……"

意外的是如启。他和凫风初蕾一样，第一次听得高阳帝三个字，非常震惊。"当时的天帝居然是高阳帝？"

"可不是吗？当时的中央天帝正是高阳帝！高阳帝末年，已经昏了头，暴躁无比，刚愎自用，听不见任何的逆耳忠言，而且大大加强了刑罚，搞得天怒人怨。若是换一个时间，大鲧根本不可能死，但是，遇到高阳帝发疯的末年，就真的是太不幸了，谁也救不得他了……"

发狂的高阳帝一句话，就枉杀了一位治水的大功臣。为了怕这位心系苍生的大功臣不死绝，还专门派人去补一刀。如启忽然觉得高阳帝简直罪无可赦。

一位大神插嘴："当年是白衣天尊负责埋葬你爷爷，但是不是他亲手所为就不得而知了……"

比鲁星大神B忽然道："启王子，恕我直言。白衣天尊在这件事情上真的很不地道。你想想，当年是他负责掩埋你的祖父，按理说，他应该尽心尽职，彻底掩埋，可是，他却草草行事，随便把你祖父扔在羽山就一走了之。若非如此，三年之后，高阳帝也不会发现你祖父的尸体尚未腐烂。如果没有这个漏洞，也许，大鲧根本不至于死去，完全可能找到机会复活……"

如启但觉怒火中烧，好像白衣天尊无形之中立即变成了自己的杀祖父仇人，真是罪无可赦。

"……唉，当年我们都以为大鲧完了，没想到，斗转星移，他的孙子也这么大了，启王子，以后你可要重振大鲧的神族啊……"

神族！"我一直是神族的后裔。"如启再次将满满一杯酒一饮而尽，这才朗声道，"诸位放心，小子一定殚精竭虑，绝不敢辱没祖先的英名和家族的威风。"

"这才是有志气的好少年嘛！这一下，不但大鲧放心了，我们这些当年为了大鲧鸣不平的老朋友也都放心了……"

彼时，血脉偾张的如启一点也没有去想过，为何祖父的朋友忽然就这么多了。

青元夫人坐在上首，一直云淡风轻地低吟浅酌。桃花美酒，热血少年，她忽然觉得这世界真的很美好。一如头顶不时徐徐飘落的花瓣，每一片都写满了一个传奇的故事。可是，再美的酒，再好的花，再大的财富，都无法熄灭她心中那个最大的愿望以及最深刻的愤怒。该死的白衣天尊！该死的凫风初蕾！她刚刚才得到密报，银河舰队的搜索结果显示，白衣天尊根本没有命丧当场，而是不知所踪了，现场甚至连凫风初蕾的尸体都没有找到。

她想，现在这一对狗男女又跑到哪里躲起来了？正想得入神，忽然听到一阵笑声。笑声，非常清朗，落落大方。笑声，不是从天空而来，也不是从地面而来，甚至不是从东南西北任何一个方向而来。笑声，直接钻进了每个人的耳朵，清朗、熟悉、大大方方。"你们好，居然在这里见到这么多老相识，敢情你们全部会聚在这里品尝桃花酒吃万岁桃来了？我就说嘛，怎么一路西行，一个人也见不到，原来你们全都跑这里来了……"

青元夫人面色巨变。

诸神面色也变了。

如启终究是年轻气盛，闻言立即站起来，但立即又坐下去了。他和诸神一样，立即抬起头。可是，看不见人影。四面八方都没有人影，只有那熟悉的声音侃侃而谈："桃花星！桃花星！真没想到，短短时间，天穆之野竟然把整个美景都复制到了这桃花星上。只不过，这桃树也太过密密匝匝了吧？而且，桃子缩短了生长期，增加了产量，这会不会影响桃子的质量？这种速生的桃子真的比得上以前古老的蟠桃吗？"

诸神原本已经喝得五分醉，听得这话，忽然一个个觉得颇有点道理。是啊，这新品种的桃子缩短了十倍的生长周期，却增加了十倍以上的产量，质量真的能如青元夫人所说那样得到保证吗？

青元夫人听得这话，也不作声，只是死死盯着声音来源的方向。

她是第一个辨认出声音之人。诸神，要顺着她的目光才能准确地判断出声音来源的方向。

下一刻，两道人影便从天而降。诸神但觉眼前一亮，全场霎时一片死寂。那熟悉的白色身影也就罢了，大家早就见惯不惊了。银河战舰没有炸死他，也不那么令人吃惊，毕竟，这是许多人早已预料之中的事情。可是，当诸神的目光落在那道红色身影上时，竟然再也移不开了。

她和青元夫人一样，也是一身红色。不同的是，她身上是绚丽蜀锦，斑斓芙蓉，跟青元夫人那身淡雅桃花相比，竟然璀璨无比，令人莫可逼视。撞衫不可怕，谁丑谁尴尬。

她着一身蜀锦红裙往广场上这么一站，周围的桃花忽然变得那么黯淡，纷纷扬扬地简直变成了鹅毛鸭毛一般。本来，青元夫人已经够美了，可现在被这么一衬托，她身上忽然气质全无，美貌全消，竟无端端地显出一丝老态，仿佛一位迟暮的美人，颜色依旧却失去了芬芳，干瘪瘪的。就连那铺天盖地的桃花也失去了芬芳，显得很寡淡，完全被那鲜艳的红色芙蓉比下去了。

尤其，鸢风初蕾眼睛那么明亮，面色那么娇艳，整个人，就像是一颗闪闪发光的宝石，任何人想要扭头不看都根本做不到。她才是这个世界的中心之美，她才是与生俱来就要惊艳这个世界的。她所到之处，每一次都是这样。

青元夫人的心中，一颗妒火瞬间炸裂了。这该死的丫头。她居然敢穿红色。她居然敢跟自己撞衫。撞衫也就算了，她居然敢这么美，这么美——自从和白衣天尊成亲之后，她的容貌仿佛又增添了几分，竟然自动生长似的，以那么嚣张而野蛮的态度直接霸占了全世界的目光。多可怕！多可怕！尤其，她那神情，她那微笑，她那娇嗔，她那情不自禁的柔弱青春……青春！该死的青春！大神们，最妒忌的就是"青春"二字。

你明明外表永恒，能力永恒，可是，你自己很清楚：你的内心已经在漫长的岁月长河里千疮百孔，沧桑巨变。就像是一朵外表永远不变的塑料花，可内心却早已被蛀虫彻底腐蚀了。这青春，是任何大神永远真正缺失的。因为，青春永远注定了只属于无知而无畏者。

大神们，已经见多识广，已经百炼成精，已经迂回往复，已经百无聊赖，怎么还会青春呢？就连模仿都显得很拙劣，就连追求都显得很可笑。所以，以天后之美也无法阻拦西帝随时的出轨行动。现在，青元夫人更是如此坚决地认为：自己是输给了青春！自己是输给了这该死的青春！

是白衣天尊喜新厌旧，选择了这该死的青春。多可恨，自己生命中唯一的一次失败。

而且，蓝色焰火令的八卦尚未走远，漫天的通缉令尚未散去，他居然敢带着她这么满世界招摇。

满世界招摇也就罢了，怎么还敢来这天穆之野桃花星呢？桃花星，可以来，但是，要走，就没那么容易了。青元夫人既然打定了主意，就不作声了。她尽管气得内心发抖，却还是稳稳坐着，面上的神情也没有丝毫改变，仿佛根本对这一切见惯不惊似的。

第三十二章　好友反目

似启的目光一落在初蕾脸上，便再也移不开了。他心内忽然猛烈跳动，怦怦地，仿佛要涌出胸腔似的，就像是万国大会上第一眼目睹她真容时的那种惊涛骇浪般的翻涌。

从那以后，她便成了他少年时代唯一的梦！

这以后多年，千山万水，兜兜转转，从未改变。纵然在九黎广场时，他已经认不出毁容之后的她，可是，他终究是为了寻她而去。直到现在，直到此时，直到她以比当年的万国大会美丽许多倍的姿态远远站在他的对面。这真心诚意，从无折扣。隐隐地，甚至还有愧疚。直到现在，变成了彻彻底底的热烈。可是，她却没有看到他。

她第一眼就看着青元夫人，她一直死死盯着青元夫人。全世界那么多人，她的焦点就在青元夫人身上，也只在青元夫人身上。

似启的失望可想而知。她居然没有看到我！她居然没有在人群之中第一眼就看到我！凫风初蕾，你竟然没有看见我！而且，这么长的时间，她居然一直没有看过我一眼！一眼都没有！

他当然不知道，初蕾一旦看到了青元夫人，怎么还会看到别的人？她之所以能够在过去很长一段时间苟延残喘强迫自己活着，就是为了青元夫人——为了某一天能站在她的面前，将她手刃！为此，这世界上的一切，统统可以暂时放在一边。

青元夫人，面色铁青，可是那仿佛只是众神的错觉，一瞬间，她已经面色如常，声音镇定："白衣天尊，你也来了？"

白衣天尊满面笑容："听说阿环在这里举行桃花盛会，我呢，和初蕾也正好路过这里，所以特意赶来瞧个热闹。"

"这么说来，二位是在做新婚蜜月之旅了？"

"也算是吧。我想趁着这时光带初蕾在各大星际之间走走瞧瞧，消磨一下时光，没想到赶上了阿环你这桃花盛会，真真是意外之喜啊……"

他口里说意外之喜，可是，诸神却心知肚明，这根本不是什么意外，他是专程前来！

按理说，通缉犯一露面，大家都有义务一拥而上，直接将他拿下，转交给大联盟，如此，才不辜负大神们的身份。但是没有任何人冲上去，因为，每个人心里的想法都是一样的：这里有这么多人，怎么也轮不到我先出头；等着瞧吧，别的人会先出手的，总有人会出头的。正因为每个人都这么想，每个人都期待着别人，反而一个出手之人都没有了，大家都看着青元夫人。

　　青元夫人却看着凫风初蕾那双十指交扣的手。那双白皙、柔嫩充满了青春和娇憨的手。原本鸡爪似的骷髅手，现在，居然彻底痊愈。不但痊愈，还大胜以往。在诸神面前，二人肆无忌惮，手挽手。

　　青元夫人却忽然想起当初在九黎的病床上躺着的那个怪物——那个全身皮包骨头，骷髅一般的怪物。要是这小贱人一直都这样，那该多好。可惜！可惜！她的内心，仿佛要炸裂一道火焰，却还是平心静气。

　　因为，她看到凫风初蕾居然没有穿飞行服，就那么站在那里，她就知道事情已经不一样了。上次在九黎的秋社上催发病毒未遂，她已经发现凫风初蕾的元气可以比肩一般的半神人了。现在，这小丫头没有穿飞行服便能来到天穆之野，并且站在这桃花星上时，神情自若，丝毫也没有受到诸神能量场的侵袭。某种程度上，可能已经彻底比肩一些半神人，甚至胜过不少半神人了。也因此，她收起了一切轻视之心，很认真地打量凫风初蕾，就像是打量一个真正的敌人，真正的对手。

　　白衣天尊绝非一个冒进轻率的小伙子，也不是什么热血偾张就不顾一切的鲁莽汉，他明知银河舰队在追杀他还敢于满世界游走，就是自忖有游走的资本！

　　今天，这二位不速之客，很可能是故意来找麻烦的。一念至此，青元夫人心底忽然冒出了一个很大胆的想法。她迅速默了一下，但觉这个主意真是太不错了，嘴角便微微露出了一丝神秘的笑容。这可是天穆之野，是桃花星，不是九重天，更不是大联盟，岂能容你们说来就来，说去就去？桃花星，你们只能来，不能去！

　　青元夫人不经意地扫了一眼满座的其他客人。虽然名义上是说今日的盛会人人都可以前来，但实际上，这些客人的名单却是她精心挑选过的。

　　其中一大半都是一些没什么经验，随时会热血沸腾的少年、青年半神人。当然，其中也有一小部分高等级的半神人，而这部分半神人基本上都是以她的暗恋者为主。至于几名老半神人，那就是和她相识多年的死忠粉丝了，既是她的老朋友，也对她唯命是从。

　　青元夫人不招呼那二人坐下，也没有任何别的表现，就那么把二人晾在那里，她可不想给一个通缉犯安排什么座位。

　　可是，白衣天尊显然不会把自己晾在那里，他大大方方地扫了众人一眼，然后，视线落在了如启的脸上："咦，如启你也在这里？可真是难得啊。"

　　如启硬着头皮，冷冷地嗯了一声。他的一只手，按在劈天斧上。他的一腔血，也瞬间热了。

　　凫风初蕾一见到如启，心里顿时一惊：如启，竟然出现在青元夫人的桃花盛会上，这意味着什么？不但如此，她还一眼看出，如启的手按着劈天斧——这分明是他对敌之前的习惯性动作，竟然随时要抽出劈天斧冲过来似的。她还注意到，自己的目光过去时，如启立即避开了，匆匆地，很不自然的样子，仿佛是故意不想和自己相认，而且，也不愿意招呼自己。

这可真是太意外了。

自从她认识姒启开始，很多年过去了，无论什么情况下，无论什么场合，姒启只要见到自己，一定会马上热情地大声招呼。也因此，多年下来，她已经习惯了这一点。现在，他居然避开目光，不仅不主动招呼她，竟然佯装不认识似的。

她暗忖，莫非他也以为自己是通缉犯了，所以，要赶紧避嫌了？朋友之间，顶重要的是懂得进退之道。既然姒启不想招呼自己，那自然有他的理由。

初蕾，自然也没有去主动招呼他。她也移开了目光，佯装没有看到他，或者根本就不认识他。

可白衣天尊却盯着姒启，意味深长地笑了："咦，姒启你居然戴着天穆之野的扳指？这么说来，你已经加入天穆之野了？"

姒启朗声道："没错，我已经成了夫人的入门弟子，嫡系传人。"

初蕾听得这话，脑子里顿时嗡的一声。自己曾经最好的朋友，竟然投靠了自己最大的敌人。

姒启觉得她的目光有点奇怪，好像满是失望之情，可是，他不经意地移开了目光，既不招呼她，也不和她正面相对。

初蕾也没有再看他，而是再次死死盯着青元夫人。青元夫人今天盛装出席，那姿态就像一个高高在上的女王。可是，初蕾却无心打量她的外表，更不关心她究竟装扮如何，她脑子里只有一个念头：终于，再一次这么近距离地接近青元夫人；终于，面对面地看着敌人。在彼此已经解开了伪装，在彼此已经知道对方真正身份的时候。

敌人，从自己登基之初，到有熊广场，再到九黎，再到自己身上的剧毒——自己，终于正面迎接这个敌人。

再看看满座的半神人，她暗暗心惊：这蛇蝎女人野心勃勃，召集这么多半神人在这里，显然并不是没有目的。

这世界上，但凡能够养一帮死党，最后能做老大之人，无一例外都必须有钱——大神们虽然要的不是钱，但是，万岁桃、桃花酒之类的，在他们眼里便是变相的财富。只有好处才能坚定不移地把群众团结在自己的周围，每一个想做老大的人都会对所谓的兄弟们大把大把地撒钱。

初蕾深谙这个道理，就更是觉得今日不妙。尤其，当她看到青元夫人居然不再掩饰目中的凶光，也不再摆出往日万年不变的温柔和善时，就知道她已经忍无可忍要出手了。

可是，一股激越之情也在内心疯狂地野蛮生长。那是白衣天尊赐予的元气，那是西帝赐予的两颗灵药。此时，这元气和灵药在身上早已融会贯通，她对自己的能力也滋生了极大的好奇：我现在和敌人对决，到底会如何？纵然不能一招制敌，可是，我也绝不会后退畏缩。

杀！

杀！

她明明一滴酒都没有喝，可因着看到青元夫人，竟然无缘无故地疯狂了——这时候，她才明白，自己对这女人的仇恨，早已在心中堆积成了一座活火山，稍有一星火苗，立即就会被彻底点燃。

可是，她没有轻举妄动。多年的磨炼，早已让她学会了对自己情绪的控制。

她只是轻轻碰了一下白衣天尊的手，分明感受到他手心中传来的那种源源不绝的无穷力量——就像他脸上始终懒洋洋的表情，无论是去九重天喝酒还是看到银河战舰炸裂，他的神情始终不变，好像这世界上压根儿就没有任何值得可怕的事情，好像满座的半神人都不值一提。

初蕾，略略心安。

青元夫人没有忽略她脸上这点小小的细微变化——这更令她怒火中烧。青元夫人还是没有发作，她依旧端坐上首，冷冷地说："白衣天尊专程赶来，该不会就是为了关心我是否收了一名入门弟子吧？"

"我是顺道路过。可能大家也都听说了，我刚刚摆脱银河舰队的围剿，顺便跑到这里歇口气而已……"

诸神听他竟然肆无忌惮提到被围剿这事儿，就更是暗暗称奇。

青元夫人冷笑一声："这么说来，天尊是认为惹不起银河舰队，就不妨轻视我这小小地方了？"

"哪敢！阿环的领地，十个银河舰队都比不上。"

青元夫人冷哼一声。

"实不相瞒，我今天来，其实是想问阿环要回一件东西……"

青元夫人脸色彻底变了。要回东西？什么东西？莫非他要拿回他的十万吨黄金？不然，他还有什么东西放在这里？一股真气已经在掌心凝聚，但青元夫人还是举着酒杯，放到唇边，却又不喝，冷冷地："你有什么东西放在这里？我怎么不记得？"

"这件东西嘛，你肯定不会忘记！"

众人听得这话，都有点好奇，纷纷揣测，白衣天尊到底有什么东西放在这里了？莫非他还想把当初送给青元夫人的各种黄金珠宝要回去不成？

白衣天尊还是云淡风轻："阿环，你替我保管这件东西已久，我一直还没有感谢你。"

青元夫人见他卖关子，早已忍无可忍，干脆不耐烦起来，不过，她还是没有当场发作，她只是看了看四周，又看了看头顶满满的盘旋着的桃花花枝。

她终于按捺不住了："白衣天尊，你到底要拿什么东西？"

"你真不记得了？"

"你从未有什么东西在我这里保存！"

白衣天尊面上的笑容消失了，他的语气也变得十分慎重："阿环，请把当年西王母让你转交给我的信物拿出来吧！"

此言一出，全场一片死寂，所有目光齐刷刷地转向青元夫人。西王母的信物，居然是西王母的信物，西王母怎么会有信物需要青元夫人转交？

就连凫风初蕾也好生愕然，她只是悄然看了白衣天尊一眼，掌心渗出一道道冷汗。

青元夫人也面色苍白，就像被人忽然扇了一耳光，哪里出的声来？她做梦也没想到，时隔七十万年以后，白衣天尊居然说出这句话来。阿环，请把当年西王母要你转交我的信物拿出来吧。信物！信物！这时候，到哪里去拿信物？更何况，那信物当年都没给他，现在怎么可能给他？

一时间，青元夫人忽然觉得很热，喝下去的全部酒水都变成了汗水，一个劲儿地从四肢百骸里窜出来。西王母临去之前说："阿环，这是你身为天穆之野的掌门人必须做的第一件事情。这信物，你就亲自去交给共工吧，如此，他怎么也会给你这个新上任的掌门人一个面子。这以后，你和他打交道的时候还多着呢。"在西王母的设想里：有了这信物，以后的新掌门人和新的中央天帝磨合，就容易多了……青元夫人沉浸在往事里，无法抬头。一滴汗水悄无声息地滴落酒杯，她却浑然不觉。

"西王母乃一代主神，大智大慧，慈悲为怀，当年早已料到有不周山之战这样的生死大劫，所以提前派人企图感化我，不过，当年我执迷不悟，一意孤行，没有把她的好意听进去。在不周山之战前夕，阿环你也曾专门赶到边境找我，告诉我当初西王母隐退之前选择了我而不是高阳帝，但是，当时我已经利令智昏，还是拒绝了你的好意，才酿成了后面的万古大祸……"

人一疯魔，无药可救。当时明明还有别的路可以走，可是，他偏偏走上了绝路。那时候，他已经一点都不想和高阳帝握手言和了——纵然是以新的中央天帝的位置作为代价，他都不愿意。事实上，他一直就没想过要做什么中央天帝。他觉得麻烦，他一度的梦想就是仗剑天涯，自由自在。

他十分诚恳："阿环，你我相识多年，你也曾诚心想要帮助我，虽然彼时我因为刚愎自用拒绝了你的好意，可是，这好意我一直记得……"她想，你居然一直记得！你居然一直记得我曾经想要帮你？你居然一直记得我不远千里追到边境苦苦地想要帮你？这可真是讽刺，不是吗？"我一直欠你一句感谢，今天，我一定要当面向你道一声感谢，阿环，谢谢你……"他果然当着诸神向她道谢，这也可能是他生平第一次公开向别人道谢了。

青元夫人却只是静静地坐着，她没有对他的道谢做出任何回应，她甚至看都没有看他一眼。她只是一直死死捏着手里的酒杯。她觉得这谢意来得太迟太虚伪了。该死的共工！该死的白衣天尊！你可知道，我所要的根本不是你这一声谢谢？

"当年西王母曾派人密令知会我，说有一件信物要交给我。可当时因为各种缘故蹉跎了。阿环，现在，烦请你将这件信物交给我吧。多谢。"

四周很安静，很长时间都在沉默。每个人都在想：这到底是什么信物？每个人忽然都很好奇，也很期待，很想马上看一下这信物到底是什么。尤其是几名老年半神人。只有他们才知道，如果真有这信物的话，那该是多么惊人的秘密！西王母的信物！西王母的选择，那可是足以改变历史的东西啊。

可是，青元夫人就是一动不动。无论是白衣天尊的感谢还是无数半神人的目光，她统统视而不见。她一个人静默，仿佛对这一切都置身事外了一般。

青元夫人一直一言不发，白衣天尊也并未催促。

可怕的沉默，一直延续。

诸多年轻的半神人也就罢了，可是，在座的几名老半神人却一直你看我，我看你，有人摇头，有人眼神复杂，有人一副按捺不住的神情。

实在是太想看一眼这信物了，石破天惊的大秘密，西王母的信物！当年西王母竟然给过白衣天尊信物，而且还是在不周山之战之前。此举就表明，当年西王母已经倾向于选择了白衣天尊。

可是，这信物为何一直没到白衣天尊手中？为何直到七十万年之后他才想起前来索取？再说，青元夫人当初又为何不把这信物主动交给他？既然西王母下了命令，她怎会一直把信物留在手里？或者说，她当初曾交给白衣天尊，而白衣天尊却不要？可这明显不对啊。白衣天尊若是当时不要，现在怎会赶来追讨？而且，听他的语气，分明是从未得到过这信物。要知道，七十万年之前，青元夫人可是一直深深恋慕他、追随他，此事人尽皆知。直到他从弱水出来，直到他重返地球，第一个站出来公然支持他的还是青元夫人。甚至在当初的万神大会上，青元夫人还热烈地追随他、支持他，处处替他张罗。青元夫人有什么隐瞒这信物的必要？青元夫人不可能拿到信物也不交给他吧？

大家情不自禁地再次看向凫风初蕾。

那娇弱的地球少女花一般站在白衣天尊身边。正是因为她的存在，昔日不可一世的冷淡战犯，已经不知不觉变得满脸笑容、温文尔雅，甚至每个人都很明显地感受到了他的改变——他整个人开朗多了，也和颜悦色多了，绝不像之前随时一副万年寒冰的样子了。而且，他说话的语气都温和起来。好像稍微重一点会吓到了身边之人。是什么令他发生这么巨大的改变？除了这少女还能有谁？每个人都是同样的感受：若不是这个地球少女，青元夫人很可能早就和白衣天尊成亲了；若非这个人类少女，那二人早就珠联璧合了。

可偏偏大家再看一眼那地球少女时，又觉得她才是绝配——她才是白衣天尊独一无二的绝配！每个人各怀心思，但想法是不会发出声音的，每个人大气都不敢出。

凫风初蕾也一脸茫然。她只是不时不经意地看向白衣天尊，但见全场所有人中，唯有他面色不改，一直镇定。

终于，青元夫人抬起了目光。她先是向诸神的位置看了一眼，然后，才转向白衣天尊，语气冷淡得出奇："没有信物！从来没有什么信物！"

白衣天尊没有作声。

青元夫人慢慢站起来，手里的酒杯早已空空如也。她把酒杯放在桌上，目光和声音一般冷淡："天穆之野的态度自古以来都从未改变！西王母一直的态度也从未改变。当年我之所以偷偷跑到边境找你，无非因为当年我同情你，我想试着私下里助你一臂之力……这些，都是我年少无知，都是我私下里不负责的个人行为，为此，我甚至怕被西王母发现，怕被姐妹们发现，每一次都是偷偷溜出去的……不过，你断然拒绝后，我也就没有再多事了。至于信物，那是从来没有的！王母娘娘从来没有给过我任何信物，甚至提都没有提过这件事情！"

居然没有信物。大家都觉得有点奇怪，可是，又觉得这话无懈可击。可是，如果没有信物，难道白衣天尊会生生虚构这么一个故事？要知道，大家虽然不喜欢白衣天尊，可是，也仅仅是因为畏惧他太过超强的本领，或者生怕他大联盟通缉犯的身份连累到自己。但是，对于他可能在撒谎这样的事情，却是想都没想过的，白衣天尊不可能撒谎。不知为何，大家都有这样的直觉，白衣天尊也不可能撒谎，他根本没有撒谎的必要。而且，他一来就主动说了，他受到了银河舰队的攻击。连这样的事情都不必隐瞒，现在，有必要撒谎吗？白衣天尊还是没有作声，他只是看着青元夫人。

大家都看着青元夫人。

青元夫人不慌不忙，她头上的九云夜光冠装饰已经不见了。她满头乌发，一朵桃花，高贵堂皇，雍容大方。

"现在，你是整个大联盟的通缉犯！处境艰难。我也理解你急于想要拿到一道护身符，以便牵制现在的中央天帝，好让他对你有所忌惮，也改变你现在的处境。不过，白衣天尊，身为以前的故人，我还是有一句忠告：既然做出了选择，那么就要自行承担后果！你既然已经和整个大联盟对抗，那么，就拿出你无敌英雄的气概一直战斗下去！妄图另走捷径编造虚妄之词，不觉得有失身份吗？怎么着，你也是当年不周山之战的第一战神！千万别让大家看轻了你！"短短几句，夹枪带棒，简直将白衣天尊的脸都打肿了。

诸神们听得这话，当然纷纷一副恍然大悟的样子：哦，原来根本没什么信物，全是你在往自己脸上贴金啊！

凫风初蕾暗暗叫苦，她早就领教过青元夫人的厉害，这女人表里不一，外表善良无害，内心比蛇蝎还毒，而且最擅长的便是颠倒黑白，抹杀真相。果然，现在她明明私藏了西王母的信物，可她巧舌如簧，几句话便推得干干净净不说，还借机狠狠羞辱了白衣天尊一顿。

现在，她就这么大大方方地坐着，眼睁睁地看着满座大神对白衣天尊的嘲笑和讥讽，甚至她那神情里也有掩饰不住的得意和嚣张：是啊，我就是私藏了信物，我就是不给你，可你能如何？你咬我啊？你莫非还能从我这天穆之野搜出来不成？

这时候，初蕾也彻底明白，为何白衣天尊从来就没有喜欢上这个女人了。纵然是七十万年之前，也从来没有！纵然是被她复制出来的百里行暮，也没有！敢情白衣天尊一直知道信物一事，他一直知道她藏起了信物没有拿出来。

想想看，多可怕！当你身陷绝境，明明有可能绝地反击，彻底翻盘的时候，曾经口口声声爱你的女人却将你唯一的救命符藏起来，根本就不交给你。更何况，这信物还是西王母对她的命令，她更不需要出什么力气。无论她的初衷如何，如此的歹毒也真是耸人听闻了。

这样的女人，白衣天尊怎么可能爱上她？无论鬼风初蕾是否出现，他都不可能爱她啊！也幸好没有爱上她，否则，才真的完蛋了。

众人各怀心思，唯有白衣天尊面色不变。

他甚至满不在乎，仿佛来之前就早已料到会有现在这样的场景。他对青元夫人的了解，远远胜过众人的想象。尤其，当他追查的数据越多，这种了解之情就越深。他只是等青元夫人说完了，大家的议论声小了，这才淡淡地说："这么说来，阿环你是自称从来没有接到过西王母的命令了？"

青元夫人断然："从未！"不但如此，她反而笑起来，看了鬼风初蕾一眼，又看看白衣天尊，"我只是没料到，当年的战神现在也怕死了？可真是英雄难过美人关啊……"

他点点头，他随手挥了一下。

众人眼前一花，只见半空中一道青色的神谕显现，竟然是西王母的手谕，下方加盖的徽记正是天穆之野的神族徽标。众人色变，青元夫人也脸色大变。

众人都看得清清楚楚，西王母的手谕绝对错不了，千真万确无法伪造。

"阿环，这道手谕你也不认识吗？"

青元夫人嘴角的笑容消失了，她死死盯着那道青色的神谕，好生震惊。竟然还有这道神谕？为何当时自己一点也不知情？王母娘娘当时不是只让自己去送信物吗？为何从未提到过有这样一道神谕？她忽然愤愤地，可是，又无法开口。她死死咬着嘴唇，一言不发。

"在你到边境见我之前，西王母已经发了这道神谕给我，说你会把信物交给我！并严令我在见到你之前切勿轻举妄动……"原来，他居然知道，他居然早就知道了。

青元夫人一瞬间什么都明白了，难怪从弱水出来之后，他会对自己一直不冷不热。难怪无论自己对他表现得多么殷勤多么热情，他一直都是不冷不热。因为，他早就知道这件事情了，七十万年之前就已经知道了！

"西王母本是一片好意，也是绝对的公正无私！她留下信物，原本是为了挽救苍生，也让我这个罪人不至于在歧途上越走越远！只不过，那时候我已经彻底发了狂，彻底疯魔，已经拒绝再走任何的和平道路。甚至在你来边境找我时，完全没想到要追问这道信物，也对这信物丝毫不感兴趣……"

他沉默了一下，才继续道："当然，你也绝口没向我提起这信物！"

青元夫人还是沉默，诸神的目光从白衣天尊的脸上又转移到她的脸上。

大家忽然都很好奇：这道信物到底是什么？如果当时阿环真的拿出了信物会怎么样？

白衣天尊当时意气之争可能说不要，可她要真的拿出来了，事情是不是就不一样了？

不周山之战的结果大家都知道了，每个人只要简单回想一下就可以发现：这场大战的惨烈后果表明，当时，无论什么力量都已经无法阻挡悲剧的发生了。可是，西王母却说一定可以。

那么，这信物到底是什么？青元夫人当时又为何非要将这信物藏起来？那时候，白衣天尊可绝对没有得罪她吧？那时候，也是她最最迷恋白衣天尊的时候吧？却为何偏偏在那时候藏起了这最最重要的信物？

沉默，还是长久的沉默。大家忽然有点尴尬。大家都认为，青元夫人现在的沉默和早前不同了——那是无话可说吧？毕竟，西王母的神谕铁证如山啊！

大家只是好奇：她当初为何要这么做？藏起信物的目的到底是什么？于是，众人对信物的好奇之心就更加强烈了。

青元夫人终于开口了，她还是波澜不惊地说："没有信物！"还是没有信物！她语气坚决，"从来就没有什么信物！"

白衣天尊："……"

"我不知道王母娘娘当初为何会发这道神谕给你。可是，我从来没有收到什么信物，也没有得到什么命令！我已经说了，我之所以当时去边境找你，纯属我当时年少无知，是私人行为！此外，再也没有任何信物！"她红口白牙，镇定自若，说得每一句话仿佛都是真的，"当年你是我的偶像！我一直崇拜你！我一心希望你取胜！如果当初真有信物的话，我为何会藏起来不给你？这对我有什么好处？"她的语气坚定得就像是结论一般，"事实就是，从来没有什么西王母的信物！"

此言一出，原本半信半疑的半神人们立即改变了态度，纷纷觉得她言之有理了。是啊，当年她又没和白衣天尊翻脸，白衣天尊也没有爱上任何别的女人，她有什么必要藏起信物？这分明说不通啊。

初蕾见这女人巧舌如簧，颠倒黑白，竟然在这种铁证如山的情况下还要信口胡说，几乎气得跳起来，可是，白衣天尊却更紧地握了一下她的手，她一凛，立即就冷静下来。

白衣天尊丝毫没有动怒，也没有任何过激的表现，他只是看了青元夫人一眼，淡淡地说："都说人心莫测，殊不知，神心更是深不可测。好吧，既然你青元夫人执意如此，那我就不必再纠结这段往事了……"

言辞之间，她的称呼已经从阿环变成了青元夫人，那是正式的一刀两断。

青元夫人忽然有些惊慌，可还是冷冷地："白衣天尊，你若想自保其实很简单，根本不用到处找噱头。你只需要带着美人安安静静地隐居在你的共工星体号上，凭借你过去的威名，也没人敢轻易上门挑衅，如此，你便可以享尽艳福。可是，你偏偏要仗着从弱水出来的几分本领，到处逞强。须知天下之大，能人之多，任何人都无法保证自己天下无敌！纵然你白衣天尊也概莫能外。"

他朗声笑起来："这就不劳你青元夫人操心了，纵谈不上天下无敌，可别说区区一支银河舰队，纵然是全联盟的大军一起上，又有何妨？"

此言一出，诸神们立即坐不住了。他们喝下去的酒，忽然都变成了炸药。他们身上的血，瞬间就被炸裂了。

"各位，山高水长，后会有期吧。"

眼看白衣天尊拉着鬼风初蕾就要离去，一名年少气盛的半神人终于忍无可忍站起来："白衣天尊，你就要这么离开了吗？"

他瞥了那少年一样，淡淡地说："你待如何？"

"身为大联盟的通缉犯，你还真的以为任何地方都是你想来就来想去就去？你可要知道，这里是桃花星，是天穆之野的地盘，而不是什么荒无人烟的无人星球。身为大联盟的一员，人人都有资格捉拿你这星际逃窜犯……"所谓初生牛犊不怕虎。

白衣天尊笑起来。

少年大吼一声："今天我就不信邪了，我绝不会让你活着走出桃花星的边境……"

青元夫人正要阻止他，可是，心念一转，却站在原地，眼睁睁地看着那少年率先动手了。

少年身边的几个半神人早已心领神会，见少年一动手，所有人便跟了上去。一队少年，团团围住了白衣天尊。

陆西星大吼一声："其他人还愣着干什么？今天要是让他逃走了，你等威名何在？难道要全银河系嘲笑大家是酒囊饭袋吗？"此言一出，几乎上百名大神一起扑了上去，他们都不想做酒囊饭袋。

陆西星得意扬扬，声嘶力竭："大伙儿尽力啊，都给我上啊，谁要是捉到了白衣天尊，谁可就是大联盟的第一英雄了，你们想想吧，自己居然能拿下不周山之战的最大战犯，这一辈子都有吹牛的本钱了……"一时间，又一批少年人扑上去。

陆西星本领不行，但是身为许肿琳的副手，他最大的本领便是煽动和八卦。他见少年人都出手了，而大部分的中老年男神还是一动不动，就干脆口沫横飞："老人家们，你们就这么看着吗？你们以为自己不动手，白衣天尊就会放过你们吗？"

中年半神人们交换了一下眼色，也纷纷形成了战阵。倒是几名年老的半神人待在原地，他们既没有动手也没有去补位，每个人脸上的神情都很怪异，仿佛期待又仿佛恐惧，隐隐地满是担忧之情，仿佛山雨欲来。他们甚至不时地看向青元夫人，竟然发现青元夫人不知何时趁着混乱已经消失了。

鼍风初蕾也一直注意着青元夫人，她也发现，青元夫人忽然就土遁了一般，踪影全无。她忽然很紧张，青元夫人这是想干什么？初蕾身上的元气忽然凝聚于一个点上，手里也多了须臾不离的金色权杖。

半神人们急于围攻白衣天尊，尚未有人靠近她。也有些半神人原本杀气腾腾，可是，当他们举着武器靠近她的时候，又不由得停下来，仿佛不忍下手——毕竟，在这么大的场合之下，擅自对一个地球人动手，总是有点说不过去，大家都不肯失了身份。更主要的是，她那么美。大家都是同样的想法：先杀了白衣天尊吧，反正，这个地球人杀不杀都不重要，而且，大联盟的通缉犯里又没有她的名字，多一事不如少一事。

半神人们全部转向了白衣天尊。

唯有陆西星躲在暗处，瞄准了空隙。他的煽动工作完毕之后，就一直死死盯着鼍风初蕾。

陆西星身为人魔星许肿琳的助手，本领低微，无非以八卦见长。所以，尽管他对白衣天尊恨之入骨，却不敢像别的半神人少年一样冲上去。

所以，当他看到鼍风初蕾落单，而白衣天尊竟然没有对她采取什么像样的保护措施时，就窃喜，自以为机会到了。抓住白衣天尊的妻子，绝不比抓住白衣天尊本人差。

跟他同样想法的还有比鲁星大神B。在这群围攻者中，其他人都是一时冲动，或者立志在青元夫人面前有所表现，或者认为捉拿大联盟的逃犯义不容辞，或者存心想要和白衣天尊较量较量，看看他是否真的如传说中一样坚不可摧……但是，唯有他二人是和白衣天尊有深仇大恨！

二人一左一右，悄然向鼍风初蕾包抄过去。二人均是同样想法：我对付不了白衣天尊，但是，对付一个地球少女，那肯定绰绰有余。眼看，他们距离鼍风初蕾已经越来越近，而鼍风初蕾则持着金杖，全神贯注地凝视天空，仿佛在聆听分辨什么声音，而丝毫没有察觉威胁的靠近。

混乱中观望的如启清晰地看到这一幕，忽然捏了一把冷汗。

初蕾危险。

他正要冲出去，可是，挪动了几步，又停下来。他想发声提醒，可是，话到嘴边，又咽了回去。因为，他看到自己手上的扳指——天穆之野弟子的标志。当然还有他喝下去的酒，吞下去的蟠桃精……此时，它们统统在他体内变成了熊熊燃烧的火焰：杀祖仇人！不共戴天！那白色的身影，是自己不共戴天的仇人。而她，居然嫁给了自己最大的仇人，还和他当众十指紧扣，亲昵无比。该死，真是该死。蟠桃精的热量已经彻底烧坏了他的心态，妒忌之火，已经被熊熊点燃。因此，当他眼睁睁地看着那二人一左一右悄悄包抄过去，竟然没有发出任何声音，只是眼睁睁地看着，双足跟生根似的，一动也不能动。

直到陆西星手里忽然多了一把凌厉的宝刀，悄无声息地对着虺风初蕾的脖子便砍了下去……他失声道："天啦……"他的声音，被飞出去的影子砸碎了。飞出去的是陆西星，他和他好不容易才变幻出来的宝刀一起重重地倒下去，他的四周，一阵血花飞溅。

那是虺风初蕾改变体质之后第一次动手，也是她服用了西帝赠送的元气灵药之后第一次动手。她根本没想到这元气增长会如此快速，所以没有控制住力道，以至于陆西星手里的宝刀劈头盖脸就反弹回去，不偏不倚砍在了他自己的脖子上。

比鲁星大神B再要退后已经来不及了，不过，他和陆西星不同，一开始就没真的下杀手，原本只是打算抓住初蕾，所以，用的力道就很小，也因此，反弹回去的力道就小多了。饶是如此，他整个人也径直飞了出去。

姒启但见初蕾出手如此凌厉，完全不敢置信。

要知道，她对战的可不是什么普通人，全是半神人啊。纵然是本领低微的半神人，那也不是地球人能对付的吧？可是，仅仅一个照面，她便令两个半神人飞了出去。其他半神人原本碍于她是一介女流，又见她美貌无比，并未打算动手，可见她如此声势，一时间，倒冲过去好几个人，团团将她围住了。

初蕾，凛然无惧。金杖，在半空中划出一道一道的金色光芒。半神人，一个个飞出去，又一个个爬起来。短短时间之内，竟然有七八名半神人被她逼退。

姒启惊呆了，她横扫地球人原也不足为奇，曾几何时，怎么又开始横扫半神人了？他忽然看着自己手里的劈天斧，蟠桃精和桃花酒都开始在心中蠢蠢欲动，迅速发酵成了一种极度的争强好胜之心。一个声音在脑海里狂叫：现在的我，比起她到底如何？我到底是不是她的对手？现在，我也是半神人了吧？既然我已经是半神人的体质了，难道我会比她更逊色吗？初相识时，初蕾的本领甚至远不及他。直到万国大会之后，初蕾得到百里行暮指点，这才突飞猛进，到西北大漠之战后，初蕾已经超过他何止千倍万倍？再到白衣天尊替她疗毒解毒，传授她充沛元气，二人之间的差距再次有了质的飞跃。一度，姒启以为自己这一辈子都赶不上她了。

可是，现在，蟠桃精的热量在心底熊熊燃烧，嚣张呐喊：快去试一试吧，你也是半神人了，你放心，你一定不会输给她的，一定不会……这声音最初还是小小的呐喊，到后来，简直无法压抑，汇聚成了一股巨大的洪流，滔滔不绝地咆哮不休：快上，快上！你总不想一辈子都不如她吧。而且，这女人辜负你，无视你的心意，嫁给他人，你真的能忍吗？

姒启冲上去，可是，刚到战阵的边缘，他又停下来。并非他无法冲破半神人们的厮杀，跟她单独决战，而是有个声音一直死死地拖延着自己的脚步：

那可是虺风初蕾，我怎能跑去和她厮杀？是虺风初蕾啊！如果没有她，我早在西北大漠就命丧黄泉了；如果没有她，我根本得不到粮草，根本无法起兵，更无法战胜大费了；如果没有她，我根本不可能获得钧台之战的胜利；如果没有她，我甚至无法支撑到九黎河之战,更不能拥有汉中,保存实力……他忽然想起自己如何千里迢迢跑去金沙王城,目的就是在她登基的当日对她道一声恭喜;他还想起自己如何在汶山的路上,一次次地和她结伴同行。

几乎自己每一次的生死关头,自己每一次的军事行动,都有她鼎力相助。

他想,我怎能去和她厮杀?怎能?可是,一转念,一个声音又尖锐地响起:"姒启,你这个浑蛋,你这些功劳跟她有什么关系?西北大漠你不会死,钧台之战你也不会死,因为,这一切都有云华夫人!只要云华夫人在,你就不会死!一直在背后帮助你,支持你的,难道不是云华夫人吗?一直都是云华夫人,跟她凫风初蕾有什么关系?相反,你看她见到你时,连看都不看你一眼,她是真心把你当作朋友吗?别傻了,她根本就是你的敌人……"渐渐地,姒启的脑海中只剩下一句话:敌人,敌人之妻……然后,这句话排山倒海地摧毁了他所有的理智,他举着劈天斧便冲了上去……半神人们,不知为何,自动让开了位置。

姒启,径直冲到了凫风初蕾面前。劈天斧,正面遇上了金杖。那是他第一次正面和凫风初蕾对决。